词家之词

刘昌易◎著

线装书局

图书在版编目（CIP）数据

词家之词 / 刘昌易著. -- 北京 : 线装书局, 2023.8

ISBN 978-7-5120-5593-3

Ⅰ. ①词… Ⅱ. ①刘… Ⅲ. ①古典诗歌－诗集－中国 Ⅳ. ①I222

中国国家版本馆CIP数据核字(2023)第147388号

词家之词

CIJIAZHICI

作　　者：刘昌易
责任编辑：白　晨
出版发行：线装书局
地　址：北京市丰台区方庄日月天地大厦B座17层（100078）
电　话：010-58077126（发行部）010-58076938（总编室）
网　址：www.zgxzsj.com
经　　销：新华书店
印　　制：三河市腾飞印务有限公司
开　　本：787mm×1092mm　1/16
印　　张：21.5
字　　数：345千字
印　　次：2024年7月第1版第1次印刷

定　　价：68.00元

线装书局官方微信

自　序

中华民族是世界上绝无仅有的民族，千年来，读书人都按照约定的规则，写诗填词，自娱自乐，陶冶情操，甚至离世前也写。

历代文人墨客写了不少《诗论》《词话》，提升了诗词理论水平。

然而，在这些批判评论的书籍中，大部分基于作品意境，几乎少有分析用词。诗的用词，相对来说比较宽，而词的用词有点不容易。这是因为诗的主题句式约束少，而词的主题句式约束相对就多点。

本书旨在分析总结唐五代宋词家的用词，希望能对今后填词有所帮助，同时也能进一步体会汉字之美。

目　录

一、天　气 ……………………… (1)

（一）四季 ……………………… (1)

（二）时序 ……………………… (6)

（地方官）一日 ………………… (7)

（四）天气 ……………………… (11)

二、地　名 ……………………… (33)

（一）城市 ……………………… (33)

（二）乡村 ……………………… (41)

（三）泛指 ……………………… (43)

（四）相关 ……………………… (43)

三、人 …………………………… (49)

（一）人称 ……………………… (49)

（二）女人 ……………………… (50)

（三）历史人物 ………………… (59)

（四）相貌 ……………………… (69)

（五）朋友男女 ………………… (83)

（六）心情 ……………………… (88)

（七）身体 ……………………… (99)

（八）行为 ……………………… (100)

（九）性格命运 ………………… (107)

四、大自然 ……………………… (110)

（一）日月星辰 ………………… (110)

（二）江河湖海 ………………… (122)

（三）环境 ……………………… (140)

（四）动物 ……………………… (143)

（五）植物 ……………………… (160)

五、用 …………………………… (194)

（一）衣 ………………………… (194)

（二）装饰 ……………………… (203)

（三）其他 ……………………… (209)

（四）文房 ……………………… (216)

六、食 …………………………… (224)

（一）酒杯 ……………………… (224)

（二）美酒 ……………………… (229)

（三）酒家 ……………………… (232)

（四）厨具 ……………………… (232)

（五）宴席 ……………………… (232)

（六）食物 ……………………… (233)

七、住 …………………………… (234)

（一）房屋 ……………………… (234)

（二）室外 ……………………… (238)

（三）室内 ……………………… (249)

（四）香炉灯烛 ………………… (261)

八、行 …………………………… (270)

（一）路桥 ……………………（270）
（二）车船 ……………………（274）
（三）踪迹 ……………………（279）
九、乐 …………………………（280）
（一）琴瑟 ……………………（280）
（二）歌 ………………………（288）
（三）棋 ………………………（289）
（四）歌词名 …………………（289）
十、其他 ………………………（295）
（一）物体状态 ………………（295）
（二）介词 ……………………（298）
十一、典故 ……………………（301）
十二、习俗 ……………………（335）
待完善/分类 …………………（343）

一、天　气

（一）四季

春

1.春情：春日美好的情景和意兴。

宋范成大《朝中措》词云："从此量船载酒，莫教闲却春情。"

宋杨子咸《木兰花慢·雨中荼蘼》词云："空与蝶圆香梦，枉教莺诉春情。"

宋李清照《孤雁儿·藤床纸帐朝眠起》词云："笛声三弄，梅心惊破，多少春情意。"

2.春慵：春日所感到的慵懒疲倦。

宋范成大《眼儿媚》词云："春慵恰似春塘水，一片縠纹愁。"

宋贺铸《菩萨蛮·十一之五》词云："不许放春慵。景阳临晓钟。"

3.春讯：春天的信息。

宋卢祖皋《宴清都·初春》词云："春讯飞琼管，风日薄、度墙啼鸟声乱。"

宋吴潜《满江红·梅》词云："好把寒英都放了，莫教春讯能占得。"

4.春娇：春天的娇美。

宋谭宣子《江城子·咏柳》词云："嫩黄初染绿初描，倚春娇，索春饶。"

宋方千里《渔家傲》词云："眼尾春娇波态溜，金樽笑捧纤纤袖。"

5.春波：春水的波澜。指春水。

宋李珏《木兰花慢·寄豫章故人》词云："南浦春波旧别，西山暮雨新愁。"

宋陈康伯《阮郎归》词云："江南三月落花时，春波去棹迟。"

6.春红：指春天的花朵，或指落红。

宋楼采《好事近》词云："帘外杏花细雨，罥春红愁湿。"

宋石孝友《声声慢》词云："东君斗来无赖，散春红、点破梅枝。"

7.春华：美好的年华。

宋李演《八六子·次贺房韵》词云："还报舞香一曲，玉瓢几许春华。"

宋魏了翁《减字木兰花》词云："谁识春华，元住东川太守家。"

8.春锦：形容艳丽的春花。语出唐章孝标《玄都观栽桃》诗："拜星春锦上，服食晚霞中。"

宋丁宥《水龙吟》词云："葱指冰弦，蕙怀春锦，楚梅风韵。"

宋吴潜《传言玉女·己未元夕》词云："自笑衰翁，又行春锦绣里。"

9.春炉：手炉，怀炉。

宋翁孟寅《齐天乐·元夕》词云："飞棚浮动翠葆，看金钗半溜，春炉红粉。"

10.春暮：春天最后一段时间，指农历三月。

宋薛梦桂《三姝媚》词云："暗忆年华，罗帐分钗，又惊春暮。"

宋佚名《六州·九龙舆》词云："九龙舆，记春暮、幸蓬壶。"

11.春禽：春鸟。

宋杨缵《被花恼·自度腔》词云："檐声不动，春禽对语，梦怯频惊觉。"

宋欧阳修《满路花》词云："春禽飞下，帘外日三竿。"

12.春饶：春天的富饶。

宋谭宣子《江城子·咏柳》词云："嫩黄初染绿初描，倚春娇，索春饶。"

宋晏几道《御街行》词云："街南绿树春饶絮，雪满游春路。"

13.春容：春光。

宋周密《高阳台·寄越中诸友》词云："小雨分江，残寒迷浦，春容浅入蒹葭。"

宋苏轼《蝶恋花》词云："雨后春容清更丽。只有离人，幽恨终难洗。"

14.春事：春耕之事。

宋吴文英《浪淘沙》词云："燕子不知春事改，时立秋千。"

宋洪咨夔《朝中措》词云："春事一声杜宇，人生能几狐裘。"

15.春袖：春衫袖子。

宋赵闻礼《风入松》词云："蔷薇误罥寻春袖，倩柔荑、为补香痕。"

宋朱雍《笛家弄》词云："空余恨，惹幽香不灭，尚沾春袖。"

16.春妍：春光妍丽；春日般妍丽的姿容。

宋李彭老《木兰花慢》词云："看秀靥芳唇，涂妆晕色，试尽春妍。"

宋陆游《朝中措》词云："彩燕难雪前梦，酥花空点春妍。"

17.春阴：春季天阴时空中的阴气。

宋高观国《风入松》词云："卷帘日日恨春阴，寒食新晴。"

宋张孝祥《蝶恋花》词云："漠漠春阴缠柳絮，一天风雨将春去。"

18.春帐：指男女恋情。

宋李肩吾《清平乐》词云："秀色侵入春帐晓，郎去几时重到？"

宋黄公绍《花犯》词云："最好似、阿环娇困，云酣春帐暖。"

19.芳情：春意，春天的气息。

宋孙惟信《夜合花》词云："染芳情、香透鲛绡。"

宋陈允平《绛都春》词云："梅妆欲试芳情懒，翠颦愁入眉弯。"

20.芳事：春事，春天。

宋楼采《法曲献仙音》词云："浅雨压荼蘼，指东风、芳事余几。"

宋周密《谒金门》词云："芳事晚，数点杏钿香浅。"

21.芳意：春情。

宋韩疁《高阳台·除夕》词云："勾引东风，也知芳意难禁。"

宋陈允平《红林檎近》词云："飞絮迷芳意，落梅销暗香。"

22.鹅管吹春：指春天来临，兼指骨肉之亲关系疏远淡薄。

宋周密《国香慢·赋子固<凌波图>》词云："雨带风襟零乱，步云冷、鹅管吹春。"

23.三春：正月孟春，二月仲春，三月季春，合称三春，指整个春天。

宋洪迈《踏莎行》词云："杜鹃啼月一声声，等闲又是三春尽。"

宋晁端礼《满庭芳》词云："悲凉。人事改，三春秾艳，一夜繁霜。"

24.清昼：宁静的春日。

宋张镃《念奴娇·宜雨亭咏千叶海棠》词云："小亭人静，嫩莺啼破清昼。"

宋辛弃疾《水龙吟·甲辰岁寿韩南涧尚书》词云："况有文章山斗。对桐阴、满庭清昼。"

夏

1.迟迟：谓阳光充足温暖。典出《诗·困风·七月》："春日迟迟，采蘩祁祁。"

宋章良能《小重日》词云："迟迟日，犹带一分阴。"

宋朱淑真《眼儿媚·迟迟春日弄轻柔》词云："迟迟春日弄轻柔，花径暗香流。"

宋欧阳修《渔家傲》词云："暖日迟迟花袅袅。人将红粉争花好。"

2.迟日：指温暖的春日，典出同"迟迟"。

宋陈亮《水龙吟》词云："迟日催花，淡云阁雨，轻寒轻暖。"

宋姚镛《谒金门》词云："吟院静，迟日自行花影。"

宋谢逸《菩萨蛮》词云："暄风迟日春光闹。葡萄水绿摇轻棹。"

3.春迟：犹言春日迟迟，指春昼和暖。

宋王易简《庆宫春·谢草窗惠词卷》词云："庭草春迟，汀苹香老，数声珮悄苍玉。"

宋李清照《临江仙·梅》词云："庭院深深深几许，云窗雾阁春迟。"

4.妍暖：春暖。妍，形容晴和美好。

宋范成大《眼儿媚》词云："酣酣日脚紫烟浮，妍暖试轻裘。"

宋曹冠《喜朝天》词云："不须惆怅怨春归，明年春色重妍暖。"

5.新暖：春天的暖意。

宋史达祖《东风第一枝·春雪》词云："巧剪兰心，偷粘草甲，东风欲障新暖。"

宋赵长卿《点绛唇·早春》词云："丽晴新暖，涌翠千山远。"

6.忺暖：喜欢春暖。

宋赵崇霄《东风第一枝》词云："小莺忺暖调声，嫩蝶试晴舞翅。"

秋

1.商素：素秋。古以商为五音中的金音，声凄厉，与秋天肃杀之气相应。

宋李莱老《台城路·寄牟阳翁》词云："井叶还惊，江莲乱落，弦月初生商素。"

宋陈亮《贺新郎·同刘元实唐兴正陪叶丞相饮》词云："算等闲、过了薰风，又还商素。"

2.商声：秋声。

宋张炎《壶中天·养拙夜饮，客有弹箜篌者，即事以赋》词云："谁理商声帘户悄，萧飒悬珰鸣玉。"

宋张方平《广陵散》词云："商声慢大宫声微，强臣专命王室卑。"

3.清商：秋于五音属商，其声凄清，故代指秋风。语见晋潘岳《悼亡》："清商应秋至。"

宋尹焕《唐多令·苕溪有牧之之感》词云："苹末转清商，溪声供夕凉。"

宋苏轼《雨中花·夜行船》词云："高会聊追短景，清商不暇余妍。"

4.秋声：秋天里自然界的声音，如风声、落叶声、虫鸟声等。

宋刘过《贺新郎》词云："一枕新凉眠客舍，听梧桐、疏雨秋声颤。"

五代李煜《乌夜啼》词云："昨夜风兼雨，帘帏飒飒秋声。"

5.秋句：秋景图。

宋李演《摸鱼儿·太湖》词云："明灯暗浦，更短笛衔风，长云弄晚，天际画秋句。"

6.秋暝：昏暗的秋色。

宋周密《踏莎行·与莫两山谭邗城旧事》词云："远草情钟，孤花韵胜，一楼耸翠生秋暝。"

7.秋容：犹秋色。

宋翁元龙《风流子·闻桂花怀西湖》词云："天阔玉屏空，轻云弄、淡墨画秋容。"

宋翁元龙《绛都春·秋晚，海棠与黄菊盛开》词云："玉颜不趁秋容换，但换却、春游同伴。"

8.秋水：秋天的湖水。

宋赵希青乡《秋蕊香》词云："远山碧浅蘸秋水，香暖榴裙衬地。"

宋谢逸《渔家傲》词云："秋水无痕清见底。蓼花汀上西风起，一叶小舟烟雾里。"

9.秋庭：秋天的院子。

宋赵以夫《忆旧游慢·荷花》词云："亭亭。步明镜，似月浸华清，人在秋庭。"

10.秋衣：秋日所穿的衣服。

宋吴文英《采桑子慢·九日》词云："欢人老、长安灯外，愁换秋衣。"

宋周密《扫花游·九日怀归》词云："尘染秋衣，谁念西风倦旅。"

11.秋影：秋天的日影。

宋蔡松年《鹧鸪天·赏荷》词云："山黛远，月波长，暮云秋影蘸潇湘。"

宋苏轼《太常引》词云："一轮秋影转金波，飞镜又重磨。"

12.秋语：对秋天的诉说。

宋李演《摸鱼儿·太湖》词云："又西风、四桥疏柳，惊蝉相对秋语。"

13.素秋：秋季。古代五行之说，秋属金，其色白，故称素秋。

宋奚岊《华胥引·中秋紫霞席上》词云："澄空无际，一幅轻绡，素秋弄色。"

宋柳永《醉蓬莱》词云："渐亭皋叶下，陇首云飞，素秋新霁。"

14.残秋：指秋天将尽的时节。

宋吴文英《声声慢·闰重九饮郭园》词云："露柳霜莲，十分点缀残秋。"

宋黄升《西河》词云："天似洗，残秋未有寒意。"

冬

1.冬晴：放晴的冬日。

宋李肩吾《风入松·冬至》词云："霜风连夜做冬晴，晓日千门。"

宋朱淑真《念奴娇》词云："冬晴无雪。是天心未肯，化工非拙。"

2.寒秀：形容梅花在寒冬中的秀色。

宋李演《声声慢·问梅孤山》词云："凄凉五桥归路，载寒秀、一枝疏玉。"

（二）时序

时序

1.时序：时节。

宋章良能《小重山》词云："往事莫沉吟。身闲时序好，且登临。"

宋姜夔《一萼红·人日登定王台》词云："朱户黏鸡，金盘簇燕，空叹时序侵寻。"

2.节序：节令，节气；节令的顺序。

宋翁孟寅《齐天乐·元夕》词云："节序飘零，欢娱老大，慵立灯光蟾影。"

宋王沂孙《高阳台》词云："残萼梅酸，新沟水绿，初晴节序暄妍。"

3.斗柄回寅：斗转星移，又到了正月。古时以农历正月为寅月。

宋吴琚《柳梢青·元日立春》词云："彩仗鞭春，椒盘迎旦，斗柄回寅。"

4.旧时春：已经过了的春天。

宋江开《浣溪沙》词云："手捻花枝忆小苹，绿窗空锁旧时春。"

宋陈韡《临江仙》词云："重来桃李少，不似旧时春。"

5.看午：午：日近午时。

宋黄简《玉楼春》词云："密叉彩索看看午，晕素分红能几许。"

6.柳花天：柳花飘飞的时节。

宋郑楷《诉衷情》词云："酒旗摇曳柳花天，莺语软于棉。"

7.杏花时节：雨水节气。

宋刘仙伦《一剪梅》词云："杏花时节雨纷纷，山绕孤村，水绕孤村。"

时光

1.年芳：美好时光。

宋谢懋《风入松》词云："近来眼底无姚魏，有谁更、管领年芳。"

宋蔡松年《鹧鸪天·赏荷》词云："秀樾横塘十里香，水花晚色静年芳。"

宋周密《庆宫春·送赵元父过吴》词云："翠消香冷，怕空负、年芳轻别。"

2.年光：岁月。

宋刘克庄《摸鱼儿·海棠》词云："年光去迅，漫绿叶成阴，青苔满地，做得异时恨。"

宋莫仑《水龙吟》词云："但年光暗换，人生易感，西归水、南飞雁。"

3.年时：当年，往时。

宋郑斗焕《新荷叶》词云："因忆年时，垂钓曾约轻盈。"

宋佚名《戛金钗》词云："轻傅粉、向人先笑，比并年时较些少。"

4.年远：一年之长。

宋翁元龙《绛都春·秋晚，海棠与黄菊盛开》词云："夜袖粉香，犹未经年如年远。"

宋欧阳修《一斛珠》词云："却愿春宵，一夜如年远。"

5.韶光：美好的时光，春光。

宋李肩吾《清平乐》词云："韶光九十悭悭，俊游回首关山。"

宋杜安世《山亭柳》词云："晓来风雨，万花飘落。叹韶光虚过。"

6.韶华：春光，美好的时光。

宋李莱老《浪淘沙》词云："芳草满天涯，流水韶华。"

宋刘几《梅花曲》词云："偶先红紫，度韶华、玉笛占年芳。"

7.岁华：时光，年华。

宋王易简《齐天乐·客长安赋》词云："东风为谁媚妩？岁华顿感慨，双鬓何许。"

宋蔡挺《喜迁莺》词云："岁华向晚愁思，谁念玉关人老。"

8.光景：光阴；时光。

宋陆睿《瑞鹤仙》词云："千金买光景，但疏钟催晓，乱鸦啼暝。"

宋陈与义《菩萨蛮》词云："红少绿多时，帘前光景奇。"

9.经年：经过一年或若干年。

宋张孝祥《念奴娇·过洞庭》词云："应念岭表经年，孤光自照，肝胆皆冰雪。"

宋吴文英《杏花天·重午》词云："竹西歌断芳尘去，宽尽经年臂缕。"

（地方官）一日

清晨

1.逗晓：天刚亮。

宋楼采《好事近》词云："人去玉屏闲，逗晓柳丝风急。"

宋陆游妾《生查子》词云："逗晓理残妆，整顿教愁去。"

2.清晓：清晨、天刚亮时。

宋高观国《风入松》词云："绣被嫩寒清晓，莺声唤醒春酲。"

宋楼采《瑞鹤仙》词云："任残梅、飞满溪桥，和月醉眠清晓。"

宋王沂孙《西江月·为赵元父赋雪梅图》词云："峭寒未肯放春娇，素被独眠清晓。"

3.霜晓：有霜的早晨。

宋施岳《解语花》词云："莫待墙阴暗老，称琴边月夜，笛里霜晓。"

宋张先《卜算子》词云："梦短寒夜长，坐待清霜晓。"

4.晓霜：早晨的霜。

宋楼槃《霜天晓角·梅》词云："晓钟天未明，晓霜人未行。"

宋代张先《更漏子》词云："相君家，宾宴集。秋叶晓霜红湿。"

5.晓钟：报晓的钟声。

宋楼槃《霜天晓角·梅》词云："晓钟天未明，晓霜人未行。"

宋贺铸《更漏子》词云："去年欢，今夕梦。怊怅晓钟初动。"

白昼

1.芳昼：飘香的白昼。

宋李彭老《探芳讯·湖上春游，继草窗韵》词云："对芳昼，甚怕冷添衣，伤春疏酒。"

宋周密《忆旧游》词云："画帘静掩芳昼，云翦玉璁珑。"

2.晴昼：晴朗的白天。

宋赵闻礼《千秋岁》词云："莺啼晴昼，南国春如绣。"

宋袁去华《卓牌子近》词云："曲沼朱阑，缭墙翠竹晴昼。"

3.晴昼：晴天。

宋周密《探芳讯·西泠春感》词云："步晴昼，向水院维舟，津亭唤酒。"

宋王嵎《夜行船》词云："风飏游丝，日烘晴昼，人共海棠俱醉。"

4.昼永：春昼长。

宋赵闻礼《风入松》词云："棋倦杯频昼永，粉香花艳清明。"

宋袁去华《满庭芳》词云："苦忆新晴昼永，闲相伴、刺绣明窗。"

5.日长：漫长的白昼。

宋曾揆《西江月》词云："日长天气已无聊，何况洞房人悄。"

宋姜特立《菩萨蛮》词云："日长庭院无人到，琅玕翠影摇寒甃。"

傍晚

1.薄暮：傍晚。

宋俞灏《点绛唇》词云："断桥薄暮，香透溪云渡。"

宋秦观《念奴娇·过小孤山》词云："薄暮烟扉，高空日焕，谙历阴晴彻。"

2.天暮：天快要黑了。

宋余桂英《小桃红》词云："芳草连天暮，斜日明汀渚。"

宋佚名《驻马听》词云："望断也不归，院深天暮。"

3.暮潮：傍晚的潮汐。

宋刘仙伦《霜天晓角·娥眉亭》词云："暮潮风正急，酒醒闻塞笛。"

宋贺铸《河传》词云："江上暮潮，隐隐山横南岸。"

4.暮雨：傍晚的雨。

宋蔡松年《尉迟杯》词云："华年共有好愿。何时定妆鬟，暮雨零乱。"

宋柳永《迷仙引》词云："免教人见妾，朝云暮雨。"

5.柳昏：傍晚景色。

宋史达祖《双双燕》词云："红楼归晚，看足柳昏花暝。"

6.燕昏：燕子飞过的黄昏。

宋李莱老《青玉案·题草窗词卷》词云："渔烟鸥雨，燕昏莺晓，总入昭华谱。"

宋张炎《台城路》词云："又几度留连，燕昏莺晓。"

7.晚凉：傍晚凉爽。

宋吴文英《唐多令》词云："都道晚凉天气好，有明月、怕登楼。"

宋苏轼《贺新郎·夏景》词云："悄无人、桐阴转午，晚凉新浴。"

夜晚

1.凉夜：秋夜。

宋施岳《兰陵王》词云："芳时凉夜尽怨忆，梦魂省难觅。"

宋周邦彦《夜飞鹊》词云："河桥送人处，凉夜何其。"

2.后夜：日后夜间。

宋刘光祖《洞仙歌·败荷》词云："后夜月凉时，月淡花低，幽梦觉、欲凭谁省。"

宋王沂孙《淡黄柳》词云："后夜相思，素蟾低照，谁扫花阴共酌。"

3.清夜：清朗的夜色。

宋岳珂《生查子》词云："芙蓉清夜游，杨柳黄昏约。"

宋柳永《玉楼春》词云："醮台清夜洞天严，公宴凌晨箫鼓沸。"

4.良夜：美好的夜晚。

宋张辑《念奴娇》词云："不如休去，月悬良夜千尺。"

宋赵与仁《琴调相思引》词云："好天良夜，闲理玉靴笙。"

5.遥夜：谓长夜。语出《楚辞·九辩》："靓杪秋之遥夜兮，心缭悷而有哀。"

宋张枢《庆宫春》词云："相思遥夜，帘卷翠楼，月冷星河。"

宋柳永《迷神引》词云："遥夜香衾暖，算谁与。"

6.夜阑：夜深，夜将尽。

宋孙惟信《醉思凡》词云："吹箫跨鸾，香销夜阑。"

宋翁元龙《绛都春·秋晚，海棠与黄菊盛开》词云："花娇半面，记蜜烛夜阑，同醉深院。"

7.夜永：夜长。

宋楼采《玉漏迟》词云："夜永绣阁藏娇，记掩扇传歌，翦灯留语。"

宋柳永《慢卷绸》词云："闲窗烛暗，孤帏夜永，欹枕难成寐。"

8.残更：旧时将一夜分为五更，第五更时称残更。

宋李珏《木兰花慢·寄豫章故人》词云："更何处相逢，残更听雁，落日呼鸥。"

宋秦观《菩萨蛮》词云："独卧玉肌凉，残更与恨长。"

9.更阑：更残，夜深。

宋潘牥《南乡子》词云："月又渐低霜又下，更阑，折得梅花独自看。"

宋柳永《戚氏·晚秋天》词云："风露渐变，悄悄至更阑。"

10.兰宵：农历七月之夜。

宋丁宥《水龙吟》词云："未更深，早是梧桐泫露，那更度、兰宵永。"

11.清晚：清静的夜晚。

宋高观国《金人捧露盘·梅》词云："罗浮梦杳，忆曾清晚见仙姿。"

宋赵长卿《小重山·残春》词云："清晚窗前杜宇啼。游仙惊梦醉，断魂迷。"

12.月午：半夜。

宋李莱老《木兰花慢·寄题荪壁山房》词云："分明，晋人旧隐，掩岩扉、月午籁沉沉。"

宋苏轼《减字木兰花·春月》词云："春庭月午，摇荡香醪光欲舞。"

（四）天气

寒冷

1.薄寒：微寒。

宋张履信《谒金门》词云："帘外雨声花积水，薄寒犹在里。"

宋赵崇嶓《菩萨蛮》词云："细草碧如烟，薄寒轻暖天。"

2.轻寒：微寒。

宋陈策《摸鱼儿·仲宣楼赋》词云："倚危梯、酹春怀古，轻寒才转花信。"

宋楼采《二郎神》词云："正倦立银屏，新宽衣带，生怯轻寒料峭。"

3.微寒：轻寒。

宋赵崇嶓《蝶恋花》词云："一剪微寒禁翠袂，花下重开，旧燕添新垒。"

宋李清照《长寿乐》词云："微寒应候。望日边六叶，阶蓂初秀。"

4.嫩寒：轻寒。

宋高观国《风入松》词云："绣被嫩寒清晓，莺声唤醒春酲。"

宋卢祖皋《木兰花慢》词云："嫩寒催客棹，载酒去、载诗归。"

5.暮寒：寒冷的傍晚。

宋徐照《阮郎归》词云："分别后，忍登临，暮寒天气阴。"

宋史介翁《菩萨蛮》词云："暮寒罗袖薄，社雨催花落。"

宋王沂孙《醉蓬莱》词云："数点寒英，为谁零落，楚魄难招，暮寒堪揽。"

6.晚寒：夜晚的寒冷。

宋高观国《玉楼春·宫词》词云："曲终移宴起笙箫，花下晚寒生翠縠。"

宋辛弃疾《江神子》词云："旗亭有酒径须赊，晚寒些，怎禁他。"

7.滞寒：初春滞留未去的寒气。

宋薛梦桂《醉落魄》词云："单衣乍著，滞寒更傍东风作。"

8.寒笼：笼罩一层寒气。

宋陈逢辰《西江月》词云："翟画扇题尘掩，绣花沙带寒笼。"

宋仇远《凤凰阁》词云："还又月笛幽院，风镫疏箔。谩傍竹、寒笼翠薄。"

9.寒轻：轻微的寒意。

宋杨缵《被花恼·自度腔》词云："疏疏宿雨酿寒轻，帘幕静垂清晓。"

宋黄孝迈《水龙吟》词云："风檐夜响，残灯慵剔，寒轻怯睡。"

10.寒花：寒冷时节开放的花。

宋吴文英《采桑子慢·九日》词云："重阳重处，寒花怨蝶，新月东篱。"

宋苏轼《浣溪沙》词云："山色横侵蘸晕霞，湘川风静吐寒花。"

11.寒江：寒冷的江边。

宋高观国《齐天乐》词云："倒苇沙闲，枯兰溆冷，寥落寒江秋晚。"

宋黄机《霜天晓角》词云："寒江夜宿，长啸江之曲。"

12.寒峭：犹春寒料峭。料峭，指轻寒，也指风力寒冷、尖利。

宋楼采《瑞鹤仙》词云："园扉掩寒峭，倩谁将花信，遍传深窈。"

宋秦湛《卜算子·春情》词云："春透水波明，寒峭花枝瘦。"

13.寒沙：寒冷季节的沙滩。

宋刘过《唐多令》词云："芦叶满汀洲，寒沙带浅流。"

宋周密《一萼红》词云："鉴曲寒沙，茂林烟草，俯仰千古悠悠。"

14.浅冷：微冷。

宋李彭老《木兰花慢》词云："满阶榆荚，弄轻阴、浅冷似秋天。"

15.翠冷：碧水寒冷。

宋李莱老《杏花天》词云："西湖梦、红沈翠冷。"

宋吴文英《解连环·秋情》词云："翠冷红衰，怕惊起、西池鱼跃。"

16.雪冷：像冰雪一样寒冷。

宋高观国《金人捧露盘·水仙》词云："暮烟万顷，断肠是、雪冷江清。"

宋张炎《浪淘沙·作墨水仙寄张伯雨》词云："金鼎尚存丹已化，雪冷虚坛。"

17.翦翦：形容风轻微而带有寒意。语出唐韩偓《寒食夜》："测测轻寒剪剪风，杏花飘雪小桃红。"

宋奚𣈶《华胥引·中秋紫霞席上》词云："翦翦天风，飞飞万里，吹净遥碧。"

宋张炎《临江仙》词云："翦翦春水出万壑，和春带出芳丛。"

18.恻恻：犹凄凄，形容薄寒。

宋姜夔《淡黄柳·客合肥》词云："马上单衣寒恻恻。看尽鹅黄嫩绿，都是江南旧相识。"

宋秦观《梦扬州》词云："燕子未归，恻恻轻寒如秋。"

19.嫩凉：微凉，新凉。

宋张辑《念奴娇》词云："嫩凉生晓，怪得今朝，湖上秋风无迹。"

宋李莱老《台城路·寄弁阳翁》词云："半空河影流云碎，亭皋嫩凉收雨。"

宋应法孙《霓裳中序第一》词云："帘卷流苏宝结，乍庭户嫩凉，栏杆微月。"

20.料峭：形容春寒。

宋吴文英《风入松》词云："料峭春寒中酒，交加晓梦啼莺。"

宋杨泽民《蝶恋花》词云："料峭东风寒欲透。暗点轻烟，便觉添疏秀。"

风

1.晚风：晚间的风。

宋刘光祖《洞仙歌·败荷》词云："晚风收暑，小池塘荷净。独倚胡床酒初醒。"

宋辛弃疾《念奴娇·西湖和人韵》词云："晚风吹雨，战新荷、声乱明珠苍璧。"

2.疏风：清风。

宋刘镇《玉楼春·东山探梅》词云："疏风淡月有来时，流水行云无觅处。"

宋洪咨夔《卜算子》词云："帘卷疏风燕子归，依旧卢仝屋。"

3.香风：带有香气的风。

宋尹焕《霓裳中序第一·茉莉》词云："餐尽香风露屑。"

宋柴望《念奴娇》词云："门外满地香风，残梅零乱，玉糁苍苔碎。"

4.夜来风：夜里刮来的一阵风。

宋杨缵《被花恼·自度腔》词云："惆怅夜来风，生怕娇香混瑶草。"

宋祖可《小重山》词云："珠帘卷尽夜来风。人不见，春在绿芜中。"

5.霜风：寒霜之风，指凛冽的寒风。

宋李肩吾《风入松·冬至》词云："霜风连夜做冬晴，晓日千门。

宋苏轼《行香子·秋与》词云："昨夜霜风，先入梧桐。"

6.酸风：冷风。语出李贺《金铜仙人辞汉歌》："东关酸风射眸子。"

宋吴文英《八声甘州·陪庾幕诸公游灵岩》词云："箭径酸风射眼，剑水染花腥。"

宋周邦彦《夜游宫》词云："桥上酸风射眸子。立多时，看黄昏，灯火市。"

7.晓风：清晨破晓时的清风。

宋吴文英《高阳台·落梅》词云："南楼不恨吹横笛，恨晓风、千里关山。"

宋李雯《浪淘沙·杨花》词云："金缕晓风残，素雪晴翻，为谁飞上玉雕阑？"

8.晴风：和风。

宋楼采《二郎神》词云："嗟露屋锁春，晴风暄昼，柳轻梅小。"

宋李清照《蝶恋花》词云："暖雨晴风初破冻，柳眼梅腮，已觉春心动。"

9.天风：风行天空。

宋奚岊《芳草·南屏晚钟》词云："天风送远，向两山、唤醒痴云。"

宋赵闻礼《水龙吟·水仙花》词云："乍声沉素瑟，天风佩冷，蹁跹舞、霓裳遍。"

宋张炎《甘州·饯草窗西归》词云："记天风、飞佩紫霞边，顾曲万花深。"

10.软风：柔和的风。

宋张枢《庆宫春》词云："斜日明霞，残虹分雨，软风浅掠苹波。"

宋吴潜《阮郎归》词云："软风轻霭弄晴晖，鹁鸠相应啼。"

11.峭风：轻寒之风。

宋汤恢《满江红》词云："啼鸟惊回芳草梦，峭风吹浅桃花色。"

12.雁风：秋风。

宋丁宥《水龙吟》词云："雁风吹裂云痕，小楼一线斜阳影。"

宋吴文英《新雁过妆楼·中秋后》词云："雁风自劲，云气不上凉天。"

13.西风：秋风。

宋宋姜夔《念奴娇·吴兴荷花》词云："只恐舞衣寒易落，愁入西风南浦。"

宋史达祖《临江仙·闺思》词云："愁与西风应有约，年年同赴清秋。"

14.和风：温和的风，多指春风。语出三国魏阮籍《咏怀》诗之一："和风容与，明日映天。"

宋曹勋《青玉案》词云："正怕和风都过了。已输高士，锦囊翻句，醉后先倾倒。"

宋史浩《喜迁莺·立春》词云："瑞日烘云，和风解冻，青帝乍临东阙。"

15.暄风：暖风，春风。语出晋陶潜《九日闲居》诗："露凄暄风息，气澈天象明。"

宋刘克庄《满江红·二月廿四夜海棠花下作》词云："柰暄风烈日太无情，如何得。"

宋晏几道《浣溪沙·卧鸭池头小苑开》词云："暄风吹尽北枝梅。柳长莎软路萦回。"

16.风叶：风吹叶。

宋孙惟信《夜合花》词云："风叶敲窗，露蛩吟甃，谢娘庭院秋宵。"

宋苏轼《西江月》词云："夜来风叶已鸣廊，看取眉头鬓上。"

17.风娇：谓风姿娇柔。

宋高观国《风入松》词云："红外风娇日暖，翠边水秀山明。"

宋晏几道《蝶恋花》词云："小叶风娇，尚学娥妆浅。"

18.风飏：风扬。

宋王嵎《夜行船》词云："风飏游丝，日烘晴昼，人共海棠俱醉。"

宋陈允平《浣溪沙》词云："杨柳烟深五凤楼，绣帘风飏玉梭球。"

19.风前舞：在风前飘舞。

宋尹焕《眼儿媚》词云："云梳雨洗风前舞，一好百般宜。

宋吴礼之《蝶恋花·春思》词云："绿树成阴，紫燕风前舞。"

20.风轻：微风轻拂。

宋楼槃《霜天晓角·梅》词云："月淡风轻，黄昏未是清。"

宋李莱老《扬州慢·琼花次韵》词云："玉倚风轻，粉凝冰薄，土花祠冷无人。"

21.风细：微风。

宋赵崇霄《东风第一枝》词云："更一番、递香风细。"

宋苏轼《望江南·超然台作》词云："春未老，风细柳斜斜。"

22.风暄：暖风，春风。

宋李彭老《一萼红·寄弁阳翁》词云："过蔷薇，正风暄云淡，春去未多时。"

宋赵师侠《永遇乐·日丽风暄》词云："日丽风暄，暗催春去，春尚留恋。"

23.剪草：比喻春风。化用唐贺知章《咏柳》："二月春风似剪刀。"

宋高观国《玉楼春·宫词》词云："春风剪草碧纤纤，春雨浥花红扑扑。"

24.素飙：青苹之风。语出宋玉《风赋》："夫风生于地，起于青苹之末，侵淫溪谷，盛怒于土囊之口。"飙，疾风。

宋李彭老《壶中天·登寄闲吟台》词云："素飙荡碧，喜云飞寥廓，清透凉宇。"

宋曾觌《念奴娇》词云："素飙漾碧，看天衢稳送、一轮明月。"

25.凉飙：秋风。

宋周密《水龙吟·白荷》词云："应是飞琼仙会，倚凉飙、碧簪斜坠。"

宋柳永《凤归云》词云："陌上夜阑，襟袖起凉飙。"

26.凉信：西风，秋风。

宋赵与仁《柳梢青·落桂》词云："生怕清香，又随凉信，吹过东篱。"

宋吴文英《木兰花慢》词云："指罘罳晓月，动凉信、又催归。"

花信风

1.海棠风：海棠花开时的风。二十四番花信风之一，时间在春分。

宋卢祖皋《乌夜啼·西湖》词云："日长不放春醪困，立尽海棠风。"

宋蒋捷《解佩令·春》词云："梅花风小，杏花风小。海棠风、蓦地寒峭。"

2.酴醿信：二十四番花信风中钟的酴醿花信风，位居倒数第二，进入春天的尾声。

宋钟过《步蟾宫》词云："东风又送酴醿信，早吹得、愁成潘鬓。"

3.花信：花信风，应期而来的风，相传有二十四番，自小寒至谷雨，四月八个节气，每五日一候。

宋陈策《摸鱼儿·仲宣楼赋》词云："倚危梯、酹春怀古，轻寒才转花信。"

宋刘澜《齐天乐·吴兴郡宴遇旧人》词云："花信风高，苕溪月冷，明日云帆天远。"

4.楝花：二十四番花信风之一。时当暮春。

宋汤恢《倦寻芳》词云："风到楝花，二十四番吹遍。"

宋谢逸《千秋岁·咏夏景》词云："楝花飘砌，蔌蔌清香细。"

晴

1.晴雷：晴天雷鸣。

宋赵溍《临江仙·西湖春泛》词云："箫鼓晴雷殷殷，笑歌香雾霏霏。"

宋柳永《玉蝴蝶》词云："殷晴雷。云中鼓吹，游遍蓬莱。"

2.晴丝：晴天的游丝。

宋翁孟寅《烛影摇红》词云："旧事如天渐远，奈晴丝、牵愁未断。"

宋楼采《玉漏迟》词云："絮花寒食路，晴丝罥日，绿阴吹雾。"

3.新晴：指天刚放晴，刚放晴的天气。

宋薛梦桂《醉落魄》词云："雨弄新晴，轻旋玉尘落。"

宋卢祖皋《江城子》词云："画楼帘幕卷新晴，掩银屏，晓寒轻。"

4.试晴：在晴天小试身手。

宋赵崇霄《东风第一枝》词云："小莺忺暖调声，嫩蝶试晴舞翅。"

5.晚晴：夜里放晴。

宋王同祖《阮郎归》词云："丙丁贴子画教成，妆台求晚晴。"

宋葛长庚《贺新郎·罗浮作》词云："晚晴初、蝉声未了，鸟声尤远。"

6.暄妍：天气晴和，景物鲜媚。

宋王沂孙《高阳台》词云："残萼梅酸，新沟水绿，初晴节序暄妍。"

宋赵师侠《酹江月》词云："韶华婉娩，正和风迟日，暄妍清昼。"

7.好天：指宜人的天气。

宋赵与仁《琴调相思引》词云："好天良夜，闲理玉靴笙。"

宋周密《四字令》词云："贮月杯宽，护香屏暖，好天良夜。"

霞

1.明霞：灿烂的云霞。

宋张镃《念奴娇·宜雨亭咏千叶海棠》词云："绿云影里，把明霞织就，千重文绣。"

宋张枢《庆宫春》词云："斜日明霞，残虹分雨，软风浅掠苹波。"

2.霁霞：雨后天空出现的彩霞。

宋赵汝茪《梦江南》词云："数点雾霞山又晚，一痕凉月酒初消。"

宋林仰《少年游·早行》词云："雾霞散晓月犹明，疏木挂残星。"

3.烟霞：烟雾和云霞。

宋李莱老《木兰花慢·寄题苏壁山房》词云："向烟霞堆里，著吟屋、最高层。"

宋李珣《定风波》词云："志在烟霞慕隐沦，功成归看五湖春。"

云

1.云屏：以云母为饰或绘以云形的屏风。

宋张孝祥《清平乐》词云："碧云青翼无凭，困来小倚云屏。"

宋辛弃疾《念奴娇·书东流村壁》词云："划地东风欺客梦，一枕云屏寒怯。"

2.云鬟：发髻如云。

宋陆游《乌夜啼》词云："兰膏香染云鬟腻，钗坠滑无声。"

宋刘仙伦《江神子》词云："东风吹梦落巫山。整云鬟，却霜纨。"

3.云叶：云朵，云片。

宋吴琚《浪淘沙》词云："云叶弄轻阴，屋角鸠鸣。"

宋苏轼《浣溪沙》词云："覆块青青麦未苏，江南云叶暗随车。"

4.云意：天空中张漫的云气。

宋姜夔《一萼红·人日登定王台》词云："池面冰胶，墙腰雪老，云意还又沈沈。"

宋范成大《朝中措》词云："天容云意写秋光。木叶半青黄。"

5.云衣：即云。语出屈原《九歌·东君》："青云衣兮白霓裳。"

宋周密《庆宫春·送赵元父过吴》词云："重叠云衣，微茫鸿影，短篷稳载吴雪。"

宋周密《三犯渡江云》词云："堪嗟。澌鸣玉佩，山护云衣，又扁舟东下。"

6.云杳：云层消失无踪。

宋姜夔《小重山·湘梅》词云："九疑云杳断魂啼。"

宋佚名《导引》词云："九清云杳，飚驭邈难追。功化盛当时。"

7.云心：云间。

宋利登《风入松》词云："十千斗酒悠悠醉，斜河界、白月云心。"

宋赵令畤《蝶恋花》词云："正是断肠凝望际，云心捧得嫦娥至。"

8.云头：云端。

宋楼采《玉楼春》词云："云头雁影占来信，歌底眉尖萦浅晕。"

宋仲殊《诉衷情·寒食》词云："三千粉黛，十二栏杆，一片云头。"

9.云深：指山上的云雾。

宋王易简《庆宫春·谢草窗惠词卷》词云："紫霞洞窅云深，袅袅余香，凤箫谁续。"

宋周邦彦《关河令》词云："伫听寒声，云深无雁影。"

10.云容：云表。

宋施岳《解语花》词云："云容冱雪，暮色添寒，楼台共临眺。"

宋杨无咎《隔浦莲》词云："新晴人意乐，云容薄。丽日明池阁，卷帘幕。"

11.云冷：寒冷的云。

宋吴文英《采桑子慢·九日》词云："水叶沈红，翠微云冷雁慵飞。"

宋吴文英《龙山会》词云："石径幽云冷，步障深深，艳锦青红亚。"

12.云痕：云朵的痕迹。

宋高观国《金人捧露盘·梅》词云："溪痕浅，云痕冻，月痕澹，粉痕微。"

宋丁宥《水龙吟》词云："雁风吹裂云痕，小楼一线斜阳影。"

13.云淡：浮云淡薄。

宋李彭老《一萼红·寄弁阳翁》词云："过蔷薇，正风暄云淡，春去未多时。"

五代顾敻《浣溪沙》词云："云淡风高叶乱飞，小庭寒雨绿苔微，深闺人静掩屏帷。"

14.云沉：云散。

宋高观国《祝英台近》词云："几时挑菜踏青，云沉雨断，尽分付、楚天之外。"

宋王诜《忆故人》词云："无奈云沉雨散。凭栏杆、东风泪眼。"

15.云薄：云层稀薄。

宋卢祖皋《谒金门》词云："雨后凉生云薄，女伴棹歌声乐。"

宋周邦彦《解连环》词云："纵妙手、能解连环，似风散雨收，雾轻云薄。"

16.云游：云彩飘动浮游。

宋李泳《清平乐》词云："片帆隐隐归舟，天边雪卷云游。"

宋佚名《喜迁莺》词云："鹊渡河桥，云游巫峡，溪泛碧桃花片。"

17.湿云：湿润的红云。

宋张孝祥《菩萨蛮》词云："试把杏花看，湿云娇暮寒。"

宋苏轼《菩萨蛮》词云："湿云不动溪桥冷，嫩寒初透东风影。"

18.飞云：随风飘飞的云。

宋谢懋《暮山溪》词云："飞云无据，化作冥濛雨。"

宋秦观《好事近·梦中作》词云："飞云当面化龙蛇，夭矫转空碧。"

19.绿云：绿色的云彩，多形容缭绕仙人之瑞云。

宋谢懋《霜天晓角·桂花》词云："绿云剪叶，低护黄金屑。"

宋汤恢《八声甘州·摘青梅荐酒》词云："正柳腴花瘦，绿云冉冉，红雪霏霏。"

20.淡云：薄云。

宋陈亮《水龙吟》词云："迟日催花，淡云阁雨，轻寒轻暖。"

五代徐昌图《临江仙》词云："淡云孤雁远，寒日暮天红。"

21.行云：流动的云。

宋张履信《柳梢青》词云："行云掩映春山，真水墨、山阴道间。"

宋刘镇《玉楼春·东山探梅》词云："疏风淡月有来时，流水行云无觅处。"

宋陆睿《瑞鹤仙》词云："便行云都不归来，也合寄将音信。"

宋李莱老《扬州慢·琼花次韵》词云："九曲迷楼依旧，沉沉夜、想觅行云。"

22.紫云：紫色云。古以为祥瑞之兆。

宋蔡松年《尉迟杯》词云："紫云暖。恨翠雏、珠树双栖晚。"

宋吴文英《满江红》词云："倩双成、一曲紫云回，红莲折。"

23.长云：连绵不断的云。

宋李演《摸鱼儿·太湖》词云："明灯暗浦，更短笛衔风，长云弄晚，天际画秋句。"

宋利登《洞仙歌》词云："如今谁念省。短雨长云，曾托琵琶再三问。"

24.雨余云：雨后的云。

宋周晋《柳梢青·杨花》词云："似雾中花，似风前雪，似雨余云。"

25.殷云：乌云。殷，赤黑色。

宋张良臣《西江月》词云："殷云度雨井桐凋，雁雁无书又到。"

宋吴文英《鹧鸪天·化度寺作》词云："殷云度雨疏桐落，明月生凉宝扇闲。"

26.香云：美好的云气，祥云。此暗用巫山云雨典，喻男女情事。

宋陈允平《绛都春》词云："琴心不度香云远，断肠难托啼鹃。"

宋苏轼《西江月》词云："更看微月转光风。归去香云入梦。"

27.素云：白云。

宋杨子咸《木兰花慢·雨中荼蘼》词云："不愁素云易散，恨此花、开后更无春。"

宋吴文英《法曲献仙音》词云："宛相向。指汀洲、素云飞过，清麝洗、玉井晓霞佩响。"

28.书云：宋人称冬至日为书云。

宋李肩吾《风入松·冬至》词云："香葭暖透黄钟管，正玉台、彩笔书云。"

宋张敬齐《贺新郎》词云："金鸭亭亭书云篆，散非烟、南极真仙至。"

29.湿云：湿度大的云。浓云。

宋陆睿《瑞鹤仙》词云："湿云粘雁影，望征路、愁迷离绪难整。"

宋李肩吾《清平乐》词云："有意迎春无意送，门外湿云如梦。"

宋胡仲弓《谒金门》词云："欲寄一枝嫌梦短，湿云和恨剪。"

30.塞云：边塞的云朵。

宋施岳《水龙吟》词云："淮水东流，塞云北渡，夕阳西去。"

宋吴泳《上西平·送陈舍人》词云："芙蓉未折，笛声吹起塞云愁。"

31.轻云：薄云，淡云。

宋赵崇嶓《蝶恋花》词云："料想红楼挑锦字，轻云淡月人憔悴。"

宋翁元龙《风流子·闻桂花怀西湖》词云："天阔玉屏空，轻云弄、淡墨画秋容。"

32.墙云：墙头上漂浮的云。

宋曾揆《西江月》词云："檐雨轻敲夜夜，墙云低度朝朝。"

33.暮云：日暮的云。

宋蔡松年《鹧鸪天·赏荷》词云："山黛远，月波长，暮云秋影蘸潇湘。"

宋陈允平《一落索》词云："渺渺暮云江树，淡烟横素。"

34.乱云：纷乱的云。

宋李泳《清平乐》词云："乱云将雨，飞过鸳鸯浦。"

宋辛弃疾《江神子·送元济之归豫章》词云："乱云扰扰水潺潺。笑溪山。几时闲。"

35.陇云：丘垄上的云彩。

宋张磐《绮罗香·渔浦有感》词云："望极天西，惟有陇云江树。"

宋尹鹗《菩萨蛮》词云："陇云暗合秋天白，俯窗独坐窥烟陌。"

36.流云：流动的云。

宋李莱老《台城路·寄弁阳翁》词云："半空河影流云碎，亭皋嫩凉收雨。"

宋利登《菩萨蛮》词云："玉栏杆外重帘晚，流云欲度长天远。"

37.岭云：云拂山岭。

宋周密《法曲献仙音·吊雪香亭梅》词云："松雪飘寒，岭云吹冻，红破数椒春浅。"

宋仇远《浣溪沙》词云："薄薄梳妆细扫眉。鬟鸦双叠岭云低。对人浓笑问归期。"

38.晴云：晴空中的云彩。

宋张龙荣《摸鱼儿》词云："晴云片片平波影，飞趁棹歌声远。"

宋赵必岊《摸鱼子》词云："望残照关河，晴云楼阁，何处是秋色。"

39.江云：江边云彩。

宋楼采《瑞鹤仙》词云："南楼信杳，江云重，雁归少。"

宋张先《芳草渡》词云："江云下，日西尽，雁南飞。"

40.寒云：寒天的云。

宋赵希迈《八声甘州·竹西怀古》词云："寒云飞、万里一番秋，一番搅离怀。"

宋蔡挺《喜迁莺》词云："霜天清晓。望紫塞古垒，寒云衰草。"

41.翠云锁：碧云笼罩。

宋陈允平《垂杨》词云："依然千树长安道，翠云锁、玉窗深窈。"

42.碧云：青云；碧空中的云。

宋高观国《齐天乐》词云："碧云缺处无多雨，愁与去帆俱远。"

宋李珏《击梧桐·别西湖社友》词云："惆怅明朝何处，故人相望，但碧云半敛。"

43.春云：春天的云。

宋高观国《霜天晓角》词云："春云粉色，春水和云湿。"

宋赵闻礼《隔浦莲近》词云："帐掩屏香润，杨花扑、春云暖。"

宋朱昴孙《真珠帘》词云："春云做冷春知未？春愁在、碎雨敲花声里。"

44.愁云：谓色彩惨淡，望之易于引发愁思的烟云。

宋应法孙《霓裳中序第一》词云："愁云翠万叠，露柳残蝉空抱叶。"

宋石孝友《眼儿媚》词云："愁云淡淡雨潇潇，暮暮复朝朝。"

45.碧山云：青山上的云。

宋余桂英《小桃红》词云："正相思、望断碧山云，又莺啼晚雨。"

宋苏庠《谒金门》词云："拌撇向来尘土，卧看碧山云度。"

46.霁烟：正在消散的云气。

宋李珏《击梧桐·别西湖社友》词云："又是秦鸿过，霁烟外，写出离愁几点。"

宋辛弃疾《金菊对芙蓉》词云："远水生光，遥山耸翠，霁烟深锁梧桐。"

47.霭芳：飘香的云气。

宋周端臣《木兰花慢·送人之官九华》词云："霭芳阴未解，乍天气、过元宵。"

宋顾太清《南乡子·咏瑞香》词云："花气霭芳芬，翠幕重帘不染尘。"

48.爽气：指早晨山林间的新鲜空气和弥散的云气。

宋王沂孙《醉蓬莱·归故山》词云："爽气霏霏，翠蛾眉妩，聊慰登临眼。"

宋晁补之《菩萨蛮》词云："勋业付长闲，西山爽气间。"

49.轻阴：淡云，薄云，微阴的天色。

宋李清照《浣溪沙》词云："远岫出云催薄暮，细风吹雨弄轻阴。"

宋高观国《玲珑四犯》词云："水外轻阴，做弄得飞云，吹断晴絮。"

50.横阴：阴霾横空。

宋刘子寰《霜天晓角》词云："横阴漠漠，似觉罗衣薄。"

51.霁霭：雨后的云气。

宋谢懋《浪淘沙》词云："黄道雨初干，霁霭空蟠。"

宋柳永《竹马子·登孤垒荒凉》词云："极目霁霭霏微，暝鸦零乱，萧索江城暮。"

雾

1.香雾：指雾气。

宋刘仙伦《江神子》词云："吹罢玉箫香雾湿，残月坠，乱峰寒。"

宋史达祖《东风第一枝·灯夕》词云："耀翠光、金缕相交，苒苒细吹香雾。"

宋杨缵《一枝春·除夕》词云："流苏帐暖，翠鼎缓腾香雾。"

宋周端臣《玉楼春》词云："华堂帘幕飘香雾，一搦楚腰轻束素。"

宋赵溍《临江仙·西湖春泛》词云："箫鼓晴雷殷殷，笑歌香雾霏霏。"

2.宿雾：昨夜之雾。

宋应法孙《贺新郎》词云："宿雾楼台湿。"

宋周邦彦《早梅芳》词云："风披宿雾，露洗初阳射林表。"

3.雾帐：如帐幔的云雾。

宋陈允平《瑞鹤仙》词云："葱茜。银屏彩凤，雾帐金蝉，旧家坊院。"

宋毛滂《满庭芳·夏曲》词云："盈盈。开雾帐，珊瑚连枕，云母围屏。"

4.织雾：织出薄雾。

宋储泳《齐天乐》词云："柳线经烟，莺梭织雾，一片旧愁新怨。"

宋陈允平《黄莺儿》词云："看并宿暗黄深，织雾金梭小。"

烟

1.晓烟：拂晓时分看到的烟雾。

宋刘翰《清平乐》词云："玉箫吹落梅花，晓烟犹透轻纱。"

宋晏殊《浣溪沙》词云："绿叶红花媚晓烟。黄蜂金蕊欲披莲。"

2.暮烟：傍晚的烟霭。

宋高观国《金人捧露盘·水仙》词云："暮烟万顷，断肠是、雪冷江清。"

唐李煜《临江仙》词云："子规啼月小楼西，玉钩罗幕，惆怅暮烟垂。"

3.柳烟：柳树枝叶茂密似笼烟雾，因以为称。

宋王嵎《祝英台近》词云："柳烟浓，花露重，合是醉时候。"

宋赵令畤《浣溪沙》词云："日正长时春梦短，燕交飞处柳烟低。"

4.寒烟：寒冷的烟雾。

宋翁孟寅《阮郎归》词云："小桥灯影落残星，寒烟蘸水萍。"

宋范仲淹《苏幕遮·怀旧》词云："碧云天，黄叶地，秋色连波，波上寒烟翠。"

5.冷烟：冰冷的雾气。

宋刘仙伦《菩萨蛮·效唐人闺怨》词云："冷烟寒食夜，淡月梨花下。"

宋刘克庄《摸鱼儿·海棠》词云："甚春来、冷烟凄雨，朝朝迟了芳信。"

6.荒烟：荒野的烟雾，常指荒凉的地方。

宋李莱老《扬州慢·琼花次韵》词云："但荒烟幽翠，东风吹作秋声。"

宋岳飞《满江红》词云："遥望中原，荒烟外、许多城郭。"

7.平烟：谓漫地而起的烟雾。

宋王易简《酹江月》词云："衰草寒芜吟未尽，无那平烟残照。"

宋韦庄《谒金门》词云："云淡水平烟树簇，寸心千里目。"

8.暝烟：暮烟。

宋韩元吉《水龙吟·书英华事》词云："回首暝烟千里。但纷纷、落红如泪。"

宋秦观《风流子》词云："斜日半山，暝烟两岸，数声横笛，一叶扁舟。"

9.疏烟：渺渺的疏烟。

宋陈亮《水龙吟》词云："正销魂，又是疏烟淡月，子规声断。"

宋李演《摸鱼儿·太湖》词云："长干路，草莽疏烟堤断墅，商歌如写羁旅。"

10.苍烟：苍茫的云雾。

宋张辑《念奴娇》词云："骤雨俄来，苍烟不见，苔径孤吟屐。"

宋陆游《鹧鸪天》词云："家住苍烟落照间，丝毫尘事不相关。"

11.炉烟：熏炉或香炉中的烟。

宋徐照《南歌子》词云："帘景筛金线，炉烟袅翠丝。"

唐李白《清平乐》词云："盛气光引炉烟，素草寒生玉佩。"

12.江烟：指江上的云气、烟霭。

宋史达祖《清商怨》词云："江烟白，江波碧，柳户清明，燕帘寒食。"

宋仲殊《诉衷情·建康》词云："钟山影里看楼台，江烟晚翠开。"

13.瑞烟：祥瑞的烟气，炉烟的美称。

宋杨缵《被花恼·自度腔》词云："宝鸭微温瑞烟少。"

宋柳永《倾杯乐》词云："耸皇居丽，嘉气瑞烟葱蒨。"

14.秋烟：秋日的烟霭。

宋吴文英《浪淘沙》词云："离亭春草又秋烟。"

宋姜夔《永遇乐》词云："数骑秋烟，一篙寒汐，千古空来去。"

15.淡烟：轻烟。

宋楼采《二郎神》词云："凝恨极，尽日凭高目断，淡烟芳草。"

宋楼采《玉楼春》词云："淡烟疏柳一帘春，细雨遥山千叠恨。"

宋陈允平《一落索》词云："渺渺暮云江树，淡烟横素。"

16.平烟：谓漫地而起的烟雾。

宋王易简《酹江月》词云："衰草寒芜吟未尽，无那平烟残照。"

宋韦庄《谒金门》词云："云淡水平烟树簇，寸心千里目。"

17.响烟：响，钟声。烟，日暮时的云气。

宋奚岊《芳草·南屏晚钟》词云："响烟惊落日，长桥芳草外，客愁醒。"

18.际烟：亦作"烟际"，云烟迷茫之处。

宋利登《风入松》词云："断芜幽树际烟平，山外又山青。"

19.经烟：穿过淡烟。

宋储泳《齐天乐》词云："柳线经烟，莺梭织雾，一片旧愁新怨。"

20.轻烟缕昼：白昼升起缕缕轻烟。

宋王茂孙《高阳台·春梦》词云："迟日烘晴，轻烟缕昼，琐窗雕户慵开。"

21.渔烟：渔洲烟蒙蒙。

宋李莱老《青玉案·题草窗词卷》词云："渔烟鸥雨，燕昏莺晓，总入昭华谱。"

22.烟墅：烟雾中的小屋。

宋高观国《谒金门》词云："烟墅暝，隔断仙源芳径。"

宋施岳《水龙吟》词云："翠鳌涌出沧溟，影横栈壁迷烟墅。"

宋梅尧臣《苏幕遮·草》词云："露堤平，烟墅杳。乱碧萋萋，雨后江天晓。"

23.烟水汀：烟雾笼罩的水边平地。

宋赵以夫《忆旧游慢·荷花》词云："尚忆得西施，余情袅袅烟水汀。"

24.烟深：烟雾缭绕。

宋薛梦桂《三姝媚》词云："涨绿烟深，早零落、点池萍絮。"

宋欧阳修《蝶恋花》词云："柳重烟深，雪絮飞来往。"

25.烟幂：烟雾。

宋施岳《曲游春·清明湖上》词云："乘月归来，正梨花夜缟，海棠烟幂。"

26.烟江：烟雾弥漫的江面。

宋陈允平《满江红·和清真韵》词云："目断烟江，相思字、难凭雁足。"

宋吴文英《水龙吟·送万信州》词云："闻道兰台清暇。载鸱夷、烟江一舸。"

27.烟笠：烟雾中的斗笠。

宋应法孙《贺新郎》词云："想驻马河桥分别，恨轻竹风马风烟笠。"

宋陆游《一落索》词云："雨蓑烟笠傍渔矶，应不是、封侯相。"

28.烟浪：烟雾中的波浪。

宋张桂《菩萨蛮》词云："东风忽骤无人见，玉塘烟浪浮花片。"

宋秦观《江城子》词云："后会不知何处是，烟浪远，暮云重。"

29.烟光：迷蒙的云烟。

宋史达祖《夜行船》词云："草色拖裙，烟光惹鬓，常记故园挑菜。"

宋史达祖《三姝媚》词云："烟光摇缥瓦，望晴檐多风，柳花如洒。"

30.烟缕：缕缕轻烟。

宋陈允平《垂杨》词云："还是清明过了，任烟缕露条，碧纤青袅。"

宋毛滂《烛影摇红》词云："床头秋色小屏山，碧帐垂烟缕。"

31.烟痕：指莲茎间的丝缕。或指莲丝如云烟。

宋王茂孙《点绛唇·莲房》词云："折断烟痕，翠蓬初离鸳鸯浦。"

宋张炎《如梦令》词云："隐隐烟痕轻注，拂拂脂香微度。"

32.翠丝：青烟。

宋徐照《南歌子》词云："帘景筛金线，炉烟袅翠丝。"

霜

1.雁霜：即霜。因雁于秋天霜降时飞往南方，故及。

2.千霜：千层霜。

宋萧泰来《霜天晓角·梅》词云："千霜万雪，受尽寒磨折。"

宋周密《柳梢青》词云："万雪千霜，禁持不过，玉雪生光。"

3.霜被：即霜。雁夜间露宿，着霜如覆被。

宋翁元龙《绛都春·秋晚，海棠与黄菊盛开》词云："霜被睡浓，不比花前良宵短。"

宋吕本中《夜深归家闻邻家小儿读书可喜有作》词云："北风飕飕霜被草，听汝读书声转好。"

冰

1.冰泮：寒冰消融。

宋卢祖皋《宴清都·初春》词云："溶溶涧渌冰泮，醉梦里、年华暗换。"

宋佚名《惜奴娇》词云："春早皇都冰泮，宫沼东风布轻暖。"

2.冰澌：薄冰。

宋王沂孙《庆宫春·水仙》词云："花恼难禁，酒销欲尽，门外冰澌初结。"

宋石孝友《鹧鸪天》词云："一夜冰澌满玉壶，五更喜气动洪炉。"

3.冰胶：薄冰未化。

宋姜夔《一萼红·人日登定王台》词云："池面冰胶，墙腰雪老，云意还又沈沈。"

4.冰魂：冰清玉洁的精魂。

宋楼扶《水龙吟·次清真梨花韵》词云："象床困倚，冰魂微醒，莺声唤起。"

宋唐珏《水龙吟》词云："叹冰魂犹在，翠舆难驻，玉簪为谁轻坠。"

5.冻痕：遇冷而凝结的冰雪。

宋楼采《瑞鹤仙》词云："冻痕销梦草，又招得春归，旧家池沼。"

宋唐珏《摸鱼儿》词云："渐沧浪、冻痕消尽。琼丝初漾明镜。"

雪

1.霁雪：雪后放晴。

宋楼扶《水龙吟·次清真梨花韵》词云："霁雪留香，晓云同梦，昭阳宫闭。"

宋蒋捷《瑞鹤仙·红叶》词云："缟霜霏霁雪。渐翠没凉痕，猩浮寒血。"

2.梨花雪：岑参咏雪有"忽如一夜春风来，千树万树梨花开"的诗句，后因借用为咏雪的典实，亦以咏梨花。

宋李彭老《踏莎行·题草窗十拟后》词云："庾信书愁，江淹赋别，桃花红雨梨花雪。"

宋李莱老《杏花天》词云："人家寒食烟初禁，狼藉梨花雪影。"

3.山阴雪：用王子猷雪夜访戴典故。词中指双方早有交情。

宋杨伯嵒《踏莎行·雪中疏寮借阁帖，更以薇露送之》词云："梅观初花，蕙庭残叶，当时惯听山阴雪。"

4.剩雪：余雪，还没有完全融化的雪。

宋翁元龙《水龙吟·雪霁登吴山见沧阁，闻城中箫鼓声》词云："任孤山、剩雪残梅，渐懒跨、东风骑。"

5.万雪：万层雪。

宋萧泰来《霜天晓角·梅》词云："千霜万雪，受尽寒磨折。"

宋周密《柳梢青》词云："万雪千霜。禁持不过，玉雪生光。"

6.雪边春：雪边一片春。

宋刘镇《玉楼春·东山探梅》词云："白头空负雪边春，著意问春春不语。"

7.夜雪：夜里下的雪。

宋姜夔《暗香》词云："叹寄与路遥，夜雪初积。"

宋吴文英《汉宫春·寿梅津》词云："寒正峭，东风似海，香浮夜雪春霏。"

8.风前雪：风中的雪。

宋周晋《柳梢青·杨花》词云："似雾中花，似风前雪，似雨余云。"

宋黄人杰《柳梢青》词云："恰则年时。风前雪底，初见南枝。"

雨

1.疏雨：稀疏小雨，在古诗词中常指春秋两季的小雨。

宋刘过《贺新郎》词云："一枕新凉眠客舍，听梧桐、疏雨秋声颤。"

宋王同祖《阮郎归》词云："一帘疏雨细于尘，春寒愁杀人。"

2.冥濛雨：毛毛细雨。

宋谢懋《暮山溪》词云："飞云无据，化作冥濛雨。"

3.廉纤雨：纤纤细雨。

宋岳珂《满江红》词云："正黄昏时候杏花寒，廉纤雨。"

宋晏几道《生查子》词云："无端轻薄云，暗作廉纤雨。"

4.细雨：小雨。

宋陈允平《垂杨》词云："细雨轻尘，建章初闭东风悄。"

宋赵汝茪《梦江南》词云："帘不卷，细雨熟樱桃。"

宋楼采《玉楼春》词云："淡烟疏柳一帘春，细雨遥山千叠恨。"

5.微雨：细雨。

宋楼采《玉漏迟》词云："深院宇，黄昏杏花微雨。"

宋李清照《蝶恋花·晚止昌乐馆寄姊妹》词云："人道山长山又断，萧萧微雨闻孤馆。"

6.浅雨：短时间的小雨。

宋楼采《法曲献仙音》词云："浅雨压荼蘼，指东风、芳事余几。"

宋彭元逊《瑞鹧鸪》词云："浅雨微寒春有思，宿妆残酒欲忺时。"

7.翠微雨：轻淡青葱的细雨。

宋李演《祝英台近·次篔房韵》词云："采芳苹，萦去橹，归步翠微雨。"

8.阁雨：停雨。阁，犹搁，停止。

宋陈亮《水龙吟》词云："迟日催花，淡云阁雨，轻寒轻暖。"

9.收雨：雨停。

宋李莱老《台城路·寄弁阳翁》词云："半空河影流云碎，亭皋嫩凉收雨。"

宋周邦彦《烛影摇红·芳脸匀红》词云："争奈云收雨散。凭栏杆、东风泪满。"

10.度雨：过雨。

宋张良臣《西江月》词云："殷云度雨井桐凋，雁雁无书又到。"

宋吴文英《鹧鸪天·化度寺作》词云："殷云度雨疏桐落，明月生凉宝扇闲。"

11.过雨：雨后。

宋吴潜《满江红·金陵乌衣园》词云："花树得晴红欲染，远山过雨青如滴。"

宋莫仑《水龙吟》词云："断云过雨，花前歌扇，梅边酒盏。"

12.晴雨：雨后转晴。

宋施岳《水龙吟》词云："梁苑平芜，汴堤疏柳，几番晴雨。"

13.暗雨：言阴雨时天色昏暗。

宋姜夔《齐天乐·蟋蟀》词云："西窗又吹暗雨，为谁频断续，相和砧杵。"

宋李清照《多丽·咏白菊》词云："朗月清风，浓烟暗雨，天教憔悴度芳姿。"

14.无情雨：无情的风雨。

宋陈允平《一落索》词云："泪花写不尽离怀，都化作、无情雨。"

15.纱窗雨：如同纱窗外的雨。

宋史介翁《菩萨蛮》词云："柳丝轻飏黄金缕，织成一片纱窗雨。"

16.梨花雨：梨花开放时的雨水。

宋孙光宪《虞美人》："红窗寂寂无人语，暗淡梨花雨。"

宋吴大有《点绛唇·送李琴泉》词云："漠漠萧萧，香冻梨花雨。"

17.愁雨：惹人愁怨的雨。

宋陈逢辰《乌夜啼》词云："吹作一天愁雨、损花枝。"

宋周邦彦《琐窗寒·寒食》词云："桐花半亩，静锁一庭愁雨。"

18.春雨：春天的雨。

宋高观国《玉楼春·宫词》词云："春风剪草碧纤纤，春雨浥花红扑扑。"

宋朱敦儒《好事近》词云："春雨细如尘，楼外柳丝黄湿。"

19.花雨：花上的雨迹。

宋韩嘐《浪淘沙》词云："莫上玉楼看，花雨斑斑。"

宋褚生《百字令》词云："半堤花雨，对芳辰消遣，无奈情绪。"

20.湔雨：被雨冲洗。

宋张枢《瑞鹤仙》词云："还是，苔痕湔雨，竹影留云，待晴犹未。"

21.凄雨：寒雨。

宋刘克庄《摸鱼儿·海棠》词云："甚春来、冷烟凄雨，朝朝迟了芳信。"

宋韩玉《贺新郎》词云："忍教都、闲亭邃馆，冷风凄雨。"

22.秋雨：秋天的雨。

宋王沂孙《醉蓬莱·归故山》词云："一室秋灯，一庭秋雨，更一声秋雁。"

五代阎选《河传》词云："秋雨，秋雨，无昼无夜，滴滴霏霏。"

23.社雨：指春社期间之雨，即春雨。

宋史介翁《菩萨蛮》词云："暮寒罗袖薄。社雨催花落。"

宋吴泳《水龙吟》词云："清江社雨初晴，秋香吹彻高堂晓。"

24.宿雨：隔夜之雨。

宋杨缵《被花恼·自度腔》词云："疏疏宿雨酿寒轻，帘幕静垂清晓。"

宋周邦彦《苏幕遮》词云："叶上初阳干宿雨，水面清圆，一一风荷举。"

25.殢雨：久雨。

宋陈允平《绛都春》词云："殢雨弄晴，飞梭庭院绣帘闲。"

宋柳永《锦堂春》词云："待伊要、尤云殢雨，缠绣衾、不与同欢。"

26.晚雨：夜晚的雨。

宋余桂英《小桃红》词云："正相思、望断碧山云，又莺啼晚雨。"

宋史达祖《玉蝴蝶》词云："晚雨未摧宫树，可怜闲叶，犹抱凉蝉。"

27.西山暮雨：语出唐王勃《滕王阁诗》："画栋朝飞南浦云，珠帘暮卷西山雨。"

宋李珏《木兰花慢·寄豫章故人》词云："南浦春波旧别，西山暮雨新愁。"

宋姚勉《沁园春》词云："把西山暮雨，暂时收卷，荷山明月，小试平分。"

28.骤雨：指忽然降落的大雨。

宋史达祖《青玉案》词云："日暝酒消听骤雨。"

宋张辑《念奴娇》词云："骤雨俄来，苍烟不见，苔径孤吟屐。"

29.烟雨梅黄：化用宋贺铸《青玉案》："试问闲愁都几许？一川烟草，满城风絮，梅子黄时雨。"

宋谢懋《风入松》词云："换得河阳衰鬓，一帘烟雨梅黄。"

30.雨前：下雨之前。

宋史达祖《玉楼春》词云："雨前红杏尚娉婷，风后残梅无顾藉。"

宋张抡《诉衷情》词云："闲中一盏建溪茶，香嫩雨前芽。"

31.雨断：雨停。

宋高观国《祝英台近》词云："几时挑菜踏青，云沉雨断，尽分付、楚天之外。"

宋蒋捷《昼锦堂·荷花》词云："染柳烟消，敲菰雨断，历历犹寄斜阳。"

32.雨余：雨后。

宋赵与仁《西江月》词云："夜半河痕依约，雨余天气冥濛。"

宋秦观《画堂春》词云："东风吹柳日初长，雨余芳草斜阳。"

33.雨腻：雨水洗过花朵后，有滑泽之感。

宋赵崇嶓《东风第一枝》词云："著数点、催花雨腻。"

宋王用宾《念奴娇·芍药》词云："烟愁雨腻，花厌厌、刚是芳菲期节。"

34.雨涩风悭：风雨悭涩。

宋王沂孙《一萼红·石屋探梅》词云："雨涩风悭，雾轻波细，湘梦迢迢。"

宋洪迈《满江红》词云："雨涩风悭，双溪闲、几曾洋溢。"

35.雨洗：雨水洗面。

宋尹焕《眼儿媚》词云："云梳雨洗风前舞，一好百般宜。"

宋刘克庄《卜算子》词云："道是天公果惜花，雨洗风吹了。"

36.雨渍：雨水浸渍。

宋王亿之《高阳台》词云："轻帆初落沙洲暝，渐潮痕雨渍，面色风皴。"

五代李珣《酒泉子》词云："雨渍花零，红散香凋池两岸。"

37.玉尘：形容毛毛细雨。

宋薛梦桂《醉落魄》词云："雨弄新晴，轻旋玉尘落。"

宋黄庭坚《品令·茶词》词云："金渠体净，只轮慢碾，玉尘光莹。"

38.飞露：飞洒的细雨。

宋吴文英《好事近》词云："飞露洒银床，叶叶怨梧啼碧。"

宋张炎《齐天乐》词云："正独立苍茫，半空飞露。"

39.新霁：雨雪后初晴。

宋赵崇嶓《东风第一枝》词云："妒雪梅苏，迷烟柳醒，游丝轻飏新霁。"

宋万俟咏《诉衷情·送春》词云："夜来小雨新霁，双燕舞风斜。"

露

1.黄露：黄色的露。相传尧以之赐群臣。《晋中兴书》："露之异者，有朱露、青露、黄露。"词中指染笺用的槐黄水。参《遵生八笺》卷十五《燕闲清赏·论纸》。

宋薛梦桂《眼儿媚·绿笺》词云："碧筒新展绿蕉芽，黄露洒榴花。"

2.湿露：清露沾湿。

宋赵以夫《忆旧游慢·荷花》词云："照夜银河落，想粉香湿露，恩泽初承。"

3.檀露：香露。

宋赵希青乡《霜天晓角·桂》词云："韵色，檀露滴，人间秋第一。"

4.泫露：露滴下垂。

宋丁宥《水龙吟》词云："未更深，早是梧桐泫露，那更度、兰宵永。"

宋仇远《醉落魄》词云："水西云北，锦苞泫露无颜色。"

5.露屑：露水和玉屑。

宋尹焕《霓裳中序第一·茉莉》词云："餐尽香风露屑。便万里凌空，肯凭莲叶。"

6.琼滴：玉露，露水。

宋赵淇《谒金门》词云："晓露丝琼滴，虚揭一帘云湿。"

二、地　名

（一）城市

宫苑

1.阆苑：也称阆风苑、阆风之苑，传说位于昆仑山之巅，是西王母居住的地方。语出东晋葛洪《神仙传》："昆仑圃阆风苑……王母所居也。"

宋曹勋《透碧霄》词云："阆苑喜新晴。正桂华、飘下太清。"

宋史浩《剑舞》词云："兹闻阆苑之群仙，来会瑶池之重客。"

2.离苑：古代帝王行宫中的园林。

宋吴文英《倦寻芳·饯周纠定夫》词云："送客将归，偏是故宫离苑。"

宋翁元龙《谒金门》词云："原上草迷离苑，金勒晚风嘶断。"

宋吴文英《三姝媚·姜石帚馆水磨方氏，会饮总宜堂，即事寄毛荷塘》词云："离苑幽芳深闭。恨浅薄东风，褪花销腻。"

3.芜苑：荒芜的宫苑。

宋周密《三姝媚·送圣与还越》词云："露草霜花，愁正在、废宫芜苑。"

4.瑶台：传说中的神仙居处。语出晋王嘉《拾遗记·昆仑山》："傍有瑶台十二，各广千步，皆五色玉为台基。"

宋史浩《瑶台第一层》词云："寥廓澄清。人正在、瑶台第一层。"

宋关注《桂华明》词云："皓月满窗人何处。声永断、瑶台路。"

5.瑶池：传说中西王母的住处，在昆仑山上。也代指宫苑中池。

宋辛弃疾《瑞鹤仙·梅》词云："瑶池旧约，鳞鸿更仗谁托。"

宋高观国《金人捧露盘·梅》词云："念瑶姬，翻瑶佩，下瑶池。"

宋晏几道《鹧鸪天》词云："梅蕊新妆桂叶眉，小莲风韵出瑶池。"

6.瑶阙：传说中的仙宫宝殿。

宋尹焕《霓裳中序第一·茉莉》词云："盈盈步月，悄似怜、轻去瑶阙。"

宋曹邍《玲珑四犯·荼蘼应制》词云："肌素净洗铅华，似弄玉、乍离瑶阙。"

7.仙苑：仙宫，仙境。

宋刘澜《齐天乐·吴兴郡宴遇旧人》词云："玉钗分向金华后，回头路迷仙苑。"

宋阮逸女《花心动·春词》词云："仙苑春浓，小桃开，枝枝已堪攀折。"

8.仙源：道家称神仙所居处。语见王维《桃源行》："春来遍是桃花水，不辨仙源何处寻。"

宋高观国《谒金门》词云："烟墅暝，隔断仙源芳径。"

宋施岳《兰陵王》词云："西湖路咫尺，犹阻仙源信息。"

9.仙城：芙蓉城，仙人所居之处。这里代指临安。

宋周密《西江月·延祥观拒霜拟稼轩》词云："绿绮紫丝步障，红鸾彩凤仙城。"

宋孙惟信《夜合花》词云："谁念卖药文箫，望仙城路杳，莺燕迢迢。"

10.丹溪：谓仙人居住的地方。

宋李演《摸鱼儿·太湖》词云："丹溪翠岫登临事，苔屐尚黏苍土。"

宋李曾伯《醉蓬莱·代寿昌州守叔祖》词云："见说吾家，丹溪老子，万籍名堂，孙枝犹馥。"

11.玉堂：仙人所居。语见晋庾阐《游仙诗》："神岳竦丹霄，玉堂临雪岭。"

宋高观国《金人捧露盘·梅》词云："芳香待寄，玉堂烟驿两凄迷。"

宋陈著《沁园春》词云："玉堂词翰，攻媿流风。"

宋郑域《昭君怨·梅》词云："冷落竹篱茅舍，富贵玉堂琼榭。"

12.一壶幽绿：传说有谪仙人壶公卖药于市，所携壶中有神仙世界。后世用壶中喻指仙境。典出晋葛洪《神仙传》。

宋张炎《壶中天·养拙夜饮，客有弹箜篌者，即事以赋》词云："瘦筇访隐，正繁阴闲锁，一壶幽绿。"

13.蕊宫：道教典籍所说的仙宫。语出唐顾云《华清词》诗："相公清斋朝蕊宫，太上符籙龙蛇踪。"

宋向子諲《满庭芳·岩桂芗林改张元功所作》词云："疑是蕊宫仙子，新妆就、娇额涂黄。"

宋奚岊《芳草·南屏晚钟》词云："蕊宫相答处，空岩虚谷应，猿语香林。"

宋奚岊《华胥引·中秋紫霞席上》词云："蕊宫珠殿，还吟飘香秀笔。"

宋史浩《千秋岁·戴丈夫妇庆八十》词云："蕊宫仙子绕，玉砌莱衣戏。"

14.珠宫：同蕊宫。

宋李石《满庭芳·送别》词云："一望珠宫绛阙，蓬莱路、应在皇州。"

宋毛开《念奴娇·中秋夕》词云："素秋新霁，风露洗寥廓，珠宫琼阙。"

15.离宫：皇帝出巡时住的宫室。

宋汪元量《忆王孙》词云："离宫别苑草萋萋。对此如何不泪垂。"

宋姜夔《齐天乐·蟋蟀》词云："候馆迎秋，离宫吊月，别有伤心无数。"

宋仇远《解佩令·浅莎深苑》词云："歌台香散，离宫烛暗，谩消凝、凌波微步。"

16.邃宇：深广的屋宇。语见《楚辞·招魂》："高堂邃宇，槛层轩些；层臺累榭，临高山些。"

宋张炎《忆旧游·大都长春宫，即旧之太极宫也》词云："见玉冷闲坡，金明邃宇，人往深清。"

宋张炎《木兰花慢·游天师张公洞》词云："想邃宇阴阴，炉存太乙，难觅飞丹。"

17.邃馆：犹邃宇。语见《宋史·乐志十五》："蓬莱邃馆，金碧照三山，真境胜人间。"

宋蔡伸《苏武慢·雁落平沙》词云："忆旧游、邃馆朱扉，小园香径，尚想桃花人面。"

宋韩玉《贺新郎·咏水仙》词云："春工若见应为主。忍教都、闲亭邃馆，冷风凄雨。"

18.玉宇：瑰丽的宫阙殿宇。

宋施岳《步月·茉莉》词云："玉宇薰风，宝阶明月，翠丛万点晴雪。"

宋佚名《多丽·近中秋》词云："近中秋，迥然玉宇澄鲜。"

19.广寒：广寒宫，即月宫。

宋仇远《八犯玉交枝·招宝山观月上》词云："惟见广寒门外，青无重数。"

宋施岳《步月·茉莉》词云："炼霜不就，散广寒霏屑。"

20.庭曲：月宫殿内。

宋仇远《八犯玉交枝·招宝山观月上》词云："想庭曲、霓裳正舞。"

宋张逊《水调歌头》词云："玉树后庭曲，千载有余愁。"

21.建章：汉代宫殿名，汉武帝建造。此指临安宫阙。

宋陈允平《垂杨》词云："细雨轻尘，建章初闭东风悄。"

宋臧鲁子《鹧鸪天》词云："吟柳絮，赋东风。年年春在建章宫。"

22.昭阳宫：汉宫名。汉成帝时昭仪赵合德居此。

宋楼扶《水龙吟·次清真梨花韵》词云："霁雪留香，晓云同梦，昭阳宫闭。"

宋许庭《临江仙·柳》词云："不见昭阳宫内柳，黄金齐捻轻柔。"

23.上林：上林苑，秦汉时供皇帝春秋打猎的园苑。

宋杨缵《一枝春·除夕》词云："应自有、歌字清圆，未夸上林莺语。"

宋陈著《庆春泽》词云："归来只恋春山好，到上林、枉是亲曾。"

24.珠殿：饰以珠玉的宫殿。

宋奚岊《华胥引·中秋紫霞席上》词云："蕊宫珠殿，还吟飘香秀笔。"

宋丘密《洞仙歌》词云："向琼林珠殿，独占春风，仙仗里，曾奉三宫燕喜。"

京城

1.京国：京都，京城。

宋史达祖《东风第一枝·灯夕清坐》词云："太平京国多欢，大酺绮罗几处。"

宋柳永《倾杯·鹜落霜洲》词云："望京国。空目断、远峰凝碧。"

2.京都：原为京师，始称于司马晋时，因景王（司马师）讳"师"字，故称京师为京都。

宋杜安世《两同心·巍巍剑外》词云："蜀道巇崄行迟，瞻京都迢递。"

宋蔡襄《好事近》词云："瑞雪满京都，宫殿尽成银阙。"

3.京城：首都。

宋范成大《霜天晓角》词云："曾是京城游子，驰宝马、飞金鞚。"

宋廖行之《青玉案·书七里桥店》词云："回首京城旧游处。断魂南浦，满怀装恨，别后凭谁诉。"

4.瑶京：繁华的京都。

宋高观国《金人捧露盘·水仙》词云："怕佩解、却返瑶京。"

宋吴文英《朝中措》词云："朝云暮雨，玉壶尘世，金屋瑶京。"

街市

1.春市：春天的集市或街市。

宋朱昴孙《真珠帘》词云："春市，又青帘巷陌，红芳歌吹。"

宋卢祖皋《临江仙》词云："酒边春市动，琴外画帘垂。"

2.市桥：泛指街市、市镇。

宋尹焕《眼儿媚》词云："市桥系马，旗亭沽酒，无限相思。"

宋周邦彦《应天长》词云："市桥远，柳下人家，犹自相识。"

3.市声：街市的喧闹声。

宋刘克庄《生查子·灯夕戏陈敬叟》词云："人散市声收，渐入愁时节。"

宋韩淲《水调歌头·次韵载叔》词云："日绕九天楼殿，烟抹四山林薄，尘土市声前。"

4.街声：街市上的喧嚣声。

翁元龙《水龙吟·雪霁登吴山见沧阁，闻城中箫鼓声》词云："街声暮起，尘侵灯户，月来舞地。"

驿馆

1.驿：唐代驿馆遍布天下，道三十里设一驿。"驿"的任务包括由通信、接待、运输等各方面组成，"馆"是在驿之外设置的主管接待的处所，有时沿用旧制的"亭"等。两宋时，邮件文书的递送和过往官员投宿的馆驿从职能上完全分开。

宋高观国《金人捧露盘·梅》词云："芳香待寄，玉堂烟驿雨凄迷。"

宋陆游《卜算子·咏梅》词云："驿外断桥边，寂寞开无主。"

2.邮亭：驿馆，递送文书投止之所。

宋张磐《绮罗香·渔浦有感》词云："纵十分、春到邮亭，赋怀应是断肠句。"

宋翁元龙《绛都春·秋晚，海棠与黄菊盛开》词云："梦回前度，邮亭倦客，又拈笺管。"

宋赵彦端《念奴娇·棠阴绿遍》词云："今夜祖席邮亭，主人来日，已是朝天客。"

3.驿亭：古时候设在官道旁，方便传递公文的使者和来往官员中途休息换马的馆舍。

宋秦观《如梦令》词云："遥夜沉沉如水，风紧驿亭深闭。"

宋赵彦端《瑞鹧鸪》词云："都付驿亭今日水，伴人东去到江城。"

4.楚驿：楚地的驿站。

宋孙惟信《夜合花》词云："断魂留梦，烟迷楚驿，月冷蓝桥。"

宋高观国《生查子·梅次韵》词云："香惊楚驿寒，瘦倚湘筠暮。"

5.水驿：水站驿路，每30里设一处。

宋周密《甘州·灯夕书寄二隐》词云："喜故人好在，水驿寄诗筒。"

宋苏辙《水调歌头·徐州中秋》词云："今夜清尊对客，明夜孤帆水驿，依旧照离忧。"

6.烟驿：烟雨中的驿馆。

宋高观国《金人捧露盘·梅》词云："芳香待寄，玉堂烟驿两凄迷。"

宋史达祖《秋霁》词云："无奈苒苒魂惊，采香南浦，剪梅烟驿。"

旅舍

1.宵馆：夜闭驿馆。

宋张龙荣《摸鱼儿》词云："正橐帙逢迎，沉煤半冷，风雨闭宵馆。"

2.虚阁：空闲清静的馆阁，即官舍、高斋。

宋姜夔《法曲献仙音·张彦功官舍》词云："虚阁笼寒，小帘通月，暮色偏怜高处。"

唐温庭筠《更漏子》词云："虚阁上，倚阑望。还似去年惆怅。"

3.遗鞭路：指歌楼、妓馆遗鞭驻停之处。

宋史达祖《青玉案》词云："官河不碍遗鞭路，被芳草、将愁去。"

4.候馆：旅舍。

宋姜夔《齐天乐·蟋蟀》词云："候馆迎秋，离宫吊月，别有伤心无数。"

宋刘辰翁《齐天乐》词云："候馆凋梧，宫墙断柳，谁识当年倦旅。"

5.旅宿：旅途夜宿。

宋黄孝迈《湘春夜月》词云："念楚乡旅宿，柔情别绪，谁与温存。"

观台

1.台榭：歌台舞榭。

宋李彭老《壶中天·登寄闲吟台》词云："倦鹊惊翻台榭迥，叶叶秋声归树。"

宋李彭老《高阳台·落梅》词云："环佩无声，草暗台榭春深。"

宋赵汝茪《恋绣衾》词云："玉箫台榭春多少，溜啼痕、脸霞未消。"

2.琴台：在苏州灵岩上，传为西施弹琴处。

宋吴文英《八声甘州·陪庾幕诸公游灵岩》词云："连呼酒，上琴台去，秋与云平。"

宋秦观《沁园春》词云："但日日登高，眼穿剑阁，时时怀古，泪洒琴台。"

3.戏马台：在江苏铜山，即项羽掠马台，刘裕曾于重阳节大会宾僚，赋诗于此。

宋潘希白《大有·九日》词云："戏马台前，采花篱下，问岁华、还是重九。"

宋曹勋《秋蕊香·重阳》词云："凭阑海山万里，登望处，休论戏马台池。"

4.瑶台：美玉砌成之台，极言其华丽。

宋张炎《壶中天·养拙夜饮，客有弹箜篌者，即事以赋》词云："乐事杨柳楼心，瑶台月下，有生香堪掬。"

宋曹勋《念奴娇》词云："应是第一瑶台，水晶宫殿里，飞升仙列。"

5.玉台：观台。古代逢春分、立夏、立秋、冬至等节气的日子，登观台瞻望云气物色，把所见天象刻在简策上。故言“玉台彩笔书云”。

宋李肩吾《风入松·冬至》词云：“香葭暖透黄钟管，正玉台、彩笔书云。”

宋葛立方《满庭芳·赏梅》词云：“玉台仙蕊，帘外幂瑶烟。”

6.丹墀：宫殿前的红色台阶及台阶上的空地。也指官府或祠庙的台阶。

归隐处

1.青山：指归隐处。语出唐贾岛《答王建秘书》：“白发无心镊，青山去意多。”

宋汤恢《八声甘州》词云：“羡青山有思，白鹤忘机。”

宋李演《贺新凉·多景楼落成》词云：“老矣青山灯火客，抚佳期、漫洒新亭泪。”

2.北皋：北山，指隐士所居。皋，土山。语出《释名·释山》：“土山曰皋。”

宋李彭老《一萼红·寄牟阳翁》词云：“北皋寻幽，青津问钓，多情杨柳依依。”

宋刘克庄《水龙吟·辛亥安晚生朝》词云：“待角巾东路，蹇驴北皋，伴公游钓。”

3.沧江：泛指江水，水呈青苍色，故云。多指隐居处。语出唐杜甫《秋兴》诗：“一卧沧江惊岁晚，几回青琐点朝班。”

宋李珏《木兰花慢·寄豫章故人》词云：“沧江白云无数，约他年、携手上扁舟。”

宋吴淇《南乡子·寿牟国史三月二十》词云：“万古沧江波不尽，风流。谁似监州旧姓牟。”

4.林扃：林园，代指隐逸生活。

宋范成大《朝中措》词云：“长年心事寄林扃，尘鬓已星星。”[?]

5.草堂：山林隐居的处所。杜甫有成都草堂。

宋张辑《疏帘淡月》词云：“又何苦、凄凉客里，负草堂春绿，竹溪空翠。”

宋苏轼《临江仙》词云：“尊酒何人怀李白，草堂遥指江东。”

6.幽居：隐居，僻静的居处。

宋李彭老《高阳台·寄题荪壁山房》词云：“石笋埋云，风篁啸晚，翠微高处幽居。”

唐李白《鸣皋歌送岑徵君》词云：“巾征轩兮历阻折，寻幽居兮越巘崿。”

7.东篱畔：菊花生长的处所。语出晋陶渊明《饮酒》：“采菊东篱下，悠然见南山。”

宋翁元龙《绛都春·秋晚，海棠与黄菊盛开》词云：“秋娘羞占东篱畔，待说与、深宫幽怨。”

宋吴文英《惜黄花慢·菊》词云：“雁声不到东篱畔，满城但、风雨凄凉。”

8.东篱：菊花生长处。

宋赵与仁《柳梢青·落桂》词云：“生怕清香，又随凉信，吹过东篱。”

宋吴文英《采桑子慢·九日》词云：“重阳重处，寒花怨蝶，新月东篱。”

宋柳永《受恩深》词云：“免憔悴东篱，冷烟寒雨。”

9.陶园：指菊园，归隐之所。出自晋陶潜《归去来兮辞》：“归去来兮，田园将芜，胡不归？……童仆欢迎，稚子候门；三经就荒，松菊犹存。携幼入室，有酒盈樽。……园日涉以成趣，门虽设而常关。策扶老以流憩，时矫首而遐观。”

宋李曾伯《念奴娇·壬午徽州道间》词云：“菊老陶园，瓜荒邵圃，空负干时策。”

宋黄公绍《踏莎行·同前》词云：“庾领未梅，陶园休菊。天教占取清香独。”

10.陶篱：陶渊明种菊处，泛指种菊处。

宋吴文英《大酺·无射商荷塘小隐》词云：“任岁晚、陶篱菊暗，逋冢梅荒，总输玉井尝甘液。”

宋卫宗武《木兰花慢·和野渡赋菊》词云：“聚林园芳景，尽输韩圃陶篱。”

歌舞之所

1.梨园：唐玄宗培养乐工、宫女歌舞之所。故址一在长安禁苑，一在宜春院。

宋韩元吉《好事近·汴京赐宴》词云：“多少梨园声在，总不堪华发。”

宋吴激《春从天上来·海角飘零》词云：“梨园太平乐府，醉几度春风，鬓变星星。”

2.竹西：在扬州，为歌舞繁华之地。

宋吴文英《杏花天·重午》词云：“竹西歌断芳尘去，宽尽经年臂缕。”

宋姜夔《扬州慢·淮左名都》词云：“淮左名都，竹西佳处，解鞍少驻初程。”

3.舞地：指杭州。南宋时，杭州为歌舞繁盛之地。

宋翁元龙《水龙吟·雪霁登吴山见沧阁，闻城中箫鼓声》词云：“街声暮起，尘侵灯户，月来舞地。”

宋黄庭坚《蓦山溪·至宜州作，寄赠陈湘》词云：“江上一帆愁，梦犹寻、歌梁舞地。”

4.杨柳楼心：代指风月歌舞场所。

宋张炎《壶中天·养拙夜饮，客有弹箜篌者，即事以赋》词云：“乐事杨柳楼心，瑶台月下，有生香堪掬。”

宋晏几道《鹧鸪天》词云：“舞低杨柳楼心月，歌尽桃花扇底风。”

5.少年场：热闹的游乐场所。

宋陆游《朝中措·梅》词云："幽姿不入少年场，无语只凄凉。"

宋贺铸《风流子》词云："零落少年场，琴心漫流怨，带眼偷长。"

妓院

1.青楼：原指青漆涂饰的豪华精致的楼房，后泛指妓院。语出南朝梁刘邈《万山见采桑人》诗："倡妾不胜愁，结束下青楼。"

宋贺铸《花想容·武陵春》词云："津亭回首青楼远，帘箔更重重。"

宋李之仪《暮山溪》词云："青楼薄幸，已分终难偶。"

2.秦楼：原指秦穆公为其女弄玉所建之楼，亦名凤楼，也指妓院。

宋谢逸《西江月·花额上堆翠葆》词云："谁谓霞衣玉简，便孤彩凤秦楼。"

宋赵汝芜《梅花引》词云："惟有月知君去处，今夜月，照秦楼，第几间。"

宋赵鼎《燕归梁·为人生日作》词云："秦楼风月待吹箫。舞双鹤、醉蟠桃。"

3.春楼：即青楼。

宋高似孙《金人捧露盘·送范东叔给事帅维扬》词云："竹西歌吹，理新曲、人在春楼。"

宋晏几道《破阵子·柳下笙歌庭院》词云："记得春楼当日事，写向红窗夜月前。凭谁寄小莲。"

4.凤楼：即青楼。

5.紫曲：歌舞艺伎所居坊曲，即青楼、妓馆。

宋李彭老《踏莎行·题草窗十拟后》词云："紫曲迷香，绿窗梦月，芳心如对春风说。"

宋吴文英《三姝媚》词云："紫曲门荒，沿败井、风摇青蔓。"

6.翠玉楼：歌伎所居之楼。

宋黄孝迈《湘春夜月》词云："翠玉楼前，惟是有、一波湘水，摇荡湘云。"

（二）乡村

村庄

1.孤村：孤零零的村庄。

宋刘仙伦《一剪梅》词云："杏花时节雨纷纷，山绕孤村，水绕孤村。"

宋葛长庚《瑞鹤仙》词云："孤村带清晓。有鸣鞭归骑，乱林啼鸟。"

2.荒村：指偏僻荒凉、人烟稀少的村落。

宋李莱老《高阳台·落梅》词云：“烟湿荒村，背春无限愁深。”

宋张榘《青玉案》词云：“马蹄浓露，鸡声淡月，寂历荒村路。”

3.江村：江畔村庄。

宋吴文英《青玉案》词云：“今日江村重载酒。”

宋吴文英《瑞鹤仙》词云：“念寒蛩残梦，归鸿心事，那听江村夜笛。”

渔乡

1.钓里：垂钓之地。

宋李演《摸鱼儿·太湖》词云：“又紧我扁舟，渔乡钓里，秋色淡归鹭。”

2.蟹舍：渔家。语出唐张志和《渔父词》：“松江蟹舍主人欢。”

宋冯去非《喜迁莺》词云：“雁外渔灯，蛩边蟹舍，绛叶满秋来路。”

宋赵孟坚《风流子》词云：“叹醉生浪迹，鲈乡蟹舍，殢红怨粉，莲棹菱舟。”

3.渔家：渔户。

宋李演《八六子·次贺房韵》词云：“看晚吹、约晴归路，夕阳分落渔家，轻云半遮。”

宋李公昴《措鱼儿》词云：“青蓑混入渔家社，斜目断桥船聚。”

4.渔乡：渔民聚居的地区。

宋李演《摸鱼儿·太湖》词云：“又紧我扁舟，渔乡钓里，秋色淡归鹭。”

宋吴文英《声声慢》词云：“酒市渔乡，西风胜似春柔。”

故乡

1.家山：家乡。语见唐钱起《送李栖桐道举擢第还乡省侍》。

宋辛弃疾《瑞鹤仙·梅》词云：“寂寞，家山何在？雪后园林，水边楼阁。”

宋李彭老《一萼红·寄弁阳翁》词云：“流水孤帆渐远，想家山猿鹤，喜见重归。”

宋欧阳修《青玉案》词云：“买花载酒长安市，又争似、家山见桃李。”

2.故园：故乡。

宋史达祖《东风第一枝·春雪》词云：“料故园、不卷重帘，误了乍来双燕。”

宋彭元逊《子夜歌·和尚友》词云：“对人家、花草池台，回首故园咫尺，未成归去。”

3.故苑：旧花园。

宋高观国《齐天乐》词云：“尘栖故苑，叹璧月空檐，梦云飞观。”

宋赵闻礼《贺新郎·萤》词云：“故苑荒凉悲旧赏，怅寒芜、衰草隋宫路。”

4.荒祠：荒废了的祠堂。

宋卢祖皋《贺新凉》词云："可是从来功名误，抚荒祠、谁继风流后。"

宋王千秋《贺新郎》词云："欲问紫髯分鼎事，只有荒祠烟树。"

远方

1.八极：八方极远之地。

宋刘澜《庆宫春·重登峨眉亭感旧》词云："平生高兴，青莲一叶，从此飘然八极。"

宋李公昴《水调歌头》词云："稳驾大鹏八极，叱起仙羊五石，飞佩过丹丘。"

2.四远：四方边远之地。

宋施岳《水龙吟》词云："看天低四远，江空万里，登临处、分吴楚。"

宋关咏《迷仙引》词云："天色无情，四远低垂淡如水。"

边塞

2.紫塞：原指长城，泛指边塞。

宋冯去非《喜迁莺》词云："借箸青油，挥毫紫塞，旧事不堪重举。"

宋蔡挺《喜迁莺》词云："霜天清晓。望紫塞古垒，寒云衰草。"

（三）泛指

1.牡丹坡：地名。

宋周密《少年游·宫词拟梅溪》词云："晓妆日日随香辇，多在牡丹坡。"

宋张炎《风入松》词云："园林未肯受清和，人醉牡丹坡。"

（四）相关

长安相关

1.章台路：汉长安有街名章台，多植柳。又，章台也泛指冶游之处，妓院聚集之所；唐韩翃有姬柳氏在长安，韩为作诗称"章台柳"。

宋陈策《满江红·杨花》词云："章台路，雪黏飞燕，带芹穿幕。"

宋周邦彦《瑞龙吟》词云："章台路。还见褪粉梅梢，试花桃树。"

2.杜陵：汉宣帝陵所在地，附近多住富贵人家，即乐游原，在长安东南。代指游览胜地。

宋史达祖《绮罗香·春雨》词云："最妨他、佳约风流，钿车不到杜陵路。"

宋吴文英《水龙吟》词云："杜陵折柳狂吟，砚波尚湿红衣露。"

3.沉香亭：在长安，唐玄宗与杨贵妃曾在此亭赏牡丹。这里泛指亭阁。

宋许棐《鹧鸪天》词云："翠凤金鸾绣欲成，沉香亭下款新晴。"

唐李白《清平调》词云："解释春风无限恨，沉香亭北倚栏杆。"

4.杜曲：在长安（今西安）东少陵原的东南端，因唐代贵族杜氏世居于此而得名。此借指临安贵胄聚居地。

宋李莱老《惜红衣·寄牟阳翁》词云："笛送西泠，帆过杜曲。"

宋张炎《月下笛》词云："只愁重洒西州泪，问杜曲人家在否？"

5.灞陵古道：本作"霸陵"，在长安东，汉文帝陵，附近有灞桥，唐人折柳送别处。此指男子游历之地。

宋楼采《瑞鹤仙》词云："想暗黄，依旧东风，灞陵古道。"

宋赵闻礼《瑞鹤仙·立春》词云："想暗黄、依旧东风，灞陵古道。"

6.韦曲：地名，在今陕西西安城南。为樊川第一名胜，唐时位于长安城南郊，以诸韦世居于此而名。常指临安繁华胜地。

宋张炎《壶中天·养拙夜饮，客有弹箜篌者，即事以赋》词云："乔木苍寒图画古，窈窕行人韦曲。"

宋张炎《高阳台·西湖春感》词云："当年燕子知何处，但苔深韦曲，草暗斜川。"

洛阳相关

1.洛阳：地名。

2.金谷：金谷园，旧址在河南洛阳西北，晋代石崇修筑。泛指冶游场所。

宋王沂孙《醉落魄》词云："垂杨学画蛾眉绿，年年芳草迷金谷。"

宋邓有功《过秦楼》词云："谢家池馆，金谷园林，还又把春虚掷。"

3.铜驼：古代洛阳有铜驼街。铜驼梦，繁华梦。

宋翁孟寅《齐天乐·元夕》词云："红香十里铜驼梦，如今旧游重省。"

宋陈著《真珠帘》词云："从古幻境如轮，问铜驼、应是多番曾见。"

4.蓝田：山名。在陕西蓝田县东，辅山之南阜。山出美玉，故又名玉山。

宋赵闻礼《水龙吟·水仙花》词云："几年埋玉蓝田，绿云翠水烘春暖。"

宋朱敦儒《浣溪沙》词云："楚畹飞香兰结佩，蓝田生暖玉连环。"

5.凝碧旧池：凝碧池在唐洛阳神都苑。唐天宝十五年，安禄山攻陷东都，于此大宴，令梨园弟子奏乐，乐工雷海青掷乐器痛哭，惨遭肢解。诗人王维闻而为其作诗。见《明皇杂录》等书。

宋韩元吉《好事近·汴京赐宴》词云："凝碧旧池头，一听管弦凄切。"

杭州相关

1.吴山：在杭州城南，因是春秋吴国的商南而名。

宋王易简《庆宫春·谢草窗惠词卷》词云："因君凝伫，依约吴山，半痕娥绿。"

宋张磐《绮罗香·渔浦有感》词云："浦月窥檐，松泉漱枕，屏里吴山何处？"

宋王亿之《高阳台》词云："回首吴山，微茫遥带重城。"

2.玉屏：杭州的玉屏山。

宋吴文英《柳梢青》词云："玉屏风冷愁人，醉烂漫梅花翠云。"

宋翁元龙《风流子·闻挂花怀西湖》词云："天阔玉屏空，轻云弄、淡墨画秋容。"

3.孤山：在杭州西湖内外二湖之间，山上有梅。

宋周密《庆宫春·送赵元父过吴》词云："孤山春早，一树梅花，待君同折。"

宋翁元龙《水龙吟·雪霁登吴山见沧阁，闻城中箫鼓声》词云："任孤山、剩雪残梅，渐懒跨、东风骑。"

宋王沂孙《淡黄柳》词云："花边短笛，初结孤山约。"

4.冷泉亭：在杭州灵隐寺飞来峰下冷泉上。

宋赵汝芜《汉宫春》词云："慢赢得、秋声两耳，冷泉亭下骑驴。"

宋潘阆《酒泉子》词云："冷泉亭上旧曾游，三伏似清秋。"

5.北山：在杭州城。周密宋亡后定居杭州。

宋张炎《甘州·饯草窗西归》词云："料瘦筇归后，闲锁北山云。"

宋苏轼《江城子》词云："雪堂西畔暗泉鸣。北山倾，小溪横。"

6.西泠：杭州西湖桥名，一名西林桥，又名西陵桥，是孤山到北山的必经之地。

宋李莱老《惜红衣·寄牟阳翁》词云："笛送西泠，帆过杜曲。"

宋李莱老《小重山》词云："红尘没马翠埋轮，西泠曲，欢梦絮飘零。"

宋张炎《高阳台·西湖春感》词云："万绿西泠，一抹荒烟。"

7.独印湖心：西湖十景中有"三潭印月"。

宋奚岊《芳草·南屏晚钟》词云："销凝，油车归后，一眉新月，独印湖心。"

8.春城：指南宋都城临安。

宋韩疁《浪淘沙·丰乐楼》词云："却逐彩鸾归去路，香陌春城。"

宋翁孟寅《烛影摇红》词云："楼倚春城，琐窗曾共巢春燕。"

9.长安：代指临安。

宋吴文英《采桑子慢·九日》词云："叹人老、长安灯外，愁换秋衣。"

宋李莱老《台城路·寄弁阳翁》词云："故人倦旅，料渭水长安。"

宋吴文英《三姝媚·过都城旧居有感》词云："久客长安，叹断襟零袂，洗尘谁洗？"

10.清都：指临安，即作者所在处。

宋杨伯嵒《踏莎行·雪中疏寮借阁帖，更以薇露送之》词云："东风吹梦到清都，今年雪比年前别。"

宋佚名《导引·紫霄金阙》词云："云章焜燿传温玉，宝阁起清都。"

湖南相关

1.武陵：今属湖南常德市。武陵溪上路，指晋陶渊明《桃花源记》中所写缘溪进入世外桃源的通路。

宋真德秀《蝶恋花》词云："尽道武陵溪上路，不知迷入江南去。"

宋韩琦《点绛唇》词云："武陵回睇，人远波空翠。"

2.潇湘：潇、湘二水，在湖南境内。以风光秀美著称，加之湘妃的美丽神话传说，多用于诗词。

宋蔡松年《鹧鸪天·赏荷》词云："山黛远，月波长，暮云秋影蘸潇湘。"

唐刘禹锡《潇湘神》词云："楚客欲听瑶瑟怨，潇湘深夜月明时。"

3.岭表：五岭以南的两广地区。

宋张孝祥《念奴娇·过洞庭》词云："应念岭表经年，孤光自照，肝胆皆冰雪。"

湖北相关

1.黄鹤：即黄鹤山，因传说仙人王子安乘鹤过此而得名。

宋刘过《唐多令》词云："黄鹤断矶头，故人今在否？"

2.南楼：黄鹤楼，泛指文人雅士聚会之所。语见李白《与李郎中饮听黄鹤楼上吹笛》："黄鹤楼中吹玉笛，江城五月落梅花。"

宋刘过《唐多令》词云："二十年重过南楼。柳下系舟犹未稳，能几日、又中秋。"

宋楼采《瑞鹤仙》词云："南楼信杳，江云重，雁归少。"

宋吴文英《高阳台·落梅》词云："南楼不恨吹横笛，恨晓风、千里关山。"

3.黄鹤楼：位于湖北省武汉市武昌区，始建于三国吴黄武二年（223年），历代屡加重修。

宋吴文英《水龙吟》词云："黄鹤楼头月午。奏玉龙、江梅解舞。"

宋刘过《浣溪沙》词云："黄鹤楼前识楚卿，彩云重叠拥娉婷。"

4.楚客：作者自指。

宋姜夔《法曲献仙音·张彦功官舍》词云："奈楚客淹留久，砧声带愁去。"

宋柳永《卜算子》词云："楚客登临，正是暮秋天气。"

5.楚魄：楚魂，故国的亡魂。

宋王沂孙《醉蓬莱·归故山》词云："楚魄难招，暮寒堪揽。"

宋张炎《解连环》词云："楚魄难招，被万叠、闲云迷著。"

6.楚水：指油江。

宋姜夔《一萼红·人日登定王台》词云："南去北来何事，荡湘云楚水，目极伤心。"

宋贺铸《鸳鸯梦》词云："莫倚雕阑怀往事，吴山楚水纵横。"

7.楚乡：楚地，因楚在南方，也泛指南方各地。

宋黄孝迈《湘春夜月》词云："念楚乡旅宿，柔情别绪，谁与温存。"

宋柳永《安公子》词云："楚乡淮岸迢递，一霎烟汀雨过，芳草青如染。"

8.宋玉情怀：即悲秋情怀。战国楚人宋玉仕顷襄王朝，官位不高，很不得意。所作《九辩》借悲秋表达对现实的不满。

宋潘希白《大有·九日》词云："一片宋玉情怀，十分卫郎清瘦。"

9.湘云楚水：湖湘云水。

宋姜夔《一萼红·人日登定王台》词云："南去北来何事，荡湘云楚水，目极伤心。"

江苏相关

1.九曲迷楼：迷楼在扬州，隋炀帝时所建。其中曲房幽室相互连属，误入者终日不得出，故称九曲迷楼。

宋李莱老《扬州慢·琼花次韵》词云："九曲迷楼依旧，沉沉夜、想觅行云。"

2.吴乡：吴中一带，在今江苏地区。

宋朱昴孙《真珠帘》词云："梦满冰衾身似寄，算几度、吴乡烟水。"

宋仇远《满庭芳》词云："乐事不堪再省，吴乡远、愁思依依。"

3.翠鳌：形容都梁山像是海底涌出的巨鳌。都梁山，位于淮水南面的都梁县内（今江苏盱眙县东南）。南岸的都梁驿是宋金使臣的交通要道。

宋施岳《水龙吟》词云："翠鳌涌出沧溟，影横栈壁迷烟墅。"

4.双蛾：指夹江对峙的梁山，将其比成美人的娥眉。

宋刘澜《庆宫春·重登峨眉亭感旧》词云："喜溢双蛾，迎风一笑，两情依旧脉脉。"

宋姜夔《少年游》词云："双螺未合，双蛾先敛，家在碧云西。"

5.天门：天门山，又名梁山。

宋刘澜《庆宫春·重登峨眉亭感旧》词云："片帆谁上天门，我亦明朝，是天门客。"

宋贺铸《天门谣》词云："牛渚天门险，限南北、七雄豪占。"

浙江相关

1.弁阳：今浙江湖州。一说指弁阳山房，亦通。

宋李莱老《惜红衣·寄牟阳翁》词云："甚日浩歌招隐，听雨弁阳同宿。"

2.苕溪：水名。源出浙江天目山，注入太湖。夹岸多苕，秋后花飘水上如飞雪，故名。

宋刘澜《齐天乐·吴兴郡宴遇旧人》词云："花信风高，苕溪月冷，明日云帆天远。"

宋张先《忆秦娥》词云："忆苕溪、寒影透清玉。"

三、人

（一）人称

神

1.羲和：神话中驾驶日车的神。出自《楚辞·离骚》：“吾令羲和弭节兮，望崦嵫而勿迫。”王逸注：“羲和，日御也。”洪兴祖补注：“《山海经》东南海外有羲和之国，有女子名曰羲和，是生十日，常浴日于甘渊。”

宋李弥逊《水龙吟·上巳》词云：“倩飞英衬地，繁枝障日，游丝驻，羲和旆。”

宋魏了翁《西江月·即席和书院诸友》词云：“羲和不肯系朝阳。任向鬓边来往。”

2.羲娥：羲指日中之神羲和，娥指月中之神姮娥，也指日月。

宋辛弃疾《江神子·侍者请先生赋词自寿》词云：“拟倩何人，天上劝羲娥。”

宋辛弃疾《西江月·寿钱塘弟正月十六日，时新居成》词云：“只将绿鬓抵羲娥。金印须教门大。”

3.姮娥：神话传说中的月宫嫦娥。

宋赵希青乡《霜天晓角·桂》词云：“姮娥戏剧，手种长生粒。”

宋王亿之《高阳台》词云：“姮娥不管征途苦，甚夜深、尽照孤衾。”

4.镜娥：月中嫦娥。

宋翁元龙《风流子·闻桂花怀西湖》词云：“箫女夜归，帐栖青凤，镜娥妆冷，钗坠金虫。”

5.素娥：月中嫦娥。

宋尹焕《霓裳中序第一·茉莉》词云："归来也，恹恹心事，自共素娥说。"

宋毛珝《浣溪沙·桂》词云："素娥不嫁为谁妆。"

（二）女人

女子

1.翠黛：古时女子用螺黛画眉，故称女子之眉为"翠黛"，常指代女子。语出唐杜甫《陪诸贵公子丈八沟携妓纳凉晚际遇雨》诗之二："越女红裙湿，燕姬翠黛愁。"

宋史达祖《双双燕·咏燕》词云："愁损翠黛双蛾，日日画阑独凭。"

宋洪茶《齐天乐·闺思》词云："但翠黛愁横，红铅泪洗。待剪江梅，倩人传此意。"

2.翠袖：青绿色衣袖，泛指女子装束，常指代女子。语出唐杜甫《佳人》诗："天寒翠袖薄，日暮倚修竹。"

宋柴望《祝英台》词云："自从翠袖香消，明珰声断，怕回首、旧寻芳处。"

宋李演《声声慢·问梅孤山》词云："翠袖薄，晚无言、空倚修竹。"

宋朱埴《画堂春·绿窗睡起小妆残》词云："翠袖两行珠泪，画楼十二栏杆。销磨今古霎时间。恨杀青山。"

3.绮罗：指穿着绮罗的人。多为贵妇、女子之代称。

宋史达祖《东风第一枝·灯夕》词云："太平京国多欢，大酺绮罗几处。"

五代佚名《菩萨蛮》词云："皎皎绮罗光，青青云粉妆。"

五代欧阳炯《浣溪沙》词云："兰麝细香闻喘息，绮罗纤缕见肌肤，此时还恨薄情无？"

4.罗绮：指衣着华贵的女子。

宋吴潜《满江红·金陵乌衣园》词云："天一笑、满园罗绮，满城箫笛。"

宋胡浩然《万年欢·上元》词云："罗绮娇容，十里绛纱笼烛。"

5.粉香：代指游女。

宋李振祖《浪淘沙》词云："粉香何处度涟漪？认得一船杨柳外，帘影垂垂。"

宋李振祖《浪淘沙》词云："春在画桥西，画舫轻移。粉香何处度涟漪。"

6.恨玉：失意抱恨的女子。

宋张良臣《西江月》词云："四壁空围恨玉，十香浅捻啼绡。"

宋蒋捷《绛都春》词云："娅姹。嚬青泫白，恨玉佩罢舞，芳尘凝榭。"

7.邻娃：邻家少女。

宋韩疁《高阳台·除夕》词云："邻娃已试春妆了，更蜂枝簇翠，燕股横金。"

宋张炎《满庭芳·小春》词云："笑邻娃痴小，料理护花铃。"

8.女伴：女同伴。

宋李肩吾《风入松·冬至》词云："香闺女伴笑轻盈，倦绣停针。"

宋佚名《汉宫春》词云："翻动念，年年女伴，越溪共采芙蓉。"

9.杨花：代指水性杨花的女子。

宋卢祖皋《清平乐》词云："何处一春游荡，梦中犹恨杨花。"

宋周密《清平乐》词云："自是萧郎飘荡，错教人恨杨花。"

美人

1.越女：原指越地美女，后泛指美女。语出汉枚乘《文选·枚乘<七发>》："越女侍前，齐姬奉后。"刘良注："齐越二国，美人所出。"

宋刘辰翁《酹江月·五日和尹存吾，时北人竞鹭洲渡》词云："越女吴船，燕歌赵舞，世事悠悠许。"

宋仇远《酹江月·梅和彦国》词云："越女娉婷天下白，堪与冰霜争洁。"

2.燕姬：春秋时北燕之女，泛指燕地美女。语出南朝萧统《文选·鲍照》："当是时也，燕姬色沮，巴童心耻。"刘良注："巴童、燕姬，并善歌舞者。"

宋颜奎《菩萨蛮》词云："燕姬越女初相见。鬓云翻覆风转。"

宋卓田《酹江月·寿詹守生日在武夷设醮》词云："替却燕姬皓齿，洗尽人间筝笛。"

3.郑女：春秋战国时卫国女子善歌舞。

宋高观国《玉楼春·宫词》词云："卫姬郑女腰如束，齐唱阳春新制曲。"

4.秦娥：古代歌女，泛指秦地美貌女子。语出《文选·陆机＜拟今日良宴会＞诗》："齐僮《梁甫吟》，秦娥《张女弹》。"李周翰注："齐僮、秦娥，皆古善歌者。"

宋佚名《惜寒梅·看尽千花》词云："秦娥妆罢，遥相纵，艳过京洛。"

宋双渐《人月圆·碧纱低映秦娥面》词云："碧纱低映秦娥面，咫尺暗香浓。"

5.萧娘：泛指美貌多情女子；南朝以来，男子所恋的女子常被称为萧娘。语出《南史·梁宗室传上》："萧宏，貌美人柔懦，北魏称之为萧娘。"

宋吴文英《惜黄花慢·菊》词云："粉靥金裳。映绣屏认得，旧日萧娘。"

宋章耐轩《昭顺老人》词云："的皪堪为席上珍。银铛百沸麝脐熏。萧娘欲饵意中人。"

6.秋娘：美人的代称，比喻海棠花。

宋翁元龙《绛都春·秋晚，海棠与黄菊盛开》词云："秋娘羞占东篱畔，待说与、深宫幽怨。”

宋李莱老《高阳台·落梅》词云：“迎风点点飘寒粉，怅秋娘、满袖啼痕。”

7.青娥：美丽的少女。语出唐王建《白纻歌》之二：“城头乌栖休击鼓，青娥弹瑟白紵舞。”

宋张先《醉落魄·吴兴莘老席上·般涉调》词云：“使君劝醉青娥唱。分明仙曲云中响。”

宋晁补之《永遇乐·赠雍宅璨奴》词云：“青娥皓齿，云鬟花面，见了绮罗无数。”

8.娥眉：女子的秀眉，常借指美女。语出《楚辞·大招》：“嫮目宜笑，娥眉曼只。”

宋姜夔《琵琶仙·吴兴春游》词云：“歌扇轻约飞花，蛾眉正奇绝。”

宋辛弃疾《破阵子·赵晋臣敷文幼女县主觅词》词云：“菩萨丛中惠眼，硕人诗里娥眉。”

宋李曾伯《声声慢·赋红梅》词云：“犹嫌污人颜色，谁云似、虢国娥眉。”

9.姝丽：美丽之意，代指美女。语出《后汉书·皇后纪上·和熹邓皇后》：“后长七尺二寸，姿颜姝丽，绝异于众。”

宋柳永《玉女摇仙佩》词云：“取次梳妆，寻常言语，有得几多姝丽。”

宋佚名《水调歌头·阿谁煎凤髓》词云：“天使彭城姝丽，来配鲁邦才子，永作地行仙。”

10.佳人：指美女。语出战国宋玉《登徒子好色赋》：“天下之佳人，莫若楚国；楚国之丽者，莫若臣里；臣里之美者，莫若臣东家之子。”

宋晏几道《武陵春·九日黄花如有意》词云：“几处佳人此会同。今在泪痕中。”

宋黄庭坚《丑奴儿·夜来酒醒清无梦》词云：“佳人别后音尘悄，消瘦难拼。”

11.玉人：美女。

宋姚宽《菩萨蛮》词云：“睡起揭帘旌，玉人蝉鬓轻。”

宋姜夔《暗香》词云：“唤起玉人，不管清寒与攀摘。”

史达祖《双双燕》词云：“愁损玉人，日日画栏独凭。”

宋贺铸《绿头鸭》词云：“玉人家，画楼珠箔临津。”

12.玉奴：美女，比喻梅花。

宋吴文英《西江月·青梅枝上晚花》词云：“玉奴最晚嫁东风，来结梨花幽梦。”

宋张炎《一萼红·赋红梅》词云：“树挂珊瑚冷月，叹玉奴妆褪，仙掾诗悭。”

仙女

1.飞琼：仙女许飞琼。语出《汉武帝内传》：“王母乃命侍女……许飞琼鼓震灵之簧。”

宋苏轼《戚氏·此词始终指意，言周穆王宾于西王母事》词云：“缥缈飞琼妙舞，命双成、奏曲醉留连。”

宋李彭老《高阳台·落梅》词云：“东园曾趁花前约，记按筝筹酒，戏挽飞琼。”

宋周密《水龙吟·白荷》词云：“应是飞琼仙会，倚凉飙、碧簪斜坠。”

宋黄裳《霜叶飞·冬日闲宴》词云：“向寂寞，中先喜，俄顷飞琼，化成寰宇。”

宋李演《南乡子·夜宴燕子楼》词云：“天上许飞琼，吹下蓉笙染玉尘。”

宋苏轼《菩萨蛮·杭妓往苏迓新守》词云：“不用许飞琼，瑶台空月明。”

2.瑶琼：瑶池仙女许飞琼。

宋李莱老《扬州慢·琼花次韵》词云：“怅朱槛香消，绿屏梦渺，肠断瑶琼。”

宋曾布《排遍第四》词云：“假手迎天意，一挥霜刃。窗间粉颈断瑶琼。”

3.瑶姬：见载于《水经注·江水二》，瑶姬即巫山女神，天帝之季女，相传“未行而卒，封于巫山之阳，精魂为草，实为灵芝”。故后世亦以为花草之神。

五代牛希济《临江仙》词云：“峭壁参差十二峰，冷烟寒树重重。瑶姬宫殿是仙踪。”

宋高观国《金人捧露盘》词云：“念瑶姬，翻瑶佩，下瑶池。”

4.女真：女仙，即女道士。

宋佚名《失调名》词云：“汉宫梳罢女真妆，望金仙、朝朝暮暮。”

宋欧阳修《渔家傲》词云：“仙格淡妆天与丽。谁可比。女真装束真相似。”

5.玉真：特指仙女。语出唐曹唐《刘阮再到天台不复见仙子》诗：“再到天台访玉真，青苔白石已成尘。”

宋欧阳修《玉楼春》词云：“池塘水绿春微暖。记得玉真初见面。”

宋晏几道《木兰花》词云：“玉真能唱朱帘静。忆在双莲池上听。”

6.麻姑：神话中仙女名。传说东汉桓帝时曾应仙人王远（字方平）召，降于蔡经家，为一美丽女子，年可十八九岁，手纤长似鸟爪。

宋李之仪《清平乐·听杨姝琴》词云：“一曲履霜谁与奏。邂逅麻姑妙手。”

宋秦观《石州慢·九日》词云：“待倩问麻姑，借秋风黄鹄。”

7.萼绿华：绿萼梅花。又为仙女名，自言为九嶷山中得道女子罗郁，据传晋穆帝时曾夜降羊权家。见晋陶弘景《真诰·运象》。

宋罗椅《柳梢青》词云："萼绿华身，小桃花扇，安石榴裙。"

宋刘学箕《浣溪沙》词云："天上仙人萼绿华，何年分种小山家。"

宋刘克庄《贺新郎》词云："萼绿华轻罗袜小，飞下祥云仙鹤。"

8.汜人：唐沈亚之《湘中怨解》载，太学进士郑生乘晓月渡洛桥，遇艳女自言依兄家，因嫂恶，欲投水，生载归与之同居，号汜人。数年后，汜人自言本是"蛟宫之娣"，贬谪而从生，今已期满，于是离去。此把水仙比作汜水之神。

宋周密《国香慢・赋子固<凌波图>》词云："经年汜人重见，瘦影娉婷。"

宋吴文英《凄凉犯》词云："汜人最苦，粉痕深、几重愁靥。"

9.仙姝：美丽的仙女。

宋王沂孙《一萼红・石屋探梅》词云："思飘摇，拥仙姝独步，明月照苍翘。"

宋陆游《一丛花》词云："仙姝天上自无双，玉面翠蛾长。"

伎女

1.谢女：在晚唐以前指的是晋代才女谢道韫；但在唐宋诗词中，一说源自李德裕所宠爱的名伎谢秋娘，一说源自《晋书・谢安传》所载谢安携妓游东山的轶事，隐指伎女。

宋张先《谢池春慢・玉仙观道中逢谢媚卿》词云："尘香拂马，逢谢女、城南道。"

宋晏几道《鹧鸪天・小玉楼中月上时》词云："沈郎春雪愁消臂，谢女香膏懒画眉。"

2.谢娘：同谢女。

唐温庭筠《归国遥・国一作自，遥一作谣》词云："谢娘无限心田，晓屏山断续。"

唐韦庄《浣溪沙・惆怅梦余山月斜》词云："孤灯照壁背窗纱。小楼高阁谢娘家。"

宋江开《杏花天》词云："谢娘庭院通芳径，四无人、花梢转影。"

宋孙惟信《夜合花》词云："风叶敲窗，露蛩吟甃，谢娘庭院秋宵。"

3.歌裙：代指歌伎。

宋李莱老《杏花天》词云："西湖梦、红沈翠冷。记舞板、歌裙厮趁。"

宋杨炎正《相见欢》词云："歌裙醉，罗巾泪。别愁浓。"

4.苏小：苏小小，南齐时钱塘名伎，也代指伎女。

宋张辑《醉蓬莱・舟次东山忆西湖旧游》词云："苏小间情，绿杨如织，栏槛东边，好山千叠。"

宋李彭老《探芳讯・湖上春游，继草窗韵》词云："苏小门前，题字尚存否。"

5.莺燕：兼指莺莺燕燕和妙龄歌女。

宋李莱老《扬州慢·琼花次韵》词云：“佩环何许，纵无情、莺燕犹惊。”

宋李莱老《浪淘沙》词云：“宝押绣帘斜，莺燕谁家。”

宋孙惟信《夜合花》词云：“谁念卖药文箫，望仙城路杳，莺燕迢迢。”

6.小苹：代指歌女。晏几道歌妓名。指所恋女子。晏几道《临江仙》：“记得小苹初见，两重心字罗衣，琵琶弦上说相思。”

宋江开《浣溪沙》词云：“手捻花枝忆小苹，绿窗空锁旧时春。”

7.莫愁：古代女子，善歌谣，亦借指歌女。南朝乐府有《莫愁乐》：“莫愁在何处？莫愁石城西。艇子打两桨，催送莫愁来。”

宋高观国《霜天晓角》词云：“欲访莫愁何处？旗亭在、画桥侧。”

宋周邦彦《西河·金陵怀古》词云：“断崖树，犹倒倚。莫愁艇子曾系。”

心仪女子

1.人面桃花：爱慕思念而未能再见的女子。出自孟棨《本事诗·情感》，相传唐崔护尝于清明日独游长安城南，见一庄居，有女子独倚小桃柯伫立，而意殊厚。来岁清明，崔又往寻之，刚门扃无人，因题诗于左扉曰：“去年今日此门中，人面桃花相映红。人面不知何处去，桃花依旧笑春风。”

宋蔡伸《柳梢青·联璧寻春》词云：“阴阴柳下人家，人面桃花似旧。”

宋蔡伸《点绛唇》词云：“人面桃花，去年今日津亭见。”

2.人面花枝：即人面桃花。

宋丘密《诉衷情·荆南重湖作》词云：“更添月照，人面花枝，疑在蓬壶。”

宋晏几道《蝶恋花》词云：“三月露桃芳意早。细看花枝，人面争多少。”

宋张先《少年游·井桃》词云：“花枝人面难常见，青子小丛丛。”

3.绿阴：所爱女子已有归宿。

宋尹焕《唐多令·苕溪有牧之之感》词云：“怅绿阴、青子成双。”

宋彭子翔《木兰花慢·贺第二娶》词云：“标梅实好，奈绿阴、庭户不禁愁。”

4.玉箫：女子名。亦指所欢恋的女子。

宋楼采《法曲献仙音》词云：“倩柔红约定，唤取玉箫同醉。”

宋陈允平《思佳客》词云：“金屋静，玉箫闲。”

男子

1.萧郎：此泛指女子所爱男子。

唐佚名《醉公子》词云：“门外狗儿吠，知是萧郎至。”

宋刘仙伦《江神子》词云：“憔悴萧郎，赢得带围宽。”

宋刘克庄《清平乐·赠陈参议师文侍儿》词云："贪与萧郎眉语，不知舞错《伊州》。"

2.冤家：系女子对其所欢的昵称。

宋黄庭坚《昼夜乐》词云："教人每日思量，到处与谁分付。其奈冤家无定据。"

宋吕渭老《沁园春》词云："争知道，冤家误我，日许多时。"

3.薄倖/薄幸：犹冤家。

宋欧阳修《蝶恋花》词云："薄幸辜人终不愤，何时枕畔分明问。"

宋苏轼《定风波·感旧》词云："薄幸只贪游冶去，何处，垂杨系马恣轻狂。"

宋赵宇鋤《谒金门》词云："薄倖心情似絮。长是轻分轻聚。"

旅人

1.倦客：倦游的旅人。

宋谢懋《浪淘沙》词云："倦客亦何堪，尘满征衫。"

宋辛弃疾《满江红》词云："倦客新丰，貂裘敝、征尘满目。"

2.征衫：旅人之衣，借指远行之人。

宋谢懋《浪淘沙》词云："倦客亦何堪，尘满征衫。"

宋张辑《山渐青》词云："杨柳飞花春雨晴，征衫长短亭。"

宋李珏《击梧桐·别西湖社友》词云："枫叶浓于染，秋正老、江上征衫寒浅。"

宋王易简《齐天乐·客长安赋》词云："前度刘郎，三生杜牧，赢得征衫尘土。"

3.客心：旅人之情，游子之思。

宋高观国《金人捧露盘·水仙》词云："香心静，波心冷，琴心怨，客心惊。"

宋陈克《临江仙》词云："岁华销尽客心惊。疏髯浑似雪，衰涕欲生冰。"

4.孤旅：独自在外的人。

宋冯去非《喜迁莺》词云："世事不离双鬓，远梦偏欺孤旅。"

宋丁默《齐天乐》词云："中年怀抱易感，甚风花水叶，犹似孤旅。"

5.羁旅：指客居异乡的人。

宋姜夔《玲珑四犯》词云："文章信美知何用，漫赢得、天涯羁旅。"

宋罗椅《柳梢青》词云："悠悠羁旅愁人，似飘零、青天断云。"

6.倦旅：厌倦于行旅。又指倦于行旅的人。

宋周密《扫花游·九日怀归》词云："尘染秋衣，谁念西风倦旅。"

宋张艾《解语花》词云："花无数、应认汀洲倦旅。"

诗人

1.诗客：作者自指。

宋姜夔《惜红衣·吴兴荷花》词云：“墙头唤酒，谁问讯、城南诗客。”

宋陈师道《菩萨蛮·寄赵使君》词云：“应怜诗客老，要使情怀好。”

2.吟边：指自己身边。

宋张枢《瑞鹤仙》词云：“吟边眼底。被嫩绿、移红换紫。”

宋李彭老《一萼红·寄弁阳翁》词云：“最难忘、吟边旧雨，数菖蒲、花老是来期。”

宋王沂孙《高阳台》词云：“又争知、一字相思，不到吟边。”

渔夫乡野

1.渔翁：老渔夫。

宋卢祖皋《贺新郎》词云：“万里乾坤清绝处，付与渔翁钓叟。”

宋黄庭坚《菩萨蛮》词云：“半烟半雨溪桥畔，渔翁醉着无人唤。”

2.钓叟：垂钓的老人。

宋王安石《浪淘沙》词云：“伊吕两衰翁，历遍穷通。一为钓叟一耕佣。”

宋柳永《望海潮·东南形胜》词云：“羌管弄晴，菱歌泛夜，嬉嬉钓叟莲娃。”

3.垂纶手：垂钓者，指归隐。

宋卢祖皋《贺新郎》词云：“猛拍栏杆呼鸥鹭，道他年、我亦垂纶手。”

宋周密《乳燕飞》词云：“笑拍栏杆呼范蠡，甚平吴、却倩垂纶手。”

4.渔郎：打渔郎。

宋李彭老《壶中天·登寄闲吟台》词云：“烟外冷逼玻璃，渔郎歌渺，击空明归去。”

宋刘辰翁《金缕曲》词云：“苦苦渔郎留不住，约扁舟、后日重来此。”

5.野老：林野之人或村野老人。语见南朝梁丘迟《旦发渔浦潭》诗：“村童忽相聚，野老时一望。”

宋辛弃疾《满江红·山居即事》词云：“被野老、相扶入东园，枇杷熟。”

宋姜夔《一萼红·古城阴》词云：“野老林泉，故王台榭，呼唤登临。”

6.野人：村野之人，或也指隐逸之人。

宋张抡《踏莎行·秋入云山》词云：“松醪常与野人期，忘形共说清闲话。”

宋郑域《昭君怨·梅》词云：“道是花来春未。道是雪来香异。水外一枝斜，野人家。”

高朋

1.高会：高人雅集，盛大的聚会。语见《史记·卷七·项羽本纪》："身送之至无盐，饮酒高会。"

宋董嗣杲《湘月》词云："心逐云帆，情随烟笛，高会知谁继?"

宋苏轼《浣溪沙》词云："芍药樱桃两斗新。名园高会送芳辰。"

2.高阳酒伴：指狂放不羁的酒友。《史记·郦生陆贾列传》载，郦食其进见刘邦自称"高阳酒徒"。

宋张龙荣《摸鱼儿》词云："思量偏，前度高阳酒伴，离踪悲事何限。"

3.俊游：高朋雅友。

宋秦观《望海潮》词云："金谷俊游，铜驼巷陌，新晴细履平沙。"

宋李肩吾《清平乐》词云："韶光九十悭悭，俊游回首关山。"

宋周密《三姝媚·送圣与还越》词云："秉烛相看，叹俊游零落，满襟依黯。"

4.英游：英俊、杰出的人物。

宋刘澜《庆宫春·重登峨眉亭感旧》词云："英游何在，满目青山，飞下孤白。"

宋周密《高阳台·送陈君衡被召》词云："纵英游，叠鼓清笳，骏马名姬。"

5.结客：结交宾客，多指结交豪侠之士。《后汉书·刘玄传》："弟为人所杀，圣公结客欲报之。"

宋尚希尹《浪淘沙》词云："结客去登楼，谁系兰舟。"

宋刘辰翁《江城子·和默轩初度韵》词云："晚入耆英年最少，空结客，少年场。"

富家子弟

1.五陵年少：指京都富豪子弟。语出《琵琶行》。

宋佚名《马家春慢》词云："樽前五陵年少。纵丹青异格，难别颜貌。"

宋晏几道《河满子》词云："五陵年少浑薄幸，轻如曲水飘香。"

2.王孙：王族子孙，泛指贵族子弟。

宋刘翰《清平乐》词云："凄凄芳草，怨得王孙老。"

宋史达祖《三姝媚》词云："倦出犀帷，频梦见、王孙骄马。"

痴儿怨女

1.世间儿女：世上那些无知小儿女。

宋姜夔《齐天乐·蟋蟀》词云："豳诗漫与，笑篱落呼灯，世间儿女。"

宋苏泂《摸鱼儿》词云："鹑衣箪食年年瘦，受侮世间儿女。"

2.騃儿痴女：谓天真无邪、迷于情爱的少男少女。

宋赵闻礼《贺新郎·萤》词云："夜沉沉、拍手相亲，騃儿痴女。"

宋赵以夫《永遇乐》词云："妆楼上，青瓜玉果，多少騃儿痴女。"

（三）历史人物

范蠡

1.鸱夷：皮革囊，此指范蠡。语见《史记·越王勾践世家》："范蠡浮海出齐，变姓名，自谓鸱夷子皮。"

宋卢祖皋《贺新凉》词云："问鸱夷、当日扁舟，近曾来否?"

宋苏轼《减字木兰花·寓意》词云："一舸姑苏，便逐鸱夷去得无。"

2.五湖倦客：指范蠡。赵晔《吴越春秋·夫差内传》载越国大夫范蠡辅佐勾践灭吴后，"乘扁舟，出三江入五湖，人莫知其所适。"徐天祐注引韦昭曰："胥湖、蠡湖、洮湖、滆湖，就太湖而五。"五湖具体所指，说法不一。后以"五湖"泛指隐遁之所。

宋吴文英《八声甘州·陪庾幕诸公游灵岩》词云："宫里吴王沉醉，倩五湖倦客，独钓醒醒。"

西施

1.名娃：指西施，春秋末年越国苎罗（今浙江诸暨南）人。越王勾践败于会稽，范蠡取西施献给吴王夫差，使其迷惑忘政。后西施归范蠡，同泛五湖。见《吴越春秋·勾践阴谋外传》。一说吴亡后，越沉西施于江。娃，美女。

宋吴文英《八声甘州·陪庾幕诸公秋登灵岩》词云："幻苍崖云树，名娃金屋，残霸宫城。"

宋李居仁《水龙吟（浮翠山房拟赋白莲）》词云："菱唱数声乍听。载名娃、藕丝萦艇。"

2.西子：指西施。

宋刘过《沁园春·斗酒彘肩》词云："坡谓西湖，正如西子，浓抹淡妆临镜台。"

宋苏轼《水龙吟·黄州梦过栖霞楼》词云："五湖闻道，扁舟归去，仍携西子。"

3.淡妆人：指西施。语见宋苏轼《饮湖上初晴后雨》："且把西湖比西子，淡妆浓抹总相宜。”

宋姜夔《法曲献仙音·张彦功官舍》词云：“唤起淡妆人，问逋仙、今在何许。”

宋唐珏《水龙吟·浮翠山房拟赋白莲》词云：“淡妆人更婵娟，晚奁净洗铅华腻。”

夫差

1.残霸：指夫差。他曾打败越国，与晋国争霸中原，后为越国所灭，霸业有始无终，故云。

宋吴文英《八声甘州·陪庾幕诸公游灵岩》词云：“幻苍厓云树，名娃金屋，残霸宫城。”

王昭君

1.昭君：王昭君，王嫱，西汉元帝时入宫，后匈奴入汉求和亲，昭君自请远嫁。

宋姜夔《疏影》词云：“昭君不惯胡沙远，但暗忆、江南江北。”

宋刘克庄《满江红》词云：“荡子不归鸳被冷，昭君远嫁毡车发。”

司马相如

1.文园：西汉辞赋家司马相如曾官孝文园令。语见杜牧《为人题赠》：“文园终病槁，休咏白头吟。”

宋李莱老《台城路·寄弁阳翁》词云：“文园憔悴顿老，又西风暗换，丝鬓无数。”

宋吴文英《杏花天》词云：“江清爱与消残醉，悴憔文园病起。”

2.相如：西汉辞赋家司马相如。有才思，以琴声赢得卓文君的爱慕。

宋吴文英《高阳台·丰乐楼分韵得“如”字》词云：“自销凝，能几花前，顿老相如。”

宋刘过《贺新郎》词云：“老去相如倦。向文君、说似而今，怎生消遣?”

梅福

1.梅福：字子真，九江郡寿春（今安徽寿县）人，汉代高士，避世隐居，传说成仙。

宋阮阅《锦堂春·留合肥林倅》词云：“闻道当年父老，记梅福、曾隐南昌。”

宋王之望《念奴娇·荆门军宋签判、陶教授许尉同坐》词云：“故人未至，座中仍对梅福。”

2.梅仙：指梅福。出自《汉书·梅福传》：“为郡文学，补南昌尉……至元始中，王莽颛政，福一朝弃妻子，去九江，至今传以为仙。”

宋朱敦儒《水调歌头·平生看明月》词云：“寄语梅仙道，来岁肯同不。”

宋韩元吉《醉蓬莱·次韵张子永同饮谢德舆家》词云：“待约梅仙，他年丹就，骑鲸飞去。”

赵飞燕

1.飞燕：汉成帝皇后赵飞燕失宠后被贬为庶人，自杀身亡。

宋辛弃疾《摸鱼儿》词云：“君不见、玉环飞燕皆尘土。”

唐李白《清平调》词云：“借问汉宫谁得似，可怜飞燕倚新妆。”

2.避风台：汉赵飞燕纤质轻盈，相传汉成帝恐其随风入水，于太液池筑避风台予以保护。

宋刘克庄《清平乐》词云：“好筑避风台护取，莫遣惊鸿飞去。”

宋周密《忆旧游·落梅赋》词云：“叹金谷楼危避风台浅，消瘦飞琼。”

3.掌上承恩：赵飞燕体态轻盈，得到汉成帝宠爱，立为皇后，传说她能在掌上起舞。

宋黄升《清平乐·宫词》词云：“当年掌上承恩，而今冷落长门。”

宋晏几道《清平乐》词云：“可怜娇小，掌上承恩早。”

庞德公

1.庞公：汉末隐士庞德公。出自《后汉书·逸民传》：“庞公者，南郡襄阳人也。居岘山之南，未尝入城府，夫妻相敬如宾。荆州刺史刘表延请不能屈……表叹息而去。后遂其妻子登鹿门山，因采药不反。”

宋韩淲《鹧鸪天·昌甫同明叔饮赵崇公家》词云：“莫道庞公不入州。为谁歌酒也迟留。”

宋刘克庄《沁园春·二鹿》词云：“幸柴车堪驾，何惭韩众，药苗可采，长伴庞公。”

2.庞翁：指隐居不仕的庞公。

宋苏轼《送杜介归扬州》词云：“采药会须逢蓟子，问禅何处识庞翁。”

宋李纲《江城子·池阳泛舟作》词云：“梁溪只在太湖东。长儿童。学庞翁。”

秦嘉

1.秦嘉：东汉陇西人，为郡上掾。《玉台新咏》载有秦嘉《赠妇诗》三首，嘉妻徐淑答诗一首，叙夫妇惜别互表忠诚之情，为历代所传颂。

宋张炎《渡江云·次赵元父韵》词云："重盟镜约，还记得、前度秦嘉。"

王粲

1.王粲登楼：东汉末年王粲避乱荆州，作有《登楼赋》，中有句云："虽信美而非吾土兮，曾何足以少留。"

宋周密《一萼红·登蓬莱阁有感》词云："故国山川，故园心眼，还似王粲登楼。"

宋元好问《木兰花慢》词云："只问寒沙过雁，几番王粲登楼。"

2.王郎：指王粲。

宋陈策《摸鱼儿·仲宣楼赋》词云："凭高试问，问旧日王郎，依刘有地，何事赋幽愤。"

宋刘克庄《满江红·送王实之》词云："天壤王郎，数人物、方今第一。"

元龙

3.元龙：三国时陈登，字元龙，有文武胆志。许汜去见他，他待之无主客意，久不相与语，自上大床卧，使许汜卧下床。许汜后来对刘表、刘备说："陈元龙湖海之士，豪气不除。"刘备认为许汜求田问舍，言无可采，对许汜说："如小人当卧百尺楼上，卧君于地，何但上下床之间邪？"见《三国志·魏志·陈登传》。

宋陈策《摸鱼儿·仲宣楼赋》词云："湖海兴，算合付、元龙举白浇谈吻。"

宋黄机《永遇乐》词云："史君自有，元龙豪气，唤客且休辞醉。"

刘郎

1.刘郎：指刘备。谓此时即使有闲愁也抛开了，豪情不减刘备"欲卧百尺楼上"。典出《三国志·魏志·陈登传》。

宋杨缵《一枝春·除夕》词云："从他岁穷日暮，纵闲愁、怎减刘郎风度。"

二乔

1.二乔：指三国时乔公的两个女儿，后代指美女。出自《三国志·吴志·周瑜传》："时得桥公两女，皆国色也。（孙）策自纳大乔，瑜纳小乔。"清沈钦韩《两汉书疏证》说桥公即乔玄。唐杜牧《赤壁》："东风不与周郎便，铜雀春深锁二乔。"

宋吕胜己《虞美人·双莲》词云："二乔姊妹新妆了。照水盈盈笑。"

宋辛弃疾《鹧鸪天·峡石前用韵答吴子似》词云："最怜乌鹊南飞句，不解风流见二乔。”

2.大小乔：指二乔。

宋辛弃疾《菩萨蛮·赠周国辅侍人》词云：“醉里客魂消。春风大小乔。”

宋吴文英《浣溪沙·琴川慧日寺蜡梅》词云：“蝶粉蜂黄大小乔。中庭寒尽雪微销。”

3.小乔：指二乔中的妹妹。

宋朱子厚《谒金门》词云：“闻道小乔乘凤玉。仙裳飘雾縠。”

宋赵必王象《朝中措·贺益齐仿嗣娶妇》词云：“大儿清彻，小乔初嫁，雨腻云娇。”

陶渊明

1.陶郎：陶渊明（约365—427），名潜，字元亮，别号五柳先生。

宋吴文英《一寸金·中吕商赠笔工刘衍》词云：“陶郎老、憔悴玄香，禁苑犹催夜俱入。”

宋翁元龙《绛都春·秋晚，海棠与黄菊盛开》词云：“恨他情淡陶郎，旧缘较浅。”

2.靖节：陶渊明卒后私谥靖节，世称靖节先生。

宋郭应祥《鹧鸪天·遁斋自作生日》词云：“催科自笑阳城拙，勇退应惭靖节高。”

宋袁去华《满江红·都下作》词云：“靖节依然求县令，元龙老去空豪气。”

3.陶潜。

宋卫宗武《前调·寿野渡》词云：“有陶潜、三径健吟哦，贫而适。”

宋曹勋《竹马子·柳》词云：“到此曾追想，陶潜旧隐，忆隋堤津渡。”

4.柴桑：陶渊明为浔阳柴桑人。

宋李彭老《高阳台·寄题荪壁山房》词云：“松菊依然，柴桑自爱吾庐。”

宋谢逸《卜算子》词云：“不见柴桑避俗翁，心共孤云远。”

桓伊

1.子野闻歌：晋桓伊，字子野。《世说新语·任诞》载，桓子野每闻清歌，辄唤“奈何”，谢安说他“可谓一往情深”。

宋罗椅《柳梢青》词云：“子野闻歌，周郎顾曲，曾恼夫君。”

潘岳

1.檀郎：晋代潘岳小名檀奴，仪表堂堂，故古代常用檀郎代指美男子或所爱慕的男子。出自《晋书·潘岳传》："岳才名冠世，为众所疾，遂栖迟十年。出为河阳令，负其才而郁郁不得志。"

宋柳永《合欢带》词云："檀郎幸有，凌云词赋，掷果风标。"

宋柳永《仙吕调·促拍满路花》词云："最是娇痴处，尤殢檀郎，未教拆了秋千。"

2.河阳：晋代潘岳为河阳令，于县中遍种桃李，人称"河阳一县花"。

宋谢懋《风入松》词云："换得河阳衰鬓，一帘烟雨梅黄。"

宋贺铸《南柯子·别恨》词云："河阳新鬓尽禁秋。萧散楚云巫雨、此生休。"

3.潘郎：晋代潘岳。他在《秋兴赋序》中说："余春秋三十有二，始见二毛。"

宋史达祖《夜行船》词云："白发潘郎宽沈带，怕看山、忆他眉黛。"

宋苏轼《浣溪沙》词云："徐邈能中酒圣贤，刘伶席地幕青天，潘郎白璧为谁连。"

4.潘令：晋潘岳，曾任河阳令，聚花，多树桃李，人称河阳一县花。

宋刘克庄《摸鱼儿·海棠》词云："天怎忍？潘令老，年年不带看花分。"

宋贺铸《画眉郎·雪絮雕章》词云："认兰情、自有怜才处，似题桥贵客，栽花潘令，真画眉郎。"

庾信

1.庾信，字子山，小字兰成，南阳郡新野县（今河南省南阳市新野县）人，南北朝时期文学家，流寓北周，作有《愁赋》。

宋李彭老《踏莎行·题草窗十拟后》词云："庾信书愁，江淹赋别。桃花红雨梨花雪。"

宋刘辰翁《兰陵王·丙子送春》词云："春去。尚来否。正江令恨别，庾信愁赋。"

2.庾郎：指庾信，也指女子所恋男子。

宋张枢《庆宫春》词云："楚驿梅边，吴江枫畔，庾郎从此愁多。"

宋梅尧臣《苏幕遮·草》词云："独有庾郎年最少。窣地春袍，嫩色宜相照。"

宋姜夔《齐天乐·蟋蟀》词云："庾郎先自吟愁赋，凄凄更闻私语。"

3.庾愁：庾郎的愁意，因庾信作有《愁赋》。

宋李莱老《青玉案·吟情老尽江南句》词云："荀香犹在，庾愁何许，云冷西湖赋。"

宋蔡松年《念奴娇·念奴玉立》词云："老子陶写平生，清音裂耳，觉庾愁都释。"

桃叶桃根

1.桃叶桃根：桃叶为晋王献之爱妾，桃根为桃叶之妹。这里代指歌女。

宋高观国《风入松》词云："醉魂不入重城晚，秾欢寄、桃叶桃根。"

宋姜夔《琵琶仙·吴兴春游》词义："双桨来时，有人似、旧曲桃根桃叶。"

2.桃叶：晋王献之有爱妾名桃叶。

宋吴文英《青玉案》词云："短亭芳草长亭柳，记桃叶，烟江口。"

宋辛弃疾《念奴娇·西湖和人韵》词云："醉中休问，断肠桃叶消息。"

3.桃根：晋王献之爱妾桃叶之妹。此指昔日情人。

宋黄孝迈《湘春夜月》词云："天长梦短，问甚时、重见桃根。"

宋吴文英《法曲献仙音·放琴客，和宏庵韵》词云："记桃根、向随春渡，愁未洗、铅水又将恨染。"

4.桃叶渡：在南京秦淮河与清溪会合处，因晋王献之曾在此送别爱妾桃叶而名。

宋辛弃疾《祝英台近》词云："宝钗分，桃叶渡，烟柳暗南浦。"

宋张炎《凤凰台上忆吹箫·味凄然》词云："不道江空岁晚，桃叶渡、还叹飘零。"

江淹

1.江淹：淹为梁诗人，著有《恨赋》《别赋》等。

宋姜夔《玲珑四犯》词云："江淹又吟恨赋。记当时、送君南浦。"

宋刘辰翁《水龙吟》词云："但相如老去，江淹才尽，有何人赋。"

杨缵

1.断歌人：谓姜夔、杨缵和周密皆精通音律，后人难以为继。

宋王沂孙《踏莎行·题草窗词卷》词云："白石飞仙，紫霞凄调，断歌人听知音少。"

2.断霞：暗指杨缵。杨氏号紫霞、霞翁。

宋李彭老《高阳台·落梅》词云："欲倩怨笛传清谱，怕断霞、难返吟魂。"

宋仇远《归田乐》词云："断霞倦鹊，未晚先争宿。"

张绪

1.张绪：南朝齐吴郡吴人，美风姿，清简寡欲，口不言利。武帝植蜀柳于灵和殿前，尝赞叹说："此杨柳风流可爱，似张绪当年时。"见《南史·张裕传》

宋李彭老《探芳讯・湖上春游，继草窗韵》词云："更休言，张绪风流似柳。"

宋陈允平《蝶恋花》词云："扑鬓杨花如白首，少年张绪心如旧。"

巳公

1.已公：即巳上人。唐时幽居之僧。

宋刘澜《瑞鹤仙・海棠》词云："红鹭。花开不到，杜老溪庄，巳公茅屋。"

欧阳询和虞世南

1.欧虞：唐代书法家欧阳询和虞世南。

宋李彭老《高阳台・寄题苏壁山房》词云："照窗明，小字珠玑，重见欧虞。"

李白

1.谪仙：唐代诗人李白，字太白，号青莲居士，又号"谪仙人"。

宋刘过《水龙吟・寄陆放翁》词云："谪仙狂客何如？看来毕竟归田好。"

宋方岳《江神子・牡丹》词云："只恨谪仙浑懒却，辜负那，倚栏人。"

宋刘仙伦《霜天晓角・娥眉亭》词云："试问谪仙何处，青山外、远烟碧。"

宋黄庭坚《水调歌头・游览》词云："谪仙何处？无人伴我白螺杯。"

2.青莲：李白，号青莲居士。

宋刘澜《庆宫春・重登战眉亭感旧》词云："平生高兴，青莲一叶，从此飘然八极。"

宋佚名《满江红・六月廿八》词云："太乙真人曾夜伴，青莲居士何年谪。"

杜甫

1.杜陵：唐代诗人杜甫，字子美，自号少陵野老。

宋张炎《甘州・饯草窗西归》词云："怪相如游倦，杜陵愁老，还叹飘零。"

宋吴文英《水龙吟・寿梅津》词云："杜陵折柳狂吟，砚波尚湿红衣露。"

2.杜老：唐代诗人杜甫。

宋刘澜《瑞鹤仙・海棠》词云："红鹭，花开不到，杜老溪庄，巳公茅屋。"

宋张炎《甘州・饯草窗西归》词云："甚相如情倦，杜陵愁老，还叹飘零。"

宋辛弃疾《沁园春・再到期思卜筑》词云："喜草堂经岁，重来杜老，斜川好景，不负渊明。"

杨玉环

1.玉环：唐玄宗宠妃杨玉环，于安史之乱时死于马嵬兵变。

宋辛弃疾《摸鱼儿》词云："君不见、玉环飞燕皆尘土。"

宋姜夔《长亭怨慢·渐吹尽》词云："韦郎去也，怎忘得、玉环分付。"

2.倚栏人：指杨贵妃，也指牡丹。杨贵妃在沉香亭赏牡丹，李白曾应诏作《清平调》三首，其三云："名花倾国两相欢，长得君王带笑看。解释春风无限恨，沉香亭北倚栏杆。"

宋方岳《江神子·牡丹》词云："只恨谪仙浑懒却，辜负那，倚栏人。"

宋张孝祥《菩萨蛮》词云："一棹采菱歌，倚栏人奈何。"

宋广平

1.广平：宋广平，唐玄宗时名相，耿介有大节，以刚正不阿着称于世。

宋李曾伯《水龙吟》词云："姑射肌肤，广平风度，对人依旧。"

宋李曾伯《醉蓬莱·寿八窗叔》词云："太白精神，广平韵度，是岂众芳拟。"

2.广平铁石心肠：指宋广平贞劲刚毅的风度。出自唐皮日休《桃花赋·序》："余尝慕宋广平之为相，贞姿劲质，刚态毅状。疑其铁肠石心，不解吐婉媚辞。然睹其文，而有《梅花赋》，清便富艳，得南朝徐、庾体，殊不类其为人也。……日休于文尚矣，状花卉，体风物，非有所讽，则抑而不发。因感广平之所作，复为《桃花赋》。"

宋陈允平《宴清都》词云："更信有、铁石心肠，广平几度曾赋。"

宋吴潜《暗香·再和》词云："莫怪广平，铁石心肠为伊折。"

宋赵长卿《念奴娇·梅》词云："莫倚广平心似铁，闲把珠玑挥扫。"

杜牧

1.杜郎：晚唐诗人杜牧，字牧之，曾在扬州冶游。

宋姜夔《扬州慢》词云："杜郎俊赏，算而今、重到须惊。"

宋李莱老《扬州慢·玉倚风轻》词云："叹而今、杜郎还见，应赋悲春。"

2.三生杜牧：语见宋黄庭坚《广陵春早》："春风十里珠帘卷，仿佛三生杜牧之。"

宋王易简《齐天乐·客长安赋》词云："前度刘郎，三生杜牧，赢得征衫尘土。"

宋姜夔《琵琶仙》词云："十里扬州，三生杜牧，前事休说。"

贺知章

唐代诗人贺知章。贺知章曾任秘书监，晚号"四明狂客"，唐玄宗天宝初年归隐镜湖。

1.狂吟老监：宋周密《一萼红·登蓬莱阁有感》词云："为唤狂吟老监，共赋销忧。"

林逋

1.林逋：（967－1028）北宋著名隐逸诗人。出自《宋史·隐逸传》："林逋字君复，杭州钱唐人。少孤，力学，不为章句。性恬淡好古，弗趋荣利，家贫，衣食不足，晏如也。初放游江、淮间，久之归杭州，结庐西湖之孤山，二十年足不及城市。……既卒，州为上闻，仁宗嗟悼，赐谥和靖先生，粟帛。"

宋刘克庄《满江红·题范尉梅谷》词云："笑林逋、何逊漫为诗，无人读。"

宋吴渊《沁园春·梅》词云："林逋在，倩诗人此去，为语湖山。"

2.西湖处士：指林逋或自喻。

宋马子严《桃源忆故人》词云："我是西湖处士。长恨芳时误。"

宋辛弃疾《鹧鸪天·桃李漫山过眼空》词云："吾家篱落黄昏后，剩有西湖处士风。"

3.林处士：指林逋。

宋文及翁《贺新郎·西湖》词云："借问孤山林处士，但掉头、笑指梅花蕊。"

宋姜夔《念奴娇·毁舍后作》词云："因觅孤山林处士，来踏梅根残雪。"

4.逋仙：指林逋。

宋姜夔《法曲献仙音·张彦功官舍》词云："唤起淡妆人，问逋仙、今在何许。"

宋姜夔《卜算子·家在马城西》词云："若使逋仙及见之，定自成愁绝。"

5.孤山人姓林：指林逋。

宋楼槃《霜天晓角》词云："谁是我知音？孤山人姓林。"

苏轼

1.玉局：指苏轼，苏轼晚年曾提举玉局观。

宋刘克庄《摸鱼儿·海棠》词云："怅玉局飞仙，石湖绝笔，孤负这风韵。"

范成大

1.石湖：指范成大，字至能，一字幼元，号此山居士、石湖居士。南宋名臣、文学家。

宋刘克庄《摸鱼儿·海棠》词云："怅玉局飞仙，石湖绝笔，孤负这风韵。"

赵昌

1.赵昌：北宋著名画家，善画折枝花卉，工于着色。

宋周密《西江月·延祥观拒霜拟稼轩》词云："斜阳展尽赵昌屏，羞死舞鸾妆镜。"

宋陈济翁《踏青游》词云："纵赵昌、丹青难比。晕轻红，留浅素，千娇百媚。"

柳永

1.柳家三变：北宋词人柳永，原名柳三变。

宋刘澜《齐天乐·吴兴郡宴遇旧人》词云："花深半面，尚歌得新词，柳家三变。"

（四）相貌

眉

1.眉山：喻指女子秀丽的双眉。语出《西京杂记》：" 文君 （ 卓文君 ）姣好，眉色如望远山。"

宋赵闻礼《千秋岁》词云："日长花片落，睡起眉山斗。"

宋王观《庆清朝慢·踏青》词云："东风巧，尽收翠绿，吹在眉山。"

2.眉峰：眉山。形容女子眉毛弯曲秀长。

宋张林《唐多令》词云："双翠合眉峰，泪华分脸红。"

宋陈允平《唐多令》词云："欲顿闲愁无顿处，都著在两眉峰。"

宋张林《唐多令》词云："双翠合眉峰，泪华分脸红。"

宋王观《卜算子·送鲍浩然之浙东》词云："水是眼波横，山是眉峰聚。"

3.眉语：眉目传情。

宋刘克庄《清平乐》词云："贪与萧郎眉语，不知舞错伊州。"

宋丁默《华胥引》词云："论交眉语，惜别心啼，费情不少。"

4.眉心：双眉中间。

宋张枢《谒金门》词云："睡起眉心端正帖，绰枝双杏叶。"

五代顾敻《玉楼春》词云："春愁凝思结眉心，绿绮懒调红锦荐。"

5.眉弯：指弯弯的眉毛。

宋陈允平《绛都春》词云："梅妆欲试芳情懒，翠颦愁入眉弯。"

五代冯延巳《清平乐》词云："黄昏独倚朱阑，西南新月眉弯。"

6.眉尖：眉头。

宋周文璞《一剪梅》词云："流苏斜掩烛花寒，一样眉尖，两处关山。"

宋徐照《清平乐》词云："迎人卷上珠帘，小螺未拂眉尖。"

宋楼采《玉楼春》词云："云头雁影占来信，歌底眉尖萦浅晕。"

7.眉痕：眉黛。

宋张枢《庆宫春》词云："眉痕留怨，依约远峰，学敛双蛾。"

宋谢逸《菩萨蛮》词云："归来愁未寝，黛浅眉痕沁。"

8.眉黛：古代女子用黛画眉，所以称眉为眉黛。

宋史达祖《夜行船》词云："白发潘郎宽沈带，怕看山、忆他眉黛。"

宋游次公《卜算子》词云："泪眼不曾晴，眉黛愁还聚。"

9.双眉：女子双眉。

宋董嗣杲《湘月》词云："因见杜牧疏狂，前缘梦里，谩蹙双眉翠。"

宋李振祖《浪淘沙》词云："谁倚碧栏低。酒晕双眉。鸳鸯并浴燕交飞。"

10.黛眉：黛画之眉。

唐韦庄《江城子》词云："髻鬟狼藉黛眉长，出兰房，别檀郎。"

宋卢祖皋《宴清都·初春》词云："料黛眉重锁隋堤，芳心还动梁苑。"

宋陈允平《恋绣衾》词云："多情无语敛黛眉，飞寄相思、偏仗柳枝。"

11.远山眉：古代画眉的一种样式。

宋许棐《琴调相思引》词云："已恨远山迷望眼，不须更画远山眉。"

宋晏殊《诉衷情》词云："露莲双脸远山眉，偏与淡妆宜。"

12.山眉：山如眉形。

宋翁元龙《水龙吟·雪霁登吴山见沧阁，闻城中箫鼓声》词云："画楼红湿斜阳，素妆褪出山眉翠。"

宋张枢《壶中天·月夕登绘幅堂，与篔房各赋一解》词云："露脚飞凉，山眉锁暝，玉宇冰奁满。"

五代和凝《江城子》词云："鬓乱钗垂，梳堕印山眉。"

13.画眉：以眉笔修饰眉毛。

宋赵闻礼《隔浦莲近》词云："画眉懒，微醒带困，离情中酒相半。"

宋欧阳修《南歌子》词云："走来窗下笑相扶，爱道画眉深浅入时无？"

14.翠眉：古代女子用青黛画眉，故称。

宋方岳《江神子·牡丹》词云："窗绡深隐护芳尘，翠眉颦，越精神。"

宋陈允平《满江红·和清真韵》词云："从别后、翠眉慵妩，素腰如束。"

宋张桂《浣溪沙》词云："新愁不放翠眉间。"

15.宫眉：仿照宫中式样画的眉。代指所思女子。

宋吴文英《杏花天·重午》词云："当时明月重生处，楼上宫眉在否。"

宋宋祁《绵缠道》词云："柳展宫眉，翠拂行人首。"

16.镜中眉：用张敞画眉事，表现夫妻恩爱。

宋刘克庄《生查子·灯夕戏陈敬叟》词云："浅画镜中眉，深拜楼中月。"

唐韦承庆《横吹曲辞·折杨柳》词云："叶似镜中眉，花如关外雪。"

17.凝黛：美人凝愁含恨的黛眉。

宋刘仙伦《霜天晓角·娥眉亭》词云："天际两蛾凝黛，愁与恨、几时极。"

宋苏轼《殢人娇·或云赠朝云》词云："闲窗下、敛云凝黛。"

18.横黛：指双眉如涂抹着青黛的远山。

宋李莱老《谒金门》词云："春意态，闲却远山横黛。"

宋黄庭坚《西江月》词云："远山横黛蘸秋波，不饮旁人笑我。"

19.修颦：愁眉。

宋李莱老《小重山》词云："远岫敛修颦，春愁吟入谱，付莺莺。"

宋陈允平《疏影》词云："认雾鬟，遥锁修颦，眉妩为谁愁独。"

20.青颦：绿叶如美人的黛眉。

宋尹焕《霓裳中序第一·茉莉》词云："青颦粲素靥，海国仙人偏耐热。"

21.翠颦：眉皱。

宋陈允平《绛都春》词云："梅妆欲试芳情懒，翠颦愁入眉弯。"

宋赵善括《鹧鸪天·和冠之韵》词云："明朝一棹人千里，多少红愁与翠颦。"

22.浅颦：眉微蹙貌。

宋陈策《满江红·杨花》词云："倦绣人闲，恨春去、浅颦轻掠。"

宋苏轼《菩萨蛮·回文四时春闺怨》词云："颦浅念谁人，人谁念浅颦。"

23.颦眉：皱眉。

宋尹焕《眼儿媚》词云："不知为甚，落花时节，都是颦眉。"

宋晏殊《浣溪沙》词云："天仙模样好容仪。旧欢前事入颦眉。"

24.双颦：双眉。

宋周密《江城子·拟蒲江》词云："依依愁翠沁双颦，爱莺声，怕鹃声。"

宋柳永《浪淘沙》词云："应是西施娇困也，眉黛双颦。"

25.翠蛾：黛眉，比喻远山。

宋王沂孙《醉蓬莱·归故山》词云："爽气霏霏，翠蛾眉妩，聊慰登临眼。"

宋苏轼《江城子》词云："翠蛾羞黛怯人看。掩霜纨，泪偷弹。"

26.双蛾：指美女的两眉，此指山峰。

宋张枢《庆宫春》词云："眉痕留怨，依约远峰，学敛双蛾。"

宋刘澜《庆宫春·重登峨眉亭感旧》词云："喜溢双蛾，迎风一笑，两情依旧脉脉。"

宋王沂孙《高阳台》词云："双蛾不拂青鸾冷，任花阴寂寂，掩户闲眠。"

27.娥绿：指女子的青眉。

宋姜夔《疏影》词云："犹记深宫旧事，那人正睡里，飞近娥绿。"

宋王易简《庆宫春·谢草窗惠词卷》词云："因君凝伫，依约吴山，半痕娥绿。"

28.蛾黛：画眉。

宋胡仲弓《谒金门》词云："蛾黛浅，只为晚寒妆懒。"

宋贺铸《菱花怨》词云："纨扇惊秋，菱花怨晚，谁共蛾黛。"

29.小螺：螺黛，用以画眉的青黑色颜料。

宋徐照《清平乐》词云："迎人卷上珠帘，小螺未拂眉尖。"

30.关山：喻指双眉。

宋周文璞《一剪梅》词云："流苏斜掩烛花寒，一样眉尖，两处关山。"

发

1.云鬓：如云般柔美的发髻。语见唐李商隐《无题》诗："晓镜但愁云鬓改，夜吟应觉月光寒。"

五代李煜《捣练子》词云："云鬓乱，晚妆残，带恨眉儿远岫攒。"

宋柴望《念奴娇》词云："蓬松云鬓，不忺鸾镜梳洗。"

2.绿鬓：指乌黑而有光泽的鬓发，形容年轻美貌。语见南朝梁吴均《和萧洗马子显古意诗》之三："绿鬓愁中改，红颜啼里灭。"

宋柳永《玉蝴蝶·五之四·仙吕调》词云："翠眉开、娇横远岫，绿鬓亸、浓染春烟。"

宋黄铸《秋蕊香令》词云："秋在刘郎绿鬓。"

宋晏殊《拂霓裳》词云："星霜催绿鬓，风露损朱颜。"

3.短鬓：短发。

宋张孝祥《念奴娇·过洞庭》词云："短鬓萧疏襟袖冷，稳泛沧溟空阔。"

宋吴潜《满庭芳·西湖》词云："功名已，萧骚短鬓，分付与青铜。"

4.丝鬓：耳边白发。

宋李莱老《台城路·寄牟阳翁》词云："文园憔悴顿老，又西风暗换，丝鬓无数。"

宋赵必《意难忘·过庐陵用美成韵》词云："灯前吊影成双。叹星星丝鬓，老矣潘郎。"

5.尘鬓：风尘侵染的鬓发。

宋范成大《朝中措》词云："长年心事寄林扃，尘鬓已星星。"

宋李恰《眉妩·香河初度书怀》词云："马齿看迟暮，金风起，星星尘鬓催换。"

6.河阳衰鬓：指鬓发斑白。语出晋潘岳《秋兴赋序》："余春秋三十二，始见二毛。"

宋谢懋《风入松》词云："换得河阳衰鬓，一帘烟雨梅黄。"

7.潘鬓：鬓发斑白。

宋钟过《步蟾宫》词云："东风又送酴醾信，早吹得、愁成潘鬓。"

唐李煜《破阵子》词云："一旦归为臣虏，沈腰潘鬓消磨。"

8.鬓霜：白发。

宋赵闻礼《玉漏迟》词云："从间阻，梦云无准，鬓霜如许。"

宋楼采《玉漏迟》词云："从问阻，梦云无准，鬓霜如许。"

宋陆游《沁园春》词云："流年改，叹围腰带剩，点鬓霜新。"

9.云梳：云梳发。

宋尹焕《眼儿媚》词云："云梳雨洗风前舞，一好百般宜。"

宋周紫芝《鹧鸪天·和刘长孺有赠》词云："西南低片月，应恐云梳发。"

10.腻云：有光泽的发髻。语见宋李昉、扈蒙、李穆等《太平广记》卷一五二引《德璘传》："韦氏美而艳，琼英腻云，莲蕊莹波，露濯蕣姿。"

宋柳永《定风波》词云："暖酥消，腻云亸，终日厌厌倦梳裹。"

宋孙惟信《夜合花》词云："风屏半掩，钗花映烛红摇。润玉暖，腻云娇。"

11.鸦云：女子如云的乌发。

宋汤恢《二郎神·用徐斡臣韵》词云："应蝶粉半销，鸦云斜坠，暗尘侵镜。"

12.瑞云盘：指女子的发髻。

宋吴文英《朝中措》词云："晚妆懒理瑞云盘，针线傍灯前。"

宋周密《杏花天·赋莫愁》词云："瑞云盘翠侵妆额，眉柳嫩、不禁愁积。"

13.绿云：形容女子乌黑如云的秀发。

宋楼采《二郎神》词云："露床转玉，唤睡醒、绿云梳晓。"

宋李演《南乡子·夜宴燕子楼》词云："芳水戏桃英，小滴燕支浸绿云。"

14.宝髻：女子发髻的美称。语见唐王勃《登高台》："为君安宝髻，蛾眉罢花丛。"

唐李隆基《好时光》词云："宝髻偏宜宫样，莲脸嫩，体红香。"

宋杨子咸《木兰花慢·雨中荼蘼》词云："叹宝髻鬔鬆，粉铅狼藉，谁管飘零。"

宋司马光《西江月》词云："宝髻松松挽就，铅华淡淡妆成。"

15.拥髻：梳妆，盘结发髻。

宋周密《醉落魄·拟二隐》词云："临窗拥髻愁难说，花庭一寸燕支雪。"

宋辛弃疾《江神子·送元济之归豫章》词云："见说娇颦，拥髻待君看。"

16.髻翅：髻发。

宋徐照《南歌子》词云："意取钗重碧，慵梳髻翅垂。"

17.娇鬟：美丽的环状发髻。

宋楼采《瑞鹤仙》词云："年小，青丝纤手，彩胜娇鬟，赋情谁表。"

五代冯延巳《菩萨蛮》词云："娇鬟堆枕钗横凤，溶溶春水杨花梦。"

18.髻鬟：发髻。

宋孙惟信《昼锦堂》词云："柳裁云剪腰支小，凤蟠鸦耸髻鬟偏。"

唐韩偓《浣溪沙》词云："宿醉离愁慢髻鬟，六铢衣薄惹轻寒，慵红闷翠掩青鸾。"

19.翠鬟：黑色髻鬟。

宋张桂《菩萨蛮》词云："翠鬟愁不整，临水闲窥影。"

宋吕渭老《满江红》词云："任翠鬟、攲侧背斜阳，鸣瑶瑟。"

20.云鬟：环形而高耸轻薄的发髻。语见唐李白《久别离》："至此肠断彼心绝，云鬟绿鬓罢梳结。"

宋刘仙伦《江神子》词云："东风吹梦落巫山。整云鬟，却霜纨。"

宋陆游《乌夜啼》词云："兰膏香染云鬟腻，钗坠滑无声。"

宋周文璞《一剪梅》词云："风韵萧疏玉一团。更著梅花，轻袅云鬟。"

21.烟鬟霞脸：飘如云烟的秀发，美若红霞的脸色。

宋刘澜《瑞鹤仙·海棠》词云："江空佩鸣玉，问烟鬟霞脸，为谁膏沐。"

22.鬟蝉：亦作蝉鬟。古时妇女的一种发式，轻薄如蝉翼。晋崔豹《古今注·杂注》载魏文帝宫女莫琼树曾创为此妆。

宋洪迈《踏莎行》词云："钗凤斜攲，鬟蝉不整，残红立褪慵看镜。"

宋姚宽《菩萨蛮》词云："睡起揭帘旌，玉人蝉鬟轻。"

23.雾蝉：云鬟。古时女子两鬓梳成薄翼状，形似蝉翅，故称。

宋陈允平《绛都春》词云："雾蝉香冷，霞绡泪揾，恨袭湘兰。"

24.青丝：指乌黑的头发。

宋楼采《瑞鹤仙》词云："年小，青丝纤手，彩胜娇鬟，赋情谁表。"

五代阎选《谒金门·美人浴》词云："水溅青丝珠断续，酥融香透肉。"

25.苍华：形容头发灰白。原指发神，即道教中掌管头发之神，名苍华。语出《黄庭内景经》："发神苍华字太元，脑神精根字泥丸。"

宋吴琚《浪淘沙·岸柳可藏鸦》词云："临水整乌纱。两鬓苍华。故乡心事在天涯。"

宋李莱老《惜红衣·寄牟阳翁》词云："苍华鬓冷，笑瘦影、相看如竹。"

宋刘克庄《木兰花慢·丁未中秋》词云："莫遣素娥知道，和他发也苍华。"

26.霜痕：指白发。

宋王易简《酹江月》词云："一寸柔情千万缕，临镜霜痕惊老。"

宋佚名《摸鱼儿·过湘皋》词云："谩换得霜痕，萧萧两鬓，羞与共秋镜。"

27.星星发：白发。

宋辛弃疾《念奴娇》词云："半面难期，多情易感，愁点星星发。"

宋陈亮《贺新郎·酬辛幼安再用韵见寄》词云："亏杀我、一星星发。涕出女吴成倒转，问鲁为齐弱何年月。"

28.星星：斑白貌。

宋范成大《朝中措》词云："长年心事寄林扃，尘鬓已星星。"

宋沈瀛《水调歌头》词云："但看镜中影，双鬓已星星。"

29.弱雪：形容白发稀疏。

宋利登《风入松》词云："岁华情事苦相寻，弱雪鬓毛侵。"

脸色

1.潮面：涌上面部。

宋陈允平《秋蕊香》词云："晚酌宜城酒暖，玉软嫩红潮面。"

宋王从叔《秋蕊香》词云："薄薄罗衣乍暖，红入酒痕潮面。"

2.红潮：酒醉脸上泛起的红晕。

宋蔡松年《尉迟杯》词云："红潮照玉椀，午香重、草绿宫罗淡。"

宋苏轼《西江月》词云："云鬓风前绿卷，玉颜醉里红潮。"

3.红雾：脸上的红潮。

宋胡仲弓《谒金门》词云："润逼镜鸾红雾满，额花留半面。"

宋张先《醉垂鞭》词云："娇妙近胜衣，轻罗红雾垂。"

眼睛

1.白眼：白色的眼。

宋史达祖《东风第一枝·春雪》词云："青未了、柳回白眼，红欲断、杏开素面。"

宋贺铸《尔汝歌·清商怨》词云："白眼青天，忘形相尔汝。"

2.迷望眼：因被遮盖而显得朦胧。

宋吴琚《浪淘沙》词云："咫尺钟山迷望眼，一半云遮。"

宋许棐《琴调相思引》词云："已恨远山迷望眼，不须更画远山眉。"

3.射眼：刺眼。语出李贺《金铜仙人辞汉歌》："东关酸风射眸子。"

宋吴文英《八声甘州·陪庾幕诸公游灵岩》词云："箭径酸风射眼，剑水染花腥。"

宋史达祖《步月》词云："正依约、冰丝射眼，更荏苒、蟾玉四飞。"

4.相思眼：形容思念之切，眼中流露出思念的神情。

宋孙惟信《昼锦堂》词云："杏梢空闹相思眼，燕翎难系断肠笺。"

宋欧阳修《渔家傲》词云："人不见，楼头望断相思眼。"

5.娇眼：妩媚的眼睛。

宋陈允平《秋蕊香》词云："醉中窈窕度娇眼，不识愁深恨浅。"

宋柳永《荔枝香·歇指调》词云："笑整金翘，一点芳心在娇眼。"

6.明眸：明亮的眼睛。

宋吴文英《声声慢·闰重九饮郭园》词云："输他翠涟拍甃，瞰新妆、时浸明眸。"

宋柳永《昼夜乐》词云："层波细翦明眸，腻玉圆搓素颈。"

玉手

1.玉手：洁白如玉的手。

宋吴文英《采桑子慢·九日》词云："怅玉手、曾携乌纱，笑整风欹。"

宋曾觌《壶中天慢》词云："玉手瑶笙，一时同色，小按霓裳叠。"

2.玉腕：女子温润洁白的手腕。

宋卢祖皋《谒金门》词云："玉腕笼纱金半约，睡浓团扇落。"

宋洪适《江城子·赠举之》词云："乘兴开颜那草草，烦玉腕，举琼舟。"

3.玉纤：女子手指。

宋张枢《谒金门》词云："款步花阴寻蛱蝶，玉纤和粉捻。"

宋王千秋《桃源忆故人》词云："若念玉纤辛苦，早与成双取。"

宋应法孙《霓裳中序第一》词云："玉纤胜雪，委素纨、尘锁香箧。"

宋王茂孙《点绛唇·莲房》词云："玉纤相妒，翻被寻专房误。"

4.玉指：女子纤细白皙的手指。

宋孙惟信《南乡子》词云："尘暗鹔鹴裘，针线曾荣玉指柔。"

宋王千秋《点绛唇》词云："韭黄犹短，玉指呵寒翦。"

5.玉葱手：指女子细白的手指。

宋吴文英《青玉案》词云："翠阴曾摘梅枝嗅，还忆秋千玉葱手。"

6.纤手：指女子纤柔的手。

宋吴文英《风入松》词云："黄蜂频扑秋千索，有当时、纤手香凝。"

宋楼采《瑞鹤仙》词云："年小，青丝纤手，彩胜娇鬟，赋情谁表。"

7.纤指：女子纤细的手指。

宋施岳《步月·茉莉》词云："花痕在，纤指嫩痕，素英重结。"

宋卢祖皋《鹧鸪天》词云："纤指轻拈小砑红，自调宫羽按歌童。"

8.十香：十指。

宋张良臣《西江月》词云："四壁空围恨玉，十香浅捻啼绡。"

宋吴文英《风入松》词云："贞元供奉梨园曲，称十香、深蘸琼钟。"

9.柔荑：状女子之手柔嫩细白。语出《诗·卫风·硕人》："手如柔荑，肤如凝脂。"

宋赵闻礼《风入松》词云："蔷薇误罥寻春袖，倩柔荑、为补香痕。"

宋秦观《江城子》词云："枣花金钏约柔荑，昔曾携，事难期。"

五官

1.耳性：听觉。

宋黄简《玉楼春》词云："眉心犹带宝觥酲，耳性已通银字谱。"

2.芳唇：美丽的嘴唇。

宋李彭老《木兰花慢》词云："看秀靥芳唇，涂妆晕色，试尽春妍。"

纤腰

1.香腰：纤腰。

宋孙惟信《夜合花》词云："苦相思、宽尽香腰。"

2.腰围：腰部尺寸。

宋刘翰《清平乐》词云："瘦损腰围罗带小。"

宋郭居安《声声慢·捷书连昼》词云："一片闲心鹤外，被乾坤系定，虹玉腰围。"

玉体

1.暖玉：喻女子身体。

宋岳珂《生查子》词云："暖玉惯春娇，簌簌花钿落。"

宋邓肃《诉衷情》词云："依暖玉，掠风鬟，语关关。"

2.润玉：指肌肤。

宋孙惟信《夜合花》词云："润玉暖，腻云娇。"

宋吴文英《琐窗寒·玉兰》词云："绀缕堆云，清腮润玉，汜人初见。"

3.香玉：比喻美女的体肤。

宋刘克庄《清平乐》词云："一团香玉温柔，笑颦俱有风流。"

宋吴文英《一寸金·秋感》词云："年年记、一种凄凉，绣幌金圆挂香玉。"

4.玉暖：指体温。

宋周密《江城子·拟蒲江》词云："二十四栏凭玉暖，杨柳月，海棠阴。"

宋吴文英《八声甘州·和梅津》词云："念杯前烛下，十香揾袖，玉暖屏风。"

5.玉醉：醉倒的春游女子。

宋许棐《鹧鸪天》词云："归来玉醉花柔困，月滤窗纱约半更。"

宋刘景翔《小重山》词云："山翠晴岚曲曲偎，红香浮玉醉窝颓。"

肌肤

1.玉肌：犹言玉容。

宋辛弃疾《瑞鹤仙·梅》词云："玉肌瘦弱，更重重、龙绡衬著。"

宋赵崇嶓《更漏子·玉搔头》词云："浅寒生玉肌。待归来，浑未准。"

2.粟肌：肌肤触寒收缩起粒，如粟状。

宋翁元龙《风流子·闻桂花怀西湖》词云："恨小帘灯暗，粟肌消瘦，薰炉烟减，珠袖玲珑。"

宋张炎《庆春宫》词云："粟肌微润，和露吹香，直与秋高。"

3.肌素：即素肌，洁白的肌肤。

宋曹邍《玲珑四犯》词云："肌素静洗铅华，似弄玉、乍离瑶阙。"

宋贺铸《雨中花令》词云："清滑京江人物秀。富美发、丰肌素手。"

4.雪貌冰肤：语出《庄子·逍遥游》："藐姑射之山，有神人居焉，肌肤若冰雪，绰约若处子。"

宋刘仙伦《江神子》词云："雪貌冰肤，曾共控双鸾。"

5.面色风皴：因风吹脸上皮肤粗糙有皱纹。

宋王亿之《高阳台》词云："轻帆初落沙洲暝，渐潮痕雨渍，面色风皴。"

6.腻雪：喻女子肌肤。

宋刘才邵《夜度娘》词云："菱花炯炯垂鸾结，懒学宫妆匀腻雪。"

宋李彭老《四字令》词云："兰汤晚凉，鸾钗半妆，红巾腻雪吹香，擘莲房赌双。"

痕

1.兰痕：兰香痕。

宋孙惟信《夜合花》词云："罗衫暗折，兰痕粉迹都销。"

2.嫩痕：刚采摘留下的痕迹。

宋施岳《步月·茉莉》词云："花痕在，纤指嫩痕，素英重结。"

3.秋痕：指玉手留下的香痕。

宋周密《朝中措·茉莉拟梦窗》词云："多定梅魂才返，香瘢半掐秋痕。"

宋奚岊词云："踏破秋痕，向虚堂、细问新凉踪迹。"

4.唾痕：唾沫的痕迹。

宋李肩吾《风流子》词云："空记省，残妆眉晕敛，罥袖唾痕香。"

宋吴文英《好事近·秋饮》词云："袖香曾枕醉红腮，依约唾痕碧。"

5.香痕：指蔷薇刺挂破衣衫处。

宋赵闻礼《风入松》词云："蔷薇误罥寻春袖，倩柔荑、为补香痕。"

宋彭元逊《隔浦莲近》词云："屏间字。香痕半掐，误期一一曾记。"

宋汤恢《二郎神·用徐斡臣韵》词云："还省，香痕碧唾，检衫都凝。"

宋王沂孙《露华》词云："绀罗衬玉，犹凝茸唾香痕。"

6.玉痕：指花容、花痕。

宋王沂孙《西江月·为赵元父赋雪梅图》词云："数枝谁带玉痕描？夜夜东风不扫。"

宋谭宣子《浣溪沙·过高邮》词云："珠颗翠檠饶宿泪，玉痕红褪怯晨妆。"

7.暗斑：黑斑。

宋张龙荣《摸鱼儿》词云："又吴尘、暗斑吟袖，西湖深处能浣。"

宋詹玉《齐天乐》词云："相逢唤醒京华梦，吴尘暗斑吟发。"

8.香瘢：瘢痕。

宋吴文英《高阳台·落梅》词云："寿阳宫里愁鸾镜，问谁调玉髓，暗补香瘢。"

宋周密《朝中措》词云："多定梅魂才返，香瘢半掐秋痕。"

9.玉髓：指治疗瘢痕的药膏。用三国时东吴孙和邓夫人事。唐段成式《酉阳杂俎·前集》卷八载，孙和月下舞水晶如意，误伤邓夫人颊，命太医合药，医言得白獭髓，杂玉与琥珀屑，当灭痕。孙以百金购得白獭，乃合膏。琥珀大多，痕未灭，左颊有赤点如痣，视之，更益甚妍。

宋吴文英《高阳台·落梅》词云："寿阳宫里愁鸾镜，问谁调玉髓，暗补香瘢。"

宋佚名《满江红·安乐窝中》词云："欢伯便同分玉髓，河儿不用闰瑶笈。"

笑靥

1.嫣然：笑容灿烂妩媚貌。

宋辛弃疾《瑞鹤仙·梅》词云："倚东风，一笑嫣然，转盼万花羞落。"

宋姜夔《念奴娇·吴兴荷花》词云："嫣然摇动，冷香飞上诗句。"

2.倩笑：指女子笑容美好。语出《诗·卫风·硕人》："巧笑倩兮。"倩，笑靥美好貌。

宋孙惟信《昼锦堂》词云："春妍映户，盈盈回倩笑，整花钿。"

宋陆游《蝶恋花》词云："水漾萍根风卷絮。倩笑娇颦，忍记逢迎处。"

3.素靥：白花如美人的笑脸。

宋尹焕《霓裳中序第一·茉莉》词云："青颦粲素靥，海国仙人偏耐热。"

宋周密《国香慢·赋子固<凌波图>》词云："相逢旧京洛，素靥尘缁，仙掌霜凝。"

宋吴文英《齐天乐·会江湖诸友泛湖》词云："南花清斗素靥，画船应不载，坡静诗卷。"

步姿

1.步云：犹云步。状女子步姿轻盈，似腾云驾雾。语见唐杜牧《张好好》诗："绛唇渐轻巧，云步转虚徐。"

宋李演《醉桃源·题小扇》词云："双鸳初放步云轻，香帘蒸未晴。"

宋周密《国香慢·赋子固<凌波图>夷则商》词云："雨带风襟零落，步云冷、鹅管吹春。"

2.凌波步：形容女子步履轻盈。

宋俞灏《点绛唇》词云："细草平沙，愁入凌波步。"

宋周邦彦《瑞鹤仙》词云："凌波步弱。过短亭、何用素约。"

3.款步：走路徐缓貌。

宋张枢《谒金门》词云："款步花阴寻蛱蝶，玉纤和粉捻。"

宋张炎《绮罗香》词云："随款步、花密藏春，听私语、柳疏嫌月。"

4.香步翠摇：形容女子步态。翠，所佩碧玉饰物，可随步作响，称为步摇。

宋孙惟信《昼锦堂》词云："东风里，香步翠摇，蓝桥那日因缘。"

5.盈盈：姿态美好貌。

宋王沂孙《法曲献仙音·聚景亭梅，次草窗韵》词云："记唤酒寻芳处，盈盈褪妆晚。"

宋姜夔《疏影·仲吕官》词云："莫似春风，不管盈盈，早与安排金屋。"

宋尹焕《霓裳中序第一・茉莉咏》词云："盈盈步月。悄似怜、轻去瑶阙。"

6.轻盈：身姿轻盈，美人。

宋郑斗焕《新荷叶》词云："因忆年时，垂钓曾约轻盈。"

宋姜夔《踏莎行》词云："燕燕轻盈，莺莺娇软，分明又向华胥见。"

7.娉婷：形容女子姿容美好。

宋卢祖皋《江城子》词云："暗数十年湖上路，能几度，著娉婷。"

宋赵闻礼《风入松》词云："十分无处著闲情，来觅娉婷。"

8.回雪：形容舞姿回旋轻盈。语出唐蒋防《春风扇微和》："舞席皆回雪。"

宋姜夔《琵琶仙・吴兴春游》词云："千万缕、藏鸦细柳，为玉尊、起舞回雪。"

宋柳永《少年游》词云："舞茵歌扇花光里，翻回雪，驻行云。"

容貌

1.红潮：脸上红晕。因醉酒、害羞等而起。

宋苏轼《西江月・闻道双衔凤带》词云："云鬓风前绿卷，玉颜醉里红潮。"

宋李之仪《鹊桥仙》词云："绿云低拢，红潮微上，画幕梅寒初透。"

2.红颜：女子青春的容颜。

宋吴文英《三姝媚・过都城旧居有感》词云："舞歇歌沉，花未减、红颜先变。"

宋陈允平《思佳客》词云："一尊芳酒驻红颜。"

3.晕玉：红玉。晕，脸上红潮。

宋楼采《水龙吟・次清真梨花韵》词云："轻腮晕玉，柔肌笼粉，缁尘敛避。"

宋佚名《沁园春》词云："柳眼偷金，梅肌晕玉，春信已催。"

4.春妍：从容少女的青春娇容，谓貌如春日般明丽。

宋孙惟信《昼锦堂》词云："春妍映户，盈盈回倩笑，整花钿。"

宋李彭老《木兰花慢》词云："看秀靥芳唇，涂妆晕色，试尽春妍。"

5.朱颜：形容少年的容颜年轻姣好。

宋邓剡《摸鱼儿・寿周耐轩府尹，是岁起义仓》词云："趁绿鬓朱颜，须入凌烟画。"

宋欧阳朝阳《摸鱼儿・寿柴守》词云："看绿鬓朱颜，赢得花簪帽。"

宋冯去非《喜迁莺》词云："慵看清镜里，十载征尘，长把朱颜污。"

宋晏殊《少年游》词云："绿鬓朱颜，道家装束，长似少年时。"

6.玉软：谓女子的容貌。

宋陈允平《秋蕊香》词云："晚酌宜城酒暖，玉软嫩红潮面。"

宋陈逢辰《西江月》词云："杨柳雪融滞雨，酴醾玉软欺风。"

宋赵鼎《蝶恋花》词云："玉软云娇，姑射肌肤洁。"

7.玉颜：美丽的容颜。

宋翁元龙《绛都春·秋晚，海棠与黄菊盛开》词云："玉颜不趁秋容换，但换却、春游同伴。"

宋赵善括《醉蓬莱·寿司马大监生日》词云："九世鸡窠，千秋麟阁，玉颜依旧。"

8.玉云：指脸上的表情和行动的仪态。

宋赵希青乡《秋蕊香》词云："玉云凝重步尘细，独立花阴宝砌。"

9.玉娇：娇美。

宋高观国《齐天乐》词云："载酒春情，吹箫夜约，犹忆玉娇香怨。"

宋陈允平《思佳客》词云："曾约双琼品凤箫，玉台光映玉娇娆。"

10.秀靥：美丽的面颊妆饰。

宋李彭老《木兰花慢》词云："看秀靥芳唇，涂妆晕色，试尽春妍。"

宋周邦彦《锁窗寒》词云："想东园、桃李自春，小唇秀靥今在否。"

11.琼靥：如琼玉般美好的容貌。

宋王沂孙《西江月·为赵元父赋雪梅图》词云："裉粉轻盈琼靥，护香重叠冰绡。"

宋詹玉《西江月》词云："裉粉轻盈琼靥，护香重叠冰绡。"

12.老谿桥：女子渐老的外貌一定不如从前那样娇艳。

宋吴文英《西江月·青梅枝上晚花》词云："绿阴青子老谿桥，羞见东邻娇小。"

13.生香：生香活色，形容乐伎貌美如花。

宋张炎《壶中天·养拙夜饮，客有弹箜篌者，即事以赋》词云："乐事杨柳楼心，瑶台月下，有生香堪掬。"

宋张先《醉落魄·林钟商》词云："云轻柳弱，内家髻要新梳掠。生香真色人难学。"

14.艳雪：形容女子姿容。

宋史达祖《东风第一枝·灯夕》词云："羞醉玉、少年丰度，怀艳雪、旧家伴侣。"

宋王梦应《锦堂春》词云："舞称香围艳雪，歌迟酒落红船。"

15.粉容：代指女子极美的容貌。

宋薛梦桂《三姝媚》词云："纵使重来，怕粉容销腻，却羞郎觑。"

宋李彭老《法曲献仙音》词云："翠羽迷空，粉容羞晓，年华柱弦频换。"

16.芙蓉月：形容女子貌美。

宋薛梦桂《眼儿媚·绿笺》词云："只因一朵芙蓉月，生怕黛帘遮。"

宋刘克庄《贺新郎》词云："赖有一般芙蓉月，偏照先生怀里。"

17.吟香醉玉："香"和"玉"喻女子的体貌芳洁，词人为之而宛转低吟，醉心不已。

宋李彭老《祝英台近》词云："旧时月底秋千，吟香醉玉，曾细听、歌珠一串。"

18.素面：不施脂粉之天然美颜。

宋史达祖《东风第一枝·春雪》词云："青未了、柳回白眼，红欲断、杏开素面。"

宋佚名《折红梅》词云："盈盈素面，刚强点、胭脂深浅。"

19.软美：软媚。

宋谭宣子《江城子·咏柳》词云："便作无情终软美，天赋与，眼眉腰。"

宋黄裳《卖花声》词云："隔东西、余音软美。迎门争买，早斜簪云髻。"

20.娇俊：青年男女姣好的容貌。

宋史达祖《东风第一枝·灯夕》词云："吟情欲断，念娇俊、知人无据。"

宋史达祖《齐天乐·秋兴》词云："拜月虚檐，听蛩坏砌，谁复能怜娇俊。"

21.檀栾：秀美貌。

宋吴文英《声声慢·闰重九饮郭园》词云："檀栾金碧，婀娜蓬莱，游云不蘸芳洲。"

宋魏了翁《水调歌头》词云："九秩元开父算，六甲更逢儿换，梧竹拥檀栾。"

22.婵娟：美好貌。

宋陆游《乌夜啼》词云："纨扇婵娟素月，纱巾缥缈轻烟。"

宋王沂孙《花犯·苔梅》词云："古婵娟，苍鬟素靥，盈盈瞰流水。"

33.眉妩：美好貌。

宋王沂孙《醉蓬莱·归故山》词云："爽气霏霏，翠蛾眉妩，聊慰登临眼。"

宋史达祖《绮罗香·咏春雨》词云："隐约遥峰，和泪谢娘眉妩。"

（五）朋友男女

恋情

1.情丝：指缠绵的情意。

宋陆睿《瑞鹤仙》词云："情丝待剪，翻惹得旧时恨。"

宋翁元龙《水龙吟·雪霁登吴山见沧阁，闻城中箫鼓声》词云："情丝万轴，因春织就，愁罗恨绮。"

2.风流：指男女间的恋情。

宋史达祖《临江仙·闺思》词云："罗带鸳鸯尘暗澹，更须整顿风流。"

宋史达祖《玲珑四犯》词云："前欢尽属风流梦，天共朱楼远。"

3.秾欢：指男女间的浓情蜜意。

宋史达祖《贺新郎》词云："乞得秾欢今夜里，算盈盈、一水曾何远。"

宋高观国《风入松》词云："醉魂不入重城晚，秾欢寄、桃叶桃根。"

亲密

1.脉脉：含情的样子。

宋范成大《霜天晓角》词云："脉脉花疏天淡，云来去、数枝雪。"

宋代魏了翁《满江红》词云："抱孤衷、脉脉倚秋风，无人识。"

2.密爱深怜：亲密恩爱。

宋孙惟信《昼锦堂》词云："浑当了、匆匆密爱深怜。"

薄情

1.薄情：指不念情义。多用于男女情爱。

宋周晋《柳梢青·杨花》词云："薄幸东风，薄情游子，薄命佳人。"

宋秦观《桃源忆故人》词云："玉楼深锁薄情种，清夜悠悠谁共？"

2.薄幸：薄情，负心。

宋周晋《柳梢青·杨花》词云："薄幸东风，薄情游子，薄命佳人。"

宋秦观《满庭芳》词云："谩赢得、青楼薄幸名存。此去何时见也？"

花事

1.幽事：指花事。

宋卢祖皋《渔家傲》词云："官里从容何日是，偷闲著便寻幽事。"

宋周密《玉京秋》词云："一襟幽事，砌蛩能说。"

2.风流胆：风流浪荡的生活。

宋高观国《思佳客》词云："莺来惊碎风流胆，踏动樱桃叶底铃。"

3.宿粉栖香：指流连青楼的冶游生活。

宋谢懋《风入松》词云："老年常忆少年狂，宿粉栖香。"

宋欧阳修《玉楼春》词云："朱阑夜夜风兼露，宿粉栖香无定所。"

思念

1.红豆：相思木所结之子。古常喻爱情或相思。

宋李彭老《生查子》词云："罗襦隐绣茸，玉合消红豆。"

宋黄机《传言玉女·次岳总干韵》词云："双燕乍归，寄与绿笺红豆。"

2.怀古：思念往昔；怀念古代的人和事。

宋李泳《定风波》词云："南去北来愁几许，登临怀古欲沾衣。"

宋张辑《淮甸春》词云："短髯怀古，更文游台上，秋生吟兴。"

3.思妇：怀念远行丈夫的妇人。

宋姜夔《齐天乐·蟋蟀》词云："哀音似诉，正思妇无眠，起寻机杼。"

宋贺铸《古捣练子》词云："思妇想无肠可断。"

4.吟想：吟哦、思念。

宋周密《甘州·灯夕书寄二隐》词云："空吟想，梅花千树，人在其中。"

宋姜夔《卜算子》词云："细草藉金舆，岁岁长吟想。"

朋友

1.兰友：至交，知心朋友。

宋高观国《金人捧露盘·水仙》词云："杯擎清露，醉春兰友与梅兄。"

2.同盟：同伴。

宋冯去非《喜迁莺》词云："间阔故山猿鹤，冷落同盟鸥鹭。"

宋洪适《满庭芳·同病相怜》词云："四坐同盟情话，飞玉鹿、万事多知。"

约会

1.燕窥莺认：指青年男女恋慕情事和欢乐场景。

宋钟过《步蟾宫》词云："水边珠翠香成阵，也消得、燕窥莺认。"

2.莺期燕约：比喻男女私情的约会。

宋应法孙《霓裳中序第一》词云："思前事、莺期燕约，寂寞向谁说。"

宋邵叔齐《扑蝴蝶》词云："已无蝶使蜂媒，不共莺期燕约。"

3.燕约莺期：指情侣间的约会。

宋张磐《绮罗香·渔浦有感》词云："都负了、燕约莺期，更闲却、柳烟花雨。"

宋周密《曲游春》词云："燕约莺期，恼芳情偏在，翠深红隙。"

4.镜约：暗用"破镜重圆"典，指男女间的情约。

宋张炎《渡江云·次赵元父韵》词云："重盟镜约，还记得、前度秦嘉。"

宋赵长卿《一丛花·暮春送别》词云："钗盟镜约知何限，最断肠、湓浦琵琶。"

5.夜约：深夜相约。

宋高观国《齐天乐》词云："载酒春情，吹箫夜约，犹忆玉娇香怨。"

宋吴文英《祝英台近·上元》词云："夜约遗香，南陌少年事。"

6.约晴：邀约晴光。

宋李演《八六子·次筼房韵》词云："看晚吹、约晴归路，夕阳分落渔家，轻云半遮。"

7.佳期：幽会的日期。

宋辛弃疾《摸鱼儿》词云："长门事，准拟佳期又误，蛾眉曾有人妒。"

宋王沂孙《绮罗香·秋思》词云："佳期浑似流水，还见梧桐几叶，轻敲朱户。"

盟约

1.旧盟：昔日订下的盟约。

宋李莱老《惜红衣·寄牟阳翁》词云："苹洲鸥鹭素熟，旧盟续。"

宋赵长卿《鹧鸪天·腊夜》词云："幽梦断，旧盟寒。那时屈曲小屏山。"

2.盟言：犹誓言。

宋薛梦桂《三姝媚》词云："细数盟言犹在，怅青楼何处。"

宋赵长卿《满江红》词云："惟到今、划地误盟言，还先恶。"

3.素约：旧约。

宋江开《浣溪沙》词云："素约未传双燕语，离愁还入卖花声。"

宋京镗《定风波》词云："动是隔年寻素约，何似，每逢清梦且嬉游。"

4.星期：数星为期。

宋楼采《玉漏迟》词云："月约星期，细把花须频数。"

离别

1.离思：离别的思绪。

宋莫仑《水龙吟》词云："离思相欺，万丝萦绕，一襟销黯。"

宋楼扶《水龙吟·次清真梨花韵》词云："愁对黄昏，恨催寒食，满襟离思。"

2.离怀：离人的思绪。

宋赵希迈《八声甘州·竹西怀古》词云："寒云飞、万里一番秋，一番搅离怀。"

宋刘仙伦《蝶恋花》词云："谁问离怀知几许？一溪流水和烟雨。"

宋陈允平《一落索》词云："泪花写不尽离怀，都化作、无情雨"。

3.离肠：离别的愁肠。

宋卢祖皋《宴清都·初春》词云："离肠未语先断，算犹有、凭高望眼。"

唐韦庄《应天长》词云："别来半岁音书绝，一寸离肠千万结。"

4.离绪：别离情怀。

宋陆睿《瑞鹤仙》词云："湿云粘雁影，望征路、愁迷离绪难整。"

宋李泳《清平乐》词云："人在小楼空翠处，分得一襟离绪。"

宋吴文英《霜叶飞·重九》词云："断烟离绪。关心事，斜阳红隐霜树。"

5.离恨：因别离而产生的愁苦。

宋陈策《摸鱼儿·仲宣楼赋》词云："敲吟未稳，又白鹭飞来，垂杨自舞，谁与寄离恨。"

宋陈策《满江红·杨花》词云："把前回离恨，暗中描摸。"

6.离殇：别离时所饮之酒。

宋周密《三姝媚·送圣与还越》词云："莫诉离殇深浅，恨聚散匆匆，梦随帆远。"

7.离踪：离别的踪迹。

张龙荣《摸鱼儿》词云："思量偏，前度高阳酒伴，离踪悲事何限。"

宋吴山《鹊桥仙》词云："女牛相别动经年，弟未识、离踪多少。"

8.别袂：犹分别，举手道别。语见唐权德舆《送人使之江陵》："纷纷别袂举，切切离鸿响。"

宋黄孝迈《水龙吟》词云："谁共题诗秉烛？两厌厌、天涯别袂。"

宋陈袭善《渔家傲》词云："红粉佳人伤别袂。情何已。"

9.解珰：指分别时解下耳饰相赠。

宋刘仙伦《江神子》词云："解珰回首忆前欢，见无缘，恨无端。"

10.罗绶分香：离别时以香罗带相赠留念。

宋陈亮《水龙吟》词云："罗绶分香，翠绡封泪，几多幽怨。"

11.咸阳送远：从咸阳送来，路途遥远。

宋范晞文《意难忘》词云："清泪如铅，叹咸阳送远，露冷铜仙。"

12.轻分：轻易分别。

宋赵与鐭《谒金门》词云："薄幸心情似絮，长是轻分轻聚。"

宋无名氏《眼儿媚》词云："霜收水瘦，风流帆饱，怎忍轻分？"

13.情味中年别：《世说新语·言语》载，谢安说："中年伤于哀乐，与亲友别，辄作数日恶。"

宋刘克庄《生查子·灯夕戏陈敬叟》词云："物色旧时同，情味中年别。"

14.间阔：久别。
宋冯去非《喜迁莺》词云："间阔故山猿鹤，冷落同盟鸥鹭。"
宋贺铸《想车音・兀令》词云："间阔时多书问少，镜鸾空老。"

（六）心情

心

1.寸心：内心，或微小的心意。
宋刘过《贺新郎》词云："云万叠，寸心远。"
宋崔与之《水调歌头》词云："手写留屯奏，炯炯寸心丹。"
2.方寸：即心。
宋陈策《摸鱼儿・仲宣楼赋》词云："江城望极多愁思，前事恼人方寸。"
宋洪咨夔《贺新郎》词云："方寸事，两眉角。"
3.芳水：芳心似春水。
宋李演《南乡子・夜宴燕子楼》词云："芳水戏桃英，小滴燕支浸绿云。"
宋李演《南乡子》词云："芳水戏桃英，小滴燕支浸绿云。"
4.芳心：春心。
宋汤恢《祝英台近》词云："都将千里芳心，十年幽梦，分付与、一声啼鴂。"
宋黄升《行香子・梅》词云："芳心一点，幽恨千重。"
5.香心：指花苞。亦指芳洁的心地。
宋高观国《金人捧露盘・水仙》词云："香心静，波心冷，琴心怨，客心惊。"
宋李之仪《阮郎归》词云："魂欲断，恨难裁。香心休见猜。"
6.迷心：使心迷惑。
宋莫仑《水龙吟》词云："娇讹梦语，湿荧啼袖，迷心醉眼。"
7.少年心：少年的心。
宋高观国《思佳客》词云："春思悄，昼窗深，谁能拘束少年心。"
8.心期：指昔日彼此的期望和许诺。
宋陆淞《瑞鹤仙》词云："待归来，先指花梢教看，却把心期细问。"
宋陈允平《满江红・和清真韵》词云："枝上鹊，心期卜。"
9.称消：称心消受。
宋周密《西江月・拟花翁》词云："称消不过牡丹情，中半伤春酒病。"

梦

1.潇湘梦：春梦，爱情之梦。潇湘地处江南，风光秀丽，有娥皇、女英与舜的动人爱情故事传说。

宋陆游《乌夜啼》词云："绣屏惊断潇湘梦，花外一声莺。"

宋谢懋《杏花天》词云："余酲未解扶头懒，屏里潇湘梦远。"

2.湘梦：潇湘梦魂。

宋王沂孙《一萼红·石屋探梅》词云："雨涩风悭，雾轻波细，湘梦迢迢。"

宋詹玉《更漏子》词云："湘梦断，楚魂迷。金河秋雁飞。"

3.残梦：谓零乱不全之梦。

宋卢祖皋《乌夜啼》词云："凭高无处寻残梦，春思入琵琶。"

宋晏殊《玉楼春·春恨》词云："楼头残梦五更钟，花底离愁三月雨。"

4.留梦：留在梦里。

宋孙惟信《夜合花》词云："断魂留梦，烟迷楚驿，月冷蓝桥。"

5.春梦：春夜的梦。比喻转瞬即逝的好景，也比喻不能实现的愿望。

宋史达祖《清商怨》词云："春愁远，春梦乱，凤钗一股轻尘满。"

宋张枢《谒金门》词云："春梦怯，人静玉闺平帖。"

6.归梦：归乡之梦。

宋张辑《谒金门》词云："千里江南真咫尺，醉中归梦直。"

宋陆游《南乡子》词云："归梦寄吴樯，水驿江程去路长。"

7.江湖梦：如梦一般的江湖生活。

宋赵以夫《忆旧游慢·荷花》词云："唤起江湖梦，向沙鸥住处，细说前盟。"

宋方岳《满庭芳·擘蟹醉题》词云："醉嚼霜前松雪，江湖梦、不枉归槎。"

8.午梦：午睡的梦中。

宋周晋《点绛唇·访牟存叟南漪钓隐》词云："午梦初回，卷帘尽放春愁去。"

宋杨万里《昭君怨·咏荷上雨》词云："午梦扁舟花底，香满西湖烟水。"

9.远梦：思念远方人的梦。

宋冯去非《喜迁莺》词云："世事不离双鬓，远梦偏欺孤旅。"

五代和凝《菩萨蛮》词云："闲阶莎径碧，远梦犹堪惜。"

10.幽梦：忧愁之梦。隐约的梦境。

宋李肩吾《抛球乐》词云："绮窗幽梦乱于柳，罗袖泪痕凝似饧。"

宋张镃《燕山亭》词云："幽梦初回，重阴未开，晓色吹成疏雨。"

11.晓梦：拂晓时的梦。

宋吴文英《风入松》词云："料峭春寒中酒，交加晓梦啼莺。"

宋吴文英《思佳客》词云："迷蝶无踪晓梦沉，寒香深闭小庭心。"

12.清梦：犹美梦。

宋翁元龙《风流子·闻桂花怀西湖》词云："三十六宫清梦，还与谁同。"

宋奚岊《华胥引·中秋紫霞席上》词云："独鹤归来，更无清梦成觅。"

13.好梦：美好的梦。

宋莫仑《玉楼春》词云："余寒犹峭雨疏疏，好梦自惊人悄悄。"

宋范仲淹《苏幕遮·怀旧》词云："夜夜除非，好梦留人睡。"

14.香梦：美梦。

宋杨子咸《木兰花慢·雨中荼蘼》词云："空与蝶圆香梦，枉教莺诉春情。"

宋高观国《金人捧露盘·梅花》词云："冷香梦、吹上南枝。"

15.芳草梦：指梦中怀念情人。

宋汤恢《满江红》词云："啼鸟惊回芳草梦，峭风吹浅桃花色。"

宋司马槱《河传》词云："芳草梦惊，人忆高唐惆怅。"

16.短梦：短暂的梦。

宋李彭老《探芳讯·湖上春游，继草窗韵》词云："繁华短梦随流水，空有诗千首。"

宋张炎《八声甘州·记玉关踏雪事清游》词云："短梦依然江表，老泪洒西州。"

17.酣红紫梦：意谓沉迷于世间繁华。

宋奚岊《芳草·南屏晚钟》词云："正酣红紫梦，便市朝、有耳谁听。"

18.梦寐：睡梦；梦中。

宋史达祖《蝶恋花》词云："几夜湖山生梦寐。评泊寻芳，只怕春寒里。"

宋黄庭坚《谒金门·示知命弟》词云："兄弟灯前家万里，相看如梦寐。"

19.梦魂：古人以为人的灵魂在睡梦中会离开肉体，故称"梦魂"。

宋李泳《清平乐》词云："今夜梦魂何处，青山不隔人愁。"

宋施岳《兰陵王》词云："芳时凉夜尽怨忆，梦魂省难觅。"

20.梦境：梦中经历的情境。

宋陆睿《瑞鹤仙》词云："花惊暗省，许多情，相逢梦境。"

宋陆游《沁园春》词云："念累累枯冢，茫茫梦境，王侯蝼蚁，毕竟成尘。"

21.梦语：梦话。

宋莫仑《水龙吟》词云："娇讹梦语，湿荧啼袖，迷心醉眼。"

宋张炎《琐窗寒》词云："想如今、醉魂未醒，夜台梦语秋声碎。"

22.梦满：装满幽梦。

宋朱昺孙《真珠帘》词云："梦满冰衾身似寄，算几度、吴乡烟水。"

宋翁孟寅《阮郎归》词云："歌袖窄，舞环轻，梨花梦满城。"

23.梦月：月照幽梦中的人。

宋李彭老《踏莎行·题草窗十拟后》词云："紫曲迷香，绿窗梦月，芳心如对春风说。"

宋陈著《沁园春·丁未春补游西湖》词云："休归去，便舣舟荷外，梦月眠风。"

24.醉枕：借指醉梦。

宋黄铸《秋蕊香令》词云："水晶屏小欹醉枕，院静鸣蛩相应。"

宋晏几道《采桑子》词云："秋月春风，醉枕香衾一岁同。"

25.醉魂：犹醉梦。

宋高观国《风入松》词云："醉魂不入重城晚，秾欢寄、桃叶桃根。"

宋蔡松年《鹧鸪天·赏荷》词云："醉魂应逐凌波梦，分付西风此夜凉。"

26.梦阔水云：化用唐岑参《春梦》"枕上片时春梦中，行尽江南数千里"诗意。

宋吴文英《好事近》词云："藕丝空缆宿湖船，梦阔水云窄。"

魂魄

1.招魂：召唤死者的灵魂。《楚辞》有《招魂》篇。此招水仙花魂。

宋赵闻礼《水龙吟·水仙花》词云："含香有恨，招魂无路，瑶琴写怨。"

宋李之仪《临江仙》词云："虽然公子暗招魂。其如抬眼看，都是旧时痕。"

2.仙魄：仙花魂魄。

宋王沂孙《庆宫春·水仙》词云："试招仙魄，怕今夜、瑶簪冻折。"

宋程准《水调歌头》词云："唤起羊裘仙魄，来伴蝉冠清影，星阁倚栏杆。"

3.吟魂：诗人之魂。

宋李演《摸鱼儿·太湖》词云："鸥且住，怕月冷，吟魂婉冉空江暮。"

宋蒋捷《探芳信·菊》词云："料应陶令吟魂在，凝此秋香妙。"

思绪

1.春思：春日的思绪。

宋高观国《思佳客》词云："春思悄，昼窗深，谁能拘束少年心。"

宋晏几道《更漏子·柳丝长》词云："春思重，晓妆迟。寻思残梦时。"

2.春愁：春日的愁绪。

宋史达祖《清商怨》词云："春愁远，春梦乱，凤钗一股轻尘满。"

宋周晋《点绛唇·访牟存叟南漪钓隐》词云："午梦初回，卷帘尽放春愁去。"

宋翁孟寅《阮郎归》词云："落红啼鸟两无情，春愁添晓醒。"

宋朱昺孙《真珠帘》词云："春云做冷春知未？春愁在、碎雨敲花声里。"

3.春怨：春日的愁绪、怨情。

宋周密《法曲献仙音·吊雪香亭梅》词云："又西泠残笛，低送数声春怨。"

宋晏几道《虞美人》词云："楼中翠黛含春怨，闲倚栏杆见。"

4.客思：客中游子的思绪。语出唐陈子昂《白帝城怀古》诗："古木生云际，孤帆出雾中。川途去无限，客思坐何穷。"

宋吴文英《浪淘沙》词云："灯火雨中船，客思绵绵。"

宋李珏《木兰花慢·寄豫章故人》词云："吴钩。光透黑貂裘，客思晚悠悠。"

5.触绪：触动心绪。

宋李肩吾《风流子》词云："江湖飘零久，频回首、无奈触绪难忘。"

宋贺铸《罗敷歌》词云："河阳官罢文园病，触绪萧然。"

6.意绪：心情。

宋范晞文《意难忘》词云："四十年，留春意绪，不似今年。"

宋杜安世《凤栖梧》词云："梦断高唐，回首桃源路。一饷沉吟无意绪。"

7.幽意：幽深的思绪。

宋王沂孙《法曲献仙音·聚景亭梅次草窗韵》词云："过眼年华，动人幽意，相逢几番春换。"

五代顾夐《酒泉子·黛薄红深》词云："锦鳞无处传幽意，海燕兰堂春又去。"

8.闺愁：春闺愁绪。

宋岳珂《满江红》词云："春未足、闺愁难寄，琴心谁与。"

9.旧赏：指往日的欢快如意之事。

宋赵闻礼《贺新郎·萤》词云："故苑荒凉悲旧赏，怅寒芜、衰草隋宫路。"

宋晁补之《引驾行·梅梢琼绽》词云："旧赏处、幽葩柔条，一一动芳意。"

怨恨

1.幽愤：隐藏在内心里的怨愤。

宋陈策《摸鱼儿·仲宣楼赋》词云："凭高试问，问旧日王郎，依刘有地，何事赋幽愤。"

宋赵令畤《蝶恋花》词云："幽愤所钟，千里神合。"

2.幽恨：深藏于心中的怨恨。

宋姜夔《法曲献仙音·张彦功官舍》词云："怕平生幽恨，化作沙边烟雨。"

宋楼采《玉漏迟》词云："弹指一襟幽恨，谩空趁、啼鹃声诉。"

3.千叠恨：层层叠叠的怨恨。

宋楼采《玉楼春》词云："淡烟疏柳一帘春，细雨遥山千叠恨。"

宋张先《南乡子》词云："不管离心千叠恨，滔滔。催促行人动去桡。"

忧愁

1.愁痕：忧愁，忧虑。

宋黄孝迈《湘春夜月》词云："这次第，算人间没个并刀，剪断心上愁痕。"

宋史达祖《阮郎归·月下感事》词云："芙蓉孔雀夜温温，愁痕即泪痕。"

2.愁迷：迷惘愁闷。

宋陆睿《瑞鹤仙》词云："湿云粘雁影，望征路、愁迷离绪难整。"

宋周邦彦《早梅芳》词云："乱愁迷远览，苦语萦怀抱。"

3.愁鱼：词人移愁于鱼，见鱼游绿水吞食落花，心中愁意顿起。

宋吴文英《高阳台·丰乐楼分韵得"如"字》词云："飞红若到西湖底，搅翠澜、总是愁鱼。"

4.惊愁：惊起春愁。

宋高观国《祝英台近》词云："静听滴滴檐声，惊愁搅梦，更不管、庾郎心碎。"

宋洪皓《访寒梅》词云："可怕长洲桃李妒，度香远，惊愁眼，欲媚谁。"

5.清愁：凄凉的愁闷情绪。

宋周密《一萼红·登蓬莱阁有感》词云："磴古松斜，崖阴苔老，一片清愁。"

宋晏几道《满庭芳》词云："此恨谁堪共说，清愁付、绿酒杯中。"

6.新愁：新添的忧愁。

宋柴望《念奴娇》词云："宿酒初醒，新愁半解，恼得成憔悴。"

宋张柱《浣溪沙》词云："新愁不放翠眉间。"

7.丁香结：以丁香结比喻固结不解的愁怨。

宋刘翰《好事近》词云："东风吹尽去年愁，解放丁香结。"

宋贺铸《石州慢》词云："欲知方寸，共有几许新愁？芭蕉不展丁香结。"

8.丁香怨：同"丁香结"。

宋周密《探芳讯·西泠春感》词云："东风空结丁香怨，花与人俱瘦。"

9.幽怨：郁结于心的愁恨。

宋翁元龙《绛都春·秋晚，海棠与黄菊盛开》词云："秋娘羞占东篱畔，待说与、深宫幽怨。"

宋柳永《凤衔杯》词云："追悔当初孤深愿。经年价、两成幽怨。"

宋王沂孙《法曲献仙音·聚景亭梅次草窗韵》词云："但殷勤折取，自遣一襟幽怨。"

10.万斛：极言愁之多。

宋高观国《金人捧露盘·梅》词云："新愁万斛，为春瘦、却怕春知。"

宋柳永《合欢带》词云："莫道千金酬一笑，便明珠、万斛须邀。"

11.销忧：排遣忧愁。语见王粲《登楼赋》："登兹楼以四望兮，聊假日以销忧。"

宋周密《一萼红·登蓬莱阁有感》词云："为唤狂吟老监，共赋销忧。"

宋朱敦儒《水调歌头》词云："如今憔悴，天涯何处可销忧。"

12.僝僽：烦恼，折磨。

宋王嵎《祝英台近》词云："莫谩被、春光僝僽。"

宋李石才《一箩金》词云："柳嫩花柔，浑不禁僝僽。"

13.耿耿：指忧烦而夜不能眠。

宋仇远《生查子》词云："钗头缀玉蚕，耿耿东窗晓。"

宋郭应祥《西江月》词云："明年应记盍簪时，耿耿怀人不寐。"

消沉

1.厌厌：无聊貌，懒散貌。

宋柳永《定风波》词云："暖酥消，腻云亸，终日厌厌倦梳裹。"

宋蔡柟《鹧鸪天》词云："病酒厌厌与睡宜，珠帘罗幕卷银泥。"

2.恹恹：没精打采貌。

宋韩琦《点绛唇》词云："病起恹恹、画堂花谢添憔悴。"

宋晏几道《清平乐·莺来燕去》词云："一点恹恹谁会，依前凭暖栏杆。"

宋施岳《兰陵王》词云："伤心事，还似去年，中酒恹恹度寒食。"

宋尹焕《霓裳中序第一·茉莉咏》词云："归来也，恹恹心事，自共素娥说。"

3.阑珊：兴致衰减，消沉。

宋陆游《乌夜啼》词云："冷落秋千伴侣，阑珊打马心情。"

宋刘将孙《水调歌头·败荷》词云："叹此君，深隐映，早阑珊。"

4.销黯：失去光彩。

宋王沂孙《法曲献仙音·聚景亭梅次草窗韵》词云："已销黯，况凄凉、近来离思，应忘却、明月夜深归辇。"

宋贺铸《忆仙姿》词云："销黯，销黯，门共宝奁长掩。"

凄凉

1.凄凄：形容悲伤凄凉。

宋姜夔《齐天乐·蟋蟀》词云："庾郎先自吟愁赋，凄凄更闻私语。"

宋陈著《水龙吟》词云："日西斜，烟草凄凄，望断洛阳何处。"

2.凄惋：哀伤。

宋周密《三姝媚·送圣与还越》词云："玉镜尘昏，怕赋情人老，后逢凄惋。"

宋张炎《忆旧游》词云："伫立香风外，抱孤愁凄惋，羞燕惭莺。"

3.凄音：凄凉的声音。

宋丁宥《水龙吟》词云："残蝉抱柳，寒蛩入户，凄音忍听。"

宋苏轼《菩萨蛮·歌伎》词云："凄音休怨乱，我已先肠断。"

4.漠漠萧萧：冷落凄凉貌。

宋吴大有《点绛唇·送李琴泉》词云："漠漠萧萧，香冻梨花雨。"

哀伤

1.魂销肠断：形容极度悲伤。

宋刘过《贺新郎·老去相如倦》词云："料彼此、魂销肠断。一枕新凉眠客舍，听梧桐、疏雨秋声颤。"

宋刘辰翁《金缕曲·丙戌九日》词云："天不遣、魂销肠断。不是苦无看山分，料青山、也自羞人面。"

2.断肠：形容伤心之至。

宋朱子厚《绮寮怨·青山和前韵忆旧时学馆，因复感慨同赋》词云："徊徨落月，断肠理绝弦琴。"

宋张磬《绮罗香·渔浦有感》词云："纵十分、春到邮亭，赋怀应是断肠句。"

3.断魂：形容极度惆怅、悲哀。

宋姜夔《小重山·湘梅》词云："九疑云杳断魂啼。"

宋孙惟信《夜合花》词云："断魂留梦，烟迷楚驿，月冷蓝桥。"

4.销凝：销魂凝神。

宋柳永《夜半乐》词云："对此佳景，顿觉销凝，惹成愁绪。"

宋吴琚《浪淘沙》词云："池馆尽盈盈，人醉寒轻。一川芳草只销凝。"

宋晁端礼《玉蝴蝶》词云："黯销凝。暮云回首，何处高城。"

5.销魂：魂魄消散。形容极度哀愁。

宋汤恢《八声甘州》词云："销魂远，千山啼鴂，十里荼。"

宋寇准《踏莎行》词云："倚楼无语欲销魂，长空黯淡连芳草。"

6.摇落堪悲：语出宋玉《九辩》："悲哉秋之为气也，萧瑟兮草木摇落而变衰。"

宋王易简《酹江月》词云："已是摇落堪悲，飘零多感，那更长安道。"

孤独

1.孤迥：感叹远别，深感孤独。

宋陆睿《瑞鹤仙》词云：“孤迥，盟鸾心在，跨鹤程高，后期无准。”

宋彭元逊《徵招·和焕甫秋声。君有远游之兴，为首行路难以感之》词云：“孤迥幽深，激扬悲壮，浮沈浩渺。”

2.孤衾：孤寂的被衾。

宋王亿之《高阳台》词云：“姮娥不管征途苦，甚夜深、尽照孤衾。”

五代顾敻《诉衷情》词云：“争忍不相寻？怨孤衾。”

3.岑寂：冷清、寂寞。

宋姜夔《淡黄柳·客合肥》词云：“正岑寂，明朝又寒食。”

宋姜夔《惜红衣·吴兴荷花》词云：“岑寂，高柳晚蝉，说西风消息。”

4.愁寂：充满惆怅的寂静。

宋张辑《念奴娇》词云：“系船高柳，晚蝉嘶破愁寂。”

宋周邦彦《应天长》词云：“梁间燕，前社客。似笑我、闭门愁寂。”

5.春寂：春光沉寂。

宋施岳《兰陵王》词云：“闲窗掩春寂，但粉指留红，茸唾凝碧。”

宋施岳《曲游春·清明湖上》词云：“醉乍醒、一庭春寂。”

宋杨冠卿《如梦令》词云：“满院落花春寂。风絮一帘斜日。”

困倦

1.困慵：困来懒得用。

宋史介翁《菩萨蛮》词云：“斗合做春愁，困慵熏玉篝。”

宋吴潜《渔家傲》词云：“每日困慵当午昼，出来便解双眉皱。”

2.慵开：懒得打开。

宋王茂孙《高阳台·春梦》词云：“迟日烘晴，轻烟缕昼，琐窗雕户慵开。”

宋许棐《浣溪沙》词云：“欲把香缯暖缬裁，玉箱金锁又慵开。”

3.午困：午时的倦意。

宋应法孙《贺新郎》词云：“午困腾腾春欲醉，对文楸、玉子无心拾。”

4.倦绣：在刺绣针线活中感觉倦息。

宋李肩吾《风入松·冬至》词云：“香闺女伴笑轻盈，倦绣停针。”

宋陈策《满江红·杨花》词云：“倦绣人闲，恨春去、浅颦轻掠。”

留恋

1.依黯：伤别留恋。语出韩偓《却寄诸兄弟》："却望山南空黯黯，回看童仆亦依依。"

宋王沂孙《醉蓬莱·归故山》词云："试引芳樽，不知消得，和多依黯。"

宋周密《三姝媚·送圣与还越》词云："秉烛相看，叹俊游零落，满襟依黯。"

宋仇远《烛影摇红》词云："一般孤闷，两下相思，黄昏依黯。"

2.萦情：怀恋，系心。

宋李演《八六子·次贺房韵》词云："萦情芳草无涯。还报舞香一曲，玉瓢几许春华。"

宋刘子才《玲珑四犯·几垒云山》词云："鸳鸯懒拂苹花影，记眉妩、萦情多少。"

无端

1.等闲：无端、白白地。

宋王茂孙《高阳台·春梦》词云："无端枝上啼鸠唤，便等闲、孤枕惊回。"

宋晏殊《浣溪沙》词云："一向年光有限身，等闲离别易销魂，酒筵歌席莫辞频。"

2.闲情：无端情怀。

宋黄孝迈《水龙吟》词云："闲情小院沉吟，草深柳密帘空翠。"

宋莫崙《卜算子》词云："争得闲情似旧时，遍索檐花笑。"

3.闲愁：无端之愁。

宋尚希尹《浪淘沙》词云："老去怕闲愁，莫莫休休。"

宋辛弃疾《摸鱼儿》词云："闲愁最苦。休去倚危栏，斜阳正在，烟柳断肠处。"

濠梁兴

1.濠梁兴：喻指悠闲游乐。出自先秦庄周《庄子与惠子游于濠梁之上》："庄子与惠子游于濠梁之上。庄子曰：'鲦鱼出游从容，是鱼之乐也。'惠子曰：'子非鱼，安知鱼之乐？'庄子曰：'子非我，安知我不知鱼之乐？'惠子曰：'我非子，固不知子矣；子固非鱼也，子之不知鱼之乐，全矣！'庄子曰：'请循其本。子曰'汝安知鱼乐'云者，既已知吾知之而问我。我知之濠上也。'"

宋张矩《应天长·花港观鱼》词云："濠梁兴，归未惬。记旧伴、袖携留折。"

宋陈允平《蓦山溪·西湖十咏，花港观鱼》词云："濠梁兴在，鸥鹭笑人痴。"

2. 濠梁：濠水上的桥。濠，水名，今在安徽凤阳。系“濠梁兴”的化用，指悠闲游乐。

宋韩淲《绕池游慢》词云：“几度薰风晚，留望眼、立尽濠梁。”

宋向子諲《浣溪沙·再用前韵寄曾吉甫运使》词云：“尊前频举不相忘。濠梁梦蝶尽春狂。”

空虚

1. 无据：无所依凭。

宋史达祖《东风第一枝·灯夕》词云：“吟情欲断，念娇俊、知人无据。”

宋周密《扫花游·九日怀归》词云：“恨无据，怅望极归舟，天际烟树。”

2. 无藉在：指感觉心中空落落，无所寄托。

宋李莱老《浪淘沙》词云：“闲倚栏杆无藉在，数尽归鸦。”

无奈

1. 无那：无可奈何。

宋王易简《酹江月》词云：“衰草寒芜吟未尽，无那平烟残照。”

宋张孝祥《转调二郎神》词云：“闷来无那，暗数尽、残更不寐。”

2. 无计那：无可奈何。

宋柳永《鹤冲天》词云：“悔恨无计那，迢迢良夜，自家只恁摧挫。”

宋李吕《凤栖梧》词云：“一片凄凉无计那，离愁还有些些个。”

3. 无赖：无奈。

宋苏辙《水调歌头·徐州中秋》词云：“素娥无赖，西去曾不为人留。”

宋舒亶《菩萨蛮》词云：“无赖是青灯，开花故故明。”

4. 可奈：无奈，无可奈何。

宋韩謬《浪淘沙》词云：“可奈梦随春漏短，不到江南。”

宋黄简《柳梢青》词云：“病酒心情。唤愁无限，可奈流莺。”

感怀

1. 孤吟：孤苦地长吟。

宋张炎《甘州·饯草窗西归》词云：“不恨片篷南浦，恨剪灯听雨，谁伴孤吟。”

宋陈草阁《沁园春》词云：“孤吟处，更寻香书影，搔首踟蹰。”

2. 吟苦：吟诗诉苦。

宋李莱老《台城路·寄弁阳翁》词云：“故人倦旅，料渭水长安，感时吟苦。”

宋胡翼龙《徵招》词云："冷隔帘旌，润销窗纸，有人吟苦。"

3.伤春：因春天到来而引起忧伤、苦闷。

宋吴文英《高阳台·丰乐楼分韵得"如"字》词云："伤春不在高楼上，在灯前欹枕，雨外熏炉。"

宋黄孝迈《湘春夜月》词云："欲共柳花低诉，怕柳花轻薄，不解伤春。"

（七）身体

长寿

1.千月：犹言百年，百年为一千二百月，此取整数。

宋郑达可《念奴娇》词云："明日中秋今夜月，千月清辉光足。"

2.千春：千年，形容岁月长久。

宋张孝祥《西江月·为枢密太夫人寿》词云："乞得神仙九酝，祝教福禄千春。"

宋赵福元《沁园春·斗柄御寅》词云："真希有，庆吾皇万岁，重臣千春。"

3.千岁：古人祝寿之词。语见《诗·鲁颂·閟宫》："万有千岁，眉寿无有害。"

五代冯延巳《长命女·春日宴》词云："再拜陈三愿：一愿郎君千岁，二愿妾身常健，三愿如同梁上燕，岁岁长相见。"

宋臧余庆《感皇恩·消息近春来》词云："论功医国，合在药王之右。不妨千岁饮，长生酒。"

4.百岁：百年，指长时间。语见先秦《鹖冠子·近迭》："兵者百岁不一用，然不可一日忘也。"

宋王观《红芍药》词云："人生百岁，七十稀少。更除十年孩童小。"

宋范仲淹《剔银灯·与欧阳公席上分题》词云："人世都无百岁。少痴騃、老成尪悴。"

5.长年：指长寿。语见《管子·中匡》："道血气以求长年、长心、长德。"

宋陈著《西江月·寿吴景年》词云："好从龟鹤同长年。看取蟠桃结遍。"

宋萧仲芮《沁园春·寿春陵史君叔》词云："玉井莲房，碧筒酒熟，趁得长年千岁杯。"

消瘦

1.诗瘦：指因苦于作诗而消瘦。

宋张镃《念奴娇·宜雨亭咏千叶海棠》词云："免教春去，断肠空叹诗瘦。"

宋曹冠《喜迁莺·上巳游涵碧》词云："棋战新来常胜，诗瘦只因吟苦。"

2.诗酒瘦：因吟诗、病酒而瘦。魏崔浩爱吟咏，一日病起，友人戏曰："非子病如此，乃子苦吟诗瘦也。"

宋史达祖《黄钟喜迁莺·元宵》词云："自怜诗酒瘦，难应接、许多春色。"

3.瘦枕：人在枕上消瘦。

宋李莱老《台城路·寄弁阳翁》词云："灯外残砧，琴边瘦枕，一一情伤迟暮。"

宋李恰《一萼红·中秋题壁》词云："坐久霜华沁骨，瘦枕攲眠。"

4.瘦肌：形容梅花如美人娇弱的身躯。

宋吴文英《西江月·青梅枝上晚花》词云："香力添熏罗被，瘦肌犹怯冰绡。"

宋周密《东风第一枝·早春赋》词云："瘦肌羞怯金宽，笑靥暖融粉沁。"

5.清臞：清瘦。

宋吴文英《高阳台·丰乐楼分韵得"如"字》词云："怕舣游船，临流可奈清臞。"

宋俞文豹《喜迁莺》词云："饱阅年华，惯韵冷淡，只恁清臞风骨。"

（八）行为

歌舞

1.高歌：高声歌唱。

宋张辑《念奴娇》词云："且约携酒高歌，与鸥相好，分坐渔矶石。"

宋辛弃疾《贺新郎·同父见和再用韵答之》词云："我病君来高歌饮，惊散楼头飞雪。"

2.小垂手：代指歌舞。

宋王嵎《祝英台近》词云："楼倚花梢，长记小垂手。"

南北吴均《小垂手》词云："且复小垂手，广袖拂红尘。"

睡眠

1.孤眠：独自就眠。

宋张履信《谒金门》词云："欲起还慵未起，好是孤眠滋味。"

宋吴文英《朝中措》词云："燕子不归帘卷，海棠一夜孤眠。"

2.孤枕：独枕。借指独宿、独眠。

宋赵闻礼《贺新郎·萤》词云："孤枕掩，残灯炷。"

宋丁宥《水龙吟》词云："愁不禁秋，梦还惊客，青灯孤枕。"

3.留眠：留宿。

宋张龙荣《摸鱼儿》词云："悄不似、留眠水国莲香畔。"

4.午眠：午睡。

宋曾揆《西江月》词云："午眠仿佛见金翘，惊觉数声啼鸟。"

5.闲眠：悠然入眠。

宋陆游《乌夜啼》词云："弄笔斜行小草，钩帘浅醉闲眠。"

宋王沂孙《高阳台》词云："双蛾不拂青鸾冷，任花阴寂寂，掩户闲眠。"

6.无寐：无眠。

宋张辑《疏帘淡月》词云："露侵宿酒，疏帘淡月，照人无寐。"

词云："凄凉无寐闲衾枕。看夜深、紫垣华盖，低摇杠柄。"

7.清寐：谓躺卧在床上休息而未入睡。

宋董嗣杲《湘月》词云："艳歌终散，输他鹤帐清寐。"

8.夜深同睡：夜深之时与花同眠。

宋张镃《念奴娇·宜雨亭咏千叶海棠》词云："醉浅休归，夜深同睡，明日还相守。"

9.梦轻：指浅睡。

宋周密《高阳台·寄越中诸友》词云："梦魂欲渡苍茫去，怕梦轻、还被愁遮。"

宋周邦彦《大酺·越调春雨》词云："奈愁极顿惊，梦轻难记，自怜幽独。"

流泪

1.泪珠：泪水。

宋陆淞《瑞鹤仙》词云："屏间麝煤冷，但眉峰压翠，泪珠弹粉。"

五代欧阳炯《浣溪沙》词云："相见休言有泪珠，酒阑重得叙欢娱，凤屏鸳枕宿金铺。"

2.泪眼：含着泪水的眼睛。

宋姚宽《生查子》词云："酒面扑春风，泪眼零秋雨。"

宋辛弃疾《减字木兰花》词云："盈盈泪眼，往日青楼天样远。"

3.泪痕：眼泪留下的痕迹。

宋刘过《贺新郎》词云："晚妆残、翠钿狼藉，泪痕凝面。"

宋李肩吾《抛球乐》词云："绮窗幽梦乱于柳，罗袖泪痕凝似饧。"

唐薛昭蕴《浣溪沙》词云："粉上依稀有泪痕，郡庭花落欲黄昏，远情深恨与谁论？”

4.泪花：指要流但还没流下来的泪珠。

宋陈允平《一落索》词云：“泪花写不尽离怀，都化作、无情雨。”

宋周邦彦《蝶恋花》词云：“唤起两眸清炯炯，泪花落枕红绵冷。”

5.春泪：春日滴下的眼泪。

宋赵汝茪《如梦令》词云：“小砑红绫笺纸。一字一行春泪。”

宋白玉蟾《公无渡河》词云：“双蛾无处挽重瞳，粉篁点点凝春泪。”

6.弹泪：挥泪。

宋汤恢《八声甘州》词云：“怅年华、不禁骚首，又天涯、弹泪送春归。”

宋朱敦儒《好事近》词云：“美人慵翦上元灯，弹泪倚瑶瑟。”

7.清泪：眼泪。

宋吴文英《采桑子慢·九日》词云：“醉把茱萸，细看清泪湿芳枝。”

宋范晞文《意难忘》词云：“清泪如铅，叹咸阳送远，露冷铜仙。”

8.啼痕：泪痕。

宋刘仙伦《一剪梅》词云：“更没心情共酒尊，春衫香满，空有啼痕。”

宋赵汝茪《恋绣衾》词云：“玉箫台榭春多少，溜啼痕、脸霞未消。”

宋吴文英《三姝媚·过都城旧居有感》词云：“湖山经醉惯，渍春衫、啼痕酒痕无限。”

宋赵闻礼《鱼游春水》词云：“罗帕啼痕未洗，愁见同心双凤翅。”

9.绡痕：丝巾上泪痕。

宋周密《四字令·拟<花间>》词云：“筝尘半妆，绡痕半方。”

10.梨花雨：暗指佳人落泪。

宋李彭老《探芳讯·湖上春游，继草窗韵》词云：“闲帘深掩梨花雨，谁问东阳瘦。”

宋周晋《点绛唇·访牟存叟南漪钓隐》词云：“移舟去，未成新句，一研梨花雨。”

宋张炎《鹧鸪天》词云：“劳劳燕子人千里，落落梨花雨一枝。”

11.潸然：泪流貌。

宋吴文英《浪淘沙》词云：“往事一潸然，莫过西园。”

宋刘辰翁《沁园春·送春》词云：“风回处，寄一声珍重，两地潸然！”

12.湿荧：泪眼。

宋莫仑《水龙吟》词云：“娇讹梦语，湿荧啼袖，迷心醉眼。”

13.沾衣：泪下湿衣。唐杜牧《九日齐山登高》：“古往今来只如此，牛山何必独沾衣。”

宋李泳《定风波》词云："南去北来愁几许，登临怀古欲沾衣。"

宋苏轼《八声甘州》词云："西州路，不应回首，为我沾衣。"

赋诗

1.赋怀：赋咏情怀。

宋张磐《绮罗香·渔浦有感》词云："纵十分、春到邮亭，赋怀应是断肠句。"

宋洪皓《临江仙》词云："三闾憔悴赋怀沙。思亲增怅望，吊影觉攲斜。"

2.赋情：咏春之情，或指男女春情。

宋楼采《瑞鹤仙》词云："年小，青丝纤手，彩胜娇鬟，赋情谁表。"

宋蔡伸《醉落魄》词云："料想人人，终是赋情薄。"

3.赋药：赋写芍药。

宋周密《踏莎行·与莫两山谭邗城旧事》词云："赋药才高，题琼语俊，蒸香压酒芙蓉顶。"

作曲

1.顾曲：度曲填词。

宋王易简《庆宫春·谢草窗惠词卷》词云："翠椾芳字，谩重省、当时顾曲。"

宋张炎《甘州·饯草窗西归》词云："记天风、飞佩紫霞边，顾曲万花深。"

2.周郎顾曲：三国时吴国周瑜精于音乐，曲有阙误，瑜必知之，知之必顾看演奏者。故时人语曰："曲有误，周郎顾。"

宋罗椅《柳梢青》词云："子野闻歌，周郎顾曲，曾恼夫君。"

3.红牙：檀木制成的拍板，以调节乐曲的节拍。

宋卢祖皋《清平乐》词云："宝杯金缕红牙，醉魂几度儿家。"

宋汤恢《二郎神·用徐斡臣韵》词云："记翠楫银塘，红牙金缕，杯泛梨花冷。"

说话

1.解语：会说话。《开元天宝遗事》载："明皇秋八月，太液池有千叶白莲数枝盛开，帝与贵戚宴赏焉。左右皆叹羡久之，帝指贵妃示于左右，曰：'争如我解语花？'"

宋黄简《玉楼春》词云："妆成挼镜问春风，比似庭花谁解语。"

宋杨泽民《瑞龙吟》词云："深沉绿满垂杨，芳阴娅姹，娇莺解语。"

2.轻著语：轻浮置评。

宋方岳《江神子·牡丹》词云："切莫近前轻著语，题品错，怕渠嗔。"

3.软语：体贴温柔委婉的话。

宋史达祖《双双燕》词云："还相雕梁藻井，又软语、商量不定。"

宋仇远《满庭芳》词云："还知。人寂寞，殷勤软语，来说差池。"

划船

1.过橹：过往的帆橹。

宋施岳《水龙吟》词云："英雄暗老，昏潮晓汐，归帆过橹。"

2.柔橹：操橹轻摇。或指船桨轻划之声。

宋吴大有《点绛唇·送李琴泉》词云："添愁绪，断肠柔橹，相逐寒潮去。"

宋方千里《浪淘沙》词云："柔橹悲声顿发，骊歌恨曲未阕。"

3.宿湖船：将湖船拴系。

宋吴文英《好事近》词云："藕丝空缆宿湖船，梦阔水云窄。"

4.维舟：系船。

宋姜夔《惜红衣·吴兴荷花》词云："维舟试望，故国眇天北。"

5.静舣：静静地停泊。

宋张枢《瑞鹤仙》词云："兰舟静舣，西湖上、多少歌吹。"

伫立

1.伫立：久立。

宋姚宽《菩萨蛮》词云："无言空伫立，花落东风急。"

宋柳永《定风波》词云："伫立长堤，淡荡晚风起。"

2.凝伫：凝望伫立。

宋岳珂《满江红》词云："想绮窗今夜，为谁凝伫。"

宋周密《扫花游·九日怀归》词云："暗凝伫，近重阳、满城风雨。"

宋柳永《安公子》词云："游宦成羁旅，短樯吟倚闲凝伫。"

3.小立：伫立片时。

宋刘仙伦《蝶恋花》词云："小立东风谁共语？碧尽行云，依约兰皋暮。"

宋陈允平《柳梢青》词云："看花小立疏廊。道是雪、如何恁香。"

游玩

1.追游：指寻胜而游，追随游览。

宋楼采《瑞鹤仙》词云："追游趁早，便裁却、轻衫短帽。"

宋佚名《暮山溪》词云："且追游，又办寻芳宴。"

2.游冶：出游寻乐。

宋李彭老《木兰花慢》词云："记旧时游冶，灯楼倚扇，水院移船。"

宋柳永《柳初新》词云："遍九阳、相将游冶。骤香尘、宝鞍骄马。"

远行

1.孤征：只身远行。

宋利登《风入松》词云："天南海北知何极，年年是、匹马孤征。"

宋吕胜己《木兰花慢》词云："悔年少狂图，争名远宦，为米孤征。"

2.征路：征途。

宋陆睿《瑞鹤仙》词云："湿云粘雁影，望征路、愁迷离绪难整。"

宋薛梦桂《三姝媚》词云："芳草凄迷征路，待去也，还将画轮留住。"

3.久客：久居于外。

宋高观国《齐天乐》词云："风流江左久客，旧游得意处，珠帘曾卷。"

宋赵善括《鹊桥仙》词云："当歌有恨，问春无语，笑我如何久客。"

4.飘零：漂泊。比喻失去依靠，生活不安定。

宋王亿之《高阳台》词云："问孤鸿，何处飞来，共唤飘零。"

宋程垓《四代好》词云："春好尚恐阑珊，花好又怕，飘零难保。"

5.问讯：探访。

宋张孝祥《西江月・丹阳湖》词云："问讯湖边春色，重来又是三年。"

宋范成大《满江红》词云："竹里行厨，来问讯、诸侯宾老。"

6.悄歇：消歇。指休止，消失。

宋施岳《步月・茉莉》词云："醉乡冷境，怕翻成悄歇。"

远望

1.临眺：在高处远望。

宋施岳《解语花》词云："云容沍雪，暮色添寒，楼台共临眺。"

宋史隽之《望海潮》词云："共登高临眺，尊俎绸缪。"

2.望极：极目眺望。

宋周密《高阳台・寄越中诸友》词云："萋萋望极王孙草，认云中烟树，鸥外春沙。"

宋赵孟坚《风流子》词云："望极思悠悠，江如练、籁息浪纹收。"

窥

1.窥户：照耀门户；偷看人家门户。

宋王沂孙《眉妩・新月》词云："故山夜永。试待他、窥户端正。"

宋姜夔《玲珑四犯·越中岁暮闻箫鼓感怀》词云："扬州柳垂官路，有轻盈换马，端正窥户。"

2.窥江：指金兵觊觎长江一带。

宋姜夔《扬州慢·淮左名都》词云："自胡马窥江去后，废池乔木，犹厌言兵。"

宋刘子翚《胡儿莫窥江》词云："胡儿莫窥江，长江限绝吴楚间。"

3.窥帘：形容女子对所爱之人倾心相慕。语见《世说新语·惑溺》："韩寿美姿容，贾充辟以为掾。充每聚会，贾女于青琐中看，见寿，说之，恒怀存想，发于吟咏。"

魏晋顾众《浪淘沙·闺思》词云："一点幽情传未得，残月窥帘。"

宋李彭老《木兰花慢》词云："听绝残箫倦笛，夜堂明月窥帘。"

宋汪莘《满庭芳·云绕花屏》词云："仙宫，深几许，黄莺问道，紫莺窥帘。"

4.燕窥莺认：莺飞燕舞。

宋钟过《步蟾宫》词云："水边珠翠香成阵。也消得、燕窥莺认。"

5.窥影：窥见身影。

宋谢翱《答烟萝隐者》词云："野鹤下窥影，山人疑问年。"

宋张桂《菩萨蛮》词云："翠鬟愁不整，临水闲窥影。"

宋张先《倾杯》词云："横塘水静，花窥影、孤城转。"

6.窥檐：从屋檐下窥见。

宋辛弃疾《卜算子》词云："山鸟哢窥檐，野鼠饥翻瓦。"

宋张磐《绮罗香·渔浦有感》词云："浦月窥檐，松泉漱枕，屏里吴山何处。"

弄

1.弄笔：随意书写。

宋陆游《乌夜啼》词云："弄笔斜行小草，钩帘浅醉闲眠。"

宋欧阳修《南歌子》词云："弄笔偎人久，描花试手初。"

2.弄影：谓物动使影子也随着摇晃或移动。

宋张枢《壶中天·月夕登绘幅堂，与筼房各赋一解》词云："窈窕西窗谁弄影，红冷芙蓉深苑。"

宋李彭老《壶中天·登寄闲吟台》词云："短鬓吹寒，闲情吟远，弄影花前舞。"

3.三弄：指吹奏乐曲。弄，吹奏。

宋范成大《醉落魄·栖乌飞绝》词云："好风碎竹声如雪，昭华三弄临风咽。"

宋李清照《孤雁儿》词云："笛声三弄，梅心惊破，多少春情意。"

按

1.按柳：抚弄、触摸柳树。

宋卢祖皋《乌夜啼》词云："几曲微风按柳，生香暖日蒸花。"

2.按筝：弹奏宝筝。

宋李彭老《高阳台·落梅》词云："东园曾趁花前约，记按筝筹酒，戏挽飞琼。"

其他

1.信知：确知，实知。

宋史达祖《东风第一枝·春雪》词云："谩凝碧瓦难留，信知暮寒轻浅。"

宋陈著《烛影摇红·寿内子》词云："捱到如今，信知空挂闲怀抱。"

2.管领：领略，欣赏。

宋丁宥《水龙吟》词云："征尘卷扑，闲花谩舞，何心管领。"

宋黄庭坚《采桑子》词云："永康又得风流守，管领江山。"

3.沉吟：犹豫。

宋江开《杏花天》词云："算毕竟、沉吟未稳。"

宋方岳《酹江月》词云："报答东风，流连西日，绿外沉吟久。"

4.迎人：迎接来人。

宋徐照《清平乐》词云："迎人卷上珠帘，小螺未拂眉尖。"

宋毛滂《玉楼春·定空寺赏梅》词云："月华冷处欲迎人，七里香风生满路。"

（九）性格命运

苦命

1.薄命：指生来命运不好，福分不大。出自《汉书·外戚传下·孝成许皇后》。

宋周晋《柳梢青·杨花》词云："薄幸东风，薄情游子，薄命佳人。"

宋辛弃疾《贺新郎》词云："自昔佳人多薄命，对古来、一片伤心月。"

2.断襟零袂：言衣领、袖破碎零乱。指孤身飘泊受尽苦难。

宋吴文英《三姝媚·过都城旧居有感》词云："又客长安，叹断襟零袂，涴尘谁浣。"

3.尘土债：指宦游劳苦，官务繁忙。

宋吴潜《满江红·金陵乌衣园》词云："抖擞一春尘土债，悲凉万古英雄迹。"

宋李曾伯《满江红》词云："三十载间尘土债，几千里外风涛役。"

旺盛

1.酣酣：形容旺盛，浓貌。语见唐崔融《和宋之问寒食题黄梅临江驿》："遥思故园陌，桃李正酣酣。"

宋范成大《眼儿媚》词云："酣酣日脚紫烟浮，妍暖试轻裘。"

宋张孝祥《蓦山溪·雄风豪雨》词云："桃杏意酣酣，占前头、一番花信。"

2.田田：形容水面荷叶茂盛。乐府《江南曲》："江南可采莲，莲叶何田田。"

宋姜夔《念奴娇·吴兴荷花》词云："田田多少，几回沙际归路。"

宋佚名《蝶恋花》词云："荷叶田田，觉有清香起。"

高雅

1.荷制兰樱：隐逸和高洁的象征。

宋李莱老《木兰花慢·寄题荪壁山房》词云："爱静翻缃帙，芸台几，荷制兰樱。"

2.雅怀：高雅的情怀，雅兴。

宋刘澜《齐天乐·吴兴郡宴遇旧人》词云："刘郎今度更老，雅怀都不到，书带题扇。"

宋赵佶《念奴娇·御制》词云："雅怀素态，向闲中、天与风流标格。"

3.清绝：清雅超绝。

宋曹邍《玲珑四犯·荼蘼应制》词云："一架幽芳，自过了梅花，独点清绝。"

宋向子諲《更漏子》词云："竹孤青，梅酽白。更着使君清绝。"

4.仙姿：仙人的风姿。

宋高观国《金人捧露盘·梅》词云："罗浮梦杳，忆曾清晚见仙姿。"

宋杨泽民《少年游》词云：" 三分芳髻拢青丝，花下岁仙姿。"

5.标致：情调，风采。

宋董嗣杲《湘月》词云："醉玉吹香还认取，忙里得闲标致。"

宋刘克庄《贺新郎·端午》词云："灵均标致高如许。忆生平、既纫兰佩，更怀椒醑。"

6.淡素：淡雅朴素。

宋真德秀《蝶恋花》词云："莫是东君嫌淡素，问花花又娇无语。"

7.幽韵：幽深的韵味。

宋赵闻礼《水龙吟·水仙花》词云："幽韵凄凉，暮江空渺，数峰清远。"

8.幽姿：幽雅的姿态。

宋施岳《解语花》词云："幽姿谩好，遥相望、含情一笑。"

宋史浩《采莲舞》词云："彤霞出水弄幽姿，娉婷玉面相宜。"

四、大自然

（一）日月星辰

银河

1.明河：语出唐宋之问《明河篇》诗："明河可望不可亲，愿得乘槎一问津。"

宋张孝祥《念奴娇·过洞庭》词云："素月分辉，明河共舞，表里俱澄澈。"

宋赵师侠《鹊桥仙·明河风细》词云："明河风细，鹊桥云淡，秋入庭梧先坠。"

2.绛河：绛属深红色，语见《说文》："绛，大赤也"。古代观天象者以北极为基准，天河在北极之南，南方属火，尚赤，因借南方之色称之。

宋范成大《醉落魂》词云："栖乌飞绝，绛河绿雾星明灭。"

宋毛滂《清平乐·绛河千岁》词云："绛河千岁。一照升平事"。

3.天河：语出《诗·大雅·云汉》"倬彼云汉"汉郑玄笺："云汉，谓天河也。"

宋欧阳修《渔家傲·乞巧楼头云幔卷》词云："奕奕天河光不断。有人正在长生殿。暗付金钗清夜半。"

宋辛弃疾《贺新郎·翠浪吞平野》词云："挽天河、谁来照影，卧龙山下。"

4.斜河：银河。

宋利登《风入松》词云："十千斗酒悠悠醉，斜河界、白月云心。"

宋李彭老《壶中天·登寄闲吟台》词云："珠斗斜河，冰轮辗雾，万里青冥路。"

5.银河：横跨星空的一条乳白色亮带。

宋赵以夫《忆旧游慢·荷花》词云："照夜银河落，想粉香湿露，恩泽初承。"

宋钟辰翁《水调歌头》词云："况对金风初度，酌彼银河净浴，六月凛冰霜。"

6.河叹：银河。

宋王沂孙《一萼红·石屋探梅》词云："青凤啼空，玉龙舞夜，遥睇河叹光摇。"

7.河影：银河星影。

宋李莱老《台城路·寄弁阳翁》词云："半空河影流云碎，亭皋嫩凉收雨。"

宋张孝祥《临江仙》词云："星稀河影转，霜重月华孤。"

8.河痕：银河的影痕。

宋赵与仁《西江月》词云："夜半河痕依约，雨余天气冥濛。"

太阳

1.金乌：古代神话中驾驭日车的神鸟，是在太阳的中央浑身泛着红金色光芒的三足乌鸦，所以称为"金乌"。

宋陈德武《望海潮·拱日亭》词云："海色沧凉，金乌拍翅上扶桑。"

宋奚㟪《芳草·南屏晚钟》词云："怪玉兔、金乌不换，只换愁人。"

宋王观《减字木兰花》词云："有限时光。玉兔金乌晓夜忙。"

2.赤乌：同金乌。语出《吕氏春秋·有始》："赤乌衔丹书集于周社。"《尚书大传》卷二：" 武王伐紂，观兵于孟津，有火流于王屋，化为赤乌，三足。"

宋曹勋《满路花·清都山水客》词云："曲池人静，水击赤乌蟠。"

宋葛长庚《酹江月·武昌怀古》词云："黄鹤楼人，赤乌年事，江汉亭前路。"

3.红日：太阳。因其放射出红色光辉，故称。

宋李石《木兰花令》词云："一莺啼破帘栊静，红日渐高槐转影。"

唐李煜《浣溪沙》词云："红日已高三丈透，金炉次第添香兽。"

4.落日：夕阳。

宋奚㟪《芳草·南屏晚钟》词云："响烟惊落日，长桥芳草外，客愁醒。"

宋岳珂《祝英台近》词云："落日潮头，慢写属镂愤。"

5.日暖：阳光温暖。

宋高观国《风入松》词云："红外风娇日暖，翠边水秀山明。"

宋葛长庚《柳梢青·海棠》词云："尽皆蜀种垂丝，晴日暖、薰成锦围。"

6.日脚：太阳光下。

宋范成大《眼儿媚》词云："酣酣日脚紫烟浮，妍暖试轻裘。"

宋欧阳修《渔家傲》词云："日脚沈红天色暮，青凉伞上微微雨。"

7.日薄：古谓日光为阴气所掩蔽。

宋卢祖皋《谒金门》词云："翠袖玉屏金镜，日薄绮疏人静。"

宋苏轼《南歌子·晚春》词云："日薄花房绽，风和麦浪轻。"

8.日暝：天黑。

宋史达祖《青玉案》词云："日暝酒消听骤雨。"

9.斜日：傍晚时西斜的太阳。

宋陆游《乌夜啼》词云："金鸭余香尚暖，绿窗斜日偏明。"

宋李振祖《浪淘沙》　一片闲情春水隔，斜日人归。

宋杨炎正《水调歌头》词云："把酒对斜日，无语问西风。"

10.斜阳：傍晚时西斜的太阳。

宋吴文英《思佳客》词云："杏花宜带斜阳看，几阵东风晚又阴。"

宋周邦彦《夜游宫》词云："叶下斜阳照水。卷轻浪、沈沈千里。"

11.斜晖：指傍晚西斜的阳光。语出南朝梁简文帝《序愁赋》："玩飞花之入户，看斜晖之度寮。"

宋李彭老《一萼红·寄弁阳翁》词云："古岸停桡，单衣试酒，满眼芳草斜晖。"

宋张先《画堂春》词云："小荷障面避斜晖，分得翠阴归。"

12.返照：夕阳，落日。

宋姚宽《菩萨蛮》词云："斜阳山下明金碧，画楼返照融春色。"

宋贺铸《踏莎行》词云："返照迎潮，行云带雨。依依似与骚人语。"

13.残照：落日的光辉，夕照。

宋王易简《酹江月》词云："衰草寒芜吟未尽，无那平烟残照。"

宋柳永《蝶恋花》词云："草色烟光残照里，无言谁会凭阑意。"

14.落晖：落日的余晖。

宋李泳《定风波》词云："点点行人趁落晖，摇摇烟艇出渔扉。"

宋辛弃疾《忆王孙》词云："不用登临怨落晖，昔人非，惟有年年秋雁飞。"

15.轻晖：明净的光辉、光泽。

宋周密《甘州·灯夕书寄二隐》词云："渐萋萋、芳草绿江南，轻晖弄春容。"

16.微红：夕阳的余晖。

宋楼采《二郎神》词云："帐烬冷炉薰，花深莺静，帘箔微红醉袅。"

宋周紫芝《水调歌头·雨后月出西湖作》词云："澹霞消尽，何事依约有微红。"

月亮

1.春月：春天的月亮。

宋曹邍《玲珑四犯·荼蘼应制》词云："夜散琼楼宴，金铺深掩，一庭春月。"

宋汪莘《水调歌头》词云："酿秋小春月，取酒雪花晨。"

2.素月：皎洁的月亮。

宋张孝祥《念奴娇·过洞庭》词云："素月分辉，明河共影，表里俱澄澈。"

宋陆游《乌夜啼》词云："纨扇婵娟素月，纱巾缥缈轻烟。"

3.月底：月下。

宋陆游《朝中措·梅》词云："江头月底，新诗旧梦，孤恨清香。"

宋张孝祥《卜算子·雪月最相宜》词云："去岁江南见雪时，月底梅花发。"

4.浦月：谓江河水中之月。

宋张磐《绮罗香·渔浦有感》词云："浦月窥檐，松泉漱枕，屏里吴山何处。"

宋佚名《满江红·今古高情》词云："雅志偏怜雕浦月，达人岂羡金山玉。"

5.冷月：月亮。月光给人以清冷之感，故称。

宋孙惟信《昼锦堂》词云："梦过栏杆，犹认冷月秋千。"

宋姜夔《扬州慢·淮左名都》词云："二十四桥仍在，波心荡，冷月无声。"

6.凉月：秋月。

宋赵汝芜《梦江南》词云："数点雾霞山又晚，一痕凉月酒初消。"

宋程珌《水调歌头》词云："三岛眠龙惊觉，万顷明琼碾破，凉月照东南。"

7.楼外月：楼外的月亮。

宋赵闻礼《千秋岁》词云："五更楼外月，双燕门前柳。"

宋吕渭老《倾杯令》词云："筝按教坊新谱，楼外月生春浦。"

8.楼西月：在西楼赏月。

宋刘克庄《生查子·灯夕戏陈敬叟》词云："浅画镜中眉，深拜楼西月。"

9.东厢月：东厢上空悬挂的明月。

宋范成大《忆秦娥》词云："楼阴缺，栏杆影卧东厢月。"

宋范成大《临江仙》词云："羽扇纶巾风袅袅，东厢月到蔷薇。"

10.璧月：月圆像璧一样。对月亮的美称。

宋高观国《齐天乐》词云："尘栖故苑，叹璧月空檐，梦云飞观。"

宋孙惟信《南乡子》词云："璧月小红楼。听得吹箫忆旧游。"

11.蓬莱月：秘阁窗前的月亮。蓬莱在此代指秘阁。

宋杨伯嵒《踏莎行·雪中疏寮借阁帖，更以薇露送之》词云："夜深何用对青藜，窗前一片蓬莱月。"

12.江月：江上明月。

宋周文璞《一剪梅》词云："赋罢闲情共倚栏，江月庭芜，总是销魂。"

宋张先《菩萨蛮》词云："一弄入云声，海门江月清。"

13.微月：淡淡的月亮。

宋应法孙《霓裳中序第一》词云：“帘卷流苏宝结，乍庭户嫩凉，栏杆微月。”

宋苏轼《醉落魄》词云：“轻云微月，二更酒醒船初发。”

14.残月：残缺不圆的弯月。

刘仙伦《江神子》词云：“吹罢玉箫香雾湿，残月坠，乱峰寒。”

黄孝迈《湘春夜月》词云：“空樽夜泣，青山不语，残月当门。”

15.淡月：黯淡的月色。

宋陆淞《瑞鹤仙》词云：“重省。残灯朱幌，淡月纱窗，那时风景。”

宋卢祖皋《宴清都・初春》词云：“啼春细雨，笼愁淡月，恁时庭院。”

宋刘仙伦《菩萨蛮・效唐人闺怨》词云：“冷烟寒食夜，淡月梨花下。”

宋刘镇《玉楼春・东山探梅》词云：“疏风淡月有来时，流水行云无觅处。”

宋赵崇嶓《蝶恋花》词云：“料想红楼挑锦字，轻云淡月人憔悴。”

宋张辑《疏帘淡月・寓桂枝香秋思》词云：“露侵宿酒，疏帘淡月，照人无寐。”

16.斜月：西斜的落月。

宋刘翰《好事近》词云：“花底一声莺，花上半钩斜月。”

宋吕本中《南歌子》词云：“驿路侵斜月，溪桥度晓霜。”

16.新月：阴历每月初所见的形细而弯的月牙。

吴文英《采桑子慢・九日》词云：“重阳重处，寒花怨蝶，新月东篱。”

奚岊《芳草・南屏晚钟》词云：“销凝，油车归后，一眉新月，独印湖心。”

17.弦月：阴历初七、初八，月亮缺上半，为上弦月。二十二、二十三，月亮缺下半，为下弦月。

宋李莱老《台城路・寄弁阳翁》词云：“井叶还惊，江莲乱落，弦月初生商素。”

宋李彭老《浪淘沙》词云：“别有水窗人唤酒，弦月初生。”

宋周邦彦《渡江云》词云：“今宵正对初弦月，傍水驿、深舣蒹葭。”

18.片月：一片淡月。

宋张炎《渡江云・次赵元父韵》词云：“书又远，空江片月芦花。”

宋赵彦端《点绛唇・题西隐》词云：“一凉相与，片月生新浦。”

19.香月：香雾中的明月。

宋汤恢《祝英台近》词云：“恨离别。长忆人立荼蘼，珠帘卷香月。”

宋张镃《玉团儿》词云：“吹起清芬，露成香露，月成香月。”

20.梨花月：梨花之上的明月。

宋李莱老《小重山》词云：“吹箫门巷冷无声，梨花月，今夜负中庭。”

21.梨花新月：梨花和月色。

宋周密《好事近·拟东泽》词云："一色梨花新月，伴夜窗吹笛。"

宋高似孙《眼儿媚》词云："梨花新月，杏花新雨，怎奈昏黄。"

22.半蟾：半圆的月亮。旧传月中有蟾蜍。

宋翁元龙《风流子·闻桂花怀西湖》词云："正凉挂半蟾，酒醒窗下，露催新雁，人在山中。"

宋王沂孙《花犯·苔梅》词云："罗浮梦、半蟾挂晓，幺凤冷、山中人乍起。"

23.素蟾：月亮。

宋王沂孙《淡黄柳》词云："后夜相思，素蟾低照，谁扫花阴共酌。"

宋陈深《沁园春》词云："今何在，但素蟾东出，红日西斜。"

24.凉蟾：指秋月。语出唐李商隐《燕台诗·秋》："月浪衡天天宇湿，凉蟾落尽疎星入。"

宋张抡《朝中措·灯花挑尽夜将阑》词云："一点凉蟾窥幔，钏敲玉臂生寒。"

宋姚宽《踏莎行·秋思》词云："梦云归处不留踪，厌厌一夜凉蟾入。"

25.银蟾：月亮的别称，传说月中有蟾蜍，故称。语见唐白居易《中秋月》："照他几许人肠断，玉兔银蟾远不知。"

宋曹冠《西江月·秋香阁》词云："绛蜡银蟾辉映，纶巾鹤氅逍遥。"

宋谢懋《念奴娇·中秋呈徐叔至》词云："河汉无声光练练，涌出银蟾孤绝。"

26.素娥：嫦娥的别称，亦用作月亮的代称。语出《文选·谢庄<月赋>》："引玄兔于帝台，集素娥于后庭。"

宋李泳《水调歌头·危楼云雨上》词云："素娥弄影，光射空际绿婵娟。"

宋王炎《浪淘沙·辛未中秋与文尉达可饮》词云："素娥莫惜少留连。秋气平分蟾兔满，动是经年。"

27.孤光：月亮。

宋张孝祥《念奴娇·过洞庭》词云："应念岭表经年，孤光自照，肝胆皆冰雪。"

宋苏轼《西江月》词云："中秋谁与共孤光，把盏凄然北望。"

28.孤白：指月亮。因月明独悬天空，故称。

宋刘澜《庆宫春·重登峨眉亭感旧》词云："英游何在，满目青山，飞下孤白。"

宋张炎《壶中天》词云："扣舷歌断，海蟾飞上孤白。"

29.孤镜：一轮明月。

宋翁孟寅《齐天乐·元夕》词云："霜风渐紧，展一幅青绡，净悬孤镜。"

30.玉兔：指月亮。

宋奚岊《芳草·南屏晚钟》词云："怪玉兔、金乌不换，只换愁人。"

宋辛弃疾《满江红·中秋》词云："着意登楼瞻玉兔，何人张幕遮银阙？"

31.玉杵：玉制舂杵。传说月中白兔持杵捣药，因以玉杵指月亮。

宋奚岊《华胥引·中秋紫霞席上》词云："想玉杵芒寒，听珮环无迹。"

宋邵博《念奴娇》词云："惆怅玉杵无凭，蓝桥人去，空锁神仙宅。"

32.冰奁：月亮。

宋张枢《壶中天·月夕登绘幅堂，与筼房各赋一解》词云："露脚飞凉，山眉锁暝，玉宇冰奁满。"

宋王沂孙《疏影》词云："犹记冰奁半掩，冷枝画未就，归棹轻折。"

33.冰轮：明月。苏轼《宿九仙山》："半夜老僧呼客起，云峰缺处涌冰轮。"

宋李彭老《壶中天·登寄闲吟台》词云："珠斗斜河，冰轮辗雾，万里青冥路。"

宋陈亮《一丛花·溪堂玩月作》词云："冰轮斜辗镜天长，江练隐寒光。"

34.素鸾：月亮。

宋李演《南乡子·夜宴燕子楼》词云："可惜素鸾留不得，更深，误剪灯花断了心。"

35.清标：指明月。

宋周端臣《木兰花慢·送人之官九华》词云："清标，会上丛霄。"

唐吕岩《沁园春》词云："琳馆清标，琼台丽质，何年天上飞来。"

37.银钩：指弯月。

宋刘翰《蝶恋花》词云："一曲银钩帘半卷，绿窗睡足莺声软。"

宋秦观《浣溪沙》词云："自在飞花轻似梦，无边丝雨细如愁。宝帘闲挂小银钩。"

月光

1.月波：月光，因月色如水而称。

宋史达祖《黄钟喜迁莺·元宵》词云："月波凝滴，望玉壶天近，了无尘隔。"

宋蔡松年《鹧鸪天·赏荷》词云："山黛远，月波长，暮云秋影照潇湘。"

2.月华：月光，月色。

宋翁元龙《朝中措·茉莉》词云："更着月华相恼，木犀淡了中秋。"

宋张抡《临江仙》词云："等闲散作八荒春，欲知天意好，昨夜月华新。"

3.月淡：月色黯淡。

宋楼槃《霜天晓角·梅》词云："月淡风轻，黄昏未是清。"

宋苏轼《西江月·咏梅》词云："马趁香微路远，沙笼月淡烟斜。"

4.月痕：清月的痕迹。

宋高观国《金人捧露盘·梅》词云："溪痕浅，云痕冻，月痕澹，粉痕微。"

宋陈逢辰《乌夜啼》词云："月痕未到朱扉，送郎时。"

宋曹良史《江城子》词云："二十四帘人悄悄，花影碎，月痕深。"

5.月滤：月光投入。

宋许棐《鹧鸪天》词云："归来玉醉花柔困，月滤窗纱约半更。"

6.月夜：有月光的夜晚。

宋张辑《祝英台近》词云："奈何琴剑匆匆，而今心事，在月夜、杜鹃声里。"

宋施岳《解语花》词云："莫待墙阴暗老，称琴边月夜，笛里霜晓。"

7.冷照：指清冷的月光。

宋周密《高阳台·寄越中诸友》词云："感流年，夜汐东还，冷照西斜。"

宋陈辉《鲫潭霁月》词云："清涵藻荇披幽涧，冷照鱼龙戏浅沙。"

8.晕素：素辉。本指月光，此指晕彩和粉之类饰品。

宋黄简《玉楼春》词云："密夜彩索看看午，晕素分红能几许。"

宋方千里《西平乐》词云："机杼生尘，谁为新装晕素华。"

9.转玉：月光环绕。

宋楼采《二郎神》词云："露床转玉，唤睡醒、绿云梳晓。"

宋周密《月边娇·元夕怀旧》词云："戏丛围锦，灯帘转玉，拼却舞勾歌引。"

10.清光：清亮的月光。

宋汤恢《祝英台近·中秋》词云："洞庭窄。谁道临水楼台，清光最先得。"

宋辛弃疾《太常引》词云："斫去桂婆娑，人道是，清光更多。"

11.筛金：月光透过竹林。

宋李彭老《壶中天·登寄闲吟台》词云："怨鹤知更莲漏悄，竹里筛金帘户。"

宋曾隶《琐窗寒》词云："任筛金影碎，轻敲檐玉，碍双飞燕。"

12.蟾影：月影。神话传说月中有蟾蜍，放云。

宋翁孟寅《齐天乐·元夕》词云："节序飘零，欢娱老大，慵立灯光蟾影。"

宋汪梦斗《金缕曲》词云："想夜深、女墙还有，过来蟾影。"

13.霁华：指月光。

宋刘克庄《生查子·灯夕戏陈敬叟》词云："繁灯夺霁华，戏鼓侵明灭。"

宋蒋捷《百苎》词云："知甚时，霁华烘破青青萼。"

14.桂华：指月光。传说月中有桂树。

宋张枢《壶中天·月夕登绘幅堂，与筼房各赋一解》词云："平波不动，桂华底印清浅。"

宋代赵必王象《齐天乐》词云："簇万顷芙蕖，桂华相射。"

星星

1.长星：巨星。

宋吴文英《八声甘州·陪庾幕诸公游灵岩》词云："渺空烟、四远是何年、青天坠长星！"

2.珠斗：北斗七星。

宋李彭老《壶中天·登寄闲吟台》词云："珠斗斜河，冰轮辗雾，万里青冥路。"

宋韩驹《念奴娇·月》词云："珠斗斓斒，银河清浅，影转西楼曲。"

天空

1.虚碧：清澈碧蓝的天空。

宋赵希青乡《霜天晓角·桂》词云："宝幹婆娑千古，飘芳吹、满虚碧。"

宋李新《行路难》词云："君不见天上星，万古耀虚碧。"

2.碧虚：碧空，兼指水色空明。语见张九龄送《宛句赵少府》："修竹含清景，华池淡碧虚。"

宋张镃《昭君怨·园池夜泛》词云："月在碧虚中住，人向乱荷中去。"

3.遥碧：高远的碧空。

宋奚岊《华胥引·中秋紫霞席上》词云："翦翦天风，飞飞万里，吹净遥碧。"

唐刘禹锡《白鹭儿》词云："前山正无云，飞去入遥碧。"

4.迥碧：高远的碧空。

宋张枢《壶中天·月夕登绘幅堂，与篔房各赋一解》词云："雁横迥碧，渐烟收极浦，渔唱催晚。"

5.冰壶：盛冰的玉壶。喻明净的天空。

宋李彭老《四字令》词云："罗纨素珰，冰壶露床，月移花影西厢，数流萤过墙。"

宋三槐《百安谣（寿主簿·二月廿一）》词云："量吸鲸川，志吞牛渚，标格冰壶洁。"

6.玉壶：形容天空明净。南朝鲍照《代白头吟》："清如玉壶冰。"又，道家有"壶天"之说。

宋史达祖《黄钟喜迁莺·元宵》词云："月波凝滴，望玉壶天近，了无尘隔。"

宋欧阳修《少年游》词云："玉壶冰莹兽炉灰。人起绣帘开。"

7.天远：天空高远。

宋孙惟信《烛影摇红·牡丹》词云："絮飞春尽，天远书沉，日长人瘦。"

宋乐婉《卜算子·答施》词云："相思似海深，旧事如天远。"

8.天际：天边。

宋李演《摸鱼儿·太湖》词云："明灯暗浦，更短笛衔风，长云弄晚，天际画秋句。"

宋周密《乳燕飞》词云："太乙燃藜天际下，庆卯金仙子生华旦。"

9.楚天：古代楚国在今长江中下游一带，位居南方，所以泛指南方天空为楚天。

宋高观国《祝英台近》词云："几时挑菜踏青，云沉雨断，尽分付、楚天之外。"

宋辛弃疾《水龙吟·登建康赏心亭》词云："楚天千里清秋，水随天去秋无际。"

10.凉宇：凉秋的天空。

宋李彭老《壶中天·登寄闲吟台》词云："青飙荡碧，喜云飞寥廓，清透凉宇。"

11.九霄：天的极高处。

宋韩元吉《水龙吟·书英华事》词云："锦瑟繁弦，凤箫清响，九霄歌吹。"

宋佚名《六州》词云："神虞夕照煩黄，九霄鸣珮下清厢。"

12.青冥：青天。

宋李彭老《壶中天·登寄闲吟台》词云："珠斗斜河，冰轮辗雾，万里青冥路。"

宋周密《水龙吟·白荷》词云："素鸾飞下青冥，舞衣半惹凉云碎。"

尘世

1.尘世：指人间俗世。

宋朱敦儒《蓦山溪·元来尘世》词云："元来尘世。放著希奇事。"

宋张辑《疏帘淡月》词云："落叶西风，吹老几番尘世。"

宋佚名《水龙吟·本自出家离尘世》词云："本自出家离尘世。更不贪人间华丽。"

2.红尘：闹市的飞尘，借指繁华的社会。佛教中指人世间。语出汉班固《西都赋》："红尘四合，烟云相连。"

宋秦观《金明池》词云："纵宝马嘶风，红尘拂面，也只寻芳归去。"

宋辛弃疾《洞仙歌》词云："叹轻衫短帽，几许红尘。"

宋范成大《醉落魄·栖鸟飞绝》词云："凉满北窗，休共软红说。"

宋仇远《玉蝴蝶·独立软红尘表》词云："独立软红尘表，远吞翠雾，平挹纹澜。"

宋孙惟信《烛影摇红·牡丹》词云："别后知他安否？软红街、清明还又。"

3.尘寰：亦作"尘闤"，指人世间。语出唐权德舆《送李城门罢官归嵩阳》诗："归去尘寰外，春山桂树丛。"

宋朱敦儒《采桑子·天高风劲尘寰静》词云："天高风劲尘寰静，佳节重阳。"

宋汪元量《忆王孙·尘寰财色苦相萦》词云："尘寰财色苦相萦。著爱浮华役此身。"

4.尘缘：佛教认为色、声、香、昧、触、法为六尘，是污染人心、使生嗜欲的根缘。此指情缘。

宋刘澜《齐天乐·吴兴郡宴遇旧人》词云："尘缘较短，怪一梦轻回，酒阑歌散。"

宋秦观《点绛唇·桃源》词云："尘缘相误，无计花间住。"

5.光尘：原为敬语，称言对方的风采，后喻世俗。语出《老子》："和其光，同其尘。"

宋张孝祥《清平乐·光尘扑扑》词云："光尘扑扑。宫柳低迷绿。"

宋洪适《鹧鸪天·报答风光思更新》词云："歌妙曲，想光尘。相望尺五叹参辰。"

6.浮世：人间，人世。旧时认为世事虚浮无定，故称。

宋董嗣杲《湘月》词云："宵筵会启，蓦然身外浮世。"

宋张先《南歌子》词云："浮世欢会少，劳生怨别多。"

7.世路：指人生遭际，宦海沉浮。语见《后汉书·崔骃传》："子苟欲勉我以世路，不知其跌而失吾之度也。"

宋张孝祥《西江月·丹阳湖》词云："世路如今已惯。此心到处悠然。"

宋欧阳修《圣无忧》词云："世路风波险，十年一别须臾。"

8.游云：盖指俗尘。

宋吴文英《声声慢·闰重九饮郭园》词云："檀栾金碧，婀娜蓬莱，游云不蘸芳洲。"

尘埃

1.芳尘：芳香之尘。

宋吴文英《杏花天·重午》词云："竹西歌断芳尘去，宽尽经年臂缕。"

宋李莱老《高阳台·落梅》词云："掩香残，屏摇梦冷，珠钿糁缀芳尘。"

2.尘缁：被灰尘弄黑。

宋周密《国香慢·赋子固<凌波图>》词云："相逢旧京洛，素靥尘缁，仙掌霜凝。"

3.暗尘：积累的尘埃。

宋汤恢《二郎神·用徐斡臣韵》词云："应蝶粉半销，鸦云斜坠，暗尘侵镜。"

宋吴文英《点绛唇》词云："暗尘不起，酥润凌波地。"

4.轻尘：尘土，出自晋木华《海赋》。

宋陈允平《垂杨》词云："细雨轻尘，建章初闭东风悄。"

唐李煜《望江南》词云："船上管弦江面绿，满城飞絮辊轻尘。"

5.轻尘满：轻尘已落满。

宋史达祖《清商怨》词云："春愁远，春梦乱，凤钗一股轻尘满。"

6.吴尘：吴地风尘。

宋张龙荣《摸鱼儿》词云："又吴尘、暗斑吟袖，西湖深处能浣。"

宋詹玉《齐天乐》词云："相逢唤醒京华梦，吴尘暗斑吟发。"

7.香尘：芳香之尘。

宋杨子咸《木兰花慢·雨中荼蘼》词云："深深，苔径悄无人，栏槛湿香尘。"

宋晏殊《踏莎行》词云："祖席离歌，长亭别宴。香尘已隔犹回面。"

8.涴尘：污尘。

宋石孝友《玉楼春》词云："罗衫一任涴尘泥，拼了通宵排日醉。"

宋吴文英《三姝媚·过都城旧居有感》词云："又客长安，叹断襟零袂，涴尘谁浣。"

9.征尘：远行中身上沾染的尘土。

宋冯去非《喜迁莺》词云："慵看清镜里，十载征尘，长把朱颜污。"

宋辛弃疾《鹧鸪天》词云："扑面征尘去路遥，香篝渐觉水沉销。"

10.玉麈：玉柄拂尘。

宋李彭老《高阳台·寄题苏壁山房》词云："冰弦玉麈风流在，更秋兰、香染衣裾。"

宋姜夔《湘月·五湖旧约》词云："玉麈谈玄，叹坐客、多少风流名胜。"

11.缁尘：污垢。

宋楼扶《水龙吟·次清真梨花韵》词云："轻腮晕玉，柔肌笼粉，缁尘敛避。"

宋黎廷瑞《南乡子·乌衣园》词云："再见玉郎应不认，堪悲。也被缁尘染素衣。"

（二）江河湖海

水

1.剑水：指箭径之水。一本作“腻水”，意较胜。杜牧《阿房宫赋》：“渭流涨腻，弃脂水也。”

宋吴文英《八声甘州·陪庾幕诸公游灵岩》词云：“箭径酸风射眼，剑水染花腥。”

宋邓肃《临江仙·九之四》词云：“剑水冷冷行碧玉，扁舟一叶吹风。”

2.流水：流动的水。

宋孙惟信《夜合花》词云：“流水远，乱花飘。”

宋胡惠齐《百字令》词云：“不上寒窗，不随流水，应不钿宫额。”

3.烟水：雾霭迷蒙的水面。

宋朱昻孙《真珠帘》词云：“梦满冰衾身似寄，算几度、吴乡烟水。”

宋王沂孙《摸鱼儿·莼》词云：“纵一舸重游，孤怀暗老，余恨渺烟水。”

4.野水：野外的水流。

宋谢懋《浪淘沙》词云：“明朝野水几重山。”

吴文英《高阳台·落梅》词云：“宫粉雕痕，仙云堕影，无人野水荒湾。”

5.春水：春天的河水。

宋高观国《霜天晓角》词云：“春云粉色，春水和云湿。”

宋严仁《醉桃源·春景》词云：“拍堤春水蘸垂杨，水流花片香。”

6.暗水：浅伏不露的水。语见唐李百药《送别》：“夜花飘露气，暗水急还流。”

宋杨缵《八六子·牡丹次白云韵》词云：“但暗水新流芳恨，蝶凄蜂惨，千林嫩绿迷空。”

宋叶梦得《卜算子》词云：“新月挂林梢，暗水鸣枯沼。”

7.水国：水乡。

宋张龙荣《摸鱼儿》词云：“悄不似、留眠水国莲香畔。”

宋方千里《渔家傲》词云：“魂断江南烟水国，书难得，想思此意无人识。”

8.水涵：远水横天。

宋吴文英《八声甘州·陪庾幕诸公游灵岩》词云：“水涵空阁凭高处，送乱鸦、斜日落渔汀。”

宋赵师侠《柳梢青》词云：“天接波光，水涵山影，都在扁舟。”

9.水秀：湖水清秀。

宋高观国《风入松》词云："红外风娇日暖，翠边水秀山明。"

宋韩淲《西江月》词云："脉脉蜂黄蝶粉，盈盈水秀山明。"

10.苍茫：寥阔的山山水水。

宋周密《高阳台·寄越中诸友》词云："梦魂欲渡苍茫去，怕梦轻、还被愁遮。"

宋辛弃疾《一剪梅》词云："独立苍茫醉不归。日暮天寒，归去来兮。"

11.寒玉：指水，以其清冷而言。唐李群玉《引水行》："一条寒玉走秋泉。"

宋赵以夫《忆旧游慢·荷花》词云："水乡六月无暑，寒玉散清冰。"

宋徐君宝妻《霜天晓角》词云："双峦斗碧，寒玉雕秋壁。"

12.空明：指澄澈透明的湖水。苏轼《前赤壁赋》："桂棹兮兰桨，击空明兮溯流光。"

宋李彭老《壶中天·登寄闲吟台》词云："烟外冷逼玻璃，渔郎歌渺，击空明归去。"

宋曹勋《松梢月》词云："杖策徐步空明里，但襟袖皆清。"

13.空虚：指水天交接处。

宋赵汝茪《汉宫春》词云："一目清无留处，任屋浮天上，身集空虚。"

宋洪适《朝中措》词云："只把空虚三院，亦须笑傲千春。"

14.兰汤：有香味的热水。

宋李彭老《四字令》词云："兰汤晚凉，鸾钗半妆。"

宋侯置《浣溪沙》词云："肉红衫子半窥墙，兰汤浴困嫩匀妆。"

15.泠泠：流水声。

宋刘镇《玉楼春·东山探梅》词云："泠泠水向桥东去，漠漠云归溪上住。"

宋宋王质《长相思·渔父》词云："风泠泠，露泠泠。一叶扁舟深处横。"

16.浅流：浅浅的流水。

宋刘过《唐多令》词云："芦叶满汀洲，寒沙带浅流。"

17.西流：向西流。

宋尚希尹《浪淘沙》词云："试问落花随水去，还解西流？"

宋周邦彦《渡江云》词云："堪嗟。清江东注，画舸西流，指长安日下。"

18.松泉：松间泉水。

宋张磐《绮罗香·渔浦有感》词云："浦月窥檐，松泉漱枕，屏里吴山何处。"

宋陈允平《瑞鹤仙·故庐元负郭》词云："萧散云根石上，茗松泉，注书芸阁。"

19.湘绿：泛指春水。

宋张辑《祝英台近》词云："谁道春深，湘绿涨沙。"

宋张孝祥《蝶恋花·行湘阴》词云："一片秋光，染就潇湘绿。"

20.新沟：新筑的水沟。

宋王沂孙《高阳台》词云："残萼梅酸，新沟水绿，初晴节序暄妍。"

水滨

1.南浦：水的南岸，泛指水边，送别之地。浦，江边，此指送别之地。

唐温庭筠《荷叶杯》词云："楚女欲归南浦，朝雨。"

宋辛弃疾《祝英台近》词云："宝钗分，桃叶渡，烟柳暗南浦。"

宋姜夔《念奴娇·吴兴荷花》词云："只恐舞衣寒易落，愁入西风南浦。"

宋贺铸《忆仙姿》词云："莲叶初生南浦，两岸绿杨飞絮。"

2.烟浦：云雾迷漫的水滨。

唐温庭筠《河传》词云："湖上，闲望，雨萧萧，烟浦花桥路遥。"

宋李演《祝英台近·次篔房韵》词云："柳色如波，萦恨满烟浦。"

宋楼采《玉漏迟》词云："客帽欺风，愁满画船烟浦。"

宋曹冠《喜迁莺·上巳游涵碧》词云："凝望处，见桑村麦陇，竹溪烟浦。"

3.鸳鸯浦：鸳鸯栖息的水滨。或两浦相对，形如鸳鸯。

宋王茂孙《点绛唇·莲房》词云："折断烟痕，翠蓬初离鸳鸯浦。"

宋李泳《清平乐》词云："乱云将雨，飞过鸳鸯浦。"

宋姜夔《杏花天影》词云："绿丝低拂鸳鸯浦。想桃叶、当时唤渡。"

4.极浦：遥远的水滨。语出《楚辞·九歌·湘君》："望涔阳兮极浦，横大江兮扬灵。"

宋张枢《壶中天·月夕登绘幅堂，与篔房各赋一解》词云："雁横迥碧，渐烟收极浦，渔唱催晚。"

五代毛文锡《应天长》词云："平江波暖鸳鸯语，两两钓船归极浦。"

5.暗浦：昏暗的江浦。

宋葛郯《念奴娇》词云："暗浦潮生，寒矶雪化，无复风，原空格，从吴校尘虑。"

宋李演《摸鱼儿·太湖》词云："明灯暗浦，更短笛衔风，长云弄晚，天际画秋句。"

6.迷浦：迷绕江浦。

宋周密《高阳台·寄越中诸友》词云："小雨分江，残寒迷浦，春容浅入蒹葭。"

宋姜夔《清波引》词云："冷云迷浦，倩谁唤、玉妃起舞。"

7.青津：周密故里的水滨。

宋李彭老《一萼红·寄弁阳翁》词云："北皋寻幽，青津问钓，多情杨柳依依。"

8.荒湾：荒郊的水湾。

宋吴文英《高阳台·落梅》词云："宫粉雕痕，仙云堕影，无人野水荒湾。"

宋苏轼《行香子》词云："北望平川，野水荒湾。"

波

1.江波：江水；江中波浪。

宋史达祖《清商怨》词云："江烟白，江波碧，柳户清明，燕帘寒食。"

宋郑仅《调笑转踏》词云："楼上青帘映绿杨，江波千里对微茫。"

2.苍波：青黑色的水波。

宋赵处澹《渔歌子》词云："丁山烟雨晚濛濛。柳岸苍波着短蓬。"

宋赵鼎《浪淘沙·九日会饮分得雁字》："吊影苍波何限恨，日暮天长。"

3.绿波：碧绿的水波。

宋刘澜《庆宫春·重登娥眉亭感旧》词云："春剪绿波，日明金洁，镜光尽浸寒碧。"

宋黎延瑞《水龙吟·金陵雪后西望》词云："回首当时光景，渺秦淮、绿波东下。"

4.澄波：清波。

宋赵崇嶓《蝶恋花》词云："薄雾笼春天欲醉，碧草澄波，的的情如水。"

宋王易简《摸鱼儿》词云："澄波荡桨人初到，三十六陂烟雨。"

5.翠波：青绿色的波浪。

宋李演《声声慢·问梅孤山》词云："徘徊旧情易冷，但溶溶、翠波如縠。"

宋张元干《兰陵王》词云："帘旌翠波飐，窗影残红一线。"

6.苹波：风起藏叶动，犹如波翻。

宋张枢《庆宫春》词云："斜日明霞，残虹分雨，软风浅掠苹波。"

7.鱼波：微波。代指水面、水域。

宋周密《国香慢·赋子固<凌波图>夷则商》词云："渺渺鱼波望极，五十弦、愁满湘云。"

宋张炎《梅子黄时雨·病后别罗江诸友》词云："待棹击空明，鱼波千顷。"

8.葡萄波：春水。

宋李肩吾《风流子》词云："望芳草云连，怕经南浦，葡萄波涨，怎博西凉。"

9.波心：水中央。

宋高观国《金人捧露盘·水仙》词云："香心静，波心冷，琴心怨，客心惊。"

宋赵以夫《贺新郎》词云："看斜肠、波心镜面，照伊颜色。"

10.镜光：波光。

宋刘澜《庆宫春·重登峨眉亭感旧》词云："春翦绿波，日明金渚，镜光尽浸寒碧。"

宋王质《苏幕遮》词云："上下浮光，两镜光相就。"

11.涟漪：形容被风吹起的水面波纹。

宋李振祖《浪淘沙》词云："粉香何处度涟漪？认得一船杨柳外，帘影垂垂。"

宋欧阳修《采桑子》词云："微动涟漪，惊起沙禽掠岸飞。"

12.清漪：波纹。

宋尹焕《眼儿媚》词云："垂杨袅袅蘸清漪，明绿染春丝。"

宋吴文英《声声慢》词云："清漪衔苑，御水分流，阿阶西北青红。"

13.绿縠水：春水。翠绿波纹。

宋汤恢《满江红》词云："绿縠水，红香陌。"

14.溶溶：水波荡漾貌。

宋李演《声声慢·问梅孤山》词云："徘徊旧情易冷，但溶溶、翠波如縠。"

宋汤恢《满江红》词云："疏雨过，溶溶天气，早如寒食。"

15.纹纱：水面波纹如皱纱。

宋张炎《渡江云·次赵元父韵》词云："酒船归去后，转首河桥，那处认纹纱。"

宋张炎《春从天上来》词云："烟霞。自延晚照，尽换了西林，窈窕纹纱。"

16.雪卷：指波浪翻滚。语出苏轼《念奴娇》："惊涛拍岸，卷起千堆雪。"

宋李泳《清平乐》词云："片帆隐隐归舟，天边雪卷云游。"

宋李昴英《水龙吟》词云："雪卷寒芦，字横过雁，渡浮孤艇。"

17.鱼浪：微波，如鱼鳞排列。

宋姜夔《惜红衣·吴兴荷花》词云："虹梁水陌，鱼浪吹香，红衣半狼藉。"

宋张炎《暗香》词云："作海滨孤寂，鱼浪不来，寄李商隐。"

18.翠澜：翠绿的水波。

宋吴文英《高阳台·丰乐楼分韵得"如"字》词云："飞红若到西湖底，搅翠澜、总是愁鱼。"

宋姜夔《满江红》词云："仙姥来时，正一望、千顷翠澜。"

19.溶溶泄泄：水波轻缓荡漾的样子。

宋范成大《眼儿媚》词云："溶溶泄泄，东风无力，欲皱还休。"

宋佚名《洞仙歌》词云："溶溶泄泄，似飘扬愁绪。"

20.鳞鳞：形容水波如鱼鳞状。语见唐李群玉《江南》诗云："鳞鳞别浦起微波。"

宋郑斗焕《新荷叶》词云："乳鸭池塘，晴波漾绿鳞鳞。"

宋黄公绍《莺啼序·吴江长桥》词云："芳草岸、弯环半玉，鳞鳞曲港双流会。"

不属

1.桥东片月：语出姜夔《扬州慢》："二十四桥仍在，波心荡，冷月无声。"

宋赵希迈《八声甘州·竹西怀古》词云："几伤心、桥东片月，趁夜潮、浪恨入秦淮。"

2.雾轻波细：轻薄的雾，微细的浪花。

宋王沂孙《一萼红·石屋探梅》词云："雨涩风悭，雾轻波细，湘梦迢迢。"

3.携盘独出：化用李贺《金铜仙人辞汉歌》："携盘独出月荒凉，渭城已远波声小。"

宋王沂孙《庆宫春·水仙》词云："携盘独出，空想咸阳，故宫落月。"

潮

1.春潮：春季的潮汐，形容其势之猛。

宋李泳《定风波》词云："一路水香流不断，零乱，春潮绿浸野蔷薇。"

宋蒋捷《行香子》词云："待将春恨，都付春潮。"

2.潮痕：潮水的波痕。

宋王亿之《高阳台》词云："轻帆初落沙洲暝，渐潮痕雨渍，面色风皴。"

宋李甲《望春回》词云："滩露夜潮痕，注冻濑凄咽。"

3.昏潮晓汐：犹晓潮昏汐。昼涨曰潮，夜涨曰汐。

宋施岳《水龙吟》词云："英雄暗老，昏潮晓汐，归帆过橹。"

4.浦潮：江潮。

宋张炎《渡江云·次赵元父韵》词云："浦潮夜涌平沙白，问断鸿、知落谁家。"

5.吴潮：吴地的潮水。此指钱塘江潮。

宋李珏《击梧桐·别西湖社友》词云："年来岁去，朝生暮落，人似吴潮辗转。"

宋张先《醉垂鞭》词云："酒面滟金鱼，吴娃唱，吴潮上。"

6.夜潮：夜晚的潮汐。

宋赵希迈《八声甘州·竹西怀古》词云："几伤心、桥东片月，趁夜潮、浪恨入秦淮。”

宋张先《望江南》词云：“一曲白云江月满，际天拖练夜潮来。”

7.夜汐：夜潮。

宋周密《高阳台·寄越中诸友》词云：“感流年，夜汐东还，冷照西斜。”

8.涨绿：谓春水上涨。

宋薛梦桂《三姝媚》词云：“涨绿烟深，早零落、点池萍絮。”

宋李彭老《探芳讯·湖上春游，继草窗韵》词云：“几多时，涨绿莺枝，堕红鸳甃。”

江

1.江浦：江滨，泛指江河。语见《吕氏春秋·本味》：“江浦之橘，云梦之柚。”

宋刘埙《贺新郎·醉里江南路》词云：“忽飘来、暗香万斛，春浮江浦。”

宋晁补之《摸鱼儿·东皋寓居》词云：“买陂塘、旋栽杨柳，依稀淮岸江浦。”

2.江国：河流多的地区，多指江南；或指古国名，在今河南省息县西。

五代孙光宪《后庭花》词云：“石城依旧空江国，故宫春色。”

宋姜夔《暗香·旧时月色》词云：“江国，正寂寂，叹寄与路遥，夜雪初积。”

3.江烟：指江上的云气、烟霭。

宋仲殊《诉衷情·建康》词云：“钟山影里看楼台，江烟晚翠开。”

宋史达祖《钗头凤·春愁远》词云：“江烟白。江波碧。柳户清明，燕帘寒食。忆忆忆。”

4.江波：江水，江中波浪。语见《文选·左思<蜀都赋>》：“贝锦斐成，濯色江波。”

唐李白《乌栖曲》词云：“银箭金壶漏水多，起看秋月坠江波，东方渐高奈乐何。”

宋郑仅《调笑转踏》词云：“楼上青帘映绿杨。江波千里对微茫。”

5.江左：古时在地理上以东，为左，江左也叫“江东”，指长江下游南岸地区，也指东晋、宋、齐、梁、陈各朝统治的全部地区。

宋辛弃疾《贺新郎·甚矣吾衰矣》词云：“江左沉酣求名者，岂识浊醪妙理。”

宋高观国《齐天乐》词云：“风流江左久客，旧游得意处，珠帘曾卷。”

宋陆游《水调歌头·多景楼》词云：“江左占形胜，最数古徐州。”

6.江渚：江中小洲。亦指江边。语见《三国志·吴志·陆凯传》：“江渚有事，责其死效。”

宋柳永《夜半乐》词云：“冻云黯淡天气，扁舟一叶，乘兴离江渚。”

宋叶梦得《贺新郎》词云："江南梦断横江渚，浪粘天、葡萄涨绿，半空烟雨。"

7.江楼：矗立于江边的楼房。语见唐杜甫《秋兴诗八首之三》："千家山郭静朝晖，一日江楼坐翠微。"

宋吕本中《采桑子》词云："恨君不似江楼月，南北东西，南北东西，只有相随无别离。"

宋柳永《诉衷情近》词云："雨晴气爽，伫立江楼望处。"

8.江城：临江之城市、城郭。语见唐崔湜《襄阳早秋寄岑侍郎》："江城秋气早，旭旦坐南闱。"

宋柳永《竹马子》词云："极目霁霭霏微，暝鸦零乱，萧索江城暮。"

宋陈策《摸鱼儿·仲宣楼赋》词云："江城望极多愁思，前事恼人方寸。"

宋舒亶《菩萨蛮》词云："金盏大如船。江城风雪天。"

9.江村：江畔村庄。

宋苏轼《行香子·丹阳寄述古》词云："携手江村，梅雪飘裙。"

宋辛弃疾《临江仙·探梅》词云："老去惜花心已懒，爱梅犹绕江村。"

10.江湾：江流迂曲处。

宋陈著《如梦令·舟泊咸池》词云："晚泊江湾平处。楚楚苹花自舞。"

宋曹勋《朝中措·咏雪》词云："斜斜整整暗江湾。蓑笠有无间。"

11.江蓠：红藻的一种。

宋周密《扫花游》词云："江蓠怨碧，早过了霜花，锦空洲渚。"

宋周邦彦《红罗袄·大石秋悲》词云："空怀梦约心期。楚客忆江蓠。"

12.江云：江上的云彩。

宋张先《芳草渡》词云："江云下，日西尽，雁南飞。"

宋琴操《鹊桥仙·吕使君饯会》词云："两堤芳草一江云，早晚是、西楼望处。"

13.江上：江岸上，江面上，江中。

宋潘阆《酒泉子》词云："长忆观潮，满郭人争江上望。"

宋沈邈《剔银灯》词云："江上秋高霜早。云静月华如扫。"

14.江树：江畔的树林。

宋张先《燕归梁·高平调》词云："夜月啼乌促乱弦。江树远无烟。"

宋周邦彦《一落索·杜宇思归声苦》词云："目断陇云江树。难逢尺素。"

15.江山：江河和山岭，指国家的疆土或政权。

宋柳永《永遇乐·二之二·歇指调》词云："吴王旧国，今古江山秀异，人烟繁富。"

宋柳永《双声子·晚天萧索》词云："江山如画，云涛烟浪，翻输范蠡扁舟。"

16.江清：澄清的江水。

宋秦观《满庭芳·三之二》词云："霁天空阔，云淡梦江清。"

宋毛开《水调歌头·和人新堂》词云："更喜濯樱处，门外一江清。"

17.江莲：江面上的莲花。

宋姜夔《霓裳中序第一》词云："亭皋正望极。乱落江莲归未得。"

宋方千里《一落索》词云："心抵江莲长苦。凌波人去。"

18.江空：空阔的江面。

宋张先《翦牡丹·舟中闻双琵琶》词云："尽汉妃一曲，江空月静。"

宋陈允平《瑞鹤仙》词云："渺双波、望极江空，二十四桥凭遍。"

宋张先《行香子·般涉调》词云："江空无畔，凌波何处，月桥边、青柳朱门。"

19.江涵：江水。

宋卢祖皋《贺新凉》词云："江涵雁影梅花瘦。四无尘、雪飞风起，夜窗如昼。"

宋苏轼《定风波·重阳》词云："与客携壶上翠微，江涵秋影雁初飞。"

20.空江：空阔的江面。

宋张炎《渡江云·次赵元父韵》词云："书又远，空江片月芦花。"

宋李演《摸鱼儿·太湖》词云："鸥且住，怕月冷，吟魂婉冉空江暮。"

21.寒江：秋冬季节的江河水面。

宋柳永《采莲令》词云："更回道、重城不见，寒江天外，隐隐两三烟树。"

宋张先《长相思·潮沟在金陵上元之西》词云："寒江平。江橹鸣。谁道潮沟非远行。回头千里情。"

22.西江：江河的泛称。

宋杨適《长相思·题丈亭馆》词云："东江清，西江清。海上潮来两岸平。行人分棹行。"

宋李之仪《清平乐·橘》词云："西江霜后，万点暄晴昼。"

23.暮江：日落时的江边。

宋王琪《望江南·六·江景》词云："寒夜愁欹金带枕，暮江深闭木兰船。"

宋范晞文《意难忘》词云："寒食后，暮江边，草色更芊芊。"

宋赵闻礼《水龙吟·水仙花》词云："幽韵凄凉，暮江空渺，数峰清远。"

宋杜安世《凤衔杯》词云："可惜倚红斜白、一枝枝。经宿雨、暮江披。"

25.烟江：烟雾弥漫的江面。

宋史浩《采莲舞》词云："草软沙平风掠岸。青蓑一钓烟江畔。"

宋韩元吉《菩萨蛮·青阳道中》词云："春残日日风和雨。烟江目断春无处。"

26.秋江：秋天的江河。

宋晏殊《渔家傲·脸傅朝霞衣剪翠》词云："脸傅朝霞衣剪翠。重重占断秋江水。"

宋晏殊《渔家傲·幽鹭慢来窥品格》词云："粉泪暗和清露滴。罗衣染尽秋江色。"

27.春江：春天的江河。

宋苏轼《水龙吟》词云："小舟横截春江，卧看翠壁红楼起。"

宋苏轼《渔父》词云："渔父醒，春江午。梦断落花飞絮。"

28.沧江：泛指江水，水呈青苍色，故云。多指隐居处。语出唐杜甫《秋兴》诗："一卧沧江惊岁晚，几回青琐点朝班。"

宋李珏《木兰花慢·寄豫章故人》词云："沧江白云无数，约他年、携手上扁舟。"

宋吴淇《南乡子·寿牟国史三月二十》词云："万古沧江波不尽，风流。谁似监州旧姓牟。"

29.蛮江：犹荒江。蛮，指南方荒僻之地。

宋张良臣《西江月》词云："蛮江豆蔻影连梢，不道参横易晓。"

宋黄庭坚《画堂春》词云："摩围小隐枕蛮江，蛛丝闲锁晴窗。"

河

1.御沟：京城禁苑中流出的河道。

宋韩元吉《好事近·汴京赐宴》词云："惟有御沟声断，似知人呜咽。"

五代毛文锡《柳含烟》词云："御沟柳，占春多，半出宫墙婀娜。"

2.官河：官府修浚、官船航运之河。

宋史达祖《青玉案》词云："官河不碍遗鞭路，被芳草、将愁去。"

宋张炎《壶中天·夜渡古黄河与沈尧道曾子敬同赋》词云："老柳官河，斜阳古道，风定波犹直。"

溪

1.溪奁：指溪流水面的薄冰光滑透明如奁镜。

宋辛弃疾《瑞鹤仙·梅》词云："溪奁照梳掠，想含香弄粉，靓妆难学。"

2.溪痕：溪水的痕迹。

宋高观国《金人捧露盘·梅》词云："溪痕浅，云痕冻，月痕澹，粉痕微。"

宋葛长庚《酹江月》词云："木落山高，云寒雁断，水瘦溪痕减。"

3.画溪：风景如画的小溪。

宋朱昴孙《真珠帘》词云："海燕已寻踪，到画溪沙际。"

4.竹溪：山林隐居的处所。李白曾与孔巢父等在山东徂徕山下的竹溪畔隐居。

宋张辑《疏帘淡月》词云："又何苦、凄凉客里，负草堂春绿，竹溪空翠。"

宋苏轼《虞美人》词云："竹溪花浦曾同醉，酒味多于泪。"

洲渚

1.汀洲：水中小洲。

宋刘过《唐多令》词云："芦叶满汀洲，寒沙带浅流。"

宋姜夔《琵琶仙·吴兴春游》词云："春渐远、汀洲自绿，更添了、几声啼鴂。"

2.汀渚：水中小洲或水边平地。

宋余桂英《小桃红》词云："芳草连天暮，斜日明汀渚。"

宋陈亮《垂丝钓·九月七日自寿》词云："菊花细雨，萧萧红蓼汀渚。"

3.汀芳：水边平地上散着幽香。

宋李演《摸鱼儿·太湖》词云："渺岸芷汀芳，几点斜阳字。"

4.金渚：牛渚山及山下沙渚。

宋刘澜《庆宫春·重登峨眉亭感旧》词云："春翦绿波，日明金渚，镜光尽浸寒碧。"

5.遥渚：远处的洲渚。

宋冯去非《喜迁莺》词云："凉生遥渚，正绿芰擎霜，黄花招雨。"

6.渔汀：渔洲。

宋吴文英《八声甘州·陪庾幕诸公游灵岩》词云："水涵空阁凭高处，送乱鸦、斜日落渔汀。"

宋姜夔《探春慢·衰草愁烟》词云："雁碛波平，渔汀人散，老去不堪游冶。"

7.暗汀：阴暗的水洲。

宋吴文英《杏花天·重午》词云："幽欢一梦成炊黍，知绿暗汀菰几度。"

8.芳洲：芳草丛生的小洲。

宋李珏《木兰花慢·寄豫章故人》词云："记十载心期，苍苔茅屋，杜若芳洲。"

宋张元干《鱼游春水》词云："芳洲生苹芷，宿雨收晴浮暖翠。"

9.沙洲：昏暗的沙洲。

宋王亿之《高阳台》词云："轻帆初落沙洲暝，渐潮痕雨渍，面色风皴。"

10.翠苹洲：青藏覆盖的沙洲。

宋张林《唐多令》词云："翠苹洲、先有西风。"

11.沙际：沙洲或沙滩边。

宋朱昴孙《真珠帘》词云："海燕已寻踪，到画溪沙际。"

宋姜夔《念奴娇·闹红一舸》词云："田田多少，几回沙际归路。"

12.沙边：沙地边。

宋姜夔《法曲献仙音·张彦功官舍》词云："怕平生幽恨，化作沙边烟雨。"

宋姜夔《念奴娇·吴兴荷花》词云："田田多少，几回沙际归路。"

13.沙觜：觜，通"嘴"。

宋张辑《祝英台近》词云："谁道春深，湘绿涨沙觜。"

宋陈允平《品令》词云："夜深沙觜霜痕印。嚼花拼醉，枝上春无尽。"

14.兰皋：长有兰草的水边之地。

宋刘仙伦《蝶恋花》词云："小立东风谁共语？碧尽行云，依约兰皋暮。"

宋韩元吉《虞美人·送韩子师》词云："西风斜日兰皋路，碧嶂连红树。"

池

1.芳沼：飘香的池沼。

宋郑楷《诉衷情》词云："碎绿未盈芳沼，倒影蘸秋千。"

宋赵善括《摸鱼儿·和辛幼安韵》词云："渐南亩浮青，西江涨绿，芳沼点萍絮。"

2.琼沼：池沼的美称。

宋施岳《解语花》词云："护香须早，东风度、咫尺画阑琼沼。"

宋佚名《西江月》词云："琼沼融成沆瀣，冰檐滴尽真珠。"

3.池沼：池和沼。古人称圆形的蓄水坑为"池"。

宋楼采《瑞鹤仙》词云："冻痕销梦草，又招得春归，旧家池沼。"

五代尹鹗《临江仙》词云："一番荷芰生池沼，槛前风送馨香。"

4.池阁：池苑楼阁。语见《后汉书·东平宪王苍传》："帝飨卫士于南宫，因从皇太后周行掖庭池阁。"

宋卢祖皋《谒金门》词云："香漠漠，低卷水风池阁。"

宋陆游《钗头凤》词云："桃花落，闲池阁。"

5.池馆：池苑馆舍。

宋吴潜《满江红·金陵乌衣园》词云："问江南、池馆有谁来？江南客。"

宋赵闻礼《贺新郎·萤》词云："池馆收新雨。"

6.盆池：埋盆于地，引水灌注而成的小池，用以种植供观赏的水生花草。

宋徐照《南歌子》词云："菰芽新出满盆池，唤起玉瓶添水、养鱼儿。"

宋杜安世《鹤冲天》词云："燕子巢方就，盆池小，新荷蔽。"

7.废池：废毁的池台。

宋姜夔《扬州慢》词云："自胡马窥江去后，废池乔木，犹厌言兵。"

8.莲幽：幽静的莲池。

宋董嗣杲《湘月》词云："莲幽竹邃，旧池亭几处，多爱君子。"

塘

1.方塘：中国古人对方形的蓄水坑称"塘"，故有方塘之称。

宋卢祖皋《乌夜啼》词云："鸳鸯睡足方塘晚，新绿小窗纱。"

宋王千秋《满江红》词云："水满方塘，三日雨、晓来方足。"

2.横塘：泛指水塘。

宋蔡松年《鹧鸪天·赏荷》词云："秀樾横塘十里香，水花晚色静年芳。"

宋贺铸《青玉案》词云："凌波不过横塘路，但目送、芳尘去。"

3.银塘：银色湖塘。

宋汤恢《二郎神·用徐斡臣韵》词云："记翠楫银塘，红牙金缕，杯泛梨花冷。"

宋苏轼《少年游》词云："银塘朱槛麹尘波，圆绿卷新荷。"

4.玉塘：水塘。水面光洁如玉，故云。

宋张桂《菩萨蛮》词云："东风忽骤无人见，玉塘烟浪浮花片。"

5.新碧：因春天的到来，池塘的水初显碧绿。

宋吴潜《南柯子》词云："池水凝新碧，阑花驻老红。"

宋陈亮《南歌子》词云："池草抽新碧，山桃褪小红。"

湖

1.湖湾：湖水边弯曲处。

宋张履信《柳梢青》词云："雨歇桃繁，风微柳静，日淡湖湾。"

宋黄人杰《念奴娇·游西湖》词云："行待载酒寻芳，湖湾堤曲，放浪红尘脚。"

2.湖山：湖水与山峦。

宋吴文英《三姝媚·过都城旧居有感》词云："湖山经醉惯，渍春衫、啼痕酒痕无限。"

宋苏轼《虞美人·有美堂赠述古》词云："湖山信是东南美，一望弥千里。"

3.平湖：风平浪静的湖面。

宋高观国《谒金门》词云："碧涨平湖三十顷，归云何处问。"

宋张元干《浣溪沙》词云："山绕平湖波撼城，湖光倒影浸山青。"

4.绕湖：指沿湖边环绕。

宋翁元龙《醉桃源・柳》词云："绕湖烟冷罩波明，画船移玉笙。"

宋王照《南乡子・由照胆台散步西行，调寄南乡子》词云："信步绕湖边，云懒山慵近午天。"

5.鸥湖：鸥鸟出没的湖泊。

宋李珏《击梧桐・别西湖社友》词云："双屐行春，扁舟啸晚，忆昔鸥湖莺苑。"

6.洞庭：洞庭湖。

宋汤恢《祝英台近・中秋》词云："洞庭窄。谁道临水楼台，清光最先得。"

宋张孝祥《念奴娇・过洞庭》词云："洞庭青草，近中秋，更无一点风色。"

7.玉界琼田：形容月光照临的湖面如琼玉般光洁平滑。琼，美玉。

宋张孝祥《念奴娇・过洞庭》词云："玉界琼田三万顷，著我扁舟一叶。"

海

1.沧溟：大海。语见《汉武帝内传》："诸仙玉女，聚居沧溟。"

宋张孝祥《念奴娇・过洞庭》词云："短鬓萧疏襟袖冷，稳泛沧溟空阔。"

宋施岳《水龙吟》词云："翠鳌涌出沧溟，影横栈壁迷烟墅。"

2.沧岛：海岛。

宋仇远《八犯玉交枝・招宝山观月上》词云："沧岛云连，绿瀛秋入，暮景欲沈洲屿。"

宋张辑《满江红・落叶自语》词云："驾长风沧岛上，夜骑明月青天际。"

3.沧波：碧波。

宋陈策《摸鱼儿・仲宣楼赋》词云："沧波渺渺空归梦，门外北风凄紧。"

宋贺铸《阳羡歌》词云："山秀芙蓉，溪明罨画。真游洞穴沧波下。"

4.苍波：青黑色的水波。

宋吴文英《八声甘州・陪庾幕诸公游灵岩》词云："问苍波无语，华发奈山青。"

宋赵鼎《浪淘沙》词云："吊影苍波何限恨，日暮天长。"

堤岸

1.隋堤：指階隋炀帝时所开凿的邗沟（即扬州西北至淮安县入淮的运河）两岸的御堤，堤上植柳护堤。

宋赵希迈《八声甘州・竹西怀古》词云："向隋堤跃马，前时柳色，今度蒿莱。”

宋卢祖皋《宴清都·初春》词云：“料黛眉重锁隋堤，芳心还动梁苑。”

宋张先《江南柳》词云：“隋堤远，波急路尘轻。”

2.汴堤：隋炀帝时沿通济渠、邗沟河岸修筑的御道，道旁植杨柳。自河南荥阳北引黄河东南流，至江苏盱眙入淮河。

宋施岳《水龙吟》词云：“梁苑平芜，汴堤疏柳，几番晴雨。”

宋周邦彦《绕佛阁·大石旅情》词云：“还似汴堤，虹梁横水面。”

3.苏堤：元祐年间，苏轼知杭州时筑堤于西湖，用以开湖蓄水。

宋陈允平《垂杨》词云：“恨隔天涯，几回惆怅苏堤晓。”

宋李珏《击梧桐·别西湖社友》词云：“定苏堤、重来时候，芳草如剪。”

4.烟堤：水气弥漫的湖堤。

宋李演《声声慢·问梅孤山》词云：“轻鞯绣谷，柔屐烟堤，六年遗赏新续。”

宋张炎《声声慢·题吴梦窗遗笔》词云：“烟堤小舫，雨屋深灯，春衫惯染京尘。”

5.空堤：江堤空冷。

宋周密《探芳讯·西泠春感》词云：“翠云零落空堤冷，往事休回首。”

6.东皋：泛指岸边之地。

宋王沂孙《长亭怨·重过中庵故园》词云：“泛孤艇、东皋过偏。”

宋仇远《台城路》词云：“白石粼粼，丹林点点，装缀东皋南浦。”

7.湘皋：湘江岸边。

宋姜夔《小重山·湘梅》词云：“人绕湘皋月坠时。”

宋王沂孙《庆宫春·水仙》词云：“岁华相误，记前度、湘皋怨别。”

8.断岸：江边绝壁。

宋史达祖《绮罗香·春雨》词云：“临断岸、新绿生时，是落红、带愁流处。”

宋刘将孙《沁园春》词云：“曾岁月几何，江流断岸，山川非昔，夜啸扪萝。”

9.古岸：长江南岸。

宋李彭老《一萼红·寄弁阳翁》词云：“古岸停桡，单衣试酒，满眼芳草斜晖。”

宋吴文英《花犯》词云：“湘娥化作此幽芳，凌波路，古岸云沙遗恨。”

10.矶头：保护河岸、堤防和滩地的靠岸较短建筑物。

宋刘过《唐多令》词云：“黄鹤断矶头，故人今在否？”

宋刘澜《庆宫春·重登峨眉亭感旧》词云：“矶头绿树，见白马、书生破乱。”

平原

1.平沙：指广阔的沙原。

宋洪咨夔《眼儿媚》词云："平沙芳草渡头村，绿遍去年痕。"

宋俞灏《点绛唇》词云："细草平沙，愁入凌波步。"

2.平芜：平坦的原野。

宋吴文英《高阳台·丰乐楼分韵得"如"字》词云："莫重来，吹尽香绵，泪满平芜。"

宋陈允平《齐天乐》词云："旧柳犹青，平芜自碧，几度朝昏烟雨。"

3.断芜：孤零零的原野。

宋利登《风入松》词云："断芜幽树际烟平，山外又山青。"

山

1.钟山：紫金山，位于江苏省南京市东。

宋吴琚《浪淘沙》词云："咫尺钟山迷望眼，一半云遮。"

宋仲殊《诉衷情》词云："钟山影里看楼台，江烟晚翠开。"

2.晓山：一作"小山"，喻美人的眉毛。

宋蔡松年《尉迟杯》词云："梦似花飞，人归月冷，一夜晓山新怨。"

宋苏轼《行香子·过七里濑》词云："但远山长，云山乱，晓山青。"

3.远山：眉如远山。

宋赵希青彡《秋蕊香》词云："远山碧浅蘸秋水，香暖榴裙衬地。"

宋张孝祥《生查子》词云："远山眉黛横，媚柳开青眼。"

4.关山：关隘山岭。

宋李肩吾《清平乐》词云："韶光九十悭悭，俊游回首关山。"

宋晏几道《生查子》词云："关山魂梦长，鱼雁音尘少。"

5.深山：与山外距离远的、人不常到的山岭。

宋翁元龙《谒金门》词云："等得日长春又短，愁深山翠浅。"

唐李白《远别离》词云："恸哭兮远望，见苍梧之深山。"

6.遥山：远山。

宋楼采《玉楼春》词云："淡烟疏柳一帘春，细雨遥山千叠恨。"

宋晏殊《清平乐》词云："斜阳独倚西楼，遥山恰对帘钩。"

7.南山：泛指在南边的山。

宋潘希白《大有·九日》词云："恰归来、南山翠色依旧。"

宋陆游《秋波媚·七月十六日晚登高兴亭望长安南山》词云："多情谁似南山

月，特地暮云开。”

8.暮山：薄暮时的山峰。

宋李演《声声慢·问梅孤山》词云：“愁望远，甚云销月老，暮山自绿。”

宋万俟咏《长相思·山驿》词云：“暮云平，暮山横。”

9.叠巘：重叠的山峰。

宋韩元吉《水龙吟·书英华事》词云：“雨余叠巘浮空，望中秀色仙都是。”

宋苏轼《如梦令·题淮山楼》词云：“城上层楼叠巘，城下清淮古汴。”

15.翠巘：绿色山岭。巘，相连并峙的两截大小不同的山。

宋黄简《柳梢青》词云：“天涯翠巘层层，是多少、长亭短亭！”

宋向滈《如梦令·书弋阳楼》词云：“楼上千峰翠巘。楼下一湾清浅。”

10.翠岫：翠绿的山峰。

宋李演《摸鱼儿·太湖》词云：“丹溪翠岫登临事，苔屐尚黏苍土。”

11.翠微：轻淡青葱的山色。此指山。

宋吴文英《采桑子慢·九日》词云：“水叶沈红，翠微云冷雁慵飞。”

宋李彭老《高阳台·寄题苏壁山房》词云：“石笋埋云，风篁啸晚，翠微高处幽居。”

13.乱峰：形容山峰很多。

宋刘仙伦《江神子》词云：“吹罢玉箫香雾湿，残月坠，乱峰寒。”

宋黄庭坚《醉蓬莱》词云：“对朝云叆叇，暮雨霏微，乱峰相倚。”

14.楚峰：楚地山峰。

宋高观国《齐天乐》词云：“送绝征鸿，楚峰烟数点。”

宋吴文英《齐天乐》词云：“新烟初试花如梦，疑收楚峰残雨。”

15.山阴：山坡背阴的一面；山的北侧。

宋史达祖《东风第一枝·春雪》词云：“旧游忆著山阴，厚盟遂妨上苑。”

宋陆游《渔家傲·寄仲高》词云：“东望山阴何处是？往来一万三千里。”

16.山明：山光明媚。

宋高观国《风入松》词云：“红外风娇日暖，翠边水秀山明。”

宋苏轼《鹧鸪天》词云：“林断山明竹隐墙，乱蝉衰草小池塘。”

17.山黛：远山如黛。

宋蔡松年《鹧鸪天·赏荷》词云：“山黛远，月波长，暮云秋影蘸潇湘。”

宋吴文英《渡江云三犯·西湖清明》词云：“山黛暝，尘波澹绿无痕。”

18.绣谷：锦绣山谷，形容景色优美。

宋李演《声声慢·问梅孤山》词云：“轻鞯绣谷，柔屐烟堤，六年遗赏新续。”

宋李公昂《贺新郎》词云：“绣谷流明帜。稳飞舆、茵柔草碧，盖欹松翠。”

19.幽谷：幽深的山谷。

宋李莱老《惜红衣·寄牟阳翁》词云："幽谷，烟树晓莺，诉经年愁独。"

宋柳永《黄莺儿》词云："暖律潜催，幽谷暄和，黄鹂翩翩，乍迁芳树。"

20.虚谷：幽谷。

宋奚岊《芳草·南屏晚钟》词云："蕊宫相答处，空岩虚谷应，猿语香林。"

宋张继先《沁园春·用伍先生韵呈元规》词云："影照澄潭，声流虚谷，业火消亡睹瑞莲。"

21.绝壁：陡峭的山壁。

宋刘仙伦《霜天晓角·娥眉亭》词云："倚空绝壁，直下江千尺。"

宋韩元吉《霜天晓角·题采石蛾眉亭》词云："倚天绝壁，直下江千尺。"

22.崖阴：背阳的山崖。

宋周密《一萼红·登蓬莱阁有感》词云："磴古松斜，崖阴苔老，一片清愁。"

宋周密《少年游·赋泾云轩》词云："松风兰露滴崖阴，瑶草入帘青。"

23.苍厓：即仓崖，苍翠碧绿的山峦。

宋吴文英《八声甘州·陪庾幕诸公游灵岩》词云："幻苍厓云树，名娃金屋，残霸宫城。"

宋姜夔《永遇乐·次稼轩北固楼词韵》词云："使君心在，苍厓绿嶂，苦被北门留住。"

泥土

1.香泥：有芳香的泥土。语见唐胡宿《城南》："昨夜轻阴结夕霏，城南十里有香泥。"

宋卢祖皋《倦寻芳·春思》词云："香泥垒燕，密叶巢莺，春晦寒浅。

宋陈亮《虞美人》词云："水边台榭燕新归，一点香泥，湿带落花飞。"

2.芹泥：水芹生长处的湿泥。语出杜甫《徐步》："芹泥随燕嘴。"

宋史达祖《双双燕》词云："芳径，芹泥雨润。"

宋陈允平《丹凤吟》词云："芹泥融润，飞燕竞穿珠幕。"

3.泥润：泥土湿润。

宋史达祖《绮罗香·春雨》词云："惊粉重、蝶宿西园，喜泥润、燕归南浦"。

宋秦观《沁园春》词云："正兰皋泥润，谁家燕喜；蜜脾香少，触处蜂忙。"

3.苍土：苍黑的山土。

宋李演《摸鱼儿·太湖》词云："丹溪翠岫登临事，苔屐尚黏苍土。"

砖石

1.古石：岩石，石头。

宋吴文英《高阳台·落梅》词云："古石埋香，金沙锁骨连环。"

2.石笋：山崖。

宋李彭老《高阳台·寄题荪壁山房》词云："石笋埋云，风篁啸晚，翠微高处幽居。"

宋周紫芝《渔父词》词云："野缆闲移石笋江，旁人争看老眉庞。"

3.小砑：以石磨纸，使之平滑光泽，宜于手写。

宋赵汝茪《如梦令》词云："小砑红绫笺纸。一字一行春泪。"

宋晏几道《鹧鸪天》词云："题破香笺小砑红，诗篇多寄旧相逢。"

4.云母：云母石，古人认为此石为云之根。这里指天边过雨后新生的白云。

宋黄简《玉楼春》词云："龟纹晓扇堆云母，日上彩阑新过雨。"

宋贺铸《浣溪沙》词云："云母窗前歇绣针，低鬟凝思坐调琴。"

5.空岩：山岩。

宋奚岊《芳草·南屏晚钟》词云："蕊宫相答处，空岩虚谷应，猿语香林。"

宋蔡楠《满庭芳》词云："江潭。摇落后，云嘘绝壁，雪舞空岩。"

6.花砖：有花纹的砖。唐时内阁北厅前阶有花砖道，冬季日至五砖，学士当值。语见唐白居易《待漏入阁书事奉赠元九学士阁老》："彩笔停书命，花砖趁立班。"词中指冬至。

宋李肩吾《风入松·冬至》词云："花砖一线添红景，看从今、迤逦新春。"

宋佚名《南歌子》词云："一竿红日照花砖，走马晨晖门里、快行宣。"

（三）环境

颜色

1.明绿：鲜绿。

宋尹焕《眼儿媚》词云："垂杨袅袅蘸清漪，明绿染春丝。"

宋蔡伸《南歌子》词云："远水澄明绿，孤云黯淡愁。"

2.腴绿：浓绿。

宋李演《八六子·次筼房韵》词云："乍鸥边、一番腴绿，流红又怨苹花。"

3.翠浅：翠色浅。

宋翁元龙《谒金门》词云："等得日长春又短，愁深山翠浅。"

宋陈著《声声慢》词云："翠浅红深，婉娩步空金落。"

4.混碧：混合着青碧色。

宋赵淇《谒金门》词云："山插玉壶花倒立，雪明天混碧。"

5.流光：闪烁流动的光彩。汉司马相如《上林赋》："应騂声，击流光。"

宋李肩吾《风流子》词云："双燕立虹梁，东风外、烟雨湿流光。"

宋赵闻礼《贺新郎·萤》词云："耿幽丛、流光几点，半侵疏户。"

6.麯尘：淡黄色。

宋赵闻礼《风入松》词云："麯尘风雨乱春晴，花重寒轻。"

宋赵闻礼《好事近》词云："单衣催赐麯尘罗，中酒病无力。"

7.晕色：淡红色。

宋李彭老《木兰花慢》词云："看秀靥芳唇，涂妆晕色，试尽春妍。"

宋高观国《齐天乐·菊》词云："晕色黄娇，低枝翠婉，来趁登高佳景。"

8.金浅：指嫩柳的浅淡金黄颜色。

宋陈亮《水龙吟》词云："春归翠陌，平莎茸嫩，垂杨金浅。"

宋陈恕可《齐天乐》词云："任翻鬓云寒，缀貂金浅。"

9.嫩黄：嫩芽被春风染黄。

宋谭宣子《江城子·咏柳》词云："嫩黄初染绿初描，倚春娇，索春饶。"

宋周密《好事近·拟东泽》词云："早是垂杨烟老，渐嫩黄成碧。"

10.研朱：研和朱丹，调成红颜料。

宋李彭老《高阳台·寄题荪壁山房》词云："仅萧闲，浴砚临池，滴露研朱。"

宋王沂孙《绮罗香·前题》词云："夜滴研朱，晨妆试酒，寒树偷分春艳。"

11.冷境：清冷之境。

宋施岳《步月·茉莉》词云："醉乡冷境，怕翻成悄歇。"

寂静

1.寂寂：静悄悄。

宋黄升《清平乐·宫词》词云："珠帘寂寂，愁背银缸泣。"

五代魏承班《玉楼春》词云："寂寂画堂梁上燕，高卷翠帘横数扇。"

2.籁沉沉：寂无声响。

宋李莱老《木兰花慢·寄题荪壁山房》词云："分明，晋人旧隐，掩岩扉、月午籁沉沉。"

3.漠漠：闲寂貌。

宋刘镇《玉楼春·东山探梅》词云："泠泠水向桥东去，漠漠云归溪上住。"

宋秦观《浣溪沙》词云："漠漠轻寒上小楼，晓阴无赖似穷秋。"

4.萧闲：萧洒悠闲，寂静。

宋李彭老《高阳台·寄题荪壁山房》词云：“仅萧闲，浴砚临池，滴露研朱。”

宋蔡松年《念奴娇》词云：“我梦卜筑萧闲，觉来岩桂，十里幽香发。”

5.愔愔：形容寂静无声。

宋周密《西江月·拟花翁》词云：“迷香双蝶下庭心，一行愔愔帘影。”

宋彭元逊《六丑·杨花》词云：“共飞归湖上，草青无地。愔愔雨、春心如腻。”

6.深幽：偏远、僻静。

宋周密《一萼红·登蓬莱阁有感》词云：“步深幽，正云黄天淡，雪意未全休。”

宋李清照《满庭芳》词云：“小阁藏春，闲窗锁昼，画堂无限深幽。”

美景

1.芳景：美好的景色。

宋吴文英《思佳客》词云：“一帘芳景燕同吟。”

宋王沂孙《水龙吟·海棠》词云：“千枝媚色，一庭芳景，清寒似水。”

2.物色：景色。

宋刘克庄《生查子·灯夕戏陈敬叟》词云：“物色旧时同，情味中年别。”

宋朱雍《玉女摇仙佩》词云：“物色盈枝依旧，凭暖危阑久。”

3.秀色：优美的景色。

宋李肩吾《清平乐》词云：“秀色侵入春帐晓，郎去几时重到?”

宋姚述尧《南歌子》词云：“迥野韶华丽，晴岚秀色钟。”

4.浅画：本来就美，无需反复勾画，只需二三笔勾勒即可。

宋吴文英《高阳台·丰乐楼分韵得“如”字》词云：“修竹凝妆，垂杨驻马，凭阑浅画成图。”

宋陈克《浣溪沙》词云：“浅画香膏拂紫绵，牡丹花重翠云偏。”

5.迤逦：接连，相继。

宋李彭老《高阳台·落梅》词云：“感凋零，残缕遗钿，迤逦成尘。”

宋赵桓《眼儿媚》词云：“如今在外多萧索，迤逦近胡沙。”

其他

1.咫尺：比喻距离极近，古时称八寸为咫。

宋施岳《兰陵王》词云：“西湖路咫尺，犹阻仙源信息。”

宋史浩《望海朝·叔父知县庆宅并章服》词云：“望武林咫尺，同上青云。”

2.空濛：细雨迷茫的样子。

宋张辑《念奴娇》词云："楼阁空濛，管弦清润，一水盈盈隔。"

宋陆游《苏武慢》词云："淡霭空濛，轻阴清润，绮陌细初静。"

3.濛濛：雨丝纷杂迷茫。

宋卢祖皋《乌夜啼·西湖》词云："漾暖纹波飐飐，吹晴丝雨濛濛。"

宋寇准《踏莎行》词云："画堂人静雨濛濛，屏山半掩余香袅。"

4.凄迷：凄凉迷茫。

宋谢懋《暮山溪》词云："惜花人老，芳草梦凄迷。"

宋苏轼《浣溪沙》词云："茂林深处晚莺啼，行人肠断草凄迷。"

（四）动物

龙

1.玉虬：传说中无角的龙。语见先秦屈原《楚辞·离骚》："驷玉虬以乘鹥兮，溘埃风余上征。"

宋杨子咸《木兰花慢·雨中荼蘼》词云："紫凋红落后，忽十丈，玉虬横。"

宋陈三聘《鹧鸪天·昨夜东风怒不成》词云："玉虬香冷更凄清。事如芳草绵绵远，恨比浮云冉冉生。"

2.翠虬：青龙的别称。语见汉扬雄《解难》："独不见翠虬绛螭之将登虖天，必耸身于苍梧之渊。"

宋曹邍《玲珑四犯·荼蘼应制》词云："看翠虬、白凤飞舞，不管暮鸦啼鸩。"

宋卢祖皋《水龙吟·赋酴醾》词云："绿雾迷墙，翠虬腾架，雪明香暖。"

3.鱼龙：传说中水下巨物，能够降雨。语见北魏郦道元《水经注》："鱼龙以秋日为夜，秋分而降，蛰寝于渊也。"

宋仇远《八犯玉交枝·招宝山观月上》词云："莫须长笛吹愁去，怕唤起鱼龙，三更喷作前山雨。"

宋朱敦儒《念奴娇·垂虹亭》词云："深夜悄悄鱼龙，灵旗收暮霭，天光相接。"

大雁

1.孤雁：亦作孤鴈，离群的孤单的雁。语出汉蔡琰《悲愤诗》之二："胡笳动兮边马鸣，孤雁归兮声嘤嘤。"

宋刘过《念奴娇·并肩楼上》词云："花落莲灯，叶喧梧井，孤雁应为侣。"

宋刘过《柳梢青·送卢梅坡》词云："聚散匆匆，云边孤雁，水上浮萍。"

宋陈允平《满路花·寒轻菊未残》词云："薄情孤雁，不向楼西过。故人应怪我。"

2.金雁：秋雁。

唐温庭筠《菩萨蛮·满宫明月梨花白》词云："金雁一双飞，泪痕沾绣衣。"

宋严仁《鹧鸪天》词云："檀槽摐急斜金雁，彩袖翩跹薛翠翘。"

3.秋雁：秋天的大雁。

宋王沂孙《醉蓬莱·归故山》词云："一室秋灯，一庭秋雨，更一声秋雁。"

宋佚名《鹧鸪天》词云："溪水连天秋雁飞。藕花风细鲤鱼肥。"

4.雁足：传说缚书雁足可以传递消息。

宋陈允平《满江红·和清真韵》词云："目断烟江，相思字、难凭雁足。"

宋史达祖《八归》词云："应难奈，故人天际，望彻淮山，相思无雁足。"

5.雁阵：雁鸣。

宋黄铸《秋蕊香令》词云："背灯影，空砧夜半和雁阵。"

宋向子諲《满江红》词云："雁阵横空，江枫战、几番风雨。"

6.雁影：大雁的倒影。

宋卢祖皋《贺新凉》词云："江涵雁影梅花瘦。四无尘、雪飞风起，夜窗如昼。"

宋陆睿《瑞鹤仙》词云："湿云粘雁影，望征路、愁迷离绪难整。"

宋楼采《玉楼春》词云："云头雁影占来信，歌底眉尖萦浅晕。"

7.雁斜书：大雁斜斜地飞行。

宋吴文英《高阳台·丰乐楼分韵得"如"字》词云："山色谁题，楼前有雁斜书。"

8.雁晓：拂晓时的鸿雁

宋吴文英《青玉案》词云："吴天雁晓云飞后，百感情怀顿疏酒。"

9.断鸿：失群的孤雁。语出唐李峤《送光禄刘主簿之洛》："背枥嘶班马，分洲叫断鸿。"

宋张艾《解语花·轻雷殷殷》词云："飞红怨暮。长趁得、断鸿南浦。"

张炎《渡江云·次赵元父韵》词云："浦潮夜涌平沙白，问断鸿、知落谁家。"

宋汪元量《糖多令·吴江中秋》词云："人在塞边头。断鸿书寄不。"

10.宾鸿：鸿雁，候鸟，春北飞秋南飞，故言"宾"。

宋陈策《摸鱼儿·仲宣楼赋》词云："沙头路，休记家山远近。宾鸿一去无信。"

宋吴文英《十二郎·垂虹桥》词云："又是宾鸿重来后，猛赋得、归期才定。"

11.征鸿：即征雁。

宋高观国《齐天乐》词云："送绝征鸿，楚峰烟数点。"

宋赵闻礼《鱼游春水》词云："过尽征鸿知几许，不寄萧娘书一纸。"

12.秦鸿：北雁。

宋李珏《击梧桐·别西湖社友》词云："又是秦鸿过，霁烟外，写出离愁几点。"

13.鳞鸿：鱼和雁。旧有鱼雁传书的故事。

宋施岳《兰陵王》词云："鳞鸿，渺踪迹。"

宋辛弃疾《瑞鹤仙·赋梅》词云："瑶池旧约。鳞鸿更仗谁托。"

14.过鸿：飞过的鸿雁。

宋赵与仁《清平乐》词云："望断天涯，过鸿影落寒沙。"

宋辛弃疾《鹧鸪天》词云："谁知止酒停云老，独立斜阳数过鸿。"

15.归鸿：归雁。诗文中多用以寄托归思。

宋吴文英《高阳台·落梅》词云："细雨归鸿，孤山无限春寒。"

宋秦观《江城子》词云："南来飞燕北归鸿，偶相逢，惨愁容。"

16.孤鸿：孤单的鸿雁。

宋王亿之《高阳台》词云："问孤鸿，何处飞来，共唤飘零。"

宋苏轼《卜算子》词云："谁见幽人独往来，缥缈孤鸿影。"

17.鸿影：鸿雁的影子。

宋周密《庆宫春·送赵元父过吴》词云："重叠云衣，微茫鸿影，短篷稳载吴雪。"

18.鸿起：孤鸿飞起。

宋张辑《疏帘淡月》词云："紫箫吟断，素笺恨切，夜寒鸿起。"

宋黎廷瑞《贺新郎·落星寺》词云："长唱罢，冥鸿起。"

19.斜阳字：谓大雁在夕阳中排成字样。

宋李演《摸鱼儿·太湖》词云："渺岸芷汀芳，几点斜阳字。"

20.霜鹄：霜雁。

宋刘澜《瑞鹤仙·海棠》词云："凤台高，贪伴吹笙，惊下九天霜鹄。"

鸥

1.鸥鹭：鸥鸟和鹭鸟的统称。

宋吴琚《浪淘沙》词云："忘机鸥鹭立汀沙。咫尺钟山迷望眼，一半云遮。"

宋卢祖皋《贺新凉》词云："猛拍栏杆呼鸥鹭，道他年、我亦垂纶手。"

宋冯去非《喜迁莺》词云："间阔故山猿鹤，冷落同盟鸥鹭。"

2.沙鸥：沙滩鸥鸟。

宋张孝祥《西江月·丹阳湖》词云："寒光亭下水连天，飞起沙鸥一片。"

宋辛弃疾《菩萨蛮·金陵赏心亭为叶丞相赋》词云："拍手笑沙鸥，一身都是愁。"

宋吴大有《点绛唇·送李琴泉》词云："酒阑呼渡，云压沙鸥暮。"

3.轻鸥：轻盈的鸥鸟。

宋吴文英《浪淘沙》词云："似与轻鸥盟未了，来去年年。"

宋辛弃疾《满江红·山居即事》词云："几个轻鸥，来点破、一泓澄绿。"

4.白鸥：水鸟名。

宋赵希迈《八声甘州·竹西怀古》词云："锦缆残香在否，枉被白鸥猜。"

宋蒋捷《梅花引》词云："白鸥问我泊孤舟，是身留，是心留？"

5.鸥雨：鸥鹭沐春雨。

宋李莱老《青玉案·题草窗词卷》词云："渔烟鸥雨，燕昏莺晓，总入昭华谱。"

凤凰

1.飞鸾：飞翔的鸾鸟。语见汉王粲《赠蔡子笃诗》："翼翼飞鸾，载飞载东。"

宋潘牥《南乡子》词云："想见蹑飞鸾，月下时时认佩环。"

宋佚名《导引·云軿芝盖》词云："西宫瑶殿指坤元，璇榜耸飞鸾。"

五代冯延巳《虞美人·春山拂拂横秋水》词云："银屏梦与飞鸾远，只有珠帘卷。"

2.素鸾：白色凤凰。

宋周密《水龙吟·白荷》词云："素鸾飞下青冥，舞衣半惹凉云碎。"

宋陆游《秋波媚》词云："东游我醉骑鲸去，君驾素鸾从。"

3.青鸾：古代传说中凤凰一类的神鸟，赤色多者为凤，青色多者为鸾，多为神仙坐骑；也指青鸟，借指传送信息的使者。语出北周庾信《谢赵王赉干鱼启》："文鳐夜触，翼似青鸾。"

宋韩元吉《水龙吟·书英华事》词云："多情易老，青莺何许，诗成谁寄。"

宋苏轼《水龙吟·小沟东接长江》词云："青鸾歌舞，铢衣摇曳，壶中天地。"

4.金鸾：金属制的鸾鸟。

宋许棐《鹧鸪天》词云："翠凤金鸾绣欲成，沉香亭下款新晴。"

宋陈景沂《壶中天》词云："最是近晓霜浓，初弦月挂，传粉金鸾侧。"

5.白凤：传说中的神鸟。

宋曹邍《玲珑四犯·荼蘼应制》词云："看翠虬、白凤飞舞，不管暮鸦啼鴂。"

宋张继先《度清霄》词云："铁蛇飞舞如流虹，倒骑白凤游崆峒。"

6.么凤：鸟名，也称桐花凤，羽毛五色。

宋李彭老《高阳台·落梅》词云："么凤叫晚吹晴雪，料水空、烟冷西泠。"

宋苏轼《西江月·梅花》词云："海仙时遣探芳丛，倒挂绿毛么凤。"

7.青凤：传说中的五色凤之一。据《禽经》载，凤有青凤、赤凤、黄凤、白凤、紫凤五色。

宋翁元龙《风流子·闻桂花怀西湖》词云："箫女夜归，帐栖青凤，镜娥妆冷，钗坠金虫。"

宋王沂孙《一萼红·红梅》词云："青凤衔丹，琼奴试酒，惊换玉质冰姿。"

燕子

1.社燕：燕子春社时来，秋社时去，故称。

宋曾觌《朝中措》词云："休论社燕与秋鸿。时节太匆匆。"

宋李流谦《青玉案·和雅守蹇少刘席上韵》词云："相知元早来何暮。社燕送、秋鸿去。春草春波愁目注。"

2.宿燕：去年的燕子。

宋晏殊《采桑子·林间摘遍双双叶》词云："晚雨微微。待得空梁宿燕归。"

宋吴文英《望江南·三月暮》词云："宿燕夜归银烛外，啼莺声在绿阴中。"

3.海燕：即燕子，古人或以为燕产于南方，须渡海而至，故称。语出唐沈佺期《古意》："卢家少妇郁金堂，海燕双栖玳瑁梁。"

宋高观国《玉楼春·宫词》词云："几双海燕来金屋，春满离宫三十六。"

宋陈允平《满江红·和清真韵》词云："谢多情海燕，伴愁华屋。"

宋朱昂孙《真珠帘》词云："海燕已寻踪，到画溪沙际。"

唐温庭筠《定西番·海燕欲飞调羽》词云："海燕欲飞调羽。萱草绿，杏花红，隔帘拢。"

五代冯延巳《鹊踏枝·六曲栏杆偎碧树》词云："谁把钿筝移玉柱，穿帘海燕双飞去。"

4.飞燕：飞翔的燕子。

宋陈策《满江红·杨花》词云："章台路，雪飞燕，带芹穿幕。"

宋陈著《洞仙歌》词云："归檐双飞燕，流盼消凝，微带羞红上娇面。"

5.谢堂双燕：化用刘禹锡《乌衣巷》："旧时王谢堂前燕，飞入寻常百姓家。"

宋吴文英《三姝媚·过都城旧居有感》词云："对语东邻，犹是曾巢，谢堂双燕。"

6.新燕：春时初来的燕子。

宋史达祖《玉楼春》词云："明朝新燕定归来，叮嘱重帘休放下。"

宋吴文英《花心动》词云："卷帘不解招新燕，春须笑、酒悭歌涩。"

7.燕子：家燕和雨燕的通称。

宋韩疁《浪淘沙》词云："燕子不知春去也，飞认栏杆。"

宋吴潜《满江红·金陵乌衣园》词云："但年年燕子，晚烟斜日。"

宋李从周《清平乐》词云："燕子可怜人去，海棠不分春寒气。"

8.燕语：指燕子鸣声。

宋卢祖皋《清平乐》词云："柳边深院，燕语明如剪。"

宋张履信《柳梢青》词云："燕语侵愁，花飞撩恨，人在江南。"

9.燕翎：燕羽。

宋孙惟信《昼锦堂》词云："杏梢空闹相思眼，燕翎难系断肠笺。"

宋周密《水龙吟》词云："燕翎谁寄愁笺，天涯望极王孙草。"

宋王沂孙《高阳台》词云："朝朝准拟清明近，料燕翎、须寄银笺。"

10.燕燕前尘：谓分离。意即劳燕分飞。乐府古辞《东飞伯劳歌》："东飞伯劳西飞燕，黄姑织女时相见。"

宋周密《西江月·拟花翁》词云："北里红红短梦，东风燕燕前尘。"

11.幽禽：指燕子。

宋汤恢《倦寻芳》词云："悄帘栊，听幽禽对语，分明如翦。"

宋柴望《念奴娇》词云："唤梦幽禽烟柳外，惊断巫山十二。"

12.差池：燕子飞时舒张尾翼的样子。《诗·邶风·燕燕》："燕燕于飞，差池其羽。"

宋史达祖《双双燕》词云："差池欲住，试入旧巢相并。"

宋仇远《阮郎归》词云："芹香泥滑趁新晴，差池来往频。"

13.垒润：指燕巢。

宋张枢《南歌子》词云："垒润栖新燕，笼深镇旧莺。"

14.新垒：燕巢。

宋赵崇嶓《蝶恋花》词云："一剪微寒禁翠袂，花下重开，旧燕添新垒。"

宋辛弃疾《添字浣溪沙》词云："日日闲看燕子飞，旧巢新垒画帘低。"

黄莺

1.啼莺：黄莺啼叫。

宋辛弃疾《祝英台近》词云："断肠片片飞红，都无人管，倩谁唤、啼莺声住。"

宋吴文英《风入松》词云："料峭春寒中酒，交加晓梦啼莺。"

2.流莺：四处飞翔鸣唱的黄莺鸟。

宋洪咨夔《眼儿媚》词云："游丝下上，流莺来往，无限销魂。"

宋黄简《柳梢青》词云："病酒心情，唤愁无限，可奈流莺。"

3.嫩莺：幼小的黄莺。

宋张镃《念奴娇·宜雨亭咏千叶海棠》词云："小亭人静，嫩莺啼破清昼。"

4.晓莺：早晨的黄莺。

宋李莱老《惜红衣·寄牟阳翁》词云："幽谷，烟树晓莺，诉经年愁独。"

唐温庭筠《定西番》词云："细雨晓莺春晚。人似玉，柳如眉，正相思。"

5.初莺：早莺。

宋赵汝迕《清平乐》词云："初莺细雨，杨柳低愁缕。"

宋危复之《永遇乐》词云："早叶初莺，晚风孤蝶，幽思何限。"

6.莺树：树中黄莺。

宋翁元龙《谒金门》词云："莺树暖，弱絮欲成芳茧。"

宋唐庚《书新堂》词云："落枕不知莺树晓，污书长苦燕泥春。"

7.莺户：黄莺常住的门户。

宋楼采《玉漏迟》词云："彩柱秋千散后，怅尘锁、燕帘莺户。"

宋张炎《朝中措·清明时节》词云："燕帘莺户，云窗雾阁，酒醒啼鸦。"

8.莺梭：谓黄莺穿飞犹如梭子飞动。

宋储泳《齐天乐》词云："柳线经烟，莺梭织雾，一片旧愁新怨。"

宋周密《唐多令》词云："丝雨织莺梭，浮钱点细荷。"

9.莺苑：黄莺栖息的林苑。

宋李珏《击梧桐·别西湖社友》词云："双屐行春，扁舟啸晚，忆昔鸥湖莺苑。"

10.莺晓：清晨啼鸣的黄莺。

宋李莱老《青玉案·题草窗词卷》词云："渔烟鸥雨，燕昏莺晓，总入昭华谱。"

宋吴文英《水龙吟·寿梅津》词云："又看看、便系金狨莺晓，傍西湖路。"

11.莺声：黄莺的哀鸣声。

宋王同祖《阮郎归》词云："寻蝶梦，怯莺声，柳丝如妾情。"

唐温庭筠《菩萨蛮》词云："牡丹花谢莺声歇，绿杨满院中庭月。"

12.莺语：莺的啼鸣声。

宋郑楷《诉衷情》词云："酒旗摇曳柳花天，莺语软于棉。"

宋钱惟演《玉楼春》词云："城上风光莺语乱，城下烟波春拍岸。"

青鸟

1. 青鸟：传说中为西王母取食传信的神鸟，后代指信使。语出唐欧阳询、令狐德棻等《艺文类聚》卷九十一引《汉武故事》：“七月七日，上于承华殿斋，正中，忽有一青鸟从西方来，集殿前。上问东方朔，朔曰：‘此西王母欲来也。’有顷，王母至，有二青鸟如乌，夹侍王母旁。”

五代李璟《摊破浣溪沙·手卷真珠上玉钩》词云：“青鸟不传云外信，丁香空结雨中愁。”

宋张耒《风流子·木叶亭皋下》词云：“空恨碧云离合，青鸟沉浮。”

2. 青翼：即青鸟，指信使。

宋张孝祥《清平乐》词云：“碧云青翼无凭，困来小倚云屏。”

宋赵令畤《蝶恋花》词云：“青翼蓦然来报喜。鱼笺微谕相容意。”

3. 青羽：同“青翼”，指青鸟，借指信使。

宋吴文英《宴清都·寿荣王夫人》词云：“殷勤汉殿传卮，隔江云起，暗飞青羽。”

宋王义山《乐语》词云：“一实三千须记取。东朝宴罢回青羽。”

4. 青禽：翠禽。

宋王沂孙《淡黄柳》词云：“料青禽、一梦春无几。”

宋仇远《风流子》词云：“红锦旧同心。西池上、曾与系青禽。”

翠鸟

1. 翠禽：翠鸟。语出《龙城录》：“相传隋时，赵师雄于罗浮松林遇一女子，相邀酒店对饮，又有绿衣童子前来歌舞助兴，遂醉卧林间。次日起视，则身在大梅树下。遂悟女乃梅所化，童子则枝上翠鸟。”

宋姜夔《疏影》词云：“苔枝缀玉，有翠禽小小。”

宋黄孝迈《湘春夜月》词云：“近清明，翠禽枝上消魂。”

2. 翠翘：翠鸟的羽毛。

宋李石《木兰花令》词云：“起来情绪寄游丝，飞绊翠翘风不定。”

宋蔡伸《一剪梅》词云：“堆枕乌云堕翠翘。午梦惊回，满眼春娇。”

唐温庭钧《菩萨蛮》词云：“翠翘金缕双鸂鶒，水纹细起春池碧。”

3. 翠雏：翠色羽毛的小鸟。

宋蔡松年《尉迟杯》词云：“紫云暖。恨翠雏、珠树双栖晚。”

禽鸟

1.去鸟：飞鸟。

宋奚岊《芳草·南屏晚钟》词云："犹自有、迷林去鸟，不信黄昏。"

宋仇远《木兰花令》词云："惜花心性不禁愁，莫放堕香随去鸟。"

2.啼鸟：鸣叫的鸟类。

宋翁孟寅《阮郎归》词云："落红啼鸟两无情，春愁添晓酲。"

宋曾揆《西江月》词云："午眠仿佛见金翘，惊觉数声啼鸟。"

宋赵闻礼《隔浦莲近》词云："啼鸟惊梦远，芳心乱，照影收奁晚。"

宋汤恢《满江红》词云："啼鸟惊回芳草梦，峭风吹浅桃花色。"

3.卧沙禽：沙岸上栖息的水鸟。

宋姜夔《一萼红·人日登定王台》词云："翠藤共、闲穿径竹，渐笑语、惊起卧沙禽。"

4.幽禽：鸣声幽雅的禽鸟。

宋柴望《念奴娇》词云："唤梦幽禽烟柳外，惊断巫山十二。"

宋姜夔《月下笛·与客携壶》词云："幽禽自语。啄香心、度墙去。"

5.黄鹂：鸟名。黄鹂是春天的象征。

宋周晋《点绛唇·访牟存叟南漪钓隐》词云："昼长无侣，自对黄鹂语。"

宋佚名《九张机》词云："裁缝衣著，春天歌舞，飞蝶语黄鹂。"

6.倦鹊：疲倦的喜鹊。

宋李彭老《壶中天·登寄闲吟台》词云："倦鹊惊翻台榭迥，叶叶秋声归树。"

宋仇远《归田乐》词云："断霞倦鹊，未晚先争宿。"

7.双浴：在水中游动的一双（飞禽）。

宋徐照《阮郎归》词云："晚来闲向水边寻，惊飞双浴禽。"

宋刘辰翁《霓裳中序第一》词云："裳衣还未欲。蓦自怪、野鸳双浴。"

8.乳鸭：刚孵出不久的小鸭。

宋郑斗焕《新荷叶》词云："乳鸭池塘，晴波漾绿鳞鳞。"

宋方千里《华胥引》词云："乳鸭随波，轻苹满渚时共唼。"

状鸟鸣

1.睍睆：形容鸟色美好或鸟声清圆。《诗经·邶风·凯风》："睍睆黄鹂，载好其音。"

宋陈允平《瑞鹤仙》词云："算多情、尚有黄鹂，向人睍睆。"

宋刘辰翁《品令·闻莺》词云："一声睍睆，春色何曾老。"

2.叶底清圆：指鸟声，也指梅子。叶底清圆，用杜牧《叹花》“绿叶成荫子满枝”诗意。人事变迁，岁月蹉跎的愁怅。

宋吴文英《高阳台·落梅》词云：“最愁人，啼鸟清明，叶底清圆。”

3.簧语：如簧巧语，状鸟儿叫声宛转动听。

宋楼采《玉楼春》词云：“东风破晓寒成阵，曲锁沉香簧语嫩。”

宋申纯《喜迁莺》词云：“一种春风，几多图画，听取绵蛮簧语。”

鸠

1.鸠：古谓布谷之属，今分为鸠与布谷两类。古人认为鸠鸣唤雨。

宋许棐《喜迁莺·鸠雨细》词云：“鸠雨细，燕风斜。春悄谢娘家。”

宋陆游《临江仙·离果州作》词云：“鸠雨催成新绿，燕泥收尽残红。”

宋陆游《喜晴》诗云：“正厌鸠呼雨，俄闯鹊噪晴。”

2.锦鸠：颜色鲜丽的鸠鸟。

宋李演《醉桃源·题小扇》词云：“寒薄薄，日阴阴。锦鸠花底鸣。”

宋赵鼎《暮春》词云：“锦鸠呼妇商量雨，白蚁排兵做弄阴。”

3.晴鸠：旧说鸠知天时，其鸣则天气转晴。

宋柴望《念奴娇》词云：“晴鸠鸣处，一池昨夜春水。”

乌鸦

1.乱鸦：纷乱而飞之乌鸦。

宋陆睿《瑞鹤仙》词云：“千金买光景，但疏钟催晓，乱鸦啼暝。”

宋翁孟寅《烛影摇红》词云：“乱鸦归后，杜宇啼时，一声声怨。”

宋吴文英《八声甘州·灵岩陪庾幕诸公游》词云：“水涵空、栏杆高处，送乱鸦斜日落渔汀。”

2.啼鸦：啼叫的乌鸦。

宋张炎《渡江云·次赵元父韵》词云：“闲过了、黄昏时候，疏柳啼鸦。”

宋周邦彦《琐窗寒·寒食》词云：“暗柳啼鸦，单衣伫立，小帘朱户。”

3.欹鸦：斜飞之鸦，风力使然。

宋李演《八六子·次贺房韵》词云：“正细柳青烟，旧时芳陌，小桃朱户，去年人面，谁知此日重来紧马，东风淡墨欹鸦。”

4.暮鸦：暮色中传来老鸦的叫声。

宋曹原《玲珑四犯·荼蘼应制》词云：“看翠虬、白凤飞舞，不管暮鸦啼鴂。”

宋辛弃疾《鹧鸪天》词云：“平冈细草鸣黄犊，斜日寒林点暮鸦。”

5.归鸦：往家飞的鸟雀。

宋李莱老《浪淘沙》词云："闲倚栏杆无藉在，数尽归鸦。"

宋高观国《菩萨蛮》词云："斜日照花西，归鸦花外啼。"

6.栖乌：栖息的乌鸦。

宋范成大《醉落魄·栖乌飞绝》词云："栖乌飞绝，绛河绿雾星明灭。"

宋高观国《忆秦娥》词云："栖乌惊，隔窗月色寒于冰。"

鹤

1.白鹤：与白鹤相处。

宋汤恢《八声甘州》词云："羡青山有思，白鹤忘机。"

宋辛弃疾《水调歌头》词云："白鹤在何处，尝试与偕来。"

2.孤鹤：孤单的鹤。

宋利登《风入松》词云："孤鹤尽边天阔，清猿咽处山深。"

宋陆游《沁园春》词云："孤鹤归飞，再过辽天，换尽旧人。"

3.怨鹤：意谓鹤因隐士出山、蕙帐空空而愁怨。后以"鹤怨"指期待着归隐的人。

宋李彭老《壶中天·登寄闲吟台》词云："怨鹤知更莲漏悄，竹里筛金帘户。"

宋张炎《声声慢》词云："空教故林怨鹤，掩闲门、明月山中。"

4.别鹤：用《别鹤操》典。代指夫妇或情人分别。

宋刘澜《齐天乐·吴兴郡宴遇旧人》词云："别鹤惊心，感时花泪溅。"

宋张炎《徵招·听袁伯长琴》词云："别鹤不归来，引悲风千里。"

5.跨鹤程高：骑鹤远翥，指彼此相隔的距离越来越远。

宋陆睿《瑞鹤仙》词云："孤迥，盟鸾心在，跨鹤程高，后期无准。"

杜鹃

1.啼鴂：杜鹃鸟，鶗鴂啼鸣于春末夏初，其时正是落花季节，后用"啼鴂"吟咏时令之转换，感叹花事之消歇。语出战国楚屈原《离骚》："及年岁之未晏兮，时亦犹其未央。恐鹈鴂之先鸣兮，使夫百草为之不芳。"

宋姜夔《琵琶仙·双桨来时》词云："春渐远，汀洲自绿，更添了、几声啼鴂。"

宋汤恢《祝英台近》词云："都将千里芳心，十年幽梦，分付与、一声啼鴂。"

宋汤恢《八声甘州·摘青梅荐酒》词云："销魂远，千山啼鴂，十里荼蘼。"

2.啼鹃：杜鹃鸟，古人认为杜鹃鸟的叫声像"不如归去"。

宋范晞文《意难忘》词云："望故乡，都将往事，付与啼鹃。"

宋陈允平《绛都春》词云："琴心不度香云远，断肠难托啼鹃。"

宋张炎《高阳台·西湖春感》词云："莫开帘，怕见飞花，怕听啼鹃。"

3.子规：杜鹃鸟。相传古蜀帝杜宇魂魄所化，啼声凄怨。

宋陈亮《水龙吟》词云："正销魂，又是疏烟淡月，子规声断。"

宋张涅《祝英台近》词云："子规道、不如归去。"

4.杜宇：杜鹃。

宋曹良史《江城子》词云："杜宇欲啼杨柳外，愁似海，思如云。"

宋辛弃疾《浣溪沙》词云："细听春山杜宇啼，一声声是送行诗。"

蝴蝶

1.蛱蝶：亦作蛱蜨，蝴蝶的一种。语出晋崔豹《古今注·鱼虫》："蛱蝶，一名野娥，一名风蝶。……色白背青者是也。"

宋岳珂《满江红》词云："曲径穿花寻蛱蝶，虚阑傍日教鹦鹉。"

宋张枢《谒金门》词云："款步花阴寻蛱蝶，玉纤和粉捻。"

2.有时以庄周梦蝶自喻。

宋吴文英《青玉案·短亭芳草长亭柳》词云："蔷薇花落，故园蝴蝶，粉薄残香瘦。"

宋李演《醉桃源·题小扇》词云："杏熔暗泪结红冰，留春蝴蝶情。"

3.风蝶：蝴蝶的一类。

宋尹焕《霓裳中序第一·茉莉》词云："凄凉清夜簟席，怕杳杳诗魂，真化风蝶。"

宋佚名《念奴娇·咏剪花词》词云："多情风蝶，晚来犹更随著。"

4.粉蝶：粉色的蝴蝶。

宋辛弃疾《瑞鹤仙·梅》词云："粉蝶儿只解，寻桃觅柳，开遍南枝未觉。"

五代毛熙震《清平乐》词云："粉蝶双双穿槛舞，帘卷晚天疏雨。"

5.飞蝶：飞舞的蝴蝶。

宋曹邍《玲珑四犯·荼蘼应制》词云："玉蕤唤得余春住，犹醉迷飞蝶。"

唐温庭钧《菩萨蛮》词云："绣衫遮笑靥，烟草粘飞蝶。"

6.怨蝶：怨恨蝴蝶。

宋吴文英《采桑子慢·九日》词云："重阳重处，寒花怨蝶，新月东篱。"

宋吴文英《惜黄花慢·菊》词云："最断肠，夜深怨蝶飞狂。"

7.睡蝶：栖息的蝴蝶。

宋施岳《步月·茉莉》词云："堪怜处，输与夜凉睡蝶。"

宋张炎《满庭芳·小春》词云："却怕惊回睡蝶，恐和他、草梦都醒。"

8.双蝶：两只蝴蝶。

宋谭宣子《谒金门》词云：“昨夜新翻花样瘦，旋描双蝶凑。”

宋郭某《菩萨蛮》词云：“霎时开笑靥，花上看双蝶。”

9.双蝶梦：蝴蝶成双的美梦。

宋陈允平《满江红·和清真韵》词云：“明月自圆双蝶梦，彩云空伴孤鸾宿。”

宋高观国《菩萨蛮》词云：“只疑双蝶梦，翠袖和香拥。”

10.嫩蝶：小蝴蝶。

宋赵崇霄《东风第一枝》词云：“小莺忺暖调声，嫩蝶试晴舞翅。”

11.蜂蝶：蝴蝶。

宋张林《柳梢青·灯花》词云：“却笑灯蛾，学他蜂蝶，照影频飞。”

宋贺铸《踏莎行》词云：“断无蜂蝶慕幽香，红衣脱尽芳心苦。”

12.残蝶：暮春的蝴蝶。

宋陈逢辰《西江月》词云：“飞英簌簌扣雕栊，残蝶归来粉重。”

宋史达祖《庆清朝》词云：“余花未落，似供残蝶经营。”

13.蝶衣：蝴蝶的翅膀。比喻海棠花瓣。

宋刘克庄《卜算子·海棠为风雨所损》词云：“片片蝶衣轻，点点猩红小。”

14.蝶宿：蝴蝶栖宿。

宋史达祖《绮罗香·春雨》词云：“惊粉重、蝶宿西园，喜泥润、燕归南浦。”

宋周密《楚宫春》词云：“丝障银屏静掩，悄未许、莺窥蝶宿。”

蟋蟀

1.蟋蟀：亦作“蚂蟀”“促织”，昆虫名，黑褐色，触角很长，后腿粗大，善于跳跃，雄的善鸣，好斗。语见《诗·豳风·七月》：“十月蟋蟀入我床下。”

宋吴潜《水调歌头·天宇正高爽》词云：“眼底朱甍画栋，往往人非物是，蟋蟀自鸣秋。”

宋辛弃疾《水调歌头·四坐且勿语》词云：“鸿雁初飞江上，蟋蟀还来床下，时序百年心。”

2.寒蛩：深秋的蟋蟀。语见唐韦应物《拟古诗》之六：“寒蛩悲洞房，好鸟无遗音。”

宋岳飞《小重山》词云：“昨夜寒蛩不住鸣。惊回千里梦，已三更。”

宋丁宥《水龙吟》词云：“残蝉抱柳，寒蛩入户，凄音忍听。”

宋文天祥《酹江月·和友驿中言别》词云：“风雨牢愁无著处，那更寒蛩四壁。”

3.鸣蛩：即蟋蟀。语见唐钱起《晚次宿预馆》：“回云随去雁，寒露滴鸣蛩。”

宋李清照《行香子·七夕》词云：“草际鸣蛩。惊落梧桐。正人间、天上愁浓。”

宋莫仑《生查子》词云：“欲识此时情，听取鸣蛩说。”

宋黄铸《秋蕊香令》词云：“水晶屏小攲醉枕，院静鸣蛩相应。”

宋周邦彦《齐天乐·绿芜凋尽台城路》词云：“暮雨生寒，鸣蛩劝织，深阁时闻裁剪。”

4.砌蛩：石阶旁的蟋蟀。

宋李莱老《台城路·寄弁阳翁》词云：“正自多愁，砌蛩终夜语。”

宋周密《玉京秋·烟水阔》词云：“叹轻别。一襟幽事，砌蛩能说。”

5.露蛩：寒露中的蟋蟀。

宋孙惟信《夜合花》词云：“风叶敲窗，露蛩吟甃，谢娘庭院秋宵。”

宋萧东父《齐天乐》词云：“更禁得荒苔，露蛩相诉。”

6.孤蛩：蟋蟀。

宋周密《扫花游·九日怀归》词云：“孤蛩自语，正长安乱叶，万家砧杵。”

宋唐珏《齐天乐》词云：“付与孤蛩，苦吟清夜永。”

7.蛩声：蟋蟀的鸣声。语见唐白居易《禁中闻蛩》：“西窗独暗坐，满耳新蛩声。”

宋李清照《行香子·天与秋光》词云：“闻砧声捣，蛩声细，漏声长。”

宋王易简《酹江月》词云：“雁影关山，蛩声院宇，做就新怀抱。”

蜜蜂

1.蜂枝：剪裁为蜂以饰鬓。

宋韩疁《高阳台·除夕》词云：“邻娃已试春妆了，更蜂枝簇翠，燕股横金。”

2.游蜂：飞来飞去的蜜蜂。

宋刘仙伦《蝶恋花》词云：“只恐游蜂粘得住，斜阳芳草江头路。”

宋张桂《菩萨蛮》词云：“摘得野蔷薇，游蜂相趁归。”

蝉

1.晚蝉：哀鸣的老蝉。

宋姜夔《惜红衣·吴兴荷花》词云：“岑寂，高柳晚蝉，说西风消息。”

宋张辑《念奴娇》词云：“系船高柳，晚蝉嘶破愁寂。”

2.残蝉：秋天的蝉。

宋丁宥《水龙吟》词云：“残蝉抱柳，寒蛩入户，凄音忍听。”

宋应法孙《霓裳中序第一》词云：“愁云翠万叠，露柳残蝉空抱叶。”

3.惊蝉：被惊动的蝉。

宋李演《摸鱼儿·太湖》词云："又西风、四桥疏柳，惊蝉相对秋语。"

宋高观国《思佳客》词云："醒醉梦，唤吟仙。先秋一叶莫惊蝉。"

萤火虫

1.乱萤：纷飞的萤火虫。

宋何光大《谒金门》词云："隔岸垂杨青到地，乱萤飞又止。"

2.流萤：飞行的萤火虫。

宋李彭老《四字令》词云："月移花影西厢，数流萤过墙。"

宋张元干《石州慢》词云："谁家疏柳低迷，几点流萤明灭。"

昆虫

1.草虫：指草螽。泛指草木间的昆虫。出自《诗·召南·草虫》："喓喓草虫，趯趯阜螽。"

宋张枢《庆宫春》词云："草虫喧砌，料催织、回文凤梭。"

2.游丝：飘荡在空中的细丝，由蜘蛛等昆虫吐布。

宋洪咨夔《眼儿媚》词云："游丝下上，流莺来往，无限销魂。"

宋李石《木兰花令》词云："起来情绪寄游丝，飞绊翠翘风不定。"

宋王嵎《夜行船》词云："风飏游丝，日烘晴昼，人共海棠俱醉。"

宋吴潜《南柯子》词云："鹊绊游丝坠，蜂拈落蕊空。"

宋姚镛《谒金门》词云："飞絮游丝无定，误了莺莺相等。"

3.蛛网：蜘蛛织成的丝网。

宋辛弃疾《摸鱼儿》词云："算只有殷勤，画檐蛛网，尽日惹飞絮。"

宋刘学箕《惜分飞·柳絮》词云："却被春风妒，送将蛛网留连住。"

骏马

1.玉骢：即玉花骢，毛色青白相杂的骏马，后作为骏马的通称。

宋苏轼《西江月·顷在黄州》词云："障泥未解玉骢骄，我欲醉眠芳草。"

孙惟信《夜合花》词云："几时重恁？玉骢过处，小袖轻招。"

宋俞国宝《俞国宝》词云："玉骢惯识西湖路，骄嘶过、沽酒楼前。"

2.青骢：毛色青白相杂的马。

宋卢祖皋《乌夜啼·西湖》词云："轻衫短帽西湖路，花气扑青骢。"

宋曾觌《金人捧露盘·庚寅岁春奉使过京师感怀作》词云："平康巷陌，绣鞍金勒跃青骢。"

3.骄骢：雄骏的快马。

宋赵溍《临江仙·西湖春泛》词云："骄骢穿柳去，文艋挟春飞。"

宋辛弃疾《江神子》词云："何处踏青人未去，呼女伴，认骄骢。"

4.骄马：壮健的马。

宋张炎《阮郎归·有怀北游》词云："钿车骄马锦相连，香尘逐管弦。"

宋杨缵《一枝春·除夕》词云："宫壶未晓，早骄马、绣车盈路。"

宋李清照《转调满庭芳·芳草池塘》词云："极目犹龙骄马，流水轻车。"

5.换马：用唐李冗《独异志》载三国魏曹彰爱妾换马事。

宋姜夔《玲珑四犯》词云："有轻盈换马，端正窥户。"

宋柳永《御街行》词云："虽看坠楼换马，争奈不是鸳鸯伴。"

6.青丝勒马：骑马出游。青丝，用青丝绳为缰绳，言其华美。

宋陈亮《水龙吟》词云："金钗斗草，青丝勒马，风流云散。"

7.驻马：使马停下不走。

宋吴文英《高阳台·丰乐楼分韵得"如"字》词云："修竹凝妆，垂杨驻马，凭阑浅画成图。"

宋佚名《春光好》词云："空使行人肠欲断，驻马徘回。"

8.宝鞍：游骑。

宋李彭老《探芳讯·湖上春游，继草窗韵》词云："堤上宝鞍骤，记草色薰晴，波光摇岫。"

宋柳永《柳初新》词云："遍九陌、相将游冶。骤香尘、宝鞍骄马。"

9.轻鞍：轻便的马鞍。

宋王易简《齐天乐·客长安赋》词云："短帽轻鞍，倦游曾偏断桥路。"

宋晁补之《凤凰台上忆吹箫》词云："谁信轻鞍射虎，清世里、曾有人闲。"

10.归鞭：鞍马归来。

宋姜夔《一萼红·人日登定王台》词云："待得归鞭到时，只怕春深。"

宋赵闻礼《瑞鹤仙》词云："名缰易缚。归鞭杳，误期约。"

11.玉鞭：马鞭之美称，亦代指心上人。

宋李肩吾《鹧鸪天》词云："玉鞭何处贪游冶，寻遍春风十二街。"

宋佚名《忆瑶姬》词云："向晓来，银压琅玕，数枝斜坠玉鞭梢。"

12.金镳：带嚼口的马笼头。此指行人所骑之马。

宋谭宣子《江城子·咏柳》词云："短长亭外短长桥，驻金镳，系兰桡。"

宋龙端是《忆旧游》词云："迢迢。谩回首，记酹酒江山，曾共金镳。"

13.金勒：带嚼口的马笼头，亦代指游人所骑的马。

宋翁元龙《谒金门》词云："原上草迷离苑，金勒晚风嘶断。"

宋施岳《曲游春·清明湖上》词云："向沽酒楼前，犹击金勒。"

宋张林《唐多令》词云："金勒鞚花骢，故山云雾中。"

14.轻鞯：指骑在轻便马鞍上的游人。

宋李演《声声慢·问梅孤山》词云："轻鞯绣谷，柔屐烟堤，六年遗赏新续。"

15.吟鞯：出游吟咏所用鞍马。

宋赵崇霄《东风第一枝》词云："好趁闲、共整吟鞯，日日访桃寻李。"

宋周密《六么令·春雪再和》词云："吟鞯十里新堤，怪四山青老。"

16.障泥：垂于马腹两侧，用以遮挡尘土的马鞯。

宋朱藻《采桑子》词云："障泥油壁人归后，满院花阴。"

宋佚名《西江月》词云："玉骢未解锦障泥，且挂征鞭一醉。"

猿猴

1.猿语：猿猴的叫声。

宋奚岊《芳草·南屏晚钟》词云："蕊宫相答处，空岩虚谷应，猿语香林。"

2.清猿：即猿。因其啼声凄清，故称。语出南朝梁任昉《齐竟陵文宣王行状》："清猿与壶人争旦，缇幙与素濑交辉。"

宋利登《风入松》词云："孤鹤尽边天阔，清猿咽处山深。"

宋张先《熙州慢》词云："鹫石飞来，倚翠楼烟霭，清猿啼晓。"

鹿

1.白鹿：白色的鹿。传说仙人、隐士多骑白鹿且放白鹿青崖间。

宋赵汝茪《梦江南》词云："昨梦醉来骑白鹿，满湖春水段家桥。"

宋汪莘《沁园春》词云："谁知此，问原头白鹿，水畔青牛。"

鱼

1.老鱼：大鱼。

宋姜夔《念奴娇·吴兴荷花》词云："高柳垂阴，老鱼吹浪，留我花间住。"

宋苏轼《浣溪沙·即事》词云："画隼横江喜再游，老鱼跳槛识清讴。"

2.鱼影：鱼儿的投影。

宋刘光祖《洞仙歌·败荷》词云："起徘徊、时有香气吹来，云藻乱，叶底游鱼影。"

宋张炎《小重山·赋云屋》词云："鱼影倦随风，无心成雨意，"

（五）植物

荷花

1.红衣：指红荷的花瓣。

宋姜夔《惜红衣·簟枕邀凉》词云：“虹梁水陌，鱼浪吹香，红衣半狼藉。”

宋吴文英《鹧鸪天·化度寺作》词云：“池上红衣伴倚栏，栖鸦常带夕阳还。”

2.红蕖：红荷花。蕖，芙蕖。南朝梁简文帝《蒙华林园戒诗》：“红蕖间青琐，紫露湿丹楹。”

宋赵以夫《忆旧游慢》词云：“望红蕖影里，冉冉斜阳，十里沙平。”

宋辛弃疾《南歌子·新开池戏作》词云：“画栋频摇动，红蕖尽倒开。”

3.红翠：指荷花与荷叶。

宋赵汝茪《汉宫春》词云：“三十里、芙蓉步障，依然红翠相扶。”

宋向子諲《减字木兰花》词云：“无穷白水，无限荷红翠里。”

4.闹红：茂密的红荷。

宋姜夔《念奴娇·吴兴荷花》词云：“闹红一舸，记来时、尝与鸳鸯为侣。”

宋曾觌《春光好》词云：“枝上闹红无处著，近清明。”

5.宿蕊：昨夜开放的荷花。

宋杨泽民《秋蕊香·向晓银瓶香暖》词云：“向晓银瓶香暖。宿蕊犹残娇面。”

宋晏殊《渔家傲》词云：“宿蕊斗攒金粉闹。青房暗结蜂儿小。”

6.宿藕：埋在泥中重新发芽生长的莲藕。

宋郑斗焕《新荷叶》词云：“宿藕根香，夏来生意还新。”

7.江莲：江畔莲花。

宋李莱老《台城路·寄弁阳翁》词云：“井叶还惊，江莲乱落，弦月初生商素。”

宋王迈《念奴娇》词云：“绿水江莲，雅称得、瑶碧冰壶标致。”

8.霜莲：结了霜的莲花。

宋吴文英《声声慢·闰重九饮郭园》词云：“露柳霜莲，十分点缀残秋。”

9.芙蓉：荷花的别名。语出《楚辞·离骚》：“制芰荷以为衣兮，集芙蓉以为裳。”

宋王质《一斛珠·有寄》词云：“袜尘不动何曾湿。芙蓉桥上曾相识。”

宋陈造《水调歌头·千叶红梅送史君》词云：“定笑芙蓉骚客，认作东风桃杏，醉眼自相谩。”

五代尹鹗《拨棹子·风切切》词云："风切切，深秋月，十朵芙蓉繁艳歇。"

五代魏承班《木兰花·小芙蓉》词云："小芙蓉，香旖旎，碧玉堂深清似水。"

10.藕花：荷花。

宋张辑《念奴娇》词云："算只藕花知我意，犹把红芳留客。"

宋何光大《谒金门》词云："天似水，池上藕花风起。"

11.新荷：刚长出来的荷花。

宋曾揆《西江月》词云："眉共新荷不展，心随垂柳频摇。"

宋周邦彦《喜迁莺》词云："小园台榭远池波，鱼戏动新荷。"

12.芰荷：指菱叶与荷叶。语见《楚辞·离骚》："制芰荷以为衣兮，集芙蓉以为裳。"

宋佚名《浣溪沙》词云："雨气兼香泛芰荷。回舟冒雨懒披蓑。"

宋姜特立《念奴娇》词云："园林如画，芰荷香泛芳沼。"

13.败荷：衰败的荷叶。

宋潘希白《大有·九日》词云："秋已无多，早是败荷衰柳。"

宋柳永《夜半乐》词云："败荷零落，衰杨掩映，岸边两两三三，浣沙游女。"

14.青盖：指荷叶。

宋姜夔《念奴娇·吴兴荷花》词云："日暮，青盖亭亭。情人不见，争忍凌波去。"

宋袁去华《清平乐·瑞香》词云："紫晕丁香青盖小。比似横枝更好。"

15.荷衣：荷叶所编之衣。语出屈原《离骚》："制芰荷以为衣兮，集芙蓉以为裳。"

宋赵汝茪《汉宫春》词云："著破荷衣，笑西风吹我，又落西湖。"

五代李珣《定风波》词云："已得希夷微妙旨，潜喜。荷衣蕙带绝纤尘。"

16.清冰：指碧绿的荷叶。

宋赵以夫《忆旧游慢·荷花》词云："水乡六月无暑，寒玉散清冰。"

宋黄升《重叠金》词云："清冰凝簟竹。不许双鸳宿。"

17.翡翠盘：形容荷叶。

宋蔡松年《鹧鸪天·赏荷》词云："燕支肤瘦熏沉水，翡翠盘高走夜光。"

18.翠蓬：绿莲房。

宋王茂孙《点绛唇·莲房》词云："折断烟痕，翠蓬初离鸳鸯浦。"

宋陈著《沁园春》词云："自黄粱枕觉，分明看破，翠蓬舟近，及早抽回。"

19.专房：莲子排列在莲房内犹如后宫佳人各专一房。

宋王茂孙《点绛唇·莲房》词云："玉纤相妒，翻被寻专房误。"

宋翁元龙《玲珑四犯》词云："绣屋专房，姚魏渐邀新宠。"

蔷薇

1.野蔷薇：泛指野生的蔷薇。

宋李泳《定风波》词云："一路水香流不断，零乱，春潮绿浸野蔷薇。"

宋张桂《菩萨蛮》词云："摘得野蔷薇，游蜂相趁归。"

2.蔷薇花：花名，有单瓣、复瓣之别，色有红、粉红、白、黄等多种，初夏开放。

宋薛梦桂《三姝媚》词云："蔷薇花谢去，更无情、连夜送春风雨。"

宋晁端礼《浣溪沙》词云："清润风光雨后天，蔷薇花谢绿窗前。"

梅花

1.飞梅：飞落的梅花。

宋卢祖皋《宴清都·初春》词云："更那堪、芳草连天，飞梅弄晚。"

宋吴文英《探芳信》词云："绣帘人、怕惹飞梅翳镜。"

2.路梅：梅花。

宋孙惟信《昼锦堂》词云："薄袖禁寒，轻妆媚晚，路梅庭院春妍。"

3.残梅：凋零的梅花。

宋史达祖《玉楼春》词云："雨前红杏尚娉婷，风后残梅无顾藉。"

宋翁元龙《水龙吟·雪霁登吴山见沧阁，闻城中箫鼓声》词云："任孤山、剩雪残梅，渐懒跨、东风骑。"

宋楼采《瑞鹤仙》词云："任残梅、飞满溪桥，和月醉眠清晓。"

宋赵淇《谒金门》词云："犹有残梅黄半壁，香随流水急。"

4.楚梅：指楚地梅花。

宋丁宥《水龙吟》词云："葱指冰弦，蕙怀春锦，楚梅风韵。"

宋贺铸《绿头鸭》词云："凤城远、楚梅香嫩，先寄一枝春。"

5.官梅：官府所种红梅。

宋姜夔《一萼红·人日登定王台》词云："古城阴，有官梅几许，红萼未宜簪。"

宋曹勋《虞美人》词云："已有官梅轻放、小春花。"

6.梅厅：梅花厅堂。

宋史达祖《黄钟喜迁莺·元宵》词云："柳院灯疏，梅厅雪在，谁与细倾春碧。"

7.梅兄：梅花惊时先开，故称"梅兄"。

宋高观国《金人捧露盘·水仙》词云："杯擎清露，醉春兰友与梅兄。"

宋佚名《清平乐》词云："梅兄梅弟，桃姊并桃妹。"

8.梅花屋：指屋旁开有梅花。

宋李珏《击梧桐·别西湖社友》词云："鹤帐梅花屋，霜月后、记把山扉牢掩。"

9.梅钿：梅花。

宋李彭老《生查子》词云："深院落梅钿，寒峭收灯后。"

宋周密《玲珑四犯·戏调梦窗》词云："杏腮红透梅钿皱，燕将归、海棠厮句。"

10.梅花：梅树开的花。

宋孙惟信《南乡子》词云："一梦觉来三十载，风流，空为梅花白了头。"

宋贾逸祖《朝中措》词云："只恨夜来风雨，投明月、老却梅花。"

11.梅小：梅子正小。

宋楼采《二郎神》词云："嗟露屋锁春，晴风暄昼，柳轻梅小。"

宋张孝祥《木兰花》词云："正宿雨催红，和风换翠，梅小香悭。"

12.疏花：指梅花。化用宋苏轼《和秦太虚梅花》："江头千树春欲暗，竹外一枝斜更好。"

宋姜夔《暗香》词云："但怪得、竹外疏花，香冷入瑶席。"

宋李弥逊《点绛唇》词云："翦翦疏花，托根宛在长松底。"

13.疏玉：稀疏的梅花。

宋李演《声声慢·问梅孤山》词云："凄凉五桥归路，载寒秀、一枝疏玉。"

宋周文璞《一剪梅》词云："风韵萧疏玉一团。更着梅花，轻袅云鬟。"

14.南枝：借指梅花。

宋高观国《金人捧露盘·梅》词云："冷香梦、吹上南枝。"

宋黄庭坚《虞美人·宜州见梅作》词云："不道晓来开遍、向南枝。"

15.红萼：红梅。

宋姜夔《暗香》词云："翠尊易泣，红萼无言耿想忆。"

宋陆游《解连环》词云："风雨无情，又颠倒、绿苔红萼。"

16.绿阴青子：指通常的梅花。

宋吴文英《西江月·青梅枝上晚花》词云："绿阴青子老桥，羞见东邻娇小。"

宋赵彦端《风入松》词云："尽拼绿阴青子，凭肩携手如初。"

17.幽芳：梅花。

宋王沂孙《淡黄柳》词云："翠镜秦鬟钗别，同折幽芳怨摇落。"

宋李处全《江城子·重阳》词云："泼醅新取淡鹅黄，趁幽芳，趣飞觞。"

18.竹外南枝：指梅花。

宋李肩吾《风入松·冬至》词云："竹外南枝意早，数花开对清樽。"

桃花

1.桃花色：桃花的颜色。

宋汤恢《满江红》词云："啼鸟惊回芳草梦，峭风吹浅桃花色。"

宋王质《一斛珠·桃园赏雪》词云："轻注香腮，却是桃花色。"

2.桃英：桃花。

宋李演《南乡子·夜宴燕子楼》词云："芳水戏桃英，小滴燕支浸绿云。"

宋陈偕《满庭芳》词云："榆荚抛钱，桃英胎子，杨花已送春归。"

3.小桃花：桃花的一种，正月即开花，状如垂丝海棠。

宋罗椅《柳梢青》词云："萼绿华身，小桃花扇，安石榴裙。"

宋晏殊《胡捣练》词云："小桃花与早梅花，尽是芳妍品格。"

4.桃花赋：褒赞桃花的诗文。

宋王易简《庆宫春·谢草窗惠词卷》词云："桃花赋在，竹枝词远，此恨年年相触。"

宋陆游《好事近》词云："进罢碧桃花赋，赐玉尘千斛。"

5.桃花面：语出崔护《游都城南庄》："去年今日此门中，人面桃花相映红。人面不知何处去，桃花依旧笑春风。"二句的意思是自伤魂牵梦萦，相思情苦，形容憔悴。如同昭君的魂魄返归故里，羞于面对迎笑春风的桃花。

宋翁孟寅《烛影摇红》词云："环佩空归，故园羞见桃花面。"

宋黄裳《宴琼林》词云："少年郎、两两桃花面，有余光相借。"

6.桃杏晓：桃杏报春晓。

宋莫仑《玉楼春》词云："绿杨芳迳莺声小，帘幕烘香桃杏晓。"

7.绯桃：即桃花。

宋李彭老《探芳讯·湖上春游，继草窗韵》词云："正绯桃如火，相看自依旧。"

宋黄夫人《鹧鸪天》词云："小桥杨柳飘香絮，山寺绯桃散落红。"

芍药

1.芍药：花名，原产中国及亚洲北部，被列为中国六大名花之一。古代男女交往，以芍药相赠，表达结情之约或惜别之情，故又称"将离草"。

宋洪咨夔《卜算子》词云："芍药打团红，萱草成窝绿。"

宋仇远《如梦令》词云："芍药可人怜，相约荼留客。"

2.红药：指芍药。宋时，扬州以芍药闻名天下。

宋张涅《祝英台近》词云："怎分付。独倚红药栏边，伤春甚情绪。"

宋姜夔《扬州慢·仲吕宫》词云："念桥边红药，年年知为谁生?"

牡丹

1.牡丹：中国国花，素有"花中之王"的美誉。

宋卢祖皋《倦寻芳·春思》词云："别来怅，光阴容易还。又荼蘼牡丹开遍。"

宋徐照《清平乐》词云："怪得今朝偏起早，笑道牡丹开了。"

2.国色：指牡丹，形容其香、色冠绝。

宋杨缵《八六子·牡丹，次白云韵》词云："那知国色还逢。柔弱华清扶倦，轻盈洛浦临风。"

宋代曾《减字木兰花·席上赏宴赐牡丹之作》词云："国色春娇。不逐风前柳絮飘。"

3.鞓红：牡丹的一种。鞓，皮革腰带。语出宋欧阳修《洛阳牡丹记·花释名》："鞓红者，单叶，深红花，出青州，亦曰青州红……其色类腰带鞓，故谓之鞓红。"

宋孙惟信《烛影摇红·牡丹》词云："一朵鞓红，宝钗压髻东风溜。"

宋陆游《桃源忆故人·五之四》词云："一朵鞓红凝露。最是关心处。"

4.姚魏：姚黄、魏紫，牡丹花的两个名贵品种。语出宋欧阳修《洛阳牡丹记·花释名》。

宋谢懋《风入松·老年常忆少年狂》词云："近来眼底无姚魏，有谁更、管领年芳。"

宋侯置《风入松·西湖戏作》词云："如今眼底无姚魏，记旧游、凝伫凄凉。"

宋王以宁《满庭芳》词云："一任姚黄魏紫，供吟赏、银烛笼纱。"

宋洪适《清平乐·以千叶粉红牡丹送曾守》词云："魏紫姚黄夸异色。到得海边初识。"

5.魏家品/魏家：即魏紫。语出宋欧阳修《洛阳牡丹记》："魏家花者，千叶肉红花，处于魏相仁溥家。钱思公尝曰："人谓牡丹花王。今姚黄真可为王，而魏花乃后也。"

宋刘辰翁《虞美人·咏海棠》词云："魏家品是君往后。岂比昭容袖。"

宋刘埙《天香·次韵赋牡丹》词云："雨秀风明，烟柔雾滑，魏家初试娇紫。"

浮萍

1.青萍：亦称青苹，青绿色的浮萍，一种生于浅水中的草本植物。语出《文选·宋玉<风赋>》："夫风生于地，起于青苹之末。"李善注："《尔雅》曰：'萍，其大者曰苹。’”

宋黎廷瑞《水龙吟·九日登城》词云：“青萍三尺，阴符一卷，土花尘蠹。”

宋辛弃疾《水调歌头·盟鸥》词云：“破青萍，排翠藻，立苍苔。”

2.浮萍：浮生在水面上的一种草本植物。语出三国魏何晏《言志》诗：“岂若集五湖，顺流浮萍。”

宋刘过《柳梢青·送卢梅坡》词云：“聚散匆匆，云边孤雁，水上浮萍。”

宋刘将孙《阮郎归》词云：“江曲曲，路萦萦。月明潮水生。送将残梦作浮萍。角声何处城。”

3.萍星：星星点点的浮萍。

宋郑斗焕《新荷叶》词云：“蚨钱小、钿花贴翠，相间萍星。”

4.碎绿：浮萍。

宋郑楷《诉衷情》词云：“碎绿未盈芳沼，倒影蘸秋千。”

柳絮

1.絮花：即柳絮。

宋楼采《玉漏迟》词云：“絮花寒食路。晴丝日，绿阴吹雾。”

宋赵汝茪《梦江南》词云：“数点雾霞天又晓，一痕凉月酒初消。风紧絮花高。”

2.絮影：柳絮的影子。

宋周晋《点绛唇·访牟存叟南漪钓隐》词云：“絮影苹香，春在无人处。”

宋黄机《永遇乐》词云：“弄晴云态，行空絮影，漠漠似飞如坠。”

3.飞絮：飘飞的柳絮。语出北周庾信《杨柳歌》：“独忆飞絮鹅毛下，非复青丝马尾垂。”

宋姚镛《渴金门》词云：“飞絮游丝无定。误了莺莺相等。”

宋江开《浣溪沙》词云：“手捻花枝忆小苹，绿窗空锁旧时春，满楼飞絮一筝尘。”

4.弱絮：轻柔的柳絮。

宋翁元龙《谒金门》词云：“莺树暖，弱絮欲成芳茧。”

宋赵令畤《乌夜啼·春思》词云：“楼上萦帘弱絮，墙头碍月低花。”

5.萍絮：杨花柳絮。

宋薛梦桂《三姝媚》词云：“涨绿烟深，早零落、点池萍絮。”

宋赵善括《摸鱼儿》词云：“渐南亩浮青，西江涨绿，芳沼点萍絮。”

6.烟柳：柳絮如烟状的柳林。

宋楼采《法曲献仙音》词云：“罗袖冷，烟柳画栏半倚。”

宋惠洪《青玉案》词云："绿槐烟柳长亭路，恨取次、分离去。"

7. 芳茧：形容柳絮因风吹滚成团状，形如蚕茧。

宋翁元龙《谒金门》词云："莺树暖，弱絮欲成芳茧。"

8. 香绵：指花絮。

宋吴文英《高阳台·丰乐楼分韵得"如"字》词云："莫重来，吹尽香绵，泪满平芜。"

宋周密《鹧鸪天·清明》词云："燕子时时度翠帘，柳寒犹未褪香绵。"

柳枝

1. 柳线：柳条如线。

宋储泳《齐天乐》词云："柳线经烟，莺梭织雾，一片旧愁新怨。"

宋周邦彦《绕佛阁·大石旅情》词云："倦客最萧索，醉倚斜桥穿柳线。"

2. 柳带：柳条。

宋李莱老《谒金门》词云："旧恨新愁都只在，东风吹柳带。"

宋吴潜《满江红·金陵乌衣园》词云："柳带榆钱，又还过、清明寒食。"

宋吴潜《满江红》词云："柳带榆钱，又还过、清明寒食。"

3. 柳丝：柳条。

宋史介翁《菩萨蛮》词云："柳丝轻飏黄金缕，织成一片纱窗雨。"

宋赵与仁《清平乐》词云："柳丝摇露，不绾兰舟住。"

4. 柳二眠：指柔弱的柳条在风中时起时伏飘荡。据传汉苑中柽柳（也称人柳或三眠柳）一日三眠三起。见清张澍辑《三辅旧事》。

宋周密《浣溪沙·拟梅川》词云："蚕已三眠柳二眠，双竿初起画秋千。"

5. 柳枝：古人有折柳枝表示惜别挽留的习俗。

宋陈允平《恋绣衾》词云："多情无语敛黛眉，寄相思、偏仗柳枝。"

宋张先《渔家傲·和程公辟赠》词云："赠我柳枝情几许。春满缕，为君将入江南去。"

6. 疏柳：稀疏的柳条。

宋施岳《水龙吟》词云："梁苑平芜，汴堤疏柳，几番晴雨。"

宋苏轼《浣溪沙》词云："细雨斜风作晓寒，淡烟疏柳媚晴滩。"

7. 绽柳：吹得柳叶翻飞。

宋谭宣子《谒金门》词云："东风吹绽柳，海棠花厮勾。"

8. 鹅黄柳：初春刚抽出的柳芽。

宋李彭老《生查子》词云："心事卜金钱，月上鹅黄柳。"

9. 金线：金丝线，比喻初生柳条。

宋徐照《南歌子》词云："帘景筛金线，炉烟袅翠丝。"

五代顾夐《醉公子》词云："岸柳垂金线，雨晴莺百啭。"

10.香绒线：指刚抽芽的柳条。

宋陈允平《秋蕊香》词云："绣窗一缕香绒线，系双燕。"

11.黄金缕：金黄的柳线。

宋史介翁《菩萨蛮》词云："柳丝轻飏黄金缕，织成一片纱窗雨。"

宋司马槱《黄金缕》词云："斜插犀梳云半吐，檀板轻敲，唱彻黄金缕。"

12.万丝金：柳丝，初春时其色黄如金。

宋姜夔《一萼红·人日登定王台》词云："记曾共、西楼雅集，想垂杨、还袅万丝金。"

13.春丝：指春日的柳条。语见唐皎然《拟长安春词》："春絮愁偏满，春丝闷更繁。"

宋尹焕《眼儿媚》词云："垂杨袅袅蘸清漪，明绿染春丝。"

宋黄子行《满江红·归自湖南题富春馆》词云："情逐阳关金缕断，泪和杨柳春丝重。"

14.露条：带着露水的柳条。

宋陈允平《垂杨》词云："还是清明过了，任烟缕露条，碧纤青袅。"

宋高观国《解连环·柳》词云："露条烟叶。惹长亭旧恨，几番风月。"

15.柔条：柳树柔软的枝条。

宋周端臣《木兰花慢·送人之官九华》词云："留取归来系马，翠长千缕柔条。"

宋周邦彦《兰陵王·柳》词云："年去岁来，应折柔条过千尺。"

16.闇黄：形容柳条初发芽时娇晕昏黄的颜色。

宋翁元龙《醉桃源·柳》词云："暗黄看到绿成阴，春由他送迎。"

17.莺枝：莺栖的树枝。多指柳枝。

宋李彭老《探芳讯·湖上春游，继草窗韵》词云："几多时，涨绿莺枝，堕红鸳甃。"

18.翠袂：比喻柳条。

宋赵崇嶓《蝶恋花》词云："一剪微寒禁翠袂，花下重开，旧燕添新垒。"

柳树

1.宫柳：宫墙边的柳树。

宋张孝祥《清平乐》词云："光尘扑扑，宫柳低迷绿。"

宋赵佶《聒龙谣》词云："拂晨光、宫柳烟微，荡瑞色、御炉香散。"

2.岸柳：岸边杨柳。

宋吴琚《浪淘沙》词云：“岸柳可藏鸦，路转溪斜。”

宋张元干《贺新郎·送胡邦衡待制赴新州》词云：“凉生岸柳催残暑。耿斜河，疏星淡月，断云微度。”

3.烟柳：柳絮如烟状的柳林。

宋辛弃疾《摸鱼儿》词云：“休去倚危栏，斜阳正在，烟柳断肠处。”

宋惠洪《青玉案》词云：“绿槐烟柳长亭路，恨取次、分离去。”

4.衰柳：衰败的杨柳。

宋潘希白《大有·九日》词云：“秋已无多，早是败荷衰柳。”

宋周邦彦《庆宫春》词云：“衰柳啼鸦，惊风驱雁，动人一片秋声。”

5.疏柳：稀疏的杨柳。

宋楼采《玉楼春》词云：“淡烟疏柳一帘春，细雨遥山千叠恨。”

宋施岳《水龙吟》词云：“梁苑平芜，汴堤疏柳，几番晴雨。”

宋李演《摸鱼儿·太湖》词云：“又西风、四桥疏柳，惊蝉相对秋语。”

宋张炎《渡江云·次赵元父韵》词云：“闲过了、黄昏时候，疏柳啼鸦。”

6.十三杨柳女儿腰：指杨柳如十三岁少女的腰那样细软柔弱。

宋岳珂《满江红》词云：“笑十三杨柳女儿腰，东风舞。”

7.门前柳：门前的柳树。

宋赵闻礼《千秋岁》词云：“五更楼外月，双燕门前柳。”

宋晏几道《点绛唇》词云：“又成春瘦，折断门前柳。”

8.露柳：挂着露珠的柳树。

宋吴文英《声声慢·闰重九饮郭园》词云：“露柳霜莲，十分点缀残秋。”

宋应法孙《霓裳中序第一》词云：“愁云翠万叠，露柳残蝉空抱叶。”

9.高柳：岸柳。

宋姜夔《念奴娇·吴兴荷花》词云：“高柳垂阴，老鱼吹浪，留我花间住。”

宋姜夔《惜红衣·吴兴荷花》词云：“岑寂，高柳晚蝉，说西风消息。”

10.垂柳：柳树。因枝条下垂，故称。

宋曾揆《西江月》词云：“眉共新荷不展，心随垂柳频摇。”

宋欧阳修《采桑子》词云：“飞絮濛濛，垂柳栏杆尽日风。”

11.柳腴：柳叶浓绿。

宋汤恢《八声甘州》词云：“正柳腴花瘦，绿云冉冉，红雪霏霏。”

12.柳轻：柳吐轻芽。

宋楼采《二郎神》词云：“嗟露屋锁春，晴风暄昼，柳轻梅小。”

宋吴文英《扫地游》词云：“冷空澹碧，带翳柳轻云，护花深雾。”

13.柳密：柳树茂密。

宋黄孝迈《水龙吟》词云："闲情小院沉吟，草深柳密帘空翠。"

宋刘将孙《八声甘州·送春》词云："只道春风不改，年来岁去，柳密花浓。"

14.柳花：杨柳与花。

宋翁孟寅《阮郎归》词云："月高楼外柳花明，单衣怯露零。"

宋苏轼《画堂春》词云："柳花飞处麦摇波，晚湖净鉴新磨。"

15.垂杨：杨柳。

宋尹焕《眼儿媚》词云："垂杨袅袅蘸清漪，明绿染春丝。

宋吴文英《高阳台·丰乐楼分韵得"如"字》词云："修竹凝妆，垂杨驻马，凭阑浅画成图。"

海棠

1.海棠：春季开花。

宋谢懋《暮山溪》词云："海棠红皱，不奈晚来寒，帘半卷，日西沉，寂寞闲庭户。"

宋吴潜《海棠春》词云："海棠亭午沾疏雨。便一饷、胭脂尽吐。"

2.驾锦：指海棠花盛开，犹繁花似锦。

宋刘澜《瑞鹤仙·海棠》词云："夜归来，驾锦漫天，绛纱万烛。"

枫树

1.枫叶：枫树叶。

宋刘过《贺新郎》词云："莫鼓琵琶江上曲，怕荻花枫叶俱凄怨。"

唐李煜《长相思》词云："山远天高烟水寒，相思枫叶丹。"

2.冷枫：冷风中的枫叶。

宋姜夔《法曲献仙音·张彦功官舍》词云："谁念我、重见冷枫红舞。"

宋柳永《阳台路》词云："楚天晚，坠冷枫败叶，疏红零乱。"

荼蘼

1.荼蘼：落叶灌木。

宋楼采《法曲献仙音》词云："浅雨压荼蘼，指东风、芳事余几。"

宋卢祖皋《倦寻芳·春思》词云："别来怅、光阴容易，还又荼蘼，牡丹开遍。"

宋陈允平《思佳客》词云："东风落尽荼蘼雪，满院清香夜不寒。"

宋汤恢《二郎神·用徐斡臣韵》词云："悄一似荼蘼，玉肌翠帔，消得东风唤醒。”

宋汤恢《祝英台近》词云：“恨离别。长忆人立荼蘼，珠帘卷香月。”

2.酴醾：又作“荼蘼”，春末夏初开花。

宋郑楷《诉衷情》词云：“试问归期，是酴醾后，是牡丹前。”

宋陈逢辰《西江月》词云：“杨柳雪融滞雨，酴醾玉软欺风。”

3.玉蕤：荼蘼花。

宋曹邍《玲珑四犯·荼蘼应制》词云：“玉蕤唤得余春住，犹醉迷飞蝶。”

宋佚名《念奴娇》词云：“玉蕤不动，月轮寒浸国色。”

石榴

1.安石榴：石榴的别名，汉张出使西域带回。

宋罗椅《柳梢青》词云：“萼绿华身，小桃花扇，安石榴裙。”

宋葛胜仲《蝶恋花》词云：“安石榴花浓绿映。解愠风轻，乍改朱明令。”

榆钱

1.榆荚：即榆钱。

宋姜夔《琵琶仙·吴兴春游》词云：“都把一襟芳思，与空阶榆荚。”

宋方千里《丁香结》词云：“青青榆荚满地，纵买闲愁难尽。”

2.榆钱：榆荚如钱。

宋吴潜《满江红·金陵乌衣园》词云：“柳带榆钱，又还过、清明寒食。”

宋吴潜《柳梢青》词云：“衬步花茵，穿帘柳絮，堆地榆钱。”

3.翠钱：榆钱。

宋储泳《齐天乐》词云：“将春买断，恨苔径榆阶，翠钱难贯。”

4.青榆钱小：榆荚似钱而小。榆荚，又称榆钱。

宋史达祖《青玉案》词云：“青榆钱小，碧苔钱古。难买东君住。”

芦苇

1.蒹葭：芦苇。《诗·秦风·蒹葭》：“蒹葭凄凄，自露未晞。”

宋周密《高阳台·寄越中诸友》词云：“小雨分江，残寒迷浦，春容浅入蒹葭。”

宋刘学箕《水调歌头·饮垂虹》词云：“蒹葭深处，适意鱼鸟自双双。”

2.香葭：芦苇中薄膜烧成的灰，古人把它放在十二律管中，置于密室，以占气候。到了某一节气，相应律管中的葭灰即飞出。冬至节到时，黄钟律管中的葭灰飞动，故言“香葭暖透黄钟管”。

宋李肩吾《风入松·冬至》词云："香葭暖透黄钟管，正玉台、彩笔书云。"

宋周密《三犯渡江云》词云："诗筒已是经年别，早暖律、春动香葭。"

3.倒苇：倾倒的芦苇。

宋高观国《齐天乐》词云："倒苇沙闲，枯兰溆冷，寥落寒江秋晚。"

4.芦花：芦絮。

宋张炎《渡江云·次赵元父韵》词云："书又远，空江片月芦花。"

宋张抡《朝中措》词云："不是芦花惹住，几回吹过桥东。"

桂花

1.桂香：桂花香。

宋张辑《念奴娇》词云："古寺桂香山色外，肠断幽丛金碧。"

宋佚名《玉烛新》词云："谩眷怀、兰玉桂香，已露消息。"

2.金粟：桂花的别名。

宋赵希青乡《霜天晓角·桂》词云："金粟如来境界，谁移在、小亭侧。"

宋佚名《忆少年》词云："望陵宫，应弗远，金粟堆前。"

宋张林《柳梢青·灯花》词云："白玉枝头，忽看蓓蕾，金粟珠垂。"

宋王观《浪淘沙》词云："逗得安排金粟遍，何似鸡冠。"

3.木樨：桂花。

宋赵与仁《琴调相思引》词云："昨宵风雨，凉到木樨屏。"

宋黄公绍《明月棹孤舟·夜行船》词云："猛省中秋，都来几日，先自木樨开了。"

4.长生粒：指桂花，其花粒状。传说嫦娥偷吃不死药飞升到月宫，故把桂花比作长生药。

宋赵希青乡《霜天晓角·桂》词云："姮娥戏剧，手种长生粒。"

芭蕉

1.绿蕉：绿芭蕉。亦代指绿笺。语见皮日休《奉题屋壁》："空将绿蕉叶，来往寄闲诗。"

宋薛梦桂《眼儿媚·绿笺》词云："碧筒新展绿蕉芽，黄露洒榴花。"

2.碧筒：芭蕉叶初抽出时，未展开，卷如筒形。

宋薛梦桂《眼儿媚·绿笺》词云："碧筒新展绿蕉芽，黄露洒榴花。"

宋葛立方："莫把碧筒弯，恐带荷心苦。"

杏花

1.红杏：红色的杏花。

宋史达祖《玉楼春》词云："雨前红杏尚娉婷，风后残梅无顾藉。"

宋陈允平《朝中措》词云："红杏墙头燕语，碧桃枝上莺声。"

2.杏梢：杏花的枝梢。

宋孙惟信《昼锦堂》词云："杏梢空闹相思眼，燕翎难系断肠笺。"

宋赵汝茪《恋绣衾》词云："怪别来、胭脂慵傅，被东风、偷在杏梢。"

宋薛梦桂《醉落魄》词云："春浅春深，都向杏梢觉。"

水草

1.菖蒲：水草，初夏开花。语出晋葛洪《神仙传》卷三《王兴》："汉武上嵩山……至夜，忽见有仙人长二丈……仙人曰：'吾九疑之神也。闻中岳石上菖蒲一寸九节，可以服之长生，故来采耳。'……为之采菖蒲，服之，经三年，帝觉闷不快，遂止。……王兴闻仙人教武帝服菖蒲，乃采服之不息，遂得长生。"

宋李彭老《一萼红》词云："最难忘、吟边旧雨，数菖蒲、花老是来期。"

宋秦观《迎春乐·菖蒲叶叶知多少》词云："菖蒲叶叶知多少，惟有个、蜂儿妙。"

2.菰蒲：浅水生植物，即茭白和香蒲。

宋姜夔《念奴娇·吴兴荷花》词云："翠叶吹凉，玉容消酒，更洒菰蒲雨。"

宋张元干《石州慢·己酉秋吴兴舟中作》词云："夜帆风驶，满湖烟水苍茫，菰蒲零乱秋声咽。"

3.水蘋：即水荭。一种水草，夏秋开花。

宋翁元龙《水龙吟·雪霁登吴山见沧阁，闻城中箫鼓声》词云："宫柳招莺，水荭飘雁，隔年春意。"

唐皇甫松《天仙子·踯躅花开红照水》词云："晴野鹭鸶飞一只，水蘋花发秋江碧。"

五代孙光宪《风流子·茅舍槿篱溪曲》词云："菰叶长，水蘋开，门外春波涨绿。"

4.苹花：水草，也叫田字草，夏秋开小白花。

宋李演《八六子·次贺房韵》词云："乍鸥边、一番腴绿，流红又怨苹花。"

宋柳永《玉蝴蝶》词云："水风轻，苹花渐老，月露冷、梧叶飘黄。"

宋王沂孙《踏莎行·题草窗词卷》词云："空留离恨满江南，相思一夜苹花老。"

5.苹香：苹草的香气。

宋周晋《点绛唇·访牟存叟南漪钓隐》词云："絮影苹香，春在无人处。"

6.苹末：青苹之末。苹，浮萍。

宋尹焕《唐多令·苕溪有牧之之感》词云："苹末转清商，溪声共夕凉。"

宋卢祖皋《木兰花慢》词云："汀莲凋晚艳，又苹末、起秋风。"

7.芳苹：飘香的苹花。

宋李演《祝英台近·次贺房韵》词云："采芳苹，萦去橹，归步翠微雨。"

8.汀苹：关合《苹洲渔笛谱》。

宋王易简《庆宫春·谢草窗惠词卷》词云："庭草春迟，汀苹香老，数声珮悄苍玉。"

宋彭泰翁《念奴娇·秋日牡丹》词云："岸蓼汀苹成色界，未必天香人识。"

野草

1.细草：小草。

宋俞灏《点绛唇》词云："细草平沙，愁入凌波步。"

宋赵崇嶓《菩萨蛮》词云："细草碧如烟，薄寒轻暖天。"

2.碧草：绿草。化用南朝宋谢灵运《登池上楼》"池塘生春草"。

宋刘翰《蝶恋花》词云："团扇题诗春又晚，小梦惊残，碧草池塘满。"

宋赵崇嶓《蝶恋花》词云："薄雾笼春天欲醉，碧草澄波，的的情如水。"

3.瑶草：仙草。

宋杨缵《被花恼·自度腔》词云："惆怅夜来风，生怕娇香混瑶草。"

宋王易简《酹江月》词云："湘皋遗珮，故人空寄瑶草。"

4.春草：春天的草。

宋吴文英《浪淘沙》词云："离亭春草又秋烟。"

宋李清照《小重山》词云："春到长门春草青，江梅些子破，未开匀。"

5.衰草：枯草。南朝梁沈约《岁暮愍衰草》："愍衰草，衰草无容色。憔悴荒迳中，寒荄不可识。"

宋赵闻礼《贺新郎·萤》词云："故苑荒凉悲旧赏，怅寒芜、衰草隋宫路。"

宋王易简《酹江月》词云："衰草寒芜吟未尽，无那平烟残照。"

宋周密《法曲献仙音·吊雪香亭梅》词云："无语消魂，对斜阳、衰草泪满。"

6.梦草：池塘边草。谢灵运《登池上楼》诗："池塘生春草，园柳变鸣禽。"相传是梦见谢惠连而吟得，故称梦草。

宋楼采《瑞鹤仙》词云："冻痕销梦草，又招得春归，旧家池沼。"

宋应法孙《贺新郎》词云："又梦草、东风吹碧。"

7.暗草：暗绿的杂草。

宋周密《探芳讯·西泠春感》词云："甚凄凉，暗草沿池，冷苔侵甃。"

宋刘一止《望海潮》词云："玉扆眷深，金瓯望重，何人暗草黄麻。"

8.远草：远处芳草。

宋周密《踏莎行·与莫两山谭邗城旧事》词云："远草情钟，孤花韵胜，一楼耸翠生秋暝。"

宋张炎《水龙吟·寄袁竹初》词云："远草兼云，冻河胶雪，此时行李。"

9.芳草：草暗用《招隐士》"王孙游兮不归，芳草生兮萋萋"典，意寓离别。

宋李肩吾《风流子》词云："望芳草云连，怕经南浦，葡萄波涨，怎博西凉。"

宋薛梦桂《三姝媚》词云："芳草凄迷征路，待去也，还将画轮留住。"

宋楼采《二郎神》词云："凝恨极，尽日凭高目断，淡烟芳草。"

10.庭草：庭院里的草。

宋王易简《庆宫春·谢草窗惠词卷》词云："庭草春迟，汀苹香老，数声珮悄苍玉。"

宋辛弃疾《满江红》词云："庭草自生心意足，榕阴不动秋光好。"

11.暮草：傍晚时的野草。

宋李莱老《扬州慢·琼花次韵》词云："听吹箫月底，传暮草金城。"

宋柳永《双声子》词云："斜阳暮草茫茫，尽成万古遗愁。"

12.草色：绿草茵茵。

宋史达祖《夜行船》词云："草色拖裙，烟光惹鬓，常记故园挑菜。"

宋柳永《蝶恋花》词云："草色烟光残照里，无言谁会凭阑意。"

13.草甲：草芽上的种皮、薄膜。

宋史达祖《东风第一枝·春雪》词云："巧剪兰心，偷粘草甲，东风欲障新暖。"

14.草深：野草繁茂。

宋黄孝迈《水龙吟》词云："闲情小院沉吟，草深柳密帘空翠。"

宋吴文英《水龙吟·惠山酌泉》词云："树密藏溪，草深迷市，峭云一片。"

15.平莎：平地绵生的浅草。

宋陈亮《水龙吟》词云："春归翠陌，平莎茸嫩，垂杨金浅。"

宋苏轼《浣溪沙》词云："软草平莎过雨新，轻沙走马路无尘。何时收拾耦耕身？"

16.平芜：草木丛生的平旷原野。

宋施岳《水龙吟》词云："梁苑平芜，汴堤疏柳，几番晴雨。"

宋欧阳修《踏莎行》词云："平芜尽处是春山，行人更在春山外。"

17.寒芜：寒秋的杂草。

宋赵闻礼《贺新郎·萤》词云："故苑荒凉悲旧赏，怅寒芜、衰草隋宫路。"

宋王易简《酹江月》词云："衰草寒芜吟未尽，无那平烟残照。"

18.蘼芜：香草名。又称江蓠。

宋李莱老《杏花天》词云："年时中酒风流病，正雨暗、蘼芜深径。"

唐赵嘏《杂曲歌辞》词云："提筐红叶下，度日采蘼芜。"

19.幽翠：深绿。指葱茏的草木。

宋李莱老《扬州慢·琼花次韵》词云："但荒烟幽翠，东风吹作秋声。"

唐庄南杰《相和歌辞·阳春曲》词云："芳草绵延锁平地，垄蝶双双舞幽翠。"

20.幽丛：凄幽的草丛。

宋赵闻礼《贺新郎·萤》词云："耿幽丛、流光几点，半侵疏户。"

宋周密《夜合花·茉莉》词云："虚庭夜气偏凉。曾记幽丛采玉，素手相将。"

21.翠丛：碧绿草丛。

宋施岳《步月·茉莉》词云："玉宇薰风，宝阶明月，翠丛万点晴雪。"

宋施岳《解语花》词云："翠丛深窅。无人处、数蕊弄春犹小。"

22.蕙花：香草。《离骚》中多处提到，如"兰芷变而不芳兮，荃蕙化而为茅"。

宋史达祖《青玉案》词云："蕙花老尽离骚句，绿染遍，江头树。"

23.枯兰：枯萎的兰草。

宋高观国《齐天乐》词云："倒苇沙闲，枯兰溆冷，寥落寒江秋晚。"

24.蒿莱：野草。

宋赵希迈《八声甘州·竹西怀古》词云："向隋堤跃马，前时柳色，今度蒿莱。"

唐李煜《浪淘沙》词云："金锁已沉埋，壮气蒿莱。"

25.乱红：长满杂草和野花。

宋吴文英《青玉案》词云："残杯不到，乱红青冢，满地间春绣。"

宋秦观《点绛唇·桃源》词云："山无数，乱红如雨。不记来时路。"

26.春绣：本指丝织品，此喻春花春草。辛弃疾《粉蝶儿》："昨日春如、十三女儿学绣。"

宋吴文英《青玉案》词云："残杯不到，乱红青冢，满地间春绣。"

宋吴文英《瑞龙吟·送梅津》词云："吐春绣。笔底丽情多少，眼波眉岫。"

27.江篱：香草名，也作江蓠。

宋吴文英《采桑子慢·九日》词云："楼高莫上，魂消正在，摇落江篱。"

28.湘兰：生于湘水两岸的芳草。

宋陈允平《绛都春》词云："雾蝉香冷，霞绡泪揾，恨袭湘兰。"

29.葱茜：草木青翠茂盛貌。

宋陈允平《瑞鹤仙》词云："葱茜。银屏彩凤，雾帐金蝉，旧家坊院。"

宋吴文英《花犯·郭希道送水仙索赋》词云："送晓色、一壶葱茜，才知花梦准。"

30.杏叶：草名。又称金盏草，常蔓生于篱下。

宋张枢《谒金门》词云："睡起眉心端正帖，绰枝双杏叶。"

31.岸芷：岸边的香草。

宋李演《摸鱼儿·太湖》词云："渺岸芷汀芳，几点斜阳字。"

宋佚名《西江月》词云："汀兰岸芷有情麽，还惜江城春过。"

32.杜若：香草名。

宋李珏《木兰花慢·寄豫章故人》词云："记十载心期，苍苔茅屋，杜若芳洲。"

宋张孝祥《水调歌头·过岳阳楼作》词云："回首叫虞舜，杜若满芳洲。"

33.芊芊：春草青绿茂盛貌。

宋范晞文《意难忘》词云："寒食后，暮江边，草色更芊芊。"

五代孙光宪《渔歌子》词云："草芊芊，波漾漾。湖边草色连波涨。"

瓜果

1.泛碧沉朱：洗净新鲜瓜果。

宋何光大《谒金门》词云："泛碧沉朱供晚醉，月斜才去睡。"

2.分甘：切开新鲜甘甜的水果。

宋吴文英《青玉案》词云："新腔一唱双金斗，正霜落、分甘手。"

宋晁端礼《满庭芳》词云："天与疏慵，人怜憔悴，分甘抛弃簪缨。"

3.甘碧：香甜新鲜的瓜果。

宋姜夔《惜红衣·吴兴荷花》词云："细洒冰泉，并刀破甘碧。"

4.翠藤：即指原笺中所言卢橘，其生时青色，熟时变黄，故又称金橘。

宋姜夔《一萼红·人日登定王台》词云："翠藤共、闲穿径竹，渐笑语、惊起卧沙禽。"

宋张鎡《眼儿媚》词云："玄霜凉夜铸瑶丹，飘落翠藤间。"

蔬菜

1.菰芽：茭白的嫩茎。

宋徐照《南歌子》词云："菰芽新出满盆池，唤起玉瓶添水、养鱼儿。"

2.青蔓：即芜菁，根块可供蔬食。俗称大头菜。

宋吴文英《三姝媚·过都城旧居有感》词云："紫曲门荒，沿败井、风摇青蔓。"

花

1.花悰：指青春恋情。

宋陆睿《瑞鹤仙》词云："花悰暗省，许多情，相逢梦境。"

2.花底：花下。化用白居易《琵琶行》："间关莺语花底滑。"

宋刘翰《好事近》词云："花底一声莺，花上半钩斜月。"

宋吴文英《莺啼序》词云："班回花底修禊饮，御炉香、分惹朝衣袂。"

3.花候：花期。

宋王沂孙《一萼红·石屋探梅》词云："花候犹迟，庭阴不扫，门掩山意萧条。"

宋赵彦端《杏花天》词云："风韶雨润催花候，叹春恨、年年常有。"

4.花露：花上的露水。

宋王嵎《祝英台近》词云："柳烟浓，花露重，合是醉时候。"

宋欧阳修《阮郎归》词云："花露重，草烟低。人家帘幕垂。"

5.花暝：花荫。暝，昏暗貌。

宋史达祖《双双燕》词云："红楼归晚，看足柳昏花暝。"

宋施岳《清平乐》词云："水遥花暝，隔岸炊烟冷。"

6.花青：垂青花儿。

宋赵以夫《忆旧游慢·荷花》词云："笑老去心情，也将醉眼，镇为花青。"

7.花梢：花木的枝梢。

宋史达祖《双双燕》词云："飘然快拂花梢，翠尾分开红影。"

宋高观国《谒金门》词云："雨歇花梢魂未醒，湿红如有恨。"

宋江开《杏花天》词云："谢娘庭院通芳径，四无人、花梢转影。"

8.花瘦：形容花枝稀疏不茂盛。

宋汤恢《八声甘州》词云："正柳腴花瘦，绿云冉冉，红雪霏霏。"

宋张先《偷声木兰花》词云："雪笼琼苑梅花瘦，外院重扉联宝兽。"

9.花庭：花苑。

宋周密《醉落魄·拟二隐》词云："临窗拥髻愁难说，花庭一寸燕支雪。"

宋杜安世《临江仙》词云："遍地残花庭院静，流莺对对相过。"

10.花云：如云的花朵。

宋李演《摸鱼儿·太湖》词云："琼荷万笠花云重，袅袅红衣如舞。"

宋向子諲《玉楼春》词云："佳人不用辟寒犀，踏雪穿花云鬓重。"

11.病花：看腻花。

宋李肩吾《抛球乐》词云："风罥蔫红雨易晴，病花中酒过清明。"

12.持花：端起水仙花。

宋赵闻礼《水龙吟·水仙花》词云："粲迎风一笑，持花酹酒，结南枝伴。"

13.荻花：荻的花；荻，多年生草本植物，生在水边，叶子长似芦苇，秋天开紫花。

宋刘过《贺新郎》词云："莫鼓琵琶江上曲，怕荻花枫叶俱凄怨。"

宋仇远《庆清朝》词云："漠漠荻花胜雪，拟寻静岸略移舟。"

14.孤花：指扬州后土祠的琼花，天下只一本。

宋舒亶《满庭芳》词云："蓼汀芦岸，黄叶衬孤花。"

宋周密《踏莎行·与莫两山谭邗城旧事》词云："远草情钟，孤花韵胜，一楼耸翠生秋暝。"

15.闹花：盛开的繁花。

宋陈亮《水龙吟》词云："闹花深处层楼，画帘半卷东风软。"

宋曹勋《八音谐》词云："水阁薰风对万姝，共泛泛红绿，闹花深处。"

16.欺花：侵袭了春花。

宋史达祖《绮罗香·春雨》词云："做冷欺花，将烟困柳，千里偷催春暮。"

宋侯置《菩萨蛮》词云："东风卷尽欺花雨，月明皎纸庭前路。"

17.搴花：拣花。

宋李莱老《高阳台·落梅》词云："临水搴花，流来疑是行云。"

18.闲花：指野花，幽雅的花。

宋丁宥《水龙吟》词云："征尘卷扑，闲花谩舞，何心管领。"

宋杨泽民《少年游》词云："冶叶丛中，闲花堆里，那有者相知。"

19.乱花：盛开而灿烂耀眼的花朵。

宋孙惟信《夜合花》词云："流水远，乱花飘。"

宋聂冠卿《多丽·李良定公席上赋》词云："逞朱唇、缓歌妖丽，似听流莺乱花隔。"

20.庭花：庭院里的鲜花。

宋吴文英《声声慢·闰重九饮郭园》词云："知道池亭多宴，掩庭花、长是惊落秦讴。"

宋贺铸《台城游·南国本潇洒》词云："商女篷窗罅，犹唱后庭花。"

21.岩花：岩石间的花朵。

宋范晞文《意难忘》词云："岩花纷堕雪，津柳暗生烟。"

宋刘一止《蓦山溪·叶左丞生日》词云："开径竹，续岩花，小试丹青手。"

22. 浥花：湿润的花。

宋高观国《玉楼春·宫词》词云："春风剪草碧纤纤，春雨浥花红扑扑。"

宋葛立方《雨中花》词云："未见廉纤，膏雨浥花尘。"

23. 蒸花：指花朵在暖阳下蒸发出香气。

宋卢祖皋《乌夜啼》词云："几曲微风按柳，生香暖日蒸花。"

24. 雾中花：化用唐杜甫《小寒食舟中作》："老年花似雾中看。"

宋周晋《柳梢青·杨花》词云："似雾中花，似风前雪，似雨余云。"

25. 红萼：花苞。

宋姜夔《一萼红·人日登定王台》词云："古城阴，有官梅几许，红萼未宜簪。"

宋赵令畤《蝶恋花》词云："花动拂墙红萼坠，分明疑是情人至。"

26. 红芳：指红花。

宋张辑《念奴娇》词云："算只藕花知我意，犹把红芳留客。"

宋柳永《河传》词云："仙娥画舸，露渍红芳交乱。"

27. 红娇：娇美动人的红花。

宋张镃《念奴娇·宜雨亭咏千叶海棠》词云："紫腻红娇扶不起，好是未开时候。"

宋晏殊《渔家傲》词云："荷叶荷花相间斗，红娇绿嫩新妆就。"

28. 红景：春暖花开的景象。

宋李肩吾《风入松·冬至》词云："花砖一线添红景，看从今、迤逦新春。"

29. 红影：红色的花影。

宋史达祖《双双燕》词云："飘然快拂花梢，翠尾分开红影。"

宋柳永《昼夜乐》词云："金炉麝袅青烟，凤帐烛摇红影。"

30. 红紫：指每年盛开的鲜花。

宋李演《祝英台近·次贺房韵》词云："年年红紫如尘，五桥流水，知送了、几番愁去。"

宋柳永《红窗迥·小园东》词云："小园东，花共柳。红紫又一齐开了。"

31. 香红：指花。

宋周密《甘州·灯夕书寄二隐》词云："月暖烘炉戏鼓，十里步香红。"

宋谢逸《西江月》词云："金阙日高露泣，东华尘软香红。"

32. 芳枝：花枝。

宋许棐《琴调相思引》词云："恐花飞去，无复上芳枝。"

宋吴文英《采桑子慢·九日》词云："醉把茱萸，细看清泪湿芳枝。"

宋柳永《木兰花》词云："美人纤手摘芳枝，插在钗头和风颤。"

33.芳云：比喻枝上梅花。

宋李彭老《高阳台·落梅》词云："竹里遮寒，谁念灭尽芳云。"

宋刘辰翁《虞美人·客中送春》词云："楼台烟雨朱门悄，乔木芳云杪。"

34.层绿：绿色花萼。

宋王沂孙《法曲献仙音·聚景亭梅次草窗韵》词云："层绿峨峨，纤琼皎皎，倒压波痕清浅。"

宋吴文英《念奴娇》词云："思生晚眺，岸乌纱平步，春云层绿。"

35.点萍成绿：古人认为杨花落水化为浮萍。语见宋苏轼《水龙吟·次韵章质夫杨花词》："遗踪何在，一池萍碎。"自注："杨花落水为浮萍，验之信然。"

宋周晋《柳梢青·杨花》词云："本自无情，点萍成绿，却又多情。"

36.寒粉：寒花。

宋李莱老《高阳台·落梅》词云："迎风点点飘寒粉，怅秋娘、满袖啼痕。"

37.护花衣：保护花朵的衣裳。

宋许棐《琴调相思引》词云："组绣盈箱锦满机，倩谁缝作护花衣。"

38.娇香：花。

宋杨缵《被花恼·自度腔》词云："惆怅夜来风，生怕娇香混瑶草。"

宋张先《菩萨蛮》词云："娇香堆宝帐，月到梨花上。"

39.青绵：青而未老的杨花。

宋吴文英《朝中措》词云："尚有落花寒在，绿杨未褪青绵。"

40.琼枝：花枝。

宋汤恢《祝英台近》词云："几度黄昏，琼枝为谁折。"

宋柳永《尉迟杯·双调》词云："绸缪凤枕鸳被。深深处、琼枝玉树相倚。"

41.柔影：柔弱的花影。

宋王沂孙《庆宫春·水仙》词云："柔影参差，幽香零乱，翠围腰瘦一捻。"

宋王沂孙《庆宫春·水仙花》词云："柔影参差，幽芳零乱，翠围腰瘦一捻。"

42.素英：白花。

宋施岳《步月·茉莉》词云："花痕在，纤指嫩痕，素英重结。"

宋喻陟《蜡梅香》词云："一样晓妆新，倚朱楼凝盼，素英如坠。"

43.紫腻：润滑有光泽的紫花。

宋张镃《念奴娇·宜雨亭咏千叶海棠》词云："紫腻红娇扶不起，好是未开时候。"

44.蓓蕾：含苞欲放的花蕾。

宋张林《柳梢青·灯花》词云："白玉枝头，忽看蓓蕾，金粟珠垂。"

宋史浩《水龙吟》词云："雪中蓓蕾嫣然，美人莫恨春容少。"

45.珠蓓：含苞的蓓蕾。

宋施岳《步月·茉莉》词云："采珠蓓、绿萼露滋，嗔银艳、小莲冰洁。"

宋张炎《蝶恋花·山茶》词云："不是临风珠蓓蕾，山童隔竹休敲碎。"

1.兰心：兰花的花心

宋史达祖《东风第一枝·春雪》词云："巧剪兰心，偷粘草甲，东风欲障新暖。"

宋蒋捷《恋绣衾》词云："红薇影转晴窗昼，漾兰心、未到绣絣。"

2.花心：花蕊。

宋张镃《昭君怨·园池夜泛》词云："醉里卧花心，拥红衾。"

宋柳永《减字木兰花·仙吕调》词云："花心柳眼，郎似游丝常惹绊。"

3.檀心：浅红色的花蕊。

宋曹邍《玲珑四犯·荼蘼应制》词云："露叶檀心，香满万条晴雪。"

宋晏殊《浣溪沙》词云："为我转回红脸面，向谁分付紫檀心。"

4.金璞：金黄色的花蕊。

宋赵溍《吴山青·水仙》词云："金璞明，玉璞明，小小杯柈翠袖擎。"

1.落蕊：凋谢后自然飘落的花蕊。

宋吴潜《南柯子》词云："鹊绊游丝坠，蜂拈落蕊空。"

宋陈师道《罗敷媚》词云："伤春不尽悲秋苦，落蕊浮觞。"

花瓣

1.花片：花瓣。

宋赵闻礼《千秋岁》词云："日长花片落，睡起眉山斗。"

宋张先《浣溪沙》词云："花片片飞风弄蝶，柳阴阴下水平桥。"

2.梨花片：梨花瓣。

宋汤恢《倦寻芳》词云："烟湿浓堆杨柳色，昼长闲坠梨花片。"

3.翳玉：蔽空的花瓣。

宋李莱老《高阳台·落梅》词云："断肠不在听横笛，在江皋解佩，翳玉飞琼。"

4.银艳：白色花瓣。

宋施岳《步月·茉莉》词云："采珠蓓、绿萼露滋，嗔银艳、小莲冰洁。"

5.玉璞：白色花瓣。

宋赵溍《吴山青·水仙》词云："金璞明，玉璞明，小小杯柈翠袖擎。"

6.玉糁：花瓣散落。

宋柴望《念奴娇》词云："门外满地香风，残梅零乱，玉糁苍苔碎。"

宋葛立方《雨中花》词云："密布同云万里，六飞玉糁琼铺。"

落花

1.老红：残红、残花。语见唐李贺《昌谷》诗："层围烂洞曲，芳径老红醉。"清王琦汇解："老红，花之红而将萎者。"

宋吴潜《南柯子》词云："池水凝新碧，兰花驻老红。"

宋吴文英《好事近》词云："还系鸳鸯不住，老红香月白。"

2.落红：凋落的红花。

宋韩元吉《水龙吟·书英华事》词云："回首暝烟千里。但纷纷、落红如泪。"

宋赵崇嶓《蝶恋花》词云："风旋落红香匝地，海棠枝上莺飞起。"

宋辛弃疾《摸鱼儿》词云："惜春长恨花开早，何况落红无数。"

宋史达祖《绮罗香·春雨》词云："临断岸、新绿生时，是落红、带愁流处。"

3.舞红：飘舞的落花。

宋赵文《阮郎归》词云："舞红一架欲生衣，残英辞旧枝。"

宋周邦彦《过秦楼·大石》词云："梅风地溽，虹雨苔滋，一架舞红都变。"

4.残红：凋残的花；落花。出自《宫词》。

宋杨缵《八六子·牡丹次白云韵》词云："怨残红，夜来无赖，雨催春去匆匆。"

宋周紫芝《鹧鸪天》词云："一点残红欲尽时。乍凉秋气满屏帏。"

5.蔫红：落花。

宋李肩吾《抛球乐》词云："风罥蔫红雨易晴，病花中酒过清明。"

宋王梦应《疏影》词云："犹忆蔫红稚绿，断桥雪未扫，天近春易。"

6.飞红：落花。

宋辛弃疾《祝英台近》词云："断肠片片飞红，都无人管，倩谁唤、啼莺声住。"

宋张艾《解语花·轻雷殷殷》词云："飞红怨暮。长趁得、断鸿南浦。"

宋吴文英《高阳台·丰乐楼分韵得"如"字》词云："飞红若到西湖底，搅翠澜、总是愁鱼。"

宋陈允平《瑞鹤仙》词云："对东风无语，绿阴深处，时见飞红数片。"

宋周密《四字令·拟<花间>》词云："愁心欲诉垂杨，奈飞红正忙。"

7.流红：指漂流在水中的落花。

宋楼采《瑞鹤仙》词云："记冲香嘶马，流红回岸，几度绿杨残照。"

宋李演《八六子·次贺房韵》词云："乍鸥边、一番腴绿，流红又怨苹花。"

8.柔红：落花。

宋楼采《法曲献仙音》词云："倩柔红约定，唤取玉箫同醉。"

宋黄升《蝶恋花·春感》词云："绿玉栏杆围绮户。一点柔红，应在深深处。"

9.愁红：惹人忧愁的落花。

宋赵闻礼《隔浦莲近》词云："愁红飞眩醉眼，日淡芭蕉卷。"

宋柳永《雪梅香·景萧索》词云："渔市孤烟袅寒碧，水村残叶舞愁红。"

10.湿红：被雨淋湿的红花。

宋高观国《谒金门》词云："雨歇花梢魂未醒，湿红如有恨。"

宋姜夔《江梅引》词云："湿红恨墨浅封题。宝筝空，无雁飞。"

11.猩红：血红色。陆游《春雨绝句》："千点猩红蜀海棠。"

宋刘克庄《卜算子·海棠为风雨所损》词云："片片蝶衣轻，点点猩红小。"

宋黄升《华发沁园春》词云："正凤紫匀染绡裳，猩红轻透罗袂。"

12.堕红：坠落的花瓣。

宋李彭老《探芳讯·湖上春游，继草窗韵》词云："几多时，涨绿莺枝，堕红鸳甃。"

宋王之道《贺新郎》词云："又是春残去。倚东风、寒云淡日，堕红飘絮。"

13.红雪：代指凋落的红花。

宋汤恢《祝英台近》词云："落尽桃花，无人扫红雪。"

宋汤恢《八声甘州》词云："正柳腴花瘦，绿云冉冉，红雪霏霏。"

14.红雨：指落花，犹言落红成雨。

宋刘翰《好事近》词云："惊动小亭红雨，舞双双金蝶。"

宋苏轼《哨遍·春词》词云："任满头红雨落花飞，渐鳷鹊楼西玉蟾低。"

15.红软：落花铺地犹如软垫。

宋卢祖皋《倦寻芳·春思》词云："花径风柔，著地舞茵红软。"

16.红玉：指漂浮落花的清水。

宋李莱老《惜红衣·寄牟阳翁》词云："料重来时候，香荡几湾红玉。"

宋杨无咎《两同心》词云："柳条短、斜倚春风，海棠睡、醉欹红玉。"

17.坠粉：坠落的花瓣。

宋卢祖皋《江城子》词云："坠粉飘香，日日唤愁生。"

宋姜夔《八归·湘中送胡德华》词云："芳莲坠粉，疏桐吹绿，庭院暗雨乍歇。"

18.吹花：落花。

宋周密《醉落魄·拟参晦》词云："吹花有尽情无极，泪滴空帘，香润柳枝湿。"

宋晏几道《点绛唇·妆席相逢》词云："意中曾许，欲共吹花去。"

19.寒英：寒花，落花。

宋王沂孙《醉蓬莱·归故山》词云："数点寒英，为谁零落?"

宋洪皓《江梅引·忆江梅》词云："准拟寒英聊慰远，隔山水，应销落，赴诉谁。"

花荫

1.庭阴：庭院的花荫。

宋王沂孙《一萼红·石屋探梅》词云："花候犹迟，庭阴不扫，门掩山意萧条。"

宋周密《醉落魄·拟参晦》词云："移尽庭阴，风老杏花白。"

宋李玉《贺新郎·春情》词云："醉沉沉、庭阴转午，画堂人静。"

2.芳阴：花丛中。

宋张镃《念奴娇·宜雨亭咏千叶海棠》词云："犹记携手芳阴，一枝斜带艳，娇波双秀。"

宋梅尧臣《玉楼春》词云："狂莺来往恋芳阴，不道风流真能尽。"

3.花阴：为花丛遮蔽而不见日光之处。

赵希青彡《秋蕊香》词云："玉云凝重步尘细，独立花阴宝砌。"

张枢《谒金门》词云："款步花阴寻蛱蝶，玉纤和粉捻。"

状花美

4.洛浦临风：以曹植《洛神赋》中的洛神比牡丹。

宋杨缵《八六子·牡丹次白云韵》词云："柔弱华清扶倦，轻盈洛浦临风。"

5.蕊金团玉：指牡丹的花瓣团裹着金黄色的花蕊。

宋杨缵《八六子·牡丹次白云韵》词云："细认得凝妆，点脂匀粉，露蝉耸翠，蕊金团玉成丛。"

6.翠颦红妒：繁花翠柳为之嫉妒。

宋王易简《齐天乐·客长安赋》词云："临流笑语，映十二栏杆，翠颦红妒。"

7.翠围腰瘦：形容水仙花茎如美人的细腰。

宋王沂孙《庆宫春·水仙》词云："柔影参差，幽香零乱，翠围腰瘦一捻。"

8.红酣千顷：形容荷花盛开，色彩酣浓。

宋刘光祖《洞仙歌·败荷》词云："且应记、临流凭栏杆，便遥想，江南红酣千顷。"

9.玉容消酒：形容荷花如同酒意才消的美人，脸上犹带娇红。

宋姜夔《念奴娇·吴兴荷花》词云："翠叶吹凉，玉容消酒，更洒菰蒲雨。"

10.晴雪：喻落花。

宋李彭老《高阳台·落梅》词云："幺凤叫晚吹晴雪，料水空、烟冷西泠。"

宋刘学箕《念奴娇》词云："水轩沙岸，午风轻、飘动一天晴雪。"

11.仙云：状花飘落的姿影。

宋吴文英《高阳台·落梅》词云："宫粉雕痕，仙云堕影，无人野水荒湾。"

宋赵以夫《摸鱼儿》词云："谁家幻出千机锦，疑是蕊仙云织。"

12.国香：指花。

宋王沂孙《庆宫春·水仙》词云："国香到此谁怜，烟冷沙昏，顿成愁绝。"

宋周密《绣鸾凤花犯》词云："春思远，谁叹赏、国香风味。"

13.可可：言其娇小，可人、可爱。

宋姜夔《小重山·湘梅》词云："遥怜花可可，梦依依。"

宋周密《南楼令·次陈君衡韵》词云："暗想芙蓉城下路，花可可、雾冥冥。"

14.夜缟：谓夜里的花像披着白绢。

宋施岳《曲游春·清明湖上》词云："乘月归来，正梨花夜缟，海棠烟幂。"

宋周邦彦《倒犯·仙吕调新月》词云："千林夜缟，徘徊处、渐移深窈。"

15.玉尘：喻白花。

宋李演《南乡子·夜宴燕子楼》词云："天上许飞琼，吹下蓉笙染玉尘。"

宋洪适《清平乐·次曾守韵》词云："横枝有意先开，玉尘欲伴金罍。"

16.秋锦：指芙蓉似锦。

宋周密《西江月·延祥观拒霜拟稼轩》词云："谁将三十六陂春，换得两堤秋锦。"

17.分红：搽红。

宋黄简《玉楼春》词云："密叆彩索看看午，晕素分红能几许。"

宋王千秋《诉衷情》词云："二分浓绿一分红，春事若为穷。"

18.袅袅：细长柔美貌。

宋尹焕《眼儿媚》词云："垂杨袅袅蘸清漪，明绿染春丝。"

宋晏殊《睿恩新》词云："待佳人、插向钗头，更袅袅、低临凤髻。"

19.毵毵：纷披下垂貌，形容柳条细长的样子。语见唐施肩吾《春日钱塘杂兴》："钱塘郭外柳毵毵。"

宋谢懋《浪淘沙》词云："东风杨柳碧毵毵。"

宋李之仪《怨三三》词云："清溪一派泻揉蓝，岸草毵毵。"

20.梨花雪影：用梨花形容雪的残迹。

宋李莱老《杏花天》词云："人家寒食烟初禁，狼藉梨花雪影。"

竹林

1.蕲竹：湖北蕲春所产之竹，有盛名。

宋吴文英《好事近》词云："蕲竹粉连香汗，是秋来陈迹。"

宋陆淞《念奴娇》词云："轰然何处，瑞龙声喷蕲竹。"

2.轻竹：撑船的竹篙。

宋应法孙《贺新郎》词云："想驻马河桥分别，恨轻竹风马风烟笠。"

3.径竹：小径旁的竹子。

宋姜夔《一萼红·人日登定王台》词云："翠藤共、闲穿径竹，渐笑语、惊起卧沙禽。"

宋佚名《沁园春》词云："径竹扶疏，直上青霄，玉立万竿。"

4.修竹：修长的竹子。

宋姜夔《疏影》词云："客里相逢，篱角黄昏，无言自倚修竹。"

宋刘镇《玉楼春·东山探梅》词云："佳人独立相思苦，薄袖欺寒修竹暮。"

宋吴文英《高阳台·丰乐楼分韵得"如"字》词云："修竹凝妆，垂杨驻马，凭阑浅画成图。"

5.映竹：照在竹子上。

宋赵闻礼《贺新郎·萤》词云："漏断长门空照泪，袖纱寒、映竹无心顾。"

宋杨泽民《瑞龙吟》词云："城南路。凝望映竹摇风，酒旗标树。"

6.竹邃：深幽的竹林。

宋董嗣杲《湘月》词云："莲幽竹邃，旧池亭几处，多爱君子。"

7.风篁：风吹竹林。

宋李彭老《高阳台·寄题苏壁山房》词云："石笋埋云，风篁啸晚，翠微高处幽居。"

宋谢薖《减字木兰花·风篁度曲》词云："风篁度曲。倦倚银屏初睡足。"

8.绿筠枝：绿竹。因血泪渗入化为斑竹。斑竹，也称湘妃竹。

宋姜夔《小重山·湘梅》词云："相思血，都沁绿筠枝。"

宋徐侨《云山歌》词云："昂吟兮绿筠枝，春与鼯腾兮秋莺与啼。"

9.诗筒：以竹筒盛诗，便于传递。

宋周密《甘州·灯夕书寄二隐》词云："喜故人好在，水驿寄诗筒。"

宋洪适《满庭芳》词云："诗筒来往，如我与君稀。"

苔藓

1.碧苔：碧绿的苔藓。

宋岳珂《生查子》词云："小院碧苔深，润透双鸳薄。"

宋晏几道《蝶恋花》词云："庭院碧苔红叶遍，金菊开时，已近重阳宴。"

2.碧苔钱古：苍苔斑驳，形似古钱。

宋史达祖《青玉案》词云："青榆钱小，碧苔钱古。难买东君住。"

3.绿苔钱：苔点形圆如钱，故曰"苔钱"。南朝梁刘孝威《怨诗》："丹庭斜草径，素壁点苔钱。"

宋吴文英《浪淘沙》词云："往事一潸然，莫过西园。凌波香断绿苔钱。"

4.苍苔：青色苔藓。

宋卢祖皋《清平乐》词云："旧时驻马香阶，如今细雨苍苔。"

宋李珏《木兰花慢·寄豫章故人》词云："记十载心期，苍苔茅屋，杜若芳洲。"

5.莓苔：青苔，阴湿地方生长的绿色苔藓。

宋李莱老《谒金门》词云："香径莓苔嗟粉坏，凤靴双斗彩。"

宋欧阳修《踏莎行》词云："薜荔依墙，莓苔满地，青楼几处歌声丽。"

6.冷苔：幽冷的苔藓。

宋周密《探芳讯·西泠春感》词云："甚凄凉，暗草沿池，冷苔侵甃。"

7.苔枝：苔，苍苔。梅有枝干遍着苔藓者，称苔梅。

宋姜夔《疏影》词云："苔枝缀玉，有翠禽小小。"

宋黄子行《西湖月·探梅》词云："粉墙朱户，苔枝露蕊，淡匀轻饰。"

8.苔痕：苔藓滋生之迹。

宋陈允平《绛都春》词云："任红薰杏靥，碧沁苔痕。"

宋陈允平《柳梢青》词云："藓迹苔痕。香浮砚席，影蘸吟尊。"

宋张枢《瑞鹤仙》词云："还是，苔痕湔雨，竹影留云，待晴犹未。"

宋李彭老《高阳台·落梅》词云："飘粉杯宽，盛香袖小，青青半掩苔痕。"

9.土花：苔藓。

宋李莱老《扬州慢·琼花次韵》词云："玉倚风轻，粉凝冰薄，土花祠冷无人。"

宋周邦彦《风流子》词云："羡金屋去来，旧时巢燕；土花缭绕，前度莓墙。"

10.地花：土花，苔藓。

宋赵与仁《琴调相思引》词云："冰箔纱帘小院清，晴尘不动地花平。"

11.枯藓：枯瘦的苔枝。

宋王沂孙《一萼红·石屋探梅》词云："未须赋、疏香淡影，且同倚、枯藓听吹箫。"

12.径藓：小路上的青苔。

宋李肩吾《乌夜啼》词云："径藓痕沿碧甃，檐花影压红阑。"

13.藓梢：苔枝。

宋李莱老《高阳台·落梅》词云："藓梢空挂凄凉月，想鹤归、犹怨黄昏。"

树林

1.千树：万千绿树。

宋陈允平《垂杨》词云："依然千树长安道，翠云锁、玉窗深窈。"

宋辛弃疾《青玉案·元夕》词云："东风夜放花千树，更吹落、星如雨。"

2.幽树：幽暗的林边。

宋利登《风入松》词云："断芜幽树际烟平，山外又山青。"

宋陈克《临江仙》词云："曲阑幽树，看得绿成阴。"

3.千林：林子里的树木。

宋杨缵《八六子·牡丹次白云韵》词云："但暗水新流芳恨，蝶凄蜂惨，千林嫩绿迷空。"

宋张炎《绮罗香·红叶》词云："万里飞霜，千林落木，寒艳不招春妒。"

4.香林：花木林。

宋奚岊《芳草·南屏晚钟》词云："蕊宫相答处，空岩虚谷应，猿语香林。"

5.迷林：林中迷途。

宋奚岊《芳草·南屏晚钟》词云："犹自有、迷林去鸟，不信黄昏。"

树木

1.珠树：树之美言。《山海经》中说其树如柏，叶皆为珠。

宋蔡松年《尉迟杯》词云："紫云暖。恨翠雏、珠树双栖晚。"

宋张炎《风入松》词云："秋风难老三珠树，尚依依、脆管清弹。"

2.花树：开花的树。

宋吴潜《满江红·金陵乌衣园》词云："花树得晴红欲染，远山过雨青如滴。"

宋吕本中《减字木兰花》词云："去年今夜，同醉月明花树下。"

3.江树：江畔的树林。

宋陈允平《一落索》词云："渺渺暮云江树，淡烟横素。"

宋张磐《绮罗香·渔浦有感》词云："望极天西，惟有陇云江树。"

4.江头树：江头的大树。

宋李弥逊《蓦山溪·次李伯纪梅花韵》词云："冲寒山意，未放江头树。"

宋史达祖《青玉案》词云："蕙花老尽离骚句，绿染遍，江头树。"

宋赵长卿《踏莎行·春暮》词云："柳暗披风，桑柔宿雨。一番绿遍江头树。"

5.旧时树：老树。

宋李莱老《青玉案·题草窗词卷》词云："红衣妆靓凉生渚，环碧斜阳旧时树。"

宋张炎《祝英台近》词云："路重寻，门半掩、苔老旧时树。"

6.烟树：云烟缭绕的树木、丛林。

宋李莱老《惜红衣·寄牟阳翁》词云："幽谷，烟树晓莺，诉经年愁独。"

宋周密《扫花游·九日怀归》词云："恨无据，怅望极归舟，天际烟树。"

7.云树：高耸入云的树木。

宋吴文英《八声甘州·陪庾幕诸公游灵岩》词云："幻苍厓云树，名娃金屋，残霸宫城。"

宋柳永《望海潮》词云："云树绕堤沙，怒涛卷霜雪，天堑无涯。"

8.古木：古老的树木。

宋李莱老《惜红衣·寄牟阳翁》词云："残阳古木，书画归船，匆匆又南北。"

宋李冠《六州歌头》词云："江静水寒烟冷，波纹细、古木凋零。"

9.乔木：枝干高大的树木。

宋王沂孙《长亭怨·重过中庵故园》词云："望不尽、苒苒斜阳，抚乔木、年华将晚。"

宋姜夔《扬州慢》词云："自胡马窥江去后，废池乔木，犹厌言兵。"

10.树杪：树梢。

宋李莱老《木兰花慢·寄题荪壁山房》词云："三十六梯树杪，溯空遥想登临。"

宋周邦彦《夜飞鹊》词云："相将散离会，探风前津鼓，树杪参旗。"

11.林梢：林木的尖端或末端。

宋吴文英《杏花天·重午》词云："梅黄后、林梢更雨。"

宋黄子行《西湖月·探梅》词云："初弦月挂林梢，又一番西园，探梅消息。"

12.高槐：高大的槐树。

宋陆游《乌夜啼》词云："高槐叶长阴初合，清润雨余天。"

宋王安中《洞仙歌》词云："深庭夜寂，但凉蟾如昼。鹊起高槐露华透。"

13.绿杨：绿色的杨树。

宋楼采《瑞鹤仙》词云："记冲香嘶马，流红回岸，几度绿杨残照。"

宋钱惟演《木兰花》词云："绿杨芳草几时休，泪眼愁肠先已断。"

树枝

1.苍翘：苍劲秀挺的梅花树干枝条。

宋王沂孙《一萼红·石屋探梅》词云："思飘摇，拥仙姝独步，明月照苍翘。"

2.绿玉枝：绿树枝头。

宋毛珝《浣溪沙·桂》词云："绿玉枝头一粟黄，碧纱帐里梦魂香。"

宋赵崇璠《南歌子》词云："绾带香罗结，交钗绿玉枝。"

3.梅枝：梅树枝条。

宋吴文英《青玉案》词云："翠阴曾摘梅枝嗅，还忆秋千玉葱手。"

宋晏几道《虞美人》词云："小梅枝上东君信。雪后花期近。"

树叶

1.残叶：凋残的树叶。

宋杨伯嵒《踏莎行·雪中疏寮借阁帖，更以薇露送之》词云："梅观初花，蕙庭残叶，当时惯听山阴雪。"

宋吴文英《庆春宫·秋感》词云："残叶翻浓，余香栖苦，障风怨动秋声。"

2.密叶：茂密的树叶。

宋卢祖皋《倦寻芳·春思》词云："香泥垒燕，密叶巢莺，春晦寒浅。"

宋柳永《女冠子》词云："树阴翠、密叶成幄。"

3.翠叶：翠绿的叶子。

宋姜夔《念奴娇·吴兴荷花》词云："翠叶吹凉，玉容消酒，更洒菰蒲雨。"

五代李璟《摊破浣溪沙》词云："菡萏香销翠叶残，西风愁起绿波间。"

4.黄叶：枯叶。

宋王沂孙《醉蓬莱·归故山》词云："扫西风门径，黄叶凋零，白云萧散。"

宋范仲淹《苏幕遮·怀旧》词云："碧云天，黄叶地。秋色连波，波上寒烟翠。"

5.叶底：叶子底下。

宋刘光祖《洞仙歌·败荷》词云："起徘徊、时有香气吹来，云藻乱，叶底游鱼影。"

宋佚名《木兰花》词云："晓烟生绿树，听叶底、数声莺。"

6.叶底铃：指樱桃叶下的樱桃。

宋高观国《思佳客》词云："莺来惊碎风流胆，踏动樱桃叶底铃。"

7.翠薄：翠叶单薄。

宋周密《国香慢·赋子固<凌波图>》词云："国香流落恨，正冰铺翠薄，谁念遗簪。"

宋石孝友《南歌子》词云："春浅梅红小，山寒岚翠薄。"

8.落翠：落叶。

宋刘澜《齐天乐·吴兴郡宴遇旧人》词云："落翠惊风，流红逐水，谁信人间重见。"

9.嫩绿：刚长出的浅绿色嫩叶。

宋杨缵《八六子·牡丹次白云韵》词云："但暗水新流芳恨，蝶凄蜂惨，千林嫩绿迷空。"

宋柳永《西平乐》词云："正是和风丽日，几许繁红嫩绿，雅称嬉游去。"

10.绿云：绿叶如云。

宋张镃《念奴娇·宜雨亭咏千叶海棠》词云："绿云影里，把明霞织就，千重文绣。"

宋汤恢《八声甘州》词云："正柳腴花瘦，绿云冉冉，红雪霏霏。"

11.怨梧啼碧：雨滴打得梧桐绿叶怨啼声声。

宋吴文英《好事近》词云："飞露洒银床，叶叶怨梧啼碧。"

12.红沈：红叶沉落。

宋李莱老《杏花天》词云："西湖梦、红沈翠冷。"

树荫

1.绿阴：树阴。

宋赵与御《谒金门》词云："待得来时春几许？绿阴三月暮。"

宋楼采《玉漏迟》词云："絮花寒食路，晴丝罥日，绿阴吹雾。"

宋曹组《如梦令》词云："门外绿阴千顷，两两黄鹂相应。"

2.翠阴：绿荫。

宋吴文英《青玉案》词云："翠阴曾摘梅枝嗅，还忆秋千玉葱手。"

宋王茂孙《高阳台·春梦》词云："山屏缓倚珊瑚畔，任翠阴、移过瑶阶。"

3.垂阴：树木枝叶覆盖形成阴影。

宋姜夔《念奴娇·吴兴荷花》词云："高柳垂阴，老鱼吹浪，留我花间住。"

宋姜夔《暮山溪》词云："两行柳垂阴，是当日、仙翁手植。"

4.轻阴：淡淡的绿荫。

宋李彭老《木兰花慢》词云："满阶榆荚，弄轻阴、浅冷似秋天。"

宋李彭老《祝英台近》词云："帘影飞梭，轻阴小庭院。"

5.桐阴：梧桐树荫。

宋楼采《法曲献仙音》词云："料燕子重来地，桐阴锁窗绮。"

宋苏轼《贺新郎·夏景》词云："乳燕飞华屋。悄无人、桐阴转午，晚凉新浴。"

6.墙阴：墙边树荫。

宋楼采《二郎神》词云："闷绝相思无人问，但怨入、墙阴啼鸟。"

宋施岳《解语花》词云："莫待墙阴暗老，称琴边月夜，笛里霜晓。"

7.繁阴：浓密的树荫。

宋张炎《壶中天·养拙夜饮，客有弹箜篌者，即事以赋》词云："瘦筇访隐，正繁阴闲锁，一壶幽绿。"

宋朱熹《菩萨蛮·回文》词云："尊酒绿阴繁，繁阴绿酒尊。"

8.秀樾：清秀的树阴。

宋蔡松年《鹧鸪天·赏荷》词云："秀樾横塘十里香，水花晚色静年芳。"

9.清樾：清凉的树荫。

宋范成大《醉落魄·栖乌飞绝》词云："烧香曳簟眠清樾。花久影吹笙，满地淡黄月。"

10.碧纱帐：指绿叶丛。

宋毛珝《浣溪沙·桂》词云："绿玉枝头一粟黄，碧纱帐里梦魂香。"

宋佚名《虞美人》词云："彩丝从此不须添。看取碧纱帐内、有人牵。"

11.翠丛：绿树丛。

宋施岳《解语花》词云："翠丛深窅，无人处、数蕊弄春犹小。"

宋施岳《步月·茉莉》词云："玉宇薰风，宝阶明月，翠丛万点晴雪。"

五、用

（一）衣

绡

1. 龙绡：神话传说中的鲛绡。

宋辛弃疾《瑞鹤仙·梅》词云："玉肌瘦弱，更重重、龙绡衬著。"

2. 窗绡：窗纱。

宋方岳《江神子·牡丹》词云："窗绡深隐护芳尘，翠眉颦，越精神。"

宋方岳《水龙吟·和朱行甫帅机瑞香》词云："掩窗绡，待得香融酒醒，尽消受、这春思。"

3. 青绡：青蓝细纱。

宋翁孟寅《齐天乐·元夕》词云："霜风渐紧，展一幅青绡，净悬孤镜。"

宋李彭老《摸鱼子·过垂虹》词云："爱滑卷青绡，香袅冰丝细。"

4. 冰绡：轻薄的纱衣，状梅花。

宋吴文英《西江月·青梅枝上晚花》词云："香力添熏罗被，瘦肌犹怯冰绡。"

宋王沂孙《西江月·为赵元父赋雪梅图》词云："裙粉轻盈琼靥，护香重叠冰绡。"

5. 翠绡：绿色的薄绢。

宋李莱老《台城路·寄弁阳翁》词云："堂深几许？渐爽入云帱，翠绡千缕。"

宋赵以夫《鹊桥仙·富沙七夕为友人赋》词云："翠绡心事，红楼欢宴，深夜沉沉无暑。"

6. 红绡：红色薄绸，多用于歌舞妓名。

宋应法孙《霓裳中序第一》词云："恨酒凝红绡，纷涴瑶玦。"

宋晏几道《鹧鸪天》词云："云随绿水歌声转，雪绕红绡舞袖垂。"

7.鲛绡：传说鲛人所织之绡。

宋王沂孙《一萼红·石屋探梅》词云："听久余音欲绝，寒透鲛绡。"

五代冯延巳《鹊踏枝》词云："一晌凭栏人不见，鲛绡掩泪思量遍。"

宋陆游《钗头凤》词云："春如旧，人空瘦，泪痕红浥鲛绡透。"

8.冰绡偷剪：比白莲为南海鲛人，传说鲛人垂泪成珠。语见唐温庭筠《张静婉采莲曲》："掌中无力舞衣轻，剪断鲛绡破春碧。"

宋周密《水龙吟·白荷》词云："听湘弦奏彻，冰绡偷剪，聚相思泪。"

宋赵佶《燕山亭》词云："裁翦冰绡，打叠数重，冷淡燕脂匀注。"

衣

1.轻纱：轻薄的纱衣。

宋刘翰《清平乐》词云："玉箫吹落梅花，晓烟犹透轻纱。"

宋晏殊《浣溪沙》词云："玉碗冰寒滴露华，粉融香雪透轻纱。"

2.轻罗：质地轻盈的轻薄丝织品。

宋王茂孙《点绛唇·莲房》词云："乍脱青衣，犹著轻罗护。"

宋欧阳修《蝶恋花》词云："越女采莲秋水畔。窄袖轻罗，暗露双金钏。"

3.轻衫：轻薄简便的衣衫。

宋储泳《齐天乐》词云："轻衫粉痕褪了，丝缘余梦在，良宵偏短。"

宋卢祖皋《乌夜啼·西湖》词云："轻衫短帽西湖路，花气扑青骢。"

宋史达祖《夜合花·柳锁莺魂》词云："轻衫未揽，犹将泪点偷藏。"

4.春衫：单薄的春装。

宋刘仙伦《一剪梅》词云："更没心情共酒尊，春衫香满，空有啼痕。"

宋史达祖《夜行船》词云："不剪春衫愁意态，过收灯、有些寒在。"

宋史达祖《东风第一枝·春雪》词云："寒炉重暖，便放慢春衫针线。"

宋吴文英《三姝媚·过都城旧居有感》词云："湖山经醉惯，渍春衫、啼痕酒痕无限。"

5.检衫：春衫。

宋汤恢《二郎神·用徐斡臣韵》词云："还省，香痕碧唾，检衫都凝。"

6.翠縠：绿色绉纱舞衣。

宋高观国《玉楼春·宫词》词云："曲终移宴起笙箫，花下晚寒生翠縠。"

宋贺铸《江南曲》词云："蝉韵清弦，溪横翠縠。"

7.翠帔：翠绿的服饰。

宋汤恢《二郎神·用徐斡臣韵》词云："悄一似荼蘼，玉肌翠帔，消得东风唤醒。"

8.罗袂：丝罗的衣袖，亦指华丽的衣着。

宋卢祖皋《倦寻芳·春思》词云："斗草烟欺罗袂薄，鞦韆影落春游倦。"

五代顾夐《虞美人》词云："香檀细画侵桃脸，罗袂轻轻敛。"

9.罗袖：指华贵的衣物。

宋李肩吾《抛球乐》词云："绮窗幽梦乱于柳，罗袖泪痕凝似饧。"

宋楼采《法曲献仙音》词云："罗袖冷，烟柳画栏半倚。"

宋楼采《玉楼春》词云："凤钗敲枕玉声圆，罗袖拂屏金缕褪。"

宋史介翁《菩萨蛮》词云："暮寒罗袖薄。社雨催花落。"

10.罗衣：轻软丝织品制成的衣服。

宋刘子寰《霜天晓角》词云："横阴漠漠，似觉罗衣薄。"

宋李清照《蝶恋花·晚止昌乐馆寄姊妹》词云："泪湿罗衣脂粉满，四叠阳关，唱到千千遍。"

11.罗衫：丝织衣衫。

宋孙惟信《夜合花》词云："罗衫暗折，兰痕粉迹都销。"

唐李存勖《阳台梦》词云："薄罗衫子金泥凤，困纤腰怯铢衣重。"

12.罗襦：丝织短袄。

宋李彭老《生查子》词云："罗襦隐绣茸，玉合消红豆。"

唐温庭筠《菩萨蛮·小山重叠金明灭》词云："新帖绣罗襦，双双金鹧鸪。"

13.罗纨：泛指精美的丝织品。

宋李彭老《四字令》词云："罗纨素珰，冰壶露床。"

南北陆厥《临江王节士歌》词云："白露惊罗纨，节士慷慨发冲冠。"

14.罗袜：亦作"罗韈"。丝罗制的袜。

宋高观国《金人捧露盘·水仙》词云："有谁见、罗袜尘生？"

宋晁端礼《雨中花》词云："端解道、香留罗袜，墨在蛮笺。"

15.绮罗：泛指华贵的丝织品或丝绸衣服。

宋卢祖皋《宴清都·初春》词云："江城次第，笙歌翠合，绮罗香暖。"

宋卢祖皋《锦园春三犯·锦园春》词云："雾縠霞绡，闹绮罗裁翦。"

16.绣罗：指绣花罗裙。

宋孙惟信《醉思凡》词云："杏花楼上春残，绣罗衾半闲。"

宋张先《醉垂鞭》词云："双蝶绣罗裙，东池宴，初相见。"

17.宫罗：一种薄丝织品。

宋卢祖皋《清平乐》词云："镜屏开晓，寒入宫罗峭。"

宋蔡松年《尉迟杯》词云："红潮照玉椀，午香重、草绿宫罗淡。"

宋周密《少年游·宫词拟梅溪》词云："帘消宝篆卷宫罗，蜂蝶扑飞梭。"

18.嫩罗：色彩鲜嫩的轻软罗衣。

宋卢祖皋《乌夜啼》词云："尺素难将情绪，嫩罗还试年华。"

19.画罗：有图饰的丝织物。

唐温庭筠《菩萨蛮·玉楼明月长相忆》词云："画罗金翡翠，香烛销成泪。"

宋周邦彦《过秦楼·大石》词云："闲依露井，笑扑流萤，惹破画罗轻扇。"

20.春罗：丝织品的一种。

宋李莱老《浪淘沙》词云："柳色春罗裁袖小，双戴桃花。"

宋史达祖《临江仙》词云："远眼愁随芳草，湘裙忆著春罗。"

21.组绣：丝绣的华丽服饰。语见唐司空图《容成侯传》："至或被以组绣，盖便其俯仰取容，虽穿鼻服役，亦无耻耳。"

宋许棐《琴调相思引》词云："组绣盈箱锦满机，倩人缝作护花衣。"

宋晏殊《长生乐》词云："画堂嘉会，组绣列芳筵。"

22.绣茸：绣绒，刺绣用的丝缕。

宋李彭老《生查子》词云："罗襦隐绣茸，玉合消红豆。"

宋张翥《多丽·为友生书所见》词云："麝香粉、绣茸衫子，窄窄可身裁。"

23.金缕：指金丝，多用来装饰衣帘等。

宋史达祖《东风第一枝·灯夕》词云："耀翠光、金缕相交，苒苒细吹香雾。"

宋王齐愈《菩萨蛮·初夏》词云："缕金歌眉举，举眉歌金缕。"

宋楼采《玉楼春》词云："凤钗敲枕玉声圆，罗袖拂屏金缕褪。"

五代冯延巳《鹊踏枝》词云："杨柳风轻，展尽黄金缕。"

24.缕金衣：用金线缝饰之衣。

宋刘仙伦《菩萨蛮·效唐人闺怨》词云："叠损缕金衣，是他浑不知。"

宋晏几道《清平乐》词云："宫女如花倚春殿，舞绽缕金衣线。"

25.粉衣：粉色衣裳。

宋黄孝迈《水龙吟》词云："芳信不来，玉箫尘染，粉衣香退。"

宋郭世模《朝中措》词云："坐想玉奁鸳锦，空余臂粉衣香。"

26.褰衣：撩起衣裳。

宋卢祖皋《乌夜啼·西湖》词云："斗草褰衣湿翠，秋千瞥眼飞红。"

宋代苏轼《月夜与客饮杏花下》词云："褰衣步月踏花影，炯如流水涵青苹。"

27.青衣：指莲子外层绿色厚皮。

宋王茂孙《点绛唇·莲房》词云："乍脱青衣，犹著轻罗护。"

宋夏元鼎《西江月》词云："日诣金门玉殿，青衣引赞无言。"

28.舞衣：舞者之服。

宋周密《醉落魄·拟二隐》词云："舞衣丝损愁千褶。"

宋姜夔《念奴娇·闹红一舸》词云："只恐舞衣寒易落，愁入西风南浦。"

29.苎萝衣：苎麻藤罗制的衣，山野隐士所穿。

宋汤恢《八声甘州》词云："梅荐酒，甚残寒、犹怯苎萝衣。"

30.单衣：古代官吏的服装。或为朝服。亦为吊服或士大夫之便服。参阅《宋书·礼志五》。

宋姜夔《淡黄柳·客合肥》词云："马上单衣寒恻恻。看尽鹅黄嫩绿，都是江南旧相识。"

宋翁孟寅《阮郎归》词云："月高楼外柳花明，单衣怯露零。"

宋薛梦桂《醉落魄》词云："单衣乍著，滞寒更傍东风作。"

宋楼采《好事近》词云："单衣初试曲尘罗，中酒病无力。"

31.缟衣：白衣，指白衣女子。用《龙城录》赵师雄遇梅仙事，谓所见美人淡妆素服，因与诣酒家共饮，醉寝起视在大梅树下。

宋吴文英《高阳台·落梅》词云："离魂难倩招清些，梦缟衣、解佩溪边。"

宋黎廷瑞《秦楼月》词云："相逢处。缟衣素袂，沈吟无语。"

32.水佩风裳：谓美人衣饰。语见李贺《苏小小墓》："风为裳，水为俱。"

宋姜夔《念奴娇·吴兴荷花》词云："三十六陂人未到，水佩风裳无数。"

宋史达祖《鹊桥仙》词云："河深鹊冷，云高鸾远，水佩风裳缥缈。"

33.红绫：红色丝织品。

宋赵汝茪《如梦令》词云："小砑红绫笺纸。一字一行春泪。"

宋李之仪《满庭芳》词云："谩红绫偷寄，孤被添寒。"

34.锦袍：锦缎制的衣袍。

宋刘澜《庆宫春·重登峨眉亭感旧》词云："那时同醉，锦袍湿、乌纱欹侧。"

宋晏几道《鹧鸪天》词云："金凤阙，玉龙墀。看君来换锦袍时。"

35.湿翠：翠色湿衣襟。

宋卢祖皋《乌夜啼·西湖》词云："斗草褰衣湿翠，秋千瞥眼飞红。"

宋李公昂《摸鱼儿》词云："千林湿翠须臾遍，难绿鬓根霜缕。"

36.四停：四边。稳四停，指衣衫大小长短很合身。

宋高观国《思佳客》词云："剪翠衫儿稳四停，最怜一曲凤箫吟。"

37.小袖：短小的衣袖。

宋孙惟信《夜合花》词云："几时重恁？玉骢过处，小袖轻招。"

宋仇远《琐窗寒》词云："小袖啼红，残茸唾碧，深愁如织。"

38.衣裾：衣襟。

宋李彭老《高阳台·寄题苏壁山房》词云："冰弦玉麈风流在，更秋兰、香染衣裾。"

宋彭叔夏《水调歌头》词云："慈闱一笑，全胜莱子彩衣裾。"

捣衣

1.残砧：零落的捣衣声。

宋李莱老《台城路·寄弁阳翁》词云："灯外残砧，琴边瘦枕，一一情伤迟暮。"

2.寒砧：亦作"寒碪"，指寒秋的捣衣声。

宋黄铸《秋蕊香令》词云："背灯影，寒砧夜半和雁阵。"

宋王安石《千秋岁引·秋景》词云："别馆寒砧，孤城画角，一派秋声入寥廓。"

3.砧杵：捣衣工具。此指捣衣声。

宋姜夔《齐天乐·蟋蟀》词云："西窗又吹暗雨，为谁频断续，相和砧杵。"

宋周密《扫花游·九日怀归》词云："孤蛩自语，正长安乱叶，万家砧杵。"

4.砧杆：捣衣石与棒。

宋潘希白《大有·九日》词云："砧杆动微寒，暗欺罗袖。"

带

1.罗带：丝织的衣带。

宋刘翰《清平乐》词云："瘦损腰围罗带小。"

宋刘仙伦《一剪梅》词云："唱到阳关第四声，香带轻分，罗带轻分。"

宋李莱老《生查子》词云："罗带绾同心，谁信愁千结。"

2.绣带：用彩丝织成的带子。

宋李莱老《浪淘沙》词云："帘影翠梭悬绣带，人倚秋千。"

宋晁补之《碧牡丹》词云："绣带因风起，霓裳恐非人世。"

3.香带：带有香味的衣带或腰带，一般用于女性，亦作为美女的代称。语见唐寒山《诗三百三首》其一六九："朱颜类神仙，香带氛氲气。"

宋刘仙伦《一剪梅》词云："唱到阳关第四声，香带轻分，罗带轻分。"

宋吴文英《清平乐·书栀子扇》词云："谁堕玉钿花径里，香带薰风临水。"

4.舞环：指飘带如环。

宋翁孟寅《阮郎归》词云："歌袖窄，舞环轻，梨花梦满城。"

5.宝带金章：朝廷所赐袍带。皮带以金为饰，名为金呿嗟。元稹《童子朝》："清平官系金呿嗟。"表示入朝为官。

宋周密《高阳台·送陈君衡被召》词云："宝带金章，樽前茸帽风欹。"

6. 带结：衣带结。古以锦带结为连环回文式，表示相爱。语出春秋左丘明《左传·昭公十一年》："朝有著定，衣有襘，带有结。会朝之言必闻于表著之位，所以昭事序也。"

宋楼采《二郎神》词云："带结留诗，粉痕销帕，情远窃香年少。"

宋张矩《应天长·柳浪闻莺》词云："游人恨，柔带结。更唤醒、羽喉宫舌。"

7. 同心：同心结。用锦带制成的菱形连环回文结，表示恩爱之意。语见梁武帝《有所思》："腰中双绩带，梦为同心结。"

宋李莱老《生查子》词云："罗带绾同心，谁信愁千结。"

宋赵闻礼《鱼游春水》词云："罗帕啼痕未洗，愁见同心双凤翅。"

裘

1. 轻裘：薄袄，指春天的衣装。

宋范成大《眼儿媚》词云："酣酣日脚紫烟浮，妍暖试轻裘。"

宋邵缉《满庭芳·落日旌旗》词云："好是轻裘缓带，驱营阵、绝漠横行。"

2. 黑貂裘：黑貂皮做的袍子。语见《战国策·秦策》："苏秦说秦王，书十上而不行，黑貂之裘弊，黄金百斤尽，资用乏绝，去秦而归。"

宋李珏《木兰花慢·寄豫章故人》词云："吴钩。光透黑貂裘，客思晚悠悠。"

宋辛弃疾《水调歌头》词云："季子正年少，匹马黑貂裘。"

3. 鹔鹴裘：用大雁羽毛所制衣裘。鹔鹴，雁的一种。据《西京杂记》记载，汉司马相如初与卓文君还成都，居贫愁懑，以所穿鹔鹴裘就市人杨昌贳酒与文君为欢。

宋孙惟信《南乡子》词云："尘暗鹔鹴裘，针线曾荣玉指柔。"

宋贺铸《晕眉山》词云："归来定解鹔鹴裘，换时应倍骅骝价。"

裙

1. 茜裙：红裙，代指美人。

宋姜夔《小重山·湘梅》词云："东风冷、香远茜裙归。"

宋刘铉《乌夜啼·石榴》词云："比似茜裙初染、一般同。"

2. 榴裙：石榴裙，色鲜红。

宋赵希青乡《秋蕊香》词云："远山碧浅蘸秋水，香暖榴裙衬地。"

宋吴文英《澡兰香·淮安重午》词云："为当时曾写榴裙，伤心红绡褪萼。"

3. 乳鹅裙：色彩鲜嫩的鹅黄色裙子。

宋曹良史《江城子》词云："背灯暗卸乳鹅裙，酒初醒，梦初醒。"

4.绣裙：一种其上施有彩绣的裙子。

宋赵汝茪《梅花引》词云："髻儿半偏，绣裙儿、宽了还宽。"

唐韩偓《浣溪沙》词云："拢鬓新收玉步摇，背灯初解绣裙腰，枕寒衾冷异香焦。"

帽

1.短帽：轻便小帽。

宋卢祖皋《乌夜啼·西湖》词云："轻衫短帽西湖路，花气扑青骢。"

宋王易简《齐天乐·客长安赋》词云："短帽轻鞍，倦游曾偏断桥路。"

2.轻衫短帽：陆游《蝶恋花》："短帽轻衫，夜夜眉州路。"

宋楼采《瑞鹤仙》词云："追游趁早，便裁却、轻衫短帽。"

宋刘泾《夏初临》词云："轻衫短帽，相携洞府流觞。"

3.茸帽：毛皮帽。

宋周邦彦《诉衷情·商调》《诉衷情》词云："重寻旧日岐路，茸帽北游装。"

宋姜夔《探春慢》词云："拂雪金鞭，欺寒茸帽，还记章台走马。"

4.茸帽风欹：茸帽斜戴，形容风神潇洒，春风得意。《北史·独孤信传》载，信在秦州，尝因出猎，"日暮，驰马入城，其帽微侧"。吏人仿效。

宋周密《高阳台·送陈君衡被召》词云："宝带金章，樽前茸帽风欹。"

5.乌帽：黑帽。唐时贵族戴乌纱帽，后来上下通用。乌纱帽后来成为闲居的常服。简称乌纱。

宋陈策《摸鱼儿·仲宣楼赋》词云："乌帽整，便做得、功名难绿星星鬓。"

宋刘辰翁《水调歌头·陈平章即席赋》词云："苍颜白髮乌帽，风人古槐清。"

6.乌纱欹侧：形容风度潇洒。

宋刘澜《庆宫春·重登峨眉亭感旧》词云："那时同醉，锦袍湿、乌纱欹侧。"

7.纶巾：以青丝带编的头巾。

宋范成大《醉落魄·栖乌飞绝》词云："鬓丝撩乱纶巾折。凉满北窗，休共软红说。"

宋晁端礼《观海潮》词云："安边暂倚元戎，看纶巾对酒，羽扇摇风。"

袖

1.薄袖：轻薄的衣袖。

宋孙惟信《昼锦堂》词云："薄袖禁寒，轻妆媚晚，路梅庭院春妍。"

宋刘镇《玉楼春·东山探梅》词云："佳人独立相思苦，薄袖欺寒脩竹暮。"

2.半袖：短袖衣。

宋孙惟信《烛影摇红·牡丹》词云："初试夹纱半袖，与花枝、盈盈斗秀。"

宋刘辰翁《摸鱼儿·酒边留同年徐云屋》词云："深杯欲共歌声滑，翻湿春衫半袖。"

3.袖罗：即罗袖。华贵的衣物饰品。

宋高观国《齐天乐》词云："怕挹西风，袖罗香自去年减。"

宋杨炎正《点绛唇·邂逅开尊》词云："袖罗轻转，玉腕回春暖。"

4.罗袖：丝织衣袖。

宋潘希白《大有·九日》词云："砧杵动微寒，暗欺罗袖。"

宋周邦彦《早梅芳》词云："泪多罗袖重，意密莺声小。"

5.薄袖：轻薄的衣衫。

宋刘镇《玉楼春·东山探梅》词云："佳人独立相思苦，薄袖欺寒修竹暮。"

宋孙惟信《昼锦堂》词云："薄袖禁寒，轻妆媚晚，落梅庭院春妍。"

6.歌袖：唱歌时甩的衣袖。

宋翁孟寅《阮郎归》词云："歌袖窄，舞环轻，梨花梦满城。"

宋吴文英《齐天乐·竹深不放斜阳度》词云："障锦西风，半围歌袖半吟草。"

7.珠袖：贯珠为饰的衣袖。

宋翁元龙《风流子·闻桂花怀西湖》词云："恨小帘灯暗，粟肌消瘦，薰炉烟减，珠袖玲珑。"

宋杨冠卿《垂丝钓》词云："锦鞯去后，愁宽珠袖金钏。"

8.夜袖：夜里衣袖。

宋翁元龙《绛都春·秋晚，海棠与黄菊盛开》词云："夜袖粉香，犹未经年如年远。"

9.啼袖：泪水沾湿了衣袖。

宋莫仑《水龙吟》词云："娇讹梦语，湿荧啼袖，迷心醉眼。"

10.碧袖：犹翠袖。

宋周密《西江月·拟花翁》词云："情缕红丝冉冉，啼花碧袖荧荧。"

宋史达祖《湘江静》词云："碧袖一声歌，石城怨、西风随去。"

11.罥袖：罥，挂，沾惹。语出《飞燕外传》："后与婕妤坐，后误唾婕妤袖，婕妤曰：'姊唾染人绀袖，正似石上花。'因号石华广袖。"

宋李肩吾《风流子》词云："空记省，残妆眉晕敛，罥袖唾痕香。"

宋黄庭坚《千秋岁》词云："欢极娇无力，玉软花欹坠。钗罥袖，云堆臂。"

12.满袖：整个衣袖。

宋李莱老《高阳台·落梅》词云："迎风点点飘寒粉，怅秋娘、满袖啼痕。"

宋张先《泛青苔》词云："衣香拂面，扶醉卸簪花，满袖余煴。"

13.袖寒：代指佳人，也指夜寒。

宋史达祖《东风第一枝·灯夕》词云："想袖寒、珠络藏香，夜久带愁归去。"

宋朱敦儒《减字木兰花》词云："白玉栏杆，倚遍春风翠袖寒。"

14.袖纱寒：化用唐杜甫《佳人》诗："天寒翠袖薄，日暮倚修竹。"

宋赵闻礼《贺新郎·萤》词云："漏断长门空照泪，袖纱寒、映竹无心顾。"

（二）装饰

香囊

1.香囊：装着香料的袋子。

宋高观国《思佳客》词云："同心罗帕轻藏素，合字香囊半影金。"

宋秦观《满庭芳》词云："销魂当此际，香囊暗解，罗带轻分。"

2.练囊：布袋。唐圭璋《全宋词》注云："练当作練。"練，粗丝织成的布。晋人车胤家贫点不起油灯，夏夜就捕捉萤火虫置布袋中照明读书，终于成名。见《晋书·车胤传》。

宋赵闻礼《贺新郎·萤》词云："练囊不照诗人苦。"

宋胡翼龙《夜飞鹊》词云："柳风荷露，黯销凝、罗扇练囊。"

手杖

10.瘦筇：细竹手杖。

宋张炎《壶中天·养拙夜饮，客有弹箜篌者，即事以赋》词云："瘦筇访隐，正繁阴闲锁，一壶幽绿。"

宋辛弃疾《玉楼春》词云："瘦筇倦作登高去。却怕黄花相尔汝。"

11.青藜：拐杖。汉刘向校书天禄阁，遇一老父吹燃青藜杖为之照明并传授他《五行洪范》之文。见晋王嘉《拾遗记》。

宋杨伯嵒《踏莎行·雪中疏寮借阁帖，更以薇露送之》词云："夜深何用对青藜，窗前一片蓬莱月。"

宋沈与求《江城子》词云："应有青藜存往事，人缥缈，佩丁东。"

木屐

1.苔屐：沾有苔藓的木底鞋。

宋李演《摸鱼儿·太湖》词云："丹溪翠岫登临事，苔屐尚粘苍土。"

2.吟屐：诗人所穿木屐。屐，这里泛指鞋。

宋张辑《念奴娇》词云："骤雨俄来，苍烟不见，苔径孤吟屐。"

宋姜夔《蓦山溪·题钱氏溪月》词云："与鸥为客，绿野留吟屐。"

3.双屐：木底鞋，有齿或无齿。

宋李珏《击梧桐·别西湖社友》词云："双屐行春，扁舟啸晚，忆昔鸥湖莺苑。"

宋姜夔《水调歌头》词云："不问王郎五马，颇忆谢生双屐，处处长青苔。"

4.柔屐：指着木屐步姿柔曼。

宋李演《声声慢·问梅孤山》词云："轻鞯绣谷，柔屐烟堤，六年遗赏新续。"

5.屐齿：游屐，底有木齿防滑。

宋王沂孙《长亭怨·重过中庵故园》词云："屐齿莓阶，酒痕罗袖事何限。"

宋张孝祥《水龙吟》词云："漫郎宅里，中兴碑下，应留屐齿。"

女鞋

1.凤靴：绣有凤凰图案的靴子，多为女子所穿。

宋史达祖《东风第一枝·咏春雪》词云："恐凤靴，挑菜归来，万一灞桥相见。"

宋李莱老《谒金门》词云："香径莓苔嗟粉坏。凤靴双斗彩。"

宋张桂《菩萨蛮》词云："步湿下香阶，苔粘金凤鞋。"

2.双鸳：鸳鸯形或有鸳鸯图案的绣鞋，女子所穿，因左右成双，故云。

宋李演《醉桃源·题小扇》词云："双鸳初放步云轻，香帘蒸未晴。"

宋吴文英《八声甘州·陪庾幕诸公游灵岩》词云："时靸双鸳响，廊叶秋声。"

宋吴文英《风入松》词云："惆怅双鸳不到，幽阶一夜苔生。"

宋翁元龙《西江月》词云："双鸳刺罢底尖头。剔雪闲寻豆蔻。"

3.露舄：露出的鞋子。

宋莫仑《卜算子》词云："月笛曲栏留，露舄芳池绕。"

宋张榘《摸鱼儿》词云："记前度斜阳，燕子曾相识。花香露舄。"

4.金凤鞋：有描金凤凰图案的绣鞋。

宋张桂《菩萨蛮》词云："步湿下香阶，苔粘金凤鞋。"

首饰

1.金翘：妇女佩戴的金首饰，形如鸟尾长羽。

五代毛熙震《浣溪沙》词云："晚起红房醉欲消，绿鬟云散袅金翘。"

宋曾揆《西江月》词云："午眠仿佛见金翘。惊觉数声啼鸟。"

2.金虫：妇女首饰。以黄金制成虫形，故称。

宋翁元龙《风流子·闻桂花怀西湖》词云："箫女夜归，帐栖青凤，镜娥妆冷，钗坠金虫。"

宋吴文英《江神子·送桂花吴宪时已有检详之命未赴阙》词云："钗列吴娃，腰褭带金虫。"

3.金蝉：古代妇女所用金色蝉形的贴面饰物。

唐薛昭蕴《小重山·秋到长门秋草黄》词云："玉箫无复理霓裳。金蝉坠，鸾镜掩休妆。"

宋陈允平《瑞鹤仙》词云："葱茜。银屏彩凤，雾帐金蝉，旧家坊院。"

宋郑楷《诉衷情》词云："叕玉燕，套金蝉，负华年。"

4.金钗：妇女插于发髻的金制首饰，由两股合成。

宋翁孟寅《齐天乐·元夕》词云："飞棚浮动翠葆，看金钗半溜，春炉红粉。"

宋周密《醉落魄·拟二隐》词云："余寒正怯，金钗影卸东风揭。"

5.珠翠：珍珠蒲翠等贵重饰物。语见汉傅毅《舞赋》："珠翠的皪而炤耀兮，华袿飞髾而杂纤罗。"唐刘知几《史通·杂说下》："夫盛服饰者，以珠翠为先；工绘事者，以丹青为主。"

宋钟过《步蟾宫》词云："水边珠翠香成阵。也消得、燕窥莺认。"

宋柳永《木兰花慢·拆桐花烂漫》词云："向路傍往往，遗簪堕珥，珠翠纵横。"

6.耀翠光：指妇女的首饰闪闪发光。

宋史达祖《东风第一枝·灯夕》词云："耀翠光、金缕相交，苒苒细吹香雾。"

7.芳钿：即钿花。用金、银、玉、贝等做成的花形饰品。

宋楼采《法曲献仙音》词云："倦梳洗，晕芳钿、自羞鸾镜。"

宋周密《忆旧游》词云："念芳钿委路，粉浪翻空，谁补春痕。"

8.珠钿：珍珠佩饰。

宋李莱老《高阳台·落梅》词云："掩香残，屏摇梦冷，珠钿糁缀芳尘。"

宋蒋捷《浪淘沙》词云："听得人催伴不睬，去洗珠钿。"

9.翠钿：妇女所戴翠玉制成的首饰。

宋刘过《贺新郎》词云："晚妆残、翠钿狼藉，泪痕凝面。"

唐温庭筠《菩萨蛮·牡丹花谢莺声歇》词云："翠钿金压脸，寂寞香闺掩。"

10.花钿：女子首饰。

宋岳珂《生查子》词云："暖玉惯春娇，簌簌花钿落。"

宋李清照《蝶恋花》词云："酒意诗情谁与共？泪融残粉花钿重。"

11.钿花贴翠：以女子的首饰钿花喻贴在水面色泽翠绿、精巧玲珑的新荷叶。

宋郑斗焕《新荷叶》词云："蚨钱小、钿花贴翠，相间萍星。"

12. 翠凤：以翠羽制成的凤形旗饰。

宋许棐《鹧鸪天》词云：“翠凤金鸾绣欲成，沉香亭下款新晴。”

宋晏几道《蝶恋花》词云：“十二楼中双翠凤。缥缈歌声，记得江南弄。”

13. 碧簪：碧玉发簪。

宋周密《水龙吟·白荷》词云：“应是飞琼仙会，倚凉飙、碧簪斜坠。”

宋文同《巫山高》词云：“巫山高，高凝烟，十二碧簪寒插天。”

14. 遗簪：遗落的发簪。

宋周密《国香慢·赋子固<凌波图>》词云：“国香流落恨，正冰铺翠薄，谁念遗簪。”

宋柳永《木兰花慢》词云：“向路傍往往，遗簪堕珥，珠翠纵横。”

15. 瑶簪：美玉发簪，也用以比喻鲜花。

宋王沂孙《庆宫春·水仙》词云：“试招仙魄，怕今夜、瑶簪冻折。”

宋仇远《风流子》词云：“常叹好风妨画扇，明月坠瑶簪。”

16. 钗花：妇人的首饰。

宋孙惟信《夜合花》词云：“凤屏半掩，钗花映烛红摇。”

17. 宝钗：首饰名。用金银珠宝制作的双股簪子。

宋孙惟信《烛影摇红·牡丹》词云：“一朵鞓红，宝钗压髻东风溜。”

宋辛弃疾《祝英台近·晚春》词云：“宝钗分，桃叶渡，烟柳暗南浦。”

18. 凤钗：妇女的首饰。钗头作凤形，故名。

宋楼采《玉楼春》词云：“凤钗敲枕玉声圆，罗袖拂屏金缕褪。”

宋赵崇霄《东风第一枝》词云：“喜凤钗、才卸珠幡，早换巧梳描翠。”

19. 钗凤：凤形头钗，相传为晋石崇使人所铸，见《拾遗记·晋时事》。

宋洪迈《踏莎行》词云：“钗凤斜欹，鬓蝉不整，残红立褪慵看镜。”

宋石孝友《踏莎行》词云：“钗凤摇金，髻螺分翠。铢衣稳束宫腰细。”

20. 瑶钗：玉钗。钗之美称。

宋李肩吾《风流子》词云：“仗玉笺铜爵，花间陶写，瑶钗金镜，月底平章。”

宋李肩吾《鹧鸪天》词云：“倚玉枕，坠瑶钗。”

21. 钗坠：钗头坠落。

宋翁元龙《风流子·闻桂花怀西湖》词云：“箫女夜归，帐栖青凤，镜娥妆冷，钗坠金虫。”

宋陆游《乌夜啼》词云：“兰膏香染云鬟腻，钗坠滑无声。”

22. 玉燕：女子首饰。

宋郑楷《诉衷情》词云：“奁玉燕，套金蝉，负华年。”

宋贺铸《画眉郎》词云：“金雕琴荐，玉燕钗梁。五马徘徊长路，漫非意，凤求凰。”

23.玉虫：指钗头悬挂的玉坠。

宋仇远《生查子》词云：“钗头缀玉虫，耿耿东窗晓。”

宋毛滂《临江仙》词云：“香残虬尾细，灯暗玉虫偏。”

24.玉鱼：佩饰。

宋张桂《浣溪沙》词云：“懒品么弦金雁并，瘦惊双钏玉鱼宽。”

宋赵长卿《好事近》词云：“玉鱼花露自清凉，涓涓在郎腹。”

25.素珰：女子的耳饰，明亮的耳珠。

宋李彭老《四字令》词云：“罗纨素珰，冰壶露床。”

26.明珰：光亮的耳珠。

宋周密《水龙吟·白荷》词云：“轻妆斗白，明珰照影，红衣羞避。”

宋王沂孙《声声慢》词云：“犹记凌波欲去，问明珰罗袜，却为谁留。”

27.搔头：也称搔首，发簪。

宋赵闻礼《水龙吟·水仙花》词云：“钿碧搔头，腻黄冰脑，参差难剪。”

宋张枢《风入松》词云：“重叠黄金约臂，玲珑翠玉搔头。”

宋王观《清平乐》词云：“折旋舞彻《伊州》，君恩与整搔头。”

28.骚首：搔头。

宋汤恢《八声甘州·摘青梅荐酒》词云：“怅年华、不禁骚首，又天涯、弹泪送春归。”

29.剪胜裁幡：古代妇女的头饰。类似彩旗飘带，多以剪彩为之，唐宋风俗尤然，戴之以庆春日。见《岁时风土记》。

宋赵闻礼《鱼游春水》词云：“剪胜裁幡春日戏，簇柳簪梅元夜醉。”

30.缕金蝶：丝织描金蝴蝶，女子用作头饰。

宋应法孙《霓裳中序第一》词云：“无言久，和衣成梦，睡损缕金蝶。”

31.夜光：珠名。

宋蔡松年《鹧鸪天·赏荷》词云：“燕支肤瘦熏沉水，翡翠盘高走夜光。”

宋佚名《长相思》词云：“不思量，又思量，一点寒灯耿夜光。”

32.双钏：手镯。

宋张桂《浣溪沙》词云：“懒品么弦金雁并，瘦惊双钏玉鱼宽。”

妆容脂粉

1.靓妆：盛妆。

宋辛弃疾《瑞鹤仙·梅》词云：“溪奁照梳掠，想含香弄粉，靓妆难学。”

宋晏几道《临江仙》词云：“靓妆眉沁绿，羞脸粉生红。”

2.晚妆：晚宴的妆容。

宋刘过《贺新郎》词云："晚妆残、翠钿狼藉，泪痕凝面。"

唐李煜《玉楼春》词云："晚妆初了明肌雪，春殿嫔娥鱼贯列。"

3.轻妆：淡妆。

宋孙惟信《昼锦堂》词云："薄袖禁寒，轻妆媚晚，路梅庭院春妍。"

宋张先《归朝欢》词云："粉落轻妆红玉莹，月枕横钗云坠领。"

4.凝妆：盛妆，浓妆。

宋杨缵《八六子·牡丹次白云韵》词云："细认得凝妆，点脂匀粉，露蝉耸翠，蕊金团玉成丛。"

宋吴文英《高阳台·丰乐楼分韵得"如"字》词云："修竹凝妆，垂杨驻马，凭阑浅画成图。"

5.残妆：亦作"残粧"。指女子残褪的化妆。

宋李肩吾《风流子》词云："空记省，残妆眉晕敛，罥袖唾痕香。"

唐李白《清平乐》词云："日晚却理残妆，御前闲舞霓裳。"

6.繁妆：盛妆。

宋楼扶《水龙吟·次清真梨花韵》词云："素娥洗尽繁妆，夜深步月秋千地。"

7.半妆：休闲淡妆。

宋李彭老《四字令》词云："兰汤晚凉，鸾钗半妆。"

宋周密《四字令·拟花间》词云："筝尘半妆，绡痕半方。"

8.素妆：淡妆。

宋翁元龙《水龙吟·雪霁登吴山见沧阁，闻城中箫鼓声》词云："画楼红湿斜阳，素妆褪出山眉翠。"

宋杨泽民《丑奴儿》词云："蕊点檀黄，更看红唇间素妆。"

9.睡黄：脸上的残妆。

宋周密《四字令·拟花间》词云："眉消睡黄，春凝泪妆。"

10.暗粉：暗淡的粉黛。

宋张磐《绮罗香·渔浦有感》词云："暗粉疏红，依旧为谁匀注。"

11.弄粉：以脂粉妆饰容颜。

宋辛弃疾《瑞鹤仙·梅》词云："溪奁照梳掠，想含香弄粉，靓妆难学。"

宋黄庭坚《虞美人·宜州见梅作》词云："玉台弄粉花应妒。飘到眉心住。"

12.蝶粉：唐时宫妆。

宋汤恢《二郎神·用徐斡臣韵》词云："应蝶粉半销，鸦云斜坠，暗尘侵镜。"

宋吴文英《浣溪沙》词云："蝶粉蜂黄大小乔。中庭寒尽雪微销。"

13.裉粉：褪去脂粉露出天然本色。

宋王沂孙《西江月・为赵元父赋雪梅图》词云："裉粉轻盈琼靥，护香重叠冰绡。"

14.宫粉：宫女施用的粉黛。

宋吴文英《高阳台・落梅》词云："宫粉雕痕，仙云堕影，无人野水荒湾。"

宋刘辰翁《扫花游》词云："京国事转手。漫宫粉堆黄，髻妆啼旧。"

15.腻粉：脂粉。

宋吴文英《声声慢・闰重九饮郭园》词云："腻粉栏杆，犹闻凭袖香留。"

宋刘埙《选冠子》词云："古驿荒村，谁怜腻粉风侵，松蝉云湿。"

16.粉痕：脂粉的痕迹。

宋高观国《金人捧露盘・梅》词云："溪痕浅，云痕冻，月痕澹，粉痕微。"

宋楼采《二郎神》词云："带结留诗，粉痕销帕，情远窃香年少。"

宋储泳《齐天乐》词云："轻衫粉痕褪了，丝缘余梦在，良宵偏短。"

17.粉迹：红粉迹。

宋孙惟信《夜合花》词云："罗衫暗折，兰痕粉迹都销。"

18.粉铅：女子傅面的粉。

宋杨子咸《木兰花慢・雨中荼蘼》词云："叹宝髻鬈鬆，粉铅狼藉，谁管漂零。"

19.兰膏：发油，香脂。

宋陆游《乌夜啼》词云："兰膏香染云鬟腻，钗坠滑无声。"

宋吴文英《探芳信》词云："玉合罗囊，兰膏渍红豆。"

宋佚名《惜奴娇》词云："渐灼兰膏，覆满青烟罩地。"

20.燕支：即胭脂。

宋蔡松年《鹧鸪天・赏荷》词云："燕支肤瘦熏沉水，翡翠盘高走夜光。"

宋刘克庄《摸鱼儿・海棠》词云："东风日暮无聊赖，吹得燕支成粉。"

21.香汗：脂粉香汗。

宋吴文英《好事近》词云："蕲竹粉连香汗，是秋来陈迹。"

宋彭泰翁《忆旧游》词云："玉环扶浅醉，翠袖笼寒，香汗初融。"

（三）其他

镜

1.鸾镜：饰有鸾鸟图案的妆镜。

宋刘光祖《洞仙歌・败荷》词云："空擎承露盖，不见冰容，惆怅明妆晓鸾镜。”

宋柴望《念奴娇》词云：“鬖髿云鬓，不忺鸾镜梳洗。”

宋楼采《法曲献仙音》词云：“倦梳洗，晕芳钿、自羞鸾镜。”

宋吴文英《高阳台·落梅》词云：“寿阳宫里愁鸾镜，问谁调玉髓，暗补香瘢。”

2.镜鸾：即鸾镜。旧时铜镜背面多刻有鸾鸟图案。

宋胡仲弓《谒金门》词云：“润逼镜鸾红雾满，额花留半面。”

宋王嵎《祝英台近》词云：“谁教钗燕轻分，镜鸾慵舞，是孤负、几番春昼。”

3.金镜：铜镜。

宋卢祖皋《谒金门》词云：“翠袖玉屏金镜，日薄绮疏人静。”

宋李肩吾《风流子》词云：“仗玉笺铜爵，花间陶写，瑶钗金镜，月底平章。”

4.清镜：明镜。

宋冯去非《喜迁莺》词云：“慵看清镜里，十载征尘，长把朱颜污。”

宋王沂孙《南浦·前题》词云：“应是雪初消，巴山路、蛾眉乍窥清镜。”

5.菱花：菱花镜。古代铜镜，呈六角形，或背面刻有菱花纹饰。

宋陆睿《瑞鹤仙》词云：“对菱花与说相思，看谁瘦损?”

宋寇准《踏莎行·春暮》词云：“密约沉沉，离情杳杳，菱花尘满慵将照。”

6.玉台：镜台。

宋吴文英《采桑子慢·九日》词云：“走马断桥，玉台妆榭，罗帕香遗。”

五代冯延巳《如梦令》词云：“尘拂玉台鸾镜，凤髻不堪重整。”

7.青铜镜：青铜制作的镜子。

宋黄铸《秋蕊香令》词云：“香销斜掩青铜镜。”

南北释宝月《行路难》词云：“寄我匣中青铜镜，倩人为君除白发。”

8.玉镜：镜的美称。

宋周密《三姝媚·送圣与还越》词云：“玉镜尘昏，怕赋情人老，后逢凄惋。”

宋范成大《水调歌头》词云：“星汉淡无色，玉镜独空浮。”

9.青鸾：铜镜。

宋王沂孙《高阳台》词云：“双蛾不拂青鸾冷，任花阴寂寂，掩户闲眠。”

玉佩

1.佩环：即环佩。女子饰品，多挂在腰间，走路或风吹皆有声响。

宋姜夔《疏影·苔枝缀玉》词云：“想佩环、月夜归来，化作此花幽独。”

宋李莱老《扬州慢·琼花次韵》词云：“佩环何许，纵无情、莺燕犹惊。”

宋奚㠥《华胥引·中秋紫霞席上》词云：“想玉杵芒寒，听珮环无迹。”

宋潘牥《南乡子·题南剑州妓馆》词云："应是蹑飞鸾，月下时时整佩环。"

2.环佩：女子衣带上的饰物。

宋李彭老《高阳台·落梅》词云："环佩无声，草暗台榭春深。"

宋柳永《浪淘沙令·歇指调》词云："有个人人，飞燕精神。急锵环佩上华茵。"

杜甫《咏怀古迹》："画图省识春风面，环佩空归月夜魂。"

宋翁孟寅《烛影摇红》词云："环佩空归，故园羞见桃花面。"

3.仙珮：仙子的玉佩。

宋赵溍《吴山青·水仙》词云："仙珮鸣，玉珮鸣，雪月花中过洞庭。"

宋张耒《减字木兰花》词云："霞裾仙珮，姑射神人风露态。"

4.玉珮：玉制装饰品。

宋赵溍《吴山青·水仙》词云："仙珮鸣，玉珮鸣，雪月花中过洞庭。"

宋叶梦得《临江仙》词云："山半飞泉鸣玉珮，回波倒卷粼粼。"

5.瑶佩：美玉制成的佩件。

宋王沂孙《齐天乐·蝉》词云："怪瑶佩流空，玉筝调柱。"

宋高观国《金人捧露盘·梅花》词云："念瑶姬，翻瑶佩，下瑶池。"

6.瑶玦：开缺口的玉环。泛指首饰佩物。

宋应法孙《霓裳中序第一》词云："恨酒凝红绡，纷涴瑶玦。"

7.蹀躞：佩带上的饰物名。

宋张枢《谒金门》词云："重整金泥蹀躞，红皱石榴裙褶。"

宋陈允平《江城子》词云："瘦却舞腰浑可事，银蹀躞，半阑珊。"

8.悬珰鸣玉：以挡、玉之声状秋声。

宋张炎《壶中天·养拙夜饮，客有弹箜篌者，即事以赋》词云："谁理商声帘外悄，萧瑟悬珰鸣玉。"

9.珮悄苍玉：以珮、玉相鸣之声。

宋王易简《庆宫春·谢草窗惠词卷》词云："庭草春迟，汀苹香老，数声珮悄苍玉。"

扇

1.霜纨：白丝绢团扇。古时行婚礼时新妇以扇遮面，交拜后去之。

宋晏几道《蝶恋花》词云："初捻霜纨生怅望。隔叶莺声，似学秦娥唱。"

宋刘仙伦《江神子》词云："东风吹梦落巫山，整云鬟，却霜纨。"

宋苏轼《江城子·孤山竹阁送述古》词云："翠蛾羞黛怯人看。掩霜纨，泪偷弹。"

2.纨扇：用细绢制成的团扇。据梁江淹《杂体诗·效班婕妤<咏扇>》载："纨扇如团月，语出机中素。"

宋陆游《乌夜啼》词云："纨扇婵娟素月，纱巾缥缈轻烟。"

宋李清照《多丽·咏白菊》词云："似愁凝、汉皋解佩，似泪洒、纨扇题诗。"

3.合欢扇：团扇。语出汉班婕妤《怨歌行》："裁为合欢扇，团团似明月。"

宋李彭老《祝英台近·杏花初》词云："忍重见。描金小字题情，生绡合欢扇。"

宋李彭老《清平乐》词云："合欢扇子。扑蝶花阴里。"

4.纨扇恩疏：表示天凉不再用扇。班婕妤《怨歌行》："新裂齐纨素，皎洁如霜雪。裁成合欢扇，团团似明月。出入君怀袖，动摇微风发。常恐秋节至，凉飘夺炎热。弃捐箧笥中，恩情中道绝。"

宋李莱老《台城路·寄弁阳翁》词云："纨扇恩疏，晚萤光冷照窗户。"

5.宝扇：班婕妤失宠于皇上，作《怨歌行》，借秋凉扇子被弃喻自己处境。

宋张枢《庆宫春》词云："声冷瑶笙，情疏宝扇，酒醒无奈秋何。"

宋叶梦得《贺新郎》词云："渐暖霭、初回轻暑，宝扇重寻明月影。"

6.彩扇：彩色的团扇。

宋吴文英《青玉案》词云："彩扇何时翻翠袖？歌边拌取，醉魂和梦，化作梅边瘦。"

宋蒋捷《贺新郎》词云："彩扇红牙今都在，恨无人、解听开元曲。"

7.罗扇：丝绢所制的团扇。

宋赵闻礼《贺新郎·萤》词云："栏外扑来罗扇小，谁在风廊笑语。"

宋黄升《重叠金》词云："西风半夜惊罗扇，蛩声入梦传幽怨。"

8.扇题：谓题写字画于扇上。

宋陈逢辰《西江月》词云："罨画扇题尘掩，绣花沙带寒笼。"

宋詹玉《三姝媚》词云："歌扇题诗，舞袖笼香，几曾尘土。"

9.素纨：团扇。

宋应法孙《霓裳中序第一》词云："玉纤胜雪，委素纨、尘锁香箧。"

宋吴文英《玉烛新》词云："素纨乍试，还忆是、绣懒思酸时候。"

10.桃花扇：绘有桃花的扇子。

宋李彭老《高阳台·寄题苏壁山房》词云："旧时曾写桃花扇，弄霏香秀笔，春满西湖。"

宋张炎《珍珠令》词云："桃花扇底歌声杳，愁多少？便觉道花阴闲了。"

11.掩扇：用扇子遮掩。

宋楼采《玉漏迟》词云："夜永绣阁藏娇，记掩扇传歌，翦灯留语。"

宋赵闻礼《玉漏迟》词云："夜永绣阁藏娇，记掩扇传歌。"

花瓶

1.碧壶：花瓶。

宋方岳《江神子·牡丹》词云："碧壶谁贮玉粼粼，醉香茵，晚风频。"

宋陆游《好事近》词云："碧壶仙露酝初成，香味两奇绝。"

2.翠壶：花瓶。

宋周晋《清平乐》词云："花满翠壶熏研席，睡觉满窗晴日。"

宋吴文英《水调歌头·赋魏方泉望湖楼》词云："残照游船收尽，新月画帘才卷，人在翠壶间。"

香气

1.花气：花的香气。

宋张镃《昭君怨·园池夜泛》词云："花气杂风凉，满船香。"

宋范成大《眼儿媚》词云："困人天色，醉人花气，午梦扶头。"

2.含香：带着香气。

宋辛弃疾《瑞鹤仙·梅》词云："溪奁照梳掠，想含香弄粉，靓妆难学。"

宋赵闻礼《水龙吟·水仙花》词云："含香有恨，招魂无路，瑶琴写怨。"

3.冷香：荷叶、荷花散发出来的清新凉爽的幽幽香气。

宋姜夔《念奴娇·吴兴荷花》词云："嫣然摇动，冷香飞上诗句。"

宋李清照《念奴娇·春情》词云："被冷香消新梦觉，不许愁人不起。"

4.余香：残留的香气。

宋蔡松年《尉迟杯》词云："觉情随、晓马东风，病酒余香相伴。"

宋王安国《减字木兰花·春情》词云："月破黄昏，帘里余香马上闻。"

5.粉香：花粉的香气。

宋赵以夫《忆旧游慢·荷花》词云："照夜银河落，想粉香湿露，恩泽初承。"

宋谢逸《江神子》词云："夕阳楼外晚烟笼。粉香融，淡眉峰。"

6.递香：指梅花一路传来香气。

宋周端臣《木兰花慢·送人之官九华》词云："知道诗翁欲去，递香要送兰桡。"

宋吴文英《绛都春·题蓬莱阁灯屏》词云："路幕递香，街马冲尘东风细。"

7.宿粉残香：隔夜的花粉，残留的香气。

宋汤恢《倦寻芳》词云："宿粉残香随梦冷，落花流水和天远。"

8.荀香：东汉末年尚书令荀彧衣带有香气。语出《襄阳记》："荀令君至人家，坐幕，三日香气不歇。”

宋李莱老《青玉案·题草窗词卷》词云：“荀香犹在，庾愁何许，云冷西湖赋。”

宋卢炳《蝶恋花·和彭孚先韵》词云：“清胜荀香娇韵好，谢庭风月应难到。”

9.迷香：为花香所迷。

宋翁元龙《水龙吟·雪霁登吴山见沧阁，闻城中箫鼓声》词云：“昵枕迷香，占帘看夜，旧游经醉。”

宋李彭老《踏莎行·题草窗十拟后》词云：“紫曲迷香，绿窗梦月，芳心如对春风说。”

宋吴文英《玉烛新》词云：“移灯夜语西窗，逗晓帐迷香，问何时又。”

10.飘香：飘出清香。

宋卢祖皋《江城子》词云：“坠粉飘香，日日唤愁生。”

宋向子諲《清平乐》词云：“露叶蕤蕤生光，风梢泛泛飘香。”

11.红香：谓色红而味香。

宋翁孟寅《齐天乐·元夕》词云：“红香十里铜驼梦，如今旧游重省。”

宋张元干《点绛唇》词云：“今夜归舟，绿润红香处。”

12.香销：香气消残。

宋孙惟信《醉思凡》词云：“吹箫跨鸾，香销夜阑。”

五代李璟《摊破浣溪沙》词云：“菡萏香销翠叶残，西风愁起绿波间。”

13.香怨：一作“香软”，温柔。

宋高观国《齐天乐》词云：“载酒春情，吹箫夜约，犹忆玉娇香怨。”

宋方千里《风流子》词云：“不忆故园，粉愁香怨，忍教华屋，绿惨红悲。”

14.幽芳：清香、香花。

宋曹邍《玲珑四犯·荼蘼应制》词云：“一架幽芳，自过了梅花，独点清绝。”

宋王沂孙《醉蓬莱·归故山》词云：“步屧荒篱，谁念幽芳远。”

15.幽香：淡雅的香味。

宋姜夔《疏影》词云：“等恁时、重觅幽香，已入小窗横幅。”

宋王沂孙《庆宫春·水仙》词云：“柔影参差，幽香零乱，翠围腰瘦一捻。”

16.飘芳：飘飞的香气。

宋赵希青彡《霜天晓角·桂》词云：“宝粹婆娑千古，飘芳吹、满虚碧。”

17.麝馥：麝香的香气，泛指浓香。

宋赵闻礼《水龙吟·水仙花》词云：“衣薰麝馥，袜罗尘沁，凌波步浅。”

宋吴文英《拜星月慢》词云：“荡兰烟、麝馥浓侵醉。吹不散、绣屋重门闭。”

18.沈沈：香香沉沉。

宋姜夔《一萼红·人日登定王台》词云："池面冰胶，墙腰雪老，云意还又沈沈。"

宋张抡《醉落魄》词云："沈沈永漏灯明灭。只为愁人，不为道人设。"

金钱

1.千金：一千斤金子。

宋陆睿《瑞鹤仙》词云："千金买光景，但疏钟催晓，乱鸦啼暝。"

宋邓剡《摸鱼儿》词云："千金难买清暇，纷纷征榷尘如梦，谁有似公闲者。"

2.蚨钱：铜钱。

宋郑斗焕《新荷叶》词云："蚨钱小、钿花贴翠，相间萍星。"

织具

1.翠梭：翠羽装饰的纺梭。梭，牵引纬线的织具。

宋李莱老《浪淘沙》词云："帘影翠梭悬绣带，人倚秋千。"

2.机杼：指织布机。

宋姜夔《齐天乐·蟋蟀》词云："哀音似诉，正思妇无眠，起寻机杼。"

宋韩元吉《虞美人·七夕》词云："烟霄脉脉停机杼，双鹊飞来语。"

刀

1.并刀：并州出产的剪刀，以锋利著称。语见杜甫《戏题王宰画山水图歌》："焉得并州快剪刀，剪取吴松半江水。"

宋姜夔《惜红衣·吴兴荷花》词云："细洒冰泉，并刀破甘碧。"

宋黄孝迈《湘春夜月》词云："这次第，算人间没个并刀，剪断心上愁痕。"

2.吴钩：古代兵器，吴地所产弯刀，以锋利著称。

宋李珏《木兰花慢·寄豫章故人》词云："吴钩。光透黑貂裘，客思晚悠悠。"

宋吴文英《荔枝香近·送人游南徐》词云："锦带吴钩，征思横雁水。"

斧

1.琼斧：相传月宫中有八万二千修月户，持玉斧修月。见唐段成式《酉阳杂俎·天咫》。

宋张枢《壶中天·月夕登绘幅堂，与篔房各赋一解》词云："应是琼斧修成，铅霜捣就，舞霓裳曲遍。"

2.玉斧：以玉饰柄的斧子。亦作为斧的美称。

宋毛珝《浣溪沙·桂》词云："吟倚画栏怀李贺，笑持玉斧恨吴刚。"

宋辛弃疾《满江红》词云："谁做冰壶凉世界，最怜玉斧修时节。"

（四）文房

书信

1.尺素：书写用的一尺左右的白色生绢，借指小画幅或短书信。

宋曹勋《清平乐·春前别后》词云："川上不传尺素，云间犹望飞鸿。"

宋侯置《菩萨蛮·饯田莘老》词云："尺素好频裁。休言无雁来。"

2.鱼素：书信。

宋周密《浣溪沙·拟梅川》词云："鱼素不传新信息，鸾胶难续旧缘。"

宋方千里《华胥引》词云："锦纹鱼素，那堪重翻再阅。"

3.鱼中素：指书信。

宋蔡伸《卜算子·重重雪外山》词云："望极锦中书，肠断鱼中素。"

宋晏几道《蝶恋花·碧玉高楼临水住》词云："过尽流波，未得鱼中素。"

4.鱼雁：亦作鱼鴈，代指书信。语出《汉书·苏武传》："教使者谓单于，言天子射上林中，得雁，足有系帛书。"

宋赵令畤《蝶恋花·数四乘间遂道其衷》词云："废寝忘餐思想遍。赖有青鸾，不必凭鱼雁。"

宋晏几道《生查子》词云："关山魂梦长，鱼雁音尘少"。

5.鸿雁：亦作鸿鴈，《汉书·苏武传》载有大雁传书之事，后因以指书信。

宋苏轼《浣溪沙·风压轻云贴水飞》词云："沙上不闻鸿雁信，竹间时听鷓鸪啼。"

宋晏殊《诉衷情·芙蓉金菊斗馨香》词云："流水淡，碧天长。路茫茫。凭高目断。鸿雁来时，无限思量。"

6.鸿羽：大雁。古有雁足传书之说，代指信使。典出《汉书·苏武传》，言天子射上林苑中，得雁，足上系有帛书。上林苑在长安。

宋卢祖皋《倦寻芳·春思》词云："鸿羽难凭芳信短，长安犹近归期远。"

宋李纲《水调歌头·和李似之横山对月》词云："弋者欲何慕，鸿羽正冥冥。"

7.鳞鸿：鱼雁，用鱼雁传书典，指书信。

宋辛弃疾《瑞鹤仙·梅》词云："瑶池旧约，鳞鸿更仗谁托。"

宋陆游《采桑子》词云："鳞鸿不寄辽东信，又是经年。"

8.芳信：指闺中人的书信。

宋卢祖皋《倦寻芳·春思》词云："鸿羽难凭芳信短，长安犹近归期远。"

宋刘克庄《摸鱼儿·海棠》词云："甚春来、冷烟凄雨，朝朝迟了芳信。"

宋史达祖《双双燕·咏燕》词云："便忘了、天涯芳信。"

9.彩信：用彩色笺纸写的信。

宋李演《南乡子·夜宴燕子楼》词云："待觅琼觚藏彩信，流春，不似题戏易得沉。"

10.书沉：沉甸甸的书信。

宋孙惟信《烛影摇红·牡丹》词云："絮飞春尽，天远书沉，日长人瘦。"

宋危西麓《疏影·西湖社友赋红梅，分韵得落字》词云："雁足书沉，马上弦哀，不尽寒阴砂漠。"

11.双鲤：代指书信。出自汉代古诗："客从远方来，遗我双鲤鱼。呼儿烹鲤鱼，中有尺素书。"

宋张孝祥《转调二郎神·闷来无那》词云："便锦织回鸾，素传双鲤，难写衷肠密意。"

张辑《谒金门》词云："前度兰舟送客，双鲤沉沉消息。"

宋张先《虞美人〈述古移南郡·般涉调〉》词云："愿君书札来双鲤。古汴东流水。"

12.雁阔云音：音书不通。

宋卢祖皋《宴清都·初春》词云："新来雁阔云音，鸾分鉴影，无计重见。"

情词

1.春词：男女情词或咏春之作。

宋赵文《阮郎归》词云："雨声自唱惜春词。行人应未知。"

宋黄庭坚《木兰花令》词云："使君落笔春词就。应唤歌檀催舞袖。"

2.赋情：咏春之情，或指男女春情。

宋吴文英《贺新郎》词云："著愁不尽宫眉小。听一声、相思曲里，赋情多少。"

宋吴文英《水龙吟·过秋壑湖上旧居寄赠》词云："秋水生时，赋情还在，南屏别墅。"

3.缄情：写好情书。

宋施岳《兰陵王》词云："缄情欲寄重城隔。"

宋卢祖皋《踏莎行》词云："锦笺闲轴旧缄情，酒边一顾清歌遍。"

4.回文：诗词字句回旋往返，都可表意成诵之文。

宋张枢《庆宫春》词云："草虫喧砌，料催织、回文凤梭。"

宋陈允平《法曲献仙音词云："泪墨愁笺，纵回文、难写情素。"

5.锦字：锦字书。前秦苏蕙寄给丈夫的织锦回文诗。

宋施岳《兰陵王》词云："纵罗帕亲题，锦字谁织。"

宋陈允平《一落索》词云："锦字香笺封久，鳞鸿稀有。"

6.挑锦字：织锦为回文诗寄给身在远方的丈夫。前秦秦州刺史窦滔被徙流沙，其妻苏氏思之，织锦为回文旋图诗以赠滔。见《晋书·窦滔妻苏氏传》。

宋赵崇嶓《蝶恋花》词云："料想红楼挑锦字，轻云淡月人憔悴。"

宋陈师道《南乡子》词云："窗下有人挑锦字，行行。泪湿红绡减旧香。"

书画

1.蠹帙：长蛀虫的书卷。

宋张龙荣《摸鱼儿》词云："正蠹帙逢迎，沉煤半冷，风雨闭宵馆。"

2.缃帙：包在书卷外的浅黄色书套，书的代称。

宋李莱老《木兰花慢·寄题苏壁山房》词云："爱静翻缃帙，芸台棐几，荷制兰缨。"

宋刘辰翁《永遇乐》词云："缃帙流离，风鬟三五，能赋词最苦。"

3.芳字：佳词。

宋王易简《庆宫春·谢草窗惠词卷》词云："翠椭芳字，谩重省、当时顾曲。"

宋周密《霓裳中序第一》词云："珠宽腕雪。叹锦笺、芳字盈箧。"

4.茧字：写于绢帛上的文字。

宋李莱老《木兰花慢·寄题苏壁山房》词云："闲情，玉麈风生，摹茧字，校鹅经。"

5.牡丹谱：关于记载牡丹花的品种、栽培方法等方面的书。

宋李演《祝英台近·次贺房韵》词云："困无语。柔被褰损梨云，间修牡丹谱。"

6.花谱：记载四季花卉的书。

宋王易简《齐天乐·客长安赋》词云："心期暗数，总寂寞当年，酒筹花谱。"

宋张炎《绮罗香·红叶》词云："谩倚新妆，不入洛阳花谱。"

7.画卷：比喻壮丽的景色或宏伟的场面。

宋赵汝茪《汉宫春》词云："山山映带，似携来、画卷重舒。"

宋刘辰翁《浣溪沙》词云："睡起有情和画卷，燕归无语傍人斜。"

8.罨画：彩色绘画。

宋陈逢辰《西江月》词云："罨画扇题尘掩，绣花沙带寒笼。"

宋梁栋《念奴娇》词云："罨画溪山红锦障，舞燕歌莺台阁。"

9.琴书：指姜夔自著关于古琴理论之书。

宋姜夔《惜红衣·吴兴荷花》词云：“簟枕邀凉，琴书换日，睡余无力。”

宋谢逸《千秋岁·咏夏景》词云：“琴书倦，鹧鸪唤起南窗睡。”

10.书空：晋殷浩被桓温废免，成天用手在空中写“咄咄怪事”四字。见《世说新语·黜免》。表示使人困惑，不可理解的意思。

宋冯去非《喜迁莺》词云：“送望眼，但凭舷微笑，书空无语。”

宋曹勋《浪淘沙》词云：“归意逐飞鸿，点点书空，爱渠南去晓烟中。”

书帖

1.宝晋图书：晋人法帖。泛指古代名人书法、碑帖。

宋李彭老《高阳台·寄题苏壁山房》词云：“绿深门户啼鹃外，看堆床、宝晋图书。”

2.官帖：阁贴。

宋杨伯嵒《踏莎行·雪中疏寮借阁帖，更以薇露送之》词云：“重酿宫醪，双钩官帖，伴翁一笑成三绝。”

3.平帖：平稳妥帖。

宋张枢《谒金门》词云：“春梦怯，人静玉闺平帖。”

宋吴文英《暗香》词云：“正雁水夜清，卧虹平帖。”

4.丙丁贴子：祈求天晴的帖子。丙丁，火日。

宋王同祖《阮郎归》词云：“丙丁贴子画教成，妆台求晚晴。”

书房

1.芸台：指收藏图书的馆阁。

宋李莱老《木兰花慢·寄题苏壁山房》词云：“爱静翻缃帙，芸台棐几，荷制兰樱。”

2.吟屋：书房。

宋李莱老《木兰花慢·寄题苏壁山房》词云：“向烟霞堆里，著吟屋、最高层。”

宋周密《清平乐》词云：“小桥萦绿，密翠藏吟屋。”

笔

1.象管：笔。

宋储泳《齐天乐》词云：“慵拈象管，待寄与深情，难凭双燕。”

宋柳永《定风波》词云：“向鸡窗，只与蛮笺象管，拘束教吟课。”

2.湘管：用湘竹做的毛笔。

宋许棐《后庭花》词云：“雨窗和泪摇湘管，意长笺短。”

宋朱晞颜《浣溪沙》词云：“湘管娟娟弱凤翎。霜毫楚楚醉猩英。”

3.笺管：纸和笔，谓吟咏作词。

宋翁元龙《绛都春·秋晚，海棠与黄菊盛开》词云：“梦回前度，邮亭倦客，又拈笺管。”

4.象笔：以象牙装饰的笔，笔的美称。

宋姜夔《法曲献仙音·张彦功官舍》词云：“象笔鸾笺，甚而今、不道秀句。”

宋姜夔《卜算子》词云：“象笔带香题，龙笛吟春咽。”

5.秀笔：即笔。

宋奚岊《华胥引·中秋紫霞席上》词云：“蕊宫珠殿，还吟飘香秀笔。”

宋李彭老《高阳台》词云：“旧时曾写桃花扇，弄霏香秀笔，春满西湖。”

6.彩笔：指笔端富有文彩。

宋李肩吾《风入松·冬至》词云：“香葭暖透黄钟管，正玉台、彩笔书云。”

宋汤恢《祝英台近·中秋》词云：“不妨彩笔云笺，翠尊冰酝，自管领、一庭秋色。”

7.挥毫：运笔写字或绘画。

宋冯去非《喜迁莺》词云：“借箸青油，挥毫紫塞，旧事不堪重举。”

宋欧阳修《朝中措》词云：“文章太守，挥毫万字，一饮千钟。”

8.濡毫：浸湿笔毛，即蘸墨。

宋李肩吾《鹧鸪天》词云：“绿色吴笺覆古苔，濡毫重拟赋幽怀。”

宋何梦桂《八声甘州》词云：“濡毫染茧，为赋八声甘州，姑记其际遇之私，依恋之情云尔。”

墨

1.铜爵：铜制墨盒。

宋李肩吾《风流子》词云：“仗玉笺铜爵，花间陶写，瑶钗金镜，月底平章。”

宋王质《八声甘州》词云：“想苍烟金虎，碧云铜爵，恨满乾坤。”

2.淡墨：加水稀释的墨。

宋翁元龙《风流子·闻桂花怀西湖》词云：“天阔玉屏空，轻云弄、淡墨画秋容。”

宋周邦彦《绮寮怨》词云：“当时曾题败壁，蛛丝罩、淡墨苔晕青。”

笺纸

1.彩笺：供题咏或书信之用的小幅彩色纸张。

宋贺铸《夜游宫》词云："心事偷相属。赋春恨、彩笺双幅。"

宋洪皓《江梅引》词云："一枝两枝三四蕊。想西湖，今帝里。彩笺烂绮。"

2.红笺：又名浣花笺、松花笺、减样笺、薛涛笺等，中国传统手工艺品，多用于题诗词。

宋吕渭老《选冠子·雨湿花房》词云："空记得、小阁题名，红笺青制，灯火夜深裁剪。"

宋吕渭老《满路花·同柳仲修在赵屯》词云："应念红笺事，微晕春山。背窗愁枕孤眠。"

3.香笺：加多种香料所制的诗笺或信笺。

宋史浩《望海朝·庆八十》词云："人人竞擘香笺。璨珠玑溢目，祝颂无边。"

宋史浩《青玉案》词云："年年此际霞觞举。彩笔香笺染新句。"

宋史浩《秋蕊香·生日》词云："擘香笺、听丽句新裁。"

4.花笺：古代笺名，指精致华美的信笺、诗笺，有的饰有各种纹样。古代文人雅士往往自制笺纸，以标榜其高雅，不入俗流。

五代孙光宪《河传·柳拖金缕》词云："襞花笺，艳思牵，成篇，宫娥相与传。"

宋晏几道《鹧鸪天·醉拍春衫惜旧香》词云："相思本是无凭语，莫向花笺费泪行。"

5.蛮笺：蜀笺，唐时指四川地区所造彩色花纸。

宋晏殊《破阵子·燕子欲归时节》词云："多少襟情言不尽，写向蛮笺曲调中。"

宋李彭老《踏莎行·题草窗十拟后》词云："蛮笺象管写新声，几番曾试琼壶缺。"

宋陆游《汉宫春·初自南郑来成都作》词云："淋漓醉墨，看龙蛇飞落蛮笺。"

6.凤笺：精美的纸张，供题诗、写信之用，因纸底有凤纹，故称。

宋周邦彦《华胥引·秋思》词云："点检从前恩爱，但凤笺盈箧。"

宋张孝祥《鹧鸪天·送陈倅正字摄峡州》词云："明时合下清猿泪，闲日须题采凤笺。"

7.鸾笺：彩笺，纸的美称。

宋姜夔《法曲献仙音·张彦功官舍》词云："象笔鸾笺，甚而今、不道秀句。"

宋陈德武《木兰花慢》词云："念信阻鸾笺，调空绿绮，字满鲛绡。"

8.素笺：白色的诗笺、信纸。

宋张辑《疏帘淡月》词云："紫箫吟断，素笺恨切，夜寒鸿起。"

宋詹玉《桂枝香·题写韵轩》词云："素笺寄与，玉箫声彻，凤鸣鸾舞。"

9.玉笺：信纸、诗笺。

宋赵汝茪《梅花引》词云："题破玉笺双喜鹊，香烬冷，绕云屏，浑是山。"

宋李肩吾《风流子》词云："仗玉笺铜爵，花间陶写，宝钗金镜，月底平章。"

10.吴笺：吴地所产彩笺。

宋李肩吾《鹧鸪天》词云："绿色吴笺覆古苔，濡毫重拟赋幽怀。"

宋蒋捷《女冠子·元夕》词云："吴笺银粉砑。待把旧家风景，写成闲话。"

11.薛涛笺：唐元和初，名妓薛涛好制小诗，惜纸幅大，乃命匠人造彩色小笺。时人名为"薛涛笺"。后世八行红笺沿用该名称。

宋李彭老《木兰花慢》词云："吟边，梦云飞远，有题红、都在薛涛笺。"

宋张炎《台城楼》词云："薛涛笺上相思字，重开又还重折。"

12.锦笺：精致华美的笺纸。

宋应法孙《贺新郎》词云："凭付与，锦笺墨。"

宋赵以夫《鹊桥仙·富沙七夕为友人赋》词云："锦笺尚湿，珠香未歇，空惹闲愁千缕。"

13.断肠笺：指寄给女子的信笺。

宋孙惟信《昼锦堂》词云："杏梢空闹相思眼，燕翎难系断肠笺。"

14.银笺：信笺。

宋王沂孙《高阳台》词云："朝朝准拟清明近，料燕翎、须寄银笺。"

宋贺铸《绿头鸭》词云："翠钗分。银笺封泪，舞鞋从此生尘。"

15.云笺：有云状花纹的纸。

宋汤恢《祝英台近·中秋》词云："不妨彩笔云笺，翠尊冰酝，自管领、一庭秋色。"

宋晏几道《踏莎行》词云："梦意犹疑，心期欲近。云笺字字萦方寸。"

16.笺纸：用于写信、题写诗文的特制纸张。

宋赵汝茪《如梦令》词云："小砑红绫笺纸，一字一行春泪。"

宋晏几道《虞美人》词云："湿红笺纸回纹字，多少柔肠事。"

17.蘸烟：喻笺之精美。又似指在诗笺上作书。烟指墨。

宋薛梦桂《眼儿媚·绿笺》词云："蘸烟染就，和云卷起，秋水人家。"

18.和云：十样蛮笺中有浅云笺。又似指写好后将笺卷起。

宋薛梦桂《眼儿媚·绿笺》词云："蘸烟染就，和云卷起，秋水人家。"

宋蒋捷《虞美人·梳楼》词云："楼儿忒小不藏愁。几度和云飞去、觅归舟。"

19.翠椾：翠笺。

宋王易简《庆宫春·谢草窗惠词卷》词云："翠椾芳字，谩重省、当时顾曲。"

桌案

1.雕俎：桌案。

宋王沂孙《一萼红·石屋探梅》词云："谁伴碧樽雕俎，笑琼肌皎皎，绿鬓萧萧。"

宋刘仙伦《永遇乐》词云："阳台云去，文园人病，寂寞翠尊雕俎。"

2.棐几：榧木做成的案几。

宋李莱老《木兰花慢·寄题苏壁山房》词云："爱静翻缃帙，芸台棐几，荷制兰缨。"

宋黄庭坚《画堂春》词云："东堂西畔有池塘，使君棐几明窗。"

3.研席：砚台与坐席。亦借指学习。

宋周晋《清平乐》词云："花满翠壶熏研席，睡觉满窗晴日。"

六、食

（一）酒杯

酒杯

1.玉卮：亦作玉巵，玉制的酒杯。语出《韩非子·外储说右上》："堂谿公谓昭侯曰：'今有千金之玉卮，通而无当，可以盛水乎。'"

宋晏殊《浣溪沙》词云："宿酒才醒厌玉卮。水沉香冷懒熏衣。"

宋毛滂《菩萨蛮·次韵秀倅送别》词云："玉卮细酌流霞湿。金钗翠袖勤留客。"

2.玉钟：玉制的酒杯，亦用作酒杯的美称。语出汉桓宽《盐铁论·散不足》："今富者银口黄耳，金罍玉钟；中者野王贮器，金错蜀杯。"

宋晏几道《鹧鸪天·彩袖殷勤捧玉钟》词云："彩袖殷勤捧玉钟。当年拼却醉颜红。"

宋卢炳《鹧鸪天·席上戏作》词云："清声宛转歌金缕，纤手殷勤捧玉钟。"

3.玉尊：玉制酒杯。

宋姜夔《琵琶仙·吴兴春游》词云："千万缕、藏鸦细柳，为玉尊、起舞回雪。"

宋刘光祖《长相思·别意》词云："玉尊凉，玉人凉，若听离歌须断肠。"

4.翠尊：用翠玉制成的酒器。

宋周邦彦《浪淘沙慢》："翠尊未竭，凭断云留取，西楼残月。"

宋姜夔《暗香》词云："翠尊易泣，红萼无言耿相忆。"

宋汤恢《祝英台近·仲秋》词云："不妨彩笔云笺，翠尊冰酝，自管领、一庭秋色。”

5.碧樽：酒杯。

宋王沂孙《一萼红·石屋探梅》词云：“谁伴碧樽雕俎，笑琼肌皎皎，绿鬓萧萧。”

6.芳樽：精致的酒器。亦借指美酒。

宋吴潜《满江红·金陵乌衣园》词云：“且芳樽随分趁芳时，休虚掷。”

宋王沂孙《醉蓬莱·归故山》词云：“试引芳樽，不知消得，几多依黯。”

7.酒尊：同“酒樽”，指酒杯。

宋刘仙伦《一剪梅》词云：“更没心情共酒尊，春衫香满，空有啼痕。”

宋苏轼《定风波》词云：“秀色乱侵书帙晚，帘卷，清阴微过酒尊凉。”

8.清尊：酒器，亦借指清酒。

宋韩eng《高阳台·除夕》词云：“掩清尊，多谢梅花，伴我微吟。”

宋朱祖谋《鹧鸪天》词云：“似水清尊照鬓华，尊前人易老天涯。”

宋李从周《风入松·冬至》词云：“竹外南枝意早，数花开对清尊。”

宋苏轼《南乡子·重九涵辉楼呈徐君猷》词云：“佳节若为酬。但把清尊断送秋。”

宋张榘《青玉案》词云：“且尽清樽公莫舞。六朝旧事，一江流水，万感天涯暮。”

9.空樽：空杯。

宋黄孝迈《湘春夜月》词云：“空樽夜泣，青山不语，残月当门。”

宋黄升《南柯子》词云：“落帽参军醉，空樽靖节贫。”

10.樽前：酒杯前。

宋张林《唐多令》词云：“向樽前、何太匆匆！”

宋薛梦桂《醉落魄》词云：“樽前不用多评泊。”

11.尊俎：盛酒肉的器皿，代指宴席。

宋刘过《西江月》词云：“堂上谋臣尊俎，边头将士干戈。”

宋姜夔《法曲献仙音·张彦功官舍》词云：“树隔离宫，水平驰道，湖山尽入尊俎。”

12.金斗：金属饮器，此指酒斗。

宋秦观《沁园春·宿霭迷空》词云：“念小奁瑶鉴，重匀绛蜡；玉龙金斗，时熨沉香。”

宋吴文英《青玉案》词云：“新腔一唱双金斗，正霜落、分甘手。”

13.金船：一种金质的盛酒器。语出北周庾信《北园新斋成应赵王教》诗：“玉节调笙管，金船代酒卮。”

宋李公昴《西江月·小鹢载池心月》词云："夜凉正好倒金船。朔饮而今再见。"

宋赵汝芜《梅花引》词云："自取红毡，重坐暖金船。"

宋佚名《鹧鸪天·太华峰头十丈莲》词云："添宝篆，注金船，曲眉环绕侍歌筵。"

14.霞觞：精美的酒杯。

宋晁补之《千秋岁》词云："霞觞翻手破，阆苑花前别。"

宋史浩《青玉案·生日》词云："年年此际霞觞举，彩笔香笺染新句。"

15.宝杯：贵重的酒杯。

宋卢祖皋《清平乐》词云："宝杯金缕红牙，醉魂几度儿家。"

宋辛弃疾《朝中措·九日小集，时杨世长将赴南宫》词云："年年团扇怨秋风，愁绝宝杯空。"

16.琼觚：古代乡饮的玉爵，此指宴席上的酒盏。

宋李演《南乡子·夜宴燕子楼》词云："待觅琼觚藏彩信，流春，不似题戏易得沉。"

17.觥筹：酒器和酒令筹。语出唐皇甫松《醉乡日月·觥录事》："觥筹尽有，犯者不问。"

宋臧鲁子《满庭芳·瀹露零空》词云："瀹露零空，好风光袂，月华飞入觥筹。"

宋晏殊《浣溪沙》词云："阆苑瑶台风露秋。整鬟凝思捧觥筹。"

饮酒

1.中酒：指喝酒致醉。语见晋张华《博物志》卷九："人中酒不解，治之以汤，自渍即愈。"

宋柳永《甘草子·二之二》词云："中酒残妆慵整顿。聚两眉离恨。"

宋李肩吾《抛球乐》词云："风罥蔫红雨易晴，病花中酒过清明。"

宋张先《青门引·春思》词云："庭轩寂寞近清明，残花中酒，又是去年病。"

2.病酒：谓饮酒过量而生病。语见《史记·魏公子列传》："日夜为乐饮者四岁，竟病酒而卒。"

宋蔡枏《鹧鸪天》词云："病酒厌厌与睡宜，珠帘罗幕卷银泥。"

宋蔡松年《尉迟杯》词云："觉情随、晓马东风，病酒余香相伴。"

宋欧阳修《浪淘沙·今日北池游》词云："纵使花时常病酒，也是风流。"

宋黄简《柳梢青》词云："病酒心情，唤愁无限，可奈流莺。"

五代冯延巳《鹊踏枝·谁道闲情抛弃久》词云："日日花前常病酒。不辞镜里朱颜瘦。”

3.殢酒：困酒，沉溺于酒，指借酒浇愁。

宋刘过《贺新郎》词云：“人道愁来须殢酒，无奈愁深酒浅。”

宋佚名《踏莎行》词云：“殢酒情怀，恨春时节。”

4.宿酒：昨夜所饮之酒。

宋张辑《疏帘淡月》词云：“露侵宿酒，疏帘淡月，照人无寐。”

宋储泳《齐天乐》词云：“宿酒初醒，新吟未稳，凭久栏杆留暖。”

宋柴望《念奴娇》词云：“宿酒初醒，新愁半解，恼得成憔悴。”

5.疏酒：无意饮酒。

宋吴文英《青玉案》词云：“吴天雁晓云飞后，百感情怀顿疏酒。”

宋李彭老《探芳讯·湖上春游，继草窗韵》词云：“对芳昼，甚怕冷添衣，伤春疏酒。”

6.酒病：病酒。

宋周密《西江月·拟花翁》词云：“称销不过牡丹情，中半伤春酒病。”

宋卢祖皋《谒金门》词云：“心事一春疑酒病，鸟啼花满径。”

7.酒浅：酒力浅，不胜杯酌。

宋刘过《贺新郎》词云：“人道愁来须殢酒，无奈愁深酒浅。”

宋李流谦《谒金门》词云：“作客惟嫌酒浅，未敌闲愁一半。”

8.酒面：醉脸。

宋姚宽《生查子》词云：“酒面扑春风，泪眼零秋雨。”

宋刘鼎臣妻《鹧鸪天》词云：“明年宴罢琼林晚，酒面微红相映明。”

9.酒阑：酒残、酒将尽。语出《史记·高祖纪》：“酒阑，吕公因目固留高祖。”

宋刘澜《齐天乐·吴兴郡宴遇旧人》词云：“尘缘较短，怪一梦轻回，酒阑歌散。”

宋吴大有《点绛唇·送李琴泉》词云：“酒阑呼渡，云压沙鸥暮。”

10.酲：酒醒后之困惫如病状态。

宋黄简《玉楼春》词云：“眉心犹带宝觥酲，耳性已通银字谱。”

宋汤恢《祝英台近》词云：“宿酲苏，春梦醒，沉水冷金鸭。”

11.春酲：春日饮醉后病酒。

宋卢祖皋《江城子》词云：“年华空自感飘零，拥春酲，对谁醒。”

宋高观国《风入松》词云：“绣被嫩寒清晓，莺声唤醒春酲。”

12.宝觥酲：指醉意，酒未全醒。

宋黄简《玉楼春》词云：“眉心犹带宝觥酲，耳性已通银字谱。”

13.晓醒：清晨病酒。

宋翁孟寅《齐天乐·元夕》词云："带醉扶归，晓醒春梦稳。"

宋翁孟寅《阮郎归》词云："落红啼鸟两无情，春愁添晓醒。"

14.醉玉：醉酒。玉，喻品德仪容之美。

宋董嗣杲《湘月》词云："醉玉吹香还认取，忙里得闲标致。"

宋陆游《浣溪沙·和无咎韵》词云："懒向沙头醉玉瓶，唤君同赏小窗明。夕阳吹角最关情。"

宋黄庭坚《满庭芳·茶》词云："为扶起灯前，醉玉颓山。"

15.醉乡：指醉中境界。初唐王绩有《醉乡记》。

宋施岳《步月·茉莉》词云："醉乡冷境，怕翻成悄歇。"

宋丁宥《水龙吟》词云："空叹银屏金井，醉乡醒、温柔乡冷。"

16.醉眼：醉酒后迷糊的眼睛。

宋赵以夫《忆旧游慢·荷花》词云："笑老去心情，也将醉眼，镇为花青。"

宋莫仑《水龙吟》词云："娇讹梦语，湿荧啼袖，迷心醉眼。"

17.醉玉：指少年醉后身躯。《世说新语·容止》载，嵇康醉时如玉山之将崩。

宋史达祖《东风第一枝·灯夕》词云："羞醉玉、少年丰度，怀艳雪、旧家伴侣。"

宋董嗣杲《湘月》词云："醉玉吹香还认取，忙里得闲标致。"

18.醉浅休归：浅醉不思归。

宋张镃《念奴娇·宜雨亭咏千叶海棠》词云："醉浅休归，夜深同睡，明日还相守。"

19.浅醉：微醺。

宋陆游《乌夜啼》词云："弄笔斜行小草，钩帘浅醉闲眠。"

宋李彭老《木兰花慢》词云："朱弦，几换华年，扶浅醉、落花前。"

宋张炎《高阳台·西湖春感》词云："无心再续笙歌梦，掩重门、浅醉闲眠。"

20.吴王沉醉：深宫中吴王沉醉于酒色，以亡国亡身的悲剧留下让后人耻笑的话柄。

宋吴文英《八声甘州·陪庾幕诸公游灵岩》词云："宫里吴王沉醉，倩五湖倦客，独钓醒醒。"

21.天涯醉：天涯游子共醉。

宋张辑《疏帘淡月》词云："悠悠岁月天涯醉，一分秋、一分憔悴。"

宋张炎《数花风·别义兴诸友》词云："酒楼仍在，流落天涯醉白。"

22.通宵饮：通宵饮酒。

宋韩疁《高阳台·除夕》词云："老来可惯通宵饮，待不眠、还怕寒侵。"

宋张榘《摸鱼儿》词云："待授放金樽，拼作通宵饮。"

（二）美酒

1.琼浆：亦作"璚浆"，原指仙人的酒水，后喻美酒。语出《楚辞·招魂》："华酌既陈，有琼浆些。"

宋张抡《望仙门》词云："金杯潋滟酌琼浆。会仙乡。"

宋黄庭坚《阮郎归》词云："贫家春到也骚骚。琼浆注小槽。"

2.霞浆：指美酒。

宋葛立方《蝶恋花·冬至席上作》词云："梅萼飘香萦小宴。霞浆莫放琉璃浅。"

宋葛立方《满庭芳·五侄将赴当涂，自金坛来别》词云："须念离多会少，难轻负、百榼霞浆。"

3.宫醪：宫酒，供帝王饮用的酒。

宋杨伯岩《踏莎行·雪中疏寮借阁帖更以薇露送之》词云："重酿宫醪，双钩官帖。"

宋史佐尧《苏幕遮》词云："赐宫醪，分笃。天与长生，谩把仙椿祝。"

4.春醪：酒名。

宋卢祖皋《乌夜啼·西湖》词云："日长不放春醪困，立尽海棠风。"

宋欧阳修《蝶恋花》词云："百种相思千种恨，早是伤春，那更春醪困。"

5.宜城酒：古代襄州宜城（今湖北宜城县）所产美酒。据《方舆胜览》载，宜城县东一里有金沙泉，造酒极美，世谓宜城春，又名竹叶酒。

宋陈允平《秋蕊》词云："晚酌宜城酒暖，玉软嫩红潮面。"

宋周邦彦《虞美人·廉纤小雨池塘遍》词云："宜城酒泛浮香絮。细作更阑语。"

6.芳酒：芳香美酒。

宋陈允平《思佳客》词云："一尊芳酒驻红颜。"

宋贺铸《石州慢》词云："将发。画楼芳酒，红泪清歌，顿成轻别。"

7.沽酒：卖酒。

宋尹焕《眼儿媚》词云："市桥系马，旗亭沽酒，无限相思。"

宋陈允平《醉桃源》词云："青青杨柳拂堤沙，溪头沽酒家。"

8.荐酒：佐酒、下酒。

宋汤恢《八声甘州》词云："梅荐酒，甚残寒、犹怯苎萝衣。"

宋黄公绍《潇湘神》词云："柳下系船青作缆，湖边荐酒碧为筒。"

9. 酹酒：以酒洒地表示祭奠。

宋赵闻礼《水龙吟·水仙花》词云："粲迎风一笑，持花酹酒，结南枝伴。"

宋龙端是《忆旧游》词云："迢迢。谩回首，记酹酒江山，曾共金镳。"

10. 携酒：带上美酒。

宋张辑《念奴娇》词云："且约携酒高歌，与鸥相好，分坐渔矶石。"

宋王沂孙《扫花游》词云："芳径携酒处。又荫得青青，嫩苔无数。"

11. 压酒：所酿米酒将熟，压榨取酒。

宋周密《踏莎行·与莫两山谭邗城旧事》词云："赋药才高，题琼语俊，蒸香压酒芙蓉顶。"

宋梅顺淑《望江南》词云："压酒燕姬骑细马，秋千高挂彩绳斜。"

12. 春酒：唐宋酒名多用"春"字，如李白《寄韦南陵冰，余江上乘兴访之遇寻颜尚书笑有此赠》诗云："堂上三千珠履客，瓮中百斛金陵春。"故有"春酒"之称或以"春"代指酒。

宋高观国《金人捧露盘·水仙》词云："杯擎清露，醉春兰友与梅兄。"

宋晁补之《洞仙歌·温江异果》词云："报周郎、须念我，物少情多，春酒醉，独胜甜桃醋李。"

13. 酒痕：沾染上酒滴的痕迹。

宋吴文英《三姝媚·过都城旧居有感》词云："湖山经醉惯，渍春衫、啼痕酒痕无限。"

宋张炎《台城路·抵吴，书寄旧友》词云："经行岁度怨别，酒痕消未尽，空被花恼。"

14. 酒筹：又名酒算、酒枚，古代中国筵席上饮酒一轮谓之一巡，用筹子记巡数，故称。

宋王易简《齐天乐·客长安赋》词云："心期暗数，总寂寞当年，酒筹花谱。"

宋张炎《南乡子》词云："何处偶迟留，犹未忘情是酒筹。"

15. 玉液：原指琼树花蕊的汁液，后喻美酒。语出《楚辞·王逸<九思·疾世>》："从卬遨兮栖迟，吮玉液兮止渴。"原注："玉液，琼蘂之精气。"

宋佚名《归朝欢·才鼓虞弦薰早入》词云："华筵倾玉液。难老细听歌永锡。"

宋仲殊《醉蓬莱·望金华真界》词云："玉液称觞，引长生歌送。"

16. 玉醅：美酒。醅，未滤之酒。

宋杨子咸《木兰花慢·雨中荼蘼》词云："安得胡床月夜，玉醅满蘸瑶英。"

宋苏轼《南歌子·紫陌寻春去》词云："冰簟堆云髻，金尊滟玉醅。"

17. 玉东西：酒杯名，或言酒名。语见宋黄庭坚《次韵吉老十小诗》之六："佳人斗南北，美酒玉东西。"

宋王澡《祝英台近·别词》词云："玉东西，歌宛转，未做苦离调。"

宋朱敦儒《卜算子·除夕》词云："深劝玉东西，低唱黄金缕。"

宋黄庭坚《采桑子》词云："醉玉东西。少个人人暖被携。"

18.流霞：亦作流瑕、流椴，浮动的彩云，也指传说中天上神仙的饮料，泛指美酒。语出北周庾信《卫王赠桑落酒奉答》诗："愁人坐狭邪，喜得送流霞。"

宋仲殊《念奴娇·夏日避暑》词云："故园避暑，爱繁阴翳日，流霞供酌。"

宋晁补之《洞仙歌·泗州中秋作》词云："待都将许多明，付与金尊，投晓共、流霞倾尽。"

宋周邦彦《黄鹂绕碧树·双调春情》词云："争如盛饮流霞，醉偎琼树。"

19.扶头：易醉之酒。见唐白居易《早饮湖州酒寄崔使君》："一榼扶头酒，泓澄泻玉壶。"

宋范成大《眼儿媚》词云："困人天气，醉人花底，午梦扶头。"

宋贺铸《南歌子·疏雨池塘见》词云："易醉扶头酒，难逢敌手棋。"

20.芳洌：美酒。唐代春天有饮荼蘼酒的习俗，酒色与荼蘼相似，是谓"天然别"。据《辇下岁时记》载："长安每岁清明，赐宰臣以下荼蘼酒，即重酿酒也。"

宋曹邍《玲珑四犯·荼蘼应制》词云："酒中风格天然别，记唐宫、赐尊芳洌。"

宋王沂孙《解连环·万珠悬碧》词云："把孤花细嚼，时咽芳洌。"

21.屠苏：屠苏酒。古代风俗于农历正月初一饮屠苏酒。

宋杨缵《一枝春·除夕》词云："屠苏办了，迤逦柳欺梅妒。"

宋赵师侠《鹧鸪天·丁巳除夕》词云："残蜡烛，旧桃符。宁辞末后饮屠苏。"

22.春碧：酒名。

宋史达祖《黄钟喜迁莺·元宵》词云："柳院灯疏，梅厅雪在，谁与细倾春碧。"

宋杨炎正《生查子》词云："金莲照夜红，玉腕扶春碧。"

23.冰酝：美酒。

宋汤恢《祝英台近·中秋》词云："不妨彩笔云笺，翠尊冰酝，自管领、一庭秋色。"

24.残杯：指喝剩的酒。

宋吴文英《青玉案》词云："残杯不到，乱红青冢，满地间春绣。"

宋叶梦得《南乡子》词云："应恐练裙惊缟夜，残杯。且放疏枝待我来。"

25.醲香：酒的浓香。此指桂香。

宋汤恢《祝英台近·中秋》词云："桂树风前，醲香半狼藉。"

26.曲尘：酒母，淡黄色。

宋楼采《好事近》词云："单衣初试曲尘罗，中酒病无力。"

宋王沂孙《南浦·春水》词云："柳下碧粼粼，认曲尘乍生，色嫩如染。"

（三）酒家

1.青帘：酒帘，古时酒店门口挂的幌子，借指酒家。见唐刘禹锡《鱼复江中》诗云："风樯好往贪程去，斜日青帘背酒家。"

宋朱昂孙《真珠帘》词云："春市，又青帘巷陌，红芳歌吹。"

宋晏几道《两同心·楚乡春晚》词云："心心在，柳外青帘，花下朱门。"

2.旗亭：酒楼，因其悬旗为招牌而称。见宋范成大《揽辔录》："过相州市，有秦楼、翠楼、康乐楼、月白风清楼，皆旗亭也。"

宋吴大有《点绛唇·送李琴泉》词云："江上旗亭，送君还是逢君处。"

宋贺铸《行路难·缚虎手》词云："作雷颠，不论钱，谁问旗亭美酒斗十千？"

（四）厨具

1.杯柈：即杯盘。

宋赵溍《吴山青·水仙》词云："金璞明，玉璞明，小小杯柈翠袖擎。"

宋游次公《卜算子》词云："草草杯柈半话别离，风雨催人去。"

2.玉椀：即玉碗。

宋蔡松年《尉迟杯》词云："红潮照玉椀，午香重、草绿宫罗淡。"

3.玉瓢：玉制的瓢。

宋李演《八六子·次筼房韵》词云："还报舞香一曲，玉瓢几许春华。"

宋周弼《二郎神》词云："料宝像尘侵，玉瓢珠锁，羞对菱花故镜。"

（五）宴席

1.瑶席：华美的宴席。

宋姜夔《暗香》词云："但怪得、竹外疏花，香冷入瑶席。"

宋聂冠卿《多丽·李良定公席上赋》词云："清欢久、重燃绛蜡，别就瑶席。"

2.雅集：风雅的宴集。指文人聚会。

宋姜夔《一萼红·人日登定王台》词云："记曾共、西楼雅集，想垂杨、还袅万丝金。"

3.移宴：移处重开宴。

宋高观国《玉楼春·宫词》词云："曲终移宴起笙箫，花下晚寒生翠縠。"

宋卢祖皋《临江仙》词云："西池移宴到萱堂。笙箫清弄玉，环佩暖回香。"

4.宵筵：夜宴。

宋董嗣杲《湘月》词云："宵筵会启，蓦然身外浮世。"

5.酒痕：代指宴饮。

宋王沂孙《长亭怨·重过中庵故园》词云："屐齿莓阶，酒痕罗袖事何限。"

宋魏了翁《八声甘州·记幡然》词云："叹书生、康时无计，谩忧思、时堕酒痕边。"

（六）食物

1.麝月：香茶，制成茶饼，状如团月。

宋蔡松年《尉迟杯》词云："喜银屏、小语私分，麝月春心一点。"

宋周密《天香·龙涎香》词云："麝月双心，凤云百和，宝钟佩环争巧。"

七、住

（一）房屋

华屋

1.高堂：指对方故里的唐宇屋舍。

宋周密《庆宫春·送赵元父过吴》词云："高堂在否？登临休赋，忍见旧时明月。"

宋欧阳修《渔家傲》词云："称庆高堂欢幼稚。看柳意。偏从东面春风至。"

2.虚堂：高堂。

宋张炎《壶中天·养拙夜饮，客有弹箜篌者，即事以赋》词云："虚堂松外，夜深凉气吹烛。"

宋王铸《小重山》词云："凉入秋檐雨意长。竹深啼络纬，响虚堂。"

3.华堂：正房，高大的房子。后泛指房屋的正厅。

宋周端臣《玉楼春》词云："华堂帘幕飘香雾，一搦楚腰轻束素。"

宋吴文英《齐天乐》词云："华堂烛暗送客，眼波回盼处，芳艳流水。"

4.华屋：华美的屋宇。

宋陈允平《满江红·和清真韵》词云："谢多情海燕，伴愁华屋。"

宋张炎《壶中天·养拙夜饮，客有弹箜篌者，即事以赋》词云："鹤响天高，水流花净，笑语通华屋。"

5.金屋：华美之屋。

宋高观国《玉楼春·宫词》词云："几双海燕来金屋，春满离宫三十六。"

宋姜夔《疏影》词云："莫似春风，不管盈盈，早与安排金屋。"

茅舍

1.竹篱茅舍：泛指简陋的乡居屋舍。语见宋张昇《离亭燕》："蓼屿荻花洲，掩映竹篱茅舍。"

宋郑域《昭君怨·梅》词云："冷落竹篱茅舍，富贵玉堂琼榭。"

宋张昇《离亭燕》词云："霁色冷光相射。蓼屿荻花洲，掩映竹篱茅舍。"

2.茅屋：用茅草所盖的房屋。

宋赵希迈《八声甘州·竹西怀古》词云："任红楼踪迹，茅屋染苍苔。"

宋王安石《菩萨蛮》词云："数间茅屋闲临水，窄衫短帽垂杨里。"

3.院宇：有院墙的屋宇，院落。

宋楼采《玉漏迟》词云："深院宇，黄昏杏花微雨。"

宋卢祖皋《谒金门》词云："闲院宇，独自行来行去。"

4.断墅：废弃的房舍。

宋李演《摸鱼儿·太湖》词云："长干路，草莽疏烟堤断墅，商歌如写羁旅。"

闺房

1.红窗：指少女的闺房。

宋吴文英《青玉案》词云："已是红窗人倦绣。春词裁烛，夜香温被，怕减银壶漏。"

宋晏几道《破阵子》词云："记得春楼当日事，写向红窗夜月前。凭谁寄小莲。"

2.绿窗：绿纱窗，指女子居所。

五代韦庄《菩萨蛮》词云："劝我早归家，绿窗人似花。"

宋陆游《乌夜啼》词云："金鸭余香尚暖，绿窗斜日偏明。"

宋刘翰《蝶恋花》词云："一曲银钩帘半卷，绿窗睡足莺声软。"

宋江开《浣溪沙》词云："手捻花枝忆小苹，绿窗空锁旧时春。"

宋李彭老《踏莎行·题草窗十拟后》词云："紫曲迷香，绿窗梦月，芳心如对春风说。"

宋李莱老《清平乐》词云："绿窗初晓，枕上闻啼鸟。"

3.玉窗：窗的美称，指女子居所。

唐李白《久别离》词云："别来几春未还家，玉窗五见樱桃花。"

宋陈允平《垂杨》词云："依然千树长安道，翠云锁、玉窗深窈。"

宋姚勉《垂杨》词云："依然千树长安道，翠云锁、玉窗深窈。"

4.西窗：古代官宦人家小姐的闺房。

宋姜夔《齐天乐·蟋蟀》词云："西窗又吹暗雨，为谁频断续，相和砧杵。"

宋张枢《壶中天·月夕登绘幅堂，与篔房各赋一解》词云："窈窕西窗谁弄影，红冷芙蓉深苑。"

宋辛弃疾《贺新郎·同父见和再用韵答之》词云："硬语盘空谁来听？记当时、只有西窗月。"

5.西厢：西侧的厢房，指女子居所。

宋李彭老《四字令》词云："罗纨素珰，冰壶露床，月移花影西厢，数流萤过墙。"

宋陈允平《满江红·和清真韵》词云："校上鹊，心期卜。芳草暗，西厢曲。"

6.西楼：古代官宦人家小姐的闺房。

宋蔡枏《鹧鸪天》词云："风来绿树花含笑，恨入西楼月敛眉。"

宋晏几道《蝶恋花》词云："醉别西楼醒不记。春梦秋云，聚散真容易。"

7.绣屋：妇女所住之华丽居所。

宋吴文英《三姝媚·过都城旧居有感》词云："绣屋秦筝，傍海棠偏爱，夜深开宴。"

宋吴文英《拜星月慢·林钟羽姜石帚以盆莲数十置中庭宴客其中》词云："吹不散、绣屋重门闭。又怕便、绿减西风，泣秋檠烛外。"

8.绣阁：旧时女子闺房。

宋楼采《玉漏迟》词云："夜永绣阁藏娇，记掩扇传歌，翦灯留语。"

宋柳永《玉女摇仙佩·佳人》词云："须信画堂绣阁，皓月清风，忍把光阴轻弃。"

9.绣窗：闺房。

宋陈允平《秋蕊香》词云："绣窗一缕香绒线，系双燕。"

宋杨樵云《水龙吟·梦》词云："多情不在分明，绣窗日日花阴午。"

10.玉闺：闺房的美称。

宋张枢《谒金门》词云："春梦怯，人静玉闺平帖。"

五代欧阳炯《定风波》词云："数树海棠红欲尽，争忍，玉闺深掩过年华。"

11.香闺：指青年女子的内室。

宋李肩吾《风入松·冬至》词云："香闺女伴笑轻盈，倦绣停针。"

宋佚名《瑞鹧鸪》词云："琼蕤不自香闺种，桂种当从月地移。"

12.朱扉：红窗，指女子居所。

宋陈逢辰《乌夜啼》词云："月痕未到朱扉。送郎时，暗里一汪儿泪、没人知。"

宋柳永《蝶恋花·凤栖梧》词云："玉砌雕阑新月上。朱扉半掩人相望。"

宋蔡伸《苏武慢·雁落平沙》词云："忆旧游、邃馆朱扉，小园香径，尚想桃花人面。"

13.洞房：深邃的内室。

宋曾揆《西江月》词云："日长天气已无聊，何况洞房人悄。"

宋柳永《昼夜乐》词云："洞房记得初相遇，便只合、长相聚。"

14.秋水人家：对方女子住处。

宋薛梦桂《眼儿媚·绿笺》词云："蘸烟染就，和云卷起，秋水人家。"

宋张炎《高阳台》词云："秋水人家，斜照西泠。"

楼

1.高楼：古代的高层建筑有阁楼、佛塔和碉楼。

宋张元幹《水调歌头·追和》词云："元龙湖海豪气，百尺卧高楼。"

宋辛弃疾《鹧鸪天》词云："欲上高楼去避愁，愁还随我上高楼。"

2.危楼：高楼。语出北魏郦道元《水经注·沮水》："危楼倾崖，恒有落势。"

宋赵鼎《如梦令·建康作》词云："烟雨满江风细。江上危楼独倚。"

陈策《摸鱼儿·仲宣楼赋》词云："倚危梯、酹春怀古，轻寒才转花信。"

宋赵鼎《好事近·再和》词云："危楼高处望天涯，云海寄穷发，只有旧时凉月，照清伊双阙。"

3.玉楼：华丽的楼，有时也指仙人居所或妓楼。语出唐宗楚客《奉和幸安乐公主山庄应制》："玉楼银榜枕严城，翠盖红旂列禁营。"

宋蔡伸《菩萨蛮》词云："玉楼花似雪。花上朦胧月。"

宋韩嘐《浪淘沙》词云："莫上玉楼看，花雨斑斑。"

宋王亿之《高阳台》词云："想玉楼，犹凭栏杆，为我销凝。"

宋李弥逊《念奴娇》词云："金牛何处，玉楼高耸十二。"

4.画楼：雕饰华丽的楼房。

宋卢祖皋《江城子》词云："画楼帘幕卷新晴，掩银屏，晓寒轻。"

宋刘翰《蝶恋花》词云："谁品新腔拈翠管？画楼吹彻江南怨。"

宋翁元龙《水龙吟·雪霁登吴山见沧阁，闻城中箫鼓声》词云："画楼红湿斜阳，素妆褪出山眉翠。"

5.南楼：此泛指向南之楼。

宋陈亮《水龙吟》词云："寂寞凭高念远，向南楼、一声归雁。"

宋万俟咏《昭君怨》词云："春到南楼雪尽，惊动灯期花信。"

6.江楼：矗立于江边的楼房。

宋高观国《金人捧露盘·梅》词云："江楼怨、一笛休吹。"

宋吕本中《采桑子》词云："恨君不似江楼月，南北东西，南北东西，只有相随无别离。恨君却似江楼月，暂满还亏，暂满还亏，待得团圆是几时？"

7. 碧云楼：高楼

宋张枢《风入松》词云："春寒懒下碧云楼，花事等闲休。"

8. 层楼：高楼。

宋陈允平《唐多令》词云："回首层楼归去懒，早新月、挂梧桐。"

宋陈亮《水龙吟·春恨》词云："闹花深处层楼，画帘半卷东风软。"

9. 翠楼：指涂饰绿漆的高楼，特指妇女居处。亦指妓院、酒楼。语出汉李尤《平乐观赋》："大厦累而鳞次，承岧嶤之翠楼。"

宋张枢《庆宫春》词云："相思遥夜，帘卷翠楼，月冷星河。"

宋应法孙《贺新郎》词云："记年时，翠楼寒浅，宝笙慵吸。"

10. 琼楼：形容富丽堂皇的建筑物。指宫殿。

宋曹原《玲珑四犯·荼蘼应制》词云："夜散琼楼宴，金铺深掩，一庭春月。"

宋周密《齐天乐》词云："想翠宇琼楼，有人相忆。"

11. 红楼：富贵人家。

宋史达祖《双双燕》词云："红楼归晚，看足柳昏花暝。"

宋赵善括《水调歌头》词云："洪涛江上乱云，山里簇红楼。"

12. 楼阁：泛指楼房。阁，架空的楼。

宋张辑《念奴娇》词云："楼阁空濛，管弦清润，一水盈盈隔。"

唐李煜《浣溪沙》词云："待月池台空逝水，荫花楼阁漫斜晖，登临不惜更沾衣。"

13. 楼前：楼房前。

宋吴文英《思佳客》词云："欲知湖上春多少，但看楼前柳浅深。"

宋李清照《凤凰台上忆吹箫》词云："惟有楼前流水，应念我、终日凝眸。"

14. 空阁：空空的楼阁。

宋吴文英《八声甘州·陪庾幕诸公游灵岩》词云："水涵空阁凭高处，送乱鸦、斜日落渔汀。"

宋吴潜《满江红》词云："客子愁来，闲信马、到涵空阁。"

（二）室外

园林

1. 东园：泛指园圃。语见晋陶潜《停云》之三："东园之树，枝条再荣。"

宋吴琚《柳梢青·元日立春》词云："不是东园，有些残雪，先去踏青。"

宋苏轼《南歌子》词云："见说东园好，能消北客愁。"

2.西园：本汉上林苑的别称，此泛指园林。

宋吴文英《风入松》词云："西园日日扫林亭，依旧赏新晴。"

宋朱昴孙《真珠帘》词云："试明朝说与，西园桃李。"

3.秋圃：秋天的园圃。

宋赵闻礼《贺新郎·萤》词云："同磷火，遍秋圃。"

4.秋苑：秋天的园苑。

宋王沂孙《长亭怨·重过中庵故园》词云："欲寻前迹，空惆怅、成秋苑。"

宋吴文英《水龙吟·惠山酌泉》词云："艳阳不到青山，古阴冷翠成秋苑。"

5.废绿：荒芜的园林。

宋周密《法曲献仙音·吊雪香亭梅》词云："一片古今愁，但废绿、平烟空远。"

宋吴文英《西平乐慢·中吕商过西湖先贤堂，伤今感昔，泫然出涕》词云："叹废绿平烟带苑，幽渚尘香荡晚，当时燕子，无言对立斜晖。

6.沁水：指园林。汉明帝女沁水公主有沁园。

宋李肩吾《乌夜啼》词云："旧梦莺莺沁水，新愁燕燕长干。"

7.芳洲：指郭园。

宋吴文英《声声慢·闰重九饮郭园》词云："檀栾金碧，婀娜蓬莱，游云不蘸芳洲。"

宋唐珏《摸鱼儿》词云："但只有芳洲，苹花共老，何日泛归艇。"

8.环碧：环碧园，宋末词坛领袖杨缵的家园。

宋李莱老《青玉案·题草窗词卷》词云："红衣妆靓凉生渚，环碧斜阳旧时树。"

宋姚云文《木兰花慢》词云："东君似怜花透，环碧巾需、遮住怕渠惊。"

9.庭芜：庭园荒芜，生满杂草。

宋周文璞《一剪梅》词云："赋罢闲情共倚阑，江月庭芜，总是销魂。"

宋仇远《忆旧游》词云："对庭芜黯淡，院柳萧疏，还又深秋。"

庭院

1.莺院：黄莺飞来飞去的庭院。

宋周密《少年游·宫词拟梅溪》词云："一样东风，燕梁莺院，那处春多。"

宋陈允平《汉宫春·芍药》词云："莺院悄，轻阴弄晚，何人堪伴清游。"

2.深院：幽深的庭院。

宋卢祖皋《清平乐》词云："柳边深院，燕语明如剪。"

唐李煜《捣练子令》词云："深院静，小庭空，断续寒砧断续风。"

3.坊院：小街庭院。

宋陈允平《瑞鹤仙》词云："葱茜。银屏彩凤，雾帐金蝉，旧家坊院。"

宋陈允平《谒金门》词云："草色池塘碧软，丝竹谁家坊院。"

4.别院：正院以外的庭院。

宋陈允平《秋蕊香》词云："海棠满地夕阳远，明月笙歌别院。"

5.水院：苏式园林的组成部分。

宋周密《探芳讯·西泠春感》词云："步晴昼，向水院维舟，津亭唤酒。"

宋李彭老《木兰花慢》词云："记旧时游冶，灯楼倚扇，水院移船。"

6.柳院：杨柳院落。

宋史达祖《黄钟喜迁莺·元宵》词云："柳院灯疏，梅厅雪在，谁与细倾春碧。"

宋吴文英《瑞鹤仙》词云："雅陪清宴，班回柳院。"

7.庭前：庭院前面。

宋陈允平《思佳客》词云："庭前芳草空惆怅，帘外飞花自往还。"

唐李煜《后庭花破子》词云："玉树后庭前，瑶草妆镜边。"

8.庭户：泛指庭院。

宋徐照《阮郎归》词云："绿杨庭户静沉沉，杨花吹满襟。"

宋苏轼《洞仙歌·冰肌玉骨》词云："起来携素手，庭户无声，时见疏星渡河汉。"

9.蕙庭：长有蕙草的庭院。

宋杨伯嵒《踏莎行·雪中疏寮借阁帖，更以薇露送之》词云："梅观初花，蕙庭残叶，当时惯听山阴雪。"

10.深宫：泛指富贵人家的庭院。

宋翁元龙《绛都春·秋晚，海棠与黄菊盛开》词云："秋娘羞占东篱畔，待说与、深宫幽怨。"

宋姜夔《疏影·苔枝缀玉》词云："犹记深宫旧事，那人正睡里，飞近蛾绿。"

11.露屋：庭院。

宋楼采《二郎神》词云："嗟露屋锁春，晴风暄昼，柳轻梅小。"

亭子

1.长短亭：即长亭、短亭，古时路边供行人休想、饯别的亭子。大约十里一长亭，五里一短亭。

宋翁元龙《醉桃源·柳》词云："千丝风雨万丝晴。年年长短亭。"

宋吴文英《醉桃源·元日》词云："春风无定落梅轻。断鸿长短亭。"

2.短长亭：古代于官道旁设的驿站，供传递文书或行旅休息之用。

宋万俟咏《长相思·山驿》词云："短长亭，古今情。楼外凉蟾一晕生，雨余秋更清。"

宋晏几道《临江仙·淡水三年欢意》词云："客情今古道，秋梦短长亭。"

3.离亭：道旁供人歇息的亭子，古人往往于此送别。

五代徐昌图《临江仙》词云："饮散离亭西去，浮生长恨飘蓬。"

吴文英《浪淘沙》词云："离亭春草又秋烟。"

宋晏殊《采桑子》词云："时光只解催人老，不信多情，长恨离亭，泪滴春衫酒易醒。"

4.津亭：设在渡口旁的亭子。

宋周密《探芳信·西泠春感》词云："步晴昼，向水院维舟，津亭唤酒。"

宋周邦彦《绮寮怨·上马人扶残醉》词云："映水曲、翠瓦朱檐，垂杨里、乍见津亭。"

5.池亭：池亭池边的亭子。

宋吴文英《声声慢·闰重九饮郭园》词云："知道池亭多宴，掩庭花、长是惊落秦讴。"

宋周邦彦《浣溪沙》词云："新荷跳雨泪珠倾，曲栏斜转小池亭。 "

6.林亭：林中的亭子。

宋吴文英《风入松》词云："西园日日扫林亭，依旧赏新晴。"

宋杨泽民《瑞鹤仙》词云："待开池、剩起林亭，共同宴乐。"

7.旗亭：挂有旗招的酒店。

宋高观国《霜天晓角》词云："欲访莫愁何处？旗亭在、画桥侧。"

宋尹焕《眼儿媚》词云："市桥系马，旗亭沽酒，无限相思。"

宋吴大有《点绛唇·送李琴泉》词云："江上旗亭，送君还是逢君处。"

8.废苑：废弃的亭苑。

宋周密《探芳讯·西泠春感》词云："废苑尘梁，如今燕来否。"

宋陆游《月上海棠》词云："斜阳废苑朱门闭，吊兴亡、遗恨泪痕里。"

9.茂林：指兰亭。王羲之《兰亭集序》："此地有崇山峻岭，茂林修竹。"

宋周密《一萼红·登蓬莱阁有感》词云："鉴曲寒沙，茂林烟草，免仰千古悠悠。"

宋苏轼《浣溪沙》词云："废沼夜来秋水满，茂林深处晚莺啼。"

10.亭皋：水边平地。

宋李莱老《台城路·寄弁阳翁》词云："半空河影流云碎，亭皋嫩凉收雨。"

唐李煜《蝶恋花·春暮》词云："遥夜亭皋闲信步。才过清明，渐觉伤春暮。"

门

1.苔扉：长满苍苔的柴扉。

宋汤恢《八声甘州》词云："隐孤山山下，但一瓢饮水，深掩苔扉。"

2.渔扉：渔家门前。

宋李泳《定风波》词云："点点行人趁落晖，摇摇烟艇出渔扉。"

3.园扉：园门。

宋楼采《瑞鹤仙》词云："园扉掩寒峭，倩谁将花信，遍传深窈。"

宋李仲光《百字令》词云："园扉深处，也应满地芳草。"

4.朱扉：红漆门扇。

宋陈逢辰《乌夜啼》词云："月痕未到朱扉，送郎时。"

宋柳永《蝶恋花·凤栖梧》词云："玉砌雕栏新月上，朱扉半掩人相望。"

5.山扉：山门。

宋李珏《击梧桐·别西湖社友》词云："鹤帐梅花屋，霜月后、记把山扉牢掩。"

6.岩扉：山门。

宋李莱老《木兰花慢·寄题苏壁山房》词云："分明，晋人旧隐，掩岩扉、月午籁沉沉。"

两汉王褒《古洞闲云歌为莆田笑庭欣上人赋》词云："松间石榻日应扫，花底岩扉时自关。"

7.千门：犹千家。众多家门。

宋杨缵《一枝春·除夕》词云："竹爆惊春，竞喧填、夜起千门箫鼓。"

宋李肩吾《风入松·冬至》词云："霜风连夜做冬晴，晓日千门。"

8.重门：形容庭院深深。

宋李肩吾《乌夜啼》词云："重门十二帘休卷，三月尚春寒。"

五代鹿虔扆《临江仙》词云："金锁重门荒苑静，绮窗愁对秋空。"

7.疏户：窗户，门扉。

宋赵闻礼《贺新郎·萤》词云："耿幽丛、流光几点，半侵疏户。"

8.闲庭户：清闲冷清的门户。

宋谢懋《暮山溪》词云："海棠红皱，不奈晚来寒，帘半卷，日西沉，寂寞闲庭户。"

宋苏轼《桃源忆故人》词云："几点蔷薇香雨，寂寞闲庭户。"

铺首

1.金铺：门上的铜制铺首，用以固定门环。

宋曹邍《玲珑四犯·荼蘼应制》词云："夜散琼楼宴，金铺深掩，一庭春月。"

五代魏承班《木兰花》词云："闭宝匣，掩金铺，倚屏拖袖愁如醉。"

2.铜铺：铜制铺首，街门环的底座。

宋姜夔《齐天乐·蟋蟀》词云："露湿铜铺，苔侵石井，都是曾听伊处。"

宋吴文英《八声甘州》词云："井梧凋、铜铺低亚，映小眉、瞥见立惊鸿。"

墙篱

1.度墙：越过墙头。

宋卢祖皋《宴清都·初春》词云："春讯飞琼管，风日薄、度墙啼鸟声乱。"

宋卢炳《诉衷情》词云："秋净楚天如水，云叶度墙低。"

2.女墙：城墙上凹凸形的小墙。泛指矮墙。

宋陈策《满江红·杨花》词云："看等闲、飞过女墙来，秋千索。"

宋仇远《西江月》词云："娃馆深藏云木，女墙斜掠烟芜。"

3.朱墙：红墙。

宋赵溍《临江仙·西湖春泛》词云："堤曲朱墙近远，山明碧瓦高低。"

4.篱角：篱笆角。

宋姜夔《疏影》词云："客里相逢，篱角黄昏，无言自倚修竹。"

宋吴文英《金盏子》词云："篱角，梦依约。人一笑、惺忪翠袖薄。"

5.篱落呼灯：篱笆下提着灯，写儿童夜间寻捉蟋蟀情状。

宋姜夔《齐天乐·蟋蟀》词云："豳诗漫与，笑篱落呼灯，世间儿女。"

6.四壁：四周。

宋张良臣《西江月》词云："四壁空围恨玉，十香浅捻啼绡。"

宋周密《甘州·题疏寮园》词云："咳唾骚香在，四壁骊珠。"

屋檐

1.画檐：以图画彩饰的屋檐。

宋辛弃疾《摸鱼儿》词云："算只有殷勤，画檐蛛网，尽日惹飞絮。"

宋叶梦得《卜算子·五月八日夜凤凰亭纳凉》词云："时见疏星落画檐，几点流萤小。"

2.空檐：凌空的房檐。

宋高观国《齐天乐》词云："尘栖故苑，叹壁月空檐，梦云飞观。"

宋叶梦得《点绛唇·丙辰八月二十七日雨中与何彦亨小饮》词云："深闭柴门，听尽空檐雨。"

3.风檐：屋檐下悬挂的风铃、檐马，风吹时发出响声。

宋黄孝迈《水龙吟》词云："风檐夜响，残灯慵剔，寒轻怯睡。"

宋吴文英《新雁过妆楼》词云："梦醒芙蓉。风檐近、浑疑佩玉丁东。"

4.朱檐：红色的檐，形容建筑的华美。

宋李莱老《浪淘沙》词云："榆火换新烟，翠柳朱檐。"

宋周邦彦《绮寮怨》词云："映水曲、翠瓦朱檐，垂杨里、乍见津亭。"

5.檐声：雨水打在屋檐上的声音。

宋高观国《祝英台近》词云："静听滴滴檐声，惊愁搅梦，更不管、庾郎心碎。"

宋杨缵《被花恼·自度腔》词云："檐声不动，春禽对语，梦怯频惊觉。"

6.檐花：屋檐下的花。

宋李肩吾《乌夜啼》词云："径藓痕沿碧甃，檐花影压红阑。"

宋张元干《点绛唇·呈洛滨筠溪二老》词云："清夜沉沉，暗蛩啼处檐花落。"

7.檐雨：由屋檐滴落的雨水。

宋曾揆《西江月》词云："檐雨轻敲夜夜，墙云低度朝朝。"

宋张榘《摸鱼儿》词云："正挑灯、共听檐雨，问谁催动行色。"

屋梁

1.杏梁：文杏木做的屋梁，言屋宇华贵。语见汉司马相如《长门赋》："刻木兰以为榱兮，饰文杏以为梁。"

宋晏殊《采桑子》词云："燕子双双，依旧衔泥文杏梁。"

宋卢祖皋《谒金门·风不定》词云："一雨池塘新绿净。杏梁归燕并。"

2.虹梁：高拱的屋梁。语出汉班固《西都赋》："抗应龙之虹梁。"

宋姜夔《惜红衣·簟枕邀凉》词云："虹梁水陌，鱼浪吹香，红衣半狼藉。"

宋李从周《风流子》词云："双燕立虹梁。东风外、烟雨湿流光。"

3.尘梁：灰尘落满屋梁。

宋周密《探芳讯·西泠春感》词云："废苑尘梁，如今燕来否。"

4.雕梁：刻绘文采的屋梁。

宋史达祖《双双燕》词云："还相雕梁藻井，又软语、商量不定。"

宋许棐《后庭花》词云："知心惟有雕梁燕。自来相伴。"

5.燕梁：燕子栖息的屋梁。

宋周密《少年游·宫词拟梅溪》词云："一样东风，燕梁莺院，那处春多。"

宋韩淲《浣溪沙》词云："歌拂燕梁牵客恨，醉临鸾镜怕人看。"

6.雕梁燕：饰有浮雕、彩绘的梁。装饰华美的梁。

宋许棐《后庭花》词云："知心惟有雕梁燕，自来相伴。"

宋杜安世《踏莎行》词云："夜雨朝晴，东风微冷。雕梁燕子闲相并。"

7.彩柱：彩色柱子。

宋楼采《玉漏迟》词云："彩柱秋千散后，怅尘锁、燕帘莺户。"

宋欧阳修《浣溪沙》词云："云曳香绵彩柱高，绛旗风飐出花梢。"

瓦

1.碧瓦：青绿色的瓦。

宋史达祖《东风第一枝・春雪》词云："谩凝碧瓦难留，信知暮寒轻浅。"

宋赵溍《临江仙・西湖春泛》词云："堤曲朱墙近远，山明碧瓦高低。"

2.翠瓦：绿色的琉璃瓦。

宋柳永《中吕调・过涧歇近》词云："夜永清寒，翠瓦霜凝。"

宋周邦彦《绮寮怨・上马人扶残醉》词云："映水曲、翠瓦朱檐，垂杨里、乍见津亭。"

台阶

1.宝阶：佛教语，指佛自天下降的步阶，也指玉石砌成的台阶。

宋施岳《步月・茉莉》词云："玉宇熏风，宝阶明月，翠丛万点晴雪。"

宋柳永《醉蓬莱・渐亭皋叶下》词云："嫩菊黄深，拒霜红浅，近宝阶香砌。"

2.香阶：落花留香的台阶。

宋张桂《菩萨蛮》词云："步湿下香阶，苔粘金凤鞋。"

宋卢祖皋《清平乐》词云："旧时驻马香阶，如今细雨苍苔。"

唐李煜《菩萨蛮》词云："刬袜步香阶，手提金缕鞋。"

3.玉阶：以玉砌成的台阶。传说仙界所有。

唐李白《菩萨蛮》词云："玉阶空伫立，宿鸟归飞急。"

宋谢懋《霜天晓角・桂花》词云："试看仙衣犹带，金庭露，玉阶月。"

4.榆阶：榆树荫下的石阶。

宋储泳《齐天乐》词云："将春买断，恨苔径榆阶，翠钱难贯。"

5.空阶：无人的台阶。

宋姜夔《琵琶仙・吴兴春游》词云："都把一襟芳思，与空阶榆荚。"

6.幽阶：幽静的台阶。

宋吴文英《风入松》词云："惆怅双鸳不到，幽阶一夜苔生。"

7.瑶阶：玉石台阶。

宋王茂孙《高阳台·春梦》词云："山屏缓倚珊瑚畔，任翠阴、移过瑶阶。"

宋夏竦《喜迁莺》词云："瑶阶曙，金盘露，凤髓香和烟雾。"

8.闲阶：空荡的台阶。

宋张磐《绮罗香·渔浦有感》词云："步闲阶、待卜心期，落花空细数。"

宋晁补之《洞仙歌·泗州中秋作》词云："青烟幂处，碧海飞金镜。永夜闲阶卧桂影。"

9.莓阶：长有苍苔的石阶。

宋王沂孙《长亭怨·重过中庵故园》词云："屐齿莓阶，酒痕罗袖事何限。"

10.宝砌：台阶的美称。宝，有佛教称物色彩。

宋赵希青乡《秋蕊香》词云："玉云凝重步尘细。独立花阴宝砌。"

宋李甲《幔卷帘》词云："香闺宝砌。临妆处，迤逦苔痕翠。"

11.仙梯：登上仙界的阶梯。

宋赵与仁《柳梢青·落桂》词云："露冷仙梯，霓裳散舞，记曲人归。"

走廊

1.风廊：临风的廊庑。春秋时吴国有响屧廊，西施及宫女们在廊上游玩，步虚而响。

宋赵闻礼《贺新郎·萤》词云："栏外扑来罗扇小，谁在风廊笑语。"

2.回廊：曲折环绕的走廊。

宋杨缵《被花恼·自度腔》词云："披衣便起，小径回廊，处处多行到。"

宋张磐《浣溪沙》词云："习习轻风破海棠，秋千移影上回廊。"

栏杆

1.栏杆：用竹、木、金属等制成的遮拦物。

宋卢祖皋《贺新凉》词云："猛拍栏杆呼鸥鹭，道他年、我亦垂纶手。"

宋孙惟信《昼锦堂》词云："梦过栏杆，犹认冷月秋千。"

宋吴文英《声声慢·闰重九饮郭园》词云："腻粉栏杆，犹闻凭袖香留。"

2.斗鸭栏杆：古代斗鸭之戏中圈养斗鸭的栅栏。

宋张孝祥《清平乐》词云："斗鸭栏杆春诘曲。帘额微风绣蹙。"

五代冯延巳《谒金门·风乍起》词云："斗鸭栏杆独倚，碧玉搔头斜坠。"

唐杨元亨《沁园春·无为灯夕上陆史君》词云："宝榼金鞯，玉梅钗燕，斗鸭栏杆花影嬉。"

3.栏杆：亦作"栏干"。以竹、木等做成的遮拦物。

宋韩疁《浪淘沙》词云："燕子不知人去也，飞认栏杆。"

宋辛弃疾《水龙吟·登建康赏心亭》词云："把吴钩看了，栏杆拍遍，无人会，登临意。"

4.玉栏：玉石制的栏杆。亦用为栏杆的美称。

宋何光大《谒金门》词云："露湿玉栏闲倚，人静自生凉意。

宋王沂孙《水龙吟·牡丹》词云："玉栏干畔，柳丝一把，和风半倚。"

5.雕栏：亦作"雕槛"，雕花彩饰的栏杆。

宋柴望《念奴娇》词云："斗草雕栏，买花深院，做踏青天气。"

宋王沂孙《长亭怨·重过中庵故园》词云："天涯梦短，想忘了、绮疏雕槛。"

宋王沂孙《高阳台》词云："独立雕栏，谁怜枉度华年。"

6.危栏：高楼上的栏杆。

宋辛弃疾《摸鱼儿》词云："休去倚危栏，斜阳正在，烟柳断肠处。"

宋张舜民《卖花声·题岳阳楼》词云："醉袖抚危栏，天淡云闲，何人此路得生还?"

7.画栏：亦作"画阑"，有画饰的栏杆。

宋史达祖《双双燕》词云："愁损玉人，日日画栏独凭。"

宋楼采《法曲献仙音》词云："罗袖冷，烟柳画栏半倚。"

宋施岳《解语花》词云："护香须早，东风度、咫尺画阑琼沼。"

8.虚阑：倚靠栏杆。

宋岳珂《满江红》词云："曲径穿花寻蛱蝶，虚阑傍日教鹦鹉。"

宋张炎《念奴娇》词云："暗叶禽幽，虚阑荷近，暑薄迟花气。"

9.红阑：红色栏杆。

宋李肩吾《乌夜啼》词云："径藓痕沿碧甃，檐花影压红阑。"

宋冯伟寿《春风袅娜·春恨，黄锺羽》词云："倚红阑故与，蝶围蜂绕，柳绵无数，飞上搔头。"

10.碧阑：绿色栏杆。

宋李振祖《浪淘沙》词云："谁倚碧阑低，酒晕双眉。"

宋周密《一斛珠》词云："碧阑倚遍愁谁说。愁是新愁，月是旧时月。"

秋千

1.秋千：中国上古时代北方少数民族创造的一种运动和游戏用具。

宋卢祖皋《乌夜啼·西湖》词云："斗草褰衣湿翠，秋千瞥眼飞红。"

宋吴文英《青玉案》词云："翠阴曾摘梅枝嗅，还忆秋千玉葱手。"

2.秋千索：指秋千的绳索。

宋陈策《满江红·杨花》词云："看等闲、飞过女墙来，秋千索。"

宋续雪谷《念奴娇》词云："捻指光阴，关心节序，总在秋千索。"

井

1.露井：露天之井，即井口不覆盖。

宋周邦彦《过秦楼·大石》词云："闲依露井，笑扑流萤，惹破画罗轻扇。"

宋姚镛《谒金门》词云："熏透水沈云满鼎，晚妆窥露井。"

宋吴文英《浪淘沙·九日从吴见山觅酒》词云："净洗绿杯牵露井，聊荐幽香。"

2.梧井：四周植有梧桐树的水井。

宋王易简《酹江月》词云："暗帘吹雨，怪西风梧井，凄凉何早。"

宋吴文英《浣溪沙》词云："江燕话归成晓别，水花红减似春休。西风梧井叶先愁。"

3.石井：穿石而成的井。

宋姜夔《齐天乐·蟋蟀》词云："露湿铜铺，苔侵石井，都是曾听伊处"。

4.败井：破井。杨铁夫《吴梦窗词笺释》："观此，知梦窗旧居必非临湖，盖傍湖之家皆取水于湖，无凿井者。"

宋吴文英《三姝媚·过都城旧居有感》词云："紫曲门荒，沿败井、风摇青蔓。

5.藻井：中国古建筑中的一种装饰性木结构顶棚。多建造在宫殿宝座或寺庙佛坛上方。

宋史达祖《双双燕》词云："还相雕梁藻井，又软语、商量不定。"

宋周密《大圣乐》词云："人闲午迟漏永，看双燕将雏穿藻井。"

6.井桐：井边的梧桐树。

宋张良臣《西江月》词云："殷云度雨井桐凋，雁雁无书又到"。

宋苏轼《菩萨蛮·回文秋闺怨》词云："井桐双照新妆冷，冷妆新照双桐井。"

7.井叶：井边落叶。

宋李莱老《台城路·寄弁阳翁》词云："井叶还惊，江莲乱落，弦月初生商素。

宋吴文英《秋蕊香·七夕》词云："怕闻井叶西风到，恨多少。"

8.碧甃：青碧的井壁，代指井。

宋李从周《乌夜啼》词云："径藓痕沿碧甃，檐花影压红阑。"

宋吴文英《夜行船·赠赵梅壑》词云："碧甃清漪方镜小。绮疏净、半尘不到。"

9.甃甃：以对称的砖瓦砌成的井壁，代指井。

宋秦观《水龙吟·小楼连苑横空》词云："卖花声过尽，斜阳院落；红成阵，飞鸳甃。"

宋李彭老《探芳讯·湖上春游，继草窗韵》词云："几多时，涨绿莺枝，堕红鸳甃。"

宋曾觌《燕山亭·河汉风情》词云："四卷珠帘，渐移影、宝阶鸳甃。"

10.翠涟拍甃：言春心荡漾，犹如涟漪抚弄池壁。甃，本为井壁，此指池壁。杨铁夫《吴梦窗词笺释》云："同是'临流'，乃有彼此之别，改曰'输他'。"

宋吴文英《声声慢·闰重九饮郭园》词云："输他翠涟拍甃，瞰新妆、时浸明眸。

11.银床：井栏。

宋吴文英《好事近》词云："飞露洒银床，叶叶怨梧啼碧"。

宋张枢《庆宫春》词云："银床露洗凉柯，屏掩得销，忍扫茵罗"。

坟

1.坟：坟墓。

宋刘克庄《转调二郎神》词云："吊李白坟，挂徐君剑，零落端平同省。"

宋陈人杰《沁园春》词云："今安在，但高风凛凛，坟草青青。"

2.青冢：荒坟。

宋吴文英《青玉案》词云："残杯不到，乱红青冢，满地间春绣。"

宋刘辰翁《兰陵王》词云："怅毡帐何匹，湩酪何食。相思青冢头应白。"

3.荒坟：找不到坟主人或坟主人后代的坟。

宋刘辰翁《兰陵王》词云："想荒坟酹酒，过车回首，香魂携手抱相泣。"

（三）室内

窗

1.绮窗：雕饰精美的窗子。语出西晋左思《文选·左思<蜀都赋>》："开高轩以临山，列绮窗而瞰江。"唐吕向注："绮窗，彫画若绮也。"

宋洪咨夔《眼儿媚》词云："绮窗深静人归晚，金鸭水沉温。"

宋李肩吾《抛球乐》词云："绮窗幽梦乱于柳，罗袖泪痕凝似饧。"

五代阮阅《减字木兰花·冬至》词云："绮窗寒浅。尽道朝来添一线。"

2.琐窗：镂雕有连琐图案的窗棂。

宋李清照《鹧鸪天》词云："寒日萧萧上琐窗，梧桐应恨夜来霜。"

宋翁孟寅《烛影摇红》词云："楼倚春城，锁窗曾共巢春燕。"

宋贺铸《青玉案·凌波不过横塘路》词云："月桥花院，琐窗朱户，只有春知处。"

宋王茂孙《高阳台·春梦》词云："迟日烘晴，轻烟缕昼，琐窗雕户慵开。"

3.绿窗：绿纱窗，指女子居所。

五代韦庄《菩萨蛮》词云："劝我早归家，绿窗人似花。"

宋李莱老《清平乐》词云："绿窗初晓，枕上闻啼鸟。"

4.玉窗：窗的美称，指女子居所。

唐李白《久别离》词云："别来几春未还家，玉窗五见樱桃花。"

宋姚勉《垂杨》词云："依然千树长安道，翠云锁、玉窗深窈。"

5.纱窗：蒙纱的窗户。

宋陆淞《瑞鹤仙》词云："重省。残灯朱幌，淡月纱窗，那时风景。"

宋刘子寰《霜天晓角》词云："正是海棠时候，纱窗外，东风恶。"

唐温庭筠《酒泉子》词云："日映纱窗，金鸭小屏山碧。"

6.罗窗：纱窗。

宋周密《江城子·拟蒲江》词云："罗窗晓色透花明，艳瑶笙，按瑶筝。"

宋陈允平《疏影》词云："千峰翠玉。送孤云伴我，罗窗清宿。"

7.半窗：窗开半扇。

宋杨缵《被花恼·自度腔》词云："欹珀枕，倚银床，半窗花影明东照。"

宋曹组《青玉案》词云："何处今宵孤馆里，一声征雁，半窗残月，总是离人泪。"

8.花窗：雕刻花纹的窗户。

宋张枢《南歌子》词云："柳户朝云湿，花窗午篆清。"

宋欧阳澈《踏莎行》词云："花窗弄月晚归来，门迎蜡炬笙箫沸。"

9.水窗：水上船窗。

宋李彭老《浪淘沙》词云："别有水窗人唤酒，弦月初生。"

唐韦庄《更漏子》词云："烟柳重，春雾薄，灯背水窗高阁。"

10.午窗：窗边午睡。

宋李肩吾《鹧鸪天》词云："午窗轻梦绕秦淮。"

宋朱淑真《眼儿媚》词云："午窗睡起莺声巧，何处唤春愁？"

11.雨窗：雨中的窗口。

宋许棐《后庭花》词云："雨窗和泪摇湘管，意长笺短。"

宋史达祖《恋绣衾》词云："雨窗只剩残灯影，伴罗衣、无限泪痕。"

12.昼窗：白天的小窗。

宋高观国《思佳客》词云："春思悄，昼窗深，谁能拘束少年心。"

13.桂窗：桂花的清香缭绕在窗外。

宋周密《踏莎行·与莫两山谭邗城旧事》词云："景留人去怕思量，桂窗风露秋眠醒。"

14.绮疏：雕镂花纹的窗户。

宋卢祖皋《谒金门》词云："翠袖玉屏金镜，日薄绮疏人静。"

宋王沂孙《长亭怨慢·重过中庵故园》词云："想忘了，绮疏雕槛。"

宋佚名《虞美人》词云："绮疏人把罗衣叠。岫幌铺残月。"

15.房栊：房舍窗栊。

宋翁元龙《风流子·闻桂花怀西湖》词云："载取断云归去，几处房栊。"

唐韦庄《荷叶杯》词云："碧天无路信难通，惆怅旧房栊。"

16.雕户：雕花窗户。

宋王茂孙《高阳台·春梦》词云："迟日烘晴，轻烟缕昼，琐窗雕户慵开。"

17.掩户：关掩窗户。

宋王沂孙《高阳台》词云："双蛾不拂青鸾冷，任花阴寂寂，掩户闲眠。"

宋吴文英《浣溪沙》词云："桃观日斜香掩户，苹溪风起水东流。"

18.龟纹晓扇：窗户，窗格图案如龟纹。

宋黄简《玉楼春》词云："龟纹晓扇堆云母，日上彩阑新过雨。"

窗纱

1.窗纱。

宋卢祖皋《乌夜啼》词云："鸳鸯睡足方塘晚，新绿小窗纱。"

宋李演《八六子·次筼房韵》词云："黯窗纱，人归绿阴自斜。"

2.窗绡：窗纱。语见唐韩愈、孟郊《城南联句》："窗绡疑闭艳，妆烛已销檠。"

宋方岳《江神子·牡丹》词云："窗绡深隐护芳尘。翠眉颦。越精神。"

宋方岳《水龙吟·和朱行甫帅机瑞香》词云："掩窗绡，待得香融酒醒，尽消受、这春思。"

3.窗绮：犹窗绡，蒙在窗上的细薄丝织品。

宋卢祖皋《卜算子·水仙》词云："窗绮护幽妍，瓶玉扶轻袅。"

宋楼采《法曲献仙音》词云："料燕子重来地。桐阴销窗绮。"

床

1. 胡床：一种坐具，可以折叠，也叫交床、胡牀。语出《三国志·魏志·武帝纪》："贼乱取牛马，公乃得渡。"裴松之注引《曹瞒传》："公将过河，前队适渡，超等奄至，公犹坐胡床不起。"

宋刘光祖《洞仙歌·败荷》词云："晚风收暑，小池塘荷静。独倚胡床酒初醒。"

宋杨子咸《木兰花慢》词云："安得胡床月夜，玉醅满蘸瑶英。"

2. 绣床：装饰华丽的床。多指女子睡床。

宋吴文英《西江月》词云："添线绣床人倦，翻香罗幕烟斜。"

宋楼采《好事近》词云："应是绣床慵困，倚秋千斜立。"

五代冯延巳《南乡子·细雨湿流光》词云："魂梦任悠扬，睡起杨花满绣床。"

3. 露床：铺设竹席的凉床。语出《史记·滑稽列传》："置之华屋之下，席以露床。"

宋李彭老《四字令》词云："罗纨素榼。冰壶露床。月移花影西厢。数流萤过墙。"

宋楼采《二郎神》词云："露床转玉，唤睡醒、绿云梳晓。"

4. 牙床：以象牙为饰的睡床或坐榻，亦泛指精美的床。

宋苏庠《浣溪沙·书虞元翁书》词云："水榭风微玉枕凉。牙床角簟藕花香。野塘烟雨罩鸳鸯。"

宋陈允平《满江红·和清真韵》词云："困倚牙床春绣懒，钏金斜隐香腮肉。"

五代冯延巳《贺圣朝》词云："金丝帐暖牙床稳，怀香方寸。"

5. 银床：银饰之床。语出隋江总《东飞伯劳歌》："银床金屋挂流苏。"

宋杨缵《被花恼·自度腔》词云："敧珀枕，倚银床，半窗花影明东照。"

宋吴文英《好事近》词云："飞露洒银床，叶叶怨梧啼碧。"

6. 象床：象牙之床，形容华美。

宋楼扶《水龙吟·次清真梨花韵》词云："象床困倚，冰魂微醒，莺声唤起。"

枕

1. 玉枕：玉制或玉饰的枕头。

宋张孝祥《菩萨蛮》词云："佳人双玉枕，烘醉鸳鸯锦。"

宋李肩吾《鹧鸪天》词云："倚玉枕，坠瑶钗。"

2. 欹枕：一种可以斜靠的枕头。

宋吴文英《高阳台·丰乐楼分韵得"如"字》词云："伤春不在高楼上，在灯前攲枕，雨外熏炉。”

宋辛弃疾《南乡子·舟中记梦》词云：“攲枕橹声边，贪听咿哑聒醉眠。”

3.昵枕：犹恋枕。

宋翁元龙《水龙吟·雪霁登吴山见沧阁，闻城中箫鼓声》词云：“昵枕迷香，占帘看夜，旧游经醉。”

宋柳永《浪淘沙慢》词云：“愿低帏昵枕，轻轻细说与，江乡夜夜，数寒更思忆。”

4.漱枕：人卧于枕上，听泉水鸣响，觉其在枕边流过。

宋张磐《绮罗香·渔浦有感》词云：“浦月窥檐，松泉漱枕，屏里吴山何处。”

5.珀枕：琥珀枕。

宋杨缵《被花恼·自度腔》词云：“攲珀枕，倚银床，半窗花影明东照。”

被

1.鸳被：绣有鸳鸯的锦被。

宋楼采《法曲献仙音》词云：“梦到银屏，恨裁兰烛，香篝夜阑鸳被。”

宋柳永《斗百花·满搦宫腰纤细》词云：“长是夜深，不肯便入鸳被。”

2.绣被：绣了图案的被子。

宋高观国《祝英台近》词云：“绣被熏香，不似旧风味。”

宋高观国《风入松》词云：“绣被嫩寒清晓，莺声唤醒春酲。”

宋李莱老《生查子》词云：“绣被怨春寒，怕学鸳鸯叠。”

3.罗被：丝绸被褥。

宋吴文英《西江月·青梅枝上晚花》词云：“香力添熏罗被，瘦肌犹怯冰绡。”

宋吴文英《无闷·催雪》词云：“晓梦先迷楚蝶，早风戾、重寒侵罗被。”

4.翠被：翡翠羽制成的背帔。

宋刘仙伦《菩萨蛮·效唐人闺怨》词云：“吹箫人去行云杳，香篝翠被都闲了。”

宋李彭老《生查子》词云：“拜了夜香休，翠被听春漏。”

5.素被：素色被褥。

宋王沂孙《西江月·为赵元父赋雪梅图》词云：“峭寒未肯放春娇，素被独眠清晓。”

宋葛长庚《菊花新》词云：“铜壶四水，寒生素被。”

6.罗衾：丝绸被褥。

宋曹良史《江城子》词云：“兰炷香篝，谁为暖罗衾？”

宋叶隆礼《兰陵王》词云：“飘零欢萍迹。自懒展罗衾，羞对瑶席。”

7.红衾：红色衾被。

宋张镃《昭君怨·园池夜泛》词云："醉里卧花心，拥红衾。"

8.衾单：被衾单薄。

宋莫仑《生查子》词云："衾单容易寒，烛暗相将灭。"

宋曾揆《眼儿媚》词云："芙蓉帐冷翠衾单，魂梦几曾闲。"

9.鸳鸯锦：指绣有鸳鸯图案的锦被。

宋张孝祥《菩萨蛮》词云："佳人双玉枕，烘醉鸳鸯锦。"

唐牛峤《菩萨蛮》词云："玉炉冰簟鸳鸯锦，粉融香汗流山枕。"

席

1.簟枕：枕席。簟，竹席。

宋姜夔《惜红衣·吴兴荷花》词云："簟枕邀凉，琴书换日，睡余无力。"

宋周邦彦《满庭芳·夏日溧水无想山作》词云："歌筵畔，先安簟枕，容我醉时眠。"

2.簟席：竹席。

宋尹焕《霓裳中序第一·茉莉》词云："凄凉清夜簟席，杳杳诗魂，真化风蝶。"

3.绮席：华丽的席具。

唐皇甫松《天仙子·踯躅花开红照水》词云："刘郎此日别天仙，登绮席，泪珠滴，十二晚峰青历历。"

宋汪元量《望江南·幽州九日》词云："绮席象床寒玉枕，美人何处醉黄花。"

4.曳簟：簟，竹席；曳簟，铺席。

宋范成大《醉落魄·栖乌飞绝》词云："烧香曳簟眠清樾。花久影吹笙，满地淡黄月。"

垫

1.华茵：华丽的车垫。

宋莫仑《水龙吟》词云："绣毂华茵，锦屏罗荐，何时拘管。"

宋王义山《勾问队心》词云："相携纤手，共蹑华茵。"

2.茵罗：缛子、床垫。

宋张枢《庆宫春》词云："银床露洗凉柯，屏掩得销，忍扫茵罗。"

3.舞茵：铺在地上供跳舞用的草垫。

宋卢祖皋《倦寻芳·春思》词云："花径风柔，著地舞茵红软。"

宋柳永《少年游》词云："舞茵歌扇花光里，翻回雪，驻行云。"

4.罗荐：丝织垫席。

宋莫仑《水龙吟》词云："绣縠华裀，锦屏罗荐，何时拘管。"

宋史达祖《忆瑶姬》词云："自彩鸾、飞入芳巢，绣屏罗荐粉光新。"

5.红毡：染成红色的毛毡。

宋赵汝茪《梅花引》词云："自取红毡，重坐暖金船。"

帷帐

1.罗幕：丝罗帐幕。

宋张孝祥《菩萨蛮》词云："东风约略吹罗幕，一帘细雨春阴薄。"

宋晏殊《蝶恋花》词云："槛菊愁烟兰泣露，罗幕轻寒，燕子双飞去。"

2.罗帏：罗帐。

宋范成大《忆秦娥》词云："隔烟催漏金虬咽，罗帏暗淡灯花结。"

唐佚名《醉公子·门外狗儿吠》词云："扶得入罗帏，不肯脱罗衣。"

3.罗帐：纱帐。

宋辛弃疾《祝英台近》词云："罗帐灯昏，呜咽梦中语。"

宋蒋捷《虞美人·听雨》词云："少年听雨歌楼上，红烛昏罗帐。"

4.宝帐：华美的帐子。语出南朝宋鲍照《代陈思王京洛篇》："宝帐三千万，为尔一朝容。"

宋卢祖皋《倦寻芳·春思》词云："醉归来，记宝帐歌慵，锦屏香暖。"

五代顾夐《浣溪沙》词云："宝帐玉炉残麝冷，罗衣金缕暗尘生，小窗孤烛泪纵横。"

5.鹤帐：织或绣有仙鹤图案的帐子。

宋李珏《击梧桐·别西湖社友》词云："鹤帐梅花屋，霜月后、记把山扉牢掩。"

宋董嗣杲《湘月》词云："艳歌终散，输他鹤帐清寐。"

6.翠帷：绿色的帐幕。

宋张孝祥《菩萨蛮》词云："折得最繁枝，暖香生翠帷。"

唐柳宗元《舞曲歌辞·白纻歌》词云："翠帷双卷出倾城，龙剑破匣霜月明。"

宋陈允平《恋绣衾》词云："无赖是、梨花梦，被月明、偏照翠帷。"

7.朱幌：红色的帷幔。

宋陆淞《瑞鹤仙》词云："重省，残灯朱幌，淡月纱窗，那时风景。"

南北张正见《临高台》词云："风前朱幌色，霞处绮疏分。"

8.云帱：有云彩图案的帐子。

宋李莱老《台城路·寄弁阳翁》词云："堂深几许？渐爽入云帱，翠绡千缕。"

9.锦幄：锦制的帷幄。

宋陈允平《思佳客》词云："锦幄沉沉宝篆残，惜春舞语凭栏杆。"

宋郭应祥《鹊桥仙》词云："杯盘草草，园亭小小，不用罗帷锦幄。"

10.青油：青油幕。

宋冯去非《喜迁莺》词云："借箸青油，挥毫紫塞，旧事不堪重举。"

宋李纲《喜迁莺·塞上词》词云："玉帐尊罍，青油谈笑，肯把壮怀销了。"

屏风

1.银屏：镶银的屏风。语出唐白居易《长恨歌》："揽衣推枕起徘徊，珠箔银屏逦迤开。"

宋卢祖皋《江城子》词云："画楼帘幕卷新晴。掩银屏。晓寒轻。"

宋孙惟信《昼锦堂》词云："银屏下，争信有人，真个病也，天天。"

2.锦屏：锦绣的屏风。语出唐李益《长干行》："鸳鸯绿浦上，翡翠锦屏中。"

唐温庭绚《蕃女怨》词云："年年征战，画楼离恨锦屏空。"

宋翁元龙《水龙吟》词云："黯梨云，散作人间好梦，琼萧在、锦屏底。"

3.绣屏：上有刺绣的屏风。

宋陆游《乌夜啼》词云："绣屏惊断潇湘梦，花外一声莺。"

唐张泌《浣溪沙》词云："独立寒阶望月华，露浓香泛小庭花，绣屏愁背一灯斜。"

4.云屏：以云母为饰或绘以云形的屏风。

宋张孝祥《清平乐》词云："碧云青翼无凭，困来小倚云屏。"

宋辛弃疾《念奴娇·书东流村壁》词云："刬地东风欺客梦，一枕云屏寒怯。"

5.玉屏：玉制或玉饰屏风。

宋卢祖皋《谒金门》词云："翠袖玉屏金镜，日薄绮疏人静。"

宋楼采《好事近》词云："人去玉屏闲，逗晓柳丝风急。"

6.画屏：有画饰的屏风。

宋卢祖皋《清平乐》词云："消息无凭听又懒，隔断画屏双扇。"

宋苏轼《蝶恋花》词云："记得画屏初会遇。好梦惊回，望断高唐路。"

7.凤屏：雕绘凤凰等饰物的屏风。置于床头。

宋孙惟信《夜合花》词云："凤屏半掩，钗花映烛红摇。"

五代欧阳炯《浣溪沙》词云："相见休言有泪珠，酒阑重得叙欢娱，凤屏鸳枕宿金铺。"

8.小山屏：指屏风。

宋孙惟信《烛影摇红·牡丹》词云："梦云不入小山屏，真个欢难偶。"

五代顾敻《醉公子》词云："枕倚小山屏，金铺向晚扃。"

9.曲屏：曲折的屏风。

宋翁孟寅《烛影摇红》词云："镜尘埋恨，带粉栖香，曲屏寒浅。"

宋姜夔《解连环》词云："水驿灯昏，又见在、曲屏近底。"

10.云屏：云母屏风。或有云形彩绘的屏风。

宋赵汝茪《梅花引》词云："题破玉笺双喜鹊，香烬冷，绕云屏，浑是山。"

宋苏轼《念奴娇·书东流村壁》词云："划地东风欺客梦，一枕云屏寒怯。"

11.屏山：折叠的屏风，形状像山。

唐温庭筠《菩萨蛮》词云："无言匀睡脸，枕上屏山掩。"

宋董嗣杲《湘月》词云："香满屏山春满几，炉拥麝焦禽睡。"

12.步障：用以遮蔽风尘或视线的一种屏障。

宋赵汝茪《汉宫春》词云："三十里、芙蓉步障，依然红翠相扶。"

宋周密《西江月·延祥观拒霜拟稼轩》词云："绿绮紫丝步障，红鸾彩凤仙城。"

帘子

1.珠帘：珍珠缀饰的帘子。语见汉刘歆《西京杂记》卷二："昭阳殿织珠为帘，风至则鸣，如珩佩之声。"

唐温庭筠《菩萨蛮》词云："竹风轻动庭除冷，珠帘月上玲珑影。"

宋高观国《齐天乐》词云："风流江左久客，旧游得意处，珠帘曾卷。"

宋黄升《清平乐·宫词》词云："珠帘寂寂，愁背银缸泣。"

宋薛梦桂《醉落魄》词云："珠帘压定银钩索。"

宋赵闻礼《风入松》词云："珠帘卷上还重下，怕东风、吹散歌声。"

宋徐照《清平乐》词云："迎人卷上珠帘，小螺未拂眉尖。"

宋刘过《贺新郎》词云："楼低不放珠帘卷。晚妆残，翠钿狼藉泪痕凝脸。"

2.风帘：指酒帘、酒旗或遮蔽门窗的帘子。

宋陆淞《瑞鹤仙》词云："堂深昼永，燕交飞、风帘露井。"

唐牛峤《菩萨蛮》词云："风帘燕舞莺啼柳，妆台约鬓低纤手。"

3.绣帘：彩饰华丽的帘幕。

宋卢祖皋《倦寻芳·春思》词云："倚危楼，但镇日、绣帘高卷。"

宋陈允平《绛都春》词云："殢雨弄晴，飞梭庭院绣帘闲。"

4.香帘：飘出香气的帘幕。

宋李演《醉桃源·题小扇》词云："双鸳初放步云轻，香帘蒸未晴。"

宋周密《拜星月慢》词云："想人在、絮幕香帘凝望，误认几许，烟樯风幔。"

5.画帘：有画饰的帘。

宋陈亮《水龙吟》词云："闹花深处层楼，画帘半卷东风软。"

唐韦庄《荷叶杯》词云："水堂西面画帘垂，携手暗相期。"

6.空帘：门帘虚掩。

宋史达祖《夜行船》词云："小雨空帘，无人深巷，已早杏花先卖。"

宋周密《醉落魄·拟参晦》词云："吹花有尽情无极，泪滴空帘，香润柳枝湿。"

7.重帘：层层帘幕。

宋史达祖《东风第一枝·春雪》词云："料故园、不卷重帘，误了乍来双燕。"

宋史达祖《玉楼春》词云："明朝新燕定归来，叮嘱重帘休放下。"

8.燕帘：燕子飞入帘幕。

宋史达祖《清商怨》词云："江烟白，江波碧，柳户清明，燕帘寒食。"

宋楼采《玉漏迟》词云："彩柱秋千散后，怅尘锁、燕帘莺户。"

9.闲帘：无人卷起的帘子。

宋李彭老《探芳讯·湖上春游，继草窗韵》词云："闲帘深掩梨花雨，谁问东阳瘦。"

10.晚帘：夜晚的帘。

宋周密《好事近·拟东泽》词云："晚帘都卷看青山，山外更山色。"

五代孙光宪《浣溪沙》词云："半踏长裾宛约行，晚帘疏处见分明，此时堪恨昧平生。"

11.疏帘：指稀疏的竹织窗帘。

宋张辑《疏帘淡月》词云："露侵宿酒，疏帘淡月，照人无寐。"

宋薛梦桂《浣溪沙》词云："柳映疏帘花映林，春光一半几销魂。"

12.青帘：酒帘，古时酒店挂的幌子。语出刘禹锡《鱼复江中》："风樯好往贪程去，斜日青帘背酒家。"

宋朱昺孙《真珠帘》词云："春市，又青帘巷陌，红芳歌吹。"

宋苏轼《江神子》词云："江阔天低、无处认青帘。孤坐冻吟谁伴我？"

13.小帘：小块帘布。

宋姜夔《法曲献仙音·张彦功官舍》词云："虚阁笼寒，小帘通月，暮色偏怜高处。"

宋翁元龙《风流子·闻桂花怀西湖》词云："恨小帘灯暗，粟肌消瘦，薰炉烟减，珠袖玲珑。"

14.暗帘：窗帘幽暗。

宋王易简《酹江月》词云："暗帘吹雨，怪西风梧井，凄凉何早。"

宋佚名《青玉案》词云："绮罗暗帘成行满，尽酌金樽十分劝。"

15.翠帘：指绿色的帘幕。

宋张枢《壶中天·月夕登绘幅堂，与筼房各赋一解》词云："人归鹤唳，翠帘十二空卷。"

宋李清照《诉衷情》词云："人悄悄，月依依，翠帘垂。"

16.垂帘：放下的帘子。

宋周晋《清平乐》词云："图书一室，香暖垂帘密。"

宋佚名《玉蝴蝶》词云："思悠悠，垂帘独坐，传遍熏笼。"

17.黛帘：厚重的帘。

宋薛梦桂《眼儿媚·绿笺》词云："只因一朵芙蓉月，生怕黛帘遮。"

18.帘幕：遮蔽门窗用的大块帷幕。

宋卢祖皋《江城子》词云："画楼帘幕卷新晴，掩银屏，晓寒轻。"

宋杨缵《被花恼·自度腔》词云："疏疏宿雨酿寒轻，帘幕静垂清晓。"

19.帘旌：帘幕。

宋姚宽《菩萨蛮》词云："睡起揭帘旌，玉人蝉鬓轻。"

五代孙光宪《虞美人》词云："好风微揭帘旌起，金翼鸾相倚。"

20.帘钩：卷帘所用的钩子。

宋洪迈《踏莎行》词云："院落深沉，池塘寂静，帘钩卷上梨花影。"

宋尚希尹《浪淘沙》词云："晚来风恶下帘钩。"

21.帘栊：窗帘和窗牖，也泛指门窗的帘子，亦作"帘笼"。

宋李石《木兰花令》词云："一莺啼破帘栊静，红日渐高槐转影。"

宋赵汝茪《梅花引》词云："小约帘栊，一面受春寒。"

宋汤恢《倦寻芳》词云："悄帘栊，听幽禽对语，分明如翦。"

宋周密《甘州·灯夕书寄二隐》词云："记少年游处，箫声巷陌，灯影帘栊。"

宋吴潜《南柯子》词云："秋千庭院小帘栊。多少闲情闲绪、雨声中。"

宋辛弃疾《定风波》词云："老去逢春如病酒，唯有，茶瓯香篆小帘栊。"

22.帘箔：用竹子或芦苇编成的方帘。语见李白《捣衣篇》："明月高高刻漏长，真珠帘箔掩兰堂。"

宋楼采《二郎神》词云："帐烬冷炉熏，花深莺静，帘箔微红醉袅。"

宋王炎《江城子·癸酉春社》词云："帘箔四垂庭院静，人独处，燕双飞。"

23.珠箔：珠帘。

宋赵闻礼《鱼游春水》词云："玉钩珠箔，密密锁红藏翠。"

宋张元干《兰陵王》词云："卷珠箔，朝雨轻阴乍阁。"

24.帘影：帘幕的影子。

宋史达祖《青玉案》词云："多定红楼帘影暮。"

宋李振祖《浪淘沙》词云："粉香何处度涟漪？认得一船杨柳外，帘影垂垂。"

宋晏几道《玉楼春》词云："碧楼帘影不遮愁，还似去年今日意。"

25.帘景：帘影。

宋徐照《南歌子》词云："帘景筛金线，炉烟袅翠丝。"

26.帘隙：帘幕的缝隙。

宋史达祖《黄钟喜迁莺·元宵》词云："怕万一，误玉人、夜寒帘隙。"

宋施岳《曲游春·清明湖上》词云："小楫冲波，度麯尘扇底，粉香帘隙。"

27.帘外：竹帘外面。

宋陈允平《思佳客》词云："庭前芳草空惆怅，帘外飞花自往还。"

宋李清照《浪淘沙》词云："帘外五更风，吹梦无踪。画楼重上与谁同?"

28.冰箔：形容纱帘清凉透明。

宋赵与仁《琴调相思引》词云："冰箔纱帘小院清，晴尘不动地花平。"

29.酒旗：即酒帘。酒店的标帜。

宋郑楷《诉衷情》词云："酒旗摇曳柳花天，莺语软于棉。"

宋洪茶《菩萨蛮》词云："系马短亭西，丹枫明酒旗。"

30.银泥：指缀有银饰的帘幕。

宋蔡枏《鹧鸪天》词云："病酒厌厌与睡宜，珠帘罗幕卷银泥。"

唐李贺《月漉漉篇》词云："挽菱隔歌袖，绿刺罥银泥。"

31.宝结：打结的美称。

宋应法孙《霓裳中序第一》词云："帘卷流苏宝结，乍庭户嫩凉，栏杆微月。"

32.宝押：对压帘之物的美称。

宋李莱老《浪淘沙》词云："宝押绣帘斜，莺燕谁家。"

33.帘卷：卷起或掀起帘子。

宋翁孟寅《烛影摇红》词云："轻烟残照下栏杆，独自疏帘卷。"

宋夏竦《喜迁莺》词云："霞散绮，月沉钩，帘卷未央楼。"

34.占帘：掀帘候视、察看。

宋翁元龙《水龙吟·雪霁登吴山见沧阁，闻城中箫鼓声》词云："昵枕迷香，占帘看夜，旧游经醉。"

玉钩

1.玉钩：挂帘子的钩。

宋赵闻礼《鱼游春水》词云："玉钩珠箔，密密锁红藏翠。"

宋陈允平《满江红·和清真韵》词云："任画帘、不卷玉钩闲，扬花扑。"

五代李璟《摊破浣溪沙》词云："手卷真珠上玉钩，依前春恨锁重楼。"

2.琼钩：玉钩。

宋张枢《风入松》词云："旧巢未著新来燕，任珠帘、不上琼钩。"

宋周密《珍珠帘》词云："独记梦入瑶台，正玲珑透月，琼钩十二。"

箱匣

1.金箧：镶金的箱子。

宋尹焕《霓裳中序第一·茉莉》词云："愁绝。旧游轻别，忍重看、锁香金箧。"

2.香箧：装梳妆用品的小箱。

宋应法孙《霓裳中序第一》词云："玉纤胜雪，委素纨、尘锁香箧。"

3.玉合：玉饰妆盒。

宋李彭老《生查子》词云："罗襦隐绣茸，玉合消红豆。"

宋李彭老《青玉案》词云："算只有、飞红去。玉合香囊曾暗度。"

4.花匣：刻有花纹的匣子。

宋楼采《法曲献仙音》词云："花匣幺弦，象奁双陆，旧日留欢情意。"

5.象奁：象牙匣。

宋楼采《法曲献仙音》词云："花匣幺弦，象奁双陆，旧日留欢情意。"

（四）香炉灯烛

香

1.沉水：沉水香，一种名贵香料。语出晋嵇含《南方草木状·蜜香沉香》："此八物同出于一树也……木心与节坚黑，沉水者为沉香，与水面平者为鸡骨香。"后因以"沉水"借指沉香。

宋李清照《浣溪沙》词云："淡荡春光寒食天，玉炉沉水袅残烟。"

宋张辑《疏帘淡月》词云："润逼衣篝，线袅蕙炉沉水。"

宋李清照《菩萨蛮·风柔日薄春犹早》词云："沉水卧时烧，香消酒未消。"

宋蔡松年《鹧鸪天·赏荷》词云："胭脂雪瘦熏沉水，翡翠盘高走夜光。"

2.水沉：沉水香，一种熏香料。

宋洪咨夔《眼儿媚》词云："绮窗深静人归晚，金鸭水沉温。"

宋施岳《步月·茉莉》词云："玩芳味、春焙旋熏，贮农韵、水沉频爇。"

宋苏轼《阮郎归·初夏》词云："碧纱窗下水沉烟，棋声惊昼眠。"

3.沉煤：沉香。

宋张龙荣《摸鱼儿》词云："正麤帙逢迎，沉煤半冷，风雨闭宵馆。"

4.沉香：沉水香。用沉木制成，因其能沉，故名。

宋楼采《玉楼春》词云："东风破晓寒成阵，曲锁沉香簧语嫩。"

宋周邦彦《苏幕遮》词云："燎沉香，消溽暑。鸟雀呼晴，侵晓窥檐语。"

5.篝香：燃香。篝，用作动词。

宋周晋《清平乐》词云："手寒不了残棋，篝香细勘唐碑。"

宋周密《忆旧游》词云："记移灯翦雨，换火篝香，去岁今朝。"

6.夜香：夜间烧的香。

宋刘仙伦《菩萨蛮·效唐人闺怨》词云："犹自软心肠，为他烧夜香。"

宋史达祖《青玉案》词云："兰灯初上，夜香初炷，犹自听鹦鹉。"

宋李彭老《生查子》词云："拜了夜香休，翠被听春漏。"

7.午香：旧俗五月每日中午祭祀之香，有时仅指熏香。

宋蔡松年《尉迟杯》词云："午香重、草绿宫罗淡。"

宋陈克《菩萨蛮·赤阑桥尽香街直》词云："醉眼不逢人，午香吹暗尘。"

8.午篆：午时焚香所起之烟。篆，形容烟雾缭绕如篆文。

宋张辑《南歌子》词云："柳户朝云湿，花窗午篆清。"

宋李祁《归来轩》词云："梦回枕簟书有声，客来午篆微烟障。"

9.宝篆：盘香，袅袅升腾的烟缕。

宋周密《少年游·宫词拟梅溪》词云："帘消宝篆卷宫罗，蜂蝶扑飞梭。"

宋李清照《浪淘沙》词云："记得玉钗斜拨火，宝篆成空。"

10.篆烟：盘香的烟缕。

宋赵与仁《好事近》词云："春色醉荼，昼永篆烟初绝。"

宋李之仪《玉蝴蝶》词云："篆烟萦素，空转雕盘。"

11.篆香：燃香升起的烟缕。

宋洪迈《踏莎行》词云："宝筝拈得雁难寻，篆香消尽山空冷。"

宋李清照《满庭芳·残梅》词云："篆香烧尽，日影下帘钩。"

12.冰脑：冰片，一种香片。

宋赵闻礼《水龙吟·水仙花》词云："钿碧搔头，腻黄冰脑，参差难剪。"

宋李居仁《天香》词云："万里槎程，一番花信，付与露薇冰脑。"

13.香烬：焚香的余烬。

宋赵汝茪《梅花引》词云："题破玉笺双喜鹊，香烬冷，绕云屏，浑是山。"

宋张矩《虞美人》词云："金炉钑就裙纹折，香烬低云月。"

14.麝煤：香煤，用来熏香的燃料，也指焚香所起之烟。

宋陆淞《瑞鹤仙》词云："屏间麝煤冷，但眉峰压翠，泪珠弹粉。"

宋苏轼《翻香令》词云："金炉犹暖麝煤残，惜香更把宝钗翻。"

15.兰煤：香煤。

宋王茂孙《高阳台·春梦》词云："人独春闲，金猊暖透兰煤。"

宋张玉娘《汉宫春·元夕用京仲远韵》词云："兰煤沉水，澈金莲、影晕香埃。"

香炉

1.金鸭：铜制鸭形香炉。

宋陆游《乌夜啼》词云："金鸭余香尚暖，绿窗斜日偏明。"

宋洪咨夔《眼儿媚》词云："绮窗深静人归晚，金鸭水沉温。"

宋李石《木兰花令》词云："柔丝无力玉琴寒，残麝彻心金鸭冷。"

宋秦观《木兰花·秋容老尽芙蓉院》词云："玉纤慵整银筝雁。红袖时笼金鸭暖。"

2.宝鸭：鸭形香炉。

宋杨缵《被花恼·自度腔》词云："宝鸭微温瑞烟少，檐声不动，春禽对语，梦怯频惊觉。"

宋秦观《沁园春》词云："愁绝处，又香销宝鸭，灯晕兰煤。"

3.金兽：熏香铜炉，多制成兽形，如麒麟、狻猊、袅鸭等。

宋李清照《醉花阴》词云："薄雾浓云愁永昼，瑞脑销金兽。"

宋赵闻礼《千秋岁》词云："无个事，沉烟一缕腾金兽。"

宋张耒《秋蕊香》词云："帘幕疏疏风透。一线香飘金兽。"

4.金猊：做成狻猊形的铜香炉。

宋王茂孙《高阳台·春梦》词云："人独春闲，金猊暖透兰煤。"

宋李清照《凤凰台上忆吹箫》词云："香冷金猊，被翻红浪，起来慵自梳头。"

5.惠炉：香炉。

宋张辑《疏帘淡月》词云："润逼衣篝，线袅惠炉沉水。"

宋李之仪《水龙吟（中秋）》词云："闻道水精宫殿，惠炉薰、珠帘高挂。"

6.宝篆：熏香的美称。焚时烟如篆状，故称。

宋黄庭坚《画堂春》词云："宝篆烟消龙凤，画屏云锁潇湘。"

宋李清照《浪淘沙·帘外五更风》词云："记得玉钗斜拨火，宝篆成空。"

7.翠鼎：香炉。

宋杨缵《一枝春·除夕》词云："流苏帐暖，翠鼎缓腾香雾。"

8.麝焦禽睡：指燃有麝香的卧禽形香炉。

宋董嗣杲《湘月》词云："香满屏山春满几，炉拥麝焦禽睡。"

薰笼

1.香篝：熏笼。语出周邦彦《花犯·梅花》："香篝熏素被。"

宋楼采《法曲献仙音》词云："梦到银屏，恨裁兰烛，香篝夜阑鸳被。"

宋刘仙伦《菩萨蛮·效唐人闺怨》词云："吹箫人去行云杳，香篝翠被都闲了。"

宋曹良史《江城子》词云："兰炷香篝，谁为暖罗衾?"

2.衣篝：薰笼。

宋张辑《疏帘淡月》词云："润逼衣篝，线袅蕙炉沉水。"

宋陈允平《少年游》词云："香暖衣篝，歌题采扇，清似晋时人。"

3.玉篝：玉饰熏笼。

宋史介翁《菩萨蛮》词云："斗合做春愁，困慵熏玉篝。"

壶漏

1.宫壶：宫中报时漏壶（古代一种以滴水计时的装置）。

宋杨缵《一枝春·除夕》词云："宫壶未晓，早骄马、绣车盈路。"

宋徐叔至《促拍满路花》词云："禁殿开金钥，宝炬宫壶，诏催移下钧天。"

宋吴文英《夜行船〈赠赵梅壑〉》词云："古鬲香深，宫壶花换，留取四时春好。"

2.铜壶：漏壶。

宋翁孟寅《齐天乐·元夕》词云："凤辇鳌山，云收雾敛，迤逦铜壶漏迥。"

宋阮阅《减字木兰花·冬至》词云："秉烛须游，已减铜壶昨夜筹。"

3.莲漏：莲花漏，古代的一种计时器，传为晋代和尚慧远发明。见宋夏竦《颍川莲花漏铭》。

宋毛滂《武陵春（正月二日，天寒欲雪，孙使君置酒作乐，宾客插花剧饮，明日当立春）》词云："留取笙歌直到明。莲漏已催春。"

宋李彭老《壶中天·登寄闲吟台》词云："怨鹤知更莲漏悄，竹里筛金帘户。"

4.春漏：春日的更漏。多指春夜。

宋韩疁《浪淘沙》词云："可奈梦随春漏短，不到江南。"

宋李彭老《生查子》词云："拜了夜香休，翠被听春漏。"

5.漏移：古代计时方法。

宋陈允平《恋绣衾》词云："归来醉抱琵琶睡，正酒醒、香尽漏移。"

宋周邦彦《解语花·上元》词云："清漏移，飞盖归来，从舞休歌罢。"

6.漏签：漏壶，滴水计时之具。

宋应法孙《霓裳中序第一》词云：“悲切，漏签声咽，渐寒灺、兰缸未灭。”

宋刘一止《鹊桥仙》词云：“名园清昼漏签迟，未肯负、酒朋歌伴。”

7.银签：更漏。

宋韩疁《高阳台·除夕》词云：“频听银签，重燃绛蜡，年华衮衮惊心。”

宋李甲《梦玉人引》词云：“乍促银签，便篆香纹蜡有余迹。”

8.琼签：玉制刻度，插在壶中以记时。

宋陈允平《瑞鹤仙》词云：“燕归帘半卷，正漏约琼签，笙调玉琯。”

宋蔡伸《减字木兰花·庚申七夕》词云：“琼签报曙，忍使飙轮容易去。”

9.香尽：古代计时方法。

宋陈允平《恋绣衾》词云：“归来醉抱琵琶睡，正酒醒、香尽漏移。”

宋蔡伸《虞美人》词云：“鸭炉香尽锦屏中。幽梦今宵何许、与君同。”

炉灶

1.寒炉：寒天的火炉。

宋史达祖《东风第一枝·春雪》词云：“寒炉重暖，便放慢春衫针线。”

宋魏了翁《朝中措》词云：“吟须捻断，寒炉拨尽，雁自天边。”

2.熏炉：用以熏香或取暖的炉子。

宋吴文英《高阳台·丰乐楼分韵得“如”字》词云：“伤春不在高楼上，在灯前欹枕，雨外熏炉。”

宋翁元龙《风流子·闻桂花怀西湖》词云：“恨小帘灯暗，粟肌消瘦，薰炉烟减，珠袖玲珑。”

宋张枢《风入松》词云：“薰炉谁熨暖衣篝，消遣酒醒愁。”

3.玉炉：熏炉的美称。

宋汤恢《满江红》词云：“漫玉炉、沈水熨春衫，花痕碧。”

宋孙惟信《阮郎归》词云：“满阶红影月昏黄，玉炉催换香。”

4.茶灶：烹茶的小炉灶。

宋张炎《甘州·饯草窗西归》词云：“烟波远，笔床茶灶，何处逢君。”

宋陈允平《昼锦堂》词云：“茶灶酒垆，春时几番携手。”

5.孤烬：一炉灰烬。

宋高观国《祝英台近》词云：“一窗寒，孤烬冷，独自个春睡。”

灯

1.兰灯：本谓点燃兰膏之灯，后用作灯的美称。

宋史达祖《青玉案》词云："兰灯初上，夜香初炷。犹自听鹦鹉。"

宋柳永《玉楼春·五之三·大石调》词云："金丝玉管咽春空，蜡炬兰灯烧晓色。"

2.青灯：亦作"青灯"。光线青荧的油灯。

宋丁宥《水龙吟》词云："愁不禁秋，梦还惊客，青灯孤枕。"

宋仇远《生查子》词云："今夜试青灯，依旧春花小。"

3.残灯：将熄的灯。

宋赵闻礼《贺新郎·萤》词云："孤枕掩，残灯炷。"

宋范仲淹《御街行·秋日怀旧》词云："残灯明灭枕头欹，谙尽孤眠滋味。"

4.垂灯：挂彩灯。

宋姜夔《玲珑四犯》词云："叠鼓夜寒，垂灯春浅，匆匆时事如许。"

5.繁灯：谓张灯结彩，景象繁盛。

宋刘克庄《生查子·灯夕戏陈敬叟》词云："繁灯夺霁华，戏鼓侵明灭。"

6.明灯：指明亮的灯。

宋李演《摸鱼儿·太湖》词云："明灯暗浦，更短笛衔风，长云弄晚，天际画秋句。"

7.秋灯：秋日的灯火。

宋王沂孙《醉蓬莱·归故山》词云："一室秋灯，一庭秋雨，更一声秋雁。"

宋吴文英《夜游宫》词云："向长安，对秋灯，几人老。"

8.夜灯：夜里的灯。

宋陈允平《瑞鹤仙》词云："蛾眉画来浅，甚春衫懒试，夜灯慵剪。"

宋张昇《满江红》词云："夜灯前、独歌独酌，独吟独笑。"

9.渔灯：渔船上的灯火。

宋冯去非《喜迁莺》词云："雁外渔灯，蛩边蟹舍，绛叶满秋来路。"

宋柳永《安公子》词云："望几点、渔灯隐映蒹葭浦。"

10.兰釭：兰灯；兰膏可为灯油。

宋应法孙《霓裳中序第一》词云："悲切，漏签声咽，渐寒炧、兰釭未灭。"

宋仇远《蝶恋花·燕燕楼空帘意静》词云："今夕兰釭空吊影。绣衾罗荐余香冷。"

11.银釭：银白色的灯盏或烛台，代指精美的灯。

宋黄升《清平乐·宫词》词云："珠帘寂寂，愁背银釭泣。"

宋张林《柳梢青·灯花》词云："何须羯鼓声催，银釭里、春工四时。"

宋赵长卿《潇湘夜雨·灯词》词云："斜点银釭，高擎莲炬，夜深不耐微风。"

12.红兰：兰灯。

宋周密《醉落魄·拟参晦》词云："春愁浩荡湘波窄，红兰梦绕江南北。"

宋仇远《思佳客·霜醉秋花锦覆堤》词云："闲将窗下红兰梦，写入江南白苎词。"

13.灯蛾：扑灯的飞蛾。

宋张林《柳梢青·灯花》词云："却笑灯蛾，学他蜂蝶，照影频飞。"

宋吕胜己《谒金门·秋夜静》词云："两两啼蛄相答应，灯蛾摇烛影。"

14.灯户：亮灯的人家。

宋翁元龙《水龙吟·雪霁登吴山见沧阁，闻城中箫鼓声》词云："街声暮起，尘侵灯户，月来舞地。"

15.灯街：挂满灯的街道。

宋史达祖《东风第一枝·灯夕》词云："酒馆歌云，灯街舞绣，笑声喧似箫鼓。"

16.灯前：烛台前。

宋吴文英《高阳台·丰乐楼分韵得"如"字》词云："伤春不在高楼上，在灯前欹枕，雨外熏炉。"

宋辛弃疾《木兰花慢·滁州送范倅》词云："秋晚莼鲈江上，夜深儿女灯前。"

17.绛纱：灯笼上的红纱。

宋刘澜《瑞鹤仙·海棠》词云："夜归来，驾锦漫天，绛纱万烛。"

宋欧阳修《浪淘沙》词云："五岭麦秋残，荔子初丹。绛纱囊里水晶丸。"

18.烛红摇：灯烛光亮晃动貌。

宋孙惟信《夜合花》词云："凤屏半掩，钗花映烛红摇。"

19.翠眼圈花：各种花灯如柳眼，不停地转动。

宋史达祖《黄钟喜迁莺·元宵》词云："翠眼圈花，冰丝织练，黄道宝光相直。"

灯芯

1.灯花：灯心燃烧时结成的花状物。旧俗中，烛花呈祥，是有喜的征兆。

宋李演《南乡子·夜宴燕子楼》词云："可惜素鸾留不得，更深，误剪灯花断了心。"

宋吴文英《烛影摇红》词云："秋入灯花，夜深檐影琵琶语。"

宋范成大《忆秦娥》词云："隔烟催漏金虬咽，罗帏暗淡灯花结。"

宋吴文英《喜迁莺·甲辰冬至寓越，儿辈尚留瓜泾萧寺》词云："重会面，点检旧吟，同看灯花结。"

2.烛花：蜡烛燃烧时烛心结成的花状物。

宋周文璞《一剪梅》词云："流苏斜掩烛花寒，一样眉尖，两处关山。"

宋苏轼《行香子·秋与》词云："任酒花白，眼花乱，烛花红。"

3.剪灯：修剪灯芯，后常指夜谈。语出唐李商隐《夜雨寄北》："何当共剪西窗烛，却话巴山夜雨时。"

宋张炎《甘州·饯草窗西归》词云："不恨片篷南浦，恨剪灯听雨，谁伴孤吟。"

宋史达祖《绮罗香·春雨》词云："记当日、门掩梨花，剪灯深夜语。"

灯光

1.暗兰：暗淡的灯光。

宋翁元龙《水龙吟·雪霁登吴山见沧阁，闻城中箫鼓声》词云："乐事轻随流水，暗兰消、作花心计。"

2.冷焰：冷光。

宋赵闻礼《贺新郎·萤》词云："入夜凉风吹不灭，冷焰微茫暗度。"

蜡烛

1.绛蜡：红烛。语见宋苏轼《次韵代留别》："绛蜡烧残玉斝飞。"

宋晏几道《破阵子·柳下笙歌庭院》词云："绛蜡等闲陪泪，吴蚕到了缠绵。"

宋韩疁《高阳台·除夕》词云："频听银签，重燃绛蜡，年华衮衮惊心。"

宋秦观《沁园春·宿霭迷空》词云："念小奁瑶鉴，重匀绛蜡；玉龙金斗，时熨沉香。"

2.密烛：纹理细密的蜡烛。

宋释德洪《余过山谷时方睡觉且以所梦告余命赋诗因拟长吉作春梦谣》词云："芭蕉莫寒心欲折，密烛华光清夜白。"

宋翁元龙《绛都春·秋晚，海棠与黄菊盛开》词云："花娇半面，记密烛夜阑，同醉深院。"

3.兰烛：香烛，烛的美称。兰，一种香料。

宋楼采《法曲献仙音》词云："梦到银屏，恨裁兰烛，香篝夜阑鸳被。"

宋赵鼎《好事近（倅·车还阙，分得茶词）》词云："兰烛画堂深，歌吹已终瑶席。"

4.银烛：银制烛台，代指银灯、烛火等。

宋詹玉《醉落魄》词云："小窗银烛，轻鬟半拥钗横玉。"

宋薛梦桂《浣溪沙》词云："小窗银烛又黄昏。"

宋吴文英《望江南·三月暮》词云："宿燕夜归银烛外，啼莺声在绿阴中。无处觅残红。”

5.秉烛：手持蜡烛。

宋黄孝迈《水龙吟》词云：“谁共题诗秉烛？两厌厌、天涯别袂。”

宋阮阅《减字木兰花·冬至》词云：“秉烛须游，已减铜壶昨夜筹。”

6.宫烛：宫延赏赐的蜡烛。

宋李彭老《木兰花慢》词云：“正千门系柳，赐宫烛、散青烟。”

宋姜夔《琵琶仙·双桨来时》词云：“又还是、宫烛分烟，奈愁里、匆匆换时节。”

7.蜜烛：蜡烛。

宋翁元龙《绛都春·秋晚，海棠与黄菊盛开》词云：“花娇半面，记蜜烛夜阑，同醉深院。”

八、行

（一）路桥

桥

1.河桥：桥梁。语见南北朝庾信《李陵苏武别赞》："河桥两岸，临路悽然。"

宋张炎《渡江云·次赵元父韵》词云："酒船归去后，转首河桥，那处认纹纱。"

宋周邦彦《夜飞鹊》词云："河桥送人处，凉夜何其。"

2.断桥：在杭州白堤上，因孤山之路至此而断，故自唐以来便有此名。或言本名宝祐桥，又名段家桥，今罕有称者。

宋王易简《齐天乐·客长安赋》词云："短帽轻鞍，倦游曾遍断桥路。"

宋施岳《兰陵王》词云："凭高处，愁锁断桥，十里东风正无力。"

宋吴文英《采桑子慢·九日》词云："走马断桥，玉台妆榭，罗帕香遗。"

宋赵长卿《临江仙·暮春》词云："短篷南浦雨，疏柳断桥烟。"

3.段家桥：即西湖断桥。

宋赵汝茪《梦江南》词云："昨梦醉来骑白鹿，满湖春水段家桥。"

宋赵汝茪《梦江南·帘不卷》词云："昨梦醉来骑白鹿，满湖春水段家桥。"

4.西泠：桥名，在西湖孤山下。

宋李莱老《小重山》词云："红尘没马翠埋轮，西泠曲，欢梦絮飘零。"

宋王亿之《高阳台》词云："双桨敲冰，低篷护冷，扁舟晓渡西泠。"

5.长桥：在南屏山下东北的西湖旁。

宋贺铸《阳羡歌·山秀芙蓉》词云："临风慨想斩蛟灵。长桥千载犹横跨。"

宋高观国《风入松》词云："马蹄只向南山去，长桥爱、花柳多情。"

宋奚岊《芳草·南屏晚钟》词云："响烟惊落日，长桥芳草外，客愁醒。"

宋苏轼《行香子·与泗守过南山晚归作》词云："望长桥上，灯火乱，使君还。"

6.画桥：雕饰精美的桥，也用作桥的美称。

宋王安国《减字木兰花·春情》词云："画桥流水，雨湿落红飞不起。"

宋史达祖《清商怨》词云："翠陌吹衣，画桥横笛。得，得。"

宋高观国《谒金门》词云："别后香车谁整，怪得画桥春静。"

宋吴潜《南柯子》词云："有人独立画桥东，手把一枝杨柳、系春风。"

宋李振祖《浪淘沙》词云："春在画桥西，画舫轻移。"

宋柳永《望海潮·东南形胜》词云："烟柳画桥，风帘翠幕，参差十万人家。"

7.二十四桥：杜牧《寄扬州韩绰判官》："二十四桥明月夜，玉人何处教吹箫？"二十四桥，或言扬州唐时有二十四桥。

宋姜夔《扬州慢》词云："二十四桥仍在，波心荡、冷月无声。"

宋刘辰翁《桂枝香·吹箫人去》词云："二十四桥，颇有杜书记否。"

8.灞桥：桥名。本作"霸桥"。据《三辅黄图·桥》载，霸桥，在长安东，跨水作桥。汉人送客至此桥，折柳赠别。

宋史达祖《东风第一枝·春雪》词云："恐凤靴，挑菜归来，万一灞桥相见。"

宋陆游《秋波媚·七月十六日晚登高兴亭望长安南山》词云："灞桥烟柳，曲江池馆，应待人来。"

9.溪桥：溪流小桥。

宋楼采《瑞鹤仙》词云："任残梅、飞满溪桥，和月醉眠清晓。"

宋黄庭坚《菩萨蛮》词云："半烟半雨溪桥畔，渔翁醉着无人唤。"

10.月桥：半月形拱桥。

宋真德秀《蝶恋花》词云："两岸月桥花半吐，红透肌香，暗把游人误。"

宋贺铸《青玉案》词云："月桥花院，琐窗朱户，只有春知处。"

11.虹梁：拱桥。谓其横在水面上，如彩虹卧波。

宋吴文英《烛影摇红·赋德清县圃古红梅》词云："莓锁虹梁，稽山祠下当时见。"

宋李肩吾《风流子》词云："双燕立虹梁，东风外、烟雨湿流光。"

宋姜夔《惜红衣·簟枕邀凉》词云："虹梁水陌，鱼浪吹香，红衣半狼藉。"

小径

1.芳径：花径。

宋江开《杏花天》词云："谢娘庭院通芳径，四无人、花梢转影。"

宋莫仑《玉楼春》词云："绿杨芳迳莺声小，帘幕烘香桃杏晓。"

宋史达祖《双双燕》词云："芳径，芹泥雨润。"

2.苔径：苍苔覆盖的小径。

宋储泳《齐天乐》词云："将春买断，恨苔径榆阶，翠钱难贯。"

宋杨子咸《木兰花慢·雨中荼蘼》词云："深深，苔径悄无人，栏槛湿香尘。"

宋张辑《念奴娇》词云："骤雨俄来，苍烟不见，苔径孤吟屐。"

3.香径：花间小路，或指落花满地的小径。

宋李莱老《谒金门》词云："香径莓苔嗟粉坏，凤靴双斗彩。"

宋晏殊《浣溪沙》词云："无可奈何花落去，似曾相识燕归来。小园香径独徘徊。"

4.深径：长长的小路。

宋李莱老《杏花天》词云："年时中酒风流病，正雨暗、蘼芜深径。"

宋贺铸《西江月》词云："携手看花深径，扶肩待月斜廊。"

5.三径：指家园。表示乡里隐居处。汉蒋诩隐居后，于院中开三条小路，只与求仲、羊仲二人交往。陶渊明《归去来兮辞》："三径就荒，松菊犹存。"

宋张炎《甘州·饯草窗西归》词云："回首三三径，松竹成阴。"

宋辛弃疾《沁园春·带湖新居将成》词云："三径初成，鹤怨猿惊，稼轩未来。"

6.曲径：弯弯曲曲的小径。

宋宋岳珂《满江红》词云："曲径穿花寻蛱蝶，虚阑傍日教鹦鹉。"

宋周邦彦《虞美人》词云："疏篱曲径田家小，云树开清晓。"

7.花径：花间的小路。

宋卢祖皋《倦寻芳·春思》词云："花径风柔，著地舞茵红软。"

宋朱淑真《眼儿媚》词云："迟迟春日弄轻柔，花径暗香流。"

8.箭径：笔直之路，此指采香径。周必大《吴郡诸山录》："故老言香山产香，山下平田之中有径，直达山头。西施自此采香，故一名采香（径），亦云箭径，言其直也。"

宋吴文英《八声甘州·陪庾幕诸公游灵岩》词云："箭径酸风射眼，剑水染花腥。"

巷陌

1.翠陌：翠绿的阡陌。

宋史达祖《清商怨》词云："翠陌吹衣，画桥横笛。得，得。"

宋高观国《霜天晓角》词云："望极，连翠陌。兰桡双桨急。"

2.芳陌：飘香的巷陌。

宋李演《八六子·次贺房韵》词云："正细柳青烟，旧时芳陌，小桃朱户，去年人面，谁知此日重来紧马，东风淡墨欹鸦。"

宋吴文英《应天长》词云："丽花斗靥，清麝溅尘，春声遍满芳陌"。

3.巷陌：街巷的通称。

宋施岳《兰陵王》词云："柳花白，飞入青烟巷陌。"

宋赵必王象《风流子》词云："问买春价数，酒边商略，寻春巷陌，鞭影参差。"

4.南陌：南面的道路。出自《鼓吹曲同诸公赋·临高台》。

宋周晋《柳梢青·杨花》词云："西湖南陌东城，甚管定、年年送春。"

宋晏殊《诉衷情》词云："东城南陌花下，逢著意中人。"

5.曲巷：偏僻的小巷。指妓院。

宋翁孟寅《齐天乐·元夕》词云："曲巷幽坊，管弦一片笑声近。"

宋刘辰翁《花犯》词云："白鬓翁翁向儿道，那曲巷袁安爱晴早。"

6.深巷：很长的巷道。

宋史达祖《夜行船》词云："小雨空帘，无人深巷，已早杏花先卖。"

宋赵必王象《风流子》词云："曾载月一篷，眠杨柳岸，买春深巷，过杏花墙。"

7.幽坊：深暗的坊巷。

宋翁孟寅《齐天乐·元夕》词云："曲巷幽坊，管弦一片笑声近。"

宋仇远《木兰花慢》词云："暗尘绣陌，淡月幽坊。"

8.长干：指里巷。古建康有长干巷。乐府《杂曲歌辞》有《长干曲》。

宋李肩吾《乌夜啼》词云："旧梦莺莺沁水，新愁燕燕长干。"

宋韩元吉《水调歌头》词云："今古长干桥下，遗恨都随流水，西去几时东。"

道路

1.黄道：天子经行的道路，泛指京城道路。

宋谢懋《浪淘沙》词云："黄道雨初干，霁霭空蟠。"

宋史达祖《黄钟喜迁莺·元宵》词云："翠眼圈花，冰丝织练，黄道宝光相直。"

宋张孝祥《望江南·南岳铨德观作》词云："天近月明黄道冷，参回斗转碧霄空。"

2.长安道：汉唐都城的道路，代指南宋都城临安。

宋陈允平《垂杨》词云："依然千树长安道，翠云锁、玉窗深窈。"

唐白居易《横吹曲辞·长安道》词云："君不见外州客，长安道，一回来，一回老。"

3.官路：官府修建的大道。后即泛指大道。

宋姜夔《玲珑四犯》词云："扬州柳，垂官路。"

唐牛峤《柳枝》词云："无端袅娜临官路，舞送行人过一生。"

4.隋宫路：江都宫的道路。隋宫，指隋炀帝下扬州时兴建的离宫行苑，又称江都宫。

宋赵闻礼《贺新郎·萤》词云："故苑荒凉悲旧赏，怅寒芜、衰草隋宫路。"

5.江城路：临江之城的道路。

宋赵以夫《疏影·为意一侍郎赋》词云："玉仙缓辔江城路，全不羡、扬州东阁。"

宋莫仑《水龙吟》词云："镜寒香歇江城路，今度见春全懒。"

6.江头路：江边的道路。

宋俞灏《点绛唇》词云："欲问东君，为谁重到江头路。"

宋陈策《摸鱼儿·仲宣楼赋》词云："沙头路，休记家山远近。"

宋杜旟《暮山溪·春》词云："老来心事，唯只有春知，江头路，带春来，更带春归去。"

7.长干路：长干古道。

宋李演《摸鱼儿·太湖》词云："长干路，草莽疏烟堤断墅，商歌如写羁旅。"

8.栈壁：悬木架接以便通行的险绝山道。

宋施岳《水龙吟》词云："翠鳌涌出沧溟，影横栈壁迷烟墅。"

（二）车船

车

1.钿车：嵌饰珠宝的车子。语见唐白居易《浔阳春·春来》："金谷蹋花香骑入，曲江碾草钿车行。"

宋张炎《阮郎归·有怀北游》词云："钿车骄马锦相连，香尘逐管弦。"

宋欧阳修《采桑子·清明上巳西湖好》词云："争道谁家。绿柳朱轮走钿车。"

宋李彭老《浪淘沙》词云："钿车罗盖竞归城。"

宋王嵎《夜行船》词云："曲水溅裙三月二，马如龙，钿车如水。"

宋史达祖《绮罗香·咏春雨》词云："最妨它、佳约风流，钿车不到杜陵路。"

2.香车：香木车，泛指华美的车轿，多为女子或神仙所乘。

唐张泌《浣溪沙》词云：“晚逐香车入凤城，东风斜揭绣帘轻，慢回娇眼笑盈盈。”

唐张泌《浣溪沙》词云：“钿毂香车过柳堤，桦烟分处马频嘶，为他沉醉不成泥。”

宋高观国《谒金门》词云：“别后香车谁整，怪得画桥春静。”

宋李清照《永遇乐·落日熔金》词云：“来相召、香车宝马，谢他酒朋诗侣。”

3.绣车：指装饰华丽的马车。

宋杨缵《一枝春·除夕》词云：“宫壶未晓，早骄马、绣车盈路。”

4.羊车：羊拉的小车。《晋书·后妃传上·胡贵嫔》载：“（武帝）并宠者甚众，帝莫知所适，常乘羊车，恣其所之，至便宴寝。宫人乃取竹叶插户，以盐汁洒地，而引帝车。”词用之。

宋黄昇《清平乐·宫词》词云：“又是羊车过也，月明花落黄昏。”

宋萧廷之《南乡子》词云：“顶上结三花，驾动羊车与鹿车。”

5.油车：指女子游春所乘油布帷幕小车。

宋奚岊《芳草·南屏晚钟》词云：“销凝，油车归后，一眉新月，独印湖心。”

宋李曾伯《八声甘州》词云：“领青油车骑出郊坰，来游晋龙山。”

6.凤辇：皇帝所乘坐的车子，络带、门帘皆绣云凤，车项饰有金凤。

宋翁孟寅《齐天乐·元夕》词云：“凤辇鳌山，云收雾敛，迤逦铜壶漏迥。”

宋柳永《破阵乐》词云：“凤辇宸游，鸾觞禊饮，临翠水、开镐宴。”

7.香辇：香车。

宋周密《少年游·宫词拟梅溪》词云：“晓妆日日随香辇，多在牡丹坡。”

8.画轮：彩饰车轮，代指装饰华丽之车。语见唐魏征《隋书·音乐志下》：“皇太子出入，奏《肆夏》辞：……瑜玉发响，画轮停辨。”

宋苏轼《浣溪沙·春情》词云：“桃李溪边驻画轮。鹧鸪声里倒清尊。夕阳虽好近黄昏。”

宋薛梦桂《三姝媚》词云：“芳草凄迷征路，待去也，还将画轮留住。”

宋欧阳修《浣溪沙》词云：“湖上朱桥响画轮，溶溶春水浸春云，碧琉璃滑净无尘。”

9.油壁：古代妇女所乘之车，因车壁以油涂饰而名。语见南朝梁萧子显《南齐书·鄱阳王锵传》：“殿下但乘油壁车入宫，出天子置朝堂。”

宋朱藻《采桑子》词云：“障泥油壁人归后，满院花阴。”

宋康与之《长相思·游西湖》词云：“油壁车轻郎马骢，相逢九里松。”

10.彩绳朱乘：仙驾。

宋周密《朝中措·茉莉拟梦窗》词云："彩绳朱乘驾涛云，亲见许飞琼。"

11.飞棚：篷车。

宋翁孟寅《齐天乐·元夕》词云："飞棚浮动翠葆，看金钗半溜，春炉红粉。"

12.绣毂：女子所乘钿车。

宋莫仑《水龙吟》词云："绣毂华裀，锦屏罗荐，何时拘管。"

宋佚名《感皇恩》词云："绣毂电转，锦鞯飞骤。"

车盖

1.罗盖：罗布车盖。

宋李彭老《浪淘沙》词云："钿车罗盖竞归城。"

宋惠洪《千秋岁·半身屏外》词云："湘浦曾同会，手搴轻罗盖。疑是梦，今犹在。"

2.飞盖：状车辆之疾行，语出曹植《公宴诗》："清夜游西园，飞盖相追随。"

宋李莱老《谒金门》词云："折得花枝懒戴，犹恋鸳鸯飞盖。"

宋秦观《千秋岁·水边沙外》词云："忆昔西池会，鹓鹭同飞盖。"

3.翠葆：翠羽装饰的车盖。

宋翁孟寅《齐天乐·元夕》词云："飞棚浮动翠葆，看金钗半溜，春炉红粉。"

宋周邦彦《浣溪沙》词云："翠葆参差竹径成，新荷跳雨泪珠倾。"

船

1.兰舟：木兰舟，亦用为小舟的美称。

宋柳永《早梅芳》词云："芰荷浦溆，杨柳汀洲，映虹桥倒影，兰舟飞棹，游人聚散，一片湖光里。"

宋张辑《谒金门》词云："前度兰舟送客，双鲤沉沉消息。"

宋赵与鉚《谒金门》词云："归去去，风急兰舟不住。"

宋张枢《瑞鹤仙》词云："兰舟静舣，西湖上、多少歌吹。"

宋尚希尹《浪淘沙》词云："结客去登楼，谁系兰舟。"

宋赵拚《折新荷引》词云："越女轻盈，画桡稳泛兰舟。"

2.扁舟：小船。

宋卢祖皋《贺新凉》词云："问鸱夷、当日扁舟，近曾来否?"

宋张辑《祝英台近》词云："更添杨柳无情，恨烟颦雨，却不把、扁舟偷系。"

3.归舟：返航的船。

宋李泳《清平乐》词云："片帆隐隐归舟，天边雪卷云游。"

宋周紫芝《卜算子·席上送王彦猷》词云："江北上归舟，再见江南岸。"

4.彩舟：装饰华丽的船。

宋赵以夫《忆旧游慢·荷花》词云："十洲缥缈何许，风引彩舟行。"

宋王安石《桂枝香·金陵怀古》词云："彩舟云淡，星河鹭起，画图难足。"

5.行舟：行驶中的船。

宋吴文英《唐多令》词云："垂柳不萦裙带住，漫长是、系行舟。"

宋欧阳修《采桑子》词云："行云却在行舟下，空水澄鲜，俯仰留连，疑是湖中别有天。"

6.兰桡：以木兰树制成的船桨，在诗文中常用来代表船。

宋晏几道《武陵春》词云："秋水无情天共遥。愁送木兰桡。"

宋谭宣子《江城子·咏柳》词云："短长亭外短长桥，驻金镳，系兰桡。"

宋周端臣《木兰花慢·送人之官九华》词云："知道诗翁欲去，递香要送兰桡。"

宋高观国《霜天晓角》词云："望极，连翠陌。兰桡双桨急。"

宋晁端礼《河满子·满浦亭前杨柳》词云："唯有无情东去水，来时曾傍兰桡。"

7.兰棹：棹为划船的一种工具，兰棹为兰舟之意。

宋叶梦得《永遇乐·寄怀张敏叔、程致道》词云："传声试问，垂虹千顷，兰棹有谁重驻。"

宋朱敦儒《踏莎行》词云："花涨藤江，草熏鸭步。锦帆兰棹分春去。"

8.归帆：指回返的船只。

宋施岳《水龙吟》词云："英雄暗老，昏潮晓汐，归帆过橹。"

9.云帆：白色的船帆。

宋刘澜《齐天乐·吴兴郡宴遇旧人》词云："花信风高，苕溪月冷，明日云帆天远。"

唐李白《行路难》词云："长风破浪会有时，直挂云帆济沧海。"

10.片帆：孤舟。

宋李泳《清平乐》词云："片帆隐隐归舟，天边雪卷云游。"

宋李曾伯《水龙吟·送吴季申赴省》词云："江头雨过黄花，片帆催向春闱去。"

11.去帆：远去的白帆。

宋高观国《齐天乐》词云："碧云缺处无多雨，愁与去帆俱远。"

宋韩玉《贺新郎》词云："记分摧、离筵乍阕，去帆初整。"

12.量船：备船量载。

宋范成大《朝中措》词云："从此量船载酒，莫教闲却春情。"

宋利登《齐天乐》词云："论槛移花，量船载酒，寂寞当年情味。"

13.叩舷：敲击船舷。

宋张孝祥《念奴娇·过洞庭》词云："叩舷独啸，不知今夕何夕。"

14.烟艇：烟波中的小船。唐陆龟蒙《奉和袭美添渔具·箬笠》："朝携下枫浦，晚戴出烟艇。"

宋李泳《定风波》词云："点点行人趁落晖，摇摇烟艇出渔扉。"

宋朱熹《水调歌头·次袁仲机韵》词云："今夕不知何夕，得共寒潭烟艇，一笑俯空明。"

15.孤艇：孤舟。

宋王沂孙《长亭怨·重过中庵故园》词云："泛孤艇、东皋过偏。"

宋李曾伯《水龙吟·和幕府贺策应》词云："中流孤艇，千钧一发，老夫何有。"

16.画桡：画船。

宋赵汝茪《恋绣衾》词云："系不住、溪头画桡。"

宋柳永《安公子》词云："停画桡、两两舟人语。"

17.画舸：即画船。

宋施岳《曲游春·清明湖上》词云："画舸西泠路，占柳阴花影，芳意如织。"

五代欧阳炯《南乡子》词云："画舸停桡，槿花篱外竹横桥。"

18.画船：装饰华美的游船。

宋翁元龙《醉桃源·柳》词云："绕湖烟冷罩波明，画船移玉笙。"

宋楼采《玉漏迟》词云："客帽欺风，愁满画船烟浦。"

19.画舫：装饰华美的游船，或用作游船的美称。

宋李振祖《浪淘沙》词云："春在画桥西，画舫轻移。"

宋李彭老《浪淘沙》词云："画舫载花花解语，绾燕吟莺。"

20.小舫：小型画舫。

宋李演《声声慢·问梅孤山》词云："小舫重来，惟有寒沙鸥熟。"

宋姜夔《凄凉犯》词云："追念西湖上，小舫携歌，晚花行乐。"

21.小楫：代指小船、游船。

宋施岳《曲游春·清明湖上》词云："小楫冲波，度麴尘扇底，粉香帘隙。"

宋周邦彦《苏幕遮·燎沉香》词云："小楫轻舟，梦入芙蓉浦。"

22.翠楫：碧舟。

宋汤恢《二郎神·用徐斡臣韵》词云："记翠楫银塘，红牙金缕，杯泛梨花冷。"

宋汤恢《二郎神》词云："记翠楫银塘，红牙金缕，杯泛梨花冷。"

23.文艋：画船。

宋赵溍《临江仙·西湖春泛》词云："骄骢穿柳去，文艋挟春飞。"

24.短篷：客船。

宋周密《庆宫春·送赵元父过吴》词云："重叠云衣，微茫鸿影，短篷稳载吴雪。"

宋赵长卿《临江仙·暮春》词云："短篷南浦雨，疏柳断桥烟。"

25.樯云柁月：驾船乘舟的意思。

宋冯去非《喜迁莺》词云："倦游也，便樯云柁月，浩歌归去。"

（三）踪迹

1.旧游：指过去的游踪。

宋章良能《小重山》词云："旧游无处不堪寻。无寻处，惟有少年心。"

宋代杨炎正《水调歌头·呈赵总领》词云："重到旧游所，如把画图看。"

九、乐

（一）琴瑟

琴

1.玉琴：琴的美称。

宋黄升《鹊桥仙·春情》词云：“宝钗无据，玉琴难托，合造一襟幽怨。”

宋李石《木兰花令》词云：“柔丝无力玉琴寒，残麝彻心金鸭冷。”

2.焦琴：焦尾琴，或喻人才遭到埋没。语见《后汉书·蔡邕传》：“吴人有烧桐以爨者，邕闻火烈之声，知其良木，因请而裁为琴，果有美音，而其尾犹焦，故时人名曰‘焦尾琴’焉。”

宋刘过《贺新郎》词云：“但寄兴、焦琴纨扇。”

3.锦瑟：漆饰有织锦文的瑟。语见唐李商隐《锦瑟》：“锦瑟无端五十弦，一弦一柱思华年。”

宋韩元吉《水龙吟·书英华事》词云：“锦瑟繁弦，凤箫清响，九霄歌吹。”

宋贺铸《青玉案》词云：“锦瑟华年谁与度？月桥花院，琐窗朱户，只有春知处。”

4.素瑟：没有上漆的瑟。

宋赵闻礼《水龙吟·水仙花》词云：“乍声沉素瑟，天风佩冷，蹁跹舞、霓裳遍。”

宋朱敦儒《促拍丑奴儿》词云：“冷冷玉磬，沈沈素瑟，舞遍霓裳。”

5.瑶瑟：用美玉装饰的瑟。

宋施岳《兰陵王》词云：“念鸾孤金镜，雁空瑶瑟。”

唐刘禹锡《潇湘神》词云："楚客欲听瑶瑟怨，潇湘深夜月明时。"

6.瑶琴：有玉饰的琴。

宋赵闻礼《水龙吟·水仙花》词云："含香有恨，招魂无路，瑶琴写怨。"

宋岳飞《小重山》词云："欲将心事付瑶琴。知音少，弦断有谁听？"

7.绿绮：古琴别称。相传汉代司马相如得绿绮，如获珍宝。语出晋傅玄《琴赋序》："楚庄有鸣琴曰绕梁，中世司马相如有琴曰绿绮，蔡邕有琴曰焦尾，皆名器也。"

宋陈著《江城子·重午书怀》词云："孤坐小窗香一篆，弦绿绮，鼓离骚。"

宋张履信《谒金门》词云："一曲广陵应忘记，起来调绿绮。"

宋周密《西江月》词云："绿绮紫丝步障，红鸾彩凤仙城。"

8.弦索：代指弦乐器。语见唐元稹《连昌宫词》："夜半月高弦索鸣，贺老琵琶定场屋。"

宋李肩吾《风流子》词云："春满绮罗，小莺捎蝶，夜留弦索，幺凤求凰。"

宋周邦彦《解连环》词云："燕子楼空，暗尘锁、一床弦索。"

9.琴剑：男子随身携带之物。代指离人。

宋张辑《祝英台近》词云："奈何琴剑匆匆，而今心事，在月夜、杜鹃声里。"

宋张炎《壶中天》词云："鹤溪游处，肯将琴剑同调。"

筝

1.秦筝：古筝，又名汉筝、秦筝，木制长形弦乐器。源于战国时期秦国（今陕西一带），故称为秦筝。其起源流传多种不同说法，其一，相传为秦蒙恬所造，语见汉应邵《风俗通》："筝，谨按《礼乐记》，五弦，筑身也。今并、凉二州筝形如瑟，不知谁所改作也。或曰蒙恬所造。"其二，原为兵器，后加上琴弦，发展为乐器，自古有"筝横为乐，立地成兵"的说法。其三，分瑟为筝，语见唐赵磷《因话录》："筝，秦乐也，乃琴之流。古瑟五十弦，自黄帝令素女鼓瑟，帝悲不止，破之，自后瑟至二十五弦。秦人鼓瑟，兄弟争之，又破为二。筝之名自此始。"

宋汤恢《八声甘州·摘青梅荐酒》词云："隔屋秦筝依约，谁品春词。"

宋吴文英《三姝媚·过都城旧居有感》词云："绣屋秦筝，傍海棠偏爱，夜深开宴。"

宋柴望《摸鱼儿·丙午归田，严滩褚孺奇席上赋》词云："君试按、秦筝未必如钟吕。乡心最苦。"

2.瑶筝：玉饰之筝，也是筝的美称。

宋韩嘐《浪淘沙·丰乐楼》词云："三十六梯人不到，独唤瑶筝。"

宋周密《江城子·拟蒲江》词云："罗窗晓色透花明。艳瑶笙。按瑶筝。"

3.银筝：银饰之筝，或以银作字标调的筝。

宋苏轼《减字木兰花·银筝旋品》词云："银筝旋品。不用缠头千尺锦。"

宋许棐《鹧鸪天》词云："莺意绪，蝶心情。一时分付小银筝。"

宋李莱老《浪淘沙》词云："银筝初试合琵琶。"

宋曹良史《江城子》词云："夜香烧了夜寒生。掩银屏，理银筝。"

宋秦观《木兰花·秋容老尽芙蓉院》词云："玉纤慵整银筝雁。红袖时笼金鸭暖。"

4.宝筝：筝的美称。

宋洪迈《踏莎行》词云："宝筝拈得雁难寻，篆香消尽山空冷。"

宋晏几道《虞美人·曲栏杆外天如水》词云："一春离恨懒调弦。犹有两行闲泪、宝筝前。"

5.按筝：弹奏宝筝。

宋李彭老《高阳台·落梅》词云："东园曾趁花前约，记按筝筹酒，戏挽飞琼。"

6.筝尘：筝上蒙了灰尘。

宋江开《浣溪沙》词云："满楼飞絮一筝尘。"

宋周密《四字令·拟花间》词云："筝尘半妆，绡痕半方。"

7.筝雁：筝柱。指弹筝。

宋余桂英《小桃红》词云："宝镜空留恨，筝雁浑无据。"

宋秦观《木兰花》词云："玉纤慵整银筝雁，红袖时笼金鸭暖。"

管

1.翠管：管乐器的美称。最早的管乐器为新石器时代的骨笛。语见战国宋玉《笛赋》："名高师旷，将为《阳春》《北鄙》《白雪》之曲……于是乃使王尔、公输之徒，合妙意，较敏手，遂以为笛。"

宋柳永《蝶恋花》词云："谁品新腔拈翠管？画楼吹彻江南怨。"

宋晏殊《连理枝》词云："玉酒频倾，朱弦翠管，移宫易调。"

2.琼管：玉管，律管。春讯吹琼管，指古代候气之法，立春时相应律管中的葭灰飞出，表示春天来临。

宋卢祖皋《宴清都·初春》词云："春讯飞琼管，风日薄、度墙啼鸟声乱。"

宋吴文英《塞垣春》词云："漏瑟侵琼管。润鼓借、烘炉暖。"

3.玉琯：玉管。玉制的古乐器，长一尺，六孔。

宋佚名《水调歌头》词云："玉琯届良月，璇极炳明星。"

宋陈允平《瑞鹤仙》词云："燕归帘半卷，正漏约琼签，笙调玉琯。"

宋李之仪《水龙吟·中秋》词云："玉琯传声，羽衣催舞，此欢难借。"

4.昭华：管乐器名。据《西京杂记》卷三载："玉管长二尺三寸，二十六孔，吹之则见车马山林，……铭曰：昭华之南。"

宋范成大《醉落魄》词云："好风碎竹声如雪，昭华三弄临风咽。"

宋李莱老《青玉案·题草窗词卷》词云："渔烟鸥雨，燕昏莺晓，总入昭华谱。"

宋张孝祥《临江仙·试问梅花何处好》词云："谁擫昭华吹古调，散花便满衣裾。"

5.管弦：管乐器与弦乐器。亦泛指乐器。

宋张辑《念奴娇》词云："楼阁空濛，管弦清润，一水盈盈隔。"

宋翁孟寅《齐天乐·元夕》词云："曲巷幽坊，管弦一片笑声近。"

宋韩元吉《好事近·汴京赐宴》词云："凝碧旧池头，一听管弦凄切。"

唐李煜《望江南·闲梦远》词云："船上管弦江面绿，满城飞絮辊轻尘。"

6.画角：古管乐器，传自西羌。形如竹筒，本细末大，以竹木或皮革等制成，因表面有彩绘，故称。

宋辛弃疾《瑞鹤仙·梅》词云："但伤心，冷落黄昏，数声画角。"

宋鲁逸仲《南浦·旅怀》词云："风悲画角，听单于、三弄落谯门。"

笙

1.秦笙：谓与琴不同的乐器，代指与周密本人风格不同的作品。

宋李彭老《踏莎行·题草窗十拟后》词云："周郎先自足风流，何须更拟秦笙咽。"

2.玉笙：笙的美称。笙，管乐器名。大者十九簧，小者十三簧。

宋翁元龙《醉桃源·柳》词云："绕湖烟冷罩波明，画船移玉笙。"

五代李璟《摊破浣溪沙》词云："细雨梦回鸡塞远，小楼吹彻玉笙寒。"

3.瑶笙：用美玉装饰的笙。

宋张枢《庆宫春》词云："声冷瑶笙，情疏宝扇，酒醒无奈秋何。"

宋周密《江城子·拟蒲江》词云："罗窗晓色透花明，艳瑶笙，按瑶筝。"

4.玉靴笙：即玉笙，其形状如靴，故言"玉靴笙"。

宋赵与仁《琴调相思引》词云："好天良夜，闲理玉靴笙。"

宋李莱老《西江月·海棠》词云："更深犹唤玉靴笙，不管西池露冷。"

5.宝笙：笙的美称。

宋应法孙《贺新郎》词云："记年时，翠楼寒浅，宝笙慵吸。"

宋陈允平《浣溪沙》词云："残月有情圆晓梦，落花无语诉春愁。宝笙偷按小梁州。"

6.蓉笙：仙境中的笙声。

宋李演《南乡子·夜宴燕子楼》词云："天上许飞琼，吹下蓉笙染玉尘。"

笛

1.残笛：似有若无的笛声。

宋施岳《兰陵王》词云："又流水斜照，倦箫残笛。"

宋周密《献仙音·吊雪香亭梅》词云："又西泠残笛，低送数声春怨。"

2.东风笛：东风中吹笛。

宋史达祖《黄钟喜迁莺·元宵》词云："踪迹漫记忆，老了杜郎，忍听东风笛。"

3.短笛：短促的笛声。

宋李珏《击梧桐·别西湖社友》词云："怕听阳关曲，奈短笛唤起，天涯清远。"

宋秦观《满庭芳》词云："时时横短笛，清风皓月，相与忘形。"

4.倦笛：有气无力的笛声。

宋李彭老《木兰花慢》词云："听绝残箫倦笛，夜堂明月窥帘。"

5.塞笛：边笛，边声。

宋刘仙伦《霜天晓角·娥眉亭》词云："暮潮风正急，酒醒闻塞笛。"

宋韩元吉《霜天晓角·题采石蛾眉亭》词云："暮潮风正急，酒阑闻塞笛。"

6.月笛：月下笛声。

宋莫仑《卜算子》词云："月笛曲栏留，露舄芳池绕。"

宋陆游《南乡子》词云："看镜倚楼俱已矣，扁舟。月笛烟蓑万事休。"

7.长笛：此指悠长的笛声。

宋刘澜《庆宫春·重登峨眉亭感旧》词云："百年前事，欲问东风，酒醒长笛。"

宋吴文英《醉桃源》词云："一声长笛月中吹，和云和雁飞。"

8.急管：急促的短笛声。

宋范晞文《意难忘》词云："凭急管，倩繁弦，思苦调难传。"

宋高观国《菩萨蛮》词云："何须急管吹云暝，高寒滟滟开金饼。"

9.玉龙：喻指笛子。语见宋林逋《霜林晓月·题梅》："甚处玉龙三弄，声摇动，枝头月。"

宋姜夔《疏影》词云："还教一片随波去，又却怨、玉龙哀曲。"

宋林逋《霜林晓月·题梅》："甚处玉龙三弄，声摇动，枝头月。"

宋周密《庆宫春·送赵元父过吴》词云："千山换色，一镜舞尘，玉龙吹裂。"

10.尺八：唐朝吕才所制竖吹笛子，因管长一尺八寸而得名。语见《新唐书·吕才传》："侍中王珪、魏徵盛称才制尺八，凡十二枚，长短不同，与律谐契。"

宋葛胜仲《水调歌头·其二》词云："谁吹尺八嘹亮，嚼徵更含宫。"

箫

1.玉箫：玉制之箫，也用作箫的美称。

宋刘翰《清平乐》词云："玉箫吹落梅花，晓烟犹透轻纱。"

宋刘仙伦《江神子》词云："吹罢玉箫香雾湿，残月坠，乱峰寒。"

宋赵汝茪《恋绣衾》词云："玉箫台榭春多少，溜啼痕、脸霞未消。"

宋黄孝迈《水龙吟》词云："芳信不来，玉箫尘染，粉衣香退。"

宋晏几道《鹧鸪天》词云："小令尊前见玉箫。银灯一曲太妖娆。"

2.紫箫：紫玉箫，用紫玉竹制成。

宋张辑《疏帘淡月》词云："紫箫吹断，素笺恨切，夜寒鸿起。"

宋张孝祥《木兰花慢》词云："紫箫吹散后，恨燕子、只空楼。"

3.琼箫：玉箫，玉饰之箫。

宋翁元龙《水龙吟·雪霁登吴山见沧阁，闻城中箫鼓声》词云："黯梨云，散作人间好梦，琼箫在、锦屏底。"

宋吴文英《惜黄花慢·送客吴皋》词云："仙人凤咽琼箫，怅断魂送远，《九辩》难招。"

4.饧箫：卖饴糖人所吹的箫。语出《诗·周颂·有瞽》："箫管备举。"郑玄笺："箫，编小竹管，如今卖饧者所吹也。"孔颖达疏："其时卖饧之人吹箫以自表也。"

宋汤恢《倦寻芳》词云："饧箫吹暖，蜡烛分烟，春思无限。"

5.残箫：似有若无的箫声。

宋李彭老《木兰花慢》词云："听绝残箫倦笛，夜堂明月窥帘。"

宋辛弃疾《河渎神》词云："香火冷残箫鼓，斜阳门外今古。"

6.倦箫：有气无力的箫声。

宋施岳《兰陵王》词云："又流水斜照，倦箫残笛。"

宋周密《扫花游》词云："正愁伫。暗春阴、倦箫残鼓。"

7.箫笛：箫与笛。泛指管乐器。

宋吴潜《满江红·金陵乌衣园》词云："天一笑、满园罗绮，满城箫笛。"

宋施岳《曲游春·清明湖上》词云："又过尽、别船箫笛。"

8.箫鼓：箫与鼓。泛指乐奏。

宋史达祖《东风第一枝·灯夕》词云："酒馆歌云，灯街舞绣，笑声喧似箫鼓。"

宋杨缵《一枝春·除夕》词云："竹爆惊春，竞喧填、夜起千门箫鼓。"

宋施岳《水龙吟》词云："两岸花飞絮舞，度春风、满城箫鼓。"

宋赵溍《临江仙·西湖春泛》词云："箫鼓晴雷殷殷，笑歌香雾霏霏。"

宋李彭老《浪淘沙》词云："箫鼓入西泠，一片轻阴。"

9.吹箫门巷：指街巷卖糖的饧箫。

宋李莱老《小重山》词云："吹箫门巷冷无声，梨花月，今夜负中庭。"

宋周密《水龙吟》词云："吟香醉雨，吹箫门巷，飘梭院宇。"

鼓

1.羯鼓：古羯族乐器，形如漆桶，音声急促高烈。见唐南卓《羯鼓录》，相传唐明皇好羯鼓，尝于内庭临轩击鼓，庭下柳杏时正绽蕾，明皇指而笑问宫人曰："此一事，不唤我作天公可乎？"后来流传为羯鼓催花的故事。

宋张林《柳梢青·灯花》词云："何须羯鼓声催。银釭里、春工四时。"

唐李煜《子夜歌·寻春须是先春早》词云："同醉与闲评，诗随羯鼓成。"

2.箫鼓：箫和鼓，泛指乐奏。见周密《武林旧事》卷二："（元宵节）终夕天街鼓吹不绝，都民士女，罗绮如云，盖元夕不然也。……诸舞队次第簇拥，前后连亘十余里，锦绣填委，箫鼓振作，耳目不暇给。"

宋柳永《望海潮·东南形胜》词云："千骑拥高牙，乘醉听箫鼓，吟赏烟霞。"

宋万俟咏《三台·清明应制》词云："好时代、朝野多欢，遍九陌、太平箫鼓。"

3.戏鼓：锣鼓喧天。

宋刘克庄《生查子·灯夕戏陈敬叟》词云："繁灯夺霁华，戏鼓侵明灭。"

宋周密《甘州·灯夕书寄二隐》词云："月暖烘炉戏鼓，十里步香红。"

4.叠鼓：泛指击鼓声。此谓岁暮箭鼓迎春之俗。

宋姜夔《玲珑四犯》词云："叠鼓夜寒，垂灯春浅，匆匆时事如许。"

宋周密《高阳台·送陈君衡被召》词云："纵英游，叠鼓清笳，骏马名姬。"

弦

1.么弦：琵琶的第四弦，因其最细，故称。语出《昭明文选》卷十七<赋壬·论文·文赋>："犹弦么而徽急，故虽和而不悲。"唐李善注引《说文》曰："么，小也，于遥切。"

宋苏轼《减字木兰花·赠小鬟琵琶》词云："拨弄么弦。未解将心指下传。"

宋楼采《法曲献仙音》词云："花匣幺弦，象奁双陆，旧日留欢情意。"

宋张桂《浣溪沙》词云："懒品么弦金雁并，瘦惊双钏玉鱼宽。"

宋晏几道《采桑子·金风玉露初凉夜》词云："试拂么弦。却恐琴心可暗传。"

2.繁弦：繁杂的弦乐声。

宋韩元吉《水龙吟·书英华事》词云："锦瑟繁弦，凤箫清响，九霄歌吹。"

宋范晞文《意难忘》词云："凭急管，倩繁弦，思苦调难传。"

宋周邦彦《满庭芳·夏日溧水无想山作》词云："憔悴江南倦客，不堪听、急管繁弦。"

3.十三弦：琴弦上有十三徽作为指示音节的标志，故言十三弦。

宋周密《浣溪沙·拟梅川》词云："莺栊风响十三弦。"

宋晏几道《菩萨蛮》词云："纤指十三弦，细将幽恨传。"

4.五十弦：指瑟。

宋周密《国香慢·赋子固<凌波图>》词云："渺渺鱼波望极，五十弦、愁满湘云。"

宋辛弃疾《破阵子·为陈同甫赋壮词以寄之》词云："八百里分麾下炙，五十弦翻塞外声，沙场秋点兵。"

5.冰弦：白色琴弦，指素琴。

宋李彭老《高阳台·寄题荪壁山房》词云："冰弦玉麈风流在，更秋兰、香染衣裾。"

宋周密《绣鸾凤花犯·赋水仙》词云："冰弦写怨更多情，骚人恨，枉赋芳兰幽芷。"

6.金雁：琴弦。琴弦斜列如雁阵，故云。语见唐温庭筠《弹筝人》："钿蝉金雁皆零落，一曲《伊州》泪万行。"

宋严仁《鹧鸪天·闺情》词云："檀槽搊急斜金雁，彩袖翩跹亸翠翘。"

宋翁元龙《绛都春·秋晚，海棠与黄菊盛开》词云："慵按，《梁州》旧曲，怕离柱断弦，惊破金雁。"

7.离柱：松开琴瑟上紧弦的柱子。

宋翁元龙《绛都春·秋晚，海棠与黄菊盛开》词云："慵按，梁州旧曲，怕离柱断弦，惊破金雁。"

8.柔丝：此指琴弦。

宋李石《木兰花令》词云："柔丝无力玉琴寒，残麝彻心金鸭冷。"

9.鸾胶：传说仙人用凤啄、麟角煎成的胶，可粘接断弦，又称续弦胶。

宋周密《浣溪沙·拟梅川》词云："鱼素不传新信息，鸾胶难续旧因缘。"

宋张舜民《江神子·癸亥陈和叔会于赏心亭》词云："待得鸾胶肠已断，重别日，是何年？"

（二）歌

歌声

1.歌云：指歌声美妙动听。

宋朱子厚《菩萨蛮》词云："酴醿浴罢温香玉。牡丹睡起歌云绿。"

宋晏几道《满庭芳·南苑吹花》词云："几处歌云梦雨，可怜便、汉水西东。"

宋黄庭坚《千秋岁·苑边花外》词云："齐歌云绕扇，赵舞风回带。"

2.歌珠：歌喉婉转动听，犹如珠玉滚动。

宋李彭老《祝英台近·杏花初》词云："旧时月底秋千，吟香醉玉，曾细听、歌珠一串。"

宋苏轼《西江月·别梦已随流水》词云："花雾萦风缥缈，歌珠滴水清圆。"

3.歌尘：形容歌声动听。典出《艺文类聚》卷四三引汉刘向《别录》："汉兴以来，喜《雅歌》者鲁人虞公，发声清哀，盖动梁尘。"

宋施岳《兰陵王》词云："歌尘不散蒙香泽。"

宋贺铸《浪淘沙》词云："歌尘萧散梦云收。惟有尊前曾见月，相伴人愁。"

4.清歌：清脆的歌声。

宋黄孝迈《湘春夜月》词云："可惜一片清歌，都付与黄昏。"

宋柳永《凤栖梧》词云："帘内清歌帘外宴。虽爱新声，不见如花面。"

5.新腔：指歌曲中新颖脱俗的腔调。

宋刘翰《蝶恋花》词云："谁品新腔拈翠管？画楼吹彻江南怨。"

宋史达祖《寿楼春·寻春服感念》词云："有丝阑旧曲，金谱新腔。"

6.秦讴：指优美动听的歌声。

宋吴文英《声声慢·闰重九饮郭园》词云："知道池亭多宴，掩庭花、长是惊落秦讴。"

宋洪咨夔《浣溪沙·用吴叔永韵》词云："燕子楼寒迷楚梦，凤皇池暖惬秦讴。"

状乐声

1.清欢：清雅恬适之乐。

宋赵崇霄《东风第一枝》词云："清欢易失，怕轻负、年芳流水。"

宋晏殊《蝶恋花》词云："四坐清欢，莫放金杯浅。"

2.清笳：清越的胡笳声。

宋周密《高阳台·送陈君衡被召》词云："纵英游，叠鼓清笳，骏马名姬。"

宋谢逸《采桑子》词云："风送清笳，更引轻烟淡淡遮。"

3.清角：清越的号角。

宋姜夔《扬州慢》词云："渐黄昏，清角吹寒，都在空城。"

4.清润：清脆圆润。

宋张辑《念奴娇》词云："楼阁空濛，管弦清润，一水盈盈隔。"

宋张炎《满江红》词云："听歌喉清润，片玉无瑕。"

（三）棋

1.文楸：楸，指围棋棋盘，古代棋盘多用楸木所制，故名。语见唐温庭筠《观棋》："闲对楸枰倾一壶，黄华坪上几成卢。"

宋应法孙《贺新郎》词云："午困腾腾春欲醉，对文楸、玉子无心拾。"

宋吴激《满庭芳·永乐大典一万四千三百八十一寄字韵》词云："君知否，人间得丧，一笑付文楸。"

2.文枰：枰，亦指棋盘。语见三国韦昭《博弈论》："思不出乎一枰。"

宋陈允平《满江红·和清真韵》词云："昼渐长、谁与对文枰，翻新局?"

宋陈允平《满江红·目断江横》词云："傍琐窗、终日对文枰，翻新局。"

3.残棋：中断的或将尽的棋局。

宋周晋《清平乐》词云："手寒不了残棋，篝香细勘唐碑。"

宋秦观《阮郎归》词云："翻身整顿着残棋，沉吟应劫迟。"

（四）歌词名

曲名

1.《霓裳》：传说为唐时霓裳羽衣曲。典出宋郭茂倩《乐府诗集》："《唐逸史》曰，罗公远多秘术。尝与玄宗至月宫，仙女数百，皆素练霓衣，舞于广庭。问其曲，曰：'《霓裳羽衣》。'帝默记其音调而还。明日召乐工，依其音调作《霓裳羽衣曲》。"

宋姚述尧《减字木兰花·千叶梅》词云："仙姿楚楚。轻曳霓裳来帝所。"

宋奚岊《华胥引·中秋紫霞席上》词云："隐约霓裳声度，认紫霞楼笛。"

宋吴儆《念奴娇·寿程致政》词云："好唤凌波来洛浦，醉促霓裳仙拍。"

2.《关山月》：汉乐府横吹曲名，收编于北宋郭茂倩《乐府诗集》，此书集汉朝、魏晋、南北朝、隋唐、五代之民歌精华。

宋王夫人《满江红》词云："客馆夜惊尘土梦，宫车晓碾关山月。"

宋王学文《摸鱼儿·送汪水云之湘》词云："念初试琵琶，曾识关山月。"

3.《梁州》：即《凉州》，原是凉州一带的地方歌曲，后传入内地。语见《新唐书·礼乐志十二》："天宝乐曲皆以边地为名，若《凉州》《伊州》《甘州》之类。"

宋翁元龙《绛都春·秋晚，海棠与黄菊盛开》词云："慵按，《梁州》旧曲，怕离柱断弦，惊破金雁。"

宋辛弃疾《贺新郎·赋琵琶》词云："推手含情还却手，一抹《梁州》哀彻。"

4.《伊州》：唐商调曲名，泛指舞曲。

宋刘克庄《清平乐·赠陈参议师文侍儿》词云："贪与萧郎眉语，不知舞错《伊州》。"

宋吴文英《点绛唇》词云："一曲《伊州》，秋色芭蕉里。"

5.《甘州》：曲调名。

宋张枢《风入松》词云："何处东风院宇，数声揭调甘州。"

6.《阳关曲》：词牌名，语出唐王维《送元二使安西》："西出阳关无故人。"

宋晏几道《梁州令》词云："莫唱阳关曲。泪湿当年金缕。"

宋李珏《击梧桐·别西湖社友》词云："怕听阳关曲，奈短笛唤起，天涯清远。"

宋郑仅《调笑转踏》词云："几番欲奏阳关曲，泪湿春风眼尾长。"

7.《西泠曲》：曲名。

宋李莱老《小重山》词云："西泠曲，欢梦絮飘零。"

8.开元曲：盛唐乐曲。

宋刘澜《瑞鹤仙·向阳看未足》词云："记年时马上，人酣花醉，乐奏开元旧曲。"

9.新制曲：新谱的《阳春》曲。

宋高观国《玉楼春·宫词》词云："卫姬郑女腰如束，齐唱阳春新制曲。"

10.《广陵散》：中国古琴曲，又名《广陵止息》。语见《晋书》，此曲乃嵇康游玩洛西时，为一古人所赠。《晋书·稽康传》载康善弹此曲，秘不授人，后遭害，临刑索琴弹之，曰："《广陵散》于今绝矣。"

宋张先《塞垣春·寄子山》词云："绿绮为谁弹，空传广陵散。"

宋范仲淹《听真上人琴歌》词云："为予试弹广陵散，鬼物方哀晋方乱。"

宋张履信《谒金门》词云："一曲广陵应忘记，起来调绿绮。"

宋张炎《声声慢·达琴友季静轩还杭》词云："兴未已，更何妨、弹到广陵。"

11.《竹枝词》：本为巴渝（今四川东部）一带民歌，唐诗人刘禹锡据以改作新词，歌咏三峡风光和男女恋情，盛行于世。

宋苏轼《归朝欢》词云："竹枝词，莫摇新唱，谁谓古今隔。"

宋王易简《庆宫春·谢草窗惠词卷》词云："桃花赋在，竹枝词远，此恨年年相触。"

宋王以宁《蓦山溪·如虞彦恭寄钱逊叔》词云："渔父曲，竹枝词，万古歌来暮。"

12.《柳枝》：乐府曲名，又名《折杨柳》。后用作词调名。

宋李莱老《生查子》词云："妾情歌柳枝，郎意怜桃叶。"

宋张先《菩萨蛮》词云："听罢已依依，莫吹杨柳枝。"

13.《落梅花》：古笛曲有《梅花落》。

宋刘翰《清平乐》词云："玉箫吹落梅花，晓烟犹透轻纱。"

宋苏轼《蝶恋花》词云："梦破五更心欲折，角声吹落梅花月。"

14.横笛：笛曲《梅花落》。

宋吴文英《高阳台·落梅》词云："南楼不恨吹横笛，恨晓风、千里关山。"

宋苏轼《念奴娇·中秋》词云："水晶宫里，一声吹断横笛。"

15.怨笛：指笛声《梅花落》。

宋李彭老《高阳台·落梅》词云："欲倩怨笛传清谱，怕断霞、难返吟魂。"

宋黄庭坚《绣带子·张宽夫园赏梅》词云："东邻何事，惊吹怨笛，雪片成堆。"

16.金缕：指《金缕衣》等曲调。

宋卢祖皋《清平乐》词云："宝杯金缕红牙，醉魂几度儿家。"

宋晏几道《虞美人》词云："疏梅月下歌金缕，忆共文君语。"

17.棹歌：指《棹歌行》曲。乐府相和歌辞瑟调曲名《南史·羊侃传》："'侃'性豪侈，善音律，自造《采莲》《棹歌》两曲，甚有新致。"唐骆宾王《棹歌行》："相思无别曲，并在《棹歌》中。"

宋卢祖皋《谒金门》词云："雨后凉生云薄，女伴棹歌声乐。"

宋周密《庆宫春·送赵元父过吴》词云："霜叶敲寒，风灯摇晕，棹歌人语呜咽。"

宋苏轼《李思训画长江绝岛图》词云："客舟何处来，棹歌中流声抑扬。"

宋苏轼《李思训画长江绝岛图》词云："客舟何处来，棹歌中流声抑扬。"

18.凤求凰：指所弹乐曲和男女恋情。有乐府琴曲名《凤求凰》。语出汉司马相如《琴歌》："凤兮凤兮归故乡，遨游四海求其凰。"幺凤，羽毛无色，比凤小，一名"桐花凤"。

宋李肩吾《风流子》词云："春满绮罗，小莺捎蝶，夜留弦索，幺凤求凰。"

19.琵琶怨：汉代王昭君出塞，常以琵琶曲寄托远离中原的幽怨。此指愁思忧怨。唐杜甫《咏怀古迹》："千载琵琶作胡语，分明怨恨曲中论。"

宋许棐《后庭花》词云："东风不管琵琶怨，落花吹遍。"

20.《六幺》：唐代有名的曲子。唐白居易《琵琶行》："初为《霓裳》后《六幺》。"

宋赵闻礼《隔浦莲近》词云："裙腰粉瘦，怕按六幺歌板。"

宋吴文英《惜秋华·木芙蓉》词云："愁边暮合碧云，倩唱入、六幺声里。"

21.歌底：哼着思念的曲子。

宋楼采《玉楼春》词云："云头雁影占来信，歌底眉尖萦浅晕。"

宋苏轼《瑞鹧鸪·观潮》词云："侬欲送潮歌底曲？尊前还唱使君诗。"

22.哀弦重听：古琴曲有《水仙操》，传为春秋时伯牙所作。

宋王沂孙《庆宫春·水仙》词云："哀弦重听，都是凄凉，未须弹彻。"

23.银字谱：代指乐谱。银字：谓乐器（笙笛类管乐器）上以银作字，以表示音调高低。或指用银粉书写的乐谱。

宋黄简《玉楼春》词云："眉心犹带宝觥醒，耳性已通银字谱。"

24.清谱：指杨缵《紫霞洞谱》。

宋李彭老《高阳台·落梅》词云："欲倩怨笛传清谱，怕断霞、难返吟魂。"

25.琴丝：琴曲。

宋姜夔《齐天乐·蟋蟀》词云："写入琴丝，一声声更苦。"

宋周邦彦《大酺·春雨》词云："润逼琴丝，寒侵枕障，虫网吹黏帘竹。"

26.清真曲：指周邦彦词。北宋词人周邦彦，字清真，词影响大，传唱者多。

宋王沂孙《醉落魄》词云："数声春调清真曲。"

宋晁公武《鹧鸪天》词云："倚栏谁唱清真曲，人与梅花一样清。"

27.揭调：高亢的调子。

宋张枢《风入松》词云："何处东风院宇，数声揭调甘州。"

宋晏殊《渔家傲》词云："齐揭调，神仙一曲渔家傲。"

歌词

1.笙歌：合笙之歌，亦谓吹笙唱歌。

宋卢祖皋《宴清都·初春》词云："江城次第，笙歌翠合，绮罗香暖。"

宋陈允平《秋蕊香》词云："海棠满地夕阳远，明月笙歌别院。"

2.商歌：悲凉的秋歌。

宋张辑《疏帘淡月》词云："听商歌、归兴千里。"

宋李演《摸鱼儿·太湖》词云："长干路，草莽疏烟堤断墅，商歌如写羁旅。"

3.歌钟：歌乐声。语见唐李白《魏郡别苏明府因北游》："青楼夹两岸，万家喧歌钟。"

宋翁元龙《风流子·闻桂花怀西湖》词云："西湖花深窈，闻庭砌、曾占席地歌钟。"

宋辛弃疾《好事近·西湖》词云："前弦后管夹歌钟，才断又重续。"

4.渔歌：亦作"渔謌"，渔人唱的民歌小调。语见唐王勃《上巳浮江宴序》："榜謳齐引，渔歌互起。"

宋李演《声声慢·问梅孤山》词云："嚬笑人生悲乐，且听我尊前，渔歌樵曲。"

五代阎选《定风波》词云："渡口双双飞白鸟，烟袅，芦花深处隐渔歌。"

5.笑歌：笑声与歌声。

宋赵溍《临江仙·西湖春泛》词云："箫鼓晴雷殷殷，笑歌香雾霏霏。"

宋范成大《满江红·冬至》词云："且团栾同社，笑歌相属。"

6.樵曲：樵夫唱的歌。语见唐杜甫《刈稻了咏怀》："野哭初闻战，樵歌稍出村。"

宋李演《声声慢·问梅孤山》词云："嚬笑人生悲乐，且听我尊前，渔歌樵曲。"

宋危西麓《风流子·郭县尹美任》词云："便稳奉安舆，江南向暖，早传言语，樵曲先知。"

7.金缕：即《贺新郎》。因宋叶梦得有词结句为"谁为我，唱《金缕》。"

宋汤恢《二郎神·用徐斡臣韵》词云："记翠楫银塘，红牙金缕，杯泛梨花冷。"

宋黄升《贺新郎》词云："更多情，多才多调，缓歌金缕。"

2.湘月：词牌名。即《念奴娇》。宋姜夔有《湘月》词。自注："予度此曲，即《念奴娇》之鬲指声也，于双调中吹之。"

宋高观国《金人捧露盘·水仙》词云："梦湘云，吟湘月，吊湘灵。"

宋仇远《一寸金·楼倚寒城》词云："问西窗停烛，谁吟巴雨，连床鼓瑟，谁弹湘月。"

著作名

1.豳诗：指《诗·豳风·七月》，其中写蟋蟀："七月在野，八月在宇，九月在户，十月蟋蟀入我床下。”

宋姜夔《齐天乐・蟋蟀》词云：“幽诗漫与，笑篱落呼灯，世间儿女。”

2.《鹅经》：《黄庭经》的别称，道教养生修仙专著。

宋李莱老《木兰花慢・寄题苏壁山房》词云：“闲情，玉麈风生，摹茧字，校鹅经。”

宋赵彦端《鹧鸪天・为韩漕无咎寿》词云：“ 挥羽扇，写鹅经。使星何似老人星。”

3.《四愁》：指汉代张衡所作《四愁诗》。

宋张炎《壶中天・养拙夜饮，客有弹箜篌者，即事以赋》词云：“一笑难逢，四愁休赋，任我云边宿。”

宋仇远《燕归来》词云：“三叠曲，四愁诗。心事少人知。”

4.《瘗花铭》：葬花的铭文。北周庾信作有《瘗花铭》。

宋吴文英《风入松》词云：“听风听雨过清明，愁草瘗花铭。”

5.《云签》：道家典籍。

宋李彭老《高阳台・寄题苏壁山房》词云：“缥简云签，人间一点尘无。”

诗句

1.新吟：新作的诗。

宋储泳《齐天乐》词云：“宿酒初醒，新吟未稳，凭久栏杆留暖。”

宋吴文英《倦寻芳・饯周纠定夫》词云：“寄新吟，莫空回、五湖春雁。”

2.吟情：诗情。

宋李莱老《青玉案・题草窗词卷》词云：“吟情老尽江南句，几千万、垂丝缕。”

宋张枢《壶中天》词云：“临水楼台乘醉倚，云引吟情闲远。”

3.秀句：秀美的诗篇。

宋姜夔《法曲献仙音・张彦功官舍》词云：“象笔鸾笺，甚而今、不道秀句。”

宋仇远《酹江月》词云：“懒拂鸾笺，懒拈象管，秀句同谁赋。”

4.索句：求取诗句。

宋史达祖《东风第一枝・灯夕》词云：“闭门明月关心，倚窗小梅索句。”

宋黄庭坚《踏莎行》词云：“对景衔杯，迎风索句。”

十、其他

（一）物体状态

极言其多

1.三十六梯：代指楼的最高层或高楼。三十六，极言其多。

宋韩疁《浪淘沙·丰乐楼》词云："三十六梯人不到，独唤瑶筝。"

宋陈允平《婆罗门引·髻鬟对耸》词云："西风共倚，烟南水北，石荒苔老，三十六梯平。

2.三十六宫：极言宫殿之多。语见班固《两都赋》："离宫别馆，三十六所。"

五代欧阳炯《更漏子》词云："三十六宫秋夜水，露华点滴高梧。"

宋辛弃疾《酒泉子》词云："三十六宫花溅泪，春声何处说兴亡，燕双双。"

宋黄升《清平乐·宫词》词云："记得少年初选入，三十六宫第一。"

3.二十四：极言其多，非确指。或本于杜牧《寄扬州韩绰判官》："二十四桥明月夜，玉人何处教吹箫。"

宋曹良史《江城子》词云："二十四帘人悄悄，花影碎，月痕深。"

宋陈允平《绛都春》词云："夜深犹倚，垂杨二十四栏。"

4.十二：极言其多。

宋王易简《齐天乐·客长安赋》词云："临流笑语，映十二栏杆，翠嚬红妒。"

宋孙惟信《醉思凡》词云："断肠十二栏标。更斜阳暮寒。"

5.堆床：堆满床，形容其数量之多。

宋李彭老《高阳台·寄题苏壁山房》词云："绿深门户啼鹃外，看堆床、宝晋图书。"

宋朱敦儒《浪淘沙》词云："拥被换残香，黄卷堆床，开愁展恨翦思量。"

6.轻袅：形容随风摆动的样子。

宋周文璞《一剪梅》词云："风韵萧疏玉一团，更着梅花，轻袅云鬟。"

宋代周密《露华》词云："岸香弄蕊，新枝轻袅条风。"

7.峨峨：层积貌。

宋王沂孙《法曲献仙音·聚景亭梅次草窗韵》词云："层绿峨峨，纤琼皎皎，倒压波痕清浅。"

宋辛弃疾《归朝欢》词云："我笑共工缘底怒，触断峨峨天一柱。"

8.霏霏：纷飞貌。

宋赵湘《临江仙·西湖春泛》词云："箫鼓晴雷殷殷，笑歌香雾霏霏。"

宋陈妙常《摊破浣溪沙》词云："霏霏细雨穿窗湿，飒飒西风透枕珊。"

9.飐飐：颤动貌。

宋卢祖皋《乌夜啼·西湖》词云："漾暖纹波飐飐，吹晴丝雨濛濛。"

宋杨无咎《永遇乐·黄叶缤纷》词云："画鼓冬冬，高牙飐飐，离棹无由驻。"

10.万姝：各种不同的现象、事物。

宋刘克庄《摸鱼儿·海棠》词云："蓦然作暖晴三日，又觉万姝娇困。"

宋曹勋《八音谐》词云："水阁薰风对万姝，共泛泛红绿，闹花深处。"

11.的的：明亮的样子。

宋蔡松年《尉迟杯》词云："小花静院相逢，的的风流心眼。"

宋朱嗣发《摸鱼儿》词云："紫丝罗带鸳鸯结，的的镜盟钗誓。"

12.空渺：空旷缥缈。

宋赵闻礼《水龙吟·水仙花》词云："幽韵凄凉，暮江空渺，数峰清远。"

模糊貌

1.腾腾：朦胧、迷糊貌。

宋欧阳修《蝶恋花》词云："半醉腾腾春睡重。绿鬟堆枕香云拥。"

宋应法孙《贺新郎》词云："午困腾腾春欲醉，对文楸、玉子无心拾。"

2.可可：隐约、模糊貌。语见唐元稹《春六十韵》："九霄浑可可。"

宋姜夔《小重山·湘梅》词云："鸥去昔游非。遥怜花可可，梦依依。"

宋周密《南楼令·次陈君衡韵》词云："暗想芙蓉城下路，花可可、雾冥冥。"

3.笼明：隐隐约约地照亮。

宋朱藻《采桑子》词云："间穿绿树寻梅子，斜日笼明。"

宋吴文英《虞美人》词云："小帘愁卷月笼明。一寸秋怀、禁得几蛩声。"

4.微茫：隐约，不清晰。

宋赵闻礼《贺新郎·萤》词云："入夜凉风吹不灭，冷焰微茫暗度。"
宋吴文英《玉胡蝶》词云："楚魂伤。雁汀沙冷，来信微茫。"
5.冥濛：幽暗不明。
宋赵与仁《西江月》词云："夜半河痕依约，雨余天气冥濛。"
宋刘将孙《江城梅花引·登高》词云："山河险，烟雾冥濛。"
6.冥迷：茫阴冥冥。
宋史达祖《绮罗香·春雨》词云："尽日冥迷，愁里欲飞还住。"
宋王清观《太常引》词云："邯郸梦里武陵溪，春色醉冥迷。"

将尽

1.残虹：未消尽的彩虹。
宋张枢《庆宫春》词云："斜日明霞，残虹分雨，软风浅掠苹波。"
宋张先《迎春乐》词云："残虹数尺云中断。愁送目、天涯远。"
2.残角：远处隐约的角声。
宋楼槃《霜天晓角·梅》词云："只有城头残角，说得尽、我平生。"
宋张先《行香子》词云："断钟残角，又送黄昏。"
3.残烧：木柴烧残留下的赤红火炭，形容夕阳的颜色。
宋赵汝茪《汉宫春》词云："残烧夕阳过雁，点点疏疏。"
4.残麝：残留的麝香。
宋李石《木兰花令》词云："柔丝无力玉琴寒，残麝彻心金鸭冷。"
5.残星：指天亮之前天上余下的几颗星星。
宋翁孟寅《阮郎归》词云："小桥灯影落残星，寒烟蘸水萍。"
宋林仰《少年游》词云："霁霞散晓月犹明，疏木挂残星。"
6.残影：残留的影子。
宋王沂孙《醉落魄》词云："拂拂朱帘，残影乱红扑。"
宋王质《满江红·牧童》词云："落尽斜阳，尚有些、断霞残影。"
7.春残：春将尽。
宋孙惟信《醉思凡》词云："杏花楼上春残，绣罗衾半闲。"
宋张孝祥《木兰花》词云："那看，更值春残，斟绿醑、对朱颜。"
8.余春：暮春，残春。
宋曹邍《玲珑四犯·荼蘼应制》词云："玉蕤唤得余春住，犹醉迷飞蝶。"
宋贺铸《惜余春》词云："年年游子惜余春，春归不解招游子。"
9.余寒：残余的寒气。
宋周密《醉落魄·拟二隐》词云："余寒正怯，金钗影卸东风揭。"

宋晏几道《临江仙》词云："浅浅余寒春半，雪消蕙草初长。"

凌乱

1.狼藉：散乱不整貌。
宋汤恢《满江红》词云："小院无人，正梅粉、一阶狼藉。"
宋姜夔《惜红衣·吴兴荷花》词云："虹梁水陌，鱼浪吹香，红衣半狼藉。"
宋黄庭坚《千秋岁》词云："严鼓断，杯盘狼藉犹相对。"
2.糁缀：散落混杂貌。
宋李莱老《高阳台·落梅》词云："掩香残，屏摇梦冷，珠钿糁缀芳尘。"
宋佚名《一萼红》词云："糁缀夭桃，金绽垂杨，妆点亭台佳致。"

稀疏

1.疏红：稀疏的胭脂。
宋张磐《绮罗香·渔浦有感》词云："暗粉疏红，依旧为谁匀注。"
宋柳永《阳台路·楚天晚》词云："楚天晚，坠冷枫败叶，疏红零乱。"
2.疏钟：稀疏的钟声。
宋陆睿《瑞鹤仙》词云："千金买光景，但疏钟催晓，乱鸦啼暝。"
宋欧阳修《渔家傲》词云："别恨长长欢计短，疏钟促漏真堪怨。"

（二）介词

多半

1.多定：多半是。
宋史达祖《青玉案》词云："多定红楼帘影暮。"
宋周密《朝中措·茉莉拟梦窗》词云："多定梅魂才返，香瘢半掐秋痕。"

约略

1.依约：隐约。
宋赵与仁《西江月》词云："夜半河痕依约，雨余天气冥濛。"
宋辛弃疾《木兰花慢》词云："依约处，还问我、清游杖履公良苦。"
2.约略：轻微。
宋张孝祥《菩萨蛮》词云："东风约略吹罗幕，一帘细雨春阴薄。"
宋辛弃疾《贺新郎》词云："烟雨偏宜晴更好，约略西施未嫁。"

满腔

1.一襟：满襟、满腔；襟，衣领。

宋王沂孙《齐天乐·蝉》词云："一襟余恨宫魂断，年年翠阴庭树。"

宋周密《玉京秋·烟水阔》词云："一襟幽事，砌蛩能说。"

2.满襟：满腔。

宋文天祥《满江红·燕子楼中》词云："人间事，何堪说！向南阳阡上，满襟清血。"

宋钟过《步蟾宫》词云："归来沉醉月朦胧，觉花气、满襟犹润。"

宋楼扶《水龙吟·次清真梨花韵》词云："愁对黄昏，恨催寒食，满襟离思。"

宋杨冠卿《卜算子·秋晚集杜句吊贾傅》词云："长使英雄泪满襟，天意高难问。"

尽

1.谙尽：熟知，尝尽。

宋张辑《疏帘淡月》词云："从前谙尽江湖味。"

宋范仲淹《御街行》词云："残灯明灭枕头欹，谙尽孤眠滋味。"

2.吟未尽：吟不尽。

宋王易简《酹江月》词云："衰草寒芜吟未尽，无那平烟残照。"

宋佚名《早梅芳·喜迁莺》词云："向雪中月下，吟未尽。"

整日

1.尽日：整日。

宋楼采《二郎神》词云："凝恨极，尽日凭高目断，淡烟芳草。"

宋何梦桂《摸鱼儿》词云："且尽日尊前，相拌一醉，醉后明朝又。"

2.镇日：整日。

宋岳珂《满江红》词云："小院深深，悄镇日、阴晴无据。"

宋卢祖皋《倦寻芳·春思》词云："倚危楼，但镇日、绣帘高卷。"

怎么

1.争得：怎得。

宋张镃《念奴娇·宜雨亭咏千叶海棠》词云："小语轻怜花总见，争得似花长久。"

宋吴潜《望江南》词云："争得气来有甚底，更加官后亦何为。"

2.争似：怎似。

宋张辑《祝英台近》词云："对酒相思、争似且留醉。"

宋薛梦桂《三姝媚》词云："绾尽垂杨，争似相思寸缕。"

3.争信：怎信。

宋孙惟信《昼锦堂》词云："银屏下，争信有人真个，病也天天！"

宋王沂孙《一萼红·初春怀旧》词云："又争信、风流一别，念前事、空惹恨沉沉。"

忽然

1.蓦然：忽然。

宋董嗣杲《湘月》词云："宵筵会启，蓦然身外浮世。"

宋陈著《满江红》词云："落枕鸿声，龙山梦、蓦然惊觉。"

2.冷地：冷不丁，突然一下子。

宋李肩吾《抛球乐》词云："冷地思量著，春色三停早二停。"

十一、典故

司春之神

典出《史记·封禅书》："晋巫，祠五帝、东君……先炊之属。……秦宣公作密畤于渭南，祭青帝。"

1.东君：太阳神名，或司春之神。

宋晏几道《虞美人》词云："小梅枝上东君信。雪后花期近。"

宋何桌《采桑子》词云："百花丛里花君子，取信东君。"

2.东皇：指司春之神。

宋陆游《朝中措·梅》词云："任是春风不管，也曾先识东皇。"

宋王澡《霜天晓角·梅》词云："疏明瘦直，不受东皇识。"

宋旺元量《传言玉女·钱塘元夕》词云："玉梅消瘦，恨东皇命薄。"

3.青帝：我国古代神话中的五天帝之一，位于东方的司春之神，又称苍帝、木帝。

宋杨无咎《蓦山溪》词云："青帝忒多情，费几许，春风暗剪。"

宋王安中《蝶恋花·花发自迎春》词云："青帝回舆云缥缈。鲜鲜金雀来飞绕。"

巫山朝云

典出战国宋玉《高唐赋》，楚襄王在梦中与神女相遇，神女辞别楚襄王，自称："妾在巫山之阳，高丘之阻。旦为朝云，暮为行雨。朝朝暮暮，阳台之下。"

1.梦云：梦中的巫山朝云，喻所恋女子。

宋楼采《玉漏迟》词云："从间阻，梦云无准，鬓霜如许。"

宋李彭老《木兰花慢》词云："吟边，梦云飞远，有题红、都在薛涛笺。"

2.归云：犹行云。暗用巫山朝云典，喻情事。

宋应法孙《贺新郎》词云："倚尽黄昏人独自，望江南回雁归云急。"

宋高观国《谒金门》词云："碧涨平湖三十顷，归云何处问。"

3.断云：行云，片云。暗用巫山朝云典，指美人歌妓。

宋罗椅《柳梢青》词云："悠悠羁旅愁人。似零落、青天断云。"

宋莫仑《水龙吟》词云："断云过雨，花前歌扇，梅边酒盏。"

宋翁元龙《风流子·闻挂花怀西湖》词云："载取断云归去，几处房栊。"

4.朝云：早晨的云。暗用巫山朝云典，指相思的女子，也指男女欢爱。

宋潘牥《南乡子》词云："空有旧时山共水，依然，暮雨朝云去不还。"

宋张辑《南歌子》词云："柳户朝云湿，花窗午篆清。"

宋蒋氏女《减字木兰花·题雄州驿》词云："朝云横度。辘辘车声如水去。"

5.痴云：凝滞不动的云彩，暗用巫山朝云典，指男女情事。

宋奚㳙《芳草·南屏晚钟》词云："天风送远，向两山唤醒痴云。"

宋周密《六么令》词云："痴云翦叶，檐滴夜深悄。"

宋吴潜《水调歌头（己未中秋无月）》词云："痴云如妒，不知弦管可吹不。"

6.彩云：暗用巫山朝云典，喻男女情事。

宋陈允平《满江红·和清真韵》词云："明月空圆双蝶梦，彩云难驻孤鸾宿。"

宋晏几道《临江仙·梦后楼台高锁》词云："当时明月在，曾照彩云归"。

7.行云：巫山神女曾以朝云暮雨自称。

宋李莱老《扬州慢·琼花次韵》词云："九曲迷楼依旧，沉沉夜、想觅行云。"

宋张元干《卜算子》词云："风露湿行云，沙水迷归艇。"

五代冯延巳《鹊踏枝》词云："几日行云何处去？忘却归来，不道春将暮。"

宋辛弃疾《生查子·独游雨岩》词云："天上有行云，人在行云里。"

宋晏几道《少年游·离多最是》词云："浅情终似，行云无定，犹到梦魂中。"

8.晓云：犹朝云，喻仙女。

宋楼扶《水龙吟·次清真梨花韵》词云："霁雪留香，晓云同梦，昭阳宫闭。"

宋苏轼《西江月·梅花》词云："高情已逐晓云空。不与梨花同梦。"

9.阳台路迥：指男女欢爱因彼此远离而不能实现。典出战国宋玉《高唐赋》。

宋陆淞《瑞鹤仙》词云："阳台路迥，云雨梦，便无准。"

10.楚梦：巫山云雨之梦，即爱情之梦。战国楚宋玉《高唐赋》《神女赋》记楚王游阳台昼梦巫山神女事，后转指男女欢会。

宋张孝祥《清平乐》词云："楚梦未禁春晚，黄鹂犹自声声。"

宋贺铸《小重山》词云："楚梦冷沉踪，一双金缕枕，半床空。"

11.云雨梦：亦指楚王梦会神女。

宋陆淞《瑞鹤仙》词云："阳台路迥，云雨梦，便无准。"

宋柳永《婆罗门令·昨宵里恁和衣睡》词云："空床辗转重追想，云雨梦、任攲枕难继。"

12.暮雨朝云：用宋玉《高唐赋》记巫山神女自称"旦为朝云，暮为行雨"典，指相思的女子，也指男女欢爱。

宋潘牥《南乡子》词云："空有旧时山共水，依然，暮雨朝云去不还。"

宋黄庭坚《减字木兰花》词云："宋玉台头，暮雨朝云几许愁？"

13.梦云飞观：暗用楚王梦巫山神女事。宋玉《高唐赋序》："游于云梦之台，望高之观，其上独有云气。"

宋高观国《齐天乐》词云："尘栖故苑，叹璧月空檐，梦云飞观。"

宋贺铸《献金杯》词云："采苹溪晚。拾翠沙空，尽愁倚、梦云飞观。"

14.疏云秋梦：暗用楚襄王梦见巫山神女事，喻男女情事。

宋陈逢辰《西江月》词云："送春先自费啼红，更结疏云秋梦。"

15.《高唐赋》：战国楚宋玉所作，言楚襄王欲幸巫山神女朝云，可望而不及。

宋周端臣《玉楼春》词云："樽前谩咏高唐赋，巫峡云深留不住。"

宋张玉娘《玉女摇仙佩·秋情》词云："不作高唐赋。笑巫山神女，行云朝暮。"

庄周梦蝶

典出《庄子·齐物论》："昔者庄周梦为蝴蝶，栩栩然蝴蝶也；自喻适志与，不知周也；俄然觉，则蘧蘧然周也。"本为寓言，后多用"梦蝶"表示人生原属虚幻的思想。

1.蝶梦：梦中化为蝴蝶。用庄周梦蝶典，含梦幻非真之意。

宋王同祖《阮郎归》词云："寻蝶梦，怯莺声，柳丝如妾情。"

宋吴文英《玉京谣》词云："蝶梦迷清晓，万里无家，岁晚貂裘敝。"

2.庄蝶/庄周蝶：谓庄子梦中变蝶。

宋吴潜《秋霁·己未六月九日雨后赋》词云："谁信此境，渐入华胥，旷然不知，庄蝶谁是。"

宋李曾伯《减字木兰花·丙午和朱希真韵》词云："味触声香。尽付庄周蝶满床。"

3.迷蝶：梦中化为蝴蝶。典出《庄子·齐物论》。

宋吴文英《思佳客》词云："迷蝶无踪晓梦沉，寒香深闭小庭心。"

宋朱晞颜《哨遍》词云："想蝶梦庄周，周迷蝶梦，蘧蘧自适无非己。"

4.梦蝶：梦中化为蝴蝶。典出《庄子·齐物论》。

宋李彭老《一萼红·寄弁阳翁》词云："几夕相思梦蝶，飞绕苹溪。"

宋佚名《瑞鹤仙》词云："百年如梦蝶。叹古往今来，多少豪杰。"

5.彩翅：代指彩蝶。暗用庄周梦蝶典。指进入一种虚幻的梦境。

宋王茂孙《高阳台·春梦》词云："悄无声，彩翅翩翩，何处飞来。"

华胥梦游

典出《列子·黄帝》："（黄帝）昼寝而梦，游于华胥氏国。华胥氏国在弇州之西，台州之北，不知斯齐国几千万里；盖非舟车足力之所及，神游而已。"

1.华胥：黄帝梦游华胥之国，后用为梦境的代称。

宋周邦彦《浣溪沙》词云："酒酽未须令客醉，路长终是少人扶。早教幽梦到华胥。"

宋陈瓘《减字木兰花》词云："华胥月色。万水千山同一白。"

宋赵鼎《鹧鸪天》词云："分明一觉华胥梦，回首东风泪满衣。"

2.梦华：引用《烈子》黄帝梦游华胥国的典故。

宋张炎《思佳客·题周草窗<武林旧事>》词云："梦里瞢腾说梦华。莺莺燕燕已天涯。"

宋蒋捷《南乡子·翠幰夜游车》词云："旧说梦华犹未了，堪嗟。才百余年又梦华。"

江皋解佩

典出汉刘向《列仙传》："江妃二女，游于江滨，逢郑交甫，遂解佩与之。交甫受佩而去，数十步，怀中无佩，女亦不见。"

1.江皋解佩：咏仙，或喻情人间馈赠信物。

宋韦骧《减字木兰花·水仙花》词云："绰约仙姿，仿佛江皋解佩时。"

宋李莱老《高阳台·落梅》词云："断肠不在听横笛，在江皋解佩，翳玉飞琼。"

宋李清照《多丽·咏白菊》词云："似愁凝、汉皋解佩，似泪洒、纨扇题诗。"

2.解佩：指男女互慕而赠物。

宋李莱老《倦寻芳》词云："翠苑欢游孤解佩，青门佳约妨挑菜。"

宋吴文英《高阳台·落梅》词云："离魂难倩招清些，梦缟衣、解佩溪边。"

3.留佩客：典出刘向《列仙传》，江妃二女出游于江汉之滨，逢郑交甫，解佩相赠。

宋岳珂《满江红》词云："洛浦梦回留佩客，秦楼声断吹箫侣。"

4.湘皋遗珮：指郑交甫在江边遇二仙女，得所赠玉佩而失之事。

宋王易简《酹江月》词云："湘皋遗珮，故人空寄瑶草。"

5.佩鸣玉：比喻海棠为水边仙女。化用汉皋遗佩典。

宋刘澜《瑞鹤仙·海棠》词云："江空佩鸣玉，问烟鬟霞脸，为谁膏沐。"

沈约腰减

典出梁沈约《与徐勉书》中自言其瘦云："百日数旬，革带常应移孔；以手握臂，率计月小半分。"

1.带围宽：形容消瘦。

宋陆淞《瑞鹤仙》词云："恨无人、说与相思，近日带围宽尽。"

宋刘仙伦《江神子》词云："惟悴萧郎，赢得带围宽。"

宋卢炳《柳梢青》词云："无奈相思，带围宽尽，说与教知。"

2.衣宽：用"沈腰"典，谓人消瘦。

宋孙惟信《醉思凡》词云："衣宽带宽，千山万山。"

宋陆游《采桑子·宝钗楼上妆梳晚》词云："闲拨沉烟。金缕衣宽睡髻偏。"

3.腰减：用"沈腰"典。

宋张良臣《西江月》词云："别后钗分燕尾，病余镜减鸾腰。"

宋吴文英《蝶恋花》词云："莺羽衣轻，腰减青丝剩。"

宋佚名《失调名》词云："珠泪偷弹，纤腰减束，天涯劳我危楼目。"

4.沈带：南朝沈约《与徐勉书》，称自己因病消瘦。

宋史达祖《夜行船》词云："白发潘郎宽沈带，怕看山、忆他眉黛。"

宋郑熏初《一萼红》词云："沈带悄然宽尽，恨年时行处，红糁苍苔。"

5.东阳瘦：南朝梁诗人沈约曾任东阳太守。据《南史·沈约传》载，约上书言已老病，自称"百日数旬，革带常应移孔，以手握臂，率记月小半分"。

宋李彭老《探芳讯·湖上春游，继草窗韵》词云："闲帘深掩梨花雨，谁问东阳瘦。"

宋赵长卿《烛影摇红》词云："天涯人去杳无凭，不念东阳瘦。"

折梅寄赠

典出南朝宋盛弘之《荆州记》，陆凯与范晔相善，自江南寄梅花一枝诣长安与晔，赠诗曰："折梅逢驿使，寄与陇头人。江南无所有，聊赠一枝春。"

1.驿使：传递梅花的使者。

宋秦观《沁园春》词云："尺素书沉，偷香人远，驿使何时为寄梅。"

宋朱敦儒《本兰花·探梅寄李士举》词云："故人今日升沉异，定是江南无驿使。"

2.寄：用“折梅寄赠”典。

宋姜夔《暗香》词云：“叹寄与路遥，夜雪初积。”

宋胡仲弓《谒金门》词云：“欲寄一校嫌梦短，湿云和恨剪。”

宋王易简《酹江月》词云：“湘皋遗佩，故人空寄瑶草。”

3.折：用“折梅寄赠”典。

宋汤恢《祝英台近》词云：“几度黄昏，琼枝为谁折？”

宋李莱老《清平乐》词云：“折得垂杨寄与，丝丝都是愁肠。”

宋周密《高阳台•》词云：“最关情，折尽梅花，难寄相思。”

4.楚驿梅边：陆凯与范晔友善，自江南寄梅花一校赠凯，并赠诗云：“折花逢驿使，寄与陇头人。江南无所有，聊赠一校春。”见南朝宋盛弘之《荆州记》。

宋张枢《庆宫春》词云：“楚驿梅边，吴江枫畔，庾郎从此愁多。”

故家乔木

典出《孟子·所谓故国者章》：“所谓故国者，非谓有乔木之谓也，有世臣之谓也。”

1.故家：故国。

宋徐明仲《水调歌头·宗社中兴佐》词云：“故家乔木，十年风虎会云龙。”

宋张炎《思佳客·题周草窗武林旧事》词云：“铜驼烟雨栖芳草，休向江南问故家。”

宋佚名《满江红·曲水兰亭》词云：“乔木故家今有数，太平人物年几百。”

2.乔木：用“故家乔木”典，喻指故国。

宋王易简《庆宫春·谢草窗惠词卷》词云：“佳人不见，慷慨悲歌，夕阳乔木。”

宋姜夔《扬州慢·淮左名都》词云：“自胡马窥江去后，废池乔木，犹厌言兵。”

宋张炎《壶中天·养拙夜饮，客有弹箜篌者，即事以赋》词云：“乔术苍寒图画古，窈窕人行韦曲。”

3.夕阳乔木：指故国如日薄西山。

宋王易简《庆宫春·谢草窗惠词卷》词云：“佳人不见，慷慨悲歌，夕阳乔木。”

梦梨花云

典出《墨庄漫录》卷六引唐王建《梦看梨花云歌》：“薄薄落落雾不分，梦中唤作梨花云。……落英散粉飘满空，梨花颜色同不同。眼穿臂短取不得，取得亦如从梦中。无人为我解此梦，梨花一曲心珍重。”

1.梨花梦：用唐王建梦见梨花云典故，指梦境。

宋翁孟寅《阮郎归》词云：“歌袖窄，舞环轻。梨花梦满城。”

宋陈允平《恋绣衾》词云：“无赖是、梨花梦，被月明、偏照翠帷！”

2.梨云：用唐王建梦见梨花云事典，指梦中恍惚所见如云似雪的缤纷梨花。后用为状雪之典。

宋翁元龙《水龙吟·雪霁登吴山见沧阁，闻城中箫鼓声》词云：“黯梨云，散作人间好梦，琼箫在、锦屏底。”

宋李演《祝英台近·次贫房韵》词云：“困无语，柔被褰损梨云，闲修牡丹谱。”

宋周密《水龙吟·白荷》词云：“想鸳鸯、正结梨云好梦，西风冷、还惊起。”

3.梨花幽梦：用唐王建梦见梨花云事典，指梦境。《墨庄漫录》卷六引王建《梦看梨花云歌》：“薄薄落落雾不分，梦中唤作梨花云。”苏轼《西江月》：“不与梨花同梦。”

宋吴文英《西江月·青梅枝上晚花》词云：“玉奴最晚嫁东风，来结梨花幽梦。”

4.梨云好梦：春梦，美梦。

宋周密《水龙吟·白荷》词云：“想鸳鸯、正结梨云好梦，西风冷、还惊起。”

绝缨掷果

典出汉刘向《说苑·复恩》：“楚庄王赐群臣酒，日暮酒酣，灯烛灭，乃有引（拉）美人之衣者，美人援绝（扯断）其冠缨（帽带子），告王曰：‘趣火来上，视绝缨者。’王曰：‘赐人酒，使醉失礼，奈何欲显妇人之节而辱士乎？’乃命左右：‘与寡人饮，不绝冠缨者不欢。’”

1.绝缨：扯断结冠的带，形容男女聚会，不拘形迹。

宋柳永《迎新春》词云：“渐天如水，素月当午。香径里、绝缨掷果无数。”

宋柳永《宣清》词云：“念掷果朋侪，绝缨宴会，当时曾痛饮。”

2.掷果：指男女嬉戏逗闹。出自唐房玄龄《晋书·潘岳传》：“岳美姿仪……少时常挟弹，出洛阳道，妇女遇之者，皆连手萦绕，掷之以果，遂满载而归。”

宋刘辰翁《鹊桥仙》词云：“看人掷果，看人罢织。难得团栾七夕。”

宋柳永《合欢带》词云：“檀郎幸有，凌云词赋，掷果风标。”

宋晏几道《鹧鸪天》词云：“新掷果，旧分钗，冶游音信隔章台。”

锦书回文

典出《晋书·列女传》："窦滔妻苏氏，始平人也，名蕙，字若兰。善属文。滔，苻坚时为秦州刺史，被徙流沙，苏氏思之，织锦为回文旋图诗以赠滔，宛转循环以读之，词甚凄惋，凡八百四十字。"

1. 锦书：表示妻子表达思念之情的书信或情诗和织有诗文的锦缎。

宋李清照《一剪梅·红藕香残玉簟秋》词云："云中谁寄锦书来？雁字回时，月满西楼。"

宋陆游《钗头凤·红酥手》词云："山盟虽在，锦书难托。莫、莫、莫！"

2. 锦字：用苏惠锦书回文典，指写情书。

宋柳永《曲玉管·陇首云飞》词云："杳杳神京，盈盈仙子，别来锦字终难偶。"

宋张耒《风流子·木叶亭皋下》词云："玉容知安否？香笺共锦字，两处悠悠。"

一丘一壑

典出南朝宋刘义庆《世说新语·品藻》："明帝问谢鲲：'君自谓何如庾亮？'答曰：'端委庙堂，使百官准则，臣不如亮；一丘一壑，自谓过之。'"

1. 一丘一壑：原指隐士居住地，后用为寄情山水、退隐山野之意。

宋辛弃疾《鹧鸪天》词云："书咄咄，且休休。一丘一壑也风流。"

宋佚名《减字木兰花》词云："一丘一壑。野鹤孤云随处乐。篆带纱巾。"

2. 一丘壑：同一丘一壑。

宋辛弃疾《兰陵王·赋一丘一壑》词云："一丘壑。老子风流占却。"

宋辛弃疾《贺新郎·题君用山园》词云："此地千年曾物化，莫呼猿、且自多招鹤。吾亦有，一丘壑。"

一阳来复

典出《易·复》："反复其道，七日来复。"孔颖达疏："五月一阴生，十一月一阳生。"

1. 一阳生：《周易》以坤卦为阴，阴历十月为坤卦，纯阴无阳。至十一月冬至为复卦，阳气初动，一阳生于下，曰"一阳生"，又称"一阳来复"。

宋佚名《昼夜乐》词云："一阳生后风光好。百花瘁，群木槁。"

宋甄良友《菩萨蛮》词云："前日一阳生。德星今夜明。"

2. 一阳来复：冬至节后，接近春天，阳气就要回复。

宋王炎《满江红・至日和黄伯威》词云："恁是一阳来复后，梅花柳眼先春鬓。"

宋锦溪《满江红・寿八十老人十一月十六日》词云："喜遇生申时节，一阳来复。"

司空见惯

典出唐孟棨《本事诗・情感》："刘尚书禹锡罢和州，为主客郎中，集贤学士。李司空罢镇在京，慕刘名，尝邀至第中，厚设饮馔。酒酣，命妙妓歌以送之。刘于席上赋诗曰：'鬟髯梳头宫样妆，春风一曲杜韦娘。司空见惯浑闲事，断尽江南刺史肠。'李因以妓赠之。"

1. 司空见惯：司空为古代官名。司空见惯，比喻常见之事，不足为奇。

宋周紫芝《西江月》词云："羞蛾且莫斗弯环。不似司空见惯。"

宋萧元之《渡江云・和清真》词云："司空见惯浑如梦，笑几回、索苇吹葭。"

2. 一曲杜韦娘：引"司空见惯"典，刘禹锡因听杜韦娘一曲而为之断肠。

宋舒亶《虞美人・蒋园醉归》词云："玉箫一曲杜韦娘。谁是苏州刺史、断人肠。"

宋陈师道《菩萨蛮》词云："一曲杜韦娘。当年枉断肠。"

孤鸾照影

典出《先秦汉魏晋南北朝诗・宋诗》卷一《范泰・鸾鸟诗》："昔罽宾王结罝峻祁之山，获一鸾鸟。王甚爱之，欲其鸣而不能致也。乃饰以金樊，飨以珍羞，对之愈戚，三年不鸣。其夫人曰：'尝闻鸟见其类而后鸣，何不悬镜以映之。'王从其言。鸾睹形感契，慨然悲鸣，哀响中霄，一奋而绝。"

1. 孤鸾：神话中的鸟，如凤凰。

宋陈允平《满江红・和清真韵》词云："明月空圆双蝶梦，彩云难驻孤鸾宿。"

五代孙光宪《谒金门・留不得》词云："却羡彩鸳三十六，孤鸾还一只。"

2. 镜鸾：引"鸾鸟"典故，常以"镜鸾"比喻分离之夫妻，也指古代背面画有鸾鸟的镜子。

宋胡仲弓《谒金门》词云："润逼镜鸾红雾满，额花留半面。"

宋王嵎《祝英台近》词云："谁教钗燕轻分，镜鸾慵舞，是孤负、几番春昼。"

宋赵令畤《乌夜啼・春思》词云："舞镜鸾衾翠减，啼珠凤蜡红斜。"

3. 鸾影：状孤独不偶。

宋应法孙《霓裳中序第一》词云："镜盟鸾影缺，吹笛西风数阕。"

五代顾敻《浣溪沙》词云："恨入空帷鸾影独，泪凝双脸渚莲光，薄情年少悔思量。”

4.宝镜：暗用孤鸾照影典故。

宋余桂英《小桃红》词云：“宝镜空留恨，筝雁浑无据。”

宋辛弃疾《念奴娇》词云：“宝镜难寻，碧云将暮，谁劝杯中绿。”

5.孤鸾宿：用孤鸾照镜典。

宋陈允平《满江红·和清真韵》词云：“明月自圆双蝶梦，彩云空伴孤鸾宿。”

宋赵长卿《鹧鸪天》词云：“相思已有无穷恨，忍见孤鸾宿镜中。”

6.鸾孤金镜：《异苑》载古罽宾王有一鸾，三年不鸣。夫人曰：“闻见影则鸣，可悬镜照之。”鸾睹影悲鸣，半夜一奋而绝。

宋施岳《兰陵王》词云：“念鸾孤金镜，雁空瑶瑟。”

7.盟鸾：结成双鸾之好的盟约。

宋陆睿《瑞鹤仙》词云：“孤迥，盟鸾心在，跨鹤程高，后期无准。”

赐环

典出《荀子·大略》：“聘人以珪，问士以璧，召人以瑗，绝人以玦，反绝以环。”杨倞注：“古者臣有罪待放于境，三年不敢去，与之环则还，与之玦则绝，皆所以见意也。”

1.赐环：指放逐之臣赦宥召还。

宋佚名《满江红·寿宪幕》词云：“赐环促召，清班两鬓长绿。”

宋翁溪园《水龙吟·代寿制师贾参政》词云：“更赐环促召，中书入令，作汾阳郭。”

2.召环：引“赐环”典。

宋刘仙伦《满江红·寿胡漕六月初一》词云：“看召环、即到寿星边，朝明主。”

宋黄人杰《贺新郎·寿中书舍人》词云：“看领召环回鷁首，笑把江神要束。”

召公棠

典出《诗·召南·甘棠》：“蔽芾甘棠，勿翦勿伐，召伯所茇。蔽芾甘棠，勿翦勿败，召伯所憩。蔽芾甘棠，勿翦勿拜，召伯所说。”

1.召公棠：指召伯巡行乡邑，曾在甘棠树下决狱治事，为百姓所称道，后用于称颂政绩。

宋郭应祥《鹧鸪天·梦符置酒于野堂，出家姬歌自制词以侑觞，次韵》词云：“我离浏川七载强。去思那有召公棠。”

宋京镗《水调歌头》词云：“自愧谋非经远，更笑才非任剧，安得召公棠。”

2.召棠：引“召公棠”典，称颂政绩之词。

宋张榘《凯歌·为壑相寿》词云：“点检召棠遗爱，酝酿潘舆喜色，英裔蔚文彪。”

宋李曾伯《醉蓬莱·代寿昌州守叔祖》词云：“汉竹光中，召棠阴里，想清欢未足。”

玉树

典出南朝宋刘义庆《世说新语·容止》：“魏明帝使后弟毛曾与夏侯玄共坐，时人谓蒹葭倚玉树。”唐杜甫《饮中八仙歌》：“宗之潇洒美少年，举觞白眼望青天，皎如玉树临风前。”又《普书·谢安传》：“玄答曰‘譬如芝兰玉树，欲使其生于庭阶耳’。”

1.玉树：比喻品貌俊美的优秀子弟。

宋周邦彦《拜星月·高平秋思》词云：“笑相遇，似觉琼枝玉树，暖日明霞光烂。”

宋谢逸《临江仙》词云：“玉树临风宾欲散，黄昏约马嘶庭。”

2.芝兰玉树：引“玉树”典，比喻优秀子弟。

宋程大昌《韵令》词云：“芝兰玉树，更愿充庭。”

宋廖行之《水调歌头·凉吹起空阔》词云：“堂上瑶池仙姥，庭下芝兰玉树，好事萃于门。”

剪烛西窗

典出唐李商隐《夜雨寄北》诗：“君问归期未有期，巴山夜雨涨秋池。何当共剪西窗烛，却话巴山夜雨时。”

1.剪烛西窗：久别重逢，夜晚剪烛叙旧，又用作怀念妻室的典故。

宋刘辰翁《摸鱼儿·和巽吾留别韵》词云：“但剪烛西窗，秋声入竹，点点已如霰。”

宋邓剡《疏影·笋薄之平江》词云：“梦故人，剪烛西窗，已隔洞庭烟水。”

2.西窗剪烛：西窗夜对，剪烛共话。后常用于比喻游子思家。

宋谭宣子《西窗烛·雨霁江行自度》词云：“待泪华、暗落铜盘，甚夜西窗剪烛。”

宋袁去华《一丛花》词云：“西窗翦烛浑如梦，最愁处、南陌分襟。”

3.剪烛：引“剪烛西窗”典。谓与妻室、故人久别重逢，灯下叙旧。

宋仇远《忆旧游》词云：“故人剪烛清话，风雨半窗寒。”

宋蒋捷《祝英台·次韵》词云：“谱字红蔫，剪烛记同看。”

孝王兔园

典出《史记·梁孝王世家》："于是孝王筑东苑，方三百余里。"《西京杂记》："梁孝王好营宫室苑囿之乐，作曜华宫，筑兔园。"作张守节正义："《括地志》云：'兔园在宋州宋城县东南十里。'"

1.兔园：汉梁孝王刘武所造，故址在今河南商丘东，梁孝王于此宴宾客。后泛指花园。

宋洪适《选冠子》词云："鹤氅神仙，兔园宾客，高会坐移清漏。"

宋辛弃疾《念奴娇·和南涧载酒见过雪楼观雪》词云："兔园旧赏，怅遗踪、飞鸟千山都绝。"

2.梁园：即兔园。汉梁孝王与文学侍从司马相如、邹阳、枚乘等人吟诗作赋之地。枚乘等人著有《梁王兔园赋》。

宋王庭《雨霖铃·雪》词云："谩说枚叟邹生，共作梁园赋。"

宋朱敦儒《胜胜慢·雪》词云："莫说梁园往事，休更羡、越溪访戴幽人。"

3.梁苑：即梁园。

宋苏轼《减字木兰花·雪词》词云："相如未老.梁苑犹能陪俊少。"

宋谢薖《浣溪沙·陈虚中席上和李商老雪词》词云："赋丽谁为梁苑客，调高难和郢中词。"

4.上苑：帝王苑囿。即兔园。

宋史达祖《东风第一枝·春雪》词云："旧游忆著山阴，厚盟遂妨上苑。"

唐李煜《望江南》词云："还似旧时游上苑，车如流水马如龙。花月正春风。"

5.厚盟：宋谢惠连《雪赋》云："梁玉不悦，游于兔园，置旨酒，命宾友，召邹生，延枚叟，相如末至，居客之右……。""厚盟"即用此事。

宋史达祖《东风第一枝·春雪》词云："旧游忆著山阴，厚盟遂妨上苑。"

羔儿酒

典出宋苏轼《赵成伯家有姝丽吟春雪谨依元韵》诗自注："世传陶谷学士买得党太尉家故妓，遇雪，陶取雪水烹团茶，谓妓曰：'党家应不识此?'妓曰：'彼粗人安有此景，但能于销金暖帐下浅斟低唱，吃羊羔儿酒耳。'陶默然愧其言。"

1.羔儿酒：酒名，指美酒。

宋刘过《鹧鸪天》词云："一杯自劝羔儿酒，十幅销金暖帐笼。"

宋韩元吉《鹧鸪天·雪》词云："凭君细酌羔儿酒，倚遍琼楼十二阑。"

2.浅酌低唱：引"羔儿酒"典。指旧时士大夫饮酒听乐、纵情声色的生活。

宋柳永《鹤冲天》词云："青春都一饷。忍把浮名，换了浅酌低唱。"

宋辛弃疾《鹧鸪天·和赵文鼎雪》词云："莫上扁舟访剡溪，浅斟低唱正相宜。"

盐梅

典出《书·说命下》："君作和羹，尔惟盐梅。"

1.盐梅：盐的咸味和梅的酸味都为调味所需，旧时用于称赞宰相。

宋张先《喜朝天·清暑堂赠蔡君谟》词云："睢社朝京非远，正如羹、民口渴盐梅。"

宋赵磻老《永遇乐·寿叶枢密》词云："管如今、盐梅再梦，夜铃命诏。"

2.调鼎：引"盐梅"典，对大臣宰辅的赞词。

宋吴则礼《鹧鸪天》词云："衮绣三朝社稷臣。旧调元鼎斡洪钧。"

宋张元干《水调歌头》词云："调鼎他年事，妙手看烹鲜。"

宋辛弃疾《最高楼·花好处》词云："将军止渴山南畔，相公调鼎殿东厢。"

歌骊驹

典出《汉书·儒林传·王式》："会诸大夫博士，共持酒肉劳式，皆注意高仰之。博士江公世为鲁诗宗，至江公著孝经说，心嫉式，谓歌吹诸生曰：'歌骊驹。'式曰：'闻之于师：客歌骊驹，主人歌客毋庸归。今日诸君为主人，日尚早，未可也。'"

1.骊驹：本义为纯黑色的马匹，实指先秦告别歌曲《骊驹》："骊驹在门，仆夫具存。骊驹在路，仆夫整驾。"

宋王之望《念奴娇·别妓》词云："祖帐将收，骊驹欲驾，去也劳相忆。"

宋辛弃疾《水调歌头·淳熙己亥，自湖北漕移湖南，总领王、赵守置酒南楼，席上留别》词云："莫把骊驹频唱，可惜南楼佳处，风月已凄凉。"

宋葛胜仲《木兰花·与诸人泛溪作》词云："人生何乐似同襟，莫待骊驹声惨咽。"

2.骊歌：客人欲去时所唱歌曲。

宋晏几道《点绛唇》词云："日日骊歌，空费行人泪。"

宋高观国《金人捧露盘·楚宫闲》词云："骊歌几叠，至今愁思怯阳关。"

梅花妆

典出《太平御览·时序部》引《杂五行书》："宋武帝女寿阳公主，人日卧于含章殿檐下，梅花落公主额上，成五出花，拂之不去。皇后留之，看得几时。经三日，洗之乃落。宫女奇其异，竞效之，今梅花妆是也。"

1.梅妆：即梅花妆。古时女子妆式，描梅花于额上为饰。相传始于南朝宋寿阳公主。

宋欧阳修《诉衷情·眉意》词云："清晨帘幕卷轻霜。呵手试梅妆。"

宋陈允平《绛都春》词云："梅妆欲试芳情懒，翠颦愁入眉弯。"

宋晏几道《玉楼春·当年信道情无价》词云："脸红心绪学梅妆，眉翠工夫如月画。"

2.梅额：点染了梅花妆的额头。

宋吴则礼《满庭芳·立春》词云："钗头燕，妆台弄粉，梅额故相夸。"

宋吴文英《玉楼春·京市舞女》词云："茸茸狸帽遮梅额。金蝉罗剪胡衫窄。"

3.梅花面：即梅花妆。

宋吴文英《生查子·稽山对雪有感》词云："愁见越谿娘，镜里梅花面。"

宋向子諲《点绛唇·世传<水月观音词>，徐师川恶其鄙俗，戏作一首似之》词云："冰雪肌肤，靓妆喜作梅花面。"

4.寿阳宫里：用"梅花妆"典故。宋武帝女寿阳公主人日卧含章殿檐下，梅花落其额上，成五出花，拂之不去。

宋王澡《霜天晓角·梅》词云："若在寿阳宫里，一点点、有人惜。"

宋吴文英《高阳台·落梅》词云："寿阳宫里愁鸾镜，问谁调玉髓，暗补香瘢。"

莼羹鲈脍

典出南朝宋刘义庆《世说新语·识鉴》："张季鹰辟齐王东曹掾在洛，见秋风起，因思吴中菰菜羹、鲈鱼脍，曰：'人生贵得适意尔，何能羁宦数千里以要名爵！'遂命驾便归。"

1.莼鲈：指游宦者因想念家乡风味而引起思乡之情。

宋张孝祥《水调歌头·为总得居士寿》词云："不为莼鲈笠泽，便挂衣冠神武，此兴渺江湖。"

宋丘崈《汉宫春·和辛幼安秋风亭韵，癸亥中秋前二日》词云："三英笑粲，更吴天、不隔莼鲈。"

宋潘希白《大有·九日》词云："几回忆，故国莼鲈，霜前雁后。"

宋卢祖皋《贺新凉》词云："谩留得、莼鲈依旧。"

2.菰蒲：喻指家乡风物，表达思乡之情。

宋姜夔《念奴娇·闹红一舸》词云："翠叶吹凉，玉容消酒，更洒菰蒲雨。"

宋张元干《石州慢·己酉秋吴兴舟中作》词云："夜帆风驶，满湖烟水苍茫，菰蒲零乱秋声咽。"

耆英会

典出宋司马光《洛阳耆英会序》："昔日乐天在洛，与高年者八人游，时人慕之，为九老图，传之于世。宋兴，洛中诸公继而为之者凡再矣，皆图形普明僧舍。普明，乐天之故第也。元丰中，文潞公留守西都，韩国富公纳政在里第，自余士大夫以老自逸于洛者，于时为多。潞公谓韩公曰：'凡所谓慕于乐天者，以其志趣高逸也，奚必数与地之袭焉。'一旦悉集士大夫老而贤者于韩公之第，置酒相乐，宾主凡十有一人既而图形。妙觉僧舍时人谓之洛阳耆英会。"

1.耆英会：文彦博、富弼等年高者于洛阳举行文酒集会。

宋刘克庄《水龙吟·己亥自寿》词云："待异时约取，宽夫彦国，入耆英会。"

宋吴泳《满江红·嘉定甲申之秋》词云："君水见洛阳耆英会，花前雅放时闲适。"

2.耆英社：即耆英会。后指德高年长者组成的怡情养性的团队。

宋刘克庄《满江红·林元质侍郎生日四月二十九日》词云："便合去开丞相阁，未应牵入耆英社。"

宋刘克庄《鹊桥仙·林侍郎生日》词云："出通明殿，入耆英社，谁似侍郎洪福。"

捉月

典出唐末五代王定保《唐摭言》："李白著宫锦袍，游采石江中，傲然自得，旁若无人，因醉入水中捉月而死。"

1.捉月：指李白酒醉俯捉江中月影而溺死。

宋黄庭坚《沁园春》词云："镜里拈花，水中捉月，觑著无由得近伊。"

宋邓肃《临江仙·九之九》词云："初恨水中徒捉月，而今水月俱空。"

2.弄月：捉月、赏月。语见唐李白《别山僧》诗云："何处名僧到水西，乘舟弄月宿泾溪。"

宋吕渭老《木兰花慢》词云："新愁暗生旧恨，更流萤、弄月入纱衣。"

宋欧阳澈《踏莎行》词云："花窗弄月晚归来，门迎蜡炬笙箫沸。"

花信风

典出宋程大昌《演繁露》卷一："散乐花开时，风名花信风。"

1.二十四番花讯（信）：指应花期而来的风，简称花信风。

宋卢祖皋《西江月》词云："晚风帘幕悄无人。二十四番花讯。"

宋吴文英《水龙吟·用见山韵饯别》词云："想骄骢、又踏西湖，二十四番花信。”

2.二十四番风：即花信风。

宋洪咨夔《好事近·次曹提管春行》词云：“二十四番风，才见一番花鸟。”

宋颜奎《清平乐·留静得》词云：“二十四番风后，绿阴芳草长亭。”

十样宫眉

典出唐张泌《妆楼记》。据明杨慎《丹铅续录·十眉图》记载，十眉分别为鸳鸯、小山、五岳、三峰、垂珠、月稜、分梢、涵烟、拂云、倒晕。

1.十样宫眉：相传唐玄宗曾令画工作十眉图。

宋佚名《酹江月·寿陈硕人》词云：“十样宫眉，两行红袖，烧烛围香玉。”

宋辛弃疾《满庭芳·和洪丞相景伯韵呈景卢舍人》词云：“急管哀弦，长歌慢舞，连娟十样宫眉，不堪红紫，风雨晓来稀。”

2.十眉：即十样宫眉。

宋张孝祥《浣溪沙·刘恭父席上》词云：“万旅去屯看整暇，十眉环坐却娉婷。”

宋洪适《番禺调笑》词云：“十眉争艳眼波横。霓袖回风曲已成。”

九万鹏图

典出《庄子·逍遥游》：“南冥者，天池也。《齐谐》者，志怪者也。《谐》之言曰：‘鹏之徙于南冥也，水击三千里，抟扶摇而上者九万里，去以六月息者也。’”

1.九万鹏图：鹏鸟冲天九万里，比喻志向不凡，前途无量。

宋王千秋《西江月》词云：“容我一杯为寿，看君九万鹏图。”

宋张炎《台城路·饯千寿道应举》词云：“事业方新，大鹏九万里。”

2.九万奋飞：同“九万鹏图”，指奋飞飞翔，前途无量。同一典故，有不同化用方式。

宋王安中《安阳好·九之四》词云：“岁岁青衿多振鹭，人人彩笔竞腾虹。九万奋飞同。”

宋李清照《渔家傲》词云：“九万里风鹏正举。风休住。蓬舟吹取三山去。”

三神山

典出《汉书·郊祀志上》：“自威、宣、燕昭使人入海求蓬莱、方丈、瀛洲，此三神山者，其传在渤海中。”

1.蓬瀛：指蓬莱和瀛洲，古代传说中的神山名。

宋晏殊《拂霓裳》词云："神仙雅会，会此日，象蓬瀛。"

宋仲殊《减字木兰花》词云："青条绿叶，结起蓬瀛连万迭。"

2.蓬莱：古代传说中的神山名，后泛指想象中的仙境。

宋佚名《还宫乐》词云："喜贺我皇，有感蓬莱，尽降神仙。"

宋佚名《唐多令》词云："幻出蓬莱新院宇，花外竹，竹连山。"

宋吕岩《沁园春》词云："问真宰，难留下土，携尔上蓬莱。"

3.三山：即海中三神山。据旧志，山在南京城西南五十七里，滨于大江，因三峰排列，南北相连，故称三山。

宋佚名《破字令》词云："缥缈三山岛。十万岁、方分昏晓。"

宋苏轼《南歌子》词云："方士三山路，渔人一叶家。"

白驹过隙

典出《庄子·知北游》："人生天地之间，若白驹之过郤，忽然而已。"陆德明释："过郤，去逆反；本亦作隙；隙，孔也。"

1.驹隙：白驹过隙，比喻时光易逝。

宋陆游《杏花天》词云："老来驹隙骎骎度。算只合、狂歌醉舞。"

宋葛长庚《沁园春》词云："算此身此世，无过驹隙，一名一利，未值鸿毛。"

2.过隙光阴：出自"白驹过隙"，比喻时光易逝。

宋张纲《浣溪沙·安人生日，四之四》词云："过隙光阴还自催。生朝又送一年来。宴堂深处强追陪。"

宋戴复古《西江月》词云："过隙光阴易去，浮云富贵难凭。"

薰风解愠

典出《史记·乐书》："昔者舜作五弦之琴，以歌《南风》。"《集解》引王肃曰："《南风》育养民之诗也，其辞曰：'南风之熏兮，可以解吾民之愠兮。'"《乐书》又云："故舜弹五弦之琴，歌《南风》之诗而天下治。"

1.薰风解愠：即太平盛世之歌。

宋柳永《永遇乐》词云："薰风解愠，昼景清和，新霁时候。"

宋王之道《满庭芳·和王常令双莲堂》词云："况有薰风解愠，流霞泛、丝竹成行。"

2.薰风：和风，初夏东南方，喻指"育养民之诗"，即太平盛世之歌。

宋柳永《郭郎儿近拍·仙吕调》词云："薰风帘幕无人，永昼厌厌如度岁。"

宋柳永《女冠子·夏景》词云："薰风时渐劝，峻阁池塘，芰荷争吐。"

3.薰兮：同"薰风"。

宋廖行之《水调歌头·寿欧阳景明》词云："试听虞弦初理，便有薰兮入奏，风物正熙熙。"

宋程珌《沁园春·那用招秋》词云："那用招秋，休言推暑，风自薰兮。"

霓裳羽衣

典出宋郭茂倩《乐府诗集》："《唐逸史》曰，罗公远多秘术。尝与玄宗至月宫，仙女数百，皆素练霓衣，舞于广庭。问其曲，曰：'《霓裳羽衣》。'帝默记其音调而还。明日召乐工，依其音调作《霓裳羽衣曲》。"

26.霓裳：传说为唐时霓裳羽衣曲。

宋姚述尧《减字木兰花·千叶梅》词云："仙姿楚楚。轻曳霓裳来帝所。"

宋吴儆《念奴娇·寿程致政》词云："好唤凌波来洛浦，醉促霓裳仙拍。"

27.霓裳舞：指霓裳羽衣舞。

宋秦观《水龙吟》词云："檀板歌莺，霓裳舞燕，当年娱乐。"

宋侯置《菩萨蛮·写真》词云："霓裳舞罢难留住。湘裙缓若轻烟去。"

济世之臣

典出《尚书·商书·说命上》，殷高宗对傅说（yuè）说："若济巨川，用汝作舟楫；若岁大旱，用汝作霖雨。"

1.舟楫：本意为船只，后用于比喻济世之臣。

宋王庭《江城子·步月新桥呈任子严》词云："君是济川舟楫手，将许事，笑谈成。"

宋洪适《好事近》词云："三径虽然冷淡，有采莲舟楫。"

2.霖雨：同"舟楫"，用于比喻济世之臣。

宋王千秋《点绛唇·刘公宝生日》词云："待为霖雨。小驻红莲府。"

宋姚述尧《减字木兰花·厉万顷生日，时久旱得雨》词云："果为霖雨。洗尽苍生炎夏苦。"

用舍行藏

典出《论语·述而》："子谓颜渊曰：'用之则行，舍之则藏，唯我与尔有是夫！'"

1.用舍行藏：被任用则出仕，被舍弃则退隐。

宋魏了翁《满江红·李参政壁生日》词云："用舍行藏皆有命，时来将相还须做。"

宋韩信同《沁园春·寿南窗叶知录》词云："谩说磻翁，休夸淇叟，用舍行藏各有时。”

2.行藏用舍：即“用舍行藏”。指“被任用则出仕，被舍弃则退隐”的态度。

宋辛弃疾《踏莎行·赋稼轩，集经句》词云：“进退存亡，行藏用舍。小人请学樊须稼。”

宋辛弃疾《水调歌头·和德和上南涧韵》词云：“堪笑行藏用舍，试问山林钟鼎，底事有亏全。”

华清春浴

典出唐白居易《长恨歌》：“春寒赐浴华清池，温泉水滑洗凝脂，侍儿扶起娇无力，始是新承恩泽时。”

1.华清：唐代华清池，故址位于陕西临潼县骊山下，用来代指杨贵妃春寒沐浴的故事。

宋刘克庄《汉宫春·秘书弟家赏红梅》词云：“还似得、华清汤暖，薄绡半卸冰肌。”

宋赵以夫《忆旧游慢》词云：“亭亭。步明镜，似月浸华清，人在秋庭。”

2.华清浴：杨贵妃浴后益发娇美。

宋方岳《水龙吟·和朱行父海棠》词云：“记华清浴起，渭流波暖，红涨腻、弃脂水。”

宋佚名《万年欢》词云：“仿佛华清浴罢，懒匀脂泽。”

丁令化鹤

典出东晋陶潜《搜神后记》卷一：“丁令威，本辽东人，学道于灵虚山。后化鹤归辽，集城门华表柱。时有少年，举弓欲射之。鹤乃飞，徘徊空中而言曰：‘有鸟有鸟丁令威，去家千年今始归。城郭如故人民非，何不学仙冢垒垒。’遂高上冲天。今辽东诸丁云其先世有升仙者，但不知名字耳。”

1.华表鹤归：引“丁令化鹤”典。

宋吴文英《昼锦堂》词云：“舞影灯前，箫声酒外，独鹤华表重归。”

宋张镃《洞仙歌·游大涤赋》词云：“问箸下留丹，别已千年，华表鹤、亦归来否。”

2.辽鹤：指辽东丁令威得仙化鹤之事。

宋蔡伸《采桑子·孙仲益集于西斋，题侍儿作第一流，因以词谢之》词云：“往事悠悠。辽鹤重来忆梦游。”

宋张孝祥《浣溪沙》词云：“我是临川旧史君。而今欲作岭南人。重来辽鹤事犹新。”

3.化鹤：比喻修得仙道。

宋曾觌《燕山亭·杨廉访生日》词云："蝴蝶梦惊，化鹤飞还，荣华等闲一瞬。"

宋韩淲《水调歌头·次宋倅韵》词云："犹记使君同醉，化鹤千年何在，今古自应悭。"

王乔飞凫

典出《后汉书·方术传上·王乔》："王乔者，河东人也。显宗世，为叶令。乔有神术，每月朔望，常自县诣台朝。帝怪其来数，而不见车骑，密令太史伺望之。言其临至，辄有双凫从东南飞来。于是候凫至，举罗张之，但得一只舄焉。乃诏尚方诊视，则四年中所赐尚书官属履也。"

1.飞凫舄：会飞的仙鞋，借指官员。

宋韩淲《满庭芳·王寺簿生朝》词云："小驻屏星怀玉，飞凫舄、元在鹓行。"

宋郭应祥《鹧鸪天·其五，甲子十一月十四日寿内子》词云："暂时花县飞凫舄，新看芝庭捧鹤书。"

2.凫舄：引"王乔飞凫"典，喻指仙术，常用为县令的典实。

宋郭应祥《西江月·寿韩宰》词云："暂借牛刀凫舄，宜参豹尾鸡翘。"

宋韩淲《清平乐·七月十三日潘令生朝》词云："鸣琴单父。凫舄宜飞去。不比河阳花满树。"

鸥鹭忘机

典出《列子集释》卷二《黄帝篇》："海上之人有好沤鸟者，每旦之海上，从沤鸟游，沤鸟之至者百住而不止。其父曰，'吾闻沤鸟皆从汝游，汝取来，吾玩之。'明日之海上，沤鸟舞而不下也。故曰，至言去言，至为无为。齐智之所知，则浅矣。晋·张湛注：'心和而形顺者，物所不恶。住当作数。'"

1.忘机：指无诈巧之心，与世无争。

宋吴琚《浪淘沙》词云："忘机鸥鹭立汀沙。咫尺钟山迷望眼，一半云遮。"

宋汤恢《八声甘州》词云："羡青山有思，白鹤忘机。"

2.鸥鹭素熟：言周密抱节隐居的决心一贯不变。用《列子·黄帝》载鸥鹭忘机典。

宋李莱老《惜红衣·寄牟阳翁》词云："苹洲鸥鹭素熟，旧盟续。"

泰阶

典出《汉书》卷六十五《东方朔列传》："愿陈泰阶六符，以观天变，不可不省。”汉劭应注：“泰阶者，天之三阶也。上阶为天子，中阶为诸侯公卿大夫，下阶为士庶人。”

1.泰阶：古星座名，即三台——上台、中台、下台共六星，两两并排而斜上，如阶梯，故名。

宋姚勉《沁园春·寿杨师参十月生，次日子之官》词云：“公知否，老人星一点，映泰阶星。”

宋佚名《合宫歌》词云：“泰阶平。勋业属全盛。”

2.三阶：谓阴阳和，风雨顺，社稷安宁。

宋李曾伯《水龙吟·岷峨寿佛东来》词云：“载采三阶，炳丹一念，雍容枢辅。”

宋赵祯《合宫歌·皇佑二年飨明堂》词云：“三阶平。金气肃，转和景。”

软红尘

典出宋苏轼《次韵蒋颖叔钱穆父从驾景灵宫》：“半白不羞垂领髮，软红犹恋属车尘。”自注：“前辈戏语，有西湖风月，不如东华软红香土。”

1.软红：亦作“輭红”，犹言软红尘，谓繁华热闹。

宋范成大《醉落魄·栖乌飞绝》词云：“凉满北窗，休共软红说。”

宋吴文英《暗香·送魏句滨宰吴县解组分韵得阖字》词云：“软红路接。涂粉闱深早催入。”

2.尘软：用“软红尘”典，谓繁华热闹。

宋汤恢《倦寻芳》词云：“记旧日、西湖行乐，载酒寻春，十里尘软。”

宋吴文英《莺啼序·春晚感怀》词云：“十载西湖，傍柳系马，趁娇尘软雾。”

分燕尾钗

典出晋袁宏《后汉纪·灵帝纪上》：“妇人见去，当分钗断带。”

1.燕股：指燕形头钗。古代有一种习俗，即男女相别时，女子常折钗留赠男子，以示不忘。

宋韩疁《高阳台·除夕》词云：“邻娃已试春妆了，更蜂校簇翠，燕股横金。”

宋吴文英《宴清都·连理海棠》词云：“东风睡足交枝，正梦枕瑶钗燕股。”

2.钗燕：即燕形头钗。

宋吴文英《思佳客·赋半面女髑髅》词云：“钗燕拢云睡起时。隔墙折得杏花枝。”

宋王嵎《祝英台近》词云：“谁教钗燕轻分，镜鸾慵舞，是孤负、几番春昼。”

3.宝钗分：古人有分钗作别的风俗。

宋辛弃疾《祝英台近》词云："宝钗分，桃叶渡，烟柳暗南浦。"

宋韩淲《艳歌行》词云："锦帐春余情未极，宝钗分处梦无涯。"

4.玉钗分：指离别。古有与情人或丈夫相别，女子分钗相赠，以示不忘的习俗。

宋刘澜《齐天乐·吴兴郡宴遇旧人》词云："玉钗分向金华后，回头路迷仙苑。"

5.钗分燕股：钗由两股分成，岔开如燕尾。喻别离。

宋张良臣《西江月》词云："别后钗分燕股，病余镜减鸾腰。"

宋陈允平《忆旧游》词云："但镜裂鸳奁，钗分燕股，粉腻香销。"

6.钗重碧：指两股碧钗重合在一起，表示团圆不分离。

宋徐照《南歌子》词云："意取钗重碧，慵梳髻翅垂。"

7.金钗双股：古代女子有分钗赠给恋人的习俗，双股表示尚未涉足婚恋。

宋赵闻礼《贺新郎·萤》词云："竞戏踏、金钗双股。"

冷落长门

典出《昭明文选》卷十六汉·司马长卿《长门赋·序》："孝武皇帝陈皇后时得幸，颇妒。别在长门宫，愁闷悲思。闻蜀郡成都司马相如天下工为文，奉黄金百斤为相如文君取酒，因于解悲愁之辞。而相如为文以悟主上，陈皇后复得亲幸。"

1.冷落长门：汉武帝时陈皇后失宠，退居长门宫。

宋黄升《清平乐·宫词》词云："当年掌上承恩，而今冷落长门。"

2.长门事：指汉武帝时陈皇后失宠，被禁闭在长门宫之事。

宋辛弃疾《摸鱼儿》词云："长门事，准拟佳期又误，蛾眉曾有人妒。"

宋何梦桂《喜迁莺》词云："长门事，记得当年，曾趁梨园舞。"

3.长门：汉代有长门宫。汉武帝陈皇后失宠，被打入长门冷宫。

宋赵闻礼《贺新郎·萤》词云："漏断长门空照泪，袖纱寒、映竹无心顾。"

宋辛弃疾《贺新郎》词云："马上琵琶关塞黑，更长门、翠辇辞金阙。"

4.相如赋：陈皇后被禁闭在长门宫后，以百金为酬，请司马相如写《长门赋》，使武帝感悟，而复得宠。

宋辛弃疾《摸鱼儿》词云："千金纵买相如赋，脉脉此情谁诉。"

宋韩元吉《水调歌头·寄陆务观》词云："相如赋，王褒颂，子云玄。兰台麟阁，早晚飞诏下甘泉。"

承露盘

典出《汉书·郊祀志》："其后又作柏梁、铜柱、承露仙人掌之属矣。"颜师古注："《三辅故事》云：建章宫承露盘高二十丈，大七围，以铜为之，上有仙人掌承露，和玉屑饮之。"

1.承露盘：汉武帝迷信神仙，于建章宫筑神明台，立铜仙人舒掌捧铜盘承接甘露，冀饮以延年。后三国魏明帝亦于芳林园置承露盘。

宋倪稱《南歌子》词云："影动黄金阙，光摇承露盘。"

2.仙盘秋露：汉武帝曾在宫中造神明台，上铸金铜仙人，手托承露盘，储露水以和长生。后为魏明帝拆移。

宋赵闻礼《贺新郎·萤》词云："碎影落、仙盘秋露。"

3.承露盖：指荷叶。汉武帝好神仙，作承露盘承接甘露。

宋刘光祖《洞仙歌·败荷》词云："空擎承露盖，不见冰容，惆怅明妆晓鸾镜。"

金屋藏娇

亦作"金屋贮娇"。典出《汉武帝故事》："初，武帝为太子时，长公主欲以女配帝，时帝尚小，长公主指女问帝曰：'得阿娇好不？'帝曰：'若得阿娇，以金屋贮之。'主大喜，乃以配帝，是曰陈皇后。阿娇，后字也。"

1.金屋：《汉武故事》载汉武帝年少时对姑母云."若得阿娇作妇，当作金屋贮之也。"

吴文英《八声甘州·陪庾幕诸公游灵岩》词云："幻苍厓云树，名娃金屋，残霸宫城。"

陈允平《思佳客》词云："金屋静，玉箫闲。"

湘水

典出汉刘向《列女传·有虞二妃》："舜陟方死于苍梧，号曰重华。二妃死于江湘之间，俗谓之湘君。"

1.湘水：暗用舜二妃追舜不及而没于湘水典，状所恋女子伤心情状。

宋黄孝迈《湘春夜月》词云："翠玉楼前，惟是有、一波湘水，摇荡湘云。"

唐贯休《善哉行·伤古曲无知音》词云："久不见之兮，湘水茫茫。"

2.湘云：暗用舜二妃追舜不及而没于湘水典，状所恋女子伤心情状。

宋高观国《金人捧露盘·水仙》词云："梦湘云，吟湘月，吊湘灵。"

宋黄孝迈《湘春夜月》词云："翠玉楼前，惟是有、一波湘水，摇荡湘云。"

3.湘浦：湘水之滨。舜妃溺于湘水，为湘夫人。

宋赵闻礼《水龙吟·水仙花》词云："湘浦盈盈月满，抱相思、夜寒肠断。"

唐李白《临江王节士歌》词云："风号沙宿潇湘浦，节士悲秋泪如雨。"

箫史弄玉

典出《列仙传》卷上《萧史》："萧史者，秦穆公时人也，善吹箫，能致孔雀白鹤于庭。穆公有女字弄玉，好之。公遂以女妻焉，日数弄玉作凤鸣，居数年，吹似凤声，凤凰来止其屋。公为作凤台。夫妇止其上，不下数年，一旦皆偕随凤凰飞去。故秦人留作凤女祠于雍，宫中时有箫声而已。"

1.吹箫：用萧史弄玉典。

宋孙惟信《醉思凡》词云："吹箫跨鸾，香销夜阑"。

宋孙惟信《南乡子》词云："璧月小红楼，听得吹箫忆旧游"。

2.凤箫：箫的美称。相传春秋时，萧史善吹箫，作凤鸣。秦穆公女弄玉喜之，遂嫁萧史，穆公为造凤台以居，一夕二人吹箫引凤，共飞升仙去。见《列仙传》。

宋苏轼《鹊桥仙·七夕》词云："凤箫声断月明中，举手谢、时人欲去。"

宋王易简《庆宫春·谢草窗惠词卷》词云："紫霞洞窅云深，袅袅余音，凤箫谁续?"

宋韩元吉《水龙吟·书英华事》词云："锦瑟繁弦，凤箫清响，九霄歌吹。"

宋高观国《思佳客》词云："剪翠衫儿稳四停，最怜一曲凤箫吟。"

3.箫女：秦穆公之女，萧史之妻弄玉。用萧史与弄玉吹箫引凤仙去典，见汉刘向《列仙传》。

宋翁元龙《风流子·闻桂花怀西湖》词云："箫女夜归，帐栖青凤，镜娥妆冷，钗坠金虫。"

五代李煜《临江仙》词云："秦楼不见吹箫女，空余上苑风光。"

4.弄玉：秦穆公之女，萧史之妻弄玉。用萧史与弄玉吹箫引凤仙去典，见汉刘向《列仙传》。

宋曹邍《玲珑四犯·荼蘼应制》词云："肌素净洗铅华，似弄玉、乍离瑶阙。"

宋辛弃疾《水调歌头·寿赵漕介庵》词云："唤双成，歌弄玉，舞绿华。"

5.凤台：传说萧史、弄玉乘凤仙去之台。

宋刘澜《瑞鹤仙·海棠》词云："凤台高，贪伴吹笙，惊下九天霜鹄。"

宋聂冠卿《多丽·李良定公席上赋》词云："况东城、凤台沙苑，泛晴波、浅照金碧。"

6.秦女：有认为泛指秦地之女，但古代文学作品中的"秦女""秦娥"一般专指春秋时秦穆公之女——弄玉。

宋仇远《八犯玉交枝·招宝山观月上》词云："谩凝睇、乘鸾秦女。"

唐温庭筠《惜春词》词云："秦女含颦向烟月，愁红带露空迢迢。"

7.吹箫侣：指萧史和弄玉。相传春秋时，萧史善吹箫，作凤鸣。秦穆公女弄玉喜之，遂嫁萧史，穆公为造凤台以居，一夕二人吹箫引凤，共飞升仙去。见《列仙传》。

宋岳珂《满江红》词云："洛浦梦回留佩客，秦楼声断吹箫侣。"

宋朱熹《鹧鸪天》词云："未寻跨凤吹箫侣，且伴孤云独鹤飞。"

8.吹箫人：萧史。指心上人。

宋刘仙伦《菩萨蛮·效唐人闺怨》词云："吹箫人去行云杳，香篝翠被都闲了。"

宋刘辰翁《桂枝香》词云："吹箫人去。但桂影徘徊，荒杯承露。"

尧阶五荚

典出西晋皇甫谧《帝王世纪》："尧时为天子，蓂荚生于庭，为帝成历。始一日，生一荚，至月半生十五荚。十六日落一荚，王晦日而尽。小月一荚厌，不落。"

1.五荚：唐尧庭前的蓂荚，古代传说中的瑞草。

宋翁溪园《水调歌头·寿常州刘守》词云："更数尧阶五荚，又上华封三祝，千载圣须贤。"

宋方岳《满庭芳·寿刘参议七月二十日》词云："垂弧旦，蓂飞五荚，簪履共称觞。"

2.蓂荚：古代神话传说中尧时的一种瑞草。亦称"历荚"。

宋锦溪《满江红》词云："蓂荚合朝曾舞翠，月华昨夜圆如玉。"

宋郑元秀《菩萨蛮》词云："小春攧就双桃靥。伴他二六尧蓂荚。"

窥宋东墙

典出宋玉《登徒子好色赋》："楚国之丽者，莫若臣里，臣里之美者，莫若臣东家之子。"

1.窥宋东墙：典出宋玉《登徒子好色赋》，谓东邻之女登墙窥其三年而未许。

宋谢懋《风入松》词云："自怜独得东君意，有三年、窥宋东墙。"

宋吴激《风流子》词云："兰楫嫩漪，向吴南浦，杏花微雨，窥宋东墙凤。"

2.窥户：用宋玉《登徒子好色赋》中东邻子逾墙"窥宋"典。

宋姜夔《玲珑四犯》词云："有轻盈换马，端正窥户。"

宋王沂孙《眉妩·新月》词云："故山夜永。试待他、窥户端正。"

3.宫腰束素：形容腰纤细而柔软。宋玉《登徒子好色赋》：“腰如束素。”

宋刘克庄《清平乐》词云：“宫腰束素，只怕能轻举。”

4.东邻：宋玉《登徒子好色赋》：“楚国之丽者，莫若臣里，臣里之美者，莫若臣东家之子。”后因以“东邻”指美女。

宋吴文英《西江月·青梅枝上晚花》词云：“绿阴青子老谿桥，羞见东邻娇小。”

宋吴文英《三姝媚·过都城旧居有感》词云：“对语东邻，犹是曾巢，谢堂双燕。”

宋晏殊《破阵子·春景》词云：“巧笑东邻女伴，采桑径里逢迎。”

5.素腰：战国楚宋玉《登徒子好色赋》：“眉如翠羽，肌如白雪，腰如束素，齿如含贝。”后因称美女之腰为“素腰”。

宋陈允平《满江红·和清真韵》词云：“从别后、翠眉慵妩，素腰如束。”

宋欧阳修《醉蓬莱》词云：“见羞容敛翠，嫩脸匀红，素腰袅娜。”

洛神赋

典出《昭明文选》卷十九<赋癸·情·洛神赋>：“黄初三年，余朝京师，还济洛川。古人有言，斯水之神，名曰宓妃。感宋玉对楚王神女之事，遂作斯赋。……”

1.洛浦：洛水之滨，相传曹植于此遇洛神宓妃。

宋岳珂《满江红》词云：“洛浦梦回留佩客，秦楼声断吹箫侣。”

宋朱敦儒《雨中花·岭南作》词云：“向伊川雪夜，洛浦花朝，占断狂游。”

2.凌波梦：犹神仙梦。凌波，曹植《洛神膩》：“凌波微步，罗袜生尘。”

宋蔡松年《鹧鸪天·赏荷》词云：“醉魂应逐凌波梦，分付西风此夜凉。”

3.惊鸿：形容女子体态轻盈。曹植《洛神赋》：“翩若惊鸿。”

宋刘克庄《清平乐》词云：“好筑避风台护取，莫遣惊鸿飞去。”

宋苏轼《哨遍·春词》词云：“看紧约罗裙，急趋檀板，霓裳入破惊鸿起。”

锦缆

典出唐佚名《炀帝开河记》：“龙舟既成，泛江沿淮而下，至大梁……谓之殿脚女，至于龙舟御楫，即每船用彩缆十条，每条用垫脚女十人、嫩羊十口，令殿脚女与羊相间而行牵之……时舳舻相继，连接千里，自大梁至淮口，联绵不绝。锦帆过处，香闻百里。”

1.锦缆移舟：隋炀帝游江都，使侍女以锦缆挽舟。

宋李彭老《法曲献仙音·官圃赋梅，继草窗韵》词云：“念当时、看花游冶，曾锦缆移舟，宝筝随辇。”

2.锦缆残香：用锦作为村料的挽舟绳索。隋炀帝三次游江都，随从大小游船千余艘，使宫女以锦缆挽舟，“锦帆过处，香闻十里”。

宋赵希迈《八声甘州·竹西怀古》词云：“锦缆残香在否，枉被白鸥猜。”

湘灵鼓瑟

谓湘水女神弹奏古瑟。典出《楚辞·远游》：“使湘灵鼓瑟兮，令海若舞冯夷。”明张景《飞丸记·芸窗望遇》：“我也曾见湘灵鼓瑟曲里称神。”亦作“湘妃鼓瑟”。唐杜甫《奉先刘少府新画山水障歌》：“不见湘妃鼓瑟时，至今斑竹临江活。”

1.琴心：琴心怨，暗用“湘灵鼓瑟”事。语出刘禹锡《潇湘神》：“楚客欲听瑶瑟怨，潇湘深夜月明时。”钱起《湘灵鼓瑟》：“曲终人不见，江上数峰青。”

宋岳珂《满江红》词云：“春未足、闺愁难寄，琴心谁与。”

宋高观国《金人捧露盘·水仙》词云：“香心静，波心冷，琴心怨，客心惊。”

宋陈允平《绛都春》词云：“琴心不度香云远，断肠难托啼鹃。”

2.湘弦奏彻：用“湘灵鼓瑟”事，把白莲比作湘妃。

宋周密《水龙吟·白荷》词云：“听湘弦奏彻，冰绡偷剪，聚相思泪。”

3.湘云：湘妃。

宋周密《国香慢·赋子固<凌波图>》词云：“渺渺鱼波望极，五十弦、愁满湘云。”

宋程垓《满庭芳·时在临安晚秋登临》词云：“凭高，增怅望，湘云尽处，都是平芜。”

孟嘉落帽

典出《晋书·孟嘉传》：“嘉为桓温参军，九月九日，温游龙山。僚佐毕集，佐吏并着戎服，有风至，吹嘉帽堕落，嘉不之觉，温命孙盛作文嘲嘉，嘉亦为文答之，其文甚美。”唐杜甫《九日蓝田崔氏庄》：“笑倩傍人为正冠。”

1.乌纱：帽子。用孟嘉落帽典。

宋吴文英《采桑子慢·九日》词云：“怅玉手、曾携乌纱，笑整风欹。”

宋吴琚《浪淘沙》词云：“临水整乌纱，两鬓苍华。故乡心事在天涯。”

2.客帽欺风：戴帽游子迎风而立。用孟嘉落帽典。

宋楼采《玉漏迟》词云：“客帽欺风，愁满画船烟浦。”

宋赵闻礼《玉漏迟》词云：“客帽欺风，愁满画船烟浦。”

3.帽檐：帽子。用孟嘉落帽典。

宋潘希白《大有·九日》词云：“强整帽檐欹侧，曾经向、天涯搔首。”

宋张先《少年游》词云："帽檐风细马蹄尘，常记探花人。"

蓝桥

典出《太平广记》卷五十《神仙五十·裴航》："唐长庆中，有裴航秀才，因下第游于鄂渚，谒故旧友人崔相国。……经蓝桥驿侧近，因渴甚，遂下道求浆而饮。……睹一女子，露娓琼英，春融雪彩，脸欺腻玉，鬓若浓云。娇而掩面蔽身，虽红兰之隐幽谷，不足比其芳丽也。"

1.蓝桥：在陕西蓝田县东南蓝溪之上，相传为唐裴航遇仙女云英处。见《大平广记》卷五十"裴航"。

宋孙惟信《昼锦堂》词云："东风里，香步翠摇，蓝桥那日因缘。"

宋孙惟信《夜合花》词云："断魂留梦，烟迷楚驿，月冷蓝桥。"

2.蓝云：蓝桥仙云。陕西蓝田县东南蓝溪之上有蓝桥，相传其地有仙窟，为唐裴航遇仙女云英处。见《太平广记》五十《裴航》。

宋丁宥《水龙吟》词云："怅芙蓉城杳，蓝云依黯，镇巫峰暝。"

宋吴文英《声声慢·咏桂花》词云："蓝云笼晓，玉树悬秋，交加金钏霞枝。"

红叶题诗

典出唐范摅《云溪友议》卷下《题红怨》："明皇代，以杨妃、虢国宠盛，宫娥皆颇衰悴，不备掖庭，常书落叶随御沟水而流。云：'旧宠悲秋扇，新恩寄早春，聊题一片叶，将去接流人。'顾况著作闻而和之，既达宸聪，遣出禁内者不少，或有五使之号焉。和诗曰：'愁见莺啼柳絮飞，上阳宫女断肠时。君恩不禁东流水，叶上题诗寄与谁。'卢渥舍人应举之岁，偶临御沟，见一红叶，命仆搴来，叶上乃有一绝句，置于巾箱，或呈于同志。及宣宗既省宫人，初下诏，许从百官司吏，独不许贡举人。渥后亦一任范阳，获其退宫人，睹红叶而吁怨久之，曰：'当时偶题随流，不谓郎君收藏巾箧。'验其书，无不讶焉。诗曰：'水流何太急，深宫尽日闲。慇勤谢红叶，好去到人间。'"

1.桐叶更题诗：据载，唐玄宗时，顾况于宫苑流水中得一梧叶，上有题诗，况亦于叶上题诗和之。

宋蔡枏《鹧鸪天》词云："惊瘦尽，怨归迟，休将桐叶更题诗。"

2.红叶：用"红叶题诗"的典故。唐宣宗时卢渥赴京应举，偶临御沟，拾得红叶，叶上题诗云："流水何太急，深官尽日闲。殷勤谢红叶，好去到人间。"见唐范摅《云溪友议》。

宋刘仙伦《江神子》词云："红叶不传天上信，空流水，到人间。"

宋曾允元《齐天乐》词云："两鬓西风，有人心事到红叶。"

3.题叶：指红叶题诗的故事。

宋孙惟信《烛影摇红·牡丹》词云："题叶无凭，曲沟流水空回首。"

宋晏几道《满庭芳》词云："南苑吹花，西楼题叶，故园欢事重重。"

4.水叶沈红：谓欲题诗于红叶而红叶沉水底。暗用"红叶题诗"典故。唐范摅《云溪友议》卷十载卢渥于御沟中拾得红叶，上有宫女题诗，后二人巧遇，结为伉俪。

宋吴文英《采桑子慢·九日》词云："水叶沈红，翠微云冷雁慵飞。"

5.题红：题诗于红叶之上。唐时有于祐和卢渥得题诗红叶娶宫女事。分见《太平广记》《云溪友议》。

宋陈允平《唐多令》词云："心事寄题红，画桥流水东。"

宋范成大《南柯子》词云："缄素双鱼远，题红片叶秋。"

6.流红：水上题有情诗的红叶。

宋刘澜《齐天乐·吴兴郡宴遇旧人》词云："落翠惊风，流红逐水，谁信人间重见。"

宋韩淲《蝶恋花》词云："拾翠流红弦管透。望断青青，休问行人柳。"

翠绡封泪

锦城官妓灼灼以软绡聚红泪寄裴质。典出张君房《丽情集》："灼灼，锦城官妓，善舞《柘技》，能歌《水调》，御史裴质与之善。裴召还，灼灼以软绡聚红泪为寄。"

1.翠绡封泪：用绿丝巾裹住残留的泪痕寄给心上人。

宋陈亮《水龙吟》词云："罗绶分香，翠绡封泪，几多幽怨。"

2.锦书红泪：化用"翠绡封泪"典故。

宋李莱老《清平乐》词云："锦书红泪千行，一春无限思量。"

3.啼红：红泪。宋张君房《丽情集》载，锦城官妓灼灼以翠绡聚红泪寄裴质。

宋陈逢辰《西江月》词云："送春先自费啼红，更结疏云秋梦。"

宋晏几道《满庭芳》词云："佳期在，归时待把，香袖看啼红。"

黄粱梦

典出唐沈既济《枕中记》："卢生在邯郸客店遇道士吕翁，生自叹穷困，翁探囊中枕授之曰：枕此当令子荣适如意。时主人正蒸黄粱，生梦入枕中，享尽富贵荣华。及醒，黄粱尚未熟，怪曰：'岂其梦寐耶？'翁笑曰：'人世之事亦犹是矣。'"后因以"黄粱梦"喻虚幻的事和不能实现的欲望。

1.一梦成炊黍：根据《枕中记》所载，卢生入睡前，"主人方蒸黍"，而卢生一梦醒来，“主人蒸黍悉未熟”。

宋吴文英《杏花天・重午》词云：“幽欢一梦成炊黍，知绿暗汀菰几度。”

2. 黄粱：指卢生于邸舍枕仙枕，梦中经历荣华富贵，醒后领悟人生如梦的故事。

宋石孝友《满江红》词云：“诗句已凭红叶去，梦魂未断黄粱熟。”

宋晁补之《水龙吟》词云：“黄粱未熟，红旌已远，南柯旧事。”

3. 黄粱梦：卢生在梦中享尽富贵荣华，等到醒来，主人蒸的黄粱还没有成熟，故称黄粱梦。

宋贺铸《六州歌头・少年侠气》词云：“似黄粱梦，辞丹凤，明月共。”

宋朱敦儒《蓦山溪》词云：“唱个快活歌，更说甚、黄粱梦里。”

4. 黄粱一梦：比喻虚幻的梦境和不可实现的欲望。

宋韦骧《减字木兰花・劝饮词》词云：“莫诉觥筹，炊熟黄粱一梦休。”

宋吕胜己《木兰花慢》词云：“总是黄粱一梦，怎如尘外逍遥。”

南柯一梦

典出唐李公佐《南柯太守传》，淳于棼醉酒后睡在大槐树下，梦入大槐安国，被招为驸马，任南柯太守，荣华富贵，显赫一时。醒后，见槐树南枝下有蚁穴，即梦中所历。

1. 一觉庭槐：即南柯一梦。

宋赵希迈《八声甘州・竹西怀古》词云：“千古扬州梦，一觉庭槐。”

2. 南柯一梦：比喻人生如梦，富贵得失无常。

宋曾觌《鹧鸪天》词云：“羡君早觉无生法，识破南柯一梦间。”

宋陈三聘《满江红》词云：“尽南柯一梦，漏残钟晓。”

3. 一枕南柯：一场梦幻。

宋王安礼《潇湘忆故人慢》词云：“疏帘广厦，寄潇洒、一枕南柯。”

4. 南柯梦：即南柯一梦。

宋丘处机《满庭芳・述怀》词云：“深知我，南柯梦断，心上别无求。”

宋朱敦儒《水龙吟》词云：“念伊嵩旧隐，巢由故友，南柯梦、如许。”

5. 槐梦：指槐安梦或南柯梦。

宋周密《朝中措》词云：“犀奁象局，惊回槐梦，飞雹生寒。”

6. 槐安梦：比喻人生如梦，富贵得失无常。亦称南柯梦，出自《南柯太守传》。

宋洪适《满庭芳・再赠叶宪》词云：“槐安梦境，一笑自来稀。”

宋洪适《满江红・和徐守三月十六日》词云：“驹隙光阴身易老，槐安梦幻醒难觅。”

唾壶敲缺

典出晋裴启《语林》：“王大将军（王敦）每酒后，辄咏‘老骥伏枥，志在千里，烈士暮年，壮心不已。’便以如意击珊瑚唾壶，壶尽缺。”

1.敲吟：击节歌吟，深有感慨。典出晋裴启《语林》载王敦每酒后辄咏魏武帝《龟虽寿》诗句，以铁如意击唾壶为节，壶尽缺。

宋陈策《摸鱼儿·仲宣楼赋》词云：“敲吟未稳，又白鹭飞来，垂杨自舞，谁与寄离恨。”

宋真山民《陈云岫爱骑驴》词云：“却学雪中骑驴孟浩然，冷湿银镫敲吟鞭。”

2.敲缺：晋裴启《语林》载王敦每酒后辄咏魏武帝《龟虽寿》诗“老骥伏枥，志在千里；烈士暮年，壮心不已”之句，以铁如意击唾壶为节，壶被敲缺。

宋张枢《庆宫春》词云：“彩云轻散，漫敲缺、铜壶浩歌。”

宋秦观《念奴娇》词云：“禁体词成，过眉酒热，把唾壶敲缺。”

3.铜壶浩歌：用王敦酒后辄咏曹操《龟虽寿》诗句，以铁如意击唾壶为节，壶尽缺典故。

宋张枢《庆宫春》词云：“彩云轻散，漫敲缺、铜壶浩歌。”

文箫彩鸾

典出唐裴铏《传奇·文箫》：“太和末岁，有书生文箫者，海内无家，因萍梗抵钟陵郡。……时文箫亦往观焉，睹一姝，幽兰自芳，美玉不艳……其词曰：‘若能相伴陟仙坛，应得文箫驾彩鸾，自有绣襦并甲帐，琼台不怕雪霜寒。’……有仙童自天而降，持天判，宣曰：‘吴彩鸾以私欲而泄天机，谪为民妻一纪。’姝遂号泣，与生携手下山而归钟陵。”

1.文箫：传说唐太和末有书生文箫在钟陵西山遇仙女吴彩鸾，互相爱慕，后结为夫妇。见唐裴铏《传奇》。

宋孙惟信《夜合花》词云：“谁念卖药文箫，望仙城路杳，莺燕迢迢。”

宋张枢《壶中天·月夕登绘幅堂，与篔房各赋一解》词云：“赋雪词工，留云歌断，偏惹文箫怨。”

2.彩鸾仙侣：即文箫与彩鸾。

宋苏轼《殢人娇》词云：“元来便是，共彩鸾仙侣。”

3.彩鸾：唐人，自言西山吴真君之女。

宋刘辰翁《宝鼎现》词云：“箫声断、约彩鸾归去，未怕金吾呵醉。”

宋刘镇《水龙吟》词云：“记彩鸾别后，青归去，长亭路、芳尘起。”

天台桃径

相传东汉永平年间，浙江剡县人刘晨、阮肇上天台山采药遇到两个仙女，半年后归家，子孙已七代，后入山访女，不见踪影。见刘义庆《幽明录》："汉帝永平五年。剡县刘晨、阮肇共入天台山取谷皮，迷不得返，经十三日，粮食乏尽，饥馁殆死。遥望山上有一桃树，大有子实，而绝岩邃涧，永无登路。攀援藤葛，乃得至上。……溪边有二女子，姿质妙绝……因邀还家……十日后欲求还去……既出，亲旧零落，邑屋改异，无复相识。问讯得七世孙，传闻上世入山，迷不得归。至晋太元八年，忽复去，不知何所。"

1.刘郎：指汉代刘晨。刘义庆《幽明录》载，刘晨与阮肇入天合山遇仙，山上有桃村，下有大溪。

宋蔡松年《尉迟杯》词云："刘郎兴、寻常不浅，况不似、桃花春溪远。"

宋刘澜《齐天乐·吴兴郡宴遇旧人》词云："刘郎今度更老，雅怀都不到，书带题扇。"

宋李彭老《祝英台近》词云："老了刘郎，天远玉箫伴。"

2.刘阮：指刘晨与阮肇。

宋汪莘《杏花天》词云："从别后、水遥山远。倩说与、天台刘阮。"

宋郑域《念奴娇·蕊宫仙子》词云："刘阮尘缘犹未断，却向花间飞过。"

金沙锁骨

典出《续玄怪录》："昔延州有妇人，颇有姿貌。少年子悉与之狎昵，数岁而殁，人共葬之道左。大历中，有胡僧敬礼其墓，曰：'斯乃大圣，慈悲喜舍，世俗之欲，无不循焉。此即锁骨菩萨，顺缘已尽尔。'众人开墓以视其骨，钩结皆如锁状，为起塔焉。"黄庭坚《戏答陈季常寄黄州山中连理松枝》："金沙滩头锁子骨，不妨随俗共婵娟。"

1.金沙锁骨连环：形容被沙石埋葬后的状态。

宋吴文英《高阳台·落梅》词云："古石埋香，金沙锁骨连环。"

2.锁骨：暗用"金沙锁骨"典。

宋方一夔《木犀花》词云："丛绿联环玱玉佩，残黄锁骨现金函。"

分香旧事

典出晋陆机《吊魏武帝文》记曹操临死时遗令云："余香可分与诸夫人。"后常作临死时不忘妻妾之典。

1.分香旧事：典出晋陆机《吊魏武帝文》。

宋韩元吉《水龙吟·书英华事》词云：“问分香旧事，刘郎去后，知谁伴、风前醉。”

2.分香旧恨：用“分香旧事”典。

宋葛长庚《水龙吟·采药径》词云：“想分香旧恨，刘郎去后，一溪流水。”

韩寿偷香

典出《晋书·贾谧传》《世说新语·惑溺》：“晋韩寿美姿容，贾充辟为司空掾。充少女午见而悦之，使侍婢潜修音问，及期往宿，家中莫知，并盗家中西域异香赠寿。充僚属闻寿有奇香，告于充。充乃考问女之左右，具以状对。充秘其事，遂以女妻寿。”

1.窃香年少：指情郎。用“韩寿偷香”典。

宋楼采《二郎神》词云：“带结留诗，粉痕销帕，情远窃香年少。”

2.偷香：用“韩寿偷香”典。

宋利登《洞仙歌》词云：“又莫是偷香寄韩郎，到漏泄春风，一枝花信。”

宋刘浩《满江红》词云：“更有人、千里共婵娟，偷香祝时出爱姬。”

罗浮美人

典出《龙城录·赵师雄醉憩梅花下》：“隋开皇中，赵师雄迁罗浮。一日，天寒日暮，在醉醒间，因憩仆车于松林间酒肆傍舍，见一女子，淡妆素服，出迓师雄。时已昏黑，残雪对月色微明。师雄喜之，与之语，但觉芳香袭人，语言极清丽。因与之扣酒家门，得数杯，相与饮。少顷，有一绿衣童来，笑歌戏舞，亦自可观。顷醉寝，师雄亦懵然，但觉风寒相袭。久之，时东方已白。师雄起视，乃在大梅花树下，上有翠羽啾嘈相顾，月落参横。但惆怅而尔。”

1.罗浮：用《龙城录》中所载隋代赵师雄，在罗浮遇梅花神的故事。罗浮，在广东，为粤中名山。

宋高观国《金人捧露盘·梅》词云：“罗浮梦杳，忆曾清晚见仙姿。”

宋张炎《瑶台聚八仙》词云：“误入罗浮身外梦，似花又却似非花。”

2.梦入梅花：用“罗浮美人”典。

宋何梦桂《洞仙歌》词云：“醉来疑梦里，梦入梅花，歌彻青衣听清窈。”

玉兔捣药

典出汉乐府《董逃行》，相传月亮之中有一只兔子，浑身洁白如玉，所以称作“玉兔”。这种白兔拿着玉杵，跪地捣药，成蛤蟆丸，服用此等药丸可以长生成仙。

1.炼霜：相传月中有玉兔捣药，月光似被炼制白色药物捣溅而出。

宋施岳《步月·茉莉》词云："炼霜不就，散广寒霏屑。"

2.铅霜捣就：相传月中有玉兔捣药。

宋张枢《壶中天·月夕登绘幅堂，与筼房各赋一解》词云："应是琼斧修成，铅霜捣就，舞霓裳曲遍。"

宋卢炳《水调歌头》词云："拟待铅霜捣就，缓引琼浆沈醉，谁信是良筹。"

海上十洲

典出《海内十洲记》："汉武帝既闻西王母说八方巨海之中有祖洲、瀛洲、玄洲、炎洲、长洲、元洲、流洲、生洲、凤麟洲、聚窟洲。有此十洲，乃人迹所稀绝处。"

1.十洲：古代传说中仙人居住的十个岛。

宋赵以夫《忆旧游慢·荷花》词云："十洲缥缈何许，风引彩舟行。"

宋苏庠《清平乐·咏岩桂》词云："身到十洲三岛，心游万壑千岩。"

2.绿瀛：瀛洲，传说中的十洲之一。

宋仇远《八犯玉交枝·招宝山观月上》词云："沧岛云连，绿瀛秋入，暮景欲沈洲屿。"

宋魏夫人《菩萨蛮》词云："东风已绿瀛洲草，画楼帘卷清霜晓。"

3.祖洲：传说中的十洲之一。

宋贺铸《寒松叹》词云："难致祖洲灵草，方士神香。"

宋杨无咎《青玉案·徐侍郎生辰》词云："不用祖洲寻灵药。平时阴德，几人今日，额手称安乐。"

十二、习俗

元日

1.朱户粘鸡：农历正月初一为鸡日，故民俗常画鸡贴在门上，以示谨始。

宋姜夔《一萼红·人日登定王台》词云：“朱户粘鸡，金盘簇燕，空叹时序侵寻。”

宋朱晞颜《昼锦堂·寿孔竹所》词云：“朱户粘鸡，钿钗簇燕，恰颁三日王春。”

2.彩仗：即彩杖，用彩绸裹饰的木杖。据宋孟元老《东京梦华录》载，宋时立春前一日，开封、祥符两县，置土制春牛于府前，绝早时，府县官员以彩杖鞭打春牛，以示劝农，谓之打春，又谓之鞭春。

宋赵师侠《柳梢青·祭户立春》词云：“彩仗泥牛，星球雪柳，争报春回。”

宋吴琚《柳梢青·元日立春》词云：“彩仗鞭春，椒盘迎旦，斗柄回寅。”

3.椒盘：古人于正月初一用盘进椒，饮酒则取椒入酒中。见宋罗愿《尔雅翼·释木三》等。

宋李处全《玉楼春·守岁》词云：“椒盘荐寿休辞醉。坐听爆竹浑无寐。”

宋辛弃疾《蝶恋花·戊申元日立春席间作》词云：“谁向椒盘簪彩胜？整整韶华，争上春风鬓。”

4.屠苏：药酒名。古时多于正月初一饮之。见《荆楚岁时记》等。

宋杨缵《一枝春·除夕》词云：“屠苏办了，迤逦柳欺梅妒。”

宋李处全《玉楼春·守岁》词云：“明朝末后饮屠苏，白鬓从渠相点缀。”

5.湔裙：旧俗女子在农历正月元日至月晦到水边洗衣，相传可避灾难。隋杜台卿《玉烛宝典》卷一元日风俗自注：“今世唯晦日临河解除，妇女或湔裙也。”

宋史达祖《蝶恋花》词云：“今岁清明逢上巳，相思先到湔裙水。”

宋贺铸《蝶恋花》词云："天际小山桃叶步。白头花满湔裙处。"

元宵

1.元夜：元宵，阴历正月十五日的晚上。

宋欧阳修《生查子》词云："去年元夜时，花市灯如昼。月到柳梢头，人约黄昏后。今年元夜时，月与灯依旧。"

宋陈东《暮山溪·元夕》词云："半生羁旅，几度经元夜。长是竞虚名，把良宵、等闲弃舍。"

2.上元：俗以阴历正月十五为上元节，其夜为上元夜，即元宵。

宋张元干《减字木兰花·客亭小会》词云："昏然独坐。举世疏狂谁似我。强拨炉烟。也道今宵是上元。"

宋吕渭老《满江红》词云："春未透，梅先拆。人纵健，时难得。想明年虚过，上元寒食。"

3.灯夕：旧以农历正月十五日为元宵节，是夕放灯，故名。

宋朱敦儒《朝中措》词云："东方千骑拟三河。灯夕试春罗。"

宋王之道《渔家傲》词云："灯火熙熙来稚老。喜逢灯夕都齐到。"

4.鳌山：旧时元宵灯景的一种，把灯彩推叠成山，如传说中海中巨鳖的形状。

宋翁孟寅《齐天乐·元夕》词云："凤辇鳌山，云收雾敛，迤逦铜壶漏迥。"

宋向子諲《鹧鸪天》词云："紫禁烟花一万重，鳌山宫阙倚晴空。"

5.戏鼓：元宵节大户、村社往往要请戏班上演年戏，是为戏鼓。

宋刘克庄《生查子·灯夕戏陈敬叟》词云："繁灯夺霁华，戏鼓侵明灭。"

宋周密《甘州·灯夕书寄二隐》词云："月暖烘炉戏鼓，十里步香红。"

6.收灯：旧俗正月十五日元宵节前后数日放灯，至十八日收灯，届时市人争先出城探春。

宋史达祖《夜行船》词云："不剪春衫愁意态，过收灯、有些寒在。"

宋李彭老《生查子》词云："深院落梅钿，寒峭收灯后。"

立春

1.彩胜：即春幡。用纸或绸剪成的一种饰物。语见《岁时风土记》："立春之日，士大夫之家，剪裁为小旛，或悬于家人之头，或缀于花枝之下。"

宋王安中《蝶恋花》词云："未帖宜春双彩胜。手点酥山，玉箸人争莹。"

宋朱敦儒《诉衷情》词云："青旗彩胜又迎春，暖律应祥云。"

2.珠幡：幡胜，彩胜。立春所戴剪彩饰物。

宋赵崇霄《东风第一枝》词云："喜凤钗、才卸珠幡，早换巧梳描翠。"

宋佚名《失调名》词云："彩燕丝鸡，珠幡玉胜，并归钗鬓。"

3.金盘簇燕：旧俗于立春日取生菜、果品、糖饼等置于盘中为食，取迎新之意，称为供香盘。周密《武林旧事》记供春盘有"翠缕红丝，金鸡玉燕，备极精巧"。

宋姜夔《一萼红·人日登定王台》词云："朱户粘鸡，金盘簇燕，空叹时序侵寻。"

春日

1.挑菜：挖野菜。农历二月二日俗称挑菜节，仕女出郊拾菜，士民游观。

宋史达祖《东风第一枝·咏春雪》词云："恐凤靴，挑菜归来，万一灞桥相见。"

宋贺铸《薄幸·淡妆多态》词云："自过了、烧灯后，都不见踏青挑菜。"

2.斗草：古代妇女儿童的一种游戏，春日寻奇草，以多者为胜。《荆楚岁时记》："五月五日，有斗百草之戏。"

宋柴望《念奴娇》词云："斗草雕栏，买花深院，做踏青天气。"

宋卢祖皋《倦寻芳·春思》词云："斗草烟欺罗袂薄，鞦韆影落春游倦。"

宋晏殊《破阵子·春景》词云："疑怪昨宵春梦好，元是今朝斗草赢。笑从双脸生。"

3.金钗斗草：古代用草赌赛输赢的游戏，参赛者多为女子，常于踏青郊游时进行。

宋陈亮《水龙吟》词云："金钗斗草，青丝勒马，风流云散。"

宋洪荼《永遇乐·送春》词云："金钗斗草，玉盘行菜，往事了无凭据。"

上巳

1.溅裙：同"湔裙"。通常为农历三月初三于水边嬉游采兰，酹酒洗衣，驱除不祥。

宋王嵎《夜行船》词云："曲水溅裙三月二，马如龙，钿车如水。"

2.溅裙水：上巳日于水边洗衣裳，驱除不祥。

宋史达祖《蝶恋花》词云："令岁清明逢上巳，相思先到溅裙水。"

3.上巳：上巳节，农历三月上旬巳日，古时值此日到水边嬉游采兰，驱除不祥，称为修禊。

宋史达祖《蝶恋花》词云："令岁清明逢上巳，相思先到溅裙水。"

宋刘辰翁《满庭芳·和卿帅自寿》词云："青原上巳，才见寿筵开。"

夏至

1.单衣试酒：由春入夏节令变换，宋代在阴历三月末、四月初有尝新酒的习俗。

宋李彭老《一萼红·寄弁阳翁》词云："古岸停桡，单衣试酒，满眼芳草斜晖。"

宋周邦彦《六丑·蔷薇谢后作》词云："正单衣试酒，怅客里、光阴虚掷。"

冬至

1.长至：冬至日后，太阳北移，白昼渐长，宋人习惯称冬至为长至，又称迎长。

宋张辑《木兰花慢·寿秘监》词云："争先长至几日，料春风多喜鹊传音。"

宋方岳《酹江月·戊戌寿老父》词云："否极而亨，剥余而复，长至迎初度。"

2.迎长：同长至。

宋赵彦端《虞美人》词云："春意今年早。迎长时节近佳辰。"

宋石孝友《鹧鸪天》词云："玉烛调元黍律均。迎长嘉节属芳辰。"

社日

1.春社：春天的社日，在立春后第五个戊日，祭祀社神，以祈丰收。燕为候鸟，相传春社时来，秋社时去。

宋史达祖《双双燕·咏燕》词云："过春社了，度帘幕中间，去年尘冷。"

宋黄公绍《望江南·思晴好》词云："花上半旬春社雨，松间三宿暮山云。"

2.秋社：立秋后第五个戊日，约在八月下旬，以祭祀土神。

宋张辑《临江仙·寄西镛黄大闻》词云："忆昔风流秋社里，几人冰雪襟期。"

3.忌拈针指：古代风俗，社前一日妇女停针线。

宋史达祖《玉楼春》词云："忌拈针指还逢社，斗草赢多裙欲卸。"

寒食

1.寒食：寒食节，在清明前一天，旧俗这一天禁火寒食。

宋吴琚《浪淘沙》词云："冷落江天寒食雨，花事关情。"

宋李清照《浣溪沙》词云："淡荡春光寒食天，玉炉沉水袅残烟。"

2.千门系柳：宋吴自牧《梦粱录》卷二："清明交三月，节前两日谓之'寒食'，京师人从冬至后数起至一百五日，便是此日。家家以柳条插于门上，名曰'明眼'，凡官民不论小大家，子女未冠笄者，以此日上头。"

宋李彭老《木兰花慢》词云："正千门系柳，赐宫烛、散青烟。"

3.柳户：杨柳插门楣。

宋史达祖《清商怨》词云："江烟白，江波碧，柳户清明，燕帘寒食。"

宋张枢《南歌子》词云："柳户朝云湿，花窗午篆清。"

4.画檐簪柳：谓寒食、清明门前插柳。

宋李莱老《小重山》词云："画檐簪柳碧如城，一帘几雨里，近清明。"

5.宫烟：即宫烛分烟，指寒食节。语见唐韩翃《寒食》诗："春城无处不飞花，寒食东风御柳斜。日暮汉宫传蜡烛，轻烟散入五侯家。"

宋王易简《齐天乐·客长安赋》词云："宫烟晓散春如雾，参差护晴窗户。"

宋周密《清平乐》词云："宫烟醉柳春晴。海风洗月秋明。"

6.宫烛分烟：谓寒食节到了。古俗寒食日禁火，节后宫中取新火传赐群臣。

宋姜夔《琵琶仙·吴兴春游》词云："又还是、宫烛分烟，奈愁里、匆匆换时节。"

宋贺铸《沁园春》词云："宫烛分烟，禁池开钥，凤城暮春。"

7.泼火雨：旧俗寒食禁火，其时下雨，叫泼火雨。

宋李彭老《浪淘沙》词云："泼火雨初晴，草色青青。"

8.饧香：放有麦芽糖糖稀的粥放出的香味。宋承唐俗，有寒食节吃饧粥的习俗。

宋王易简《齐天乐·客长安赋》词云："柳色初分，饧香未冷，正是清明百五。"

宋万俟咏《三台·清明应制》词云："饧香更、酒冷踏青路。"

清明

1.新烟：指钻榆木所取新火燃烧而得的新烟。

宋李莱老《浪淘沙》词云："榆火换新烟，翠柳朱檐。"

宋王同祖《阮郎归》词云："桐花庭守近清明，新烟浮旧城。"

宋王同祖《浪淘沙》词云："榆火换新烟，翠柳朱檐。"

2.新火：唐宋习俗，于寒食节禁火，到第二日清明节再钻榆木取新火。见载于宋吴自牧《梦粱录》卷二："寒食第二日，即清明节，每岁禁中命小内侍于阁门用榆木钻火，宣赐臣僚巨烛，正所谓'钻燧改火'者，即此时也。"

宋赵文《阮郎归》词云："新火后，薄罗时。君归何太迟。"

宋李曾伯《沁园春·形胜风流》词云："正榆更新火，觞浮曲水，那堪上巳，又是清明。"

3.榆火：旧俗于清明钻榆木更换新火。

宋李莱老《浪淘沙》词云："榆火换新烟，翠柳朱檐。"

宋周邦彦《兰陵王·柳》词云："闲寻旧踪迹，又酒趁哀弦，灯照离席。梨花榆火催寒食。"

4.踏青：清明节前后的民间习俗，有时也泛指踏青出游活动。古时踏青节的日期因时地而异，或在二月二日，或在三月三日。后以清明出游为踏青。

宋吴琚《柳梢青·元日立春》词云："不是东园，有些残雪，先去踏青。"

宋欧阳修《阮郎归》词云："南园春半踏青时，风和闻马嘶。"

端午

典出汉应劭《风俗通》："五月五日以五彩丝系臂者，辟鬼及兵，一名长命缕，一名续命缕，一名辟兵缯。"商朝梁宗懔《荆楚岁时记》："夏至节日食粽，周处谓为角黍，人并以新竹为筒粽。栋叶插五彩系臂，谓为长命缕。"

1.长命缕：旧俗端午时系于臂上以祈福免灾的五彩丝。

宋刘辰翁《寿刘仲简》词云："长命缕，长命缕，儿女漫区区。"

宋刘子寰《齐天乐·寿史沧洲》词云："愿祝嵩高，岁添长命缕。"

2.丝缠臂：引"长命缕"典。

宋张榘《念奴娇·重午次丁广文韵》词云："赢得儿童，红丝缠臂，佳话年年说。"

宋郭应祥《南歌子》词云："不用丝缠臂，休将艾插门。"

3.臂缕：古代风俗，端午节以五彩盘丝系臂，认为可以驱邪。

宋吴文英《杏花天·重午》词云："竹西歌断芳尘去，宽尽经年臂缕。"

4.约臂：臂环一类饰物。

宋张枢《风入松》词云："重叠黄金约臂，玲珑翠玉搔头。"

宋赵崇嶓《更漏子》词云："玉搔头，金约臂。娇重不胜残醉。"

重阳

1.红萸佩：装有茱萸的红佩囊。旧俗重阳节取茱萸缝袋盛之，佩系身上，谓能辟邪。除佩戴茱萸，还有登山饮菊花酒。

宋潘希白《大有·九日》词云："红萸佩、空对酒。"

宋卢祖皋《虞美人》词云："清尊黄菊红萸佩，两度云岩醉。"

2.茱萸：古俗农历九月九日重阳节佩茱萸，相传能祛邪辟恶。

宋吴文英《采桑子慢·九日》词云："醉把茱萸，细看清泪湿芳枝。"

宋苏轼《西江月·重九》词云："酒阑不必看茱萸，俯仰人间今古。"

及笄

1.笄岁：笄是一种簪子，古代女子到十五岁便盘发插笄，表示成年。

宋柳永《斗百花》词云："满搦宫腰纤细。年纪方当笄岁。"

2.笄年：谓女子成年。

宋柳永《促拍满路花·仙吕调》词云："香靥融春雪，翠鬓亸秋烟。楚腰纤细正笄年。"

宋周紫芝《暮山溪》词云："月眉星眼，阆苑真仙侣。娇小正笄年，每当筵、愁歌怕舞。"

筵席

1.象筵：象牙制的席子，多形容豪华的筵席。

宋晏殊《望仙门》词云："紫微枝上露华浓。起秋风。管弦声细出帘栊。象筵中。"

宋晏殊《喜迁莺·歌敛黛》词云："歌敛黛，舞萦风。迟日象筵中。"

2.绮筵：华丽丰盛的筵席。

宋晏殊《燕归梁·双燕归飞绕画堂》词云："清风明月好时光。更何况、绮筵张。"

宋欧阳修《玉楼春》词云："稳着舞衣行动俏。走向绮筵呈曲妙。"

3.玳筵：玳瑁筵。语见隋江总《今日乐相乐》诗："綺殿文雅遒，玳筵欢趣密。"

宋晏几道《菩萨蛮》词云："玳筵双揭鼓。唤上花茵舞。"

宋黄裳《喜迁莺》词云："角黍包金，香蒲切玉，是处玳筵罗列。"

4.芳筵：美好的宴席。

宋葛胜仲《诉衷情·友人生日》词云："参差捍拨齐奏，丰颊拥芳筵。"

宋杨无咎《倒垂柳·重九》词云："东篱白衣至，南陌芳筵启。"

打马

1.打马：古代博戏名，又称打双陆，语见宋李清照《打马图经》。

宋陆游《乌夜啼》词云："冷落秋千伴侣，阑珊打马心情。"

2.双陆：古代一种博戏。下铺一特制盘子，双方各用十六枚棒槌形的"马"立于己方，以掷骰子的点数各占步数，先走到对方者为胜。

宋楼采《法曲献仙音》词云："花匣幺弦，象奁双陆，旧日留欢情意。"

宋秦湛《卜算子·春情》词云："四和袅金凫，双陆思纤手。"

酒令

1. 拈叶分题：探叶各自题咏。拈犹抓阄，抽取其一来吟咏。宋末咏物词盛行，一花一草皆为吟咏对象。

宋李莱老《青玉案·题草窗词卷》词云："拈叶分题觞咏处。"

2. 投壶：中国古代士大夫宴饮时做的一种投掷游戏，也是一种礼仪。在战国时期较为盛行，尤其是在唐朝，得到了发扬光大。

宋毛滂《西江月·次韵孙使君赏花见寄，时仆武康待次》词云："雅歌谁解继投壶，桃李无言满路。"

宋赵才卿《燕归梁》词云："雅歌长许佐投壶，无一日、不欢娱。"

待完善/分类

1.珠尘：轻细如尘的青砂珠。传说为仙药，服之可以长生。见《拾遗记》。

宋李莱老《扬州慢·琼花次韵》词云："笑红紫、纷纷成雨，溯空如蝶，恐堕珠尘。"

宋周密《桂枝香》词云："任满帽珠尘，拼醉香玉。瘦倚西风，谁见露侵肌粟。"

2.江湖味：世间百态，人间况味。

宋张辑《疏帘淡月》词云："从前谙尽江湖味。听商歌、归兴千里。"

3.瑶英：玉的精华。

宋杨子咸《木兰花慢·雨中荼蘼》词云："安得胡床月夜，玉醅满蘸瑶英。"

宋李曾伯《水龙吟》词云："疑是瑶英，盛开元圃，被风敲碎。"

4.磷火：人和动物的尸体腐烂分解出磷化氢，并自动燃烧，俗称鬼火。

宋赵闻礼《贺新郎·萤》词云："同磷火，遍秋圃。"

5.粉重：粉翅重。

宋史达祖《绮罗香·春雨》词云："惊粉重、蝶宿西园，喜泥润、燕归南浦。"

宋陈逢辰《西江月》词云："飞英簌簌扣雕栊，残蝶归来粉重。"

6.因循：疲沓误事。

宋陆淞《瑞鹤仙》词云："问因循、过了青春，怎生意稳。"

宋胡铨《临江仙·和陈景卫忆梅》词云："我与梅花真莫逆，别来长恐因循。"

7.玉麈风生：指清谈气氛热烈，兴致很高。晋人清谈时每执麈尾挥动，以为谈助。

宋李莱老《木兰花慢·寄题苏壁山房》词云："闲情，玉麈风生，摹茧字，校鹅经。"

8.破乱：谓督战抗金取得胜利。

宋刘澜《庆宫春·重登峨眉亭感旧》词云："矶头绿树，见白马、书生破乱。"

9.平章：抚平，端详。

宋李肩吾《风流子》词云："仗玉笺铜爵，花间陶写，瑶钗金镜，月底平章。"

宋张孝祥《减字木兰花》词云："试与平章，岁晚教人枉断肠。"

10.评泊：评估、考量。

宋薛梦桂《醉落魄》词云："樽前不用多评泊。"

宋史达祖《蝶恋花》词云："评泊寻芳，只怕春寒里。"

11.轻聚：轻易相聚。

宋赵与鋤《谒金门》词云："薄幸心情似絮，长是轻分轻聚。"

宋仲殊《洞仙歌》词云："过越岭、栖息南枝，匀妆面、凝酥轻聚。"

12.戏剧：开玩笑。

宋赵希青彡《霜天晓角·桂》词云："姮娥戏剧，手种长生粒。"

宋毛滂《玉楼春》词云："三衢太守文章伯，七月政成如戏剧。"

13.相直：相遇，相互交织。直，通"值"。

宋史达祖《黄钟喜迁莺·元宵》词云："翠眼圈花，冰丝织练，黄道宝光相直。"

宋史浩《采莲·摇捱遍》词云："相直何啻千万里，信难计。"

14.借箸：出谋划策。《史记·留侯世家》载，张良在刘邦吃饭时进策说："臣请借前箸为大王筹之。"箸，筷子。

宋冯去非《喜迁莺》词云："借箸青油，挥毫紫塞，旧事不堪重举。"

宋苏轼《少年游》词云："一点香檀，谁能借箸，无复似张良。"

15.罥：挂。

宋楼采《好事近》词云："帘外杏花细雨，罥春红愁湿。"

宋黄庭坚《千秋岁》词云："钗罥袖，云堆臂。"

16.盈面：扑面。

宋卢祖皋《倦寻芳·春思》词云："妒恨疏狂，那更柳花盈面。"

宋朱雍《十二时慢》词云："昼永乱英，缤纷解佩，映人轻盈面。"

17.鸳鸯叠：折叠成双双对对的形状。

宋李莱老《生查子》词云："绣被怨春寒，怕学鸳鸯叠。"

18.醒余：犹醒后。

宋吴文英《高阳台·丰乐楼分韵得"如"字》词云："东风紧送斜阳下，弄旧寒、晚酒醒余。"

19.投老：到老。

宋周密《高阳台·送陈君衡被召》词云："投老残年，江南谁念方回。"

宋李处全《水调歌头·春事已如许》词云："昔曾系楫，今日投老叹吾衰。"

20.衮衮：匆匆。

宋韩嘐《高阳台·除夕》词云："频听银签，重燃绛蜡，年华衮衮惊心。"

宋廖行之《水调歌头·寿长兄》词云："雁峤高参翼轸，石鼓下盘朱府，衮衮应公侯。"

21.忙底：底事匆忙，为何匆忙。

宋刘仙伦《蝶恋花》词云："媚荡杨花无著处，才伴春来，忙底随春去。"

22.恁时：那时。

宋姜夔《疏影》词云："等恁时、重觅幽香，已入小窗横幅。"

宋陈三聘《千秋岁》词云："青鬓改，恁时难拼千金买。"

23.拼却：豁出去。

宋李莱老《浪淘沙》词云："归醉夜堂歌舞月，拼却春眠。"

宋卢炳《蝶恋花》词云："满座清欢供一笑，春酲拼却明窗晓。"

24.任是：尽管。

宋陆游《朝中措·梅》词云："任是春风不管，也曾先识东皇。"

宋欧阳修《定风波》词云："任是好花须落去，自古，红颜能得几时新。"

25.直饶：犹即使、纵使、就算。

宋莫仑《玉楼春》词云："直饶明日便相逢，已是一春闲过了。"

宋佚名《满江红》词云："便直饶、何逊在扬州，成虚设。"

26.白马、书生：指南宋初的虞允文。

宋刘澜《庆宫春·重登峨眉亭感旧》词云："矶头绿树，见白马、书生破乱。"

27.白石飞仙：白石先生。

宋王沂孙《踏莎行·题草窗词卷》词云："白石飞仙，紫霞凄调，断歌人听知音少。"

28.何逊：南朝梁诗人，所作《咏早梅》诗，甚有名于时。因是赋梅，故及之。此为词人自比。

宋姜夔《暗香》词云："何逊而今渐老，都忘却、春风词笔。"

宋李彭老《法曲献仙音·官圃赋梅，继草窗韵》词云："甚何逊、风流在，相逢共寒晚。"

29.卫郎清瘦：晋人卫玠字叔宝，风神秀异，有玉人之称。好谈玄理，官至太子洗马。后避乱移家建业。人闻其名，围观如睹。不久遂卒。时人谓"看杀卫玠"。见《晋书》附《卫瓘传》。

宋潘希白《大有·九日》词云："一片宋玉情怀，十分卫郎清瘦。"

30.吴刚：也作吴质。传说学仙有过，被谪月中伐桂。

宋毛珝《浣溪沙·桂》词云："吟倚画栏怀李贺，笑持玉斧恨吴刚。"

31.李贺：唐代诗人，诗中多咏及桂花。

宋毛珝《浣溪沙·桂》词云："吟倚画栏怀李贺，笑持玉斧恨吴刚。"

32.青子：子女。

宋尹焕《唐多令·苕溪有牧之之感》词云："怅绿阴、青子成双。"

宋苏轼《南歌子·暮春》词云："绿阴青子相催，留取红巾千点、照池台。"

33.天工：老天爷。

宋刘克庄《卜算子·海棠为风雨所损》词云："道是天工不惜花，百种千般巧。"

宋王以宁《念奴娇·淮上雪》词云："天工何意，碎琼珰玉佩，"

34.讶客：惊怪之客。

宋周端臣《木兰花慢·送人之官九华》词云："讶客神犹寒，吟窗易晓，春色无柳。"